UNDER HEAVEN

天下

Guy Gavriel Kay
盖伊·加夫里尔·凯/著

林南山/译

UNDER HEAVEN © 2011 by Guy Gavriel Kay
Published in agreement with the author, c/o Trident Media Group,
LLC, 41 Madison Avenue, 36th Floor, New York, NY 10010, U.S.A
through Andrew Nurnberg Associates International Ltd.

版权所有·侵权必究

版贸核渝字(2013)第 245 号

图书在版编目(CIP)数据

天下/(加)凯著;林南山译. —重庆：
重庆出版社, 2014.5
书名原文: Under heaven
ISBN 978-7-229-07843-0

Ⅰ.①天… Ⅱ.①凯… ②林… Ⅲ.①长篇小说-加拿大-现代
Ⅳ.I711.45

中国版本图书馆 CIP 数据核字(2014)第 079261 号

天下

TIANXIA

[加拿大]盖伊·加夫里尔·凯 著 林南山 译

出版人：罗小卫
出版策划：重庆天健卡通动画文化有限责任公司
责任编辑：邹 禾 肖 飒 骆思源
责任校对：郑 葱
封面设计：骆思源

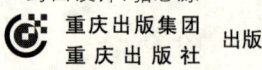

重庆出版集团 出版
重庆出版社

重庆长江二路 205 号 邮政编码：400016 http://www.cqph.com
重庆出版集团艺术设计有限公司制版
重庆市国丰印务有限责任公司印刷
重庆出版集团图书发行有限公司发行
E-MAIL:fxchu@cqph.com 邮购电话：023-68809452
全国新华书店经销

开本：880mm×1230mm 1/32 印张：16 字数：482 千
2014 年 7 月第 1 版 2014 年 7 月第 1 次印刷
ISBN 978-7-229-07843-0
定价：54.80 元

如有印装质量问题，请向本集团图书发行公司调换：023-68706683

版权所有 侵权必究

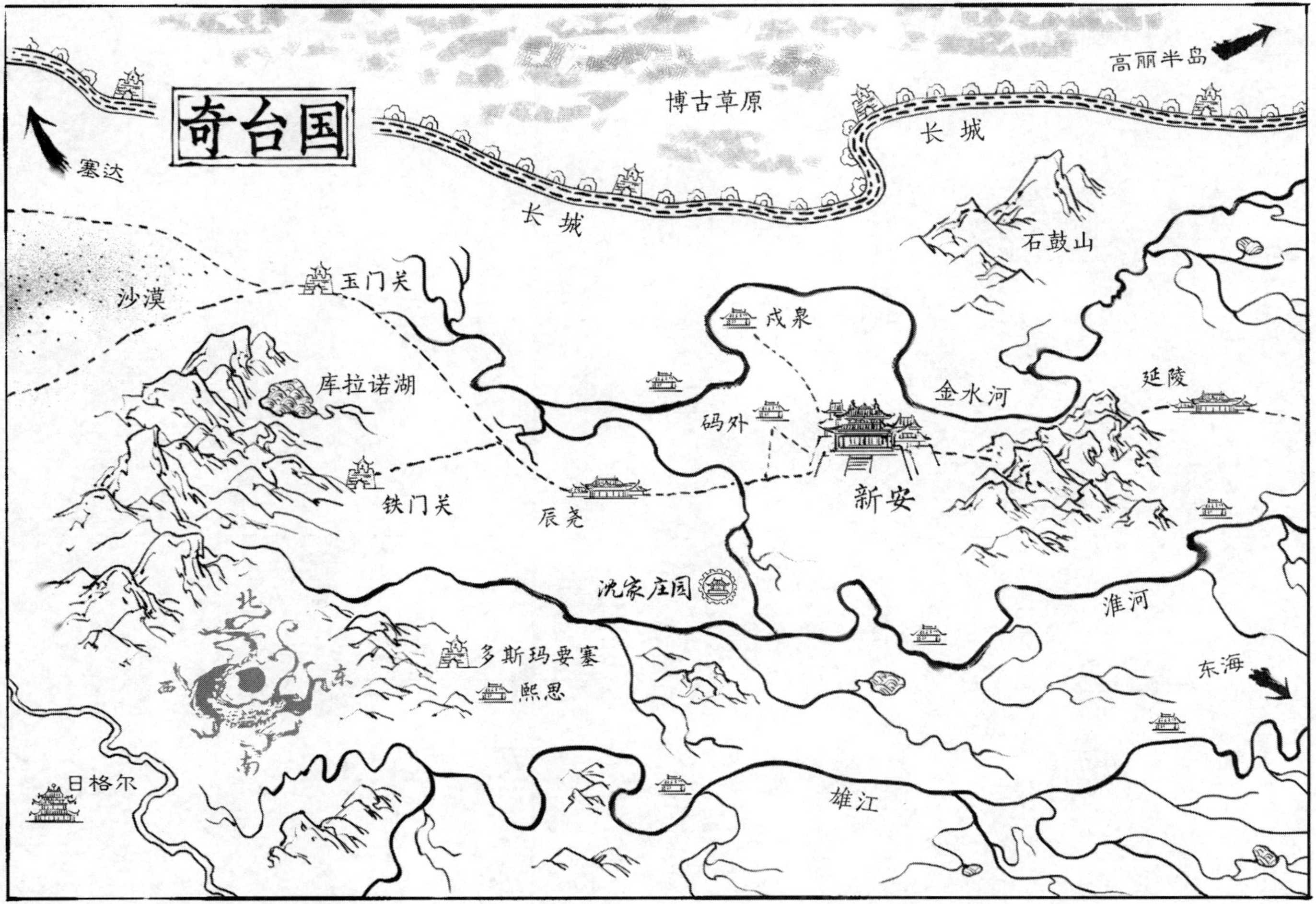
奇台国
塞达
高丽半岛
博古草原
长城
长城
石鼓山
沙漠
玉门关
戍泉
库拉诺湖
金水河
延陵
码外
新安
铁门关
辰尧
沈家庄园
淮河
多斯玛要塞
熙思
北
东
西
南
东海
日格尔
雄江

前言

拙作《天下》即将在中国面世，编辑建议我就本书的创作给中国读者做一下简单的介绍，对此我感到无比荣幸。

在过去的20年里，我一直尝试着通过奇幻这面"窗口"或是"棱镜"来探索历史。在对历史事件进行广泛调查之后，在奇幻的大框架下作一些调整。经常有人问我，为什么用这样的方式来写作，而不是简单地写一些历史小说，或者纯粹的幻想小说？

这个问题的答案涉及到很多方面。

我很难接受在一本小说中描述历史人物并去猜测和虚构他们的性格。我更喜欢塑造一个虚拟的人物，但从真实的历史人物性格中得到灵感——例如西班牙的传奇英雄埃尔·熙德（曾在拙作《阿拉桑雄狮》中出场），还有中国唐朝惊才绝艳的诗仙李白（本书人物司马子安的原型）——我不能假装自己知道他们真正的想法。

我也不希望自己的书是借助某个历史名人的声望"搭便车"而获得成功。对当今的读者而言，历史总是一件遥远的事情。而我在书中采用的"幻想"手法则是对历史的一种全新演绎和诠释。故事的发展、人物的设置跟真正的历史有所不同，或许会让人有耳目一新的感觉，也让我有了自由创作的空间。

我也希望能够吸引读者手不释卷地翻阅下去，弄清接下来发生的事情。可以这样理解：我的故事基于真实历史，但也有所改动，哪怕是熟知那一段历史的读者，也很难猜中结局。在翻阅《天下》之前，我先做个友情提醒：这本书的背景是架空的奇台帝国，而不是真实的公元八世纪的唐朝。

在我看来，这让小说充满了吸引力和悬念，甚至让读者在掩卷之后能够对现在有所反思——想象一下若是当年的事情不是按照历史来发展的，今天的世界将会如何？我尝试用这样的方式开拓读者的想象空间。

实际上，任何以历史为题材的小说大都用了类似的方式。我不可能知道在安禄山叛变之前，真正的唐朝相国杨国忠有什么心理活动。但"奇台帝国第九王朝"的相国怎么想的，我却了如指掌——我也很乐意去探询虚拟人物和真实人物之间的性格差异。这种"幻想"元素的加入反而能让读者感到真实：读者跟作者分享着另一个虚拟的历史，一个在许许多多方面都如谜一般的过去。

关于加入幻想元素还有一点理由：在我看来，通常当我们读到（或者创作出）古代角色所深信不疑的神怪故事时，总有一种智力上的优越感，"真是太不可思议了，古代人居然真的以为狐狸是一种妖精！"

因此我在写作的时候，会尽量把书中世界设置成角色们所"相信"的世界的样子。这会赋予他们的生命和思想更多价值，并尽我可能地去除那种现代人的优越感。今天的我们可能会在处理某些事情（或许很多事情！）上比古人做得更好，但如果我们被这种优越感左右，就不能真正站在古人的角度去理解过去。

用奇幻的笔法去描写历史，通常也有助于故事的传播。我在写《提嘉娜》（一部有关暴君试图抹去被征服者自我意识的小说）的时候，奇幻的设定似乎取得了很大的成功：从爱尔兰到波兰，从克罗地亚到魁北克，都有人在问："你写的是我们的故事吗？"

是的，我写的是他们，所有人。这就是奇幻小说神奇的地方。奇幻设定是作者强大有力的工具。我希望《天下》能够让中国的读者感受到奇幻的力量和乐趣：沉浸在书中的人物和事件之中，恨不能一口气读完，但在掩卷之后，还能有无尽的遐想空间。

最后，对每一个作者而言，作品的命运都将由读者来宣判。我们把书交到你们手上，等待你们的反馈。

在此，对于拙作《天下》能够在中国出版，我感到由衷的高兴，并借此机会向辉煌灿烂的华夏文明致以崇高的敬意！

第一部

第一章

新安城里人群熙攘，尘土飞扬，灯火辉煌。沈泰与好友们曾经在青楼密集的北里地区流连忘返，通宵达旦地饮酒作乐，眠花宿柳。

那时，他们欣赏着丝竹之乐，吟诵诗歌，谈笑风生。有时候也会逢场作戏，寻一间幽室，与某个暗香销魂、肤若凝脂的女子云雨一番，直到晨钟响起，宣告宵禁结束，才摇摇晃晃地回到家里，酣睡一整天，不事学业。

而此刻，沈泰身在距离新安城极远的西边，远在帝国边境之外，独自一人住在群山之中，唯有从库拉诺湖畔吹来的寒风陪伴着他。天刚近晚，第一颗星升起的时候，沈泰就躺在小木屋内的窄床上，直到第二天日出。

春夏之季，鸟鸣声会唤他起床。这里的鸟儿数不胜数：有鱼鹰、鸬鹚、大雁和飞鹤，林林总总的鸟儿都在湖对岸筑巢，此起彼伏的叫声从不停歇。大雁让他想起了远方的朋友。不管是在诗词还是生活中，鸿雁都象征着离别。飞鹤则给他另外的联想，这种动物通常象征着忠诚。

而秋冬时节总是残酷无情，寒冷得让人无法呼吸。北风呼啸着在天地间肆虐，小木屋的墙壁抵挡不住严酷的冰寒，睡觉的时候他总是裹着厚厚的毛皮。湖对岸鸟儿们的栖息地也被冰雪封冻，黎明时分不再有嘈杂的鸟叫声唤他醒来。

但是，不管春夏秋冬，也不管月圆月缺，只要太阳一落山，就会有鬼魂出来游荡。

沈泰现在能分辨出一部分鬼魂的声音，有的充斥着愤怒，有的满是失落，还有的发出细弱连绵的哭喊，饱含着无尽的痛楚。

他已经不再害怕这些鬼魂了，刚开始的时候，独自伴着鬼魂们度过一个个夜晚，沈泰还以为自己会被吓死。

除了冬季，夜晚他都会敞开窗户，望着外面，但从来没有出去过。星月之下的湖畔世界是属于鬼魂的,至少他已经明白这一点了。

为了抵御这里带给他的孤独、阴森和恐惧,沈泰从一开始就给自己定下了行事的规矩。这跟那些在深山老林里修道的隐士和僧道之流不同,他们会用冥想来应对,身如风中叶,心似明镜台,修身养性就可无所怖畏。可惜沈泰没有这种慧根,他也不是修道之人。

首先,每天清晨,都要祭拜父亲。沈泰还在守孝期内,他把自己放逐到这么遥远而艰辛的地方,也是为了做点什么寄托对父亲的哀思。他猜想,远在家乡的兄弟们也会在此刻做着同样的事情。祭拜过后,他便踏着点缀着野花的草地,抑或吱嘎作响的冰雪走到门外。除非天降暴风雨,他会练一趟瞰林功夫。先练拳脚,然后是单剑,最后是双剑。

他有时会看着冰冷的湖水,还有湖中心的小岛,或者抬头看看四周那绵延起伏的群山,还有山头终年不化的积雪。越过北边的山峰往下是一片斜坡,一直延伸到几百里外那能令人致命的大沙漠。蜿蜒曲折的丝绸之路连接着沙漠的两头,把无数的财富运送到奇台帝国的朝堂上,贡献给他的同胞们。

他的小屋旁有一间马棚,里面有一匹瘦小的、毛蓬蓬的马。冬季里他就在马棚里给小马喂水喂食,等到天气回暖、莺飞草长的时候,就把它放出来自己觅食。小马性格温顺,不会四处乱跑,何况这地方也无路可跑。

练完功夫,他会试图静坐入定,摒除世俗和野心的纷扰,坚定自己所做的一切。

然后,他开始每天最重要的工作——埋葬死者。

打从来到这里开始,他就没有浪费精力去区分奇台和塔古的士兵,所有的尸骸都堆在一起,散落着,混杂着,都是一样的白色枯骨。血肉早已腐烂在泥土里,或被鸟兽啄食得一干二净——对其中的某些人来说,或许不能说"早已",毕竟夺走他们性命的战役还不算太过久远。

最后一场激战以奇台帝国的胜利告终,那是一场惨烈的胜利,四万多人命丧于此,奇台和塔古几乎各占一半。

他的父亲是那场战役的领兵大将,胜利后战功卓著,被天子封为"镇西左卫大将军"。班师回朝后,陛下在大明宫含光殿①私下召见他,亲口嘉奖他的功勋,钦赐紫色绶带一条,玉佩一块,由近侍宦官当面转交。

胜利的荣耀荫庇了整个沈家。沈泰的母亲和姨娘秉烛焚香,感谢神仙菩萨和祖宗英灵保佑,为沈家降下这等福祉。

可是对大将军沈皋而言,这段战争的记忆一直萦绕心中,骄傲中掺杂着悲伤,直到两年前去世都无法释怀。

太多的生命葬送在这片两国交界的湖畔,而到头来,交战的双方都无力占据此地。

随后两国停战议和,经历繁琐的沟通和礼仪往来之后,双方完成了有史以来第一次和亲——奇台帝国的公主嫁给了塔古帝国的国王,更进一步巩固了议和的效果。

沈泰曾听说那场战役死亡了四万人,他根本无法想象那是什么画面。而现在这画面就在他眼前。

湖畔和山谷夹在几座孤单的要塞之中,两边帝国都严密监视着这个只需要几天脚程即可到达的地方。塔古帝国在南,奇台帝国在东。这里一片死寂,除了风声和天暖时的鸟鸣以外,只有鬼魂的哭号。

沈皋将军只对两个年幼的孩子吐露过内心的悲哀与负疚——他从不跟长子说这些。这样的情绪出现在一名将军身上是种耻辱,甚至是大逆不道,是对圣上英明决策的质疑。天子上承天命,下御宇内,金口玉言,绝不会有失,也绝不容许有分毫的差错,否则他的帝位和国家就会有倾覆的危险。

然而,沈皋确实不止一次地吐露过那样的心声。沈家庄园坐落在淮河附近,那里有一条由北流向南的清澈小溪。沈皋解甲归田后便在这里安享余生,每当他饮酒微醺,看着树叶和莲花瓣飘入湖中顺流而下时,总会忍不住提及心里的悲哀和负疚。而身为次子的沈泰之所以没有在家为父亲守孝,反而来到这个地方,也正因为如此。

或许将军没有理由如此悲哀,毕竟战士们为国捐躯,马革裹尸

---

① 此处遵照原文翻译,根据史料记载,唐代大明宫含光殿实为皇帝打马球娱乐的地方。

也应当无怨无悔，保家卫国本就是荣耀之事。可问题在于，在与塔古帝国交战时，奇台也并非百战百胜。塔古那些远在护卫严密的高原之上的国王们从未放弃他们的野心，一百五十年来，在这片位于帝国铁门关外的湖畔，冲突和战争从未断绝。对帝国而言，铁门关本身就是一座孤悬在外的边关要塞。

有"谪仙"之称的诗人司马子安曾有诗曰："明月千里落，犹照铁门东。"虽然事实并没这么夸张，但只要到过铁门关的人都能体会到诗中的意境。

而沈泰则西行出了铁门关，越过了帝国最西边，来到湖畔与死者为伴。十数万将士死在此地，无论艳阳普照还是明月高悬，那森森的白骨总是一片凄惨景象。每到夜晚，鬼魂的恸哭哀号不绝于耳。有时候，在漆黑的夜里，他躺在床上，听得外面的哭号里少了一些熟悉的声音，便知道自己已经让那些尸骨入土为安了。

尸骨太多，要想全部埋葬根本不是人力所能及的事情——那是九天之上神仙才能完成的工作。然而，无法完成难道就意味着什么都不做么？

在这里为父亲守孝的两年多里，沈泰给出了自己的答案。他脑海中浮现出当年父亲一边看着池塘里的肥鱼落花，一边用平静的声音让他斟酒的场景。

死者的白骨盈野，连湖心岛上都有。那里曾经有一座简陋的小堡垒，如今早已成为一片瓦砾废墟。他曾经想象过战争席卷这里的场景：木材从山坡上运到卵石滩上，战船被迅速地造好，被困于此的将士——或为奇台人，或为塔古人，视年代而定——则绝望地把最后一波箭雨射向对岸即将夺取他们生命的敌人。

两年前，沈泰找到一只小船，修补好后划向了湖心岛。那时正值春天，湖面碧波如镜，倒映着天空和两旁的山峦。湖心岛不大，也没有什么磅礴逼人的气势，从沈泰所居的山谷草地到湖心岛里的松林，死者都遍地可见，他能在尸骨堆里走上一整天还走不到头。

一年有大半的时间，他在这烈日高悬的天空下，开挖墓穴，埋葬枯骨和已经锈蚀的武器。这是件残酷而艰辛的工作，慢慢地，他的皮肤变得坚韧粗糙，肌肉也结实起来，手脚上长出厚厚的老茧，

5

到了晚上便全身酸疼。烧好热水洗漱停当后,他一倒在床上就能沉沉睡去。

深秋过后是严冬,一直到初春之前,地面冻结,挖掘变成了不可能的工作。若想在这时候开挖墓穴,只会让人彻底崩溃。

沈泰来这里的第一年冬天,湖水冻结近一个月,那时候他可以步行去湖心岛。第二个冬天则温暖了许多,湖面没有完全冻上。要是天气不错,水面宁静,沈泰可以裹上皮衣,戴好皮帽,划船出去。四周满是白雾,寂静空旷的山谷中只有他一个凡人,顿觉自己在天地间如此渺小。他为死者祈祷,希望他们能够魂归九泉,早日超脱,不必再在冰冷的库拉诺湖畔承受风吹日晒,鸟啄兽食。

战争从来都不是两国之间的永恒主题。就算双方的君主有天大的野心,在这个偏僻的山谷里也不能长期维持军队给养。

因此,在将士们不必抛头颅洒热血的休战期间,也会有渔民或牧民在这片山谷中搭建小木屋,捕鱼放羊。那些小木屋大部分都毁掉了,沈泰找到了一间幸存下来的屋子,位置还不错,背靠着北边的松树坡,少受严酷的北风所侵。这所小屋差不多有上百年的历史,不管是屋顶、门框、窗格,还是石制的烟囱都不堪使用,沈泰尽己所能地修缮了一番。

意外的是,居然有人不请自来地给予他帮助。世事难料,福祸难测,无法分辨仔细。他认识的一个朋友还为此写过一首诗。

这是一个仲春深夜,他躺在床上无法入眠。天上高悬一轮圆月,这就意味着等到天明,几个塔古人会赶着牛车从南面的山坡下来,绕过湖边造访他的小木屋。而在新月当空的次日早晨,他的同胞则会从东面的铁门关前来。

他早就安排妥当,不让两边的人有机会见面。他不想因为自己的原因造成任何不愉快。虽然现在没有战事,两国已经议和并互赠礼物以表诚心,奇台甚至连公主都送去和亲了,但在这种山高皇帝远的地方,那些年轻冲动、好斗逞勇的士兵可不会顾虑这些。狭路相逢的年轻人本身就足以挑起一场战争。

对沈泰这种选择跟鬼魂住在一起的人,双方戍边的将士或许把他当成隐士，又或许当成蠢人。在他身上，双方来了一场心照不宣的有趣战争——每个月争先恐后地为他提供丰厚的资助。

沈泰的同胞在第一年夏天为他拉来了一马车木板，铺好了小木屋的地面。紧接着塔古人为他修好了烟囱。应沈泰的要求，从东边的铁门关送来了他要的笔墨纸砚，而他的第一壶美酒则来自南方。两边的关塞还都派人来帮他伐木砍柴。冬天还为他供应毛皮，不管是被褥还是衣物，应有尽有。第一年秋天，他的同胞送了只山羊给他挤奶喝，很快塔古人也送了只过来，还有一顶不甚美观但很保暖的塔古皮帽——带着两片耷拉的毛皮护耳，有条绳子可以系在下巴上。铁门关的士兵们甚至还为他的小马修了个马棚。

他曾经试图阻止这种比赛，但徒劳无功，最终他明白了：他们不是在对疯子布施，也不是要赌气跟对方争个高下。而是他花费在劈柴做饭、修缮房屋上的时间越少，就越能专注于他那前无古人的工作。而这似乎不管对他的同胞还是塔古人而言都很重要，这或许是为什么他们能容忍他待在这里的原因。

沈泰时常想着，这样的局面也挺讽刺。即使在议和时期，要是双方的将士碰巧在同一时间到达，肯定还是会拔刀相向，打个你死我活。只有真正的傻瓜才会以为西部的战争可以永远停止。不过两边帝国都尊重他的工作，让死者入土为安——直到有更多的人死去。

在这么个柔和的夜晚，他躺在床上无法入睡。虽然窗外风声呼啸，鬼魂哀号不绝，但这并非他睡不着的原因——这样的声音他早就习惯了。倒是窗外高悬的明月让他难以成眠。现在已经看不到织女星了，那颗星曾经在他窗前闪亮，即使是满月时也清晰可见。那是传说中的仙女，被流放到了天河的另一边，与她的丈夫——身为凡人的牛郎隔河相望。他想起了年轻时候曾经钟爱的一首诗，描写了明月怎么为这两位隔着天河的恋人传递相思之情。现在回想起来，太过矫揉造作，有卖弄文采之嫌。在第九王朝初年，许多著名的诗句都是这样的，仔细读来，尽是故弄玄虚地堆砌一些华而不实的辞藻。为什么会突然这样想？沈泰觉得有点悲哀：失恋总是会让人有所改变的，或许每个人都如此。但是，如果人总是一成不变，那活着还有什么意思？哪怕学着改变就意味着放弃过去的生活。

月光洒在房间里,明亮得让他几乎忍不住从床上爬起来,去到窗边,看看银色的月光洒在绿色的草丛上是怎样的景象。可他太累了,辛苦劳作了一天总是会很累的,而且他恪守晚上绝不出门的规矩。这并非由于他畏惧门外的鬼魂,他愿意做它们的使者,但不愿被它们当成入侵的人。所以,只要太阳一落山,他就绝不侵扰鬼魂们的世界。

冬季里,他把门窗全都关牢实,尽量用布料和羊皮塞住墙壁的缝隙,阻挡风雪。他在屋里生火盆,或者点蜡烛,他还有两盏油灯,如果想要写诗的时候,可以点亮其中之一。无论点燃什么,小屋里都会变得烟雾缭绕。塔古士兵还送了个铜盆,供他温酒用。

当春天到来之时,沈泰打开窗户,让阳光、星光、月光和清晨的鸟鸣声都能透进小木屋。

他迷迷糊糊地睡了过去,却很快醒来。银色的月光洒在小屋里,让他在半梦半醒之间还以为仍在冬季,地上还铺洒着银光闪烁的冰霜。不一会儿他回过神来,不由笑了。他在新安城里的某位朋友一定会珍惜此时此景,那不正是那首著名的诗中所描绘的景色么?

> 床前明月光,
> 疑是地上霜。
> 举头望明月,
> 低头思故乡。

这种"人在诗中"的感觉可不常见——或许他错了,如果诗里描述的意境太过真实,那么读到它的人总会进入到那场景,就跟他现在一样。又或许某些场景在读者的印象中已经留影,而诗里的句子会勾起他们特定的记忆,理应如此吧?诗人笔下所写应该是心中所想。

也有些诗歌会带来新鲜而危险的想法,有些人因为自己写的东西被流放,甚至被杀头。虽然可以用春秋的笔法来掩饰,比如把本朝的事情假托到几百年前的第一王朝或者第三王朝以遮掩本身的意图。但那并不是百试不爽的方法,毕竟当朝的官吏们也不是傻子。

低头思故乡。沈泰的故乡就是淮河附近的庄园，那里埋葬着他的祖父母、父亲还有三个夭折的兄弟；那里还有沈泰的母亲和姨娘，她们还在庄园里生活着；那里还有他那两个快要结束服丧的兄弟——长兄很快就会回到帝都。

他不知道自己的妹妹现在何处，女儿为父亲守孝只需三个月。可能沈礼眉已经跟皇后回宫了，不过皇后也不一定在宫中，有传闻说，早在两年前，皇后在大明宫里专享皇上恩宠的日子就已经结束了。太祖皇帝现在的宠妃是另一名光彩夺目的绝代佳人。

虽然有太多人似乎对新宠妃心怀不满，但据沈泰所知，没有一个人敢公然谈论。至少在他离开京城回家，又离开家到这里的那段时间里没有。

他的思绪飘回到了记忆中的家乡，金秋时节，一夜之间梧桐的落叶就能铺满门前小路。果园里种满了桃、李和杏树，春天盛开各色花朵，秋天结满累累果实。森林边上传来烧炭的味道，核桃林和桑树林背后村庄里升起冉冉炊烟。

不一会儿，他又想起了新安城：熙熙攘攘的繁华城市里，灯红酒绿，纸醉金迷，掺杂着一些不和谐的颓废暴戾。形形色色的人，生活方式，在这里混杂交汇，甚至激烈对抗，即使是午夜时分也不消停。两百万人口的新安城，是苍天之下的世界中心。

新安城里夜如白昼，通明的万家灯火能够让最明亮的月光黯然失色。坊里街边和马车上的灯笼，照着那些达官显贵招摇过市——宵禁过后通常只有达官贵族和巡逻卫兵才能出入街道。青楼密集的北里，高楼窗内红烛摇曳，花灯挂满了金碧辉煌的楼阁露台。皇宫里更是灯火辉煌，庭院里两人高的廊柱上点着油灯，彻夜不熄。

靡靡之音和溢美之词在这里随处可闻，有的让人心碎神伤，也有的让人心满意足。巷弄阴暗处有时也充斥着刀光剑影。而到了白昼时分，不管是庞大喧嚣的东西集市里，还是酒坊或者书斋内；不管是弯弯曲曲、适合幽会或行刺的窄巷里，还是宽阔得不可思议的大街上；不管是卧房里、楼阁中、精心修建的私园或是景致秀丽、垂柳依依的湖畔，那些明争暗斗、勾心斗角甚至生死相残的剧码又重新上演，随处可见。

他想起了南城墙边上的长湖苑,想起了那个最后一次跟他幽会的人。那时桃花吐艳,他的父亲还在世。每月她只能离开北里三天,初八、十八和二十八,那正是他们幽会的日子。而如今,她是这么的遥不可及。

鸿雁总是象征着离别啊。

他想起了城墙北面的大明宫,已经不再年轻的天子,还有围绕在陛下身边的人群:太监、大臣(他的长兄就是其中之一)、皇子、博士和将军们,还有那个夜夜独承雨露,几乎改变了整个帝国命运的绝代佳人。

沈泰曾经想过考取功名,做一名可以"入阁"的臣子。他曾为此在京城游学整整一年,不过大部分时间都荒废在和青楼女子及酒肉朋友寻欢作乐当中。而就在即将决定他命运的为期三天的省试前夕,他得知了父亲在家乡的小溪边病逝的噩耗,接下来的两年半里他得为父亲服丧守孝[①],求仕之途只能突然中断。

按照律法,子女为父母服丧守孝期间,不得任官、不得应考、不行婚嫁之事、不预吉庆之典。如有违反则列为"不孝"重罪,杖责二十。

或许有人会指责他没有在家为父亲守孝,而是跑到偏僻的山间,这也不合律法。不过在他西行之前,已经向当地县丞请行并得到了许可。另外,他骨子里是个遗世而独立的人,跟野心和世俗之类的东西格格不入。

他的行为仍然会有一定风险,若有人私下向负责省试的礼部官员举报他,也会有麻烦。有的人会不择手段地打压对手,这种行径司空见惯,但沈泰认为他应该能够保护好自己。

当然,这种事情谁也不敢肯定,尤其是在新安城里。朝堂形势诡谲,文臣武将们擢升贬谪,难以料定,弄不好的话,罢官事小,重则还会被杀头或者被赐死。就在他离开之前,朝堂里就经历了一次风云变幻,只是沈泰压根没有入阁,对此一无所知。

至少他还不用拿自己的乌纱帽去冒险。而且他相信,就算真的

[①]古代所称的守孝三年,实则只有25或者27个月。此处按照原文所写的两年半翻译。

有杖责重刑，他也能挺过来。

月光下的小木屋里，他躺在床上，像是即将破茧而出的蚕，这才意识到自己竟是如此思念那繁华的帝都。他思索着自己是否已经准备好重新回去过以前的日子，又或者他该做出点改变。

他很清楚，如果自己真的有所改变，那又得给人增添点茶余饭后的谈资。本来有关沈将军次子的议论就够多了。长子沈柳出入朝堂，他的抱负和成就与世俗所期望的基本相符。沈泰的弟弟还只是个年幼的孩子，不值得人们谈论什么。而次子沈泰所引发的流言蜚语比两个兄弟加起来还多。

等到七月的月圆时分，他的孝期就满了，可以结束这种独特的为父亲守孝的方式。他可以选择回到京城继续游学，做好参加下一次省试的准备，通常人们都会这么做。有的读书人参加了五次、十次以后才能金榜题名，也有的人终其一生也没有及第。每年各州县保荐的数千乡贡中，只有四十到六十人能够省试及第①。最后的殿试由皇帝陛下亲自主持，主持殿试时，天子身着龙袍，头戴皇冠，腰系玉带，气度威严。不过其实科举中充斥着的贿赂与腐败在新安城早就屡见不鲜了。

月光给他的小木屋里染上一层银色，想起那繁华喧嚷的京城生活，沈泰的睡意被驱散得无影无踪。坊市里喧哗叫卖声不绝于耳，乞丐、杂耍艺人和相师穿行其中，还有专门受雇替人哭灵号丧的人，披散着头发在街上来来去去。马车辚辚，在京城里穿行不绝，蛮横的轿夫高声呼喝，驱逐前面的行人，有的甚至用竹棒打人来开道。待到宵禁时分，金吾卫手持长槊，在里坊的主要街口巡逻。

即使是宵禁，也有一些店彻夜开着，有人穿行来去，挨家挨户地收夜香，不时发出的吆喝声听上去有些凄厉。在新安城城墙外面，伐木工们排放着原木，顺着开凿的水渠送到东市，第二天早市上就可以贩卖这些木材。到了清晨，两边的坊市广场上或许会处决死囚，也会有些跑江湖卖艺的表演，引得人们围观。每天早晨五更三点后，金吾卫擂响四百声"开门鼓"，打开各大城门。等到晚上漏刻的"昼

---

①本文科举制度以唐代为蓝本，通过州县乡试参加礼部省试的学子称为"乡贡"，中央和地方学院出身直接参加礼部省试的称为"生徒"，两者统称为"举子"。

刻"尽时,擂响六百声"闭门鼓",关闭城门实行宵禁。春天开满鲜艳的花朵,夏天结满累累的果实,秋天飘着金黄的落叶,城里的人们络绎不绝,车马扬尘。这就是繁华似锦的新安城。

想着想着,他几乎就能看到灯红酒绿的都城,听到那鼎沸的人声,闻到新安城里熟悉的气息。那记忆的洪流和来自灵魂的呐喊几乎要把他淹没。他努力把这一切抛诸脑后,将思绪拉回到月色中,聆听外面鬼魂的哭号。在这里,如果不能习惯伴着这种哭号声生活下去,就会彻底疯掉。

月光下,他看着那低矮的书桌,还有桌上的笔墨纸砚和桌下的蒲团。他的剑靠在墙角。松树的香味随着夜风从敞开的窗户中飘进来。蝉鸣声混合着鬼魂的哭号,叠成一阕凄惨之音。

沈泰凭着一股冲动来到了库拉诺湖,想为父亲的悲哀做点什么。虽然日复一日地埋葬着死者,但他毕竟只是个渺小的凡人,埋葬的尸骨和战场上的死者比起来实在是微不足道。说到底,他不是神仙,也不是圣人。

季节更迭,斗转星移,不知不觉两年已经过去了。他不知道自己回到繁华喧嚣的京城后会有什么感慨,真的不知道。

他只知道自己想念着某些人,其中有一位美丽的女子,他此刻几乎能够看到她的眼神,听到她的声音,有关她的记忆太深刻,让他今夜再也无法入眠。与她最后缠绵时的情景如在眼前。

"你一走就是两年半,要是这时候有人……要为我赎身,独占我身子,甚至纳我为妾,我该怎么办呢?"

他当然明白她所指的那个人是谁。

沈泰握住她的手,手指如青葱般修长水嫩,涂着艳丽的蔻丹,还戴着镶嵌宝石的戒指。他拉起她的手放在自己赤裸的胸膛上,让她感觉自己的心跳。

她笑了,带着苦涩。"够了!你总是这样,沈泰。你的心跳根本没有半分变化,我什么都没感觉到。"

那时候他们身在北里的醉月楼,人们叫她春雨。沈泰不知道她的真实姓名,询问一名青楼女子的真名是一件很失礼的事。

他艰难地开口,语声缓慢:"两年确实很漫长,我知道。不管男人还是女人,两年的时间或许都会有很大改变,这是——"

她突然伸手,捂住了他的嘴,那动作并不温柔,她并不是那种处处都温柔的女人。

"够了,你先别说,听我说,要是你再跟我提什么道,什么中庸之类的,我就拿把刀把你给阉了!听明白了么?想想后果再开口。"

他还记得她那温润如丝的嗓音,她竟然能用这么柔媚的声音说这样粗鲁的话。沈泰吻了吻覆在他嘴唇上的掌心,轻轻地把她的手拉了下来:"你该选择对自己最好的路,最适合自己的生活。我不希望你变成一个站在金楼玉阶上夜夜守候的女人。那些诗情画意的事情留给别人去做吧。我只是想要回到家里,为父亲守孝。然后回来,我可以向你保证。"

他并没有说谎,那时候他确实是这样打算的。

虽然事与愿违,但谁又能保证世事尽如人意呢?就连贵为九五之尊的天子也做不到。

沈泰不知道春雨近况如何,或许真的有人把她从青楼赎出来,金屋藏娇,锦衣玉食地供养着。对她而言,未尝不是一件好事。铁门关东边从没来过书信,因为他自己一封也没往外写过。

世事圆融,不走极端。他最终想到:即使是新安城里的生活,也被恪守在"道"的范围内。中庸的智慧意味着万事随缘,向来如此。

人体内自分阴阳,阴阳相得,道乃可行。平和中庸之道随处可见,不管是对仗工整的对联,还是一副和谐怡人的画卷——上面的河流、山崖、飞鸟、渔船,都得讲究一个平衡。山和水,石与木,一切平和中庸,相辅相生的道都能在生活中看到。

对沈泰而言,当他离开此地的时候,也可以选择回到家乡而不是京城,这样更符合中庸之道。他可以在那里生活,可以随心所欲写点东西,按照他母亲和姨娘的安排娶一个门当户对的女子,举案齐眉,白头偕老。他可以照看花园果园,款待来客,拜访亲朋,闲时看梧桐叶落,赏花观鱼,就像他父亲晚年的生活一样。甚至可能会有人对他冠之以名士的头衔。这个想法让他不由得在月光下笑了出来。

他也可以四处旅行,东渡淮河,或者沿着雄江而下,一直到江流入海之地,然后再回故里:欣赏下船工们划船逆水而行的英姿,或者在那悬崖绝壁连绵,滩多水急船只难行的地方,看着纤夫们拉着船,喊着节奏有力的号子,在河滩乱石中艰难前进。

他甚至可以去到遥远的南蛮之地,在那里享受另一种风土人情:稻花飘香、丛林密布。那里有大象、长臂猿、猩猩,有红木林和樟树林。深海里孕育着珍珠,黑暗的丛林中还有能致人死命的猛虎。

他的家族显赫尊贵,父亲的名声足以让他在整个奇台帝国畅行无阻,不管是地方官、税吏或者军营里的将军,都会对他尊敬有加。说实话,长兄的名字或许更好用,但其中牵扯到某些复杂的关系。

所以游历四方是可行的,他可以在旅行中思索,游览名山大川、亭台楼阁,拜访那坐落在云雾深处的宝塔,还有远山里的寺庙。他可以一边游览一边写诗,就像那位伟大诗人司马子安一样,或许这位谪仙此刻正诗兴大发。一想到司马子安,不可避免地就会想到美酒。这位斗酒诗百篇的文豪不管是在船上还是路上,在寺庙还是竹林,都能喝得个酩酊大醉。

此刻他应该也在与酒为伴吧?美酒,深夜,念及故友,再配上外面那阕凄惨之音,多么令人感慨!

带着这样的想法,昏昏欲睡的沈泰,突然间热切地希望塔古人明天务必要带来美酒。奇台士兵送来的酒在两周前就被他喝光了。漫长的黄昏足以让一个男人在就寝前多喝不少。

最终他沉沉入睡,梦里见到了那个女人,青葱般的手指抚在他的胸膛还有嘴唇上。她那如黛的蛾眉,绿色的眼睛和鲜红的唇,那在摇曳的烛光下,从金色的发间一根一根摘下的玉簪,还有她身上那独特的幽香。

从湖对岸传来的鸟叫声将他从睡梦中唤醒。

前几夜他一直试图写一首对仗工整的诗,将这里的鸟叫声和新安城里坊市的喧嚣相对比,可惜一直没想出一句足够押韵的尾联。以一名诗人而言,他的文采或许比一般人要高出少许,足够写出平仄和对仗工整的句子。不过他有自知之明,自己想要写出什么传世之作可不容易。虽然在这两年里他一直在尝试，尤其是这段时间。

他起身穿衣，生火，梳洗，烹茶。他看了眼铜镜中的自己，放弃了刮胡须这种繁琐的事情，塔古人不介意他满脸胡楂子，就算他披头散发出现在他们面前也无妨。不过他觉得自己要是不绑头发的话就像个草原上来的野蛮人，他还能回想起他们的样子。

茶香四溢，在用饭和饮茶前，他站在东侧的窗口边，祭拜父亲的亡灵。每当这时他就会想起父亲在小溪边给野鸭喂食的场面。沈泰也不知道为什么总会想起这个，或许因为那场景太过恬静，而这个世道又太不安宁。

沈泰喝了点茶，吃了腌肉，还有加了苜蓿花蜜的小米粥。然后从墙上取下草帽，穿上夏天的薄靴，这双全新的靴子是来自铁门关的礼物，用来替换他那双磨破的旧靴子。

他们每次来的时候都会观察他，会注意到这类细节，沈泰明白。他也明白，如果不是有奇台和塔古要塞士兵的援助，他连这里的第一个寒冬都熬不过去。那些高人隐士们梦想着去到一个与世隔绝的地方过隐居的生活，但绝不是在铁门关西边这样的地方，这里山势险峻，一到冬天就北风呼啸，酷寒无比。

在新月和满月时分送来的补给品从未断绝，这才是他能够在这里存活和坚持下去的原因，尤其是在草场和湖泊都被大雪封冻的时候。

他给两只山羊挤好奶，盖上奶桶，并提进了屋子。然后提起双剑出门，例行练习他的瞰林功夫。

练完以后，他放好双剑，又一次站在春夏之交的阳光里，听着清脆的鸟鸣声，看着它们在湖面盘旋飞翔，那蓝色的湖在美丽的晨曦中，再没有半分冬季的冰冷，就连那遍地的死尸似乎都消隐不见，掩映在飞鸟、湖水和草丛的美景中，需要仔细看才能看清。

沈泰可以看到自己亲手挖掘出来的坟堆，在小木屋西边，对着北面的松树林。现在已经有三排长长的坟墓了。

他转身，拿起铁铲，继续工作，那是他待在这里的意义所在。

这时候，南方来的一道反光映入了他的视线，阳光下，穿着闪亮盔甲的兵士们已经沿着斜坡走到最后一个转弯的地方。沈泰眯着眼睛打量着他们，今天塔古人似乎来得早了点。或者——他抬头看了看太阳——是他今天早上起晚了，昨晚上在月光下胡思乱想，睡得晚了点。

看着他们的牛车缓缓靠近，沈泰不由得想白粲是否亲自带队，他倒是很期待这样。

沈泰很难想象，如果有朝一日塔古人入侵奇台，白粲会率领他手下的士兵在奇台境内兴高采烈地烧杀抢劫、奸淫掳掠。或许男人会在战场上彻底改变，面目全非。沈泰想到自己在长城以外的大草原里跟游牧民族混在一起的时候，也有所改变。人总是会变的，甚至变得让你不敢去回忆过往，正视改变是一件需要勇气的事情。

他想象不出来白粲会变成一个只知道杀戮的野蛮人，但也不敢完全肯定。沈泰可以轻易地勾画出塔古人野蛮起来的形象，两年前他刚到这里时看到过，他们身穿重甲、手持武器，就像是士兵听到战鼓声准备前来厮杀一番，而不是给一个遗世独立的疯子运送补给。他明白这些高原帝国的战士们相当彪悍，绝不能等闲视之。

他看见白粲了，塔古人已经从斜坡上走下了山谷，正绕着湖边往他的小木屋行来。领队的白粲一马当先，胯下是那匹棕红色塞达种宝马，看起来气势不凡，令人惊叹。这是一匹汗血宝马，小队里只有白粲一个人骑着。在奇台帝国，汗血宝马也被称为"天马"，传说它出的汗就像血一样殷红。

在遥远的西域，走完了丝绸之路，再穿过大沙漠，就能抵达塞达国——塔古人就是在那里买到汗血宝马的。穿过蜿蜒曲折的崎岖山路，那郁郁葱葱的山谷就是孕育这种非凡神驹的地方。数百年来，奇台人一直渴求着拥有这种能够在战场上所向披靡的宝马，这种渴望书写在诗歌里，甚至连一代帝王都曾经为了掠夺汗血宝马不惜发动战争。

战马对一个国家而言非常重要，这就是为什么尊贵的皇帝陛下一直致力于保护和扶持长城以北的博古游牧民，这些喝着马奶酒，住着帐篷的草原人能够为奇台帝国提供他们所饲养的战马。然而博古的战马和塞达的汗血宝马相比无疑逊色许多。不管是奇台北部的黄土地或者南边的水田和丛林，都不适合繁殖和培育足以和汗血宝马媲美的优良马匹。这是奇台帝国持续上千年的遗憾。

在第九王朝的庇护下，有许多珍贵的交易品源源不断地通过丝绸之路运往新安城，价格高到令人咋舌，但是从来没有塞达的骏马。它们无法忍受如此漫长的沙漠之旅。从西域而来的神秘歌姬和舞姬，还有翡翠、雪花膏、宝石、琥珀、香料、宝剑、象牙以及修道之人喜欢的犀牛角粉，还有异域的美食、会说话的鸟儿……应有尽有，除了传说中的天马。

所以奇台帝国只能用其他的办法去寻找良驹，因为战马关系到骑兵，而骑兵直接关系到战争的胜败。塔古和奇台其他方面几乎势均力敌，可塔古有汗血宝马——现在是塔古和塞达国的和平期，他们可以买入不少的宝马——所以占据了巨大的优势。

沈泰朝着白粲行礼两次表示欢迎，白粲勒住马，用左掌抵住右拳，行了个奇台式的拱手礼。沈泰清楚，他的亲友，尤其是长兄，要是看到他朝一名塔古战士低头行礼，肯定会认为是一种耻辱。不过他们肯定也没想过正是由于这些塔古人在两年里坚持不懈地为沈泰运送物资，他才能在这里存活下来。

白粲的脸颊上、上衣领口处和脖子左侧都有纹身，蓝色的图样在阳光的照耀下特别醒目。他翻身下马，也朝沈泰鞠躬两次，又行了一次拱手礼。

不待沈泰开口，他就笑了："你不用问，我直接告诉你，我给你带酒来了。"他说的是奇台话，大部分塔古人都会说，这也是和平时期各地通行的语言，方便互相交易。在奇台帝国甚至有人认为奇台话是九重天阙之上神仙说的话，古老的传说中提到有一天，始皇的父亲站在地上朝着龙脊山虔诚地行礼，因此神仙才降下福祉，教会了他这门语言。

"你怎么知道我要问这个？"沈泰有点懊悔自己表现得太明显了。

"日子长了，一个男人能做什么消遣？美酒是最好的伙伴，我们的歌里这样唱。怎么样，一切还顺利么？"

"一切尚好，就是昨晚上月光太亮了，让我有点失眠，所以今天起晚了点。"

他们了解他的习惯，不过白粲并没有放过这个话题："只是因为月光才睡不着?"

沈泰的同胞每次来的时候也差不多会问类似的问题,出于好奇,更是出于恐惧。这么多勇敢的人——包括眼前这一个,都曾经向他坦言他们做不来这份工作。这里的死者太多,怨气太重。沈泰点点头:"没错,可能还有回想起过去的缘故。"

他扫了一眼白粲背后,有位年轻的,全副武装的士兵骑行上前,沈泰不认识他。士兵没有下马,只是低头盯着沈泰,他的身上只有一个纹身,还装模作样地戴着头盔,一脸严肃。

"格纳,从屋子里拿把斧头,帮亚达劈柴去。"

"为什么?"

沈泰眨了眨眼,看着塔古队长。

白粲面不改色,也没有回头看在他身后骑着马的士兵:"因为这是我们来这里的目的,如果你要抗命,就给我滚下马,交出武器,脱下靴子,然后自己一个人从山猫林里走回去。"

为了避免尴尬,沈泰装作漫不经心地转过身去,看着湖对面的飞得高高的灰鹭、燕鸥和金雕。那名身材健壮而匀称的士兵仍然坐在马上没有动弹:"这个家伙就不会自己劈柴么?"

"我想他可以,别忘了他在这里给我们死去的士兵挖了两年坟墓。"

"我们的?还是他们自己人的?他不会是来偷死尸骨头的吧?"

白粲忍不住笑出声来。

沈泰不由自主猛地转过身来,一种久违的情绪蔓延过他的脑海。他明白那是愤怒,他很容易被人激怒。这或许是身为次子的通病,上有长兄下有幼弟,次子的位置总是有点尴尬。

他尽力控制自己的愤怒,平静地说:"要不你四下找找,如果能找出哪块骨头是属于你们的,那真是帮了大忙。我倒还真想偷偷骨头,肯定挺有意思。"

场面陷入一片沉默。寂静也是有很多种含义的,沈泰没来由地想。

"格纳,你这个蠢货,赶紧去劈柴,现在就去!"

这次白粲转头瞪了格纳一眼,士兵终于不情不愿地屈服了,磨磨蹭蹭地从马背上爬下来。牛车缓缓地到了面前，旁边还有四个人，沈泰认识其中三个，跟他们点点头打招呼。

那个名叫亚达的士兵跟格纳一起牵着坐骑往小屋走去，他未着甲胄，只穿了一身深红色的束腰上衣，下面是褐色长裤。其他人已经轻车熟路地把牛车上的货物卸下来，朝小屋里搬去。他们很清楚来这里要做什么，卸载货物，堆放整齐，还有诸如打扫马棚之类的工作。尽快完成以后，他们会沿原路返回，天黑以后再待在这儿是一件很可怕的事情。

"小心点别把他的酒碰坏了！"白粲叫道，"我可不想听奇台人哭鼻子，太难听了！"

沈泰咧嘴笑了，士兵们也哄笑起来。

斧头劈柴的声音此起彼伏，在清晨的群山间回荡。白粲示意沈泰跟他一起走走，他俩穿过茂密的草丛往湖边走去，沈泰熟练地避开脚下的骨头。

漫山遍野飞舞着各色各样的蝴蝶，随着他们的前行，不时有被惊扰的蚱蜢在草丛中蹦跶，蜜蜂在草海鲜花中发出快乐的嗡鸣，四周都弥漫着浓浓的春天气息。而地上随处可见生锈的武器，连灰褐色的沙堆和湖水边缘都有，这让他们在行走时得加倍小心脚下。沙滩上有一些淡红色的石头，鸟儿在空中喧闹盘旋，不时俯冲下来，掠过水面，捕捉湖里的鱼。

"湖水还是这么冰冷？"沉默半晌，白粲开口问道。

他们正站在湖边，空气非常清新，远处的山峰悬崖清晰可见，湖心的小岛上还有飞鹤停留，就在昔日要塞的废墟上。

"一直是这样。"

"五天前有一场风暴，你这里没事？"

沈泰摇了摇头："就下了点雨。估计风暴朝东边去了。"

白粲弯腰，抓起一把石子，一颗一颗地朝鸟儿扔去。

"太阳晒起来真热，"他终于开口说，"我总算知道为什么你戴着那顶草帽了，虽然戴着它让你看起来像个老头，要不就像个农夫。"

"或者两个都像？"

塔古人笑了。"没错。"他又开始扔石头，然后开口，"你快走了，是么？"

"没多久了。仲夏月圆的时候，我的孝期就结束。"

白粲点点头："我写给他们的信里也这么说的。"

"写给谁？"

"朝廷，日格尔。"

沈泰盯着他："他们知道我的事情？"

白粲又点了点头："我告诉他们了，他们当然知道。"

沈泰迟疑片刻："我想铁门关的人不会把有人在库拉诺湖边埋葬死者这种小事情往京城汇报的，难道我想错了？"

塔古人耸耸肩："你确实错了，而且接下来的日子恐怕不会太平静。其实一直以来都有人注意到你，日格尔那边甚至有人认为你是奇台派来示威的。他们想要杀掉你。"

沈泰对此一无所知，惊讶地说："就像刚才那个家伙？"

远处传来的砍柴声规律地响起，微弱，但清晰。

"你说格纳？他就是年轻气盛，想逞能。"

"比如杀个人？"

"想留点印象深刻的回忆，就像你的初夜。"

两人相视一笑，虽然他俩都很年轻，却忽然有了不同于年轻人的心境。

沉默片刻，白粲再次开口："我奉命保护你的安全。"

沈泰哼了一声："听到这个消息真让我感到由衷的喜悦。"

白粲清了清嗓子，似乎突然有点尴尬："有人送了份礼物给你，事实上，是嘉奖。"

沈泰瞪大了眼睛："礼物？你是说来自塔古朝廷么？"

"难道来自蟾宫的玉兔？"白粲开着玩笑，"当然啦，肯定是来自朝廷。准确地说，是来自陛下身边的某位贵人，陛下同意了。"

"同意？"

这个皮肤黝黑，下颌方正，还掉了一颗牙的塔古人咧嘴一笑："今天你的反应真是迟钝。"

沈泰说："因为你的话让我太意外了，很正常。这位贵人是谁啊?"

"你自己看吧。我给你带了封信。"

白粲从上衣口袋里掏出个浅黄色的卷轴,沈泰看到上面有塔古国王的玺印:红色的雄狮头。

他捻掉封蜡,开始读信。这封信并不长,内容却很震撼,沈泰怎么也没想到自己埋葬死者的行为能给他带来如此回报。他的呼吸为之一窒,脑袋里一下子混乱起来,像沙尘飞扬一般不受控制。

匹夫无罪,怀璧其罪。他要是接受这份赏赐,只怕还没回到家就会没命的,更别提到新安城了。

他艰难地咽了口唾沫,望着远山和通往远山的小路,蓝色的湖水倒映出庄严肃穆的景象。古人曾云:仁者乐山,智者乐水。山水亘古不变,沈泰想着,跟它们相比,人的生命是如此短暂而渺小。可惜,很多人没有领悟出这些道理。

他终于开口:"我不明白。"

白粲没有回答。沈泰低头又看了一遍书信,寻找到信尾落款的名字:

塔古宫中人。

宫中人,白玉公主程婉,她是奇台帝国天子太祖帝的女儿,排行十七,多年前便离开了辉煌的故土,远走异国他乡,带着她的琵琶、笛子、几名宫女和侍卫,还有一名塔古的武士。她也是奇台帝国有史以来第一位嫁到塔古的公主,是塔古国主狮王桑格拉玛的宠妃之一,住在那神圣的高原城市日格尔。

在库拉诺湖的最后一役过后,联姻便成了和平协议的一部分。当年她还只有十四岁,年轻的公主见证了战争的残酷和野蛮,只愿沙场再无刀兵,这对两国而言都很重要。公主那优雅纤细的身影维系着两大帝国之间长久的和平——这话有点讽刺,说得就像和平可以长久到永恒,就像它曾经一直持续着,就像仅凭一个姑娘的身体和生命就可以将它维系到天长地久一般。

在奇台曾有人写过一首诗来表达对公主的怜悯:

> 白玉西出铁门关，
> 嫁与胡儿泪不干。
> 此去蛮荒无归时，
> 琵琶声断大雪山。

这首浅显易懂的诗歌在当时极为流行，直到作者被宫内侍卫缉拿，并在大明宫前广场上受杖责，险些丧命。因为诗中表现出对公主的惋惜和怜悯，暗指牺牲公主去和亲是一件荒谬的事情。

而这就是祸从口出。

遗憾是一回事——毕竟让一个青春貌美的公主离开繁华的故国，为了奇台的江山远嫁给塔古国王做嫔妃，确实是一件让人痛惜的事情。可是大明宫内天子的决策是绝对英明正确的，此乃天命，不容置疑。公主身为皇家人，理应为奇台的江山牺牲，这就是命。

沈泰仍然目不转睛地盯着手里的卷轴，努力平复着脑子里混乱不堪的思绪。白粲默不作声，放任他一直这么静默下去。

赐予某人一匹汗血宝马即是极大的荣耀。

而要是赐予某人五匹汗血宝马，足以让周围骑着凡马的同伴嫉妒到发狂。

而塔古王妃，白玉公主程婉，则赐予了他整整二百五十匹汗血宝马。

二百五十匹，没错，沈泰又看了一次这个数字。

书信是用奇台和塔古两国文字所写的，二百五十匹天马，是送给沈泰——前镇西左卫大将军沈皋次子——的私人礼物，不是给别人，甚至不是送给大明宫内天子的礼物。

信上写得很清楚，为了嘉奖他在库拉诺湖畔埋葬死者的高尚行为，日格尔城的桑格拉玛狮王赐予他汗血宝马，任由他自行处置。

"你知道这信上说什么？"沈泰问白粲，那口气自己听起来都很奇怪。

塔古队长点点头。

"这些马会让我送命的，"沈泰说，"别人会杀了我，抢走它们，我根本没命带着它们回去。"

"我知道。"白粲平静地说。

沈泰盯着他，塔古人那深棕色的眼睛里没有流露半分情绪。沈泰开口："你也知道？"

"当然，这种厚赐可是一件天大的礼物。"

是啊，没错，天大的礼物。

沈泰突然大笑，有点上气不接下气，他摇摇头，不可置信地说："老天爷，我根本不可能带着二百五十匹天马通过铁门关，更——"

"我知道，我知道，"塔古人打断了他的话，"我知道你不能，所以我提了一些建议。"

"你提了建议？"

白粲点点头："要是你一路向东，这对你来说就不是什么礼物，而是催命符……最好的可能是被抢走，最坏的则是你连小命都保不住。"

"是是是，没错，这就是催命符，什么厚赐啊！"沈泰忍不住拔高音量，他那简单平静的生活就在刚才被打破了，"我来这里的时候，大明宫里就斗得风云诡谲了，现在肯定更糟糕！"

"我想你说得没错。"

"哦？是么？你知道什么啊！"沈泰似乎又有点控制不住自己脾气了。

白粲瞥了他一眼："我身份低微，能知道什么？仅仅是赞同你的说法而已。"他顿了顿，"你到底要不要听听我的建议？"

沈泰低头，感到有点尴尬。他点点头，忽然脱下了草帽，让自己沐浴在灿烂的阳光中，远处斧头劈柴的声音声声不绝。

白粲把自己给朝廷写的书信内容，以及朝廷如何回应告诉了他。这似乎不是以白粲的官职能知道的东西，沈泰不禁猜想这位塔古人是不是晋升了。在详细听了白粲所谓的建议后，沈泰明白，或许它能够保证自己活下来，至少一段时间内可以。他清了清嗓子，想说点什么。

"你也知道，"白粲掩饰不住他内心的骄傲，"这是来自狮王桑格拉玛的礼物,是我王的慷慨赏赐。我们的奇台王妃或许是开口讨要这份赏赐的人,但真正把它送给你的,则是我们的狮王。"

沈泰静静地看着他,半晌才开口:"我明白,能够让日格尔的狮王陛下知道我的名字,对我来说已经是莫大的荣耀了。"

白粲的脸突然显出兴奋的红晕,犹豫了片刻,他突然鞠了一躬。

二百五十匹汗血宝马啊。沈泰沉思着,他明白自己的前途定然充满了腥风血雨。他要是能带着这些神驹回到朝堂,将为帝国圆了数千年来拥有天马的梦啊!帝国对汗血宝马的渴望如此强烈,天马造型的瓷器、玉器、象牙雕刻,还有那些诗人梦幻般的歌咏,都充分表明了这一点。在诗人的想象中,汗血宝马足踏闪电和祥云,犹如神驹下凡一般威武。

可惜啊,世事无常,祸兮福之所倚,福兮祸之所伏。人总是难以预料未来的。

第二章

白粲在鞠躬过后就感到一阵略带耻辱的懊恼,他非常清楚,要是自己的父亲看见他刚才的动作,准会大发雷霆。

他刚才居然毕恭毕敬地朝一个奇台人鞠躬,就因为他摘下了那愚蠢的帽子,并且说远在日格尔的狮王知道他的名字是莫大的荣耀。这些话让白粲感到与有荣焉。

这仅仅是礼节,白粲不假思索地就这么做了,但躬身抱拳行礼是奇台人的礼节,不是塔古的。或许就因为他的脱帽礼?毕竟,人敬我一尺,我得敬人一丈。这个奇台人都可以尊重敌国人,他又有何不可?

人都难免有种吾国乃天地中心的优越感,跟别国人打交道的时候总想着要压制住对方什么的,而沈泰的行为很合乎礼节,比如穿着整齐的斗篷,又或者把那可笑的草帽取下来之类。而该如何去回应这种礼节呢?是不是完全无视它,把它当成懦夫在示弱或是虚伪的客套,完全不考虑这个家伙在这片土地上为牺牲的塔古士兵做了什么?

白粲觉得自己不能做这种事,他不是那种傲慢又冷血的人。对一名战士来说,缺乏这样的素质或许会影响他今后的晋升之路。对于那些从军的年轻人而言,在边境立下赫赫战功是一个可以让他们热血沸腾的梦想。年轻人总是陶醉于这样的梦想,证明自己勇气最好的地方就是战场,这是否就意味着战争是必不可少的?

和平对塔古而言无疑是件好事,意味着稳定的边境贸易,满仓满谷的粮食,还有新修建的道路和寺庙。塔古人民更愿意看着自己的孩子平安长大,而不是成为战场上倒下的尸骨之一,就如在库拉诺湖边那样。

不过,对那些胸怀雄心壮志,想要在战场上建功立业的将士而言,和平无疑是一场灾难。

而这些话当然不能跟一个奇台人提起,否则就是泄露军机:这种事情的传播范围仅限于塔古国边境的要塞内。

不过说实话,托沈泰的福,远在日格尔的朝廷也知道了白粢的名字。他也算是沾上眼前这位相貌平凡、彬彬有礼、眼神深邃男子的光了。

白粢偷瞥了沈泰一眼,这位奇台人文弱书生的气息已经磨光:两年多在山谷草地上的劳动让他变得劲瘦结实,皮肤粗糙,手上满是伤痕和老茧。而且早在一年多前,白粢曾经跟他打斗过,他很清楚,这位奇台人的武艺相当不俗,他的小屋里还挂着两把剑。

只是这些并不重要,奇台人很快就会离开此地,他的生活即将被手里捏着的那封信彻底颠覆。同样被波及的还有白粢,在奇台人离开这里回家的同时,他也要离开这个边关,前往位于东南部边境的多斯玛要塞。这是程婉公主给予他的嘉奖,如果他能够完成自己提出的建议,保护这位奇台人,别让他因为那份天大的赏赐而丢掉性命的话。

得先发制人,白粢暗下决心,为了以防万一,他甚至可以调度骑兵过来保护这位奇台人。不过,想着要让将士们离开要塞,来这个山谷里跟无数的鬼魂打交道……

这一点也让他心里极其不舒服,甚至有一次他跟沈泰坦言自己和来干活的士兵都被这里的鬼魂吓得够呛。

沈泰说,其实来自铁门关的奇台士兵跟他们一样,每次都是先待在安全的地方过夜,天刚放亮就往山谷里走,差不多跟塔古人同样的时候抵达,然后把牛车上的货物卸下来,帮他干点活,赶在天黑之前迅速离开这片堆积了无数白骨的湖畔。尤其是在白昼短暂、黑夜漫长的冬季,他们宁可冒着暴风雪离开,也拒绝在沈泰的小屋里暂住一夜。

白粢深以为然,跟湖畔入夜以后永不断绝的鬼魂哭号相比,他宁可去忍受山路上的风雪。那些灵魂的尖叫和哀号可以活生生把人给吓死,或者吓疯。

然而,他身边这位奇台人看上去可不像是个疯子,虽然在塔古要塞里盛传他早就疯了。或许在铁门关那边也是吧。两国士兵倒是在这一点上保持了一致。或许诋毁沈泰是个疯子，比认同他比其他人勇敢来得更容易吧。

当然也有人想要跟他比试一下，看看他是不是真有这么勇敢，就像格纳这样的家伙。白粲承认自己心里也偷偷希望他俩能打一场，只因为如果奇台人死了，他也就不用再来这个鬼地方了。

沈泰又戴上了那顶可笑的帽子，白粲告诉他自己的打算，尽可能保证他能够活着回到新安，并且带回他的汗血宝马。

因为事实就如沈泰所说的那样：倘若他就这么毫不掩饰地赶着一大批汗血宝马东行，就是十条命也不够他送的。

这份厚赐简直是奢侈到疯狂，但荒谬和疯狂是皇室的特权，不是么？

在沈泰面前他差点把这番话说出口，又咽了回去。白粲自己也不知道为什么，或许是看到沈泰又重新读了一次信，脸上震惊的表情还没有退去吧。从白粲第一次来这里之后，他还没看到这个奇台人情绪如此不稳定过。

他们步行回到了沈泰的小屋，白粲看着士兵把装给养的箱子放到储藏间，那些箱子不是金属的就是扎得很紧的木头，防止老鼠糟蹋粮食。他又开了个关于酒和漫漫长夜的玩笑，格纳和亚达正在把劈好的柴禾放在墙边。格纳工作得太卖力了，那身冗余的装甲下，汗水不断滴落。他似乎是在用这种方式发泄愤怒，而这正中白粲下怀，一个好的指挥官得善于利用部下的情绪。

时过正午，太阳刚刚从天顶往西偏斜。春夏之交，白日渐长，沿着小路走到湖边非常方便。白粲还有足够的时间跟沈泰慢慢地喝上一杯温酒——这也是奇台的饮酒方式——再愉快地告别。士兵们已经有些焦躁了，沈泰也有点心烦意乱，连他那永远谦逊有礼、平静无波的表情都掩饰不住。

白粲清楚，自己无法去责怪他。

二百五十匹汗血宝马，白玉公主的旨意。只有像她那样长居深宫之中的人才能恩赐如此疯狂的礼物。可是，陛下居然准了。

太不明智了，白粲在回程的路上想着，真是红颜祸水，永远不要低估宠妃对陛下的影响力。

他在喝酒的时候差点忍不住把这话也说出去了，幸好没有。下月再送一次给养，然后一切都彻底改变。他们或许再也没有见面的机会，所以最好别做什么吐露心声的蠢事，不管他对这个奇台人有多么好奇。

回程路上的牛车已经空了，走起来更轻松，不一会儿他们就离开了这片满是白骨的湖畔，不由得放声高歌。

白粲如往常一样在山路转弯的地方停下脚步，沐浴在午后的阳光里，往下凝视着库拉诺湖，如果不考虑尸骨，春夏之交的湖畔非常静谧秀美。他的目光从蓝色的湖水望到湖畔对面筑巢的鸟儿。可真够多的，朝那边开一弓保准能来个一箭三雕，就怕射中以后没有落下去的空隙呢。他不由得露出一丝微笑，为离开这里感到高兴，这一点无须掩饰。

他看着对面低洼的草地，遥对着北边连绵不绝的群山。在塔古人的传说里，远古时期，这片山脉曾经住着蓝色面孔、高大凶残的魔鬼。后来他们被塔古人信奉的草原之神禁锢在这片山峰之中，草原之神大展神通，搬来了其他的山峰，加持了神力禁锢住魔鬼。他们刚刚离开的地方就在魔鬼居住的范围之内。而草原之神则居住在遥远的南边，越过日格尔城后那一片高耸入云、从未有人攀登过的高山里。

白粲的目光落在了湖边的坟堆上，在奇台人小屋的西南边草地上，整整三长排，这是奇台人两年辛苦的成果。

他看到沈泰已经开始今天的工作，甚至都没等塔古人走远。第三排长长的坟堆也即将填满。隔着这么远的距离，沈泰那看上去渺小的身影不停地弯腰铲地，一次又一次。

他又看了看山坡上沈泰的小屋，边上有为两只羊修建的围栏，还有堆放在墙边的新劈木柴。白粲又转头看向东边，那个离群索居的奇台人总是沿着某一条小路往返湖畔。

"那边好像有什么东西。"他身边的格纳突然指着他正在看的方向说。白粲愣了愣，眯起了眼睛，很快他也看到了。

沈泰用力地挖着深坑，他从两天前就开始挖了，这是第三排坟堆的最后一个。今天他干得格外卖力,因为他必须让自己不停地做事,否则混乱的思绪就会如潮水般将他吞噬——疯狂的思绪,无法用平静和理智来压抑。

当然还有另一种解脱的办法,那就是白燊带来的酒。喝醉了的感觉就像回到了新安城的北里,灯火通明的巷弄,模模糊糊的轮廓。太阳落山就可以喝酒了,他得等到那个时候。虽然没有人能陪他畅饮一番。

他拼命地铲地,但今天的思绪根本无法回到这两年惯常的平静中来。沈泰站直,伸了个懒腰,拿下那顶被白燊非议的帽子,擦了擦额头的汗水。他看到东边的草丛中出现了人影。

他们已经走出峡谷来到草地,看来他刚刚太专注了,竟没有注意到。平日这里根本不会有人来,他又怎么会去注意和观察呢?除了两边要塞前来送给养的军队会在满月和新月时分出现,这里不会有任何访客。

可是面前就有两个,骑着两匹个头不高的马,第三匹跟在他们背后,驮着物资。他们骑行得并不快,或许是累了。太阳已经开始朝西边落下,照在油亮的马尾上,反射出柔和的光。

这不可能是来自铁门关的给养,他刚送走塔古人的士兵呢。来的人没有赶牛车,送给养的士兵也不会在这个点才前来,除非他们想留在这里,陪屋里的他或者屋外的死人过上一夜。很显然,今天真的有点不寻常。

看来这两位还得走上一阵才能来到面前,沈泰盯着他们看了一会儿,放好铲子,拿起他的弓和箭囊——平时他偶尔会靠弓箭来对抗野狼,或者打两只鸟加餐——然后往小屋走去,等待他们的到来。

不管是在哪个国家,尊重客人总是很重要的礼节,哪怕是不速之客。沈泰在走回去的路上,感觉到自己的心都快从嗓子眼里跳到地上了,大地的脉动回应着他。

周岩明白自己的朋友肯定会有所改变,不管是外貌还是性情,否则不可能在这种地方存活两年。他甚至做好了沈泰已经客死他乡的最坏打算,他还跟同行的旅伴提起过,不过对方不置可否。

他们在铁门关打听到沈泰依然活着，前不久铁门关的将士们还去库拉诺湖畔给他送过给养。这个消息让周岩很高兴，一连痛饮了好几杯特意给沈泰带来的鲑河酒，以示庆祝。

他终于打听到沈泰的消息了。

谁也没想到竟然会如此。周岩本以为自己离开新安城，沿着官道走个十来天就能找到沈泰的老家，就如沈泰告诉他那样。结果可好，他好几番打探才找到位于淮河边上的沈家庄园，沈泰的幼弟沈超——唯一还待在家里的孩子——告诉他沈泰早在两年前就离家去了铁门关西。

周岩一开始不敢相信这是真的，后来琢磨着自己朋友的性格，又释然了。

沈泰身上总是充斥着矛盾而统一的特质：他可以是一名武士，也可以是一名学者；可以像修道士那样禁欲，也可以混迹于青楼歌姬之间。什么样的人做什么样的事，另一位朋友辛伦曾经开玩笑说，沈泰喝再多的酒也不会忘了他的中庸和平衡之道，哪怕是在走路都跟跟跄跄的时候。

西行铁门关是一条漫长的路，自沈泰走后，他的家人就没有收到过只言片语，甚至怀疑他有可能已经客死他乡。谁也没料到周岩竟然会跟去帝国边境这么远的地方访友。

周岩用了两天时间跟沈皋的遗孀和幼子相处，和他们一起祭拜沈皋将军的英灵，同食同住，食物虽然很好，可惜整个沈家庄孝期内不得饮酒。庄园里有舒适的蚊帐让他睡得踏实。周岩在沈皋将军的坟前祭拜，并作了一篇表达对将军的仰慕和哀悼之情的悼文。在与年幼的沈超一起漫步沈家果园时，周岩做出了这个惊人的决定。

莫逆之交，不外如是。

自从知道沈泰去向之后，他就知道自己总会有一天忍不住去找他。为此，他告别了家人，踏上了西行前往边境的道路，身边只有一个从新安城带出来的护卫。

当他跟护卫提起朋友行踪时，她倒是轻描淡写地说一路上没什么可担心的。

周岩并不相信她的话，却因此而感到一种奇特的安心。

反正只要有人付钱雇了她,她倒是不在乎什么危险,周岩想着。瞰林武士的信誉非常好,一旦雇用他们当保镖,直到你付钱的时候他们才会离开。当然你也可以不付钱,不过后果不堪设想。

万思绝不是一名好同伴,尤其是对一名喜欢高谈阔论、开怀大笑、争辩抬杠的男人而言。更别提他还喜欢吟诗诵词,不管是自己写的或是其他人的。周岩只能不停地提醒自己,万思只是一名护卫而已,白天行路的时候保护他安全,夜晚可以熟练地搭帐篷布置露宿。她是个非常有用的护卫,却不是亲密的朋友。

当然更别提什么非分之想了,周岩知道自己要是对她有什么不规矩的举动,万思肯定会毫不犹豫地打断他骨头。每个夜晚,身边躺着一名轻盈窈窕的女子,却不敢有一丝邪念,真是种折磨。尤其是她在清晨阳光中练武时那优美的身姿,实在是惹得人想入非非。瞰林武士向来以严格自律闻名于世,并且在格杀技巧上出类拔萃。

从新安城到沈家庄的路上几乎没有出任何意外。除了一个细雨蒙蒙的黄昏,三个面相凶恶的强盗跳出来劫道,但他们一看见这位穿着黑衣、负着长弓、手提双剑的瞰林武士时,吓得立刻沿树林小道作鸟兽散。

然而,当他们启程西行的时候,周岩觉得一切就不那么太平了。他在沿途所见到的每一座寺庙里求神拜佛,并奉上一笔香火钱,以求平安。从沈家庄出来以后,他们并没有沿着官道走,走的是几乎和官道平行的南侧小路。过了叫辰尧的县城就是丝绸之路东起的地方,这条官道连接着新安城和玉门关,还有重兵把守的瞰苏狭路。

官道沿途总少不了热闹的村庄和舒适的客栈,以及美酒和漂亮的女人,甚至还有金发的塞达舞姬在前往帝都的途中卖艺。她们能够把身子弯成拱形,双手和双脚一起撑在地上,这样的身段和姿势太让人浮想联翩了。

可是沈泰应该不会到这种地方去吧?他还在孝期。所以完全没必要往北走个五六天到官道上,因为他们要通过铁门关前往库拉诺湖,而不是去玉门关。

这就让周岩吃够了苦头。当他结束一整天沉默的旅行,从马背上下来的时候,总觉得自己全身的骨头都快散架,根本没力气想着喝点酒、在酒肆里欣赏下卖唱姑娘的歌声，或者在青楼里风流一夜什么的。

他们每天骑行多远，是在村庄里投宿还是露营，这都是由万思决定的。每当露营后的清晨从沾满露水的地上醒来，周岩都觉得自己像个老翁一样腰酸背疼，那些村庄里的床也好不到哪去。

如果不是事关重大，他可不会吃这些苦头。沈泰离开新安城回去为父亲奔丧的时候，朋友们在城西的垂柳酒肆里送行，写下了不少依依惜别的诗句，互相拥抱，大家还折下柳枝送给沈泰，寓意着道别和祝福一路平安。

送别的时候，酒肆里可有六个人，而其他人现在在哪呢？没有一个人跟周岩一起上路。他们可以和两年前一样，在同一家酒肆喝得酩酊大醉，吟诗赋词地称颂周岩的勇气，折下更多的柳条送给他。但是没有任何人主动说起要跟周岩一起去沈泰家乡，即使只有区区十来天的路程。

啊哈，这一路西行的旅途艰辛，让周岩觉得自己也可以称得上是英雄了。即使是在辉煌的第九王朝，这样的友谊和美德也是罕见的。当他返回新安城的时候，所有人一定会对他刮目相看，再也不会有人在喝多的时候开玩笑说他软弱或者懒惰了。一想到这里他就觉得浑身又有了力气。

在骑行的路上，他忍不住跟万思提起过这些话。

万思一如往常地沉默不语。仍是那身黑色的劲装，和她那双眼睛一样漆黑。周岩从来没见过这么沉默寡言的女武士，真是太让人难以忍受了。她的舌头仅仅是个摆设，美貌也是用来浪费的。在他印象中，从来没见过她露出一点点笑容。

可在那天晚上，她杀死了一头老虎。

而他甚至都不知道这回事，直到早上在竹林边缘看到老虎的尸体，上面还插着两支箭，离他们睡觉的地方不到二十步。他吓得目瞪口呆，结结巴巴地说："为……为什么……不……我……甚至都没有听到……"

他被吓得冷汗直流，手不住颤抖。他看着那头野兽好一会儿，然后忍不住想逃走。虎死余威犹在，那庞大的身躯就够吓人的了。

恐惧让他感到头晕目眩，双腿一软，不由自主地坐在了地上。他看到万思走过来回收虎尸上的箭，只见她轻踩在老虎身上，足尖一挑，就把箭给拔了出来。

她已经把露营的东西收拾完毕，捆放在他们的第三匹马上。收好了箭，她翻身上马，不耐烦地看着周岩，把他那匹马的缰绳递给他。他无法忍受这样的轻视，鼓起勇气从地上站起来，上马。

"昨晚上你都没告诉我！"他还是忍不住看着老虎抱怨说。

"你睡着了，有什么好啰唆的。"万思开口，这算是她说的一个长句了。她轻叱一声，背对着初升的太阳西行而去。

两夜以后，他们终于赶到了铁门关要塞。

要塞的守卫队长热情地招待他们——可惜吃的东西除了炖羊肉还是炖羊肉，士兵们听周岩讲了不少新安城里的奇闻逸事，然后送他们继续西行，并殷切地告诉他们沿途扎营的地点——一定要留宿三个晚上，才能赶在清晨抵达库拉诺湖边。

周岩对此非常感激，他可不想和鬼魂打交道，更何况那些士兵所说的鬼魂还多到不可思议。但是万思对此嗤之以鼻，她直截了当地说，没必要在山猫林里浪费一个晚上，他的朋友都能在库拉诺湖畔活下来，而且活了两年……

于是，他们没有按照守卫的建议赶路——周岩意识到在地势如此高的地方连呼吸都很困难。第三天下午，他们追着太阳的方向，穿过山路来到了山谷中的草场边缘，才发现这里美得让人无法呼吸。

穿过茂密的草丛，周岩终于看到他亲爱的朋友，站在小屋门口等着迎接他，此时他内心的兴奋和激动任何一名诗人都难以描述。漫长而艰难的旅途全被他抛诸脑后，就为这一刹那的再会，吃再多苦头也值得。

疲惫，但是非常愉快，他勒马停在小屋面前。沈泰穿着一身白色的孝服，宽大的衣服上汗渍斑斑，人变黑了，胡子拉碴，皮肤粗糙得像个农夫，正不可置信地睁大眼睛瞪着周岩。

周岩感觉自己就像个英雄，哦不，他本来就是个英雄。因为地势太高，早先他的鼻子就开始出血，不过他对此只字未提。他只是希望自己的情况别太严重，不过很快他就会离开这里了，没什么好担心的。

沈泰鞠躬两次,又行了揖礼。他的礼节仍然无可挑剔到几乎夸张,当他情绪平静的时候一向如此。

周岩仍然骑在马背上,看着他微笑,然后终于说出了那句精心挑选、酝酿多日的开场白:"西出铁门无故人。"

沈泰大笑起来:"我明白了,你走这么远的路就是为了证明诗人们也有写错的时候?真是让我又感动又惭愧啊。"

听到这熟悉的、带着戏谑的声音,周岩心里好不快活:"啊哈,我可没这么想。我是来看望故人的。"

周岩翻身下马,紧紧地拥抱着老朋友,两人都禁不住热泪盈眶。当他们各自后退几步打量彼此的时候,沈泰仍然是一副不敢置信的古怪表情,看着周岩就像看着鬼魂一样。

"我从来没想过……从来没想过,你竟然能来这里找到我。"他开口。

"可不是么?你肯定想不到,所有人都想不到,让你们大吃一惊去吧。"

沈泰并没有笑:"确实如此。足下怎么知道我……"

周岩扮了个鬼脸:"我也没想过我会走这么远,本来我们都以为你在家里。结果我去的时候他们告诉我你已经走了。"

"然后你就来这里了?"

"是啊,我就这么来了,不是吗?"周岩高兴地说,"我还给你带了两瓶鲑河酒呢,可惜啊,我在你家里跟你弟弟喝了一瓶,又在铁门关喝了一瓶。不过我们喝的时候都有向你举杯的。"

沈泰戏谑地笑了。"没事,酒喝光了,你的情谊我领受。反正我这里也有酒喝。你肯定很累了,还有你的同伴。赏个脸进我的屋里坐坐吧。"

周岩望着他,突然间心底一沉。毕竟,他来这里是有其他原因的。

"我有件事情要告诉你。"他说。

"我就知道会有事情,"沈泰严肃地说,"不过你们先洗把脸,然后坐下来喝杯酒再说吧。毕竟赶了这么久的路。"

天下 Under Heaven

"越过了帝国最后的边界。"周岩笑着说。他喜欢听这样的话,没有人会忘记他的这次旅程。软弱?这个词不再适用于形容他了,他周岩可不是个软弱的人。那些在北里看着歌姬舞女、听着丝竹之乐、喝着美酒流连忘返的家伙们,他们才是软蛋。

"是啊,越过了帝国最后的边界。"沈泰同意。他们所处的地方正好在连绵不绝、覆盖着终年不化积雪的群山之中。周岩还看到湖心岛上有一片小要塞的废墟。

周岩跟着朋友进了小屋,明媚的阳光和清新的空气透过窗户洒满了整个屋子。房间虽小,但收拾得整整齐齐,他想着沈泰总是这么井井有条。看到屋内的火炉、狭窄的床、木质的桌子还有上面摆着的笔墨纸砚,周岩不由得笑了。

他听到身后万思进来的声音。"这位是我的护卫,"他说着,"她是瞰林武士,还打死过一只老虎呢。"

他转过身,正想为她引见沈泰,就看到万思已经拔出双剑,指着他们两人。

两年的独处让沈泰的直觉变得有些驽钝,平时对付下独狼和野猫什么的不在话下,但对上一名刺客则完全不同。

不过,他从一开始就觉得这名护卫不太对劲,原因他自己也不清楚。本来,对周岩这样的人而言,别说是来这么远的地方,就算是从新安城去趟淮河边上的沈家庄,他都可以雇佣一名瞰林武士。长途旅行中,雇佣一名瞰林武士是对自身安全最好的保障,虽然价格不菲,但周岩的家境不错,足以负担。

这不是让沈泰觉得不对劲的理由。沈泰看着女人手上的剑,两把全都指着他,而不是周岩:看来她也明白自己比周岩难对付得多。她骑行而来的时候就一直盯着沈泰,大概这才是引起他警觉的原因。来到此地,周岩雇佣她的任务已经完成,或者刺杀他是她的另一个任务?她那冷酷的眼神让沈泰明白,他们之间,唯有一战。

或许算不上一战,只是单方面的屠戮。沈泰的双剑和弓箭都靠在刺客背后的墙边,他没有机会在她出剑之前拿到它们。世人皆知,当瞰林剑握在瞰林武士手上的时候,杀伤力有多么恐怖。

周岩的脸都吓白了,目瞪口呆地张大嘴,像是一只离开水的鱼。这个可怜的家伙,同伴突如其来的背叛和那出鞘的利刃,超越了他对这个世界的认知。他做了一件极其勇敢的事情:为着男人之间超越一切的友谊,西出铁门关来看望老朋友——却赢得如此急转直下的结局。沈泰倒是想知道周岩给他带来了什么音讯,到底为什么千里迢迢地来这个地方。不过他突然意识到,或许这个消息他永远也无法得知了。

这样的想法让沈泰不安,也让他愤怒。他力图保持平静地开口:"我想我才是你刺杀的目标,我的朋友压根不知道你来这里的目的。他是无辜的人,放过他吧。"

"他可不无辜。"万思轻声开口。她仍然盯着他,警惕着沈泰或许会有的暴起反击。

"是么?仅仅是因为他知道你的名字?你以为杀人灭口就万无一失了?铁门关的出行是有记录的,你们抵达要塞就会被记录在案。多他一个人知道又算得了什么?"

双剑的剑尖丝毫不为所动,万思只是露出一个淡淡的笑容。绝美但冰冷,就像库拉诺湖一样。沈泰想着,真是致命的美丽。

"不,"她开口说,"一路上他的眼睛太不规矩。"

"就因为他用欣赏女人的目光看了你?这种理由太可笑了。"沈泰故意激怒她。

"你自求多福吧。"她说。

"怎么?你想杀了我?"他的内心升起一股愤怒,压制了其他情绪。在这种情况下,愤怒能够带给一个男人勇气。他在飞快地思考自己能做什么扭转这不利的局面。

"瞰林的信条和准则就是这样?因为一个男人欣赏你的脸蛋和身体,你就要杀了他?你的师父会为你感到羞愧的。"

"你也配跟我说什么瞰林准则?"

"如果有必要的话,当然。"沈泰冷冷地说,"或许你该有点瞰林武士的荣誉感,不如让我去取我的剑,公平一战。"

她摇了摇头,沈泰的心一沉。万思说:"或许我应该答应,但是我得到的指示很明确,一来到此地就要立刻杀了你。我不是来跟你比武的，只是要你的命。"她的口气里有这么一丝淡淡的遗憾，沈泰脑子里飞快地想着：是谁给她下达的命令？看上去她对那个人不敢有丝毫违抗。

她的话引起了沈泰的注意："一来到此地？你知道我在库拉诺湖，而不是在家里？你怎么知道的？"

她不置可否，沈泰意识到自己不该这么沉不住气地诘问。他需要继续跟她周旋，沉默就意味着死亡，他非常肯定。"看来派你来的人认定了公平比武你不是我的对手，谁这么急切地要保护你啊？"

"你可真够自信的。"女刺客喃喃地说。

他脑子里忽然闪过一个想法，虽然希望渺茫，不过聊胜于无，姑且一试。

"好吧，我只能说世事无常，"沈泰开口，"如果我命中注定要在库拉诺湖丧身，甚至连与你公平一战的机会都没有，那么我能不能请求你，让我死在屋外？我想面对着库拉诺湖最后一次祭拜我父亲，然后这么静静地躺在天地之间。这么小小的要求，你不会拒绝吧？"

"不。"她脱口而出。沈泰不明白她的意思，直到她再次开口："我不能答应。"她顿了顿，似乎不再犹豫，"如果不是得到了明确的指示，我会与你公平一战。"

命令，明确指示。谁，到底是谁？沈泰需要时间来思考，也需要寻找机会拿到他的双剑。其他的想法都毫无意义，他必须得想办法转移她的注意力，或者让她移动下脚步。

"周岩，是谁建议你雇一位瞰林武士的？"

"闭嘴！"抢在周岩开口之前，女刺客喝止了他。

"说说有什么关系？"沈泰说，"现在的情况下，你想要杀掉我俩可以说不费吹灰之力，怎么倒像个学艺不精的小孩一样害怕？"他故意说这些话来刺激她，期望能让她露出一丝破绽。

他瞄了下自己的双剑，在刺客身后，他的书桌边上。这间屋子很小，似乎伸手就可以拿到——如果不考虑在眼前这位瞰林武士双剑下活命的话。

"跟这个无关，只是瞰林武士必须奉命行事。"女刺客冷静地说。

她的情绪似乎平静了下来，他的嘲弄毫无用处。沈泰对瞰林的信条和准则非常了解，看来刚才的努力都白费了。

"是辛伦，辛伦叫我雇的！"周岩突然鼓起勇气开口。

"小心！"沈泰看到女人的眼神突然一冷，不由大叫。

周岩中剑了，女刺客右手一振，反手刺入了周岩的肋骨之间，优雅而精准，然后迅速地拔剑。她的手腕微微一拧，剑尖又笔直地对着沈泰，就像从来没有移动过一般：精准、迅速，这就是瞰林武士的能耐。

就这么一瞬间，沈泰明白时间稍纵即逝，永不再来，他无力改变。他能听到自己的心怦怦直跳，在女刺客杀死周岩的时候，他跳了起来。

沈泰发出一声怒吼，愤怒超越了恐惧，他明白自己没有活路了，反正十万人都死在这里了，再加上两个也不多。

他没有试图去拿自己的剑，而是径直朝右侧的大门冲了出去，往羊圈的方向飞奔。他一把抄起放在墙边的铲子，试图用它来对抗瞰林武士的双剑。他拿到了，准备使出全身力气，抡圆铲子往女人头上拍去。

女人追着他出来了。

因为他的愚蠢和冲动，他刚才所说的愿望——希望能够躺在库拉诺湖畔的天地之间——极有可能变成现实。

突然之间，宁静的空气中毫无预兆地刮起一阵诡谲的狂风，在春夏之交的下午，一股可怕的力量猛地爆发。

凄厉的尖啸声在天地之间响起，高亢、凄厉、扭曲。

那不是他的声音，也不是那女人的，甚至不是任何一个活人的声音。

地上的草一根没乱，树上的叶子也一片未动，甚至湖面都没起半分波澜。诡异的狂风只是不断地发出凄厉不绝的尖啸，环绕在他身边，阻隔了眼前的刺客。

它困住了女人的身体，把她吹了起来，在空中摇摆，就像摆弄一根树枝、一只纸鸢、一朵被大风连根拔起的小花。她踉跄地撞在小屋的墙上，动弹不得，像是被钉在墙板上。因为恐惧，她的眼睛瞪得大大的，张开嘴似乎想要尖叫，可什么声音也没有发出。

一柄剑还在她手里，平贴在墙上，另一柄已经被甩了出去，掉在地上。他看着刺客在半空中挣扎，双脚不停蹬来蹬去，被狂风和木质的墙板禁锢着。

这一切迅速得就如幻觉，突然间，两支箭呼啸而来，洞穿了她的身体，深深地钉在木墙上。女刺客就像是献祭的牲口一般被钉在那里。第一箭穿透了她的喉咙，溅出一朵明艳的血花。第二箭则深入她的左胸。

在即将被那鬼魅般的狂风杀死之前，她死在了箭下。

须臾间，鬼魂和狂风的尖啸戛然而止。

木墙轰然倒塌，女人也随之倒在小屋旁边的草地上。

沈泰深深地吐出一口气，双手在颤抖，他回头看着箭来的方向。

白粲和那位叫格纳的士兵站在那里，眼里都充满了恐惧。格纳手上拿着弓，那两支箭就是他射出来的。

狂风的声音仍然回响在沈泰的脑子里，还有那尖啸声。女刺客的尸体让他联想到一只被钉住的黑翼蝴蝶。

是库拉诺湖畔的死者英灵，是他们救了他。沈泰想着。

还有两位活人，他们冒险骑行回来援助他。现在太阳已经向西，黄昏很快就会降临，黑夜的库拉诺湖畔不属于活人。

沈泰看着女刺客的尸体，突然间明白了点什么：正是因为他不分寒暑地辛勤工作，埋葬死者，安抚英灵，他才能在这次刺杀中死里逃生。

他又看了看蓝色的湖水和渐行渐低的太阳，随后跪在绿色的草地上，抚着额头，恭恭敬敬地行了九次拜礼。

早在九百多年前的第一王朝，有位大儒曾说过：当一个人体会过死里逃生的感觉后，才能卸下肩头某些不必要的负担，体会到生命是如此美好和珍贵。他必须珍惜生命，所以要行九次拜礼以示感恩。

几百年来，也有其他学者说过类似的话，诸如"劫后余生方知生命之重"之类的。真得身临其境才能明白这些话里的道理。他跪在草地上叩首，脑子里却突然浮现出父亲在小溪边喂鸭子的场景。

他抬起头来，望着远处的群山。

站起身，沈泰转向塔古人。格纳把女人的尸体从墙板上拖下来，随手拔出箭扔到一边。女人的头发已经散开，在微风中轻轻飘动。

格纳弯下腰，把她的腿分开。

他开始解自己的盔甲。

沈泰不敢置信地眨了眨眼睛。

"你在干什么！"他大吼一声，把塔古士兵给吓了一跳。

"她的身体还没冷呢，"格纳说，"就算是给我的犒劳吧。"

沈泰盯着白粲，塔古队长转过头去："别告诉我你们的士兵没这么干过。"虽然嘴里这么说，可他的眼睛躲闪着，不敢迎上沈泰的目光。

"当然没有！"沈泰说，"没人会这么做，而且只要我在，谁也别想。"

他走上前去，拾起了瞰林剑。

他已经很久没有手持瞰林剑跟人打斗了，剑是好剑，轻盈趁手，剑尖指着那位年轻的士兵。

格纳解盔甲的手停了下来，他一脸惊讶地看着他："她来这里刺杀你，而我刚刚救了你的命！"

这功劳可不能完全算他头上，不过也可以勉强接受。

"我对此非常感激，来日定当报答。但是，这样不行。如果你敢碰她，我就杀了你，或者你想跟我打一架？"

格纳耸耸肩："打就打。"他开始重新系紧盔甲。

"那么，"沈泰平静地说，"你得做好送命的准备。"

敢在这个时候骑行回来帮助沈泰，这位年轻的塔古士兵完全不缺乏勇气。

于是沈泰琢磨着说点什么挽回格纳的面子。"你可以想一想，"他说，"想想刚才的风，想想那些死者。他们……他们与我们同在。"

他又看了白粲一眼，塔古队长似乎仍然无动于衷，沈泰有点急了："我花费了两年的时间在这里安抚死去的英灵，不能容许你这样去侮辱一个死者！"

"她是来杀你的。"格纳重复说,仿佛沈泰是个傻子一样。

"死在这片草地上的每一个人都是来杀人的!"沈泰大喝。

他的话在稀薄的空气中回荡着,天气已经凉了下来,太阳快落山了。

"格纳,"白粲终于开口,"够了。如果我们想要在天黑之前离开,相信我,没时间给你们打斗了。刚才那事算在我头上,回去我会给你补偿的,赶紧走吧。"

他习惯性朝着小屋走去,片刻之后又折返回来,走向自己那匹汗血宝马,又牵过了士兵的马匹。格纳仍然一动不动地盯着沈泰,战斗的渴望写在他的脸上。

"你刚才已经为自己赢得第二个纹身了,"沈泰沉静地说,他瞟了白粲一眼,又看向士兵,"享受你的胜利,而不要享受辱人之举。请接受我的敬意和感谢。"

格纳死盯着他好一阵,才心有不甘地转过身,故意朝女刺客的尸体边上吐了一口唾沫。他大踏步走到马边,一把抓起缰绳,翻身上马。

"等等!"沈泰突然叫住他,一个想法刚刚从他的头脑里冒出来。

士兵又转过身来。沈泰深吸一口气,有些话还真的不容易说出口。"拿走她的剑吧。"他说,"是瞰林打造的,我想塔古士兵没有这么好的剑呢。"

格纳没有动弹。

白粲大笑了一声:"他不想要的话,我就不客气了。"

沈泰疲惫地冲着他笑笑:"我知道你会的。"

"这可是一份厚礼啊。"

"希望足以表达我的感激之情。"

沈泰言尽于此,站在原地等待着格纳的回应。他已经足够照顾这位塔古士兵的情绪,何况他身后敞开门的小屋里,还躺着一位朋友的尸体呢。

似乎过了许久,格纳终于策马上前,冲他伸出了手。沈泰转身,弯腰从女人尸体上取下带血的剑鞘,连同两把剑一起递给了格纳。他再次弯腰拾起了那两支塔古人的箭,同样还给了士兵。

"不要辱及死者。"他重复了一次。

格纳面无表情看着他。沈泰再次开口："谢谢你。"

他确实该如此说,因为太多太多的原因,超越了边界和国家。每个人都可以选择自己的处事方式。沈泰想起了父亲,至少,你可以尝试去选择。他往西边看了看,远方的鸟群依然盘旋高飞,太阳已经落得很低了,他看着白粲。

"恐怕你们得赶紧走。"

"我知道,小屋里面那个人……"

"他已经死了。"

"是你杀了他?"

"不,那个女人杀的。"

"可他们是一起来的。"

"他是我朋友,这只是一场悲剧。"

白粲摇了摇头:"奇台人的想法都这么古怪?"

"也许不是。"沈泰觉得身心俱疲,突然想到自己必须赶紧把这两具尸体埋葬了,因为他明天就要离开。

"他带了个刺客来找你。"

"他是我的朋友。"沈泰重复说,"他只是被欺骗了,本来是要来给我带口信。而那个女人,或者雇佣了她的人,不希望我活着听到那些消息。"

"朋友?"白粲·奈斯珀重复了沈泰的话,没露出什么表情。然后转身要走。

"队长!"沈泰的叫声让白粲转过头。

"我相信,你也是我的朋友。谢谢你。"沈泰抱拳行礼。

白粲盯着他看了好一会儿,然后点点头。他轻叱一声,正欲打马前行,突然像想起了什么。

"那他告诉你了没?你有听到你朋友带来的消息么?"

沈泰摇摇头。

格纳背着两把剑,不耐烦地等待着,他的马冲着南方使劲打响鼻。白粲的表情突然一沉:"你是不是打算离开这里?为了知道真相?"

12

这个塔古人真是太聪明了,沈泰点点头:"明天早上就走。我的朋友死了,他是为我带口信来的,而有人要阻止我知道这个消息。"

白粲点点头,朝西边看了一眼。太阳几乎快落山了,黑暗即将来临。空中的鸟儿焦躁地盘旋在湖的另一边,一丝风也没有。

塔古人深吸了一口气:"格纳,你赶紧走。我今天夜里跟这个奇台人一起住下。他明早就得离开,我还有要事与他相谈。我就跟他一起在这间屋子里碰碰运气了。看上去这里的鬼魂对他很友好,希望我也能沾点光。告诉其他人,明天我会赶上去,你可以在中间的山路上等我。"

格纳转身盯着他:"你是说你打算住在这里?"

"不用我再重复一次吧?"

"队长!这不行,这里——"

"我知道!赶紧走,这是命令!"

年轻的塔古人犹豫了下,他的嘴张开又闭上。白粲带着刺青的脸上一片冷硬之色,没有任何妥协的余地。

格纳耸耸肩,策马而去。剩下的两个人站在那里,目送他的背影消失在夕阳中。恍然间,他那飞驰的身影后,似乎有无数的灵魂追逐而去,追逐着他的呼吸和鲜血。

第三章

过去五十年来，帝国的军制一直在不断更改。旧有的平时务农、闲隙训练、战时打仗的府兵制已经越来越无法满足军事需求。

帝国的边境朝各方不断扩张，甚至往南跨过雄江，越过密林丛生瘟疫遍布的南蛮之地，直到出产珍珠的大海。帝国与西边的塔古国，北边的博古各部落不断有小范围的摩擦和争端，还要保护好丝绸之路的贸易，这就让兵农合一的府兵制显得有点捉襟见肘，无法满足戍边和守卫的需要。所以，在帝国的边塞延伸得越来越远的时候，府兵制几乎已经名存实亡。

现在大家普遍认为士兵应该是专职的。奇台帝国从长城外的游牧民族中招募了许多士兵，选拔了不少将领，甚至还封了一些最为强大的异域将领做藩王。这意味着军事制度的改变，非常大的改变。

数年以来，士兵完全由国家供养，从帝国国库支付军费，由全国的农夫和劳动者供应粮食、武器、各式军需，甚至还有各种训练消耗。

一方面，这样的制度可以训练出更富有战斗力的士兵，但另一方面，常备军的出现就意味着全国赋税大幅增加，这是最直观和显著的后果。

过去几年来全国风调雨顺，没有干旱或者洪涝灾害。新安、延陵等大都市在这几年中仓廪殷实，财富增值的速度令人瞠目结舌，因此尚能负担起如此冗重的军费。若是在年景不好的时候，军费就是个庞大的负担。不管是一个人还是一个国家，某些隐疾总是会在平日里逐渐积累，到一定时候才会爆发出来。所谓福无双至，祸不单行，世事往往如此。月盈则亏，杯满则溢，繁盛如昂贵华丽的檀香木，芯子里却难免会被蛀虫偷偷啃噬。唯有夜深人静时，才能听到那细碎的声音。

这是个安静的夜晚，连狼群都停止了嗥叫。戍守铁门关的将士明白黑夜已快过去。临近夏日的时节，黑夜越来越短。晨曦即将宣告新一天的到来，就如县里的傀儡戏拉开帷幕。

好像这个比喻不太恰当。在铁门关墙上执勤的宁武杰想着，他曾经在辰尧县看到过傀儡戏。

宁武杰是一个地地道道的奇台人，跟随父亲和兄长从军到了此地。他没有田地糊口，也没有回乡省亲的必要，因为他尚未娶亲。

于是他把自己半年的省亲假花在了铁门关和相距五天路程的辰尧县之间。酒肆、饭铺还有烟花女子总能榨干他袖袋里的每一个铜板。有一次他被获准半月的假期，就自己一个人去了辰尧。回乡的路实在是太遥远了。

辰尧一直是他所见过最大的县城，大得让他瞠目结舌。所以他绝不相信帝国里还有比辰尧还大的城市，不管别人怎么说都不可能。

他戍守的关隘在晨曦的照耀下显得宁静而悠远。朝阳从悬崖顶部升起，把悬崖的投影拉长，然后逐渐驱赶笼罩在山谷里的阴影，最终升上空中，照亮了他们背后强大的帝国。

宁武杰从来没有见过大海，但是想到奇台帝国的边界已经向东延伸到了海边，他就会特别高兴，传说中东方的群岛是神仙居住的地方。

他低头看了看昏暗且尘土飞扬的校场，整了整头盔。铁门关的指挥官对着装要求非常严格，就像只要谁没有穿戴好盔甲，佩好长剑，就会立刻听到塔古人咆哮着从山谷冲出来攻打城墙一样。

真是荒唐。宁武杰张开那缺了一颗门牙的嘴，朝地上啐了一口。说得就像国力强大的奇台帝国派到铁门关戍边的三百士兵是三百只不堪一击、只会嗡嗡叫的蚊子一样。

他啪地在脖子上拍死了一只蚊子，在黎明前夕遭遇这小吸血鬼够让人烦心的，幸好这里不是南方，南方的蚊子更加可怕。他抬起头来，享受着西风吹拂在脸上的感觉，天上的星星都快看不见啦，等到晨鼓响起，他就可以结束执勤，好好吃一顿早饭，然后睡觉。

他又扫了一眼空荡荡的山谷窄道，突然间发觉里面有动静。

薄雾渐渐散去，他看到的东西逐渐清晰，宁武杰惊叫一声，立刻派传讯兵去叫指挥官。

在日出时分出现一个孤零零的人，对要塞而言构不成半点威胁。可是他太不寻常了，足以惊动指挥官。

那人渐行渐近，他举起一只手，示意将城门打开。

宁武杰被他那嚣张的气焰弄得有点恼火，突然间，他看到了那人乘的马匹。

他愣住了，死盯着那匹马和那个人，他们在清晨的薄雾间渐行渐近，变得清晰无比，就像神灵从雾中降临到人世间。这真是让人震惊，宁武杰又吐了一口唾沫，这次是吐在手掌上，好给自己加把劲。

自打第一眼看到那匹马起，他就想把它据为己有。铁门关里的每个人肯定都会这么想。以祖宗的英灵起誓，宁武杰想着，奇台帝国的每一个人也都会这么想的。

"为什么你这么肯定那个杀手不是他带来的？"白粲问过。

"他确实带她来了，或者说是那女人带他来了。"

"别耍你的小聪明，奇台人。你明白我的意思。"

这话里有些嘲讽的意味，可以理解。他们已经喝了八九杯了，至少……好吧，在新安城，数酒杯是一件很没教养的事情。

夜已深沉，明亮的月光照耀着这间小屋。

沈泰倒也点了蜡烛，想着烛光或许会给白粲一点慰藉。鬼魂一如既往地在外面游荡，他们也一如既往地能听到哀号声。已经习惯了的沈泰突然间意识到这是他待在这里的最后一夜，他总觉得窗外的鬼魂似乎也知道了这一点。

而白粲不习惯，他不可能习惯。

死者的哭号饱含着痛楚和愤怒，那无休无止的苦痛，似乎一直在重现他们垂死挣扎的瞬间。这些哭号声在屋外盘旋，此起彼伏，延绵不绝，甚至连湖对岸和树林中都有。

沈泰不由想起了两年多前在这里过的第一个晚上，他被吓得半死。

那些记忆遥远得有点模糊，不过他仍然能记起当时自己被吓得全身冷汗,身体筛糠似的打颤,死死攥着剑柄瑟缩在床上。

若是这些杯黄酒能够让塔古人不再害怕窗外那十多万的鬼魂——比两年前少了一些,沈泰努力让一部分死者的尸骨入土为安——那就让他多喝两杯吧,这样挺好的。

赶在夜晚到来之前,白粲帮着沈泰埋葬了周岩和女刺客的遗体,就埋在沈泰下午刚挖好的墓穴里。墓穴没挖到应该有的深度,不过已经足够埋下两具奇台人的尸骨。这两人,一个死于剑下,一个死于箭下。

沈泰和白粲合力把两具尸体包裹在冬天用的羊皮里——现在沈泰用不着它,想来也没有机会再用了——趁着太阳还没落山,赶紧抬到墓穴处。沈泰跳到坑里,塔古人把周岩的尸体递给他,他把朋友仔细安葬在墓穴中,然后爬了出来。

然后他们把刺客的身体扔到周岩身边,填土,用铁铲拍平,以免有野兽打扰逝者安宁。沈泰念了一篇中规中矩的悼文,并洒酒祭奠。而塔古人则面朝南方,向他们的神祇祷告。

天几乎完全黑了,他们匆匆忙忙地赶回小木屋。太阳落山以后,长庚就出现在西方,这颗星在傍晚时分属于诗人,黎明时分属于士兵。

小屋里没有新鲜的食物,通常沈泰会去钓鱼、掏鸟蛋或者打野禽,然后做一顿丰盛的晚餐,但是今天例外。

他们煮了点风干的腌肉,吃了两碗米饭,配上甘蓝和榛子。塔古人带来了新鲜的桃子,味道还不错。他们还有黄酒,晚膳已毕,酒仍在继续。

窗外星光下,鬼魂又开始号叫了。

"你明白我的意思,"白粲控制不住音量地重复,"为什么你就这么相信那个周岩?难道你对每一个自称是你朋友的人都这么信任?"

沈泰摇了摇头:"我不是轻信的人。但是当周岩找到我的时候,他脸上那份成就感和骄傲无法掩饰。还有当那个刺客拔剑相向时,他是真的震惊。"

"说得像奇台人不会骗人一样!"

沈泰又摇了摇头："我了解他。"他喝了一口酒，"看来也有人很了解我，因为有人明确告诉那个女刺客不要跟我战斗。她说过她更希望光明正大地击败我，杀了我。还有她知道我在这个地方，只是瞒着周岩而已。她先让周岩去我家里打听消息，并没有透露丝毫口风——如果从她嘴里泄露出来，会引起周岩的怀疑。不管怎么说，我相信他是个光明磊落的男子。"

白粲眯起眼睛打量着沈泰，从头到尾思考这件事情："为什么连畎林武士都不敢和你单打独斗？"

看起来他还没有太醉。沈泰想，照实回答应该不会有什么问题。

"我跟他们一起在石鼓山训练过差不多两年。"他顿了顿，看白粲没什么反应，才继续道，"或许太久没训练，我的技艺也荒疏了。不过想必有人不愿意冒这种风险。"

塔古人死盯着他，沈泰拿起铜盆里温好的酒给白粲满上，然后慢慢喝完自己杯中的，又倒上一杯。一位朋友在今天死去了，飞溅的鲜血还残留在他的被褥上。

这个世界上多了一个埋葬悲哀的墓穴。

"这件事情谁都知道么？我是说你在畎林受训的事。"

沈泰摇头："知道的人不多。"

"你是一个受过训练的刺客？"

这是大多数人容易误会的地方，通常也会刺激出他的怒意。

"我受训是为了感悟他们的道心，学习他们的纪律，还有他们使用武器的技巧。畎林人通常担任护卫，而不是刺客！我离开得相当突然，有些师父待我特别亲切，当然也有一些不那么喜欢我。不过这都是多年前的事情了，无关紧要。"

"好吧，你这么说就算了。"

沈泰喝了一口酒。

"难道畎林人觉得你利用了他们，耍弄了他们？"

沈泰有些后悔提到这回事了："我只是那时不太理解他们。"

"所以招他们忌恨？"

"不可能的。我压根就不是个畎林人。"

"那你是什么人？"

"现在么？我是个游离于阴阳两界之间的人，为死者服务。"

"好吧，好吧。奇台人的小聪明，你他娘的到底是个普通士兵呢，还是个朝廷命官？"

沈泰露出一抹微笑："我他娘的什么都不是。"

白粲迅速转过头，但嘴角的笑容出卖了他。要讨厌这个家伙真是太难了。

沈泰又给自己倒满酒："这就是真相，队长。多年前我就不再从军了，也没有通过科举考试进入朝堂。这不是耍小聪明。"

白粲举起自己的空杯，沈泰赶紧给倒上。这样的场景又让他恍惚想起了新安城北里的觥筹交错。到底士兵和诗人谁更能喝酒？这个问题恐怕连圣人都没法回答。

沉默了一会儿，塔古人轻轻地开口："或许，你并不需要我们来救你。"

此时，外面传来了凄厉的尖叫声。

这不是动物或者风的声音，沈泰知道那是什么。他每天晚上都枕着这些声音入眠，他真希望自己能够找到声音主人的尸骨并让它入土为安。可是他没有办法在诸多尸骨中找出特定的某一个。两年来他感悟到了许多许多，而这些都将在今晚告终，他不得不离开了。有人被派来这么遥远的地方刺杀他，他需要知道原因。

他又斟满了酒杯，一饮而尽："我不知道鬼魂会攻击她，也不知道你们会回来。"

"要是知道这些鬼魂可以……那我们也不会回来了。"

沈泰摇了摇头："并非如此，你们的勇气值得钦佩。"

他的脑海中突然闪过一些奇怪的想法。有时候美酒能让人琢磨一些从来没想过的东西，就像沼泽地上的芦苇滩背后藏着一条小溪一样。

"勇气值得钦佩，这就是你下令让士兵射箭的原因？"沈泰突然问道。

烛光闪耀，让白粲的目光有点涣散。沈泰觉得他大概喝醉了。

塔古人说："她几乎被平拍到木屋上了，它们很快就能杀死她。你说说我为什么不让他补上两箭呢？"

半遮半掩才是最好的回答，沈泰略带讽刺地说："让一名士兵立功，为自己增加一个纹身的机会？"

白粲耸耸肩："算是吧。他毕竟是跟我一起回来的。"

沈泰点点头。

白粲说："你为什么跑到外面来，知道它们会帮你么？"他的声音听上去也有点尖锐。

他们听着外面凄厉的哭号和尖叫。沈泰努力把自己的思绪从周岩的惨死中拉回来："我是跑过去拿铲子的。"

白粲·奈斯珀突然爆发出一阵大笑，不可置信地说："用铲子来对抗瞰林人的宝剑？"

沈泰自己也笑了，看来喝酒真的可以让人放松神经，忘掉恐惧。

那时候他以为自己只有死路一条，即将和库拉诺湖畔的鬼魂永远作伴呢。

他们继续喝酒，窗外的尖叫声停止了，取而代之的是更难听的声音，似乎是垂死之人的呻吟，无休无止地在黑暗的夜里响起，能让人听了心烦意乱到濒临崩溃。

沈泰开口："你想过死亡么？"

塔古人看着他："每一个士兵都想过。"

这是个不合时宜的问题。他们是陌生人，不久前他们身处的国家还互相敌对，或许不久以后又将继续敌对下去。这是有着蓝色纹身的蛮子和文明人之间的对抗。

沈泰继续喝着酒，塔古人的烈酒可能比不上新安城北里那醇香味美的葡萄酒。但对今晚而言足够了，恰如其分。

突然间，白粲喃喃地说："我说过要跟你谈谈的，我跟格纳说的，还记得么？"

"我们不是一直在谈么？可惜啊……可惜周岩已经死了，要不然他能拉你谈上一整夜。你肯定会受不了他那张滔滔不绝的嘴，只想赶紧睡下去，让耳根子清净点。"

是啊，周岩死了，就埋在外面。对一个温和又健谈的男子而言，真不是个合适的葬身之地。

周岩跋山涉水不远千里来到此地，到底要给他带来什么消息？

沈泰无从得知。他突然想起自己还没来得及问这位朋友科举及第了没有。

白粲凝视着窗外的月光："如果有人派出一个刺客,那么就有可能在你回程的时候派出第二个。你明白的。"

他明白。

白粲继续说:"铁门关有他们俩通关的记录,所以戍边的将士肯定会询问他俩的去向。"

"我会告诉他们的。"

"那么他们就会把消息报送到新安城。"

沈泰点头,肯定会的。一名瞰林武士到遥远的西边来行刺?真是非同寻常的事件,当然不会严重到动摇奇台帝国根基,他沈泰还没有这么大的影响力。不过足以惊动沉寂的边防要塞。这个消息会随着军报飞快地发送出去。

白粲说:"你的孝期结束了,是吧?"

"差不多吧,等我到新安城肯定结束了。"

"你会去那里么?"

"当然。"

"你知道谁派这个杀手来的?"

他不敢肯定。

是辛伦推荐我找这个瞰林的。周岩最后的话犹在耳边,可他的生命却已经消逝。"我想我知道该从哪里入手去寻找答案。"

或许他知道的不止如此,可是今晚他不愿意去思考这些。

"这样,我有一个建议,"塔古人说,"哦不,两个建议,足以让你活下去。"

白粲微微一笑,喝干了一杯酒:"我的前途跟你绑在一起了,沈泰,还有你所接受的那份赏赐。你得好好地活着,去拿你的马。"

沈泰仔细考虑着塔古人的话,白粲看起来还是很有诚意。

而且那两个建议听上去都不错。

要让沈泰自己想,他连一个都想不出来。要想平安回到新安城,他必须得更加精明和谨慎。在帝都,就连你跟人鞠躬的次数不对,或者鞠躬的对象不对,都有可能惹来大祸。他决定接受塔古人的建议。

他们喝光了瓶里最后一滴酒,熄灯就寝。

此刻,月已西斜,不久后就是天明。塔古人躺在地板上,轻声说:"要换我在这里待两年,我肯定早死了。"

"是啊。"沈泰回应。

星光下,窗外的声音时高时低,连绵不绝。天空中的牛郎织女星闪耀着光芒,透过窗口投射到屋里,它们在银河的两边闪烁着,带着深沉的爱意。

"它们都很痛苦,是么?"

"是的。"

"它们想杀了她。"

"是的。"

沈泰认出了城墙上的卫兵,那小伙子至少来过两次库拉诺湖边运送给养。他记不住卫兵的名字,不过他知道戍守铁门关的将军名叫林峰。林峰个子不高,身体也不太强壮,长着一张圆脸。他把在铁门关担任统领当作自己建立军功的踏板,为以后的晋升多积累点资历。

去年秋天,他来到要塞还不足一个月,就前往库拉诺湖畔,慕名来看这位在湖边埋葬死者的男子。

当他和士兵赶着牛车离开的时候,曾经朝沈泰鞠躬两次,给沈泰送的物资给养也从未断绝。那次会面让沈泰明显感觉到林峰是一名雄心勃勃的军官,带着点傲慢,但有军人的荣誉感。沈泰认为这名将军非常了解库拉诺战场的所有历史。

林峰不是个适合作朋友的人,但在铁门关担任统帅跟这方面的天性没有任何关系。

天刚刚亮,大门缓缓打开,露出站在背后的林峰。他身上的军服穿得一丝不苟。从湖畔出来的第一晚,沈泰还睡得不错,而第二晚则被狼嗥声惊醒。他能判断出狼群在远处,似乎也不是特别饥饿,可仍然选择在深夜里为父亲祷告,然后连夜骑马赶路,而不是等到天明再启程。奇台人对狼都有种莫名的恐惧,不管是传说中还是生活中，沈泰也不例外。还是骑在马背上能带给他安全感，再说了，他现在对白粲·奈斯珀这匹紫红色的汗血宝马实在是爱不释手。

它们并不是真正的汗出如血，那只是关于天马的传说，是诗人浪漫的想象营造出来的。不过现在要是有人来背诵几句赞颂汗血宝马的诗歌，沈泰一定洗耳恭听。他在星空之下飞骑驰骋，月光洒在身后，映衬得这夜晚如梦如幻。胯下的高头大马脚步轻盈，在黑暗的峡谷中如精灵般飞驰，不会行差踏错半步。

这一刻真是美妙到足以让人死而无憾。沈泰觉得自己什么都不在意了，只沉浸在如风般飞驰的感觉中。骑着汗血宝马的感觉比衣锦还乡还棒，他的心随着宝马轻盈的脚步飞扬。这匹马的塔古名字叫做"狄恩洛"，意思是"闪灵"，沈泰一直重复着这个名字，太贴切了。

换马是白粲提出的第一个建议，他说沈泰需要拿出点东西来证明自己带来的消息是真实的。得骑上一匹汗血宝马，让人亲眼看到了，他们才会相信沈泰真的能得到二百五十匹宝马的厚赐。再说了，狄恩洛比凡马跑得快，也能缩短他回程的时间。

书信中明确指出，这份赏赐只能由沈泰亲自领取。这或许会成为保证他活下去的护身符，那些追踪他而来的人可能会因此投鼠忌器，不得不确保沈泰的安全。

听上去这个建议很实用，于是沈泰欣然接受，还做了一点小小的改动。

在早上与白粲分手之前，他写了一封书信：作为对慷慨出借宝马，以及在库拉诺湖畔英勇对抗来自奇台帝国刺客的回报，塔古队长白粲·奈斯珀，可以在那二百五十匹汗血宝马中任选三匹带走。

这样也足以让塔古队长向自己的将军交差，总不能平白无故借一匹汗血宝马出去。他俩对此都心知肚明，白粲也欣然接受这份回报。沈泰在清晨的风中骑着天马飞驰，才算是明白了借马对白粲来说是一个多么大的决定。

白粲的第二个建议就是把所有可能带来歧义的、含糊不清的东西都用清楚明白的措辞表述出来。塔古人亲自在沈泰的书桌上用奇台语写了一封信，他写得很慢，笔迹苍劲有力。

"在下白粲，忝为塔古国戍守边境部队小队长。奉白玉公主程婉之命，以伟大的狮王桑格拉玛之名，赐予奇台帝国大将军沈皋之次子沈泰塞达品种汗血宝马二百五十匹。仅限沈泰本人亲自领取，马匹现牧养及看护在……"

马匹交接的地方位于塔古境内，靠近奇台帝国熙思县。白粲尽可能清楚而详细地写下了移交宝马的各种前提与细节。尤其是强调必须由沈泰亲自来领取，以防他被强迫或诱导着签署了一些违背意愿的东西。新安城里某些人受过专门的训练，不择手段地诱使人在不知情的情况下签署文件。还有专门模仿别人笔迹的人，几近以假乱真。

沈泰带着这封信飞驰铁门关，准备把它递交给铁门关的守卫抄送，以八百里加急快马朝帝国首都送去。

这些应对手段到底管不管用，沈泰也不知道。不过这批汗血宝马事关重大，他已经做好了再度面对刺客的准备（还有那雇佣刺客来刺杀他的人，那些刺客很可能会捉住他严刑拷问，再用特殊的方法把他折磨致死。

第一个刺客无功而返，暗地里的敌人绝不会就此罢休，只会接二连三地来找麻烦。沈泰对此心知肚明，可他没料到的是，当他骑着闪灵穿过铁门关城门进入校场，在林峰面前勒住马缰的时候，赫然发现指挥官背后的出现了一名全身黑衣，身背双剑的瞰林女子。

她比来湖畔的女刺客娇小一些，脚步同样轻盈。这种轻盈的脚步是瞰林人的标志，长期在石鼓山训练的成果。瞰林人甚至可以在一个圆球上优雅地舞蹈，并保持平衡。

沈泰盯着那个女人，她的黑发未曾束起，径直披散到腰间。沈泰意识到她是刚刚从睡梦中被惊醒。

这并不意味着她的危险性会小点。沈泰迅速地抄起弓，从箭囊里抽出一支箭，扣上弓弦，指向她。在山林里，为了对付野狼和野猫，他得随时准备开弓射箭。沈泰端坐在马背上，没打算下来，他对自己的骑射技术相当自信。他曾经跟长城以北的游牧民族共同生活过一段日子，然后才去到石鼓山接受瞰林武士训练。他感到了些许讽刺，曾经的同门兄弟，现在一个接一个被派来刺杀他。

指挥官林峰愣了下，喝道："你要干什么？"

女人在距离沈泰十五步左右的地方停了下来，她有一双大大的眼睛和饱满的双唇。对一名携带暗器的瞰林武士而言，十五步的距离太危险了。沈泰一拉马缰，闪灵往后一跳。

"她是来杀我的，"沈泰保持从容地说，"在库拉诺湖畔，另一名瞰林尝试过，可惜我还活着。"

"这个我们已经知道了。"指挥官林峰说。

沈泰眨了眨眼，但他的目光一瞬都不敢离开那个女人。

忽然，她伸出手，摊开，让沈泰看清她手上空无一物。然后她两边肩膀微微一耸，背后的双剑就掉到了地上。女人笑了起来，那种笑容让沈泰不由得愈加警惕。

这一场对峙引起了士兵们的围观，和平时期的戍边生活太无聊了，难得有新鲜事发生。

"你们是怎么知道的？"沈泰问。

指挥官转头瞥了一眼那个女人，耸耸肩说："昨晚上她告诉我们的。她追着那个刺客来，日落的时候抵达铁门关。本来她打算连夜骑马去找你，我劝她不用急于一时，不如休息一个晚上。那个女刺客先她好几天来呢，要是库拉诺湖畔发生了什么不愉快的事，要阻止也为时已晚。"他顿了顿，问道："这么说真有什么不愉快的事情发生了？"

"不幸被您言中。"

指挥官的表情突然一沉："他们都死了？那个胖书生和女瞰林？"

"是的。"

"他们？"女人第一次开口，在这晨曦轻拂的校场，她的声音听上去低沉而清晰，"我很遗憾听到这个消息。"

"为你的同伴而遗憾？"沈泰愤怒地问道。

女人摇了摇头，笑容敛去。她有一张聪明机警的脸庞，颧骨高耸，披散着的头发散发出一种奇特的魅力。"我是奉命来阻止那个刺客的，我为那名无辜的书生而遗憾。"

"可怜哪，那个胖书生。"林峰重复了一次。

"他是我的朋友,"沈泰说,"他叫周岩,从很远的地方赶来告诉我一个很重要的消息。"

"那他说了么?"女人问,"他把消息告诉你了没有?"她往前走了一步,靠近沈泰。

沈泰飞快地举起弓箭指着她。

女人停了下来,又一次笑了。瞰林武士的微笑不啻于无形的武器,足以让人感到一股凉气从脚底升起。沈泰想着。

她摇着头说:"如果我是来杀你的,你早就死了。我也不会赤手空拳地站在你面前,你应该明白。"

"我们最好还是回到正题上去,"沈泰冷冷地说,"多说无益,我想你也应该明白。"

这次换她愣了下,沈泰笑了。这个女人太自信,得给她来点下马威。石鼓山不仅训练武艺,还会教导瞰林武士们如何用语言去攻击或安抚别人。这世界上,不只刀剑暗器可以致人死命,言语诛心,犀利胜过刀兵。

他的朋友死在了瞰林武士手上,眼前这位女瞰林的目光让他回想起那惨烈的一幕,沈泰极力压抑着被激起的愤怒情绪。不过,同样是盯着他看,这位女瞰林的眼神里没有半点杀意和战意。他至少应该听听这个女人要说什么,才能判断她的话是真是假。反正他会随时保持警惕,沈泰想着。

"你为什么会被派来干掉另一个瞰林武士?"

"因为她根本不是瞰林。"

指挥官林峰惊讶地转头看她,女人继续说:"半年前她从新安城附近的瞰林寺逃离,隐姓埋名混到城里当杀手。据我们所知,有人雇佣了她来这里刺杀你。"

"谁?"

那女人摇摇头:"我不知道。"

沈泰说:"她是一名瞰林武士。她说了,如果不是接到了明确的指示,她会和我公平一战。"

"难道你认为这些命令来自于石鼓山么,沈公子?你不会真的这样想吧?你自己也在石鼓山受训过,你应该了解那是个什么地方。"

他看向林峰，指挥官的表情很警觉，看来这些消息他也是刚刚听到。在遥远的西部边陲，这样的消息实在是太令人震惊了。沈泰意识到他们最好别在大庭广众之下讨论这些，这个女人估计也明白，所以她对沈泰的问题避重就轻。又或许这是某种伎俩，想把他骗到一个更狭窄更僻静的地方，方便刺杀。在几天之前，沈泰的日子都过得挺单纯，不会想这么多。

"林将军可以派人搜我的身，"她那低沉而清晰的声音传来，似乎读懂了他的心思，"我的右边靴子里藏着一把匕首，其他就没了。你要还不放心，可以让卫兵把我的手绑起来，这样我们是不是就可以去一个安静点的地方谈谈？要是这样你都还害怕，就让林将军跟你一起来吧。"

"闭嘴！"林峰怒瞪着她说。他讨厌这个女孩越俎代庖地发号施令，这里可是他的地盘，"我当然会跟他一起去，不过你没有资格说这种话。听你们的意思，似乎有人在我管辖的地方被杀害了，那么我得搞清楚事情的来龙去脉，得向朝廷上报此事。"

是啊，得向朝廷上报。朝廷一定会被淹没在如雪片般的报送抄本中，沈泰讽刺地想着。

女人耸了耸肩，沈泰感觉到她并不乐意这位统领掺和进来。看来他得考虑考虑。

他收起弓箭，抬头往右望去，那名缺了一枚牙齿的秃顶士兵还站在城墙上低头看热闹。沈泰冲着他挥了挥手，说："喂，照顾好我的马，细心点喂水喂食。我记得你挺懂马性的。"

要不是现场气氛这么紧张，宁武杰肯定会乐得笑出声来。

沈泰洗了个澡，换了套衣服。专门前来戍边地方伺候官长的仆役为他准备了替换的锦靴，还收走了他换下来的衣衫鞋袜去清洗。

他的思绪飘远，想到人生转折际遇，反复无常，有时候需要深思熟虑方能做出决断；而有时候，就在清晨醒来的一瞬间——或是洗脸洗手的短短瞬间，就可以做出影响一生的决定。世事如此，倒是超脱了人力所能预料范围。

接二连三发生的事情让沈泰对自己的未来也有点看不透，就在这个清晨时分,不知道被什么所触动,他突然间明悟了不少东西。

梳洗完毕后,一名护卫恭送他前往营地东面的议事府。他在门外大声宣告沈泰的到来,并为他拉开挡风的布帘。

沈泰走了进去,林峰和那名瞰林女子已在里面等候多时。沈泰冲他们鞠躬,跟他们一起盘膝坐在蒲团上。手边的桌上摆放着茶盘,这让他颇感意外。景泰蓝的茶盘上嵌着柳枝的图案,还附有两句诗人岑杜描写柳树的诗。整间议事府装饰得美轮美奂,令人赏心悦目。

这是两年以来沈泰到过最华美的屋子了,林将军背后的矮几上摆放着一个浅绿色的花瓶。沈泰盯着它看了好久,似乎太入神了,他自嘲地想着,就像城墙上那名士兵入神地盯着自己骑来的宝马一样。

"这个花瓶非常精致。"他开口赞许。

林峰笑了笑,无法掩饰脸上的得色。

沈泰清了清嗓子,突然起身,一揖到底:"麻烦请给她松绑,我将不胜感激。"他脸上现在的表情一定蠢透了。

女人的手腕和脚踝被牢牢地捆着,她一脸平静地坐在另一边。

"为什么?"林峰很享受这种被尊重的感觉,但显然不太乐意改变现状。

"有您在场,她不会攻击我的。"他在梳洗的时候已经想通了,"六百多年来,瞰林武士之所以能够在朝廷的允许下延续至今,是因为他们有着崇高的声誉,不管是朝堂还是军队对他们都非常信任。如果一名瞰林武士在边陲要塞杀掉了将军,或者在将军眼皮子底下杀人,他们的寺庙,他们的豁免权,就不复存在了。另外,我想她说的是实话。"

女人又笑了起来,目光低垂着,似乎想隐藏自己的愉悦。

"林将军或许也是我的同谋哦。"她低着头说,在房间里不比校场上,她的声音听上去似乎多了点波动。

两年了,两年以来第一次听到这动人的声音,沈泰不由感慨。

林峰的表情很愤怒,沈泰抢着开口:"不会的,我想我还没有重要到这种地步。至少之前没有。"

"之前?什么之前?"林峰问道,一下子忘了还要发火。

沈泰沉默着,林峰盯着他看了一会儿,然后朝旁边的士兵点点头,士兵走到那女子身边,给她松绑。他很小心,没有站得太近,这里的士兵称得上训练有素。

绳索松了,沈泰却继续保持沉默。过了一会儿,林峰明白了他的暗示,挥了挥手示意两名随侍的士兵退下。

女人的头发已经束好,她优雅地盘膝坐下,双手放在膝盖上。她穿着黑色的麻布劲装,腿上打着黑色的绑腿,方便骑马。绑着她手腕的绳子很紧,有些地方擦破了皮,不过她似乎毫不介意。

沈泰注意到她的手小巧纤细,很难想象这是一双瞰林武士的手,但这样的人恐怕更危险,他太明白不过了。

"不敢请教姑娘芳名?"沈泰问。

"魏苏。"她微微一欠身。

"你是从石鼓山而来?"

她略微有些不耐烦地摇头:"怎么可能?我从石鼓山能这么快赶过来么?我是从码头附近的瞰林寺过来的,那个女人也是。"

码外,离新安城很近的地方,那里以温泉闻名于世,皇帝还特意在码外修建了一座行宫,与众嫔妃在此享乐。

沈泰明白自己问了个愚蠢的问题。作为五圣山之一的石鼓山远在东北方,这女人说的是实情。

"冒昧打扰一下,您刚才说是在什么之前,沈公子,"林将军插话,"您能赏个脸回答下我的问题么?"

他尽力让自己的声音听起来不带讽刺,但失败了。这位将军把面子看得很重,自满又傲慢,可目前他对沈泰而言很有用。沈泰转身看着他。

看样子时机正好。

他突然清晰地感觉到:自己正站在一个十字路口,又或是乘船行在大河分流的地方。人的一生总有些即将面临重大抉择的时刻,犹如此时。

"塔古朝廷赠予在下一份礼物,"沈泰轻轻开口,"来自我们的公主。"

"白玉公主?送给你个人的礼物?"

边塞将军完全压抑不住自己的惊讶,他只能勉强控制自己不要表现得太失态。

"是的，大人。"

林峰沉思了半晌，才开口："是因为你埋葬了他们的逝者？"

这男人或许不是个太称职的统帅，但一点也不傻。

沈泰点点头："日格尔为此赐予了太重的荣耀。"

"荣耀？那可是群野蛮人，"林将军直言不讳，举起瓷杯喝了一口热茶，"他们从来不懂得什么是荣耀。"

"或许您说得对。"沈泰回答。他的声音里没有透露出任何情绪。

然后，他说出了汗血宝马的事情。

第四章

"那些马在哪里？"

问这个问题挺合理的不是么？可是林将军那突然变得煞白的脸，急促的口吻暴露了他内心的激动。这样震撼的消息任谁遇上都会手足无措。林峰的额头上出现两条纹路，看上去似乎在害怕什么。沈泰不明白他为什么会有这种情绪，但确实能感觉到。相比之下，那个女瞰林似乎没有任何情绪波动，泰然自若地仔细聆听。

然而沈泰也在石鼓山受过训练，他明白她的镇定只是假象。她的呼吸，她的姿态表明她正试图让自己平静下来，这就意味着她的内心根本不像表现出来这么淡然。沈泰突然意识到，跟库拉诺湖畔的女刺客相比，这位名叫魏苏的女子很年轻，跟他的妹妹差不多大。

"我还没拿到呢。"沈泰简单地说。

林峰的眼神闪烁了下："我亲眼看着你进入铁门关，还能不明白这一点？"

或许几句嘲讽之辞是他平息自己内心激动的方式吧。

"除非有一支军队护送，否则你没法活着把这些汗血宝马带回到朝廷。"女瞰林说，"你会欠这支军队一个大人情。"

她很年轻，但脑子非常灵活。

林峰盯着她："你们都欠军队人情。你最好牢牢记着这一点，女瞰林。"

好戏开场了，沈泰想着。

在奇台帝国的历史中，天下大势总是分久必合合久必分。曾经各方诸侯合纵连横，彼此征战，而现在文武百官位居朝堂高呼万岁。天子就如凛日当空，普照万物。

而在今天早晨之前，他还是个遗世独立的世外人。重新回归到帝国的庇护之下后，果然又开始面对这些复杂的言语机锋和勾心斗角了。

沈泰的思绪回转过来,开口说:"那些汗血宝马被牧养在边境之外的一个要塞里,靠近熙思县。我这里有一封来自塔古朝廷的信件,能够解释清楚。"

"是谁看护那些马?"将军只关心这个问题。

"一名塔古人,在离库拉诺湖最近的关隘担任小队长。正是他给我带来了这个消息。"

"那他们可以把这些马带回去!据为己有!"

沈泰摇了摇头:"除非我死了。"

他伸手从上衣的口袋里掏出来自日格尔的那封信,突然间回忆起自己站在库拉诺湖畔第一次读到它时的场景,那些叽叽喳喳的鸟鸣声犹在耳边,他甚至可以感觉到有清风拂过脸庞。

"将军,信上有程婉公主的御笔。所以我想您的措辞应该更谨慎一些,不要再提及塔古人会把那些宝马据为己有什么的,否则对公主太不敬了。"

林峰清了清嗓子,他几乎忍不住要伸手去抢夺那封信,不过仍然抑制住了这股冲动,要是沈泰发现了他的意图,肯定会瞧不起他。虽然林峰是个暴躁又傲慢的男子,但并非完全不知礼仪,哪怕是长期身处这几近蛮荒之地。

沈泰扫了一眼女瞰林,她正因为林峰尴尬的小动作微微笑着,也没有费心掩饰。他又说道:"塔古人会好好看护那批马,直到我亲自去领取。"这就是他和白粲•奈斯珀在小屋里商量出的结果了。

"啊哈,"魏苏抬头看着他,"这是你的护身符么?"

"聊胜于无嘛。"

她的目光变得很深邃,似乎有许多话想说:"一份很棘手的礼物啊,或许会让你送命。"

林峰摇了摇头,他的情绪似乎突然平静了。

"棘手?这可不是一般的棘手!简直……简直就像扫帚星穿过天际啊!不过,传说那也不完全是坏兆头,这取决于它是怎么穿过的……"

"还取决于解读星相的人。"沈泰静静地接过话头。他不喜欢那些博士或者相士之流。

林将军点了点头:"这些天马是属于您的无上荣耀——属于您,

也属于所有奇台人。然而现在的世道很乱，您在这个时候回新安城，真的不妥，不妥……"

"世道一直如此。"沈泰说。

"现在更乱了，"将军坚定地说，"每个人都会觊觎你的马，你会被他们撕成碎片。"他又啜饮了一口茶，"不过，我可以帮你出个主意……"

他可真够费心了，沈泰突然感到一阵歉疚：可怜的将军，被派来这个安宁和平的边境，或许他也想波澜不惊地度过平静的边关岁月，积累晋升的资历，然后等待一纸调令。

可惜，在任期内却偏偏撞上二百五十匹汗血宝马，足以搅乱每个知情人的平静生活。

穿过天际的扫帚星？这么说也无妨，还是来自西方的。

"请将军指点一条明路。"沈泰说。他能感觉到自己那毕恭毕敬的态度中透出的不以为然，甚至隐隐有些不耐烦。或许脱离这浮华的尘世太久，他的心一时间还无法融入繁冗复杂的世俗人情中。不过，也可能跳出三界之外方能看得更清楚，他敏锐地预感到接下来眼前这位将军可能会说的话，他的开场白应该是如此这般……

"令尊是一位伟大的将领，在西部边关，我们都为他的逝去而哀悼。你是沈将军的儿子，传承了军人的血脉。不如以第二军的名义接受这些天马吧！我们是离库拉诺湖最近的驻军，节度使徐毕海徐提督就驻扎在辰尧。我会派遣部队为你保驾护航。徐大人会亲自接见你的，把天马献给他吧！你能想象他会如何回报你么？他会提拔你担任第二军的副统领！那是莫大的荣耀！"

果然不出意料。

难怪这位林将军听到汗血宝马的消息时会流露出害怕的表情。显然林峰也意识到，他至少必须尝试把这些马留在第二军节度使的管辖范围之内，不管这种努力有多荒唐。否则他一定会大大地开罪徐提督，再也别想受重用和被提拔。沈泰看着他，从某方面来说，留下天马的想法太诱人，他可以立刻甩掉这堆烫手山芋，可是从另一方面来说……

他摇摇头："将军，您真要我在回到新安城之前就把这批汗血宝马给献出去？您别忘了，这份厚赐可是来自陛下的掌上明珠，我要是胆敢这么做，相爷那边如何交代？"

"还有那位最大的节度使，他要是知道此事，您就更没法交代了。"瞰林女子插话了，声音很轻，但很清晰，"将军，天下并非只有一位节度使。难道您就半点没考虑到驻守在东北方的节度使安荣山？他掌管奇台的军马，不是吗？难道您认为开罪他是明智之举？还是您觉得沈公子在与世隔绝的地方待了两年，对天下大势毫不知情，会不加考虑地把这份厚赐献给第一个开口问他讨要的人？"

林将军看向她的眼神里充满了怨毒。

"闭嘴，"他厉声说，"这里没有你说话的份儿！别忘了你只是个嫌犯！你来这里是接受审问的，而我马上就可以开始审问！"

"我想，恐怕事情不是这样的，"沈泰深深地吸了一口气，"我愿意给她开口的机会，只要她同意。我想聘请这位女瞰林作为我的护卫，从此时此刻开始。"

"我接受。"女人轻快地说。她的目光迎上了沈泰，脸上却没有笑容。

"荒唐！之前你还怀疑她是刺客！"林峰诘难道。

"刚开始是有这个怀疑，不过现在我不这么想了。"

"为什么？"

沈泰看了看对面的女人，她优雅地坐着，眼神低垂，看上去非常从容。不过沈泰知道她内心没这么平静。

他确定了自己的答案，脸上不由露出一丝微笑。周岩要是在这里一定会喜欢上这个女子，他肯定会把这件事情喋喋不休地向其他人讲述，而且会衍生出不同的版本。可惜他……想到这位朋友，沈泰的笑容退去了。他说："因为她来这里之前束好了头发。"

林将军一呆："就因为……这个……么？"

沈泰力图让自己的声音听起来很严肃，这位林将军对他接下来的计划而言很重要，自己必须尊重他。"这证明她的手脚都很自由，而她的发饰中，至少藏着两种瞰林武士惯用的暗器。如果她想杀我，我早就没命了，您也是。要是她背叛了瞰林，不顾忌石鼓山会因此受到牵连的话，可以在杀了我俩之后逃走。"

"三种暗器。"魏苏开口。她拔下头上的发簪,放在身前。那根发簪锋利无比,闪闪发光。"另外虽然能逃走很好,但我们通常也有无法脱身的心理准备。"

"我明白。"沈泰说。

他正盯着将军,林峰脸色的变化被他尽收眼底。

看来这位将军是聪明人,他的想法似乎在悄然改变,这时候已经不适合考虑上司会有何反应了。看样子朝廷也会介入此事,他必须得谨慎处理才行。

林峰慢慢地呷干杯里的茶,从深绿色的茶壶中又倒上一杯。沈泰跟他做着一样的动作,然后看了看摆在面前的发簪,它锋利如一把匕首,长短也差不多,一端有着银质的凤饰。

"好吧,可是,至少你该去拜见一下节度使大人吧?徐大人就在辰尧。"

林峰的表情很认真。这只是一个请求,没有别的意思。另外,他并没有建议沈泰去拜访辰尧的刺史,可见军政两派之争由来已久。

有些事情是亘古不变的,日复一日,年复一年,总是如此。

这也没什么好评说的,事实上,去不去拜访当地的刺史,那是他自己的事情。

沈泰只是简单地回答:"这是当然,我想徐大人应该不会讨厌我冒昧打扰才是,他是家父的旧知,不才也想向他当面请教一下。"

林峰点点头:"我会派人送信给徐大人。至于请教什么的……你已经隐居很久了,是不是?"

"是挺久了。"沈泰回答。

他突然想起了库拉诺湖畔的一切,月华如练,清冷地洒在湖面上,泛着银色的光芒。那里的冰与雪,花与草,雷与电……还有那永不断绝的死者的哀号声。

林峰的表情阴郁,沈泰却发现自己竟然挺喜欢这个喜怒形于色的将军。将军沉着脸说:"现在的时局艰难啊,沈公子,新安城里出大事了。本来这天下四海升平,我奇台疆域也不断扩张。新安城现已成为天下最耀眼的地方。可是这种荣耀,有时候并非……"

女瞰林饶有兴趣地听着,一言不发。

"家父时常说时局总是艰难的,"沈泰似乎在喃喃自语,"对那些苟活于世的人而言。"

将军点点头。"万法有度,不趋极端。星斗参合,万象变换。"这段话记载于第三王朝的文献中,沈泰以前参加科举的时候学习过。

林峰犹豫了下:"好吧,有件大事,非常重要。皇后娘娘已被逐出了大明宫,现居住在新安城西边的道观里。"

沈泰倒抽一口凉气,这可真是一件大事,不过他也没有太过意外。

"那位名叫文芊的妃子呢?"

"皇上已经册封她为珍贵妃,夜夜侍寝,宠幸有加。她实则与皇后无异。"

"在下明白。"沈泰说,"那么,敢问服侍皇后的宫女现在又怎样了?"这个问题对他而言很重要。

林峰耸耸肩。"我不知道。我想至少有一些宫女跟着皇后去了道观吧。"

三年前,沈泰的妹妹被选入了宫内,专职服侍皇后,此事对沈家而言也是一种荣耀。

沈泰必须得想法子弄清楚沈礼眉出了什么事,他的长兄应该会知道。

可长兄……本身也是个问题。

"看来确实如您所说,兹事体大。还有什么我需要知道的么?"

林峰放下手中的茶杯,脸色严肃地说:"你刚提到相国大人,唉,应该叫前相国了。秦海秦大人于去年秋天驾鹤西去。"

沈泰眨了眨眼,浑身一颤。这个消息就是意料之外了,世界仿佛在一瞬间颤动。就像一棵参天的巨树轰然倒下,让天地都为之震撼。

魏苏开口了:"普遍认为,秦大人是入秋之后偶染风寒病故的。不过据我们所知,没这么简单。"

林峰盯着他,双目中射出锋锐的光。

据我们所知,没这么简单。这话简直都可以算做大逆不道了!

不过林将军什么也没说。反正跟他没啥关系,军方的人对这位深得太祖赏识,大权独揽的相国没什么好感。

秦海秦相爷又高又瘦,留着几撇胡须,以多疑著称。他在朝中地位显赫,乃一人之下,万人之上。他担任相国的二十五年来,奇台帝国仓廪殷实,财富积累的速度令人瞠目结舌。秦海虽然专横跋扈,却对太祖皇帝忠心耿耿,他手下有无数的暗探间谍,无孔不入地刺探着各地的情报。哪怕有人在小酒肆里说错了一句话,都有可能传到他耳朵里,然后被治以砍头或者流放的重罪。

这是一个让人感到厌恶和害怕的人,可又是皇帝的股肱之臣。相国之位不可虚悬,沈泰等待着,等待着从林峰嘴里吐出的继任相国的大名。

将军又慢条斯理地呷了口茶,这才开口:"陛下钦点的新任相国大人,乃是……文周,家世显赫的文大人。"他显然故意顿了顿,"你应该听说过这个名字吧?"

听说过,当然听说过。

文周,珍贵妃的堂兄,这不是问题。问题在于……

沈泰闭上了眼睛,他回忆起了那熟悉的气息,那绿色的眼睛,金色的头发,还有她的声音。

"你一走就是两年半,要是这时候有人……要为我赎身,独占我身子,甚至纳我为妾,我该怎么办呢?"

他猛地睁开眼,看到另外两人都好奇地看着他。

"我听说过他。"沈泰说。

铁门关的林将军从来不会自诩为一名学者,他可是个道道地地的军人,早年就跟随兄长参军了——虽然这些年来,他已经意识到自己总会不由自主地思考点什么。相比起他的大多数同僚和战友,他自认为已经站在一个更高的层面,他了解得更多,思考得也更多。

他很懂得享受生活,也喜欢文明人之间的对话。深夜,他在营房里自斟自饮的时候,林峰甚至觉得那一刻的微醺,反倒是一种众人皆醉我独醒的姿态。

已故大将军沈皋的次子,那个名叫沈泰的家伙很对他胃口。他希望能够把这小子留在这里,陪他个十天半月的。沈泰的思想不时迸出智慧的火花，跟其他人相比，他显得如此与众不同。

他们在饭后的谈话让他不得不承认，在这个贫瘠偏远地方戍守简直是在虚度光阴。

他问了沈泰一个带点挑衅的问题："你已经两次走到帝国边境以外的地方去了。要知道，先圣有云：心中有越界的思想，是很危险的。"他露出一个笑容，似乎在为这句有点失礼的话抱歉。

"不是所有圣人都这样说。"

"那倒也是。"林峰喃喃地说，示意仆人再过来倒点酒。要谈到诸子百家不同教诲这种有深度的问题，他就不太在行了。一名士兵可没时间学这么多。

沈泰似乎也在沉思什么，他那双深邃的目光闪烁着，昭示出内心的活动。过了半晌，他才礼貌地开口："将军，在下第一次越过帝国边界的时候，还是一名非常年轻的军人，奉命进入北边的博古部落的，仅仅如此。请原谅我说句大不敬的话，您来到铁门关也并非完全出于自身意愿吧？"

他连这个都看出来了！林峰不自觉地笑了笑。"一个光荣的使命。"他略带抗议地说。

"当然如此。"

沉默了片刻，林峰又开口："其实我明白你的意思。第一次你可以算是身不由己地越过帝国边界了，而第二次……"

沈泰不疾不徐，镇定自若地回答："第二次是为了祭奠家父，所以我才独身来到了库拉诺湖畔。"

"难道就没有别的方式祭奠他了？"

"当然有，我敢肯定。"沈泰说。

林峰有点尴尬地清了清嗓子。他意识到自己非常享受这样的闲聊，他已经太久没有跟一个思想有深度的男子交谈过了，有时候，聊天不仅用来打发寂寞，更能涤荡你的内心。他作了个揖。

这个沈泰，真是个性格复杂的人，可惜他很快就得离开，或许他俩不再有像这样畅谈的机会。虽然有点遗憾，不过将军是一名识大体的人，仍然把话题转到了塔古人和他们的边塞上，沈泰可以给他提供一些重要的消息。

毕竟，就目前而言，塔古人仍然在他的职责范围内，直到他调离为止。

有些人总能在出世和入世之间进退自如，沈泰就是其中之一。林峰知道自己没有这种天赋，而沈泰则让他看到了一种全新的对待生活的态度。或许，有一名镇西左卫大将军的父亲能够让人学到很多。

晚上，独自一人待在房间时，将军喝了点酒。要是有人注意到早些时候他们在喝茶，显然会非常惊讶。在这个时代，饮茶是新兴的奢侈消遣，刚刚在新安城里流行不久。茶叶从遥远的西南方源源不断地传到新安城：这也算托太祖皇帝与塔古人议和之福了。

他曾经从信使口中听过茶叶，然后让他们给捎带一些到了这里。或许其他边塞的将军也有这个嗜好吧，林峰甚至以私人的名义订了别致的茶盘和茶杯。

茶叶那苦涩的味道，多加蜂蜜也无法冲淡，他其实并不太喜欢。跟享受味道相比，饮茶更让他觉得是一件有品位的事情，这是在新安城这样的大城市里独有的时尚，而身处帝国边境的小镇，连个可以喝茶聊天的人都没。

这样的环境让人如何自处？林峰一次又一次地提醒自己，他来自一个强大的帝国，一个文明的世界，他的修养和品位不能在这个蛮荒的地方给埋没了。

世事无常啊，秦相国死了，新相国就任。就连军队的性质都悄然而变——现在奇台帝国的部队中多了不少异族人，跟林峰刚入伍那时完全不同。藩王的势力开始壮大，跟朝廷之间的关系也日益紧张。而陛下则年事愈高，谁也不知道接下来会是怎样的局面。林将军不喜欢这样的时局，他天性如此，固执可以算是优点，也可以算缺陷。有些东西很难简单地用好或者坏评判。

要塞内只有一间正式的客房。铁门关本来也并非达官显贵出入之地，北方那恰如其名的玉门关才是富庶的商人往来之所，是屹立于帝国边塞的璀璨明珠。

客房窄小，没有窗户，下面也没有庭院花园。沈泰很不习惯，在野外餐风露宿还舒服点,早知如此还不如跟兵士们住大通铺。但转念一想,他知道那不可能,人总得有点跟自己身份地位相符的派头,要不然其他人不知道该怎么跟你打交道。

所以他不得不住在这间狭窄黑暗又不透气的客房里,因为他是个重要人物。

他吹熄了蜡烛,却没法入眠,他想到了自己死去的朋友,周岩。

这里很安静,没有那无休止的鬼魂哀号,只偶尔传来夜间巡逻士兵的呼喝。就算在他骑行上路的那两个晚上,也没听到有鬼魂的声音。他再也不用在日落之后保持绝对的安静,以示对逝者之灵的尊重。只是不能透过窗户看到夜空的明月和繁星,这让他太不习惯了。

或许这些都不是他无法入睡的理由,真正的原因只有一个:有一位年轻的女子与他只隔着一扇门。魏苏坚持在走廊里为他守夜。

在这里不需要守卫,沈泰告诉过她,她似乎懒得回应,只是脸上的表情明白无误地显示出她认为沈泰是个傻瓜。

他们没有谈过雇佣金,沈泰大概知道瞰林的价格,不过又似乎能预料到谈及此事时魏苏可能会给他的答复。或许她为自己没有及时阻止那位假瞰林去刺杀沈泰,也没能及时赶往库拉诺湖畔援救而心中有愧,她现在所做的,从某种意义上而言只是将功折罪。

沈泰也想多了解一下那个出现在湖畔的女瞰林,最迫切想知道的是谁派她来的,以及派她来的原因。

他记起了周岩曾提到的名字——以前的一位朋友,辛伦。还有他越来越怀疑的另一个人。

事实上,雇佣魏苏的费用对沈泰而言并不是什么负担。他家境不错,别说是一个瞰林护卫,就是二十个都请得起。他甚至有足够的钱可以请上一队五十人的骑兵,还能给他们漆成同一种颜色的盔甲。要是以汗血宝马主人的名义,他想筹点钱简直不费吹灰之力。

虽然他也不愿这么想,不过现在的他算是富甲一方了。如果他能够活着把汗血宝马送到新安城的话,如果他能够妥善处理好这批马的话。

沈泰的家庭一向是温馨和睦的,不过父亲沈皋长期率兵打仗,是一名优秀的将军，却不适合朝堂里那种风云诡谲的氛围。他的长兄倒是很适合在朝廷里为官，可今晚上沈泰压根不愿意想到沈柳。

不经意间，他的思绪又回到了守在门外的女子身上，这样的守护对他的安睡没半点作用。

外面走廊上，侍从把托盘递给她。他们已经习惯了身份显赫的公子哥儿出门带着贴身侍女，甚至还有专门侍寝的。而想到这里让沈泰很不舒服，他不是那种纨绔子弟。

而几天之前，另一名女瞰林——魏苏口里的冒名者，和周岩也是在这里住宿的。

这就是世事无常，就像一句对仗工整的诗，只是内容会让人黯然神伤。

生活并不是一首诗啊，沈泰想着周岩，那个脾气温和，总是带着笑容的朋友，西出铁门关，却永远无法再回故土。

西出铁门无故人啊。

对沈泰而言，铁门关西从此有一名长眠的故友了。

他凝神听了听，走廊上没有半点动静。他不知道自己有没有闩好门，这两年中，闩门完全是一件不必要的事情。

他也有两年多没有跟一个女人离得如此近了，在这黑暗寂静的房间里，难免滋生一些奇特的欲望。

沈泰发现自己不由自主地在描绘她的形貌：瓜子脸，不大不小的嘴，柳眉之下那双警惕的眼睛。她的眉毛没有画过，在新安城里，画眉是一种时尚，至少在两年前是如此。时尚总是会变的，魏苏身形纤细，动作敏捷，让沈泰印象最深刻的是她那乌黑的头发，第一次见到她时，她的头发披散着，在清晨的风中微微飘动。

她的头发引起了他太多的遐思。沈泰的思绪在回忆的长河里飘荡，想起了春雨那同样披散着的金色长发，很意外，这两个女人的形象没有半点相似之处，却让他胡乱地联想到了一起。

因为林峰告诉他的消息，他突然记起了那名集三千宠爱于一身的珍妃，皇帝陛下最宠爱的女人。

曾经有一次，他近距离看到过文芊。那是一个春天的下午，在长湖苑里，她的美丽令阳光都为之失色。文芊微笑着骑在马背上，那倾国倾城的笑容，似乎在空气中投下了一颗足以激起千层浪的石子。果然是一位沉鱼落雁，闭月羞花的女子。想到这里沈泰突然一惊，这是大逆不道啊。连梦到她，或者想到她都是大逆不道的。

她的身边还有一名相貌英俊，善于溜须拍马的堂兄。今天林峰也提到他的名字了，新任的帝国相国，一人之下，万人之上。

对天下男子而言，真是一名棘手的情敌。

但凡沈泰有半点聪明才智，懂得明哲保身，那么他就该停止对春雨的思念，不要再去想她的气息、肌肤还有声音。还有在新安城里销魂的回忆。

可惜，停止思念谈何容易。

春雨来自汗血宝马的故乡，遥远的西域塞达。她就和天马一样容易勾起人的欲望，也和天马一样珍贵无比。

沈泰似乎进入了另一个世界，一个男人、女人和欲望的世界。他在今天走进了帝国的边界，在黑暗中，一切开始回归。

或者应该说，他开始回归。

这种感觉令人不安，把睡意驱赶得无影无踪，思绪就如纷乱的线，剪不断理还乱，这还只是在铁门关边塞而已。要是他骑着这匹深红色的、来自塞达的汗血宝马回到新安城，又会引起怎样的轩然大波？

沈泰躁动地翻身，听到床榻和床柱发出吱吱的响声。他真希望这间屋能有个窗户。他就可以站在床边，呼吸下新鲜的空气，抬头看着满天繁星，在夜空中找寻平衡的答案。天地之理当有共通之处，尘世间的生活或许只是九重天阙的一抹投影。

在这间斗室里他觉得烦闷，像只无所适从的困兽。在他得知汗血宝马的消息之前，有人想要杀死他。这是为什么？为什么有人会想要他的命？

突然，他坐起身来，睡意一下子消失得无影无踪。

"你要是睡不着，我可以给你送点水或者酒进来。"

魏苏的听力非常好，而且她肯定也没有睡着。

"你是一名护卫，不是婢女。"沈泰隔着紧闭的大门说。

她的笑声透门而入："可是大多数人很难分清其中的差别。"

"我不是那种人。"

"那好吧，真叫人感激不尽。我回头该给祖宗烧高香了。"

老天爷啊！这叫怎么回事。

"快睡吧，"沈泰说，"我们明天一大早就得赶路。"

她又是一阵轻笑。"我倒是没问题，"魏苏说，"不过，要是您今晚害怕得没法入睡，明天肯定会耽误行程。"

沈泰真不知道怎么回答了。

沉默持续着，但沈泰敏锐地感觉到她仍然在门外。过了好一会儿，她又开口："恕我刚才言辞冒犯，请原谅。不过，您有考虑过拒绝公主的厚赐么？"

这个问题他已经考虑三天了，可仍然没有个明确的答案。

"我不能拒绝。"沈泰最终只能如此回答。

隔着一扇门谈话很奇怪的，如果隔墙有耳，那也太方便偷听的人了。虽然沈泰认为不太可能。"这是来自皇家的厚赐，无法拒绝。"

"我倒没考虑这个，只是觉得这份'厚赐'可能会让你送命。"

"我也知道啊。"沈泰说。

"这种'礼物'也太可怕了点。"

她的声音里带着些稚气，有种为他打抱不平的感觉，她的话没错。不过公主殿下可能压根没想到这一点。

"他们对平衡和中庸之道太不了解。"魏苏的声音又从走廊传来。她是一名瞰林武士，平衡之道是瞰林武士的信条之一。

"你是指塔古人？"

"不，我指的是天家。哪都一样。"

他想了想："可能作为天家的成员就意味着你不会去想这些。"

又是一阵沉默，他能感觉到魏苏在思考，过了半晌，她开口："据我们所知，新安城里的陛下乃天选之子，上承天命，下御宇内。而天道的平衡与人间相对应，否则帝国将会灭亡。难道不是？"

这也是他的信条，就在片刻之前。

在新安城北里，会有一些青楼女子——数量不多，但肯定有——在酒醉或者欢爱过后会说这么些话。可沈泰没想到在一名瞰林护卫的口中也能听到。他只能简单地回答:"我不是说天家的人不懂平衡之道。而是觉得他们的想法可能跟我们不同,一个住在日格尔的公主,或者国王怎么能体会得到普通人的想法呢?他们也无法想象一个平民在接受了如此奢侈的礼物后会发生什么。在他们的生活中根本没机会想到这些。"

"原来如此。"

他等了半晌,又听到她开口:"好吧,这么说,天家关心的只是送礼,而不是收礼的人。"

沈泰点点头,突然意识到她在门外,看不到。

"睡觉吧。"他有点突兀地又说了一遍。

她的笑声传入了这间黑暗的斗室,让这里的空气蕴含了更多的意义。

沈泰在脑海里勾勒着第一次见到魏苏时她的样子:站在清晨的校场,头发披散在背后,似乎还带着点晨起的慵懒。他赶紧把这幅图像从脑子里赶走,在辰尧镇有的是烟花女子,离这里也就五天的路程,他可以在那里风流一夜。如果他们赶得快的话,或许只要四天?

他又躺了下来,枕头很硬,硌得头难受。

这时候,门开了。

沈泰一惊,立刻坐起身来,抓过被子裹住身体。虽然屋里一片漆黑,走廊也没有光线,但他仍然能感觉到她朝着自己作揖。只是遵循礼节,没有别的。

"你应该闩好门的。"她轻声说。

她的嗓音听起来有点不对,或许是他想多了?"我都好久没闩门的习惯了,"他清了清嗓子,"你这是要干嘛?这也是护卫工作的一部分?我是不是每晚都得期盼你进我的房间?"

她没有笑。"不是这样的,我……我有事情要告诉你。"

"刚才我们不是也隔着门在说话吗?"

"是……私事。"

"你觉得有人会偷听?在这里?在这个时候?"

"我不清楚。军队里也会有探子。你不用为你的操守担心,沈爷。"这句话似乎在回应他说过的某句略带粗俗的问话。

"你不担心你的名节?"

"我带着剑呢。"

这话要是新安城北里的青楼女子说出来,肯定会博得充满猥亵的回答。他几乎都能听到周岩会怎么笑着说那些含沙射影的话了。他一言不发地等待着,欲望突然被这样的想法激起,让他有点难堪。

她轻声开口:"你还没问过我,谁请我去跟踪那个刺客的。"

这话让他的情欲突然间消失得无影无踪。"瞰林武士从不泄露雇主的消息。"

"除非雇主指示我们说出来,您又不是不知道。"

其实他真的不知道,他还不够了解他们,因为他只在瞰林接受了二十个月的训练。沈泰又一次清了清嗓子,他感觉到魏苏靠近了他的床,黑暗中隐约可以看到她的轮廓,她靠得很近,呼吸可闻,他突然好奇她的头发是否披散下来。

真希望能有支蜡烛,沈泰想着,又突然觉得还是没有的好。

她说话了:"我本该赶上他们俩,杀掉那个刺客,然后护送你的朋友来见你。我跟踪着他俩回了你老家。我们不知道你在什么地方,否则就直接过来你这里等他们了。"

"你去了家父故居?"

"是的,但是我晚到了好多天。"

她的话在暗室里回荡,像是雨后的水珠从树叶落下般清脆。他突然有一种奇特的感觉:自己像是置身在一片松树林,听着从远方传来的寺庙钟声。

他缓缓地开口:"这么说新安城里没人知道我在哪。那么,谁告诉你的?"

"令堂,还有令弟。"

"不是沈柳说的?"

"他没在家。"她说。

他脑海里的钟声似乎越来越响,他怀疑甚至连她都能听见。真是孩子气的想法。

"真是不好意思。"女人说。

他想起了长兄,是时候考虑某些事情了。

"不可能是沈柳,"他烦躁地说,"如果他是幕后主使,他就该知道我去了哪儿。他可以让刺客和周岩直接来库拉诺湖的。"

"那样的话他就暴露自己了。"她似乎早就考虑过这个可能性,沈泰意识到。"无论如何,或许……"女人犹豫了下。

"或许怎样?"沈泰的声音此时听起来很奇怪。

"我是来告诉你,并非你的长兄雇佣了刺客,他可能只是把你在哪里的消息告诉了别人,而那个人想要你的命。"

我是来告诉你……

"好吧,那么,现在轮到我问你了,是谁雇佣你的,又是谁告诉你这一切的?"

突然间,他们的谈话似乎变得非常正式,黑暗中传来魏苏的声音。"我的雇主,奇台相国文周家新纳的妾室,托我向您致以最诚挚的问候。"

他闭上了眼睛,是春雨。

果然如此,她曾料想过的、跟他提起过的事情果然发生了。文周会给青楼的鸨母一笔不菲的赎身费,春雨别无选择。本来,在北里,烟花女子是可以拒绝别人为她赎身的,但像文周这样有钱有势的人,若是拒绝了他,她在北里的生活也将毁于一旦。毕竟文周是新上任的相国,权势滔天。

沈泰可以肯定,文周所出的价钱绝对远超这些年春雨在青楼倚门卖笑、跟那些才子们厮混所赚钱的总和。

也超过了对他们的家。

沈泰沉心思考着,还是有些说不通的地方。他的兄长和相国都没有理由,也没有必要来杀他,他还没那么重要。你可能会不喜欢自己的兄弟,曾至把其视作敌人,但杀人这件事还是太极端了,会招来不必要的风险。

看来事情远不像他想的这么简单。

"另外。"魏苏又开口。在黑暗中,沈泰看到她模糊的轮廓似乎又揖了一次。"去年秋天,你的长兄就回到了新安城。"

沈泰不可置信地摇摇头。"这不可能吧?我们都还在孝期啊。"

虽然沈柳是朝堂上的官员，可是要犯了不孝的重罪，仍然会被杖责。如果他的政敌选择在合适的时候参他一本不守孝道，不敬祖宗，他甚至会被流放。

"现役的武官孝期只有九十天，你也知道的。"

"可是我的长兄并不是……"

沈泰停了下来，倒吸一口凉气。

是他错了么？离开了两年，杳无音信，在库拉诺湖畔用着别人都无法理解的方式哀悼父亲。或许他这样只是想逃避新安城那个过于复杂的世界，那里的男男女女，纸醉金迷，喧闹烦嚣，在那里他的思绪无法沉淀，他不明白自己到底想要什么。

去年秋天……魏苏提到的这个时间，到底发生了什么事？据他今天得到的消息……是的，就是这样，一切都吻合了。就像一副对仗工整的对联。

"他投靠了相国，"沈泰直截了当地说，"他是相国的心腹。"

黑暗中他看不清她的表情。"你说的没错，你的长兄现在是文周的心腹，相国已经任命沈柳担任新安城飞龙军千骑将军。"

这只是个虚职，手下无兵，飞龙军的名头总是给那些权贵的亲戚们混个头衔用的。他们只会穿着华而不实的铠甲，大摇大摆地在街上巡逻，或者去打打马球，在隆重的节日或者庆典中充当摆设而已。飞龙军素以从纸上谈兵著称，不过，借这个名头来逃避孝期倒是件顺理成章的事情……律法规定这叫"夺情"，意思是为国家夺去了孝亲之情，可不必去职，以素服办公，不参加吉礼。

"我很遗憾。"她又开口。

沈泰这才意识到自己沉默得太久，他摇摇头，说："这对我们家而言可是莫大的荣耀，而且仍然不是我被刺杀的理由。文周权势滔天，春雨也跟了他。我的长兄又在他手下。我能做什么呢？刺杀我又有什么好处？事情绝非这么简单的，肯定有另外的原因。那么，请问你……请问春雨她还知道什么？"

她斟酌了下，才说："林姬提到过你可能会问这个，她也认为其中另有隐情。不过她也不知道密谋刺杀你的原因，她只是获悉了这个阴谋，然后派了一名瞰林武士。"

林姬？

她不再用春雨这个名字了，即然是嫁入帝国相国府中做妾，自然不能用在青楼时候的名字。沈泰突然想知道到底有多少女子在那个地方，她们的命运又将如何。

她冒了巨大的风险来救他，派遣了瞰林武士——他真不知道春雨是怎么做到的。他们想要弄清楚谁派魏苏来的太容易不过了，如果……

"或许你没有及时来救我反而是件好事。"沈泰说，"这样就不容易扯到她身上。我是在路上遇见你并雇佣你的，而刺客是死在塔古人手上的。"

"其实我也是这样想的，不过，"她说，"我的任务毕竟是失败了。"

"你没有失败。"他有点不耐烦地说。

"我应该顺着某些蛛丝马迹去查验，然后直接赶到这里。"

"然后把她置于危险之中？你刚才也说过，瞰林的荣誉感可不等于愚蠢。"

他听到她移动双脚的声音。"我明白了，愚不蠢是由您来决定的。如果我够快的话，您的朋友应该还会活着。"

这话没错，可如果她说的话真的成为了事实，那么春雨就将暴露，随时都会有生命危险。"我不认为你应该用这样的方式跟我说话。"

"那我为此向您致以最诚挚的歉意。"她的语气听起来和这句话一点都不符。

"我接受。"沈泰喃喃地说，忽略了她的语气。他突然觉得很疲惫。"我还有太多事情需要考虑。你最好还是离开吧。"

她并没有动，沈泰几乎可以感觉到她在看着他。"再过四五天，我们就能到辰尧。在那里您可以找到青楼女子排解欲望，我想您需要这个。"

他想起了瞰林的教条之一：语气比言语本身更能透露信息。魏苏鞠躬，然后踩着吱嘎作响的地板往门口走去。

他听到门关上的声音，他还盖着自己的下半身。突然间，沈泰意识到自己的嘴大大张着。他闭上嘴。

他想到了库拉诺湖畔的鬼魂，虽然挺恐怖，不过真的单纯得多。

第五章

在某些情况下，对军队的武官而言，做决定并非是件难事——尤其是一夜思考过后。

戍守铁门关要塞的将军对来自库拉诺湖的客人明确表示，会无偿地派出五名护卫保护沈泰的安全。林将军绝对不放心沈泰就这么离开铁门关，只带着一个看起来又瘦又小，还是个女人的瞰林护卫。如果沈泰在途中遭遇任何不测，作为他第一个接触的戍边将军，林峰肯定会被问罪。

吃过早饭，在校场上，林峰有礼但严肃地向沈泰表示了派遣护卫的意思，并且指示这五名士兵，如果沈泰在途中遭遇了什么悲剧性的意外，那么这五名士兵也不必活着回来复命了。林峰表示他不能拿自己士兵的生命和前途开玩笑，所以从此地到辰尧沿路的军驿站都会给沈泰提供援助，以及安排住宿等。至于汗血宝马的消息，会用最快的速度传到新安城。

等沈泰到了辰尧，或许节度使徐大人会亲自安排人护送他，那么来自铁门关的这五名骑兵就由沈泰自行处置，可以把他们派遣回来，也可以继续把他们留在身边。不过林峰表示希望沈泰能够把他们留下，给他们一次展现忠诚和实力的机会。

这样安排自然也有私心。如果沈泰能够平安抵达新安城，那么这五名士兵的存在就会提醒他铁门关的将士们在这次汗血宝马事件中总算有点功劳，有什么好处自然也不会落下。

不过很显然，林峰的客人对这一安排并不满意，沈泰的脸上明显带着愠色。

林将军想着，这家伙看来真是遗世独立太久了，不过他总不能一直是这种状态吧？他得学会妥协，学会怎么与人相处，今天早上不就是一个很好的开端么？

再说了，那位女瞰林也表示，她没把握能够保护沈泰周全，尤其是他骑着这么一匹招摇的汗血宝马，极有可能招来不必要的麻烦，无论是偷马还是杀人。听了她的话，这位已故大将军的次子才勉强妥协了。

不得不说，沈泰待人接物的礼节完美得无可挑剔。可他仍然是一个奇怪的、不容易相处的男子。

林峰可以理解为什么沈泰在几年前就离开军队，军队里需要的人都是具有服从精神的，顺从、忠诚、容易控制。

而沈泰呢，他性格机敏，但容易感情用事，他或许不算是个美男子，但那独特的性格和气质非常吸引人。沈泰曾经在长城以外的骑兵队里服役过，后来还在石鼓山接受瞰林武士的训练（这其中肯定有什么故事），然后呢，回到新安城读书求取功名，偏偏还没考完又遇上父亲逝世。对一个年轻人而言，这样的人生经历也够曲折的了。林峰想着，难怪沈泰这人有一些离奇古怪的性格，大概因为他经历的事情比别人多吧。

虽然沈泰没有说什么，不过从他说话时口气、表情所透露出的蛛丝马迹可以推测出他跟新任相国文周之间有些瓜葛，或许有点私人恩怨吧。这是个问题，说不准是个严重的问题。

考虑到这一切，林峰将军终于做出了为沈泰派遣护卫的决定。不仅如此，他还自掏腰包给沈泰准备了一笔不菲的盘缠——以暂借的名义，为照顾沈泰的面子——他向沈泰强调，要想肩负如此重负大任回到新安城，没有一笔盘缠必然寸步难行。

在别人看来，这样的行为真是慷慨得有点愚蠢，沈泰的未来如此难测，他是否能活着回到新安城都是个问题，在这个算不上太平的年代，作为一名戍边的将军，不该做这种明显不符合常理的事情。

不过沈泰现在正处于一文钱难倒英雄汉的窘境，而林峰正好能资助他一把。两个明白人之间心照不宣。至于未来的风险，林峰也只能说听天由命，该来的反正也躲不掉。

有时候人们的抉择是一场赌博，林峰今天早上做的事情就是这样，赌士兵的忠诚，赌他对局势的判断。当然，林峰不是赌徒，他心里也打着自己的小九九，如果沈泰在路上或者新安城里死了（看上去这个可能性并不低），至少他可以借着还钱的名义跟显赫的沈家攀上关系。

　　有些东西还是含蓄点好，没必要什么都摆出来说。这就是跟聪明人打交道的好处，林峰一边琢磨着，一边目送沈泰一行七人沐浴在清晨的阳光下，从要塞的东门出发。

　　五名保护沈泰的士兵代表了第二军，而给沈泰的盘缠就是他私人的投资了。他的仕途被困在了这个几近与世隔绝的边关，必须得想点路子为自己打算，就像渔夫在小河里广撒网，然后看能不能碰运气捉到几条大鱼一样。

　　他还做了一件事，一件自以为做得非常漂亮的事情。沈泰现在随身带着一纸文书，证明他已经被任命为第二军辖区内一名骑兵校尉，目前正因私务离开铁门关。送往新安城的消息里也提到此事。

　　如果沈泰担任军职，按照律法他的孝期早已结束，他可以毫不顾忌地回到新安城。这是林将军未雨绸缪为他指出来的，既然在得知汗血宝马的消息之前就有人想要他的命，他们很可能会拿着孝期来做文章，败坏他的名声，治他的罪。那时候，他的财产会被顺理成章地没收，其中就会包括……

　　林峰故意话说一半就沉默下来，有些东西不用挑明了。

　　沈泰沉思着，跟常人相比，他的颧骨更加突出，眼窝也更深陷（看上去像是有胡人血统），而报得紧紧的嘴唇昭示着他内心的活动异常激烈。最终，他冲着林峰深深一拜，表示感谢。

　　毫无疑问，这是个聪明的人。

　　林将军就站在校场最东边的地方，看着他们离开，然后下令关闭大门，并闩上粗重的门闩。其实这样做毫无必要，没人会来这里，没什么隐患或者危机。不过按照规定就该如此，而林峰是一名恪守规定的将军。没有规矩，不成方圆。

　　他往回走，去处理那些永远处理不完的文书工作。一名在城墙上巡逻的士兵开始唱歌，然后许多人加入合唱：

> 十年驱驰铁门关，
> 春草碧转冬雪寒。
> 朔风千里渡边塞，

铜墙铁壁阻胡鞍。

空气中弥漫着令人不安的气息,直到傍晚,一场雷雨终于落下,从南来的乌云张扬地铺满了整个天空,闪电划破了这沉闷的空气。磅礴的大雨落下,灌满了干涸的蓄水池和水井,冲走了校场的泥泞。雷声隆隆,响彻天际,不久,暴风雨过去了,这里的雷雨总是来得快去得也快。

雨云继续往北,到了黄昏时分,铁门关已经雨过天晴,夕阳的余光洒在湿润的小径上,沿着小径往西就可以抵达库拉诺湖。难怪这一整天都有不安的感觉,原来是因为这场骇人的暴雨。林峰感觉心情舒坦了许多,只要找到原因就不会忐忑。万事皆有因,不管是天象、地理,还是人的内心。

沈泰一行人沿着山路下行,穿过沿途的农田和村庄,走过了一片小河南岸的沼泽地。据说这里时常有猛虎出没,晚上若是错过了在村里或者驿站投宿的时机,便在野外露宿,由几名士兵轮流守夜,幸好,虽然野兽的咆哮声整晚不绝,还从来没有猛虎出来攻击他们。

在沈泰意料之中,士兵们和女瞰林之间的关系不那么融洽,大部分时间魏苏都是一个人骑行在前面。让一个女人在前面探路也是导致士兵们忿忿不平的重要原因——沈泰后来意识到了这个问题,于是告诉他们这是自己对女瞰林下的命令,这才稍微安抚了铁门关士兵的情绪。

魏苏总是把头发盘得紧紧的,还一直保持着戒备的姿态,警惕地注意着前方和道路两边的风吹草动。她总是沉默寡言,赶路的时候如此,在村子或驿站里投宿也如此,就连坐在露宿的篝火边仍然如此——沈泰一行有七个人,都带着武器,所以不怕在露宿的时候点燃篝火,虽然这附近有盗匪出没。

对在深山里待了两年多的沈泰而言,越往东行下山,空气就越浑浊。这天清晨,他追上了女瞰林,跟她并辔而行。魏苏瞥了他一眼,又望向前方。

"耐心点吧,"她轻声说,"今晚,最迟明天早上,我们就可以到辰尧。这些从铁门关来的士兵能够带你去最好的青楼，找最好的姑娘，替你舒解一下。"

他看到了她脸上一闪而过的戏谑，绝不会看错。

真是的，不能让这姑娘得寸进尺下去了，至少他这样觉得。

"那你又怎么办呢？"沈泰一本正经地问，"我在某个姑娘的房间里寻欢作乐，留你一个人在门外的石阶上掩面哭泣么？"

看到她脸颊上的绯红，沈泰心里一乐，但马上又有点后悔自己不该这么轻浮。好吧，这个话题是她挑起来的，第一次是在铁门关他住宿的客房里。他很清楚这些关于女人和欲望是在暗指他和春雨的过去，不过春雨会这么轻率地向一名保镖透露他们俩的私情么？

他并不这样认为。

"我能控制自己。"女人直视着前方说。

"这一点我相信，你一看就是受过严格训练的人嘛。我们可以让他们等会儿，一起骑行到前面的小树林里去……"

她的脸没有再红。"还是去辰尧更合适你。"她冷冷地说。

他们已经来到人烟较为密集的地方，沈泰看见成片的桑林，还有一条朝南的小径，通往一座丝绸坊——工坊的房子掩映在桑树背后，不过能看到招牌幌子。

几年前，他曾经在丝绸坊里待过二十来天，主要是因为好奇，或者说没有找到人生的目标和方向。他的生命中曾有过这么一段迷茫的时候，就在他越过帝国北部边境去了长城之外过后。在那里，他经历了一些事情。

他还能记起蚕房里那层层叠叠的蚕匾，蚕在里面啃食着桑叶，发出沙沙的声音，昼夜不停，就像那潺潺的流水一般。

在蚕吐丝结茧的重要阶段，蚕房里必须严格保持恒定的温度和湿度，也不能有一丝风，不能有异味，更不能有大的响动，就连在附近的厢房里欢爱都不能出声，以免惊扰蚕结茧，影响丝绸的质量。

他突然感到好奇：这位女瞰林是否也懂养蚕的事儿？他也不知道为什么自己会在意这个。

突然间，一只狐狸出现在他们的前面，就在道路的右侧，树林边上。

魏苏猛地勒马，迅速地做了个手势示意他们停下来。她端坐在马鞍上，看着那只狐狸。有一名士兵发出笑声，另一人却用眼神止住了他。

沈泰看着女瞰林。

"不会吧？"他嚷嚷起来，"你认为我们撞见了妲己？"

"嘘！傻子才会乱叫狐仙的名字！"她说，"更何况，你觉得她是冲谁来的？"

"什么冲谁来的？"沈泰不以为然，"不就是一只狐狸么？难道我们在林子里看到的所有动物都是神仙妖怪变的？"

"不是所有动物。"她说。

"照你这么说，下次我们该撞见什么了？天空染血，孽龙腾飞，然后九重天阙倒塌下来？"

"不。"她避开了他的目光。

真奇怪，这位沉着冷静、精明干练的女瞰林居然相信世界上有狐仙。她目不转睛地盯着那只狐狸，在树林的映衬下，狐狸的毛皮显得华丽无比。它也回头看着他们。沈泰觉这没什么稀奇的，骑着马的行人可能会给动物带来危险，当然得观察观察。

"你真不该这么轻率，子不语怪力乱神，尤其不该提到狐仙的名字。"魏苏轻轻地说，声音低得只有沈泰能听到，"这天地间许多事情，又岂是人力所能尽知？"

最后一句话就似重锤一般敲在沈泰的心里，多年前的回忆浮现在眼前。

狐狸躲进了树林，他们继续往前骑行。

沈泰上一次率领骑兵，是在长城之外参与游牧民族部落之间的战争。那时候他的麾下有五十名骑兵战士，而不是区区五名。

担任一支骑兵队的统领跟沈泰的资历严重不符——那时候的沈泰太年轻，不过他父亲的名声和地位为他轻易地打开了一扇通往荣誉的大门。沈泰欣然接受这样的机会，想要在战场上证明自己。

此时他真不想回忆起这些，没想到这么多年以后，他又一次跟这些士兵们同行，在这空旷的野外骑行着，面临着人生中又一次重大改变，他很难约束自己的思绪。

在博古草原上厮混的岁月是他生命的第一个转折点。在那之前，他以为自己的人生目标非常明确。而那之后，他动摇了，不再这么坚定，甚至迷茫了很长一段时间。

他曾经把自己遭遇的一切完完整整讲述出来，怎么开始的，又怎么结束，他尽全力描述得与事实无异。先是告诉他的长官，然后和父亲同路回家的时候又告诉了父亲——之所以没有告诉两位兄弟，是因为他跟长兄相处得不太融洽，而弟弟又太小。

他被允许体面地辞去军职，离开了军队，这已经算破例了。而后他去了石鼓山修炼，他觉得那是一次正确的抉择，甚至自以为能够接受更高深的训练。不过他觉得瞰林师父们不一定这样想，所以后来他也离开了。

博古草原上经历的一切，让一个年轻人选择花费时间过苦行僧一般的生活，严苛自律，以求心灵上的指引，这并不是什么不可思议的事情。

长官居然相信他所说的一切，并且表现出对他的理解，这让沈泰当时感到很惊讶。"理解"在奇台帝国权势显赫的武官中，真是一种少见的美德。

后来他才知道，他和他的手下并不是第一个在博古草原遇到这种恐怖事情的人。这么多年来，他一直很想知道其他人的遭遇，不过没有人告诉过他，他也不知道究竟谁有过类似的经历，更别提详情了。

所以，他不需要承担什么责任。

这同样让他感到惊讶，即使是现在也没有想通。军令如山，担任统领就得承担相应的责任。不过将军们为他开脱的理由是：天朝子民在跟化外蛮夷打交道的过程中，总会出现一些意料之外的事情。普通士兵的行为并不是他能够完全控制的。

奇台帝国有着泱泱中原大国的优越感，蔑视帝国边境之外的少数民族，可是同时又惧怕着他们剽悍的战力，虽然帝国拒绝承认这一点。所以，越过骑台边境深入到草原各部落中是很危险的。

长久以来，奇台的部队一直在博古人的部落中奔走，对博古人的事务横加干涉，确保他们的首领——博古人称之为"可汗"——

受控于奇台帝国。所以,往北越过长城,就得驻守在荒芜的边关,或是游走在草原上,跟这些化外蛮夷并肩作战或兵戎相见。这就不能期望手下的士兵们严格遵守纪律,毕竟这不比在京杭大运河上担任守卫,或者夏季到田间帮助当地农民,与老虎和山贼做对那么轻松。

把博古人的可汗控制在帝国掌握中,这是很要紧的事情。大明宫内的天子非常重视诸如谁在统治博古的游牧民,这些化外之民是否诚心归顺之类的问题。向奇台帝国俯首称臣的博古可汗用健壮的战马来换取奇台天子赐予的头衔和少得可怜的丝绸,有了奇台的支持,就能名正言顺地坐稳可汗之位,以防有人意图篡位。

当然,如果篡位者开出更吸引人的条件,那就另当别论了。

被部落间的战争弄得支离破碎的牧场从长城脚下一直延伸到北边的松树和桦树混合林,那可是个寒冷刺骨的地方,听说在那里,冬天太阳永不升起,夏天太阳永不落下。

不过这种天寒地冻的地方除了出产一些毛皮和琥珀以外没什么重要意义,那些部落之间争夺得最激烈的牧场,大多在奇台帝国边境附近,还有丝绸之路沿线——从沙漠一直穿行到东海边。大多数时候,长城能够把这些游牧民阻隔在奇台帝国的疆域之外。

不过北部的商旅道蜿蜒着穿过草原,那些利润丰厚的货物能否平安送到伟大的奇台帝国,就得看骆驼商队在行商途中是否被游牧民打劫了。

在西边还有塔古帝国虎视眈眈,得用另外的对策来解除威胁。不过有时候那些塔古人倒也安分,老老实实地维持着南方商路的贸易,并从中抽税。他们控制的范围已经延伸到极其遥远的西域。

所以才能得到塞达的汗血宝马。

新安城对此并不满意,不过尚能忍受,或许皇帝陛下的决策就是这样的。两国都被战争拖累得不轻,劳民伤财,于是,一名弱不禁风的公主成为维系两国和平的纽带了。

四海升平让帝国没这么多机会展示强大的武力,但是太祖皇帝已经南征北战多年,胜仗无数,早已打下了赫赫威名。现在陛下年事已高,纵情享乐,不仅在新安城北为自己修建了宏伟的陵墓——规模远超先皇,而且耽溺美色,专宠珍妃,日夜流连于她那曼妙的歌舞之中……对一名年迈的皇帝而言，这样的享受实在是难以自拔。

所以，精明狡诈的文周有了野心，再加上妹妹在皇帝耳边吹吹枕边风，他就顺理成章地当上了相国。皇帝为帝国操劳了四十多年，早就疲惫了。就让文周去处理那些让人头疼的政务和军务吧——朝堂的、军队的，还有化外蛮夷的事情。

除了珍妃的歌舞，皇帝最醉心的事情就是炼制丹药，追求长生不老之术。假若宫中的博士们能够借用陛下的功德和威严，让天空二十八星宿中的参宿一、参宿二和参宿三这三颗星连成一线，或许皇帝就永远不需要用到那气魄不凡的陵墓了。

皇帝无心战事，那些野心勃勃要建立军功的年轻人该怎么办？其实，博古族人和他们东方的朔奇族人常年打仗，再加上博古族内各个部落之间也是征战不断，大有让年轻人崭露头角的机会。

朝中大将、世家子弟还有那些寒门出身、有着雄心抱负的士兵，都渴望着在战场上用敌人的鲜血喂饱手中的刀剑。而那空旷无人的北方草原洗涤着人们的灵魂，会让人感觉自己是如此渺小。

那一年的秋天，沈皋将军的次子沈泰，就经历了这么一次灵魂的洗礼。

当年，草原上的人们都坚信胡洛克的长子梅斯哈被敌对部落的巫师下了邪术，饱受灵魂的折磨。

胡洛克是大明宫打算扶持的对象，沈泰所在的军队就是去草原协助他争夺可汗之位的。

梅斯哈向来身强体壮，可就在父亲争夺可汗之位的时候，突然一病不起——神志不清、连呼吸都细如游丝。游牧民族的人告诉奇台士兵，这肯定是敌方部落的巫师用邪术作祟。

帝国的统兵大将们无法理解这种事情，更想不通为什么邪术是冲着儿子而不是父亲去的（当然也有人说是因为梅斯哈比其父更加英明）。博古人对那些怪力乱神的东西深信不疑——巫师啊、图腾啊、魂体两分之类，太不可思议了。

出于对奇台人的尊重，博古人向将军们汇报了此事，此外也有点病急乱投医的意思，指望着来自中原大国的人能想想办法让病人康复。这就让将军们不知该如何是好了。

胡洛克是个重要人物,所以他的儿子也很重要。为了表示忠诚,胡洛克曾私下派遣使者,带着上好的骏马和狼皮前往奇台帝国。除了这些贡品以外,还有两位年轻的女子——据说是他的亲生女儿,也被献给皇帝陛下,充作后宫嫔妃。

胡洛克想借此换取奇台帝国支持他取代现在的可汗,他的姐夫,杜岚。

杜岚可汗可没进贡这么多东西。每年春天,奇台帝国都会在金水河北接收博古人送上的贡品。而杜岚可汗派出的使者总是带着那些瘦弱不堪的马匹前来,每当奇台人对此表示不满的时候,使者们总是耸耸肩,打着手势,摆出一副无可奈何的样子,声称今年年景不好,草场贫瘠,兔子和羚羊泛滥成灾,破坏了那些肥美的牧场,马群里还有疫病流行什么的。

不过,他们自己的坐骑可健壮得很。

朝中大臣纷纷向陛下进言,称此等行为是对天朝的严重挑衅,杜岚可汗定是有了不臣之心,不甘于每年老老实实地向新安城纳贡。

这些野蛮的博古人似乎忘了奇台帝国的强大实力,皇帝陛下天恩浩荡,对化外之民施以仁政,可效果似乎不尽如人意,这些野蛮人太不知天高地厚了。

所以奇台帝国打算满足胡洛克的野心,这让他感到欣喜若狂。

是年夏末,一万五千名奇台士兵沿金水河北上,越过长城。

杜岚可汗的直系部队和那些誓死效忠他的部落军队无法跟天朝大军正面对抗,节节溃退。可是在广袤的草原上,奇台军也无法把他们彻底歼灭。杜岚等待着来自西边和北边的盟友,还有冬季的到来。

草原上没有城市可以掠夺,没有堡垒可以包围,连可以抢粮的农田都没有。草原人崇尚武力,大军必须展现出让这些剽悍的野蛮人折服的实力。这跟奇台军习惯的作战方式完全不同。

很显然,作战的关键在于找到并击溃杜岚的军队,或者直接杀了杜岚,这样才能征服那些游牧民。

然而,远征的将军们越来越觉得胡洛克是个软弱无能的家伙:

就像易碎的瓷器，里面除了野心之外空无一物。

他从清晨开始就要喝马奶酒，成天都喝得醉醺醺的，懒洋洋地躺在帐篷里，狩猎野狼的时候也是敷衍了事，半点没有草原人英勇剽悍的气势。男人嘛，喝酒本身是无可厚非，不过打仗的中途不该这么喝。倒是胡洛克的长子梅斯哈颇有点英气，奇台的将军在回报给朝廷的消息里如此说。

奇台人私下也跟梅斯哈接触过，暗示过他，比起做一个可汗的长子，他可以有更大的抱负。至少胡洛克的长子对这个建议并不反感。

跟奇台人相比，草原上的博古族人压根谈不上"狡猾"二字。毕竟经历了九朝更迭，中原人的政治艺术和尔虞我诈的心机，远不是野蛮人能比的。

就连科举考试都会涉及到相关的内容，行政能力当然是科考的重要部分。

"考评和分析第三王朝留下的史书中记载的有关各国之间合纵连横的内容，分析诸国之间错综复杂的关系，考生可以引述相关资料。然后请应用这些学说解决珠江流域或者西南地区的蛮夷问题。最后赋诗一首以作总结，诗中必须提到五种神圣的鸟类之一。"

当然，科举考试不仅要评估考生的能力，也要看考生的书法如何，所以要求答题一律用正楷，不得写行书草书。

这些无知、不知好歹的野蛮人，真是不知道在跟何等人物打交道呢。他们只会袒胸露乳，把头发和腰上抹得油腻腻脏兮兮的，浑身散发着酸臭的马奶酒、羊粪和马粪的味道。

可惜在重新选择可汗的计划初现端倪的时候，年轻的梅斯哈，却在秋风乍起的傍晚，突然病倒在自己的军中。

那时候他正站在篝火边，一边喝着马奶酒，一边毫无架子地跟部落士兵们亲切地说笑——突然间，他手中的杯子跌落到草地上，膝盖一弯，身体就倒了下来，差点摔进了篝火堆里。

他的双眼紧闭，再也没有睁开。

他的女人和随从都吓得惊慌失措，纷纷说梅斯哈是被邪恶的巫术祸害了——他们赌咒发誓，肯定是这样。而胡洛克部族那个瘦弱而胆小的巫师，在梅斯哈身边又唱又跳又敲鼓，折腾了一晚上，最终坚持说这个诅咒梅斯哈的邪灵是由一个他无法对抗的强大巫师召唤而来的，他对此无能为力。

不过他提到，在某个湖边，有个被称为白巫的人，应该能够解除这个邪恶的诅咒，让梅斯哈的灵魂重新回到身体里。

那个湖在北边，要走上好几十天才行。小个子巫师说他们可以把梅斯哈放在一个密闭的轿子里，虽然不知道他的灵魂能不能在身体周围徘徊这么多天而不散去，不过巫师会尽一切可能延续梅斯哈的生命。虽然希望渺茫，但也没别的法子。

不管奇台帝国的将军们怎么看待野蛮人的巫术，他们也只能接受这个办法。两名随军的大夫已经前来诊疗过了，他们为梅斯哈把脉，详细询问了当时的情景，却仍然束手无策。

梅斯哈还有着微弱的呼吸，脉搏也在跳动，可就是神志不清，也再没有睁开过眼睛，大夫翻开他的眼皮，发现里面一片漆黑，令人毛骨悚然。

梅斯哈能否康复直接关系到帝国大业。如果他死了，扶持可汗的计划又得重新调整。将军们决定派遣一队骑兵跟着博古人一起北上，以示奇台帝国的友好。而且，如果梅斯哈死了，能够第一时间把消息带回来。

将军们都估计他凶多吉少，甚至都提前派人把消息送去新安城了。而统率那支骑兵小队的人必须能够随机应变，又能全权负责，因为他和他的手下要去的地方离奇台大军非常远，无法及时联系。

沈泰，沈皋将军的次子，被选为这支骑兵队的校尉。

沈泰的军阶和资历不符这事大家心照不宣却未曾挑明，就算最后出了事，用人的将军们也没什么责任。

统领一个骑兵小队深入到危险的地方去，听上去是个光荣的使命，而且还有扬名立万的机会，年轻的校尉有什么可埋怨的？来军队里自然就是要崭露头角，建立军功，否则干脆去大山里隐居算了，吃着野果，喝着山泉，当一名不涉红尘的隐士。

草原人信仰着马神和天神。

传说天神的儿子就是死神,死神的母亲居住在北部的无底湖中,所以每年冬季湖水都会冻结。

还好他们这次不是去那里,无底湖在更遥远的北方,传说还有魔鬼守护着。

听说在阴间,一切都是颠倒的。河流的源头在海上,太阳从西边出来,冬天长满了绿草。

那些死去的人就在草场上躺着,无需埋葬,任由野狼吃掉后尸体的灵魂就可以升天。餐具和器皿倒挂着或者被打碎了放在尸体边上,食物也四散撒落,生前用的武器也砸碎了放在身边——这样死者在阴间就可以继续使用自己的东西。用作献祭的马头(在北方地区也有使用驯鹿头的)被斧头或者刀剑砍得粉碎,据说它们的灵魂也能进入只有黑与白的阴间。

而夏日时节里的祭祀中,虽然有成千上万的草原人会聚集在一起,却只有巫师可以享用那些被当作祭品的童男童女。

巫师们身上挂着铜镜和铜铃,跳着独特的舞蹈,把脸涂得狰狞可怕,发出各种声音吓退那些前来作恶的魔鬼。每个巫师都有属于自己的鼓,是他们在草原上经历斋戒修炼以后亲手制作的。这些鼓同样用来吓退魔鬼。一般的鼓由熊皮、马皮或者驯鹿皮制成,也有虎皮做的,很稀有,也代表了巫师强大的力量。不过他们从来不用狼皮做鼓,草原人和狼的关系非同一般。

只有经历斋戒并完成制鼓以后才能成为真正的巫师,有的人没有撑过斋戒就死去,也有的人灵魂出窍以后被游荡的魔鬼所杀。魔鬼可以夺取人的灵魂并把它禁锢起来,非常可怕。而巫师的重要作用就是对抗这些魔鬼:保护普通的男男女女免受恶灵的夺舍,不管是游荡在他们周围的魔鬼,还是被召唤出来的。

是的,魔鬼是可以被召唤出来的,他们对此深信不疑,所以相信梅斯哈就是被魔鬼暗算了。

沈泰带着自己的三十名骑兵,还有十五名游牧民和那顶装着梅斯哈的轿子,缓缓地北行。沈泰也不知道自己哪来这么多好奇心,一路问这个问那个的。管它的,就当是为了打发长途旅行的无聊吧。这么日复一日地,他们骑着马往北走,虽然入眼的总是千篇一律的草原景象，不过沈泰一点都没觉得乏味。跟着这些游牧民总能看到许多稀奇古怪的东西。

他们看到过大群的羚羊轻快地跑过草原，几乎遮盖了地平线。还有天上的仙鹤和大雁，一波又一波地向南方迁徙。秋天来了，树叶渐渐地转为黄色和红色，随着他们前行，越过了草原的边界，那起伏的山峦上满是树木。

有天傍晚，他们看到一群天鹅栖息在一个小湖边。沈泰手下的一名弓箭手咧嘴一笑，拉开弓想要射上一只。博古人惊恐万分地大叫着，及时阻止了他。

博古人从不射杀天鹅。

传说天鹅是把死者灵魂带到另一个世界的使者，射杀天鹅会让被携带的灵魂无法往生，它们会纠缠着杀死天鹅的人——还有他的同伴——直到这些刽子手走到生命的尽头。

沈泰真是被这些东西弄得晕头转向了。

说起来他的妥协算是种耻辱：奇台人一向自诩为天朝子民，这些化外之民的荒谬的自然崇拜只会让他们觉得可笑。奇台自有一套流传了几千年的、正确无比的信仰，文明人怎么能屈从于野蛮人的习俗呢？再说了，一个把死者的尸体扔在草丛里任凭野狼吃掉的民族，说什么信仰，太荒谬了。

沈泰说服自己这是为了更多地搜集博古人的情报，了解得越深入，就越容易引导和控制他们，这听上去很有道理，但解释不了他听到游牧民人讲述许多传说后内心那种无法诉诸言语的感觉。当他们骑行路过落满红叶的桦树林时，博古人告诉他北边的冰雪之中有长着三只眼的魔鬼，他们在秋天会长出皮毛，还能睡上一整个冬天，就像熊一样。他们又一次提到了盛夏时候的红日节——博古人祭祀死神的日子。所有部落都会停止战争，所有巫师也会聚集到祭祀的地方，铃铛的声音和密集的鼓点成为一大胜景。

巫师是博古人大部分传奇故事的主角，他们要带着梅斯哈去拜见其中之一，希望他能撑到那个时候。游牧民告诉沈泰，那是一名法力强大的女巫。她就住在某个遥远而神秘的湖边。如果许以重酬，而且乞求得足够虔诚，她可能会现身救人。

女巫,那更有趣了。

他们的路线会穿过杜岚可汗控制的领土,这也是为什么部落人会让沈泰带着三十名骑兵跟他们一起的原因之一。他们穿过入秋后逐渐由绿色转为黄褐色的草原,走过桦树和松树混合的森林,越往北边就越是寒冷。奇台人很关注梅斯哈到底有没有希望获救,虽然随着时间流逝,希望日益渺茫。

他仍然在呼吸。沈泰每天早晨、中午和日落时候都检查一次轿子。那个疲惫不堪的小个子巫师充满敌意地瞪着他,随侍在轿子边上,一步也不肯离开。病人仰卧着,躺在马鬃做的毯子上,仅仅维持着微弱的呼吸,一动不动。要是他死了,这群博古人会把他扔在这片旷野之上,然后回程。

晨曦初露的时候,沈泰能够看见自己的呼吸在空气中凝出白雾。太阳出来以后挺温暖的,不过早晚很冷。他们身处在远离帝国、远离文明世界的地方,这让人非常不安。沈泰已经习惯了每天晚上都能听到的狼嗥,而以农业为主的奇台人从古至今就憎恨这种生物。

还有些体积颇大,像猫一样的野兽,有些是老虎,这个他们肯定认识,也有一些不是。它们发出的叫声不同,更加洪亮。沈泰看着日益焦躁的骑兵队,越往北走,他们就越感觉到不安。

奇台人很少有背井离乡四处流浪的,偶尔见到一个远游客,人们总会热情地欢迎他,像是遇上了英雄一般。奇台人也刻印过不少远游客的旅行游记,人们喜欢阅读那些奇谈,不管信与不信。但是,大多数奇台人总会或多或少地觉得这样的人有毛病,甚至是疯子。一个理智的人怎么会离开文明的世界呢?

丝绸之路的存在是为了让胡商们送来财富,而不是让奇台人去到遥远的西域——当然,最好是连这个念头都不要有。

当然更别提比西域还遥远的北方了。

森林越来越浓密了,阳光洒在林间,折射出炫目的光。周围的几个小湖泊反射着阳光,像一串璀璨的项链。秋高气爽,沈泰想着,如此高远的天空,是否象征着天国离人们的距离比想象中更远?

在夜空下点燃篝火露营的时候,一名博古人告诉他,严冬临近意味着魔鬼的活动越加猖獗。这也是为什么梅斯哈被袭击以后伤得如此严重，需要更强大的巫师来解除咒法。

　　巫师们被分为白巫和黑巫，区别在于他们对待魔鬼的方式，白巫通常会安抚那些游魂，从而让它们离开其占据的躯体，而黑巫则会与恶灵之类的正面对抗，强迫它们离开。

　　没错，有些巫师是女人。没错，我们要去拜访的正是其中之一。不，这里的人都没有见过她。嗯，我们也都没有来过这么遥远的北方。（这个回答听起来真令人不安。）

　　那个女巫的名声很大，不过从来没有效忠过任何可汗或部落。据说她已经一百三十岁了。

　　是的，我的同胞们感到害怕。不，没有任何生物或者人能够让勇敢的博古族感到恐惧，可是那是魔鬼啊！傻瓜才不会害怕。可是男人的脚步不会因为恐惧而停止，否则他就不配当个汉子。难道你们奇台人不是这样的么？

　　你说前晚上那个野兽啊？那是狮子，跟老虎差不多大小，不过跟老虎不同的是，它们狩猎的时候是集体出动。这些树丛里有不同的熊，有的站起来的时候跟两个壮汉一样高。北方的狼个头也是最大的，不过这些都不算是威胁，其他部落的人才是，谁叫我们离乡背井了呢？

　　就在第二天清晨，他们就看到了陌生的骑兵，这是队伍北行以来第一次见到其他人。

　　约莫有十五名骑手出现在远方的地平线上，不算什么威胁，这群不速之客自己倒是吓着了，往西边仓皇逃窜，很快离开了他们的视线。沈泰本来考虑追击，不过估计已经来不及了。这群人从北边而来，这让他很纳闷。树林里的叶子逐渐染上深红或者金黄，开始飘落。

　　一路上他们看着头顶上的大雁排成人字形往南飞，好多波了，它们仿佛在逃离什么，就像动物们逃离起火的森林一样。而它们逃离的方向正是沈泰和博古人要去的。

另一个傍晚时分，他们在另一个湖畔又看到两只天鹅，在月亮升起的时候，静静地浮在暗色的水面。这一次，沈泰的手下没有去招惹它们。

一种奇怪的恐惧感正在慢慢地侵蚀奇台士兵的心灵，仿佛他们跨过了某条看不见的界线。在拔营启程的清早，沈泰不时能听到士兵们吵架的声音，在骑行路上也是如此。他尽可能地去安抚他们的情绪，可对成效毫无把握。

在这里真的没有什么天朝上国的优越感了，他想着。奇台人也会如此不安，改变他们的行为方式，去遵从那些蛮荒之地的规则。他很想找一些词汇来形容森林那绚丽的色彩和秋日景色，可他内心逐渐升起的恐惧把那些诗情画意全赶走了。

最终，他还是承认了自己内心的恐惧，就在他们抵达女巫居住的湖边的前一晚。

他们从一个缓坡上往下行的时候，能看到湖畔有一座房子，修建得出人意料的不错，用巨大的木料垒砌而成，看上去相当结实。外面还有马厩，院子里修着围栏，堆放着过冬用的木柴。这不是博古人惯常居住的圆顶帐篷。随着气候的变化，当地居民房屋的样式也会变化。

万幸的是，梅斯哈还活着。

这一路上他一动不动，随从们不时为他翻翻身，以免长褥疮之类。除了微弱的呼吸之外，没有任何迹象表明他还有生命力。

有个人从木屋里走了出来，站在门外看着他们。

"女巫的仆人，"小个子巫师说，"赶快吧！"

他飞快地骑行下去，抬着轿子的博古人还有四名骑兵跟在他身后。

女巫的仆人做了个手势，示意奇台士兵留在斜坡上面。沈泰犹豫了下（他记得很清楚），然后摇了摇头。

他跟副手说了几句，让士兵们待在原地，然后一拉缰绳，单骑跑下了斜坡，跟在抬轿的博古人后面。游牧民瞪了他一眼，但什么也没说。

他来这里就是为了监视他们的，这个昏迷的年轻男子对于奇台人控制博古族而言非常重要。这些野蛮人没有权力决定他该不该跟上去。有一万五千名奇台军人做后盾,他在这里也算是有生杀大权了。

这是其中一个原因,另一个原因就风雅许多了。他对博古人那些怪力乱神的巫术魔鬼什么的并不那么在意,但这里的风景却是他从未见过的:高远的天空,明亮的、呈现出蓝绿色的湖泊,阳光照在落叶上,映射出灿烂的光芒。还有那远处若隐若现的山峰,站在如此遥远的北国,看上去仍然遥不可及。

他怀疑自己是第一个看见这座山的奇台人,还有这蓝得像水晶一样的湖泊。

这个想法让他感到非常兴奋。

博古人的骑兵已经到了木屋门前,那些抬着梅斯哈的人也停在了那里。木屋的前门没有修栅栏,后面的马厩那里才有。那到底是不是马厩?沈泰琢磨着,或许是仆人居住的地方?是否还有其他人在这里?没有任何迹象表明女巫的存在,也看不到其他人——那个仆人出来的时候把门仔细关好了。

游牧民的领头人下了马,他和小个子巫师一起靠近仆人,低声说着什么,态度显得十分顺从,还带着敬畏。他们说得太快,声音又轻,沈泰的博古语还不够精通。

仆人轻快地答复了些什么。

领头人转身指了指斜坡,两名骑手牵着两匹马骑行下来,马背上驮着的是这次前来拜见女巫所准备的礼物。

当然不能空手而来。

这跟奇台帝国也没什么两样啊,沈泰苦笑,莫名其妙地,他的心里平静了下来。不管女巫的治疗有没有效果,至少得付出点代价。这就是一笔交易,只是交易。

可能巫师的头衔听起来挺吓人的,不过他们行事的方式跟新安城和延陵城里的居民差不多,就好像因宿醉头痛找相士博士治疗,或者是因为姨娘晚上睡不好、三弟咳嗽了之类的事走老远的路请个白发苍苍的大夫来家里看病。

突然间,他想念家乡了。炊烟在天上袅袅地飘荡,潺潺的溪流欢快地奔跑着，就像那永不停止的时间。梧桐树开始落叶了吧，沈泰想着，几乎能回忆起在门前的路上行走时满天飞舞的黄叶，还有脚踩在落叶上沙沙的声音。

载着礼物的马来到了仆人的身边，他说了几句话。那样子有点颐指气使，沈泰都能感觉得出来。不过他清楚巫师在博古人心中的崇高地位，尤其是这一位女巫，有着非同寻常的意义——据说还有无边的法力。都已经长途跋涉这么久前来拜见女巫，还和仆人计较态度问题就太没意义了。

博古人把礼物卸下来，仆人每次带一部分进屋，前后走了四趟才把东西全部搬完。每一次他进出门的时候，都仔细地把房门关好。看他的样子，一点都不着急。

当他带着最后一堆礼物走进屋子的时候，所有人都在外面热切地盼望着，马儿们不停打着响鼻。

游牧民们沉默着，忐忑不安。他们的焦虑感染了沈泰，他莫名地又开始不安起来。

女巫会不会干脆拒绝他们，让他们直接回去？他很想知道如果情况是这样，他该如何处理。他是否该肩负起强迫女巫为梅斯哈看病的责任？要是他这么做了，会不会太便宜那些博古人了？又或许，他这么做是对游牧民不可饶恕的冒犯，会彻底颠覆奇台和博古之间的关系？

他这才后知后觉地意识到，自己没多少时间来思考了。这一路上，他考虑过梅斯哈可能撑不下去，或者女巫的治疗只是徒劳时的对策，唯独没考虑到女巫拒绝治疗该怎么办。

他打量着四周，木屋的烟囱里飘出袅袅炊烟，丝丝微风把它们朝湖面的方向吹散。他能看到后院有两只缩成一团的母山羊，正低声地咩咩叫着，还没人去给它们挤奶，而看那个仆人的样子压根就不关心它们。或许给山羊挤奶是另一名仆人的工作？

女巫的仆人又一次出现了，终于，他敲开了身后的大门。仆人冲着抬轿的人点了点头，做了个手势。沈泰总算长舒了一口气，自己不用做什么抉择了。然后他觉得挺懊恼：他该早做打算的，考虑到一切情况，并且想好对策。

97

小个子巫师看上去如释重负，激动得热泪盈眶。他擦了擦脸，赶紧掀开轿帘，两名博古人小心翼翼地把梅斯哈抬了出来，其中一人像抱着婴儿那样把他抱进了木屋。

小个子巫师也想跟进去，仆人非常坚决地摇了摇头，做了个阻止的手势。巫师张了张嘴，似乎想抗议什么，又闭上了。他站在门外，耷拉着脑袋，躲避着所有人的目光。这太伤自尊了，沈泰想着。

很快，抱着梅斯哈进小木屋的博古人也出来了。仆人走进了小屋，又一次关好了门。至此，他们仍然没有见到那名传说已经有一百三十岁的女巫。在这个明亮而寂静的秋季下午，他们全都等在女巫的门外。

有人紧张得咳嗽了一声，旁边的人瞪了他一眼，似乎贸然出声会破坏小屋内可能在进行的治疗仪式。小个子巫师仍然低头死盯着门前的大地，仿佛不再想看任何人。沈泰觉得自己也想进屋子里去，但马上又意识到并非如此。他并不知道木屋里面发生的事情。

木屋前的博古人聚拢在一起，沈泰从未见过他们这样惴惴不安。

其他的人，包括沈泰的骑兵，仍然在那片斜坡之上。

湖面闪烁着，不时有鸟儿飞过，跟他们一路上看到的一样，都朝南飞。湖面上也有一些水鸟，他仔细看过了，没有天鹅。

沈泰感到一阵焦躁不安，他翻身下马，朝着木屋的背后走去。既然院子里的山羊没挤奶，他想看看能不能找到一个挤奶桶，也算找点事情做了。他拉开栅栏的门，走了进去，又把门合上。

围栏里面的院子挺大的，有两棵果树，还有一棵高大的桦树。内侧靠东边是一片药圃，透过远处的栅栏可以看到湖面。两只山羊挤在一起，不停地发出咩咩的叫声，看样子是需要挤奶了。

可惜他没看到奶桶，或许在屋子里吧，不过他可没打算敲响木屋的后门，请里面的人给拿一个。

他往桦树的方向走去，站在树下，凝望着栅栏外波光粼粼的湖泊。除了那两只动物低柔得让人心疼的叫声，这里非常安静。他想着，或许他可以不把羊奶挤到奶桶里？就让仆人为今天的懒惰受到惩罚吧。

烦躁的情绪让他差点转身准备这么做了。突然间，他发现草药园的后面有一个新挖出来的土堆。

他的心脏像是被巨槌重击了一下。

多年以后,他仍然能想起当时的感觉。

他愣住了,一动不动地站在那里。过了好久,才小心翼翼地往药圃那边走去,看清打理得很规整的地面上靴子踩乱的痕迹。那个小小的、象征着罪恶的土堆就在后面,靠着栅栏。这时候,连山羊都沉默下来。

沈泰感觉一阵寒气掠过,带着恐惧。这个土堆的形状、大小,只有一种可能,绝不会认错。

他走进了药圃,小心翼翼地,生怕踩到任何东西。土堆近在眼前了,栅栏背后有样东西吸引了他的视线。

那是一面鼓,被丢弃在那里。

他艰难地咽了口唾沫,嘴里突然发干,空气似乎都凝重起来。沈泰颤抖着,跪在地上,深深地吸了一口气,努力让自己平静下来。他开始用双手挖掘那土堆。

其实他已经知道那是什么了。突然间,一只山羊咩咩地叫了起来,那声音吓得沈泰的心都漏跳了一拍。他赶紧回头看着木屋的后门,还好,没什么动静。他继续铲着、挖着,他的双手颤抖着,不停地捧出那黑色的泥土。

不一会儿,手指触碰到了硬硬的东西,沈泰忍不住发出一声低沉的惊叫。他看了看手指,上面有血。他又看着土里被他挖出来的东西。

那是一个人头。埋在土里,黑色的土壤,金色的阳光,这场景,看上去像是一场默剧,定格在名为"绝望"的一幕。

人头上有一道深深的刀痕,那一刀极其狠辣,几乎把整个人头剖成了两半。涌出来的鲜血渗透了泥土,现在又沾染在了沈泰的手上。

他又咽了一口唾沫,继续往外面挖着土。此时此刻,他多么希望自己能有一把铲子什么的,而不是用颤抖的手指去挖尸体。

没过多久,具面目全非的尸体从泥土中露出形貌。那是个年纪很大的女人,她的双眼仍然睁着,凝视着天上的太阳——或是一片虚无。

　　沈泰闭上了眼睛。片刻之后，他睁开眼，更迅速地挖掘着，老妇人的尸体越来越多地显露出来。她身上的衣服，脖子上戴的骨质项链，还有一些打磨好的、闪闪发光的金属镜子……她身上缠着好多镜子。

　　那是驱魔用的，他的手指扣在土壤中，不小心碰到了她的身上。他听到染血的土地中传来一声微弱的铃响。

　　沈泰站起身，年老的女人，皮鼓，镜子，铃铛。他看着那扇厚实的木屋后门，门没有锁。

　　他朝门的方向跑去，阳光在他的面前，黑暗在他身后。

第六章

若干年以后,沈泰在新安城北里区寻欢作乐的时候看中了春雨——准确地说,是她先看中他的,她一眼就从那群书生中瞧上了他——成为她的入幕之宾后,他俩逐渐熟悉起来,慢慢地,在独处之时,他俩无话不谈。

在听完小曲,欢爱一场过后,春雨问他为什么从来没提起在长城以北的生活。

"我没在那里待多久。"他说。

"我知道啊,每个人都知道。这可是人们茶余饭后的谈资。"

"有人会无聊到谈论这个?"

春雨摇了摇头,金发荡漾,她瞥了沈泰一眼,沈泰完全能读懂她的眼神——我怎么会迷上一块榆木疙瘩。

沈泰被逗乐了,不过他没敢表示得太明显。否则春雨会恼羞成怒,而她那恼怒的样子会把沈泰逗得更乐。其实春雨也明白这一点。

她真是个集美貌与智慧于一身的女子。他不得不努力去忘却自己要跟多少个男人分享她的一切——特别是其中的某一位。

"战争还没结束呢,你就被允许体面地退出了军队,还带着荣誉和勋章。哪怕令尊是大将军,这待遇也太反常了。然后你去了石鼓山,却没有作为一名瞰林武士离开那儿……再然后呢?你出现在新安城,准备去考取功名。你真是太神秘了,阿泰。"

"我能保持下神秘感么?"

"当然能!"她放下手中的琵琶,倾身向前,用力拽了下他未束的头发。他假装被拽得很疼,可她丝毫没有理会。

"你是不是觉得……保持神秘感是一件好事情?能够让你更加迷人?这就是你想要的效果!"

"是吗?我真是这样?"

她的手又一次朝他的头发伸去,沈泰赶紧抬手阻止她。她又靠回了榻上，从手边温着黄酒的铜炉里给沈泰倒上一杯。她服侍人的举止完美得无可挑剔，只有对他动手和他俩欢爱的时候，才会表现出狂野的一面。

"如果你今年春闱及第，想谋一份好差事，可不是写两首歌功颂德的诗送给那些达官显贵们就成了的——别反驳，你想的就是这样。你希望能够出入朝堂，阿泰。那么，你得明白朝堂的规矩，你得会玩这场游戏，否则只能从头输到尾。"

他俩独处的时候，沈泰会坚持让春雨只叫他的名字。"如果我真输了一切，你还会找我么？"

她瞪了他一眼。

沈泰咧嘴一笑，轻松地说："我挺幸运的，我也明白你说的意思。至少现在我算是个被人关注和谈论的对象了吧，哪怕我什么都没做。雨儿，我只是不想谈论长城之外的生活而已。那不是什么美好的回忆，而你说的那些朝堂里的游戏规则什么的，我压根就没想过。"

"你必须得想想。"

"这种事就拜托你替我想吧。"

这句话一出口沈泰就觉得后悔了。只见春雨浑身一僵，转过头去。

"我？"春雨缓缓地说，"妾身只是北里区一个下贱的风尘女子，靠卖笑和卖身赚点钱，就连卖身契都还捏在妈妈手里。你再怎么抬举我，也不至于如此。沈爷，就算您这句话是跟我调笑的，也太过分了点。这种事情您还是自个儿想去吧，我们只是在谈论你以前的生活。"

"是吗？仅仅是谈论我的生活？"他反问。虽然他的话无意中刺伤了她，不过她自轻自贱的回答也让他心疼不已——他也知道，不管春雨的身价有多高，至少有一个人能够轻而易举地把她从醉月楼里赎出来，只要他愿意。

她的脸一红，西域女子那白皙的皮肤真是富有独特的风情。

过了一会儿，她才心平气和地说："如果你在春闱中及第，那么或许能有资格进入奇台帝国最为显赫的那个圈子。当然你也可以选择离开新安城——那是另一种生活了,我们姑且不谈。如果你打算留在这里,出入朝堂,你会混迹于那些野心勃勃的人之中。一个不小心,他们就会把你生吞活剥,然后吐出残渣拿去喂狗,只要撑不死它们。"

她那双绿色的眼睛——在整个北里区都出名的翡翠双眸,在这一瞬间显得极其冷硬。

沈泰大笑,不过回想起来,那是为了掩饰自己的紧张。"你这话说得太没有诗意了,真血腥。"

"没错,"她说,"不过我可不是诗人。您打算找个才华横溢的姐儿么?沈大爷?楼下有不少呢,还有其他的青楼里也有。要不要我给你推荐几位啊,爷?"

这是在报复他之前所说的话。不过,这也算是她的闺怨吧,显然两者都有。

美人卷珠帘,
深坐颦蛾眉。
但见泪痕湿,
不知心恨谁。

沈泰摇了摇头,他本来只是想跟她亲近亲近,迷醉于她的美貌和智慧中,享受两人之间毫无距离的亲昵感。结果呢,他俩倒像是特意来斗嘴似的。

他喃喃地说:"是不是在勾心斗角的问题上,女人天生就比男人强?"

"那是因为女人想要过上好日子,就得比男人精明一百倍,好多女人连自己的人生都无法做主呢。"

"我也有同感,"沈泰露出一抹微笑,"那你觉得,我能学会这种精明么?"

她没有回应他的笑容。"小孩子都能学会,你当然也能,只要你愿意。你可以努力通过殿试,跟那些精于此道的人混在一块儿,官场里,笔杆子杀人不见血。朝堂里,为了顶上乌纱跟人明争暗斗拼个你死我活，那可是家常便饭。"

他还记得自己听了这话以后，只轻轻地说了一句："就像我兄长那样，是吗？"

她只是看着他，没有回答。

踩着埋葬女巫土堆周围的枯草，沈泰朝着木屋冲去。他很想大叫一声示警，然后跑到屋前跟伙伴们会合。可他并没有这样做。冷静地思考过后，他知道自己不能打草惊蛇。这是个遥远、陌生而可怕的地方，而他刚刚挖出了一具被杀害的尸体，他还很年轻，还不想把自己的命也送进去。

可这些都不完全是他独自一人冲进木屋的理由。

事后，那些将军们询问他的时候，他是这样说的：他那时候只想着怎么把梅斯哈救出来，毕竟让这个年轻人活命才是他们长途跋涉的理由。而他要是大喊大叫惊动了里面的人，梅斯哈肯定就活不成了。而且他得当机立断，没时间绕到前面去找帮手。

听起来很合理，照当时的情况而言，他的做法确实也没错。可是他不记得自己有考虑过什么，这一切只是出于直觉。那时候沈泰已经完全凭直觉行事了。

他的剑和弓都留在马鞍上，而那时候他看到木屋的后墙边有一把铲子。他很清楚里面的人拿它做了什么。

压根没有停下来思考或者拟定计划，沈泰毫不迟疑地抓起铲子，推开了后门。他没想过自己进屋去要干什么，也没想过屋里会有多少人，这些人为什么杀死了女巫，把她埋在后院，还欺骗了他们这群来求医的人。

门没有上锁，他就这么轻而易举地走了进去。

屋内很昏暗，沈泰一时间还不适应，几乎什么也看不见。他停下了脚步，勉强辨认出前面有人正好转身对着他。

沈泰大步上前，用尽全身力气挥动着铲子往那人头上拍去。

他能感觉到锋利的铲子边缘嵌入了人肉中，鲜血喷溅。那个他此时仍然只看得清轮廓的人徒劳地举起手，似乎在恳求宽恕或者表示自己毫无敌意。然后，那人缓缓地倒在地上。

没让他发出一丝声响，太好了。

在此之前，沈泰从来没杀过人。可他完全没顾得上考虑方才的举动意味着什么。他眨了眨眼，祈祷着自己能赶快适应屋内的昏暗。

他的心怦怦直跳，眼前逐渐清晰，小木屋里有两间房，他的面前是一道拱门，除了一道门帘没有任何遮挡。他跨过了地上的尸体，又顿住脚步，慢慢地转身，放下铲子，拿走了死者的长刀。

然后，他小心谨慎地蹲了下来，仔细检查，确认那人已经断气。

那一瞬间，他的情绪有所波动：这么一条活生生的生命，如此迅速而悄无声息地消失了。

他蹑手蹑脚地摸到门帘边上，轻轻地掀起一角。

还好，屋里点着蜡烛，里面有三个人。其中两个站在大门附近，窃窃私语，脸上表情相当凶狠。沈泰能看到，门被上了锁。他们不可能从这里逃出去，看上去也没注意到刚才的动静。

梅斯哈躺在炕边的平台上，沈泰看到他的衣服已经被割开，露出赤裸的胸膛，眼睛仍然紧闭着，看上去很虚弱。屋里的第三个人站在他面前，那人高大壮实，头上还戴着鹿角盔。身上挂着镜子和铃铛，一边轻轻敲着手里的鼓，一边吟唱着什么。他在屋里走来走去，偶尔转个圈。沈泰认出那是巫师特有的舞蹈。屋里有个点燃的火盆，散发出一种他叫不出名字的微弱香味。

但是他很清楚，这个男巫在梅斯哈身上不会做什么好事。他们杀害了居住在这里的女巫，把她埋在花园里，肯定不是为了救人。

沈泰不知道为什么他们不直接杀死梅斯哈，他也没空细细琢磨了。透过掀开的门帘一角，沈泰仔细地观察着那名男巫，他的直觉告诉他，男巫在梅斯哈身上所做的，比杀死他更可怕。

他回家的路会更加漫长。

这是他脑子里最后一个清醒的念头。然后，他突然用全身力气发出一声大叫，就这么从门帘背后冲了进去。

他径直扑向那名男巫，这不是一名训练有素的士兵该做的——通常应该先解决护卫。可他并不是个身经百战的士兵，他只知道自己的任务是阻止那个敲着鼓、神神叨叨的男巫迫害躺在平台上的梅斯哈。

那时候他还没去石鼓山——他接受瞰林武士训练是在从北方回来以后了——但他是一名军人的儿子,一直以来父亲都按照军营里的标准严格训练他。长兄打小就是个喜文不喜武的人,长得又胖,一直声称自己不喜欢武道,抡刀舞剑跟人打打杀杀太有辱斯文。沈皋只能把希望寄托在次子身上了。

游牧民的长刀比沈泰惯用的短一些、重一些,并且刀身弯曲,更利于马背上劈砍作战。不过这无所谓了,至少比铲子好用就是。说时迟那时快,沈泰扑到男巫面前的时候正好看到他转过身来,双眼瞪得滚圆,满是惊讶和愤怒。沈泰用尽全身力气一刀劈过去,正好砍中男巫身上挂着的镜子。

他这么做纯粹是直觉,所受的一切训练似乎都在这时被遗忘到九霄云外。他的手似乎不受意识控制了一般,自动地往敌人身上招呼过去。

沈泰能感觉到手中的武器劈入了敌人身体,听到了刀刃摩擦着骨头的刺耳声音,鲜血喷了出来,男巫号叫着,倒了下去(身上的铃铛还叮铃作响),手里的鼓和鼓槌砰地掉在地板上。没什么好惊讶的:这些人已经杀死了一名女巫,不是么?这些挂着镜子拿着皮鼓的神棍,又不是真正刀枪不入的神仙。

当然,杀死一名巫师或许会让你被诅咒一辈子。不过那时候沈泰可没想这么多,他满脑子里只有速战速决一个念头。

拧身一转,伏低,恐惧让他感觉到紧张。他看见那名冒充女巫仆人的护卫正扑向墙上挂着的长弓。沈泰朝他冲了过去,身子一扭,躲开了另一名护卫飞掷的利刃。

屋里的动静让外面的士兵一阵鼓噪。沈泰高声大叫:"有埋伏!快进来!"

假仆人胡乱拉开弓,朝着沈泰射了一箭。然后转身,试图避开沈泰劈过来的刀。

那一刀劈中了他的肩膀,而不是胸口,假仆人发出一声痛苦的尖叫。沈泰猛地抽出刀,本能地俯下身子,撞到了地上的东西(博古人送来的礼物。另一名敌人的剑正好擦着他的头顶刺过去。

这是他生命中第一次跟死亡擦肩而过。他的耳边清晰地听到那几乎把他送入幽冥的金刃破风声。外面的人砰砰地在撞门，一阵阵疯狂的叫喊声透过厚重的大门传了进来。

"绕到后门去！"沈泰大叫，"后门开着！"

不过就在这时候他抓住了另一次机会，飞速地冲到大门边，一抬手打掉了粗重的门闩。然后再一次灵活地转身，躲开了敌人刁钻的一剑。

就在此时，大门猛地被撞开，重重地砸在沈泰的背上，差点让他摔个跟头。不过沈泰内心的骄傲、愤怒和恐惧交织成一种气概，让他硬生生扛住了这股沉重的冲力，没有被撞倒在地。他一刀把敌人逼退，身后的同伴一股脑冲进了房间。

"他们杀了女巫！"沈泰转头叫道，"她被埋在后院！梅斯哈还在屋子里！小心地上那个家伙！我没杀死他！"

三名博古人立刻扑过去抓住了躺在地上的家伙，就跟他是个玩偶一样。他的太阳穴上挨了重重的一拳。不过沈泰发现博古人并没有下杀手。正在这时，一名博古人开口了："还有一个呢，也给留条命。我们拿他有用。"

听了这话，那名站在沈泰面前的敌人脸色大变。时至今日沈泰都还记得他那时的眼神，有时候，在夜深人静时，他闭上眼睛还能感觉到。

那人手中的剑一转，朝着自己刺去。他打算自行了断，沈泰想着。就在这时候，两支箭嗖地飞了进来，精准地射中了他的左右肩膀，当啷一声，那人的剑掉在了地上。

他发出了一声极度恐惧、几近惨烈的尖叫。沈泰想着，他的伤口不该疼成这样啊。

然而，没过多久，他就明白这个男人到底恐惧的是什么了。

换了是他，也会叫得这样惨烈的。后来在骑行往南的旅途中，他这样想着——他们当晚就仓皇离开了，谁也不想在那个地方多待片刻。离得越远越好。

换了是他，也会想要自杀的，要是知道被活捉的下场竟是如此悲惨的话，还不如一刀了断，死得干净利索。显然那家伙知道自杀未遂的结局就是生不如死。

奇台骑兵——沈泰的下属——听到这边的声音也冲下了斜坡,不过等他们到了木屋前,一切都已经结束了。

沈泰从木屋里出来,走到他们中间。屋外的阳光明亮得让他有点不太适应。没想到这么短的时间里发生了这么急转直下的事情。世事无常,莫过于此。

三十名奇台骑兵仍然保持着队形,待在一边看游牧民到底要怎么处置俘虏。一开始他们还能面无表情、保持沉默地看着,然后呢,一个个都忍不住反胃,吐得稀里哗啦的。

博古人把那位老女巫的尸体从土堆里抱了出来,他们在木屋和湖泊之间点燃了篝火,在火堆上把女巫的尸体烧成飞灰。他们恭敬而虔诚地做着这样的事情,唱着哀悼的歌曲,为死者祈祷。似乎被谋杀和被埋在土里的经历玷污了这位伟大的女巫。她的灵魂必须得回到天上——在荒郊野外被狼吃掉,或者在火焰里被烧成灰烬,都能帮助她的灵魂找到归宿。

这一次博古人选择了火焰,他们连女巫的木屋都一起烧了。当然,那是在把梅斯哈抬出木屋以后。他们连那个平台一起搬了出来,让梅斯哈躺在空地上。

然后,他们把沈泰杀死的两个人——护卫和男巫也抬了出来,最后是那两个被活捉的家伙。

博古人从木屋里搬出了马奶酒,开始痛饮。

当那男巫的尸体被拖过踩得一团糟的草地时,他身上的铃铛还叮铃作响,阳光照在他的镜子上,闪闪发光。沈泰本来还担心自己杀死巫师会不会犯了草原人的忌讳。现在看上去他的所作所为在游牧民眼里可是大大的英雄之举。他们看他的眼神充满了尊敬。

游牧民还邀请沈泰跟他们一起处理那两具尸体和两个留下来的活口。不过沈泰谢绝了,他决定待在自己的士兵身边,至少可以安慰自己是跟文明人在一起的。

接下来,他和那些奇台士兵亲眼看到了博古人怎么处置敌人。他们实在是受不了了,不是跌坐在地上,转头不敢再看一眼,就是冲到路边去呕吐不已。

经历了九朝更迭的奇台帝国，也曾经度过那些暴戾血腥的年代。曾经有近千年时间奇台帝国一直沐浴在血雨腥风之中，战火四起，杀戮不绝。有时是内部争斗，有时是为了是征服周边的民族，扩大帝国疆域，也有时是为了捍卫帝国的边境和尊严。奇台帝国的历史里同样充斥着鲜血、武力和杀戮。每一个帝国都是如此。

据古代文献记载，第一王朝征服整个奇台之时，就曾用过屠城、灭族、奸淫掳掠等各种手段来威慑胆敢反抗帝国的敌人。惊恐的人们一听说奇台帝国军要来了，吓得四散而逃，根本无心作战。这种绝户策略是战争的一部分，而战争是人们生活的一部分。

可是奇台人从没有把杀死的敌人放在火上烤，还一边向天空之神祈祷，一边从他们身上割肉下来。也没有把活捉的敌人赤身裸体地捆在地上，让他们看着自己的肉被千刀万剐，被别人煮熟。

燃烧的烟雾直冲云霄，连阳光都被遮蔽。湖畔边曾经如此安宁静谧，现在却到处充斥着烧东西的恶臭。被凌迟的人凄厉的哀号逐渐因为耗尽力气而虚弱。哀号声和着博古人祭奠女巫的歌声，取代了这山间的鸟鸣和风声。这群野蛮的汉子抹杀了秋日那宁静高远的美感。

仪式持续了好一会儿。

最后，一个博古人站起身，往奇台人的方向走来，很快安抚好有些受惊的战马。他袒胸露乳，咧嘴笑着，手里挥舞着一条人臂，那是从俘虏身上活生生砍下来的。鲜血不停地滴落，从那条手臂上，还有他的下巴上。

他摇摇晃晃地朝沈泰走去，把那块人肉伸到沈泰的面前，似乎是在跟一名立下大功的英雄分享极大的荣耀。这是给这位外族人的另一次机会，让他和博古人一起享受这伟大的时刻吧。

突然间，嗖的一声，一支箭插到了他胸口，他死了。

沈泰呆住了，不敢相信眼前发生的事情。这不可能，怎么可能会这样！他麻木地站在那里，虽然很快清醒过来，可是对一名统领骑兵的校尉而言，太久了。

那一箭仿佛释放了奇台士兵内心的魔鬼，突然间，所有人迅速地上马，全副武装，像是得到了命令一般，展现出奇台骑兵训练有素的效率。

弓箭上弦，长刀出鞘，奇台骑兵往前突进。三十名骑兵冲到了火堆和烟雾中，横扫那群野蛮人，发泄着自己内心的愤怒与恐惧。对付这些可怕的野蛮人，只有用更野蛮的行径，把他们彻底消灭！

等到沈泰回过神来，一切都结束了。那时候他脑子一片空白，什么念头都没有。

他的骑兵在那些赤手空拳、喝得醉醺醺的游牧民之间穿行来去，把他们杀得一个不剩。这些本该来帮助他们的天朝子民，却成了收割他们生命的元凶。

一切就这么迅速地完结，博古人全倒在了地上，黑色的烟雾和红色的篝火，映衬着即将没入西边地平线的太阳，还有那一片由冰蓝转为暗黑的湖水。

接下来，又发生了一件事情。

梅斯哈，胡洛克的长子，突然站了起来。

曾经的梅斯哈，是一位举手投足都透着温文尔雅的年轻人，可现在这个家伙简直跟梅斯哈没有半点相似之处。他站在那里，左右环顾，笨拙僵硬地转动身子，仿佛四肢的关节接错了位置一样。

黑色的烟雾在他周围蔓延，把他的身影衬托得愈加恐怖。沈泰明明看到他站在自己面前，可偏偏不敢相信自己的眼睛。

梅斯哈死盯着奇台骑兵——这片天地间最后的活人。许久以后，他的肩膀僵硬地动了下，似乎想转过头去。然后，他发出一阵低沉、诡异的笑声。听上去一点都不像他原本的声音。

自从那天他莫名其妙倒在营帐的篝火边后，他就再没睁过眼，一动不动地像个活死人。

而此时，他的笑声是那么诡谲，他站立和走路的姿态有了令人不寒而栗的变化，笨拙、僵硬、步履蹒跚，更像是僵尸而不是活人。奇台的骑兵们停止了在博古人尸体中骑着马左冲右突，也停止了疯狂的吼叫呐喊，他们不由自主地聚在一起，往沈泰身边靠近。似乎沈泰就是他们的保护神一般。

看着眼前这个不知道还算不算是人的家伙，沈泰明白过来，这恐怖的一天还没有结束。

他的四周响起一连串抽箭、拉弓、扣弦的声音，沈泰一怔，立刻扯着嗓子大吼——在他后来率队南下的时候，曾想过自己可能到死也不知道这个命令是对还是错。

　　"住手！"他大叫，"谁都不准放箭！"

　　梅斯哈——或者说曾经是梅斯哈，现在不知道是什么玩意的家伙，缓慢而笨拙地转头，循着声音的方向，盯上了沈泰。

　　他们的目光透过烟雾锁在了彼此身上。沈泰浑身一颤，他看到了一双空白的双眼，空瞳里透着深邃。冰冷的感觉从他脚下升起，像是死亡迫近。就在那时候，他突然有种感觉，如果这个他奉命保护的男子还有意识，肯定会同意士兵放箭的。

　　可沈泰不能这么做，不可否认，他清楚地知道木屋里的男巫在进行某种邪恶的仪式，是针对梅斯哈的。而沈泰冲进去杀死了男巫，他们在梅斯哈身上所做的一切被迫中断，或许正因为如此才弄出来这么个不伦不类的怪物。而它正站在自己面前，直勾勾地盯着他，像是要把他的样子牢牢记住一样。这种目光让沈泰不寒而栗。

　　"就像那些天鹅，"他大声地对手下的骑兵说，"杀死它们可能会给我们带来噩运。这不关我们的事，让这……让他走吧，他有自己的宿命，与我们无关。"

　　沈泰他死盯着眼前似乎失去了灵魂的梅斯哈，故意讲得大声又清晰。如果他朝着士兵们走过来，他们会再度陷入恐慌之中。那时候沈泰就不得不下令放箭了，为了让大家都活着回去。

　　他其实并不相信那番天鹅说，也觉得杀掉一只动物就会被诅咒什么的太过荒谬……那是博古人的信仰，不是奇台人的。奇台人有自己的传说和信仰。不过他总得找点理由来说服手下的士兵。通常他们不会去深究这个理由是否站得住脚：士兵总是服从命令的，就这么简单。可是，一路北上的过程——尤其是今天——跟正常人过的日子有这么大差异。光命令可能不够，找点理由也是必要的。

　　至于他为什么要这么做，大概是觉得应该给这个双眼死寂、身形诡异的怪物一个离开这里活下去的机会——如果他这样算是活着的话。沈泰只能说，这是一种悲天悯人的思想作祟。

　　沈泰知道这些话不能宣之于口，在和梅斯哈互相凝视的时候，他很难说眼前这个家伙还是梅斯哈本人——对方的眼神不完全是人类的眼神,他的身体也起了一些邪恶的变化,或许他甚至可以把沈泰他们也变成同类,可他的人性并没有完全泯灭。

或许当机立断把他杀掉才是最好的选择,能够让梅斯哈得到真正的解脱。可沈泰并没有亲自或者让他的士兵动手。他连这家伙是不是刀枪不入都不清楚,也不愿意让手下的人去试。

沉默一直持续着,几乎令人窒息,终于,那个家伙动了,他举起一只手,做了个令沈泰不解的手势,然后转身离去。

他离开了,离开了所有人,不管死去的还是活着的,躺在地上的还是被火烧成灰烬的。除了一开始那阵诡谲的笑声,梅斯哈没有再发出任何声音。他大踏步地走去,绕过还在燃烧的木屋,沿着湖边,朝那片几乎若隐若现的远山走去。

沈泰和奇台骑兵透过烟雾目送着他离开,直到他消失在视线中。然后,他们开始往另外的方向骑行——回家的方向。

他们一路骑行,丝绸坊和狐狸都被远远地抛在身后。

太阳快要落山了,天空呈现一片橙色。沈泰这才意识到自己沉浸在回忆中已经太久了。他的回忆无意识地指引他走上了这条路。

或者说,某段往北的小路、类似的旅行勾起了他的回忆:多年前,在长城以北,他曾越过金水河北的平原,越过博古大草原,来到那冰雪覆盖的土地上。

就在他骑着汗血宝马跟六位同伴同行的时候,他的眼前似乎浮现出了胡洛克的长子梅斯哈最后离开时那僵硬笨拙的身影。他亲眼目睹过这一切,他曾经经历过那么恐怖的一天,真不该对其他人相信狐妖这种事情嗤之以鼻。

或许,正是因为亲眼所见,他才会故意表现得这么不屑一顾?他突然想念起两个人,整个世界,只有那两个人,他可以跟他们谈论这些。

其中一人远在新安城,而且或许这辈子他都没那机会再跟她说一句话了。另一个是周岩,他那已经死去的朋友。

天下 Under Heaven

人生多浮沉，旧友最相知。
君行远游去，折我杨柳枝。
愿君常安好，天涯共此时。

魏苏仍然领头骑行在最前面，一片片肥沃的农田散布在道路左边的小溪沿岸，他们已经走出了荒无人烟的丛林，来到了一个小山村。山村小屋错落有致，村里的男男女女在田间地头忙碌着，篝火遥对着逐渐暗下来的桑林。

两年前，沈泰曾经沿着这条路西行，前去库拉诺湖。但那时候他完全无心留意这片土地——那时他的心一味沉浸在悲痛之中。回首往事，一开始他的思绪也很迷茫，不知道自己的决定是对是错，直到他骑马跨过铁门关，穿过那崎岖蜿蜒的山路，来到了库拉诺湖畔，才清晰地知道自己想要的究竟是什么。

他要成为一名与众不同的人。

春雨警告过他多次，宫廷和官场上总是充斥着勾心斗角、尔虞我诈，险恶非常——现在军方和节度使更是让情况变得复杂。

有人想要他的命，在他接受汗血宝马之前。他很清楚，自己决不能把这批宝马占为己有，在如今这个世道绝不可能。问题不在于怎么处理这些宝马，而在于处理它们之前，他该怎么活着把它们从塔古边境带回来。

他轻轻一抖闪灵的缰绳，它加速往前跑了几步，不费吹灰之力地赶上了领头的女瞰林，夕阳的光辉追随着他们的身影。时至傍晚，他们可以选择在野外露宿，也可以赶到边上的村子里过一宿。他不太清楚下一个驿站在哪里。

沈泰赶上了魏苏，女瞰林并没有转头看他，只是说："我觉得待在长城以内更好，如果你同意的话。"

她是在说那只狐狸，沈泰猜想。这一次，他没跟魏苏开玩笑，脑子里还残留着那一天的恐怖回忆。

"嗯，你说的没错。"

这一次，她转头过来看着他，沈泰看到魏苏的眼里带着愤怒。"你是在敷衍我！"

沈泰摇头。"我是在听你说话。我请你是来保护我的,不是冲着我大吼大叫的。"

这话可能让她不悦,不过沈泰不愿意再迁就她了。他甚至有那么一丝后悔雇佣了她——有那几个铁门关来的战士当护卫就够了,不过那时候他可不知道林峰会派遣士兵保护他。

而且他们俩之间……甚至还有更私密的关系。她是春雨派来的人,沈泰必须考虑到这一点。当然,他必须考虑到的事情太多太多。

他说:"那晚你没有告诉我是谁派瞰林武士来刺杀我的,我不清楚春雨对此知道多少,也不清楚她告诉了你多少。"

真是个毫无意义的问题……要是她知道点什么,早就告诉他了吧。他想着魏苏可能会这么抢白,不过她没有。

"她不是瞰林武士。"魏苏本能地维持着瞰林武士的尊严,然后补充说:"我不清楚林姬夫人知道些什么,但我想她也不太清楚。或许有人不想让你知道你那朋友给你带的消息。"

"不,"沈泰摇头,"不会这么简单。他们本可以在周岩见到我之前杀死他。这是两码事。"

她看着他:"我从来没考虑过这些。"

"他们是不想让我活着,我活着就有可能通过其他渠道知道周岩要告诉我的事情。所以杀掉我才是最保险的。"

她仍然盯着他看,沈泰突然咧嘴一笑:"怎么了?你觉得很惊讶,我能想到这些,而你没想到?"

她摇头,看向别处。沈泰的心情变得灰暗了,这时候真不适合开玩笑。他突然间有种倾诉的欲望,于是开口:"他是我的好友,善良得连只蚂蚁都不忍心踩死。我一定要弄清楚他被牵连到什么事情里,然后再为他做点什么。"

她又转头看着他。"就目前掌握的线索,恐怕你做不了什么。"

沈泰清了清嗓子:"我觉得,如果你想要住宿,我们得赶紧找个村子了。"

这次轮到她咧嘴一笑了,她自言自语般地说:"你看看前面。"

沈泰照着她的话去做了。

"噢,我的天。"他说。

他们面前是一个缓坡，道路逐渐宽敞起来，有三条平行的路，显然中间那条是为帝国的骑兵准备的。借着晚霞的光，他能勉强辨认出远处那规模颇大的城墙，上面还飘扬着旗帜。

他们已经到辰尧了。路边有人列队站着，显然是在迎接他们。这些人都牵着马，却又恭恭敬敬站在地上。其中有一人，穿着正装，拱手一拜。

"有人出城来迎接你呢，"魏苏喃喃地说，"对你可是尊重非常。显然铁门关的信使已经把话带到了。"

"为了那些马。"

"当然，"魏苏回答，"看来，在你去拜见节度使和辰尧的刺史之前，你是没办法去青楼找个女人排解下了。真是很遗憾。"

他不知道怎么回答这句话。

沈泰回施一礼，那些等着他的人立刻躬身还礼，所有的人，仿佛是沈泰抬起的手把他们的腰拉弯的一般，就像戏台子上的人偶。

沈泰长长地吐了一口气——好戏要开始了。

第七章

　　人们都说天下美女尽出新安，新安美女尽出北里。北里的青楼教坊里，多的是貌美如花、能歌善舞的烟花女子，她们的美貌和才情让人流连忘返。新安城不仅有金碧辉煌的大明宫，熙来攘往的繁华集市，更集中了天下最漂亮的花娘。

　　这种说法听上去挺合理，可惜并不准确。运河沿岸的城镇之所以这么出名，总有些不好宣之于口的原因，青楼女子的风情和美貌正是其中之一。南方的女子有着独特的魅力，尤其是在床笫之间，早在第四王朝就有这样的说法了。当然，仅限于坊间传闻，这种事情毕竟登不得大雅之堂。

　　中原和南方的青楼都广为人称道，对比起来，东北简直就是个蛮荒之地，这也难怪：长城边上的营妓跟士兵们一样，长年累月承受风吹日晒。再加上一直以来，那里的风俗都以禁欲苦修为主，直到被第六王朝并入奇台帝国版图。所以那里的妓女实在是不值一提。

　　不过，帝国西边的辰尧镇可算得上是美女云集之地。这里是帝国出入丝绸之路的必经之地，商人们川流不息，熙来攘往，让辰尧成为西部地区最繁华的城镇。

　　辰尧镇上的青楼还有不少胡姬，她们来自塞达——汗血宝马的故乡，有着蓝色或绿色的眼睛，金色的头发，吸引了不少来寻欢作乐的男子。辰尧的胡姬在整个奇台帝国都是出了名的。

　　新安城里的春雨就是来自辰尧镇，当然，她现在是奇台相国文周的妾，名叫林嫱。

　　许许多多原因交织在一起，让沈泰控制不住喝了个酩酊大醉。

　　他的朋友死了。沈泰不停地回想周岩的音容笑貌：他们一起喝酒，一起猜拳行令，周岩喝太快呛着了，出了大丑，结果他自己笑得比谁都开心。他俩一起伏案读书，全神贯注地一遍又一遍吟哦背诵，直到把文章背得滚瓜烂熟。他俩还在重阳节的时候一起登高赏菊，见证彼此的友谊。

而现在呢，他的朋友跟那个刺客一起，躺在库拉诺湖畔的墓穴里，沈泰只能借酒浇愁。

喝酒的另一个原因是庆祝居然有人派了刺客来杀他，虽然现在还不知道幕后主使是谁，也不知道为了什么，但还是太荣幸了，当浮一大白。

第三个原因则是春雨。

早在两年多前她就预料到自己的命运，还警告过沈泰。可惜他对此置之不理——或者内心深处总觉得这不会发生——而现在已经物是人非。

他不愿去回想过去，可又不由自主地回想起在醉月楼里的某天晚上，春雨还有另外三名女子陪着一群士子饮酒作乐，欢声笑语、丝竹之音充满了整个房间。

突然间，所有声音戛然而止。那时候沈泰正背对着门。

他看到春雨瞥了一眼门口，然后没有半分迟疑地站起身，拿着她的琵琶，朝门口走去。沈泰在转头看她离去的时候，跟门外的男子对了一眼。

那时候，文周还没有担任相国，但家境优渥，出身名门，又是皇帝宠妃的堂兄。他身材高大，相貌英俊，从那身考究的穿着打扮来看，他深知自己的魅力所在。

只要他愿意，新安城里任何一个女人都能被送到他身边。可他想要春雨，为此愿意纡尊降贵来这种地方。至于士子们在青楼里所谓的特别优待，在这么一个男人面前，一切都是笑话。

沈泰记得那天晚上自己看着春雨去伺候文周，那不是第一次，也不是最后一次。

文周的目光扫过在场的士子，定格在春雨身上，春雨对着他盈盈一拜，然后领着他，朝私密的雅间走去。

沈泰在想自己为什么会单单回想起那天晚上，应该是因为那时候文周的目光跟他对视了一会儿才看向别人，时间还不短。

诗人岑杜曾经写过一首描写宫廷权贵们在长湖苑举行盛宴的诗，其中有几句提到，对某些人而言，最好活在不被权贵注意的世界中。

可在那天晚上，沈泰被人注意到了。

他不想在辰尧找一个金发的胡姬。

此刻他确实需要一个女人，在一个人独处了这么长时间过后。把那些鬼魂啊邪灵什么的都抛诸脑后吧，还有那个自以为是的女瞰林，他真后悔那时候雇佣了她。

他早已经知会了那些等在城外迎接的士兵，明天早上他会先后拜访刺史和节度使——先拜访刺史，然后才是节度使，顺序不能错。双方都邀请他今晚前去做客，不过都被他婉言谢绝了。

今晚他想自己呆着。

他们已经来到文明人居住的城市，有卫兵巡夜，在这里不用担心强盗土匪又或者精怪鬼魂。沈泰让魏苏给他们一行七人预订了最好的客栈。

他还是决定留下铁门关来的五名士兵，算是给慷慨大度的林峰将军一点小小的回报。毕竟，他这一路上的盘缠都是林将军赠予的，包括住宿的费用。他住的房间出人意料的宽敞气派，有一张又大又柔软的床，打开房门就能直通到庭院里。

等到沈泰回到朝廷的时候，带着五名来自铁门关的士兵，不会显得他和第二军有特别密切的关系，又可以还给林峰一个天大的人情，何乐而不为呢？

就连在这个边陲小镇上，都有朋党之争，在沈泰一行进城的时候，刺史和节度使双方为了邀请他前去做客，真可谓费尽心机。正因为如此，沈泰才决定住在客栈。在这个时节，这种地方，握有军权的节度使势力更大，但刺史才是名正言顺的地方长官，代表着朝廷。明天沈泰必须处理好这个问题，他在新安城待过，知道该怎么做。

这间客栈也可以叫姑娘来伺候，沈泰留意到亭子后面的第一间楼门口挂着红灯笼。当他在庭院里散步的时候，留意到其中一个姑娘，非常迷人——或许是因为他已经两年没有接近穿着绫罗绸缎的女人了？

有人在弹琵琶，还有一个穿红衣服的女子轻舒广袖翩翩起舞。他在门口驻足了许久。不过这里只是个客栈，不是专门的花街柳巷。沈泰的护卫们已经兴高采烈地告诉他在辰尧镇上哪家楼里的姑娘最漂亮最销魂，最能满足像他这样有身份的男人，当然，只要他舍得花钱。

他出了客栈的门，朝那边走去。

辰尧的夜晚十分热闹，墙上和人们手里的灯笼把辰尧照得犹如白昼。沈泰已经很久没享受过这么热闹的夜晚，鼎沸的人声把他对黑夜的恐惧扫得一干二净。不可否认，这样的感觉真令人踏实舒坦。

新安城夜晚有宵禁，等到晚上漏刻的"昼刻"尽时，擂响六百声"闭门鼓"后，金吾卫会关上内城门，在每个街区巡逻，直到第二天早上开门鼓响。不过辰尧镇是往来商贾必定会停留的地方，不会像帝都那样严格执行宵禁。这里有许多来自西域的胡商，他们千辛万苦地穿越了大沙漠，好不容易来到这么一个繁华之地，艰苦的旅行宣告结束，若再不让他们肆意放纵一番，那就太没有人情味了。

当然，他们得缴纳各种赋税，得把货物交出来让守卫抽查，还得奉上银钱上下打点。那之后自然不会再有人苛求他们入夜以后只能待在一个地方了。

这里离塔古国很近，所以辰尧的驻军规模颇大，用以保证辰尧的秩序和商人们的安全。沈泰看着街上，不时有巡逻的士兵经过，不过他们神情轻松，毫无压力。辰尧的夜市十分热闹，这也是朝廷和军方都默许并鼓励的：美食、美酒、美人，有什么比这三样东西更能把人们袖袋里的钱套弄出来，留在此地？

今夜，沈泰也准备成为其中一员了。

他得寻一间青楼，聆听丝竹之乐，欣赏美人歌舞，配上杯中美酒，盘中佳肴，实在是莫大的享受。微醺之际，再选一个星眸如墨的美丽姑娘，她散发着他遗忘已久的幽香，樱唇火热……在昏暗的房间内，摇曳的烛光里，私密的亲昵……那时候他才能感觉到自己从库拉诺湖畔的世外回归了人间。

沈泰后来才意识到，自己想得太入神了，完全没有警惕周遭的变化，要不然他也不会这么轻易地被人包围。

他该有所警惕的,当他转到一条小巷的时候,四周突然安静下来,巷子里也空无一人。可惜等他意识到自己落单的时候已经太晚了,前面出现的人影拦住了他的去路。

路边没有灯火,很难确定到底有多少人。沈泰停下脚步,低声咒骂。他赶紧回头,毫不意外地看见自己来的方向也出现了许多人影,他估摸前后各有四个。现在他独自一人站在空荡荡的路中央,两边商户和民房的门自然都关得死死的。

他只带了一把剑。带着双剑去逛妓院是一件很不礼貌的事情。而夜晚赤手空拳地在这种鱼龙混杂的城镇里独自行走也是一件愚蠢的事情。

反正也做蠢事了,他一边拔出剑一边想着。

在石鼓山受训的时候,他接受过如何处理这种情况的训练。以少胜多一向是瞰林武术的精髓。不过凭着一己之力怎么也无法击败八名训练有素的士兵,以一对四倒是可以一战。

沈泰迅速地做了两次深呼吸,然后闪电般冲向前去,一边高声呼叫着巡夜的卫兵。他听到背后传来一声大喝,但他还有时间跟前面这一半的人周旋下,不管他们是谁。

他毕竟是个受过瞰林训练,武艺高强的人。

虽然他多年没有跟人真刀真枪地对战过,不过身为沈皋大将军的次子,又在石鼓山上受过训,怎么也有一拼之力。他冲向前方,刻意带着满腔愤怒——愤怒可以让他气势逼人,可以威压敌人,让他们感到恐惧。

长剑一展,他冲到了敌人身边,猛地抡剑一扫,对手稍一迟疑,他即刻朝着右边房子的墙壁一蹬,提起轻功,跳上了墙头。他不敢停留,足下发力,恶狠狠地飞扑向那三个人的头顶——不是四个,非常好。他刺中了其中一个,然后横剑一封,扫中了另一个。剑刃入肉很深,他一下子就重伤了两个人。

他正好落在第三人的后面,那人一个急转身,抬剑招架。

就在那时,沈泰看到那人身上穿着第二军的制服,跟他自己那五名铁门关来的护卫一个样式。这不是士兵么?沈泰一愣,收住了剑。

"怎么搞的！"他大叫，"是自己人！我是铁门关林将军属下！"

他刺伤的第二个人趴在泥泞的地上，发出一声呻吟。

站在他面前的家伙赶紧开口，带着恐惧和震惊："我们知道！我们没有恶意啊！大人想见您，担心您不愿意去，才派我们来相请。"他踉跄着躬身一拜。

沈泰听到一阵沙沙声，抬头一看，有人从屋顶上一跃而下，朝着堵着沈泰来路那几个人冲去。一个念头飞快地从他脑海里闪过，赶紧出声喝阻。

"魏苏，等等！别伤害他们！"

魏苏落地，一个滚翻，站起身来。她可不会去妓院，所以不用考虑礼貌问题。她举着双剑，剑尖直指那四人。

"为什么？"她问。

沈泰长舒了一口气。

"因为这里还有至少二十名士兵，其中还有弓箭手，他们可不是无能之辈。此外，还因为你们在我掌控的城市里。"

一个自信又淡然的声音从沈泰背后的广场传来。他缓缓地转身。

六名持着火把的士兵站在一顶垂帘软轿旁边，广场上没有其他人，而周围站了二十多个士兵，堵住了所有去路。轿帘敞开，里面的男人能清楚地看见所发生的一切。而在周围火把的照耀下，男人的脸也被看得一清二楚。

沈泰仍然很生自己的气，心里像是压了一块大石头。他正在压抑内心暴戾和恶心的感觉。躺在地上的两个人没动静了，他不知道他们是死是活。

被他刺伤的第一个人八成活不了了，他一边想着，一边慢慢地朝着轿子走去。

"你为什么要这样做？"他问道，声音里带着掩饰不住的诘难，非常狂妄。他非常清楚面前的人是谁，自己该注意语气，不过他顾不了这么多了。

"你和令尊长得真像。"那名瘦高的男人走出了轿子，盯着沈泰。他手里拄着一根沉重的拐杖，用来支撑自己。这让他的身份昭然若揭。

我掌控的城市。

沈泰躬身一拜，不管他有多愤怒，必要的礼节还是该遵守。他清了清嗓子："大人，在下在城外已经知会过您的士兵了，会在明早拜访府上。"

"我知道。不过老夫是个急性子的人，兹事体大，我不想落在刺史的后面。等到明天早上的话，你就不得不先拜访他。"

兹事体大。

看来他说的是汗血宝马了，沈泰想着。

徐毕海徐提督，第二军和第三军节度使，正微笑看着他。

那抹微笑让他觉得很冷。

沈泰还剑入鞘。

"那个瞰林，"节度使用极轻的声音说，"是你雇佣的？"

没有片刻犹豫，沈泰点点头。"是的，大人。"

"今晚上你有让她执行保护你的任务？"

"她一直在执行保护我的任务。"他知道节度使这样问的险恶用心，突然间感到害怕。

"她跟你不是一路的。"

"有瞰林武士跟随太打眼了，大人。所以我让她暗中保护，如您所见，她在离我不远的地方。"

徐提督又冷冷一笑。他约莫六十岁上下，下巴尖瘦，留着长髯，须发皆白。但他的站姿和气势仍然给人强大的压力，尽管他还拄着拐杖。

"那好吧，老夫饶她不死。就打二十大板得了，你不会反对吧？"

"我反对！请您不要折辱我。"

节度使挑高一边眉毛，一阵风吹来，火光摇晃着。"沈公子，她拿着武器，在我的城里，对我的士兵动了手。"

"她只是对在黑暗中想要偷袭我的人动手，徐大人。我这样说并没有对您不敬的意思。如果她没有动手，我就得解雇她了，前提是我还能活命的话。"

一阵沉默。

"好吧，这一次老夫可以不计较。"徐毕海终于开口，"算是给令尊个面子,在西部的时候,我曾在他麾下。"

"我知道,家父时常提起您。"沈泰回答。这不完全算是谎言,至少他知道这名节度使的腿曾经受过伤。"感谢您的宽宏大量。"他补充说,再次行了拜礼。

作为一名节度使,徐毕海完全有权力,甚至有义务下令把魏苏抓起来,打个半死不活。辰尧是个商人云集的城镇,鱼龙混杂,那些胡商和旅人经常在此醉酒闹事。城镇管理殊为不易,身为此地的节度使,必须得用强硬的手段维持秩序,树立规则。

"魏苏,请你把剑收起来。"沈泰头也不回地说。他听到身后传来两声利刃入鞘的声音,这才松了口气。

"谢谢你。"他说。魏苏是瞰林武士,并不是他的仆从,他无权命令她。

同样,节度使也无权命令他。"徐大人,我很荣幸您能屈尊在今夜亲自来跟我面谈。这让我非常期待能够在明天白天聆听您的教诲,请问什么时辰方便让我登门拜访?"

"看来你没听懂老夫的意思,"徐毕海冷哼了一声,"我说过,不想让你先去拜访刺史!"

"我当然明白您的意思,大人。可是我不能违背朝廷的律法,而且我也不愿自己的行程安排——不管是白天还是晚上的——被别人左右,哪怕这位'别人'是我非常尊重的人,那也不行。"

留着白须的节度使一言不发。

远处隐约有声音传来,有歌声,也有欢笑声,还有一声愤怒的叫嚷。但在这个小广场上,仍然只有他和魏苏独自对阵节度使和他手下的士兵。

"可是你没有别的选择,"徐毕海拉长了声音,"我知道你不情愿,但老夫不会为维护第二军利益一事而向你道歉。不过我可以给你提供最好的马奶酒,事后也可以派人送你去镇上最好的青楼。"

沈泰深吸了一口气,他必须迅速作出决定,他该坚持到什么程度——眼前的节度使又会坚持到何种地步?

他仍然很生气,他父亲挺喜欢这个人的。万事万物在因果循环中自有平衡之道。远在日格尔的公主无意间改变了他的整个生活,而现在他的遭遇就是生活改变的一部分，并且他可以肯定，这仅仅是个开始。

"我已经两年多没有尝过马奶酒的滋味了，"他说，"我很荣幸能够成为您的座上客。但我们是否该邀请刺史大人一起来呢？"

有这么一瞬间，节度使那张瘦削的脸上露出了掩饰不住的惊讶之色，然后他仰头一笑。沈泰也笑了起来。

"我想不必了。"徐毕海说。

沈泰已经逐渐明白过来，节度使找他只为了一件事情，一件迫切的事情。他必须赶在所有人之前找到这个年轻人，这个手里掌握了大批汗血宝马，足以打破这么多年微妙军事平衡的年轻人。

马奶酒十分香醇，酒里面还加了藏红花。沈泰真的记不清上一次品尝到这种美酒是在何时。

给沈泰斟酒的两个年轻女孩是徐毕海的女儿，都还未出阁。她们穿着华贵的丝绸襦裙，一个是淡绿色，另一个是蓝色，襟口开得很低，露出一大片粉色的肌肤，引人遐思。在沈泰离开新安城的时候，这种衣服相当时尚。

两位姑娘熏着不同的香，却同样令人迷醉。她俩淡扫蛾眉，轻施粉黛，梳着堕马髻，几缕青丝垂在一侧，头上插着金步摇，身上的坠饰同样价值不菲，脚上穿着珍珠丝履，戴着金指环和翡翠耳珰，双瞳如蒻水，不语含情。

这不太合乎礼数吧，沈泰想着。

节度使盘膝坐在对面卧榻上，身穿黑色长袍，头戴梁冠，腰系朱红色腰带，佯装不知道女儿对沈泰的诱惑力。不过沈泰心内跟明镜似的，这金碧辉煌的房间，香醇可口的马奶酒，还有高贵迷人的女子，都是这位徐大人精心安排的。

魏苏跟士兵们一起待在庭院里。沈泰所伤的两名士兵应该能活下来。他在抵达节度使府上的时候问过。真是万幸，不过这也让沈泰意识到自己的武艺大不如从前：在那种情况下，他下的可是杀手。

桌上摆放着三种不同的酱汁，用来蘸五香鱼干。就连盛水果的碗都是象牙做的，在旁边伺候着的不是仆役之流，而是节度使家的小姐。他们一杯又一杯地喝着加了藏红花的美酒,谈论着小河沿岸的农田、暴风雨和月初在东方出现的扫帚星,它可能预示着什么事情。两位节度使家的小姐体贴地为他们奉上清水和罗帕,还及时给他们斟酒。那位穿着绿色襦裙的女子倾身捧给沈泰一盆撒了花瓣的清水,她那垂在一侧的青丝轻轻拂过沈泰的手。她梳的是一侧青丝如瀑布般垂下的堕马髻,这种流行的发式由新安城中的珍妃娘娘首创,并风靡于贵族仕女之中。

这真的太不合礼数了。

徐大人的女儿在站直身子的时候露出一个浅浅的微笑,像是察觉到了沈泰的反应,还觉得很愉快一般。

她的父亲轻松地开口:"林将军来信告诉我说,他曾经提议你加入我第二军,并担保给你将军之位。你也可以自行保留一部分塞达马,还可以自由挑选信得过的人做手下。"

关于扫帚星、庄稼的成熟季节和最合适的土壤等礼节性的讨论戛然而止。

沈泰放下杯子:"林峰将军的慷慨让在下受之有愧。他在代表第二军接待客人的方面表现得无懈可击。"

"老夫认为他有抱负,也够聪明。"徐毕海说。

"我想以他的能力应该不止在铁门关担当守将。"沈泰认为自己有必要还林峰一个人情。

"或许吧。"徐毕海漠不关心地说,"他不太能笼络人心,也没有为将的气度,老夫也很难提拔他。令尊一定会同意这个说法。"

"或许是吧。"沈泰不置可否地说。

对面扫来一道秋波,沈泰看到徐家的两个女儿已经退到了房门口,左右侍立着。他更喜欢穿绿色襦裙的那位,她的眼睛似笑非笑,含情脉脉。

"如果老夫进一步地劝说你,你会不会重新考虑他给的建议?"

"我感到非常荣幸,您会考虑说服我。"沈泰低声说,"但我已经跟林将军说过了,我如果在跟朝廷汇报此事之前就做了决定,那就太荒谬了。顺便提一句,我挺喜欢林将军的。"

"汇报给文相爷?"

"应该是吧。"沈泰回答。

"令兄投靠了他么？"

沈泰点点头，突然感到很不安。

"我有理由相信，这两个人你都不喜欢。"

"如果大人真的这样想，我会很遗憾，"沈泰小心地选择措辞，感觉到脉搏加速跳动，"我只是陛下的臣民，当然得遵从陛下的旨意，所以我必须得把这件事情上报朝廷，请圣上定夺。"

一阵沉默，有些话是彼此心照不宣的，他们两人都明白。

节度使举起了酒杯，若有所思地喝着酒。他放下杯子，看着沈泰。他的表情有了微妙的变化。"我很同情你。"他说。

"我对此也很遗憾。"沈泰说。

"你明白我的意思？"

沈泰迎上他的目光："如果可以的话，我会选择一种简单的生活。但是如果我们聆听了圣人的教诲，那么也得接受——"

"你？你会遵从那些教诲么？"

这话题似乎越界了，沈泰感到一阵不安。"我试图如此。平衡，中庸，不管是阴阳相生，还是四季轮转，或者人的五感都遵循此道。静止与运动，吸引与排斥，万事万物都相生相克，不趋极端。这是我自己的感悟，我认为比圣贤所教诲的更适合自己，不管圣贤有多伟大。"

"这些是你在石鼓山学到的么？"

沈泰很想弄清楚到底有多少人知道他在石鼓山待过。他记得春雨曾经告诉他，他那神秘的过往或许能带给他一些优势。

他摇摇头："是我之前自己读书时瞎想的，也是我决定去石鼓山的重要原因之一。"他可没撒谎，这确实是原因之一。

徐毕海点了点头，仿佛确定了什么念头一样。他又盯着沈泰好一阵，然后用闲谈农田或者天气的口气说："我了解你的苦衷。不过，如果你打算把这些马献给荣山的话，老夫宁可现在就把你杀了，让帝国失去这些宝马。就算赔上我这条老命，或者被流放到瘟疫遍布的南方都无所谓。沈公子，这一点，你听明白了么？"

徐大人言而有信，果然派了护卫，用轿子把沈泰送到了辰尧最好的青楼。沈泰久未踏足此间，想着那柔软的床榻，散发着沉香味道的房间，他几乎快迷醉了。

轿夫在青楼门口停下，沈泰掀开轿帘，看着那金碧辉煌的玉凤楼——新翻修了屋顶，门口高挂着灯笼，廊柱掩映在灯火之中，宽阔的台阶透着一股气派，大门敞开着。

护卫中的一人走上前去，跟门口的侍女说着话。沈泰清楚今晚他是连钱都不用付了。当然他也只能欣然接受，想抗议都没用。

沈泰本来想打发那些护卫回去，不过他们坚决表示会在这里等他，毕竟这是节度使的命令，他们不能违抗。护卫们会等沈泰从玉凤楼里出来，把他送回客栈，如果他打算在青楼过夜，他们就在外面一直等到天亮。现在人们争相拉拢他，他试图让自己觉得这很有趣，可惜没用。

如果你把马献给荣山，我宁可今晚就杀了你。这一点，你听明白了么？

若是拉拢不成，那就索性一杀了事，他冷笑着想。即使徐大人知道汗血宝马的消息很快就会传到新安城，他仍然强硬地表示了自己的态度，决不妥协。

这批马不能献给荣山。

荣山只是称号，很久以前从他的士兵那里传出来的，而后被朝廷正式承认。他的名字叫安隶，是胡人，以前只是个骑兵，后来当了校尉，又提拔到将军，现在是统领第七和第八军的节度使，最近又加上了第九军。一个受众人仰望的人，并且为众人所忌惮。

沈泰与世隔绝得太久，有些平衡之道他还需要重新温习，而他没有太多时间。

我很同情你。徐毕海曾经说过。在鬼魂出没的库拉诺湖畔，那个满身蓝色纹身的塔古人几乎说过同样的话。

沈泰只见过荣山一次，是在长湖苑观看皇子和权贵们的马球赛时。通常荣山会待在他部队所在的辖区——东北方。那次他来新安城接受奇台帝国封赏，正和朝中的群臣坐在一起。他是个脑满肠肥的胖子，穿着华丽的红色丝绸衣服，粗野的笑声在整片草地上回荡。

听说荣山以前没这么胖,不过只有年长的人才记得他在沙场上拼杀的狠劲。现在的他,骑在马上都会把马给压垮。

有人说他总是在大笑,哪怕是刚杀了人。他不识字,传说他是草原妖魔的化身,正是他给太祖皇帝献上了密制的丹药,让太祖在宠幸青春靓丽的文芊贵妃时能够展现和他年龄完全不符的雄风。

也有传闻说,荣山唯一害怕的人,就是那神机妙算、精明狡猾、七窍玲珑的秦海大人。这位已故的相国令大多数人望而生畏,连荣山也不例外。

秦海已经逝去,新任相国文周虽然因为堂妹珍妃的裙带关系坐上了这一人之下,万人之上的位置。不过在赢取皇帝宠信这方面,荣山足以和文周分庭抗礼,而且有传闻说,高贵美艳的珍妃与荣山之间也有着非同寻常的亲密关系——至于亲密到何种程度,就看你对谣言相信几分了。

是夜,就在辰尧镇上最大的青楼门前,沈泰突然想起了那年夏天,他躲在长湖苑的某个阴暗角落,不小心瞥到那位肥猪一般的节度使抱住了以美貌传遍天下的珍妃,并压在她身上。节度使和身下如此年轻貌美的女人,真是一幅不堪入目的画面。

文芊的美貌被诗人们写成了各种富有传奇色彩的诗歌,她被誉为奇台帝国四大美人之一。她的画像可以和第一王朝的珠玉皇后同挂一室,而珠玉皇后早就被人奉为仙女。

今夜与徐毕海谈话时,沈泰只是简单地说自己需要征求更多人的意见,才能定夺,不过他表示希望可以再回到西部,跟节度使和他那两位貌美如花的女儿同席共饮。

那名穿蓝色襦裙的女子在门边发出格格的笑声,而穿绿色襦裙的那位则淡淡地瞥了沈泰一眼,表情突然变得高深莫测。

想到那两位佳丽,沈泰的思绪又被拉回到眼前的玉凤楼来。今夜他的状态不太好。毕竟喝了这么多马奶酒,还跟那位难缠的节度使斗了半天心力。

两年多过去,他又一次回到了人世间,或许今晚就是新生的开始?

玉凤楼的大门敞开着,他能看到里面的灯火。侍女站在红色的灯笼下，笑盈盈地欢迎沈泰到来。沈泰的护卫队长刚刚嘱咐过她，今夜这位公子在这里销魂的一切费用，都记在节度使账上。

年轻的沈公子决定再叫点酒作为一夜风流的开始。醉里乾坤大，壶中日月长。诗人说得太好了。然后自然就是享受这千金一刻的春宵。他听到玉凤楼里传来才子佳人的吟哦之声。

沈泰缓步走上那宽阔的台阶，跨进了玉凤楼的大门。顺手给了那名侍女一点赏钱。

第八章

  奇台人对诗歌那种狂热的崇拜——弄得就像世界上只有诗才是文字一样——让琥珀非常反感，那些诗人喝得醉醺醺的，念着一些抑扬顿挫又不知所云的句子，真是太奇怪了。琥珀是塞达人，她有一头带点蜂蜜色的金发，所以才叫这个名字。当然这不是她的真名，青楼女子不需要真名。

  她非常漂亮（尤其是那双翡翠色的眼睛），双腿修长，肌肤细腻，年轻而充满活力。虽然她不会唱歌，也不会弹奏奇台人的乐器——更别提念诗了，她一听到诗就想打瞌睡——但她的美貌足以为她带来川流不息的入幕之宾，甚至有人深深地为她着迷。

  那些丝绸商人和休假的士兵来青楼又不是为了听姑娘们大谈道学，或者奏一首琵琶曲《十面埋伏》。他们只想着怎么和她风流一把。

  当然，那些男人这么做的时候，她总是发出诱人的笑声。男人嘛，稍微诱惑一下就兴奋不已了。她或许没受过什么教育，不过在男女之乐事上算是行家。

  在床笫之间，她总是能在最合宜的时候做出最合宜的动作。尤其是伺候那些年轻，相貌英俊，举止又斯文的男子。

  那些比她资历更老的姐姐们不停地催促她要多仔细听人念诗，最好自己能背诵一些名句，还要在琵琶上多下点功夫。她们总是殷勤告诫，那些出手阔绰的男人，通常都好这一口，青楼的女子学好了这些技艺，才能从他们手里弄得更多的赏钱（虽然有一半会上缴给鸨母，但留在自己手里的也不是小数）。这就是奇台人的风气，哪怕在西部边陲的镇上也是如此。

  琥珀并不完全否认这种说法，但是她更清楚，那些刚刚历尽千辛万苦来到此地的商人，更喜欢一个美艳惹火的娇娘，只要她拥有光滑如丝的大腿、温柔顺从的轻笑，还有一双如翡翠般绿色的眼睛就够了。这样的男人对那些矫揉造作的八行律诗根本没半点兴趣——就跟她一样，更不会迷恋那些抑扬顿挫的音韵美感。

诗歌！兽神在上！在这个地方，就算你不会吟诗作对，也能生存得好好的，甚至还可以当个小官呢。

奇台人疯狂地推崇诗歌，算不算是一种畸形文化？琥珀觉得有点，不过她也不得不承认姐妹琼花的观点：如果奇台人的文化走上了畸形的道路，这个帝国凭什么强盛到屹立于世界巅峰呢？

或许，在新安或者延陵这样的权贵云集的大城市里，会有所不同吧。

可能在那些地方，琥珀就不得不去学点风花雪月的技艺。不过她在辰尧已经过得够满足的了，有常客来找她，几个惯走丝绸之路的商人，还有一名长得格外英俊的第二军骑兵。

她打算再在玉凤楼待上个一两年，使点甜言蜜语的手段，诱惑一个过得去的人，为她赎身，纳她为妾，这样下半辈子足以衣食无忧。对青楼里的姑娘来说，这是最好的出路。

毕竟她的身世坎坷：幼年时双亲因为夏季的一场瘟疫病逝，十二岁那年就被她的大姐卖入妓院。一位东行的胡商看上了她，把她买走，带到了辰尧镇，转手就赚了一大笔。不过她一直相信这是她好运的开始。在奇台，她的美貌是如此独特，玉凤楼也是辰尧镇最好的青楼。在这里，她可以安享锦衣玉食，冬天有温暖的被褥和暖炉，饥寒不侵。每个月还有两天可以自由支配的时间，逢年过节鸨母也会开恩放她们几天假。命运待她不薄啊。

辰尧是个好地方，琥珀从不奢望着到奇台其他的大城市里去。她常听青楼里姐妹们说，在东方的大城市里，权贵云集，那里的青楼女子除了房中之术，还得学习更多的技艺以取悦客人。你至少得装出欣然倾听、欣赏并懂得诗歌的样子，还得学会弹奏琵琶等乐器。否则那些身着绫罗绸缎的男人只会嘲笑你，甚至对你视若无睹。琥珀觉得，这是对美丽的浪费。

就让那些年老色衰、每天需要描眉化妆和涂脂抹粉的女人去折腾这些技艺吸引客人眼光吧，像琥珀这样美艳的女子，只需要简简单单地站在那里，秋波轻转，就足以让男人心甘情愿上钩了。

然而，在这个几近夏日的夜晚，情况就不是这么回事了。玉凤楼里最大的花厅，点着造型别致精巧的灯烛，客人和香气四溢的青楼女子热闹地挤在这间花厅里。琥珀站在她最喜欢的花灯之下，她有自信自己的头发是今晚最美的，无人能及。

可惜，没人注意到她，即使是惯捧她场的商人，还有那位让她心动不已的英俊骑兵校尉，都无视她的存在，他们纷纷围拥在花厅中间的舞台边上。在舞台上，一个大腹便便、不修边幅又烂醉如泥的中年男人正在高声朗诵一首诗。琥珀只能勉强听懂是写妻子闺怨的，因为丈夫长期不在身边。

她感到这是对自己强烈的侮辱。

诗人念得很慢，因为他每念上两句就得停下来喝杯酒，而这首诗也不是大家熟悉的绝句或者律诗，诗人用富有穿透力的声音宣布着，这是一首乐府诗。

好吧，在琥珀看来这首诗只有一个特点：该死的长！

她露出最诱人的微笑，却没人注意到。她旁边的一名青楼女子，看起来像是欲仙欲死一般地跟随着诗人吟诵那些抑扬顿挫的句子。

传说他是天上的诗仙，被贬谪到了人间。

太可笑了，琥珀很想大肆嘲笑一番，不过她不想惹麻烦。在她故乡的传说里，那些被流放的神仙或者魔鬼至少应该看上去更像个剑客，而且也该保留点尊严，不会这么一杯接一杯地喝得烂醉如泥。

诗人吟哦的声音很好听，琥珀却不怀好意地希望他很快就喝得口齿不清——最好是连站都站不稳。此时若是跟他共度春宵，只怕他不仅满足不了青楼的姑娘，连自己也没法满足吧？不过那也不错，琥珀想着，有些男人啊，如果喝得太醉而在床笫之间表现不佳，就会留下一大笔钱，作为姑娘们闭口不谈这些尴尬事的代价。

不过她不觉得这个人会这样，这位风尘仆仆、酒渍满身的谪仙，恐怕不会在乎这种事情。

花厅里挤满了人，却安静得非比寻常。胖诗人仍然在吟哦着那首长诗，仍然每念上几句就喝一杯酒。琥珀不得不承认，至少他的酒量真是让人钦佩。有两个青楼姑娘在诗人边上伺候着，轮流给他斟酒。看她俩那副大送秋波的样子，琥珀真怀疑她们是不是发浪了。

她差点忍不住咳嗽一声，或者装作不小心打翻一盏灯来捣乱。这气氛也太奇怪了，没有一个人看她，没有一个人讲话，甚至连窃窃私语的人都没有。也没有人带姑娘去房间里风流，而鸨母看上去一点也不介意。

　　天哪，琥珀居然看到有些姑娘——还有更多男人——眼里含着泪水。泪水！琥珀简直不敢想象，她的故乡盛产骏马和美人，还有骁勇善战的男人，他们赤裸着上身，持刀打仗，以满身的伤痕为荣。

　　琥珀才十七岁半，在玉凤楼也只待了两年多。但她坚信，哪怕她在奇台住到白发苍苍、身如槁木，也无法理解奇台人，更无法理解为什么他们能建立如此强大的王朝。

　　她委屈和愤怒地琢磨着这些不可理喻的问题。就在此时，一个男人跟在莲花的后面，安静地走进了花厅。莲花年龄大了，不再受恩客的青睐，只能在楼里做点迎来送往的活计。她的手臂有点别扭，一旦刮风下雨就会疼痛不已，这让她连琵琶都不能弹。而曾经，她可是玉凤楼里琵琶弹得最好的姑娘。

　　琥珀看到莲花冲着那男人施礼，腰身尽可能地弯低，还拜了两次，然后退出门外。这些迹象落在青楼女子眼里，显然只昭示了一点：这个男人身份显赫，出手阔绰。

　　可惜，除了琥珀，其他人连看都没看他一眼。

　　她赶紧伸手摸了摸那头金发，确定步摇插得稳稳当当。她等着男子的目光扫过来，随时准备露出最完美的笑容。

　　可惜，她失算了。那名男子突然停在原地，嘴张得大大的。他死盯着那个站在平台上的胖诗人。

　　新来的男子脸上露出一片惊愕之色，还夹着点疑惑。

　　他是个出手阔绰的人，莲花刚才已经暗示过了。他还很年轻，长相也不俗。那双深邃的、不同寻常的眼睛让他看上去甚至称得上英俊。琥珀多么希望这位年轻人用那种意乱情迷的眼光看着她，跟她独处一室，看着她缓缓地松开发簪，让一头如瀑布般的金发披散下来，慢慢地挑逗他，用最优雅的方式伺候他的一切。

　　她不小心咒骂出了声。两个年龄大点的姑娘转头怒视着她。在这个时候，琥珀也只能吐吐舌头表示知错。

道是一种修行，一种信仰。在研习道的时候，沈泰已经清楚地知道，对于巧合，要不动声色地沉着接受。

如果是跟仇人狭路相逢之类的巧合，那就得当成生命中的一次考验，沉着去应对。而如果是他乡遇故知，那就是上苍恩赐的礼物，应当欣然接受。

不过有些事情，很难简单地用好还是坏来区分。万事万物自有其平衡之道，而道可道，非常道，意外总是无法预测的。

学者们对此也各执己见，有的人主张一定要权衡利弊，弄清楚对错，才能正确行事。而有的人则认为，很多东西当时是无法判断的，或许得等上很多年才明白自己当年的抉择到底是错还是对。而遇上这种事情，只能根据自己对道和对时间的理解，尽可能地进行抉择罢了。人须从势而行，而势无常势，无法为人所认知和把握。

而在辰尧镇上的玉凤楼里，遇上奇台帝国最负盛名的、被誉为"谪仙"的诗人司马子安，聆听他高声朗诵沈泰最喜欢的诗歌之一。这恐怕是世事无常的最佳诠释了。

沈泰告诉自己，这可不是研究什么道啊、无常啊之类的时候，在这个时刻，在这间屋子里，他才不会去想世间缘法这样的安排是福还是祸，只管抓住这个机会就是。不过首先他得闭上自己的嘴。自从发现司马子安后，他的嘴就张得比过年时在街上看烟花的小孩子还大。

他小心地往前走了几步，花厅里身着绘有蝴蝶或花朵的华丽丝衣的姑娘们，乖巧地为他让出一条路，又聚拢在周围。这些姑娘都在青楼里受过训练，不动声色地打量着他，揣测他的喜好。

本来这两年里，像这样美艳的姑娘，还有她们斟上的酒，她们演奏的笛声和琵琶声，都是沈泰梦寐以求的东西。可此时此刻，它们都无关紧要了。

他又朝前移动了点，挤进了平台周围的人群。有商人，有士兵，也有穿着长袍的官吏。在这种位于边陲地方，又如此昂贵的青楼里没有书生光顾。

沈泰试图再靠近点，不过实在是挤不进去了。他看到一名体态婀娜的姑娘弯着身子给停顿的诗人斟酒。青丝绾髻，身段丰盈，完美的曲线随着她的动作起伏着。司马子安面露笑容，等着她把酒斟满，然后一饮而尽。继续吟道：

妾发初复额，折花门前剧。
郎骑竹马来，绕床弄青梅。
同居长干里，两小无嫌猜。
十四为君妇，羞颜未尝开。
低头向暗壁，千唤不一回。
十五始展眉，愿为尘与灰。
常存抱柱信，岂上望夫台？
十六君远行，瞿塘滟滪堆。
五月不可触，猿声天上哀。

司马子安又停了下来，举起杯子。另一位姑娘用同样优雅的动作给他斟满酒。她的发髻中有一缕青丝不经意地垂下，轻盈地抚过谪仙诗人的肩膀。

诗人又露出微笑，沈泰第一次在靠得如此近的地方看到他那双闻名于世的眼睛——如猛虎一般犀利迫人。甚至会让人觉得这双眼里蕴含着危险和野性。

这是一双能轻易看透人心，看透世事的眼。

此时，诗人打了个酒嗝，哈哈大笑起来："唉，天哪，"他说，"我那些……在新安城的……朋友们，肯定会……对我……失望透顶。就……就这么点葡萄美酒，我……居然忘了……自己的诗！请问……有没有人可以……"

他乐观地环视了下四周。

沈泰还没来得及思考，就听到自己脱口而出：

门前旧行迹，一一生绿苔。
苔深不能扫，落叶秋风早。

八月蝴蝶黄，双飞西园草。
感此伤妾心，坐愁红颜老。

　　平台周围的人纷纷转身看他。沈泰往前走了几步，他还没有完全从节度使府上的美酒里清醒过来，还没意识到自己在做什么。独居了两年多，突然被这么多目光包围，也让他有点头晕目眩。而此时，谪仙诗人那双锐利的眼睛正盯着他。
　　他不由停了下来，突然想不起最后那一段了。
　　司马子安笑了笑。他身上的危险和野性一下子消散，只剩下带着酒意的温厚和喜悦。"没错！"他感慨道，"谢谢你，朋友。你把最后那一段留给我了？"
　　沈泰拜礼，手握成拳，他甚至激动得不知道说什么好。眼前这个人是他极为敬重和爱戴的，他从孩提时代就曾听说过诗仙的传奇故事。
　　他站直身子，一名穿着深红丝衣的高挑女孩靠到了他身上。她那纤长的胳膊搂着他的腰，臻首倚在他肩上。他闻到一股属于女人的幽香，欲望涌了上来，超越了一切。
　　司马子安，人称是被贬谪下凡的诗仙。他从未在朝廷里担任一官半职，甚至没参加过科举考试。据沈泰所知，他曾三次被驱逐出新安城。有人说他这辈子都没有从酒里醒过来，却在酒中做了几百首脍炙人口的诗歌，令人心折不已。
　　诗人轻轻地念出了这首诗的最后几句：

早晚下三巴，预将书报家。
相迎不道远，直至长风沙。

　　花厅里一片沉默。这就对了，沈泰想着，此时无声胜有声嘛。那位姑娘的手还在他的腰间徘徊。她身上散发出麝香和龙涎香两种昂贵的香料混合的味道，一直往沈泰鼻子里钻着。这里不愧为辰尧镇最好的青楼，姑娘们都用这种香料熏香。
　　"多谢司马大家。"他开口。总有人该先打破沉默吧？司马子安没有第一时间转头过来,他举起了手里的空杯。身边的女孩赶紧走上前来,为他斟酒。诗人一饮而尽,又一次举杯,第二个女孩一副要捍卫为谪仙斟酒权利的样子,抢着为他倒满。

终于,在辉煌的灯火中,诗人那双明亮锐利的眼睛,迎上了沈泰。

"陪我喝一杯,"司马子安说,"你的孝期应该结束了吧?既然你能来这里,肯定是了。来,陪我一醉方休。"

沈泰张开嘴,突然不知道说什么为好。

倚在他肩膀上的姑娘动了动,似乎在提醒他自己的存在,又似心照不宣地许诺了什么,然后悄然离开。沈泰快步走到台上,深深地作揖,并除下自己腰间的佩剑,放在诗人佩剑的旁边。

他在谪仙对面盘膝坐下,伺候的姑娘递给他一个杯子,为他斟满酒。他举杯行礼,提醒自己不要喝得太多,以免失礼。

他真没想到司马子安居然知道他是谁。

近看,诗人比沈泰想象的更加魁梧。他的头发已经花白,用一根蓝色布条不伦不类地绑起来,没有绾髻。他的长袍上满是酒渍,泛着红晕的圆脸上没有一丝皱纹,看上去精神饱满,甚至很和蔼。只有那双明亮得犀利的眼睛让人感到不安。他的手宽大而厚实,手指修长。

司马子安说:"我与令尊相识,失去他真是帝国的一大损失。在我看来,但凡名将,内心总是刚柔并济的,他们对战争理解得很深刻。我想令尊沈皋就是这样的人。"

诗人举起杯,一饮而尽,沈泰略有些拘谨地陪了一杯。

沈泰清了清嗓子,该说点什么了,否则看起来就像个傻瓜一样。两个斟酒的女孩已经退到了台子下面,为他俩留出点隐私空间。青楼夜晚该有的活动终于拉开序幕,沈泰听到琵琶声响起,然后是笛声,还有男男女女一边调笑一边从花厅里走出去的声音。

沈泰真希望自己能更清醒些,他说:"您对家父的赞誉让晚辈与有荣焉,而您甚至知道我的名字,更是……让晚辈受宠若惊。"

司马子安带着酒意的双眼突然锐利起来,须臾间又恢复了愉悦。"你离开了太久,"诗人说,"我也知道你长兄。沈柳跟相爷走得太近,想不被……品头论足,也难哪。"

沈泰说:"品头论足?不是羡慕?"

司马子安露出一抹笑意,笑容似乎是他脸上永远的表情。"至少不是所有人都羡慕他,也不是所有人都羡慕相爷的。我们生活在一个充满挑战的年代,难免被人品头论足的。"

沈泰不由自主地四下张望了一番,只有那两个斟酒的女孩有可能偷听到他们说话。

诗人大笑:"你是在担心我以下犯上么?文周又能对我做什么?再次把我从新安城流放出去?我觉得他肯定想这样。我的朋友们倒也希望我在这个夏天离新安城远一点。这也是我来这个西部边陲的地方饮酒作乐的原因之一。"

他故意停下了话头,明显在等着沈泰发问。沈泰从善如流地问道:"原因之一?"

诗人又一次豪迈地大笑起来,那种无拘无束的笑声感染了沈泰。"多亏辰尧刺史在今天的晚宴上提起了你,还提到你在询问城里最好的青楼在哪。有这一问,我才能在这里见到你。"

"晚辈……我……真是惭愧……"沈泰听到自己结结巴巴地不知所云。

"没什么好惭愧的,"司马子安说,"就凭你在库拉诺湖畔的义举,我来见你也是理所应当。"他的目光突然变得锐利。

沈泰只能傻傻地点头,纯粹地凭借本能动了动脑袋。美酒和室内的温暖让他感到脸红,那双望着他的犀利眼神,让他觉得有点不知所措。

诗人喃喃低吟:

> 吾爱孟夫子,风流天下闻。
> 红颜弃轩冕,白首卧松云。
> 醉月频中圣,迷花不事君。
> 高山安可仰,徒此揖清芬。

这也是司马子安脍炙人口的一首诗,多年前他写给另一位诗人挚友的。而那位年长的诗人，早已仙逝。"

沈泰的眼低垂着："您过誉了。"

司马子安摇了摇头。"不，"他又重复了一次，"不，我觉得不会。"然后他沉默了半晌，突然问："今晚在这里，看到鬼魂了么？"

这个问题完全出乎沈泰意料，他吓了一跳，抬头看着诗人。

司马子安举起杯，斟酒的女子走上前来，她做了个手势询问，沈泰摇了摇头。诗人挤了挤眼。

沈泰只能装作没看到。他说："其实我从来没有看见过它们。就算在库拉诺湖畔也没有。"

"只是听到？"

沈泰点头，声音更加低沉："每天晚上都能听到它们的哀号。有一次……有一次……白天也，也有。"

那是他在库拉诺湖畔待的最后一天的黄昏，那像风又不是风的东西……

"它们很愤怒？"

女子已经端着酒下去了。

这个问题不好回答。"应该说，有一些很愤怒吧。也有的很迷茫，或是很痛苦。"

这次是诗人扭头四下张望了，许久之后，他摇摇头："你都没为此写点什么么？"

"您怎么知道我……"

那种微笑又浮现在诗人脸上，这次更加柔和。"据我所知，令尊过世的时候你正准备参加会试，所有举子都得写诗。"

"我，我曾尝试过，"沈泰修正了下，"我有纸墨笔砚，不过我写的东西大多不堪入目。晚辈学识浅薄，没法写出那些鬼魂的故事。"

"或许我们都没那能耐。"

沈泰深深地吸了一口气："请问刺史大人还告诉了您什么？"

此时此刻，他迫切地想要找到一个足以信赖的人，衷心希望就是眼前这位。

司马子安第一次露出犹豫的表情，然后才说："他还告诉我那些汗血宝马的事情。来自公主的厚赐。"

"我明白了。"沈泰说。

兹事体大，总会传出去的。他想，每个听到这消息的人都会传出去。"很快新安城里的人也该知道了。"诗人补充说。

"我明白，我还派人送了消息过去。"

诗人流露出思索的神情："为什么？"

"因为那些天马被寄养在边境，如果我不亲自去接收，这份厚赐就会化为泡影。"

"明智之举，"片刻之后，诗人回答，"或许能救你一命。"这一次他没有笑。

"是一名塔古队长想出来的。"沈泰也不知道自己为什么会提起此事。

"那他是你的朋友，很明显。"

"我想也是，至少我们和塔古帝国处于和平期。"

"啊哈，照你这么说，会有战争咯？"

沈泰赶紧摇头，突然间感到不安。"晚辈已经与世隔绝了两年，什么都不知道。不敢妄自揣测。"

他突然举起了杯子，似乎想多喝点酒。姑娘赶紧走上前来，斟酒，然后退下。那身影年轻而修长，酒红色的丝绸衣服在她行走时簌簌作响。

司马子安的目光掠过迷醉的人群，在灯火通明的房间里逡巡了一圈，又回到沈泰身上。"说到救命，"他在音乐的掩饰下轻声说，"一直盯着我，别下四张望。你说这里会不会有对你不怀好意的人？"

他的声音很轻松，仿佛他们在讨论的是诗歌或者俗事。

"很有可能，"沈泰小心地说，他感到自己的心跳开始加速，只能一动不动地盯着诗人。

"是在你送出汗血宝马的消息之后？如果你死了那些马可就没了，难道他们情愿玉石俱焚？当然，也有可能那些家伙是冲我来的。"

"真的吗？"

诗人耸耸肩，他的肩膀相当宽厚，只是被肥胖遮掩了。"不太像。我同时得罪了相国和内侍监,那是有点麻烦。不过我想还不至于要我的命。以后有空时记得提醒我好好给你讲讲那个故事。"

"我会的。"沈泰说。这句话肯定意有所指吧?

他清了清嗓子,努力控制自己不要四下张望。他做了一个决定,他承认,崇拜一个人的诗歌并不能代表相信他的品行,不过他仍然决定冒险:"其实,在我知道这份厚赐的消息之前,就有人派刺客来刺杀我了。"

司马子安的神情一变,沈泰意外地在他脸上看到了一丝好奇,还有隐约透露出来的满意:"你杀了那个刺客?"

这位传奇的诗仙年轻时候一直是名游侠,关于他骑马执剑,在江湖上行侠仗义的传说,多年以来一直广为流传。两匹骏马,两柄利剑和长弓,睡在山洞里或是星空之下,斩杀欺压农民的恶霸地主还有横征暴敛的酷吏。尤其在雄江流域的村寨里,他的传奇故事随处可闻。

"来的是个女杀手,"沈泰说,"不过,不是我杀。她被塔古人和……鬼魂所杀。"

总有些人是你可以无条件信任的。

诗人沉吟片刻,然后开口:"看看吧!就在大门附近,你认识那些人么?"

沈泰转过头去,左侧的门口有两个人,只能看见他们的侧脸,有三个姑娘围在他们身边。一看他们的穿着就不像是逛青楼的大爷,更别提来辰尧最好的玉凤楼了。他们的靴子和衣服沾满了尘土,身上都配着双剑。其中一人径直回头看着沈泰。两人的目光对上了,那人飞速地移开了视线。不过这就够了——他们是冲着沈泰来的。

沈泰转回头,看着诗人:"我不认识他们。"

司马子安说:"不过他们认识你。"他又示意姑娘上来斟酒,"美人儿,那边两位是这里的常客?"他用下巴指了指,"他们来过这里么?"

这位姑娘很年轻,不过非常沉着。能被选来伺候诗人的肯定非同一般。她瞥了一眼门口的人,镇定地持壶斟酒,低声说:"小女子从未见过他们。"她的脸上流露出不屑的神情,"他们穿得也太不合时宜了。"

"就是,太不得体了。"司马子安乐呵呵地表示赞同。他盯着沈泰,眼里射出犀利的光芒。诗人举起手伸了个懒腰,像一只慵懒的肥猫。"我不介意打上一架。不如我俩合力把他们杀掉?"

"小女子可以请护卫把他们赶出去,"姑娘着急地说,"如果他们惹老爷您不快的话。"

她很着急,在青楼里打架斗殴可不是什么好事。至于杀人那就更严重了。诗人做了个鬼脸,但勉强点了点头,算是答应了。

可沈泰不答应。他的话冲口而出,声音里充满了尖锐的愤怒,如利刃般锋锐。他已经厌倦了被威胁,被追杀,就像自己是个被通缉的恶棍——或是树大招风的名人。在此之前他根本没有反抗的本钱,可今夜,在辰尧镇,除了他手中的剑以外,还有别的反抗方式。

"不用叫你们的护卫,"沈泰说,"你最好去前门,找到节度使的轿子。告诉守卫的士兵,这儿有两个人想要对我不利,这不仅是对我的威胁,更是对徐大人、对第二军、对帝国军人的挑衅。我希望将他们拿下,审问出派他们来的幕后主使。我今晚会在客栈里等候徐大人的回复。你能记住这些话么?"

姑娘笑了,那是略带残忍的笑容。她把酒壶放在桌上。"当然可以,大人。"她低声回答,盈盈一拜后退了下去。"请允许小女子暂时失陪一下。"

她走下了台阶,越过房门。那两个守在门口的人目送她离开,说不定还在心里品评她那不紧不慢、摇曳生姿的身影。

"我相信,"司马子安若有所思地说,"此女颇有大将之风啊。"

沈泰点点头。

"你了解这儿的节度使么?徐毕海可不是个心慈手软的人。"诗人说。

"今晚我跟他会面过,"沈泰回答,"迫不得已。我相信您说的话,不管怎么说,我必须要知道某些事情。"他略微犹豫地说,"他们或许和那个女刺客是一伙的,她假借瞰林的名义护送我朋友前来找我,然后杀了他。我把他也埋在了库拉诺湖畔。"

"你的朋友是名士兵么?"司马子安问。

愤怒和悲哀的感觉重新袭来。"不是的,他只是个手无缚鸡之力的书生,跟我一起备考。他善良得连只蚂蚁都不忍踩死。"

诗人摇了摇头:"节哀顺变吧,我们都生活在乱世。"

沈泰说:"他是来给我带消息的,他走了这么远的路就为了给我送一个消息。可是那个刺客在他说出口之前杀了他。"

门口附近传来嘈杂的声音,他们转过身去,看到六名士兵走进了玉凤楼。

是有点动静,不过还不算太离谱。花厅很大,也很拥挤。其他桌的客人也不停在来来去去。送信的姑娘跟士兵一起进来,指了指司马子安说的那两人。

士兵们朝他们靠近,然后是几句带着火药味的诘问。其中一人伸手去拔剑——真够愚蠢的。

仅仅片刻过后,他就被揍得不省人事了。另一人也被士兵推搡着出了门。一切转瞬之间就完结,从房间另一边传来的歌舞声都没有受到半分影响。两个姑娘在跳舞,一个姑娘在吹长笛。

沈泰冷冷地想,这就是城市里的生活方式。随时可能有人送命,甚至压根不会引起半点关注。他必须牢牢记住这一点,重新学习。在新安城里,这样的事情只多不少。

司马子安回头看着他。

"我宁可打上一架。"诗人说。

"我想是的。"沈泰勉强一笑。

"或许从这两人口里什么都问不出来。你相信么?"

"为什么?"

"如果是从新安城里的权贵那儿传来的命令,肯定是层层下达的,这些负责动手的刺客没资格知道什么。"

沈泰摇摇头。他还沉浸在愤怒中,太多的借酒浇愁,太多的无可奈何。他回想起周岩的音容笑貌。

"或许,"他说,"为了保密,不会经过太多的中间人呢?无论出自何种原因。"

司马子安咧嘴笑了:"对于一个没有官职,又与世隔绝两年的人来说,你对这件事情知道得比我想象的更多。"

沈泰耸耸肩:"您提及了家父,还有效力于文相国的长兄。这能说明很多事情了。"

"他确实投靠了相国,不是么?"诗人若有所思地说,"这意味着你们家族或许会飞黄腾达。"

"飞黄腾达?或许吧。"

他知道自己的话里有太多别的含义,他相信这位诗仙也能听出来。

司马子安温和地说:"如果这两个人来辰尧找你,意味着对你的格杀令恐怕已经下达一段时间了。有人监视着你的东归之路,他们也预料到了库拉诺湖畔的刺杀或许会失败。"

跟沈泰自己的想法不谋而合。

他盯着诗人:"我仍然弄不明白,怎么有人在得知汗血宝马的消息之前就想要我的命。"

这一次诗人没有笑。

"我知道为什么。"他说。

雄江两岸,丛林密布,船行江上,就如一片树叶被狂风吹走,迅捷无比。两岸猿声啼不住,轻舟已过万重山。飞鸟在陡峭的悬崖上盘旋,密林间野兽成群,还有猛虎出没。如果有不自量力的人在夜间出没,只会被撕成碎片。

诗人的眼里就像盘踞着一只雄江沿岸密林里的猛虎一般,沈泰想。这位睿智通达的诗人骨子里仍然透露着一股野性,像是一只奔行在广阔天地间的兽王。司马子安年轻的时候也是一名江湖人,在山水之间流浪,不曾出入于朝堂,也不会被羁于青楼这种销魂蚀骨的地方。

从他的眼里,完全可以看出来。

这位谪仙又一次笑了,他的脸上露出同情的神色。猛虎是不会怜悯弱者的,沈泰想着。弱肉强食,他必须做得比自己想象中更好。而在人世间求生,其复杂程度远远超过了丛林。

诗人温和地开口:"我能明白你来这里是想找个美人儿共度春宵。独居太久对任何一个男人而言都不是好事,更别说你还得直面多舛的前途。上楼吧,沈泰,放松一下,我也一样。我们可以过后再谈那些烦心的事情，我也会告诉你一些消息，然后我们再决定该怎么做。"

我们再决定该怎么做。

沈泰清了清嗓子："我……无论如何，我想……您不必涉足这些棘手的事情，我也不想给您添麻烦。"

诗人笑得更开心了："嫌我多管闲事？如果你愿意的话，就把它当成酒后的明智决定吧。当然，这种决定不一定是明智的，我们都明白。不过我一向用这种方式来决定自己该干什么，我已经老了，老人总是很顽固。诗歌、友谊、美酒。这就是一个男人生命的本质。当然，还有……"

诗人站起身，总的来说挺稳当，除了站直的时候摇晃了一下。

他看着沈泰，舒展了下双腿。他的衣服皱巴巴的，满是酒渍，绑好的头发也松散了，不过双眼仍然明亮犀利。他说："你该听说过这句话吧：九重天上仙人境，凡夫俗子探不得。"

他斜睨着醉眼盯着那位帮他们送信的姑娘，她正站在他身边，弯下腰，把佩剑递给他。姑娘露出诱人的微笑："实不相瞒，我可想着您身上另一把剑呢，老爷。"

司马子安仰头大笑，带着姑娘走下了台阶，穿过花厅的门道，去寻欢作乐了。

沈泰坐了一会儿，才站起身，犹豫了下，还是拿起了自己的佩剑。

他刚一起身，一股麝香和龙涎香混合的味道飘入了他鼻端。修长的手环住了他的腰。他转头一看，是那位穿深红丝衣的女子。

她的发髻被象牙和玉做的簪子别起来，有几缕青丝微妙地垂下。她低声说："您让奴家等了这么久，真是太狠心了。"

沈泰凝望着她，真是个美人儿，此时此刻的她就像月华下站在高山上的仙女一样。她让他回忆起了一位优雅而神秘的女人，还有一头眼前这位姑娘所没有的金色长发。

"其实我也快忍耐不住了。"沈泰回答。他的声音里起了奇妙的变化，女人的表情也变了，黑色的眸子更加深邃。

"那正是奴家想要的。"她低哑的声音挑逗着说。

沈泰的脉搏开始加速。

女人继续说:"请跟奴家一起上楼吧,大人。"

琵琶声、笛声和歌声逐渐隐没,花厅里的欢声笑语也渐渐消失在他们身后。女人领着他上了楼,房间里的床大得有些夸张。侍女们已经为他们点亮了灯烛,熏香炉里升起袅袅的烟,夜晚的清风不时从窗外吹拂进来。

桌上放着一把琵琶。

"需要奴家为您弹奏一曲么,大人?"

"过会再说吧。"

沈泰粗暴而饥渴地把女人搂在怀里,恐惧和紧迫感让他更急于发泄情欲。他吻着那张红润饱满的唇,女人那轻薄的丝衣滑落,赤裸着身子站在他面前。她拥有柔美的耳垂、脖子,纤细的手腕和丰润的玉足,完美的娇躯在灯火映衬下,似乎闪烁着柔和的光芒。

当她服侍他宽衣解带,把他拉向自己的床时,沈泰一直有种感觉,这里的一夜春宵是他生命中另一个转折点。冥冥之中自有天定,当他享受完了激情,离开这里之后,生命又将遭遇一次跟公主赐予汗血宝马一样的剧变。而这种想法让他感到不寒而栗。

怀里的女人太懂得如何伺候男人了,不紧不慢的动作,熟练地挑起了沈泰的欲望,她总能敏锐地了解到他还没有说出口的需求,用最合宜的方式满足他。她给他带来无法想象的愉悦,那不时急促起来的呼吸,那逐渐令人疯狂的节奏。她那满足的微笑,那抑制不住的呻吟,令人沉迷其中,不可自拔……

激情过后,她体贴地用桌上的水盆为他清洗身子。并低声吟唱了一首古老的民间歌谣,她的一切动作都那么慵懒而迟缓,带着欢爱的余韵。而后,她真的为沈泰弹奏了一曲,用那把放在桌上的琵琶。这个女人,用她的唇、她的手指唤醒了他的欲望,用她那曼妙的身体和娴熟、精妙的床上功夫满足了他,最后,用优美的音乐,彻底地把沈泰从库拉诺湖畔的世界中拉了回来。

一曲终了,沈泰站起身,开始穿衣服。女人仍然赤身裸体地躺在床上,巧妙地暴露出她身体最美的地方,椒乳、纤腰,还有双腿之间那一大片诱人的隐秘之地。她需要留点自己的私人空间,等他离开之后再下楼寻找新的客人。

沈泰穿戴整齐，挂好佩剑，然后朝女人施了一礼。这是周岩在他们那个圈子里提倡的事情：如果一个女人奉献出了她自己，满足了男人内心深处的各种欲望，那么男人应该对她表示敬意。哪怕不知道她的名字，甚至以后再也不会见到她。沈泰看出女人很惊讶。

他走出了女人的房间，下楼，迎向自己生命中即将到来的巨变。

诗人已经在同一个地方等着他了，手里依然端着一杯酒，那两个姑娘也依然在他身边斟酒伺候。沈泰漫不经心地想，她俩是不是一起跟诗人上了楼？很有可能。

天色渐晚，花厅里已经安静下来。虽然青楼在夜里从来不会真正地安静，不过客人们的情绪会在入夜后有着微妙的变化。高档的青楼会熄灭几盏花厅的灯烛，让气氛更加柔和。音乐也会变得轻柔，甚至忧郁，有些人会沉浸在这种忧伤之中，纪念逝去的爱情或者青春。有人在唱着一首古老的楚辞"越人歌"，通常这首唱辞只会在夜晚时分响起，缠绵悱恻。

沈泰把剑放到先前放的地方，在诗人对面坐下。个子高挑一些的那个姑娘给他斟酒，然后退下。沈泰一边喝酒，一边看着诗人，等待着。

"是有关你妹妹的事情。"司马子安说。

第二部

第九章

每天旅途结束的时候，都会有宫女为沈礼眉搭好专用的帐篷以供休息，然后第二天清晨又把帐篷叠起来。

夕阳西下，他们离开奇台的第四天即将宣告结束。她从未走到这么远的地方，连想都没想过。朝廷派了两名陌生的宫女伺候她，沈礼眉讨厌她们，因为她们成天就知道哭个不停。她们也讨厌伺候她，因为她不是真正的公主。

可现在她名义上就是个公主，至少别人会这么尊称她。从新安城出发北行之前，陛下赐予她公主的称号，还在大明宫里举行了盛大的典礼。沈礼眉身穿金红色的华服，头顶沉重的珠玉凤冠，插着镶有珍珠的玳瑁步摇。不过她并不在意这些，她在生气，气她那一直站在文周相国背后的长兄，沈柳。她死死地盯着他，一瞬也不肯挪开视线。沈礼眉很清楚，长兄知道自己的感受，不过无动于衷。

愤怒压倒了一切情绪，虽然她明白自己只是借着愤怒来掩饰恐惧。正是因为愤怒，她才没有和那两个宫女一样，只会哭个不停。她们都很害怕，这是必然的。她本该更平和一点的，这一切，从头到尾都不是她们的错。

感到悲愤和伤痛，甚至恐惧，这并不是丢人的事情。她们的恐惧感已经越来越强烈了。尤其是离开了戍泉城以后——那是自新安城北行到达金水河湾和长城以后，关内最后一座繁华的城市。

离开戍泉已经好几天了。四天前，她们越过了长城，进入了荒野。沿途的士兵都冲着公主一行弯腰致敬。

沈礼眉只能数着日子打发时间。她很聪明，她的父亲曾经说过喜欢她的智慧。如果父亲还在世的话，她也不至于沦落至此。

从新安城护送公主一行的飞龙军校尉在拜礼三次以后，带着军队转身离开长城那厚重的关隘口，回转到文明人的世界。出关以后，沈礼眉站在轿子边，目送着他们急驰而去扬起的黄沙。长城关隘上，那通往繁华世界的大门,在她的身后摇摆着关闭。

长城外的游牧民,那群野蛮人,用皮草、骆驼和琥珀,还有奇台帝国最为看重的马匹和骑兵,迎娶——或者说交换——了两名奇台新娘。

这是第一次,博古人荣幸地娶到了奇台帝国的公主,也是第一次,他们慷慨地向奇台帝国献上如此的厚礼。

两人中真正的公主是太祖皇帝第三十一个女儿,她即将接受草原上最隆重的仪式,成为新任的草原之主(至少是一部分草原的主人)——胡洛克可汗迎娶的姬妾。

朝堂里的大臣们争论不休,最终一致认为,在帝国极度扩张的形势下,军费和军马供不应求,所以得给草原上的野蛮人一点甜头尝尝。换做平时,这等殊荣是不会落到博古人头上的。

本来沈礼眉不该作为公主出现的——天地良心,她也不想!若不是她的父亲去世,作为女儿在两年之内不得出嫁,家里也不得预各种吉庆之典,她早就婚配出阁了,也不必摊上这种苦差。这些年,母亲和姨娘一直在为她挑选合适的夫婿。

沈礼眉不是皇室之人,她只是进宫服侍那位年老色衰、早被打入冷宫的皇后娘娘。可惜,她有一位野心勃勃、地位显赫的长兄,拜他所赐,她即将成为胡洛克可汗的次子,也是继承人塔多克无数的姬妾之一。

当然,继承人并不一定能顺利继承父亲的可汗之位,与之有关的草原传说数不胜数,至少沈礼眉从小到大都听闻过。还有几年前,二哥沈泰从北方回家以后,也带回过关于梅斯哈的故事。

大明宫曾经有这种惯例,把某些地位不够显赫的朝臣之女加封公主之名,送到异国去和亲。这是玩弄化外蛮夷的一种狡诈手段,反正蛮夷们所求的是与奇台帝国皇室沾亲带故,反正和亲的也不止一位"公主",对蛮王们而言,有一名真正的公主就够了。奇台帝国已经送出好几位公主去和亲,不过与博古人联姻,这还是第一次。

反正皇帝的女儿够多,这位统御宇内四十多年的天子,拥有后宫佳丽三千。

沈礼眉曾经设想过那些后宫佳丽的生活,被锁在宫墙之内,身裹绫罗绸缎，周围有无数的守卫看护，无数的太监伺候。

而大多数的后宫女子只能这么寂寞地老去，有的人一辈子也没见上皇帝一面，更有人一辈子没见过一个真正的男人。

此行出嫁的真正公主是雪公主，自从离开成泉城以来，她就一直让侍女唱着那首悲伤的歌"远嫁"。不分白天黑夜，雪公主和她的六名侍女不停地哭泣，哭声中充满了无尽的悔恨。

这也让沈礼眉有种同悲的感觉。

她真希望周围人能平静点，每当她想到自己长兄的时候，心里的愤怒就如旷野上不断涌起的狂风，抵御着远嫁他乡的恐惧。

她想起了两名兄长，沈柳和沈泰。至于小弟沈超，还住在沈家庄，无需挂念，在这个时候想念家乡不是一件好事情，沈礼眉意识到这一点。

她集中精神想着两名哥哥，其中一个她恨不得杀之而后快，而另一位，她总觉得他应该有办法拯救她。

虽然公正地说，沈柳做这个决定无可厚非，他是打着家族利益的幌子，沈泰也无能为力。把自己的妹妹送给天家，作为第二名出嫁的公主，嫁到博古草原上跟野蛮人联姻，都是沈柳一力促成。但是，这种事情有何公平可言？她又凭什么背井离乡地，来到一个满是黄沙、狼群、草原、圆顶帐篷的世界？一辈子跟那些甚至不会说奇台话的野蛮人生活在一起？

如果她的父亲还在世，这种事情永远不会发生在她身上。

长兄沈柳一向口若悬河，能言善辩，再说在很多家族里当父亲的都会认同女儿就是工具这一说法，为了家族的荣耀，牺牲一个女儿，似乎是顺理成章的事情。但是沈礼眉是沈家唯一的女儿，要是沈皋还在世，就算他自己解甲归田，风光不再，也断然不会同意长子的做法。沈柳也不敢提出来，为了家族和为了自己的野心是两码事，其间也有平衡之道。

可惜这只是沈礼眉的想法，她在宫里伺候皇后日子也不算短了，也明白很多宫廷里的事情。她几乎可以听到沈柳那圆滑的、振振有词的声音："送她去宫里伺候娘娘和把她送去当公主和亲有什么不同呢？同样都是为了家族的地位和利益不是么？除此以外，一个女

151

孩子还能有什么别的作用?"

要反驳他真的是很困难的,她怎么想也想不出足够犀利的言辞去攻破沈柳的说法。

只有沈泰可能做到,他会用睿智又截然不同的表达方式来反驳沈柳。但她的二哥目前还待在遥远的西域,跟库拉诺湖畔的鬼魂为伴。事实上,沈柳之所以在这个时候行动,肯定也考虑到沈泰不在家的因素。当大明宫下旨的时候,就连沈礼眉伺候的那位温良的、被流放的皇后也不能保护她分毫。

北行越过帝国边境,沈礼眉和二哥一样,离开了奇台帝国。不同的是,如果沈泰还活着,他会很快回到家乡。而她,再也不能回家了。

想到此真是令人悲伤得难以活下去,所以她只能用愤怒来平息那种绝望。

"远嫁"的曲子再次响起,这一次弹奏琵琶的是六名侍女中技巧最差的一个。她们轮流在唱这首歌。沈礼眉用跟天朝风范完全不符的粗鲁咒骂出声,现在她恨透这首歌了。就让这种恨意把她内心的愤怒塑造得更彻底吧。

她偷偷掀起轿帘往外看——显然贵为"公主",她是不能和别人一样骑马的。一名博古骑兵正好骑行往前。他赤裸着胸膛,头发披散在背部。他坐在马背上的样子跟奇台人完全不同。博古人都是这样,沈礼眉已经逐渐意识到了。牧民们几乎就活在他们的马背上。那名博古骑兵经过的时候看了她一眼,在沈礼眉放下轿帘之前,他们的视线彼此交会。

她想了好一会儿,才明白骑兵脸上的表情并不是胜利或者征服,甚至没有男人的欲望,而是骄傲。

她不知道怎么应付这种骄傲。

过了会儿,她又偷看了下,这一次外面没有人,那位骑手已经跑到前面去了。外面的景色有些朦胧。风起扬沙,荒原上总是这样,持续好多天了,一不小心就会让沙子迷了眼睛。太阳已经落到地平线上了,远方的草地看上去有点模糊。这两天以来,他们能看到成群结队的瞪羚在远处奔跑。自从越过长城后,晚上还能听到狼的嗥叫。奇台人一向很害怕狼这种生物，其中或许也掺杂了对北方草原的陌生感引起的恐惧。沈礼眉想，长城外驻守的部队肯定像憎恨死亡一样憎恨狼群。

她眯着眼，看着橙色的夕阳，在此之前，沈礼眉能设想的最解恨的报复就是杀死沈柳那个混账兄长，而现在，她想着最好是能把他也带到这种地方来过几个夜晚。

这种幻想让她有了短暂的满足感。

二哥也可恶得很，沈礼眉决定连沈泰一起埋怨。在这种风沙之中，她无法公正地考虑什么。这两年沈泰本不该离开家的，离开失去父亲的妹妹，和失去丈夫的母亲与姨娘。家里人需要他，否则没人制得住沈柳。他应该能想到这一点。

她放下轿帘，靠在有软垫的椅子上，想着两位兄长，有关他们的记忆一点一滴地在脑海中浮现。

这不是什么好事，意味着她又思念家乡了。可是她又如何能抑制得住自己不去想念呢？如果没有意外，她的前途和命运将是一片黑暗，她将永远离开那个温暖明媚的家乡，再也无法归来。

姨娘是父亲沈皋唯一的妾室，膝下没有子女。这是让她遗憾而痛苦的事情，但对沈家正室的四个孩子而言，却也是好事——虽然这种说法很残酷，但事实如此。因为姨娘把对孩子的感情都寄托在他们四人身上，避免了嫡子和庶子相互倾轧和争权夺利。

沈礼眉六岁的时候，沈柳十九岁，正准备参加乡试。比沈柳小两岁的沈泰在习武，他的身高已经超过了长兄。沈超那时候还是个小孩，在院子里蹒跚学步，她清楚地记得小弟跌跌撞撞摔到一堆落叶里，还乐得咯咯直笑。

那年秋天，梧桐叶落，父亲结束了一季的征战回到家里。在母亲的安排下，沈礼眉一整个夏天都在学习跳舞。就在一个秋高气爽、微风拂面的早上，沈礼眉要当着所有家庭成员的面表演舞蹈。

她还记得那天的风，直到今天，她都觉得一切都是风的问题。要不是她现在实在是心烦意乱得有点六神无主，一定会因为这个固执的想法笑出声来。她仍然坚持让自己出丑的罪魁祸首就是那可恶的风。

跳舞的时候她摔了一跤,就那一次。从好几天前她就开始练习,在她的夫子和母亲面前跳了十几次都很顺利。可就在那一天,母亲、父亲和两位哥哥都在场,还有乐师伴奏的情况下,她的一次旋身转得太快,一下子失去了平衡,而她试图稳住身子,却失败了,跌跌撞撞地倒向一边,一不小心就滚到了堆放在庭院边缘的树叶堆里,就跟她那年幼的小弟玩耍时一样。

没有人笑话她,她清晰地记得。

或许沈柳想笑,但他没有。沈礼眉坐了起来,全身沾着叶片,吓得脸色煞白,她看到了父亲那急切而带着温柔神色的目光,很快,父亲用那种有点夸张的逗乐表情来掩饰情绪,笑呵呵地看着自己那人矮腿短的小女儿。

她挣扎着站起身子,从庭院里冲了回来,失声痛哭。她本想在父亲和家人面前好好表现下,证明自己已经长大了,不再是小孩子。结果反而弄巧成拙,夺眶而出的眼泪让她觉得无地自容。

沈柳是第一个找到她的人,就在果园最后一排那棵她最喜欢的桃树下,靠着石墙。她坐在泥地里,舞裙弄得泥泞不堪,双手捂着脸,大声哭泣。她听到沈柳前来的脚步声,但不愿抬头看他。

她本来希望姨娘或者母亲(这不太可能)率先找到她。听到长兄那清亮的声音叫出她的名字,她倒吓了一跳。很久以后,回想起往事,她才意识到肯定是沈柳告诉她们让他来处理这件事,从那个时候开始,沈柳就颇有一家之长的架势了。

"坐起来!"他说。她听到他喘了口粗气,蹲在她身边。对沈柳这种肥胖的体型而言,真不是件轻松的事情。

她必须照做,长兄如父,不能无视他的命令。在那些家教森严的大户人家,这样做可能会被打一顿,或者被禁食。

沈礼眉只能坐好,看着他,突然又想起自己该恭敬地低着头,对长兄行个福礼,但是她没有站起来做。

沈柳没跟她计较这么多,或许是那泥泞的小脸和上面挂着的眼泪让他表现出难得的宽容。沈柳向来是个不容易被看清的人,即使是那个时候。

他开口："你该从中吸取教训。"声音自制而冰冷，根本不是哄小孩子的口气。沈礼眉回想起那时候长兄的神情，一脸平静，但是让她感到害怕。

他继续说："我们所受的训练就是为了规避一切失误，除非有把握，否则不要轻易地走上台前。这是第一件事，你明白吗？"

沈礼眉点点头，看着长兄那张圆脸，那一年他已经开始长胡须了。

沈柳顿了顿，接着说："可是，我们不是神仙，也不是帝王贵胄，所以不可能像他们那样绝不犯错。尤其对女孩子而言。所以，你要记住的第二件事就是：如果我们在大庭广众之下犯了错，不管是跌倒在落叶堆里，或是在讲话的时候打了结巴，还有行礼次数太少或者太多之类……我们都得若无其事地继续下去，除非是条件不允许。你明白吗？"

她再次点点头。

沈柳说："如果我们中止，或者为自己的错误道歉，或是表现出沮丧，从庭院或屋子里跑出去，就会让观众深深地记住这次错误，并且明白我们是多么引以为耻。而如果我们坚持下去，这些错误就变得微不足道，我们不会受半点影响，没什么了不起。另外，妹妹，你要永远记住，你代表了整个家族，而不仅是你自己，你所做的一切都得考虑到这个前提。你明白吗？"

沈礼眉第三次点头。

"说话。"她的哥哥命令道。

"我明白。"她尽可能清楚地说。那时候她只有六岁，脸上、手上和衣服上都还沾着泥污。记得你所做的一切都代表着家族。

沈柳盯着她看了片刻，咕哝了一声什么，站起身来，往果园外走去。他穿着一身黑色的长袍，沈礼眉现在都能清楚地记得。十九岁的青年并不常穿这个，显得有些僭越，当然他没有系上红色的腰带——如果沈柳在科举中及第了就可以。后来他的确顺利地通过了三次科举，并成功进入新安城大明宫，成为朝堂大臣中的一员。

不一会儿，沈泰走进了果园。

显然他一直等到沈柳离开以后才出现，这也是次子应该做的。

此时回想起来,像是撕裂了伤口一样疼痛。她可以肯定地说,沈泰听到了沈柳跟她说的每一句话。

她仍然保持坐在地上的姿势,所以这一次看清了二哥的到来。他走近的时候满脸笑容,她就知道沈泰会这样。不过沈礼眉没想到的是,沈泰带着一盆水和一条汗巾。显然二哥猜到了她会躺在泥泞里。

他盘腿在她身边坐下,毫不在意自己的衣服和鞋子,沈泰把水盆放在他们中间,汗巾搭在手臂上,就像个下人一样。她想他会扮个鬼脸,而她下定决心不露出半点笑容(事实上她总是会被逗笑),不过沈泰没有这么做,他只是安安静静地等待着。过了一会儿,沈礼眉伸手,掬起盆子里的水,洗干净了自己的脸、胳膊和手。不过对那件泥泞的舞裙,她也无能为力。

沈泰把汗巾递给她,她擦干了脸上和手上的水渍,他又把汗巾接过来,放在一边。然后他把盆里的水倒掉,把盆随手放在他身边。

"看起来好多了。"他看着她说。

"谢谢二哥。"沈礼眉说。

她还记得,有这么一小会儿,他俩谁也没说话,不过气氛很轻松。沈泰一直都是个能让人如沐春风的人。她崇拜着两位兄长,但对二哥更加亲近和敬爱。

"我摔倒了。"她沮丧地说。

沈泰没有笑。"我知道。感觉一定很糟吧,你一直很期待这场表演的。"

她点点头,不敢开口说话,怕自己忍不住哭出声来。

沈泰说:"本来开始是非常棒的,礼眉,不过后来起风了。一开始感觉到刮风我就有点担心。"

她不解地看着他。

"或许……或许下次有机会,说不定就是今晚……你可以在屋里跳舞么?我相信那些舞蹈大家们都不愿意在室外跳舞,就是因为那些捉摸不定的风随时可能吹拂她们的裙摆,不小心就会摔跤。"

"我不知道……难道她们都是因为这个才在屋里跳舞的么?"

"当然啊,肯定是这个原因。"她的哥哥笃定地说,"这么一个秋季的早晨,你能在院子里跳舞,真是太勇敢了。"

她很想接受自己是勇敢的这个想法,但还是坚决地摇了摇头。

"不,我不勇敢。我只是照着母亲和乐师的话去做。我不勇敢。"

沈泰笑了:"礼眉,诚实地说出这话本身就是种勇敢。这是事实,你会变得非常勇敢。当你不再是六岁,而是二十六岁的时候,我一定会为你感到骄傲,还有父亲也会。我看到他看得很认真,你愿意再为我们跳一次么?就在今晚,在屋子里?"

她的嘴唇有些颤抖:"他……父亲几乎快笑出来了。"

沈泰一脸沉思的模样:"你知道吗,当有人摔倒时,只要他没有受伤,人们总会觉得挺有趣的。小妹,我不太明白为什么。你明白么?"

她摇头。她也不知道为什么会有趣。不过沈超跌倒在落叶堆里时,她自己也笑得很开心。

沈泰又说:"父亲也没有笑你,一开始他怕你受伤,后来又怕刺伤你的自尊心,所以他没有笑。"

"我看到了,他忍住了,我看到他用手捂着嘴。"

"你看到了?真是不错。其实父亲一直以你为傲的,他说了他很想再看你跳一次。"

她的嘴唇微微颤抖:"他说的?他真的这么说么?二哥?"

沈泰点头:"千真万确。"

直到现在沈礼眉也不清楚这话到底是真是假。不过那时候的她,和沈泰一起走出了果园。沈泰拿着盆和汗巾。当天晚上,她穿着匆匆洗净的舞裙,在庄园最大的、挂满了明亮灯笼的堂屋里,再次为家里人跳舞。这一次她没有摔倒。她看到父亲冲着她慈祥地笑着,看着她。当她走近时,父亲亲昵地拍了拍她的脸颊,站起身来正式地施礼道谢,还给了她一串铜钱——把她当作真正的舞蹈大家才会给赏钱。然后,父亲又从口袋里掏出一块糖给她,因为她还只是个六岁的小女孩。

沈礼眉认为,如果说要在两位兄长身上找不同的话,那年在果园里的对话就是最好的答案。

自那以后,沈柳也曾多次告诉她——很多次,不管是面对面地说,还是从新安城寄来的信里面——她所做的一切事情,都得考虑到对家族的影响。而她接受了这个说法:不只是针对她自己,也针对任何一个代表了家族的女人或男人。

这就是奇台人的理念,在帝国里,若没有家族支撑,将一事无成。

但是现在她已经越过了帝国边境,来到了游牧民族之中,还有他们的骏马和猎犬,原始的圆顶帐篷和听起来非常奇怪的语言……他们都不知道她的家族,也不知道她的父亲。在这里没人在乎,没人在乎她是沈家唯一的女儿,帝国册封的公主,代表着沈氏家族的荣誉——这个想法让她很难过。

这就是博古人对她的看法,这就是为什么这些博古人在她面前显得如此骄傲,连走过她身边时看她的眼神都这么傲慢。

那种傲慢让她在刚才对视的时候不由自主地逃避了。她想起了自己只是帝国对野蛮人的政策和长兄野心的牺牲品。而在家乡的亲人们,有生之年可能都无法再见到她了。

为了控制情绪,她开始想能不能在每年春季博古人向奇台帝国纳贡的时候,让这些骑兵把写给母亲和姨娘的家书带到金水河河套地区。或许她还可以多让他们送几次?

沈泰曾经称赞过她勇敢,多次提起她有多么聪明,还说在她成长的过程中,勇气和智慧会给她许多帮助。而现在沈礼眉却不那么坚信二哥的话。沈泰从不说谎,但他说的话也不一定就完全正确。

如果她勇敢,就不会在夜里偷偷哭泣,也能坚持着日复一日地听那首凄婉的送嫁歌。而在嫁给可汗的继承人,当他的第二房或者第五房小妾的问题上,沈礼眉实在想不出智慧能起什么作用。

她甚至连自己到底是第几房都不清楚。

她对那个即将成为她丈夫、与她同席共枕的男人一无所知,她甚至没有任何选择的权利。沈礼眉在轿子里深深地叹了一口气。

她可以选择自行了断,有一些跟她命运相同的女人选择了这条路。虽然那是一种耻辱,不过她似乎也不是很在乎。她也可以选择无休无止地哭哭啼啼,悲悲切切,不管是在路上还是抵达目的地之后。

她一边在心里描绘父亲那高大伟岸的身影，一边想自己或许应该坚持做沈泰曾经赞扬过的那种人——勇敢而聪明。被流放出大明宫、青春不再的皇后对沈礼眉的喜爱也来源于此。而那位用音乐、美貌和机敏蛊惑了帝王，导致皇后失宠的珍妃，可以说是以一己之力改变了整个奇台帝国。

女人也可以改变世界。

沈礼眉也不是第一个背井离乡的女人，其中的原因各种各样：远嫁，被休，丈夫死亡，不能生育子嗣……不管怎样，对女人而言都是悲剧。

她听到外面有人叫着什么。这么几天以来，她大概能分辨出几句博古话。看来今晚上该休息了。草原的夏季来临还需要一段日子。

例行的工作在有条不紊地进行中，博古人为两位公主搭建帐篷，公主一直待在轿子里，直到帐篷搭好，侍女扶着她们进去，然后在帐篷里享用晚餐。晚餐后，侍女们铺好公主的床，伺候她们就寝。早上必须得早起赶路。即使是几近夏日，草原的清晨也会有霜冻，有时候还有晨雾弥漫。

轿子一震，停了下来。沈礼眉做了个鬼脸，赶紧把脚伸进鞋子里。在轿子里打赤脚太孩子气了，她自己也承认，虽然她不喜欢别人这么说。

这一次，她没等着侍女，自己拉开轿帘走了出来，站在沙尘四起的草原上，吹着晚风。绿草在她的周围，整个世界都是一片绿色。她的心突然跳得很快，希望没有任何人注意到她。

其中一名轿夫发现了她，吓得大叫一声。一名博古骑兵转身朝沈礼眉走过来，那骑兵瞥了她一眼——沈礼眉发现就是先前掀开轿帘看到的那名。他策马跑到沈礼眉面前，还没有停稳，就利落地翻身下马。他落地的动作十分轻巧，丝毫没有弄出大的响动。沈礼眉想着，这个动作他一定做了成千上万次。

他朝她走了过来，脸上有愤怒和压抑的神色。骑兵狠狠地冲她说着什么，指着轿子，示意她重新进去。他表达的意思很清楚，但她听不懂他说的话。

她没有动,博古人又说了一遍,同样的话,更大的声音。同样苛刻的指责,和那坚定的手势。

其他人都转过身来看着他们,两名骑兵迅速地从队列里往这边赶来,他们的表情都很严峻。在沈礼眉看来,最明智的选择就是立刻顺从骑兵的指示回到轿子里去。

可是她没有,她重重地掴了那名骑兵一记响亮的耳光。

她的手挺疼的。她记不清上一次打人是什么时候了,事实上,她也不确定自己有生之年有没有动手打过人。

她一字一句地开口说——博古人可能听不懂,不过那不重要:"本公主乃奇台帝国将军的女儿,奇台天子太祖皇帝的家族成员,即将成为可汗继承人的新娘。不管你们的军衔是什么,在这里都得听本公主的。本公主决不会再整天都待在轿子和帐篷里了。找一个会说文明人话的家伙来,本公主再跟他说一遍!"

有可能那个博古骑兵一怒之下会杀了她。

很有可能,她做了一个极其冒险的决定,极其大胆的举动。这位骑兵所蒙受的耻辱是显而易见的,被一个女人打了耳光。

但她看到了他眼中的犹豫,坚定的信念如潮水般流过她全身。她不会死在这个刮风的黄昏了,她是去北方和亲的"公主",博古人不敢轻易地对她怎样。

就在不久前,他从她的轿子前骑行经过的时候,脸上还挂着不可一世的傲慢神色。而现在,沈礼眉听从了内心直觉的指示,后退一步,双腿并拢,弯腰,手笼在袖子里,行了一个奇台女子的福礼。

站直身子后,她还露出了一抹微笑。天家的尊严支撑着她度过了最剑拔弩张的时刻。

就让他们困惑去吧,她想着,就让他们觉得看不透她吧。一开始愤怒地表达了自己的立场,然后礼貌地施以公主的恩典。她瞥了一眼另一名公主(那才是真正的公主)所乘的轿子,轿帘微微地掀开。很好,让那位公主看看吧,至少她的侍女不再唱那首愚蠢的歌曲了。

沈礼眉听到了鸟鸣声,巨大的飞鸟成群结队地从他们头顶掠过。这附近有一片挺大的湖泊。或许这也是他们停下来过夜的原因。

她指着那片湖水:"在你们的语言里,这个湖叫什么?"

她盯着面前的博古人,另外两名骑兵也勒马站在前面,他们没有下马,很显然不太清楚怎么处理眼前的状况。沈礼眉继续说:"如果本公主要在博古人中间过一辈子,那么必须学会你们的语言。找一个能回答本公主问题的人来!"

站在她面前的男子清了清嗓子,惊讶地说:"我们叫它旱獭湖,这里生活着许多旱獭。它们的洞穴在山丘上的另一边。"

他说的是奇台话。沈礼眉抬起了眉毛,对他露出了一抹微笑。

"为什么没有告诉本公主你会讲我们的话?"

他的目光移开了,耸耸肩膀,似乎想要表现出蔑视的样子,但失败了。

"你是在金水河纳贡的时候学会的吧?"

他飞快地看了她一眼,似乎她的猜测让他吃惊——事实上这并不难推测。

"是的。"博古人不情不愿地回答。

"那好,"沈礼眉冷冷地说,"从现在开始,如果你有什么要对本公主说的,想要求我干什么——不管我接受还是拒绝,你都必须用我能听懂的话。你也把本公主的话告诉其他人。听明白了吗?"

他犹豫了片刻,点点头。

"那就去告诉他们。"说完,她转身背对着博古士兵,看着远处的湖泊和鸟儿。风吹着她的头发,四散飘扬。

似乎有首诗就是写风的,把风描述成一名没有耐心的情人。

她听到士兵又清了清嗓子,然后对聚集过来的博古骑兵说了些什么,他说的博古话。

她转过身,等着他把话说完。她给了他一些震慑,而现在她要这名骑兵把它传达给所有博古人。"本公主努力学习你们的语言,这就需要人来解答我的问题。你先告诉我骑兵里有谁懂奇台话的,听懂了吗?"

他又点了点头。而更重要的是,一名马背上的骑手举起了手,似乎在询问能不能开口说话(这就对了)。然后,他开口:"我也会说你们的话,公主。而且比他说得更好。"他咧嘴一笑,露出一排参差不齐的牙齿。很好，开始有竞争意识了。这个人块头更大。

前一个博古人愤怒地转头瞪了一眼他的竞争者。沈礼眉对着那名骑在马背上的骑手微笑："我明白了。不过对于谁讲得更好，我可得考察一段时间。等本公主有了判断，自会告诉你们。"

她希望他们能保持相互竞争的势头，自己则会居中协调，保持平衡。应付这里的男人，大明宫里任何一名女子都能游刃有余。她总算找到点自己认为有用的事情做了。多年以来她已经习惯了提问，然后得到别人解答。而现在，她得学会自己去寻找答案了。

她需要尽快去了解自己的未婚夫和草原女人的生活，如果未来得永远活在黑暗和恐惧之中，那她会选择自我了断。而这长城以外的境内哪怕有半分可以改变，她会尽自己最大的努力去扭转乾坤。而了解草原人就是她开始迈出的第一步。

她看着站在自己面前的博古骑手。"你叫什么名字？"她用一种傲慢而专横的语气问道。

"西伯，"他回答，顿了顿，又加上一句，"我叫西伯，殿下。"说着低了一下头。

"跟我来，"她说，似乎这个命令对他来说是无上的光荣，让其他的同僚无比羡慕，"让其他人去搭帐篷，你来告诉我，我们在哪里，还得走多远。还有所有的东西叫什么名字。"

说完她一转身，压根没有正眼瞧他，就朝着湖的方向走去，离开这片混乱的现场和正在搭建的帐篷。夕阳下，她的影子长长地拖在身前。要有天家风范，她提醒着自己，要抬头挺胸。天空无边无际，而她即将嫁入到那远在地平线另一端的国度。西伯像是受到鼓舞一般，飞快地跟在她身后。

她非常欣喜地发现，西伯不敢紧跟在她身边，始终落后她半步。这是好事，更好的是她的心跳已经平复下来。她的右手还因为打那一记耳光隐隐作痛，真不敢相信她竟然做了这种事情。

地面凹凸不平，到处都是兔子、旱獭和其他动物的洞。这里的草长得极其茂盛，靠近湖边的地方，草几乎没过了她的腰。

蚱蜢在她身边的草丛中跳来跳去，她意识到自己需要一双新鞋。她不知道宫女们为她准备了哪些衣服，那时候她还沉浸在愤怒之中。

她得让侍女们打开箱笼好好找找。

"在每天早上我们出发之前,和晚上休息以后,我都打算学你们的话。"她说着,看看周围,"还有我们中午停下来吃饭的时候,除非有意外发生。你就跟在我身边服侍我,明白了吗?"

你明白了吗?她的话听着像沈柳的口气。是的,太讽刺了。

出乎她意外的,西伯没有答话。她不安地回头看了看。沈礼眉的话里似乎信心不足,该怎么办呢?博古人停下脚步,她也如此。

他没有看她。

他用博古话说了些什么,是在宣誓?祷告?还是咒骂?在他们身后,那一群列队的骑兵也陷入了沉默,所有人一动不动,这种沉默太不自然了。

他们都看着同一个地方——越过湖面,看向那些据说满是旱獭洞的山上。

沈礼眉转身看去。

一阵风起,她不由自主交叉双手合在胸前,再一次强烈地意识到独在异乡的孤独感。"哦,父亲,"她低声说着,连自己都感到惊讶,"为什么要离开我,让我去面对这样的……"

对奇台人而言,最害怕的动物一定是狼了。这是农耕民族的天性,靠土地吃饭,年复一年地耕种灌溉,对凶残的野兽有着天生的恐惧。而传说中,北方草原上的狼是世界上最凶残的。

有十几只狼在对面的山坡上,在那空旷的天空下,映着落日的余晖,它们一动不动地盯着他们,盯着她。

西伯说话了,他的声音里充满了焦急和紧张:"公主殿下,我们回去。快!太不寻常了!它们居然堂而皇之地站在野地里!狼绝不会这样。还有……"

他的声音突然停下来,似乎一瞬间失去了语言能力。

沈礼眉看着东边,终于,看到了让所有人都不敢动弹的东西。

一个人影,狼群中有一个人。

群狼为他让出一条路。就在这一瞬间,沈礼眉突然有种感觉,她的生命又将发生巨大的变化。人生的路上总会有岔路口,没有人能够真正把握每条路的去向。这就是天地之道影响人间的方式。

第十章

就在同一天夜里,新安城北的大明宫内一片灯火辉煌。宫内的楼阁有一扇宽敞的窗户,能够看到外面广阔的鹿场。一名美艳无双的女子正在楼阁的上层弹奏古琴,皇上和朝中重臣坐在下面欣赏着她的表演。太子申祖也在,端着酒杯,不停地喝酒。

贵为真命天子、万乘之尊的太祖皇帝目不转睛地看着弹琴的女子。楼阁里的大多数人也如此,其中有一位大胖子,坐在皇帝身边,用一种不可捉摸的灼热眼神,盯着那名属于皇帝的女人。

珍妃娘娘文芊早已习惯成为焦点。天生丽质的她总能吸引万众瞩目,这是她的魅力所在。无论她在演奏音乐,还是骑在马背上闲庭信步,都是万众瞩目的对象。这就是奇台帝国四大美人之一的独特天赋。

这一年,她才二十一岁。

每一个看见她的人都忍不住屏住呼吸,心跳加速。第一次见到她如此,每一次见到她都如此。她的美艳似乎总能刷新人们的记忆,总是能令人惊艳。如果有人不相信世上会有倾国倾城的美人,那就看看文芊吧,她那绝美无双的容颜,还有那如象牙似瓷器般的肌肤。就算把世上最华丽的词汇融合在一起,都无法形容她美丽的万一。

今晚,她弹奏的乐器是来自西域的古琴,跟琵琶类似,但不是用拨子弹奏,而是直接用手拨弦。她刚刚演唱过一首歌,绕梁三日的余音还在房间里回荡。衬得精美的汉白玉雕灯座和镶嵌翡翠的灯更加柔和朦胧。

一名盲眼的乐师手持长笛坐在她身边。珍妃轻抚古琴,弹出前一曲结束的尾音。乐师默契地理解到暗示,开始了演奏。悠扬的笛音中,珍妃翩然起身,人们可以看到她那双赤裸的三寸金莲在裙摆摇曳间若隐若现。她穿过粉色的大理石地板,来到皇帝的宝座面前。

天子从几缕花白的胡须背后露出了微笑。他穿着龙袍,系着帝王专属的明黄色腰带，戴着黑色头冠，脚穿绣着金边的黑丝长靴，每只手上都戴着三枚指环，其中一枚是翡翠盘龙指环，只有皇帝才能佩戴这种纹饰。四十多年前，他发动了宫廷政变，杀死了自己的亲姊姊和两名兄弟。随后的几个月，有六万多人死于这场风波，这样，他才在父皇驾崩之后保住了自己的皇位和江山。

骁勇善战，博学多才，机智果敢，他比死去的兄弟强太多了。初继位时的太祖皇帝是一名极有抱负的帝王，多年来南征北战，扩大帝国疆域，用强大的武力奠定了第九王朝的赫赫威名，周边的小国纷纷来朝，持久的和平让难以想象的财富源源不断地流入帝国，流入他的皇宫——他废弃了父皇曾经居住的地方，修建了更为宏伟的宫殿。

而现在他年事已高，几十年兢兢业业为治理帝国操劳，皇帝已经感觉到非常疲惫。他的陵墓就建在新安城西北边，旁边是他父皇和祖父的帝陵——不过太祖皇帝仍然希望自己能长生不老。

他想跟文芊一起长生，永远有她青春靓丽的容颜和曼妙的音乐为伴，在皇帝已经满头白发的迟暮之年，长生比起所有的金银珠宝都更有价值。

伴随着盲眼乐师的长笛，她回到了表演的高楼，准备翩翩起舞。

观看舞蹈的诸人不由自主发出抽气的声音，就像是凡人突然间窥见了九重天阙的仙音曼舞。文芊就似仙女下凡一样，美艳不可方物。

皇帝一言不发地凝视着她，文芊的目光也一直锁定在天子身上。只要天子在场的时候，她的目光就从未离开过他。长笛悠扬，就在文芊刚刚迈开舞步的时候，突然一个声音响起，突兀地打破了沉默："啊！太好了！娘娘要为我们跳舞了！好！"

他酣畅淋漓地大笑着，那笨拙的庞大身躯竟然发出如此不协调的高亢声音。那是个满身肥肉的人，屁股和大腿上的肉都吊在华贵的座椅边。他被允许坐在皇帝身边，背靠着垫子，对他这种体型而言，这是必要的措施，也是一种殊荣。在皇帝身边，除了那名盲眼乐师以外没有任何人坐着，甚至连太子都毕恭毕敬地站立一旁。申祖站在父亲身边，端着酒杯，一言不发。

通常保持沉默是明智之举，尤其对奇台帝国的太子而言。

这名坐着的胖子出于奇台帝国西北方的蛮荒之地。年轻时因为偷羊被逮捕，但他没有被处罚，而是参入伍将功折罪。

而现在，在这间屋里，在整个奇台帝国，他可谓是一人之下，万人之上。他身为东北三镇的节度使，管辖着广袤的土地，坐拥庞大的军队。这等殊荣在奇台帝国史无前例，一人身为三镇节度使，权势滔天。

这名男人粗壮的腿无法盘起，只能在身前伸直。他没留胡须，眼睛像是一条缝，藏在脸上的赘肉中。黑色头冠下的头发稀疏得没法梳起来。每当他来新安城，或是离开新安城回到他的驻地，都得用十二个人来抬轿子。那些骑马驰骋疆场的日子早已一去不返。

他的名字叫安隶，但很久以来，人们都叫他荣山。

憎恨他的人不计其数，但也有很多人狂热地崇拜他。

皇帝和珍妃都非常宠信荣山，在一次游戏玩闹中，文芊还认他当儿子——虽然荣山的年龄是她的两倍。他们还举行了可笑的洗儿礼，虽然有些人认为太过荒唐。

珍妃的三十多名侍女娇笑着，在缭绕的焚香气味中嬉闹玩耍。她们让荣山躺在地板上，剥光了他的衣服，给他搽粉，用一块巨大的床单当作襁褓裹住他全身。文芊走了进来，开心地笑着，拍着手，还把他当作亲生儿子一样作势喂奶——据说也是真的撩起了胸衣。

也有人私下传言，皇帝陛下那一天也来到了后宫，看着帝国权势滔天的臣子，像婴儿一样躺在襁褓里，号啕大哭，还用手揞着眼睛。而那些香气四溢的侍女围着他嬉笑，看着荣山和文芊的那一出闹剧。

新安城里的每个人都知道这回事，而关于他俩那更加无法言喻的私情只能在坊间私下流传，事实上，谁也不敢对此多说什么，否则只怕会招致飞来横祸。

话说回来，在今晚上文芊跳舞的场合大声说话，实在是于礼不合。但对那些知晓其间内幕的人而言，只能看作是荣山在咄咄逼人地展示自信。

他自称出身于大漠边缘的野蛮人部落，为自己的粗鲁和没有文化而自豪。他在牧民之中学习了生存之道，然后在丝绸之路上抢劫来往商人。

他的父亲曾在奇台帝国戍边的部队中服役，帝国曾招揽过许多胡人骑兵缓解戍边人手压力，另一方面也让这些野蛮人不再干拦路抢劫的勾当，保障丝绸之路的安稳，促进奇台帝国的贸易发展。后来，他的父亲晋升到校尉，为当年那个体型还算正常的儿子铺平了道路。

而骁勇善战的安隶，在奇台帝国开辟疆土的战役中，不断地率领士兵征战。敌人的累累白骨成就了他赫赫威名，食腐鸟和狼群跟在他的士兵后面享用饕餮大餐。战功彪炳，他当上了奇台帝国的将军。不久以后就成为东北军区的节度使，声名远播，超过了其他的同僚。

于是他拥有了某种放肆的特权，就连太子也不敢像他那样在皇上面前肆无忌惮地说话——不过身为太子本就得更加谨言慎行才是。在这个房间里安隶向众人展示出的粗鲁言辞和不得体的行为，只有他敢，也只有他能。这已成为朝中群臣的共识。

新任的相国文周也明白这一点，他是珍妃的堂兄，凭借着妹妹的关系青云直上。

前任相国，那位瘦削、永远对人怀有戒心的秦海大人于去年秋天过世，许多人恐惧着他，也有许多人依附着他，而他，是荣山最为忌惮的人。是秦海一步一步把荣山这个蛮子提拔起来的，同时也一直对他多加戒备。而现在他已经逝去，这就意味着大明宫，甚至整个帝国，或许会有一次大的变动了。

不管是宦官、大臣、皇子、贵胄、道学子弟或是圣人门徒，朝堂里的人都得看相国和安隶的脸色行事，谁也不敢轻举妄动，全都中规中矩，生怕行差踏错一步。

在众人的瞩目下，文芊缓慢而优雅的舞步开始了，她那镶嵌着金丝的奶白色长裙拖曳在地上，随着她的动作上下飘扬。荣山用一种莫测高深的眼光注视着她，文周的一名谋士把他的目光尽收眼底。

那名谋士就站在文周身后，身着朱红色长袍，腰上配着玉饰和笏板，这是一品大官的配饰。

他名叫沈柳，唯一的妹妹沈礼眉正出行关外，越过了长城，为了他的野心远嫁他乡。

他在鉴赏舞蹈、诗词、美酒、珍馐、绘画、书法、珠宝和上等丝绸等方面造诣不凡，就连建筑和园林方面都有着极高的品位。在这一点上，他比相国还优秀。

在他的本性中也有好色风流的一面，只是平日里精心掩饰而已。但看着眼前这位绝世佳人，沈柳都不免有点想入非非。他自己都被自己的想法吓到了。这是他无力去抑制的欲望，想象自己能和文芊独处一室，她抬起手，衣袖滑退，露出那双光滑洁白的手臂，摘掉她如黑丝一般闪亮的秀发上的发簪……这种幻想让他胆战心惊，仿佛有人可以窥探到他的思维深处，让他的欲望暴露出来，置身于危险之地。

沈柳的脸上没有流露出一丝表情，镇定自若地站在文周身后，跟着宫廷的内务总管太监一起欣赏着贵妃的曼妙舞姿。不仔细看还会以为沈柳对这种舞蹈感到厌倦。

然而不是。他在竭力隐藏自己的欲望，也被荣山那高深莫测的眼神吓到了，他弄不清楚这位权倾朝野的节度使到底在想什么。一直以来，沈柳都讨厌无法了解和掌控的事情。

相国文周对荣山也忌惮非常，这种忌惮是有原因的。文周和他的谋士们也密谋过很多行动，刻意去刺激荣山的野心，试图让他做出一些鲁莽的行为，再以叛逆的罪名清剿。但这个男人手里掌握着三军的军权，还拥有皇帝的宠信，更重要的是珍妃文芊也对他宠爱非常，这让他们投鼠忌器。

荣山的长子在大明宫里入朝为官，从某种意义上来说也算是人质，以防荣山有不臣之心。而沈柳以为荣山不会因为一个儿子而改变自己的决定。半个月前，相国在京城秘密逮捕了两名荣山的谋士，据调查他们曾在天黑以后偷偷去咨询星相师天下大势是否有变，这可是试图谋逆的大罪。只是他俩都拒不承认，现在还被监禁着。而荣山对此事无动于衷，表现得满不在乎。

密谋的行动还会继续。

瑟瑟的声音响起，一名瘦削的道士身披道袍走了出来，手里托着金玉托盘，上面摆放着一个翡翠杯。到皇帝吃长生不老药的时候了，陛下的目光依然分毫没有离开那翩翩起舞的美人，而美人的目光也一直凝望着他。稍后，珍妃会喝下自己的那份药。

或许皇帝永远不会用到他那气势恢宏的坟墓。或许他能和贵妃一起永生，坐在由昂贵的檀香木制成的亭子里，吃着仙桃，观赏四周精心修剪的树木和竹林，还有开满菊花的庭院，院子里还有座池塘，百合和莲花轻浮水面，灯笼和萤火虫交映生辉，犹如仙境。

沈泰看着坐在自己对面的诗仙，又看着旁边那盏灯和投射在墙上的影子。眼前的一切都有点朦胧。

司马子安的故事已经讲完了，他把自己知道的一切都告诉了沈泰。他说自己是从朝堂里的人嘴里知道这些消息的。

这种故事也很容易传到备考的书生耳朵里，其中也包括了沈泰的朋友：朝廷要送出两位公主去博古和亲，换取军队急需的优良马匹装备骑兵，并招募更多的游牧民族进入奇台的军队。其中一个是真正的公主，真正的皇室成员，而另一位，按照以往天朝帝国对野蛮人耍的手段，必然是……

这件事涉及到你的妹妹，诗人这样告诉沈泰。

就在这么一个远离权力中心的边陲小镇，一间灯光柔和的青楼阁楼里，一切都明朗清晰了起来。从沈柳跻身为相国文周身边的心腹谋臣开始，一直到最终以妹妹的终身幸福换取长兄的平步青云……或许对有的人来说，这是一件很划算的交易，牺牲一个女孩，换取不可估量的富贵和显赫，不仅是为他自己谋利，更是为了整个家族。

沈泰盯着对面墙上的投影，恍惚间出现一个小女孩坐在他肩头，极力伸出手去摘树上桃子的影像……不，他努力把这幅场景甩到脑后。他不能让自己沉溺于伤感之中，那种伤感只适合在边陲之地的刺史府上即兴吟诗作乐的蹩脚诗人，或是赶考时绞尽脑汁要写出对仗工整的诗句的书生。

他抑制不住地想起，清晨时分父亲沈皋从军营中回家时，那位固执的小姑娘会站在门边偷听沈泰和父亲的谈话——如果他们发现了，还会把她给打发走。

后来，解甲归田之后，沈皋住在庄园里，每天在小溪里钓鱼，当沈泰从石鼓山受训归来，或是在新安城游学间隙回家省亲时，总看到父亲脸上带着一抹悲哀。

沈礼眉已经不再是那个任性的、圆脸上稚气未脱的小女孩，她已经离开家乡三年，进宫服侍皇后。在父亲去世之前，她年已及笄，很快就会在家人安排下订亲。

另一幅画面出现在沈泰的脑海：北方的湖泊，燃烧的木屋。烧焦的尸体散发出恶臭的味道，还有那些野蛮人对死者和活着的人所做的一切不堪回首的事情。

此时此刻，他真希望把这些记忆统统扔出脑海。

沈泰发现自己无意识间捏紧了拳头，于是强迫自己放松下来。他痛恨自己把情绪表露出来，情绪外露让一个男人显得脆弱，不堪一击。事实上，这还是他的长兄沈柳教给他的。

他看到司马子安正盯着他和他的拳头，脸上浮现出同情的神色。

"我真想杀人。"沈泰说。

诗人认真地思考了下，才开口："我可以理解。有时候这种方式是最直接有效的。"

"我的长兄，我妹妹的长兄，竟然做出了这种事情。"沈泰说。

青楼的姑娘们早已退下，这间花厅的平台上只有他们两人。

诗人点点头。"很显然，他会不会指望你赞赏他的行为？"

沈泰瞪大了眼睛。"当然不会。"他说。

"真的吗？如果换做是他肯定会赞赏的。想想这件事情能为你家带来多大的荣耀吧。"

"不是，"沈泰坚决地说，扭过头去，"他只是为了讨好相爷才这样做，他也不得不如此。"

司马子安点点头："那倒也是。"他给自己杯里斟满了酒，朝着沈泰的杯子做了个询问的手势。

沈泰摇摇头，突然间，有些压抑在心里的话脱口而出："我还知道，相爷纳妾了……她，她是我在北里的红颜知己。"

司马子安笑了："真像一阕跌宕起伏的诗歌！他也是你想要杀

的人?"

沈泰的脸涨得通红,突然明白这种事情在诗仙看来是多么寻常和庸俗。两个男人为了一个名妓拔剑相向,布衣对阵高高在上的相国!他是在自寻死路!这种俗套的剧情只能在演给那些农夫消遣的三流戏场里才会出现。

他快愤怒得失去理智了,他自己明白。

沈泰伸手抓过酒壶,给自己倒上一杯,再次环顾了下房间。还有十来个人清醒着,现在已经非常晚了。而在即将到来的清晨,他还得继续上路。

他的妹妹远嫁他乡,他的挚友周岩埋骨在库拉诺湖畔,他的父亲已经去世,而他的长兄……他的长兄……

司马子安突然神情一肃:"在新安城和别的地方,有许多人……可能不愿意看到相国继续这么逍遥自在地活下去。而相国身边的守备必定是滴水不漏。京城里现在非常危险,沈泰,你明白么?"

"那对我正合适,不是么?"

诗人没有露出笑容。"我不这么认为。我想你的存在会扰乱某些人,会打破某种平衡。显然有人不希望你出现在新安城。"

显然,非常明显。

很难想象他的长兄会雇佣刺客来刺杀自己的亲弟弟,这对沈泰而言不啻于最残酷的一击。这种设想就如毒蛇一般啃噬着他的心灵。

沈泰缓缓地摇了摇头。

诗人说:"当然,也有可能不是你哥哥干的。"似乎他读出了沈泰的想法。那位名叫魏苏的女瞰林在几天前的夜晚做了同样的事情。沈泰很不喜欢这种感觉。

"已经很明显了,肯定是他!"他厉声说,话语里有着浓浓的阴沉,"他很清楚,如果我知道他这么对待礼眉,我会干什么。"

"他会担心你去刺杀他么?"

这句话如沉重的一击划破了沈泰脑里的阴霾,诗人那炯炯的目光一动不动地盯着他。

过了许久,沈泰耸了耸肩:"不,他不会。"

司马子安笑了。"我想你也不会。好了,顺便说一句,门廊那里有个人,不停地来回踱步,还不时打量我们。是个小个子,穿着黑色衣服。说不定是另一个被派来对付你的瞰林……"

沈泰没有回头:"不是。那是我的人,不过确实是瞰林武士。我在铁门关雇佣她的。新安城里有人派她去阻止那个要杀我的刺客。"

"你信任她么?"

他想起了节度使派人来巷道堵截他时,魏苏的所作所为。

沈泰这才意识到,他真的信任她。

魏苏也曾经激怒过他,用那种照顾无知大少爷的态度来当他的护卫,弄得他没有隐私,还像个没有半分自保能力的文弱书生。而现在,当他了解到这一切时,他明白了魏苏的顾虑。这件事情他得好好去想明白。

不过,不是今晚。他太累了,无法控制自己满脑子都是礼眉,还有沈柳。他的哥哥,长兄,同居一室这么多年的亲兄长。

他试图把这些想法也抛诸脑后。不能沉溺在伤感中,他们都不是小孩子了。

"那个女瞰林,"沈泰说,"可能是见到节度使的护卫带着那两个刺客走了,所以来替换他们站岗。她挺难缠的。"

"女人,瞰林武士,都很难缠,更两者兼备了。"诗人笑了笑,问出了沈泰意料之中的问题,"新安城里派她出来的人是谁呢?"

他决定信任这名诗人了么?

"就是我适才提到的那个青楼女子,文周的妾室。"

这一次诗人惊讶地眨了眨眼,片刻之后才说:"她得冒多大的险啊?就为了一个离开新安城两年多的人?沈泰啊沈泰,你可真是……"他顿了顿,又开口,"但是,如果相爷铁了心要置你于死地,就算赔上帝国的汗血宝马也不会让他改变主意。"

沈泰摇头:"如果汗血宝马的消息已经传到了新安城,他们就不敢对我动手了。否则文周和我的兄长会冒很大的风险——您,还有节度使徐毕海,甚至铁门关的将军,都能想到这事跟他们脱不了干系。牵涉到这么多的汗血宝马,我的死就会变成一件大事。相国的政敌就可以趁机参他一本,把他扳倒。"

诗人思考了下:"这事还真有蹊跷。就算你知道了你妹妹出嫁的事情,你在库拉诺湖畔又能做什么?太远了,等你赶回来,也太迟了。可是就有人派了个刺客来暗杀你,难道是打算先下手为强?"他犹豫了下,"或者是对情敌要赶尽杀绝?"

或许如此。

她的头发在灯光下闪闪发光。

你一走就是两年半,要是这时候有人……要为我赎身,独占我身子,甚至纳我为妾,我该怎么办呢?

沈泰终于开口:"或许吧。"

"这么说,你打算回新安城了?"

沈泰露出了下楼以后第一个笑容。但他很快敛去,阴郁地说:"我必须回去,不是么?都托人给新安城带信了,我迫不及待地想回去!"

诗人没有回以笑容,至少这一次没有。"也许行路也是等待的一种方式。沈泰,你会接受一个没什么用的朋友同行么?"

沈泰艰难地咽了口唾沫,他完全没想到诗仙会这么说。"您怎么会……这太危险了,也太不明智了,把您也卷入到这么危险的事情……"

"你让我想起了一首诗。"被称为谪仙的诗人如是说。

"这个原因实在是太荒谬——"

"还有你在库拉诺湖畔埋葬了两年死者。"

又是一阵沉默。沈泰想着,这位诗人太过真性情。他竟然无言以对,沉默之中,又仿佛说出了千言万语。

房间对面有人弹起了琵琶,悠扬的乐声飘过灯光和阴影,乘着月色飘出了房间。

"新安城已经今非昔比了。你走了两年,现在需要一个熟悉这两年新安变化的人来指点你,至少要比那个在外面走来走去的瞰林知道得多的。"司马子安露出一抹微笑,而后大笑出声,似乎为自己这句话感到自得。

沈泰看见,诗人的手伸出去,握住了佩剑。

他称呼沈泰为——朋友。

一场旅途的结束，意味着另一段旅途的开始。

在这个寒冷的夜晚她突然想起了这句老话，就在她独自待在帐篷里的时候。沈礼眉没有入睡，也没有躺在铺好的羊皮毯下取暖。星空下的大草原寒风瑟瑟，就像是一座凄凉的坟墓，合上了顶盖。夜里漆黑得伸手不见五指，她和衣坐在床板上，手里拿着一把小刀。

她浑身颤抖，并引以为耻，虽然在这里没有任何人能看见她的脆弱不堪。

有句出自道家的古语，她记不住原文了，大意是指在某种程度上，死亡并非人生的终结，轮回转世后，下一场人生之旅又将启程。

她不知道这是不是真的，但博古人显然很信奉这个想法。博古人认为人死之后灵魂会回到宽广如父亲胸怀的天空中，身体则沉入大地，然后重新转世轮回，一世又一世，直到命运的轮回被打破为止。

是夜，沈礼眉仿佛知道会有什么事情发生。就从她看到山坡上那群狼和那名男子开始，身后的博古人就陷入一片混乱和恐慌之中，她从未在这群勇猛刚强的野蛮人身上看到过任何恐惧的神色。

必定有什么事情会发生，一场旅途或许即将结束，很可能就在此地。

她清醒着，和衣等待，手里拿着刀子。

因此，听到第一声狼嗥的时候，她并没有感到意外。但接二连三的嗥叫声让她心惊胆战，身体抑制不住地抽搐，握着刀的手不停颤抖，她竭尽全力去抑制恐惧的感觉，却无济于事。你可以勇敢的，不要害怕。她不断地安慰自己。可事实上，她很担心锋利的刀子会不小心把手划伤，于是把刀子放在一旁的托盘上。

头狼发出一阵悠长的嗥叫，引得群狼齐嗥，此起彼伏，成为寂静的夜里刺耳的声响。而博古人的猎犬却反常地沉默，自从第一只狼在落日时分出现以后，它们一直沉默着。

这也是让她感觉到一定会有什么事情发生的原因之一，太奇怪了，猎犬应该对野狼的挑衅发出回应，可它们没有。

它们什么都没做，无动于衷。

她听到外面的嘈杂,骑兵们纷纷上马,她明白待在马背上能让博古人感到更安全和舒适。战斗的号角并没有响起,跟猎犬一样保持沉默。

这太不寻常了。

狼群靠近了,越来越近。它们的嗥叫声是世上最令人恐怖的声音。很久以前有诗人这样写过。奇台人害怕狼群更甚于猛虎,不管是传说中还是生活中。而狼群正朝着他们逼近,沈礼眉在黑暗中闭上了眼睛。

她真想躺在小床上,用羊皮毯蒙住眼睛,假装什么事都没有发生。

在离她家庄园最近的城镇,经常有一位说书人在市场上讲故事和寓言。小女孩听得津津有味,在她第一次把一枚铜板递给他的时候,才发现,那名说书人是个瞎子。

她真想回到那时候,想回到家乡,躺在自己的卧室里,或是在花园里荡秋千,在果园里爬着梯子采摘初夏的水果,在夜里仰望星空,寻找那颗明亮的织女星……

她突然意识到,自己已经泪流满面。

紧抿住嘴唇,她赶紧用手背擦干脸颊上的泪珠。如果她的某位兄长在此,肯定能看得出来她的迫切。这是她从小接受的教育和信条,帐篷外骑在马背上的游牧民族虽然可怕,但若是无法保持住自己的尊严,表现出恐惧和窘迫,那将更可怕。

她强迫自己站起身来,双脚稳稳地站在地面上,穿好马靴。日落时分她回到帐篷里时,就让两名侍女把马靴找了出来。她犹豫了一下,拿起那把匕首,揣到怀里。

或许她需要用它来自我了断。

沈礼眉吸了一口气,撩开帐篷入口那沉重的帘子,弯腰走到外面。必须直面令你恐惧的事物,直到你不再感到恐惧为止。这是很久以前父亲教导她的话。

外面吹着刺骨的寒风,她看到了夜空中闪亮的群星,银河横跨天际,而两颗明亮的星被它阻隔,它们象征着永恒的离别:织女与牛郎,生与死,远嫁与家乡……

一名男子站在她的帐篷前。片刻之前她还想到过他,还在猜测他到底是什么人,但事实证明她想错了。沈礼眉很难去界定他的年龄,尤其在夜间。但她发现他的穿着跟其他的博古骑兵差不多。

没有铃铛,没有镜子,也没有鼓。

她本来以为他是一名巫师,所以那些博古骑兵才如此惧怕。可惜她猜错了。几年前,她的二哥沈泰曾经描述过博古巫师的打扮,不过是在向父亲报告,她只是偷听到了他们的谈话而已。

现在这也无关紧要了,她已经知道了很多,而且如果他们真不想让她偷听,大可以打发她去小溪边玩,或是关上房门。毕竟小女孩并没有把自己藏得天衣无缝。

早在那名男子出现在湖畔的斜坡上时,她就有预感,他是为她而来。事实上,她还很清楚地明白,虽然那名男子带着六只狼进了博古人的营区,但真正让那些猎犬保持沉默的,不是狼,而是这个人。

她决定不去看他们。

博古骑手在马背上挺得笔直,却死寂一般沉默。他们依次排开,围在她的帐篷边上,但一动不动,没有对入侵者做出反击,或者攻击狼群——狼群和那个人显然是一伙的。没有一个人拉弓上弦,也没有一个人抽刀拔剑。

这些人是护送奇台帝国的公主与可汗继承人成亲的,他们必须得保护她的安全。可诡异的是,他们什么也没做。

一轮明月照耀在天际,群星大部分隐去。帐篷之间的篝火还在燃烧,不时有火光跳动,除此之外,一切都诡异地沉默。仿佛他们都成了月光下的雕像,不管是那名男子和他的狼群,还是博古骑兵和他们的猎犬。就像古代的龙王和巫师的传说,或是雄江流域竹林里的狐仙传说一样。

看上去那群博古骑兵是不能动弹了,沈礼眉想着。

或许真是如此,这种事情真实发生了,而不是传说或者故事。也许他们被某种超越了恐惧或者敬畏的东西钉在了原地。

不,她拒绝接受这个想法。沈礼眉四下张望了一番,看到一个博古人在勒缰绳,而另一个则紧张地用手顺着马的鬃毛。猎犬警觉地坐起身,又趴下。

　　当人们长大成人以后,就得把那些传说和故事抛诸脑后了。

　　有那么一瞬间,她冲动地想冲到那个与狼同行的人面前,同样狠狠地抽他一耳光。当然她不能这么做。这跟白天的情况不一样,她没什么把握,完全没有把握。除非对事情有一定程度的了解,否则不要轻举妄动。或许她的影响力很微弱,但轻举妄动总不是件理智的事情。她只能先暂时观察下事态发展,试图战胜恐惧,用一种视死如归的心态去面对。

　　匕首正揣在她怀里。

　　那名男子从未开口说话,现在也没有。他只是直勾勾地盯着她,过了半晌,男子举起一只手,僵硬地做了个手势,指着东方——那是湖泊和远处群山的方向,虽然在黑暗中完全看不到。

　　她决定把他的行为看成一种邀请,而不是命令——虽然没什么差别。

　　那六匹狼立刻站起身来,其中一匹靠近她,其他的往男人指的方向扑去。沈礼眉决定无视它们。男子没有转身,他仍然面对着沈礼眉,等待着。

　　博古骑手们仍然一动不动,看样子不打算伸出援手。

　　她犹豫着踏出一步,看看自己的双腿还能不能稳稳地走路。此时,她听到了马背上传来一声叹息:就如夏季的风掠过树林一般。她这才意识到,每个人都在等待她做决定,这才是一直寂静无声的原因。

　　就在这寂静的黑夜,广袤的异乡土地上,沈礼眉跟着这名男子走了。

　　毕竟,他是为她而来的。

第十一章

他太疲惫了，度过了这漫长的一天，他的身体已经到达极限。沈泰是个意志坚定的人，也在库拉诺湖畔挖了两年坟墓，但有许多跟超越体力的因素导致了他的疲惫。

当然，适才在玉凤楼里跟青楼女子共度春宵也是导致他疲惫的原因之一。他的身上还带着那名女子的体香。虽然他连对方的名字都不知道。

这也挺正常的，就算他知道了也不会是她的真名。他甚至连春雨的真名都不知道。

想到此处，他突然觉得一切更加惆怅。

伴着奇台帝国最伟大的诗人、他的新伙伴走出房间——他还需要点时间来适应这是真的。沈泰看到门外有人仍在等着。要是这名瞰林女武士的脸上不再挂着那种自以为是的微笑，他会觉得更开心。自己还能注意到她的表情，看来挺清醒的，沈泰这样想着。

魏苏走近他们，躬身行礼："您的仆人相信您现在感觉好些了，我的沈大人。"她说这句话的时候带着无可挑剔的礼貌，还有明白无误的讽刺。

沈泰没有理会她，当一个人不知道如何回应这种话的时候，保持沉默是最好的应对策略。他环顾了下夜色中的广场，看到节度使的轿子还跟在她身后，已经有其他的士兵已经前来替换了押送刺客的同僚。这件事让他犹豫了下。

"你亲眼看到这些人来的？"他指着他们问。

魏苏点了点头："我还盘问过领头的，跟着他们你会很安全。"她的语气非常正常，可表情却不那么自然。沈泰真希望在铁门关的时候，这位女瞰林没有说过那番关于在辰尧找妓女的话。

他这才发现，站在他身边那位衣冠不整的诗仙正用一种饶有兴趣的神情看着魏苏。司马子安借着门廊的灯笼,正在欣赏魏苏的英姿。

"这位就是魏苏,我雇佣的女瞰林。"沈泰简短地介绍,"刚才我在里面跟您提到过的。"

"没错。"诗人微笑着点头。

魏苏回给他一抹微笑,作揖:"很荣幸有人在您面前齿及我的名字,诗仙大人。"她根本不用沈泰介绍就知道这人的身份。

沈泰的目光在他俩之间打了个转。"那我们走吧,"他有点突兀地说,"让这些士兵跟着我们,魏苏,有那些刺客的消息了没?"

"等他们问出点什么,会尽快告诉我们的。"

我们。他意识到这个词有点不妥,不过懒得跟她计较,他已经很累了,不想争辩。他满脑子都想着有关妹妹和长兄的事情。

"天一亮就出发,"他说,"而且我们得加快速度了。请通知下那些从铁门关来的士兵。"

"天一亮就出发?"司马子安抗议地说。

沈泰看着他。

诗人有点讪讪地笑了:"好吧,我尽力。你能打发你的女瞰林来叫我起床么?"

魏苏笑了,她居然咧嘴笑了,洁白的牙齿闪烁着。"我很荣幸接受这个任务,沈大人。"

这句话让沈泰同样不知道如何回复,他只能径直迈步前行。司马子安追了上来,丝毫看不出有疲惫或者醉酒的迹象。真是太不公平了。魏苏走在他们身后,沈泰听到节度使的一名护卫匆匆发令,一群人赶紧抬着空轿子,急急忙忙跟了上来。

他突然想起一件事。

没有停下脚步,也没有回头,沈泰问道:"魏苏,那两名刺客是怎么进去的?"

她说:"我也想问这个问题,沈大人。我守在屋后的出口,还以为光靠节度使的卫兵把守前门就够了。刚才我跟他们提过,我们肯定会向徐大人汇报此事。"

真是很难抓她什么错处,沈泰想着。当然,她毕竟是个瞰林。

"他们不会感激你的。"司马子安回头瞥了一眼魏苏,然后说。

"我想也不会。"她回答。犹豫了片刻,她低声开口,"我又看到了狐妖,沈大人。就在巷子口,你和那些士兵打斗的时候。"

"狐妖?在城市里?"诗人又一次回头看着她。他的声音都变了。

"是的。"她回答。

"不是。"沈泰几乎同时抢着出声,"她只是看见了一只狐狸。"

另外两人沉默了一会儿,只剩下他们的脚步声和从其他街道传来的杂音。在城市里,沈泰想着,是啊,他已经再次置身城市里,就在这个夜晚。怪力乱神的东西只能在类似库拉诺湖畔的地方才能出现,至少在这里他从来没听到过鬼魂的哀号声。

"啊,好吧,是的,一只狐狸,我想,也许吧。"诗仙若有所思地说,"希望你们住的客栈能卖点喝得下去的酒,最好也不要离得太远啦。"

他们回到客栈之后,没有收到任何来自节度使的消息,而且也没有空房了。魏苏跟店小二说了一声,安排司马子安住到她的房间。

她又要睡在沈泰的房间外了,客栈的店小二感到有些尴尬,赶紧保证尽快为她搬来一席草垫,铺在门廊上。其实,让护卫睡在门外也不是什么新鲜事。

沈泰对此也不知道该如何是好。倒是诗仙邀请魏苏跟他同住一间屋,可惜她带着比沈泰预期的更甜美的笑容谢绝了司马子安的好意。

在店小二离开过后,沈泰盯着魏苏发问:"是因为那两个刺客么?"

她犹豫了下:"是的。而且你的朋友需要一间房,这是最妥当的做法——"

"还因为那只狐狸,对不对?"

他说不出来为什么这件事情让他如此恼怒。沈泰是个很容易发火的人,这也是他去石鼓山的一部分原因;同样,也是他离开石鼓山的部分原因。

她那带着挑衅的目光迎上了他。他俩仍然站在客栈大堂,周围没有其他人。

"是的,"她终于回答,"也有这个原因。"

瞰林武士是不允许说谎的。沈泰回想起来。

然后呢,他该说什么?她一直信奉那些民间传说,上古寓言。这在他看来是荒谬的,可不止她一个人会这样做。

诗人已经从大堂里走了出去,来到庭院,走向最近的亭子,那里还有人在演奏音乐。正在沈泰往那个方向瞥去的时候,司马子安的身影又出现了,他微笑着,携着一瓶酒和两个杯子往回走。很快,他又回到了他们身边。

"真不敢相信,这里居然有鲑河酒!简直让人欣喜若狂。"

沈泰抬手表示拒绝:"我不行了,今晚再不能喝了。"

诗人的唇角咧开:"人生得意需尽欢,莫使金樽空对月!"

沈泰摇摇头:"别想着对月了,太阳都快升起来啦。"

司马子安大笑:"我想也是,那么干吗还要去睡觉呢?"

他转头看着魏苏:"你还是进你的房间睡吧,小瞰林。我会跟那些歌女们在一起,我敢肯定,如果我需要的话,会有人愿意分我一半床铺。"

魏苏又一次对着他微笑:"那间房属于您了,大人。或许别的床——或是别的人——不会让你睡得这么舒服。我今晚有地方睡觉。"

诗人瞥了沈泰一眼,点了点头。看上去他还没有醉得失去理智。

"如果晚上有节度使府上的消息传来,我会向您禀报。"魏苏优雅地冲着沈泰低头行礼,"如果您认为这样安排妥当的话。"

或许不太妥当吧,但他已经疲惫得不想争论了。今晚上的事情太多,尤其是那些关于他妹妹的。

沈泰只是点点头:"谢谢,如果你认为合适的话,把我叫起来就是。"

"遵命,大人。"

两名客栈的伙计抬着一床卷起的草垫出现了,他们轻快地走着,经过客人身边时还能低头行礼。他们匆匆走过庭院,穿过挂满灯笼的走廊,往着左侧的楼而去。

司马子安也跟着他们进了庭院,不过他往右转,朝着发出琵琶声、长笛声和一阵阵欢声笑语的地方走去。沈泰看到,他的脚步很急切。

沈泰和魏苏跟着抬草垫的伙计走到客房前,伙计们把草垫铺在走廊上,就在那扇紧闭的房门之外。然后伙计朝他们鞠躬,匆匆离去,只留下他俩。

沿着走廊,每根柱子上都插有燃烧的火把。从庭院的那一边依稀传来曼妙的音乐。沈泰抬头看着星空,他想起了上一次魏苏在他门外过夜的情形,突然很想知道,这一次的房门是否还有门闩。

他蓦然想起,自己应该去看看闪灵再睡觉的。不过他可以请魏苏代劳,她会去,不过感觉总不那么对劲。这一整晚,她也一直没睡。可能没必要去看那匹汗血宝马吧——那名第一个在铁门关城墙上看到沈泰骑着闪灵而来的士兵也在随行的小队里。他几乎就没有离开过闪灵,就连晚上都睡在马厩里。

他也不知道其他士兵睡在哪里……或许是大通铺吧,这个可能性最大。这个时候他们早就睡着了。

寒夜疏星月犹残,

拂晓朝阳沐群山。

或许司马子安说的也没错,人生得意需尽欢,沈泰也曾多次彻夜不眠地饮酒作乐,跟周岩和其他的书生们一起,有春雨和其他青楼女子作陪。但今晚,他没有这个兴致。

"你来叫醒所有人?"他问魏苏。

"我会在黎明前把大家都叫起来的。"

"叫我的话,敲下门就是。"沈泰一边说着,一边挤出一丝笑容。

她没有答话,只是犹豫地看了他一会儿。当魏苏站在他面前的时候,沈泰才真切感觉到她有多么娇小。

"我去告诉马厩的伙计一定要在日出前把马喂饱,我们还得为司马大人找一匹马,另外,我想去看看闪灵。"她匆匆地冲他一拜,快步走下了楼梯。沈泰目送着她轻盈地穿过庭院。

她看上去毫无疲惫之色,他想着。

沈泰走进了房间,转身关上房门。然后,他整个儿一僵,静静地站着，一动不动。

　　片刻之后，他再次打开房门。"你就在这儿候着吧。"他冲着空空如也的门廊说，"等我叫你的时候再进来。"他让房门半开着，转身。

　　一股熏香的味道弥漫在整个房间里。

　　内室里点着三根蜡烛，投射出琥珀色的、柔和而微弱的光芒。现在已经很晚了，三根蜡烛，太奢侈。肯定不会是客栈的伙计干的。

　　除了门廊这边，这间房还有另一个入口，一个可以直通到阳台赏花赏月的隐秘入口，客栈的庭院里有一条小路可以直通到河边。滑门开着，沈泰能够直接从后门看到夜空中的星光闪烁。

　　她已经换了一身衣服，不再穿着绿色的襦裙，而是一身绣着金线的红色。他真的不喜欢红色。

　　"晚上好。"沈泰平静地对徐毕海家的小姐打招呼。

　　是那位看上去较为年长的小姐，他比较喜欢的那一个：梳着流行的堕马髻，眼波流动中，闪烁着聪慧的光芒，侧身为他斟酒时能轻而易举地察觉自己的吸引力。她的手指上仍然戴着许多指环。

　　节度使家的小姐正坐在他那张带着蚊帐的床边，独自一人待在他的房间里，穿着绣着金线的红色襦裙，脚上穿着一双夏天穿的露出脚趾的丝履。沈泰能看到她的脚趾甲涂着鲜红的蔻丹。她微笑着站起身，迈着优雅的步伐朝他靠近。

　　果然是太不合礼数了，竟然无所不用其极。

　　"我的瞰林护卫……她，就在门外。"沈泰撒谎说。

　　"那我们是不是该把门关上？"她低声道，显然是被逗乐了，"需要我去关门么？她会不会很危险？"

　　"不！不！不用了。只是令尊……如果知道你在深夜和一个男人共处一室，会很不高兴的。"

　　"我父亲？"她喃喃地说，"是他送我来的。"

　　沈泰不由自主地咽了口唾沫。

　　这倒有可能，这位掌控了西部军权的节度使竟然如此迫切，如此不择手段地想要拉拢沈泰，阻止那批汗血宝马落入诸如荣山这样的人手里么？他会为了达到目的采取怎样的手段？

很快，沈泰的脑中冒出来答案。就是早先在节度使府上听到的那句话。如果你把马献给荣山，我宁可今晚就杀了你。徐毕海在喝酒的时候就这么轻描淡写但字字千钧地说。

而这……难道送一个如花似玉的女儿来，是想用笼络代替谋杀？这样可以为帝国和徐毕海所管辖的第二、第三军保留这批宝马。但如果杀了沈泰，不仅汗血宝马会成为泡影，而且节度使本人被查出跟沈泰之死有关，很可能会被勒令自杀，或者被流放。他所有的权力和成就都将付诸东流。

一般而言，男人很难抵挡一位优雅大方、出身高贵又知情识趣的奇台女子。至少他的态度会软化许多。如果跟节度使的女儿春宵一度，至少身为一名守礼的男人，沈泰就不得不……好吧，礼这种东西也是因人而异的。但是至少能让节度使掌握更多的主动权。

而女儿——或许还包括妹妹——本来就应该为家族利益作出牺牲。成为工具又如何？

他想明白了这一点，突然间，疲惫感完全消失了。

节度使那位身材修长窈窕的女儿正慢慢地踱步到他身边，身上昂贵的熏香散发出诱人的气味。她那红色上衣的领口敞开，里面仅着抹胸，露出一大片白皙细腻的肌肤。她的酥胸上方挂着一条金色的链子，下面挂着绿色的玉饰。

如丝般的秀发又一次拂过他的身上，她从沈泰旁边走过，去关那扇虚掩的门。

"别关门！拜托！"沈泰说。

她又一次微笑，转身回到他身边，贴得非常近。她抬头，蜜水双瞳盈盈地望着他，眉毛细弯如柳，肌肤洁白如玉，脸上轻施粉黛。她微启朱唇，轻声说："如果我们就让门这样半开着，您的女瞰林可能会看到一些不该看的东西。或许她会嫉妒呢，您喜欢这样么？想象她在暗处偷窥我俩，是否能让您感觉到更加刺激和快乐呢，大人？"

沈泰真有点不知所措了，如果她正按照父亲的指示办事，无疑是一名非常孝顺的女儿。

"我……我今天晚上已经逛过玉凤楼了。"他结结巴巴地说。

这句回话真的太不镇定也太失礼了。节度使家小姐的手指涂着红色蔻丹，边缘还带着点金色。他想起这是两年前新安城流行的涂法。原来时尚之风已经吹到了西部边陲，真是……很有趣。沈泰就这么胡思乱想着，或许是他记错了，他本来也没记得很清楚。

她开口，吐气如兰，仿佛她本身就是一朵鲜花。"我知道你去过那里，那里的女人据说是很柔顺的，值得任何男人一掷千金。"她的眼波下垂，脸上浮起一抹娇羞之色，"可……可那是不一样的，您知道的，大人。妾身出身清白，绝不是……绝不是您花钱买的那种。这名姑娘冒着很大的风险来找您，她爱慕着您，等待着您……引导和垂怜……"

她的右手慢慢地动了，一根涂有蔻丹的手指轻轻地抚摸着他的手背，然后，仿佛漫不经心地移到了他的小臂内侧。沈泰不由自主地一颤，他真不相信，这位女子还需要"引导"，不止是他，恐怕天下男人都没那资格去"引导"她了。

他闭上眼睛，努力地深呼吸以平复心神，这才开口："我知道说这样的话像个傻子，可是……你，你真如狐妖妲己一样会诱惑人！"

"好你个附身凡人的狐妖，纳命来！"

第三个声音从通往花园和小溪的那扇门外传来。沈泰和节度使的女儿都迅速转身看着那个方向。

魏苏站在门框之间，一柄闪烁着寒光的宝剑已经出鞘，直指着女孩的脖子。

"如你所说，我确实很危险。"沈泰听到他的瞰林武士冷冷地说，她的脸上没有笑容。

节度使的女儿挑眉，然后故意瞥了魏苏一眼，又装作没见般移开了目光，像是对待某位无足轻重的人。

"妾身的闺名，"她对着沈泰说，"叫做徐琅。您应该没忘吧？父亲在晚宴上介绍过。您刚才的称赞真是让小女子受宠若惊，不过您肯定是抬举我了。另外，您的婢女是不是太放肆了点？"

果然不愧是出身名门的大家闺秀，沈泰想着。如此镇定，说话也是绵里藏针，竟然敢把女瞰林武士称作婢女。

真好胆量,沈泰不由朝门边瞥了一眼,魏苏咬着下唇,神色间有种沈泰几乎从未看见过的犹豫。他怀疑这位女瞰林是否听到了徐家大小姐那声称呼,看样子女瞰林的心思放在别的什么上,虽然她没有放下手中的剑,但沈泰能看出她不像刚来时那样气势汹汹了。

相反,倒是他的怒火逐渐涌了上来,难道带着一名瞰林做护卫就意味着他就不会再有隐私了?而只要节度使派出如花似玉的女儿,他就会被牢牢绑住?

只要他们高兴,不管是白天还是黑夜,每个人都能随随便便进他的房间,还打着什么狐妖附体的名义,太荒谬了!

节度使的女儿仍然故意不去看魏苏:"难道你没看到我安排在花园里的警卫么,瞰林?他们负责划船从小溪那边的侧门送我过来。我很惊讶,也有点生气,他们居然没有把你打死。"

"那太难了,小姐。他们正躺在树丛里呢,全都失去意识了。"

"你杀了他们?"

徐琅终于转头瞪着魏苏,沈泰发现她是真的愤怒了。她的双手在身侧紧紧地攥成拳头。

"不是,我看到他们的时候就是这样。"犹豫了片刻,魏苏回答。

徐家小姐的嘴张大了。

"不过他们没有死,"魏苏补充说,"只是失去了知觉,我没看出任何外伤,也没有检查出毒药的迹象,他们还有呼吸。如果你没有被狐妖附体,以达到它那不可告人的目的,徐小姐,那就只能证明,有什么……什么东西让狐妖离开了。"

沈泰简直不知道魏苏为什么如此坚持有狐妖,什么狐妖附身在凡人女子身上一类的事情,一直都是流传在民间的香艳传说而已。狐妖的美艳让人无法抵挡,它们也需要跟男人交合,采补精血用以修行。而被吸光精血的男人会痛苦地死去。也许正因为充满恐惧和情欲,这样的传说往往让人向往不已。

再说了,不是所有的男人都会死去。也有狐妖爱上男人,最终和他幸福快乐地生活在一起的故事,令人印象深刻。

魏苏仍然没有放下武器,沈泰脑子里冒出了一大堆问题,赶紧随便挑了一个问道:"你怎么想到要回来的?"

她耸耸肩:"难道你在进门的时候没闻到熏香的味道?"节度使家的女儿冷冷地扫了她一眼。魏苏视若无睹,继续说:"而且我确定您不会再召一名青楼女子来房间了。我记得很清楚,您说您很累了,沈大人。"

他很熟悉魏苏那种带着讽刺的口气。

徐琅抱起双臂放在胸前,勉强遮住一点白皙的肌肤。突然间她看起来清纯而稚气。沈泰相信她没有被什么狐妖附身,要诱惑他采补什么的。事实上,他压根不信世界上有狐妖这种东西。

那就意味着,节度使的女儿来这里本身就带有诱惑他的目的,而且不择手段,显然一切都是经过周密安排的。不过这个问题可以过一会儿再去考虑。

或许他能够处理得更加妥当吧。

他把注意力拉回到身着黑衣,年龄不比徐小姐大多少的瞰林身上:"所以,你就……"

魏苏不耐烦地说:"我就绕到花园另一边回来了。看到树丛里躺着两名护卫。"她看着徐琅,"我可没有动他们。"

节度使家的小姐脸上第一次露出了不安的表情:"那,他们怎么会……"

一阵脚步声从魏苏的身后传来。

"我不得不说,可能他们真的遇上狐妖了。"司马子安的声音响起。

诗人大步迈进了内室:"我刚刚也去看了一眼那两名护卫。"

沈泰眨了眨眼,然后愤慨地摇头。

"我说,"他尖刻地说,"咱们是不是把那些铁门关的士兵也叫起来,邀请他们一起来我房间里开个会什么的?哦,或许节度使的护卫也可以一起来?"

"挺好啊,我赞成。"司马子安咧嘴一笑。

"不!"徐琅大叫,"不能叫我父亲的护卫!"

"为什么?反正你也说过是他们带你来这里的。又不是什么秘密。"魏苏冷冷地说。沈泰意识到这两位女人之间已经弥漫着火药味。

"你又错了,瞰林。我来这里当然是个秘密!花园里那两个护卫是我的心腹。"徐琅说,"那是我自己的护卫,死忠于我。如果他们不幸遇难……"

"他们没有死,"诗仙一边说着一边习惯性看了看四周。沈泰敢肯定他是在找酒。"如果要我猜的话——嗯,我很喜欢猜这种事情。我会说,咱们的沈公子才是狐妖的目标。这位聪明的瞰林姑娘说得没错。"他朝着魏苏微笑,然后也顺便奉送了一记给徐小姐,"而尊贵的徐小姐,你凑巧跟狐妖一起大驾光临——或者说,您其实是被它引诱过来的。"他顿了顿,整理下脑中的想法,"但是,有什么东西,就在这间屋子里,或许就跟在沈公子身边,把狐妖吓退了。如果我没猜错的话,你有理由感到万幸。"

"你所说的那个'东西',是什么意思?"徐琅那描绘得精致的柳眉又一次挑起。

"荒谬!这……这只是个猜想,猜想!"沈泰猛地说。

"是啊,我是这样说的嘛,"司马子安从容地笑了笑,"不过,今晚在玉凤楼的时候我就问过你有没有看到过鬼魂之类的,就是我们第一次谈话的时候。"

"你的意思是,你看到了?"

"不是,我可没有开过天眼啊,我的朋友。但是我能感觉到有什么东西跟着你。"

"你是说那些来自库拉诺湖的鬼魂?一直跟着我?"

这次轮到魏苏皱眉了,她又开始咬着下唇。

"或许吧,"谪仙说,"我也不知道到底怎么回事。"他看着沈泰,等待着。

另一个湖边,在遥远的北方,小木屋,死去的巫师躺在花园里,散落在地上的镜子和鼓……

冲天的火焰,还有某个人。或者说,某个曾经是人,现在却不知道是什么的家伙……

沈泰猛地摇了摇头,他不会把这些说出来。稍微平复了下情绪,他开口问道:"我在库拉诺湖的遭遇跟狐妖有什么关系?"

诗人耸耸肩,知道他是在转移话题。"可能你在回来的路上被狐妖跟上了,她可能意识到你的存在。感应到了那些保护你的……魂灵。"

"沈公子有神灵庇佑?"

徐琅的声音里不像害怕,听上去更像是兴趣盎然。她又把胳膊放了下来,用一种饶有兴趣的目光看着沈泰,跟她在父亲的宴会厅里时简直是判若两人。

看来他真的是太久没有接近这些名门仕女了。

"每一个人都有魂灵庇佑。"魏苏带着点刻意地强调说,"不管我们能否看到它们。圣人传下来的道经里面就是这么说的。"

"圣人曰:'子不语怪力乱神。'"徐琅喃喃地说,"只有我们祖先的英灵会一直在周围庇佑我们。唯有祭祀得不够虔诚他们才会去转世投胎。所以我们必须恪守孝道,以期能获得祖宗的庇护。"

司马子安饶有兴致地来回看着两个女子。他拍了拍手说:"你们真是太了不起了!今夜如此不同凡响,真得来点酒庆祝一下!"他喊道,"我们去庭院那边的亭子里继续讨论这种问题吧,那里有人奏琴呢。"

"我可不会跟娼妓为伍!"话音未落,徐小姐就用高傲不屑的口吻回道。

此时她的站姿如此优雅,散发着熏香的气息,浑身的珠玉闪着柔和的光芒。仿佛适才跟一个男人在卧室里暧昧不清的谈话,甚至主动要求关上房门的事情都完全没发生过一样。沈泰不由钦佩起来。

"当然,你当然不会……"诗仙喃喃地说,"好吧,请原谅我的唐突,尊贵的小姐。我们可以找一名弹奏琵琶的乐师过来,一位女乐师,带点酒和酒杯,这样可以么?"

"我想还是算了吧,"沈泰说,"我还是请魏苏直接护送徐小姐回节度使府上更妥当。您的船还在那儿等着么?"

"这个当然,"徐琅说,"可是我的护卫……"

沈泰轻咳一声,然后开口:"看来司马子安和我的瞰林是对的。他们可能遇上了某种类似鬼魅的东西,我也没有更好的解释了。我相信他们还活着。"

"我会回去亲自看护他们,"魏苏说,"等他们苏醒后我会告诉他们小姐已经安全回家了。"

"如果我不在场,他们不会相信你的。"徐琅说。

"我是个瞰林,"魏苏简短地说,"瞰林从不说谎。他们肯定知道,除非他们全是毫无江湖经验的人。"

沈泰看着诗人,想着他肯定很欣赏这一幕两女斗嘴的戏。

徐琅不再理会魏苏,而是转头看着沈泰。沈泰并不介意,他跟司马子安说赞同他刚才的提议,现在可以来点音乐和美酒了。

可那不是他的真心话,他的妹妹还远在北部的长城之外。而今晚,在这里,在辰尧,还有人刺杀——

"我早先就说过,"徐琅故意低声说,垂着眼睑,"我父亲让我过来的。您还没问我来这里干嘛呢。"

确实如此,好吧,他也很想知道这个问题的答案。

"请恕罪,"沈泰抱拳行礼,"在下一直想问的,小姐现在能为我解惑么?"

她点点头:"当然可以。家父希望我私下告诉您,他安排人审问那两名刺客,虽然用尽了各种手段,也只让他们吐出了一个中间人的名字。然后,很遗憾,您该明白,这种审问可能会略微残酷了些。"

她意味深长地看了看诗人和魏苏。沈泰明白她的意思,开口:"请直说无妨,这两位一名是我的朋友,另一名是我的护卫。"

徐琅歪了下头,说:"两名刺客是城外的土匪,那名中间人是辰尧镇上的人。当然,家父也派人请他来详谈了下,虽然他的下场跟那两名刺客一样可悲。不过好歹供出了一个在新安城里的名字。"

沈泰关切地问:"我明白。那个人是?"

她干脆地回答:"他的名字叫辛伦,据我们所知是一名朝廷命官。家父很遗憾不能再为沈公子提供更多的帮助,只希望这些消息能够有点用处。"

辛伦,又是辛伦。周岩也曾提过他,就在他被杀人灭口之前。

辛伦,曾经跟沈泰他们一起饮酒作乐的同窗,总是带着满脸笑意,极为聪明。似乎他已经不再是一名举子,已通过了科举,入朝为官,就在沈泰离开的这两年。辛伦很喜欢玩骰子和哼点民间小曲,尤其钟爱鲑河酒。

因为周岩的原因，这个名字只能算是坐实了辛伦的嫌疑，而没有让沈泰感到犹如晴天霹雳般的背叛。或许他一直在等待的是另一个人的名字，或许另外两个，在那些刺客背后……但他内心深处又一直害怕着从徐琅嘴里听到某个人名。他真希望自己内心纠结的想法没有表现在脸上。

他向节度使的女儿作揖："非常感谢令尊，同样也感谢小姐您，尊贵的小姐。感谢您带来这些消息。我总算明白为什么节度使大人不会再信任别人了。"

"他当然不用再信任别人了。"她低声回答。一边说一边径直看着沈泰，然后，一抹微笑缓缓地绽放在她的唇角。就好像瞰林和诗人没有在房间里，就好像她和沈泰一直在亲切地谈话，只是不小心被一名手持利刃的女瞰林打断了而已。

女瞰林扶着徐小姐出了门，穿过花园。司马子安带着她们往小溪的方向走去。站在门廊上，沈泰看着他们三人消失在黑暗中，没过多久，又看到一个高大魁梧的身影出现，昂着头，大步朝着有乐声传来的亭子走去。

沉默中，沈泰一动不动，在寂静的夜里倾听着什么。他只闻到了一阵柑橘的香味，还有牡丹的香味，微风从北方把馥郁的气息带到了他的房间。春夏之交的星空，象征黎明到来的启明星已经升起。

"魂灵？"他莽撞而大胆地呼唤。

沈泰自己也说不清楚为什么会这样做，但感觉可能会得到回应。或许这个故事的一部分就隐藏在外面的庭院里。

可是，除了夜空的萤火虫在闪烁，没有任何回应。有很多古老的歌谣唱过萤火虫，赞颂它们是照耀夜间的行者。沈泰想起了囊萤夜读的故事。一位名叫车胤的人，儿时家穷，常常无钱买油点灯夜读。一个夏天的晚上，他坐在院子里见到许多萤火虫在空中飞舞，心中不由一亮，立刻捉住一些萤火虫，把它们装在一个白布袋里，萤光就照射出来供他读书。那群在新安城的书生经常拿这个故事互相玩笑，包括周岩、辛伦、沈泰和其他人。

今夜有许多这样的行者。他很想知道自己的妹妹到底在何方，一阵心疼的感觉袭来。如果父亲还没去世，小妹肯定也不至于如此。

一个人的死亡，哪怕是最为安静自然的死亡，都会影响周围人的命运。

今夜有三个人死在了辰尧，因为他们试图谋害他。

庭院里没有任何动静，没有任何回应他的呼唤，真是蠢透了。他压根就不相信有什么狐妖跟着他，虽然有意思的是，魏苏好像很害怕这种东西。他注意到她咬着下唇的样子，以前从来没有看过。他在想，那两名徐小姐的护卫是怎么失去知觉的。

风拂过树叶，发出沙沙的响声。亭子里的音乐隐隐约约传来。那颗明亮的启明星仍然低垂在开始看见的位置，他自以为在房间里发呆了很久，看来事实并非如此。

沈泰没有再呼唤了，他转身回到内室。用盆里的水洗了把脸，擦干净。然后脱下衣服，吹灭三根蜡烛，关好房间的后门，并确认门闩已经锁好。窗外的微风带来一抹清新的空气，真不错。

他又合上了半开的前门，落闩。

然后安心地上床睡觉。

没过多久，他正迷迷糊糊要进入梦乡的时候，突然一个激灵。沈泰坐起身，在黑暗里大声咒骂了一句。他本来预期睡在门外的魏苏会来过问一句，不过看来她还没有从节度使府上回来。

他突然想到，他们不可能在黎明时分离开辰尧。

只要他还自认是奇台帝国第九王朝统治下的一员，他就不能这么做。

天亮以后，他得去拜访辰尧刺史，必须得去，他们还会一起享用早餐。这都是规矩。如果他不出席，就这么骑着马跑了，将会闹出一场极大的笑话。不仅自己一辈子也洗刷不掉污名，连父亲的声誉也会被毁于一旦。

这就是真实的世界，不管是好还是坏。这就是人情、礼法和规矩。这就是奇台帝国第九王朝亘古不变的传统——源远流长得一如诗歌、丝绸、玉器、宫廷内斗、书生和青楼女子、汗血宝马、琵琶曲……也一如那埋骨战场的数十万将士们。

第十二章

　　他们在夜色中沿着湖岸东行，爬上了一开始看着很遥远的山坡。没有人敢跟上来，只有北方吹来的风陪伴着他们。

　　沈礼眉回头望去，博古营地的篝火仍然闪烁着微弱的光，在这广袤的草原上，显得如此渺小和微弱，似乎随时可能熄灭。篝火旁还有一群男人——也有几个女人，但这些都与她无关了。

　　北风冰冷，天上的云彩迅速变幻着形状，还有时隐时现的繁星。鹿皮靴子比镶嵌着珠宝的便鞋更适合行路，但也受不了这么一刻不停地行走。狼群在两旁跟随着，沈礼眉尽量不去看它们。

　　自他们从博古人营地出来以后，那名男子始终一言不发。

　　因为光线昏暗，她也没能仔细打量他。他的步幅很大，一步能迈出挺远的距离，虽然动作有点僵硬和笨拙。她很好奇是不是因为他长期骑马，所以不习惯步行，就跟大多数博古人一样。他在前面走着，没有打扰她，也没有回头看她是否跟得上，或是防备她逃跑。他不需要防备，因为有狼群。

　　沈礼眉不知道这个男人要带她去哪里，为什么要带走她而不是真正的公主。或许是他搞错了吧，或许这也是那群博古骑兵没有反抗的原因，牺牲她这个假公主，保护好可汗的新娘。

　　对天家的忠诚要求她继续扮演目前的角色，好让真正的公主脱身，走得越远越好。沈礼眉想着，她不认为这个男人会杀害她，否则他早就下手了。看起来也不像是绑架公主勒索财富的，虽然在帐篷里拿着刀等待的时候，她曾经这样想过。

　　绑架的事情，在她的故乡并不鲜见，尤其是在雄江三峡的荒山野岭中，有大量的土匪出没。但她并不认为这个男人是为了钱财而来。

　　或许……他是想占有她的身子。虽然很难启齿，但奇台女人独特的魅力，再加上身为皇室成员的神秘感，或许这是她被绑架的原因。可是，她很快推翻了这个想法，因为那名男人都没有正眼看她一下。

不，这不是普通的求财或者求色的绑架：因为他带着狼群，当他出现的时候，博古人的猎犬一径保持沉默。肯定有什么别的原因，沈礼眉笃定地想着。她的父亲曾经称赞她比大多数女孩更加聪明和冷静，又补充说她甚至能胜过大多数男人。这一直是沈礼眉引以为傲的事情。她想起了父亲说这番话时的场景。

她善于察言观色、审时度势，能够察觉到人们脸上那些细微的、难以捉摸的变化。在皇后娘娘还没有被放逐出宫之前，她甚至在后宫里学到了宫廷内明争暗斗的技巧。虽然现在看来已经没有任何意义了。

她的父亲并不擅长这些东西，而她所拥有的这些特质，倒是跟长兄沈柳相似。虽然她不愿意想起沈柳，更不愿承认他们之间有着最直接的血缘关系。她不要想起任何跟沈柳有关的事情，任何事！

她恨不得杀了他。

除此之外，她只想要躺在温暖柔软的床榻上好好休息一下。他们已经爬上了更高更陡峭的山头，那男人还带着她往上爬，凛冽的寒风吹得她瑟瑟发抖，感觉身体都快麻木了。

她穿着单薄的衣服，根本不适合在这么寒冷的夜晚走路。而且她什么也没带，除了笼在袖子里的一把小刀。

沈礼眉耸耸肩，很快做了个决定。死的方法有很多种，传道的夫子曾经说过，生与死都有许多种方法。她从来没想过自己会被一群狼撕裂，或是被当作某种博古祭祀的牺牲品死去，但……

"停下！"她说着，虽然声音不大，却很清晰。

这语气太像命令了，就在这寂静无声的夜晚，她能听到自己的声音里有恐惧的轻颤。

那男子没有理会她，仍然不停地往前行。所以，跟了几步以后，沈礼眉索性停下了脚步。

她最讨厌的事情就是被人忽视，从小就如此。他们正站在一片山脊上，左边下面就是那片湖，湖面反射的月光让她看得很清楚。

对一名擅长山水画的画师而言,这里显然是很美的。可惜她不是,至少现在不是。

离她最近的那匹狼也停下了脚步。

它停了下来,转身,径直看着沈礼眉,眼睛里放射出传说中的那种凶残的绿光。她想着,至少在这一点上,传说里写的是真的。那只狼咧开嘴,露出锋利的牙齿。另外两匹狼也沉默地靠了过来。太近了。那可是匹狼,而她却独自一人。

她没有哭泣,虽然风吹得她眼睛生疼,流出了眼泪,但那是两码事。她不会再哭泣了,不管遭遇怎样的噩运。

她往前两步,走过狼的身边。就在那一刻,沈礼眉闭上了眼。或许狼群会撕碎她的身体,咬断她的脖子。她看到前面的男子放缓了脚步,等着她和他的动物赶上来。他依然没有回头,然而,他似乎知道发生了什么。

而她什么也不知道,她无法忍受这种局面。

沈礼眉深深地吸了一口气,再次停住了脚步。她身边那只狼同样如此,而这一次,她看都没看它一眼。

她大声说:"如果你想杀了我,那就赶紧动手。"

没人回答。但他停下了脚步,确确实实停了下来。这是否意味着他能够听懂她的话?沈礼眉继续说:"我快冻僵了,也不知道你打算带我去哪,还要走多远。除非你回答我的问题,否则我一步也不会再走了。我问你,你绑架我是为了勒索么?"

他转过身。

看来有效了。沈礼眉想着。

他俩就这样在夜里站着,相隔十步的样子,许久。她仍然看不清他的脸,月光不够明亮。不过那有什么关系?她无所谓。反正看得出来是一个大个子博古男人,手臂很长,即使在这么凛冽的寒风中,他仍然袒胸露背,披散的头发不时被风吹起,打在他脸上。

沈礼眉想着,他大概不会有什么怜悯之心吧,即使她说自己快被冻僵了。他死盯着她,而她看不到他的眼睛。

"山代,"他突然开口,这让她吓了一跳,"跟我走,住处,马。"他说的无疑是奇台话,但口气生硬而笨拙。

说完男人又转身,似乎这几个简单的词就足以表达他的意思,或是他只能说这么多。不善言辞的男人总是用简洁的方式表达自己的。好吧,她姑且认为这个男人只能如此了。她瞥了一眼狼群。

"山代?"她重复着,"这是……我们要去的地方?"她从来没看过任何地图,现在不免有些后悔。

他又一次停下脚步,慢慢地转过身。她可以看到,他的动作极为僵硬。男人不耐烦地摇了摇头。"山代!"他更加铿锵有力地说,"原因,找你。快走!博古人,追,巫师。"

她明白巫师什么意思,眼前的男人很可能就是一名巫师。

他又开始往前走,这一次她跟了上去。一边走一边思索着,试图解开谜团,因为满脑子困惑,她不觉得冷,甚至不觉得累了。他不希望被巫师抓住,这句话似乎说得很清晰了。可是她的博古护卫里没有巫师,而且他们都很害怕他。一名巫师……难道说?

过了一会儿,她看到正前方灰蒙蒙的天边开始发出白光,天色逐渐明亮起来,很快一抹鱼肚白出现在天边,映出周围灿烂的朝霞。已是破晓时分了,她四下张望,薄雾渐渐升起,氤氲在整个草原的四面八方,一直蔓延到地平线。

她的未婚夫就在地平线的那一端。

或许现在已经不是了,或许,她的人生已经走到了另一条路上。

就在太阳刚刚跃出地平线,照亮了整个广袤的草原时,在那片苍天之下,她突然明白了那名男子说的话。

新安城内的新安大道,径直穿过新安城的正中心,延伸到大明宫南面的城墙为止。宽为四百九十步。

整个奇台国,甚至整个世界都不会再有一条这么宽敞和壮观的大道了。新安大道设计得威武庄严,彰显了奇台天子统治下的辉煌盛世,象征着天子拥有的至高无上的权威。另外,也是防止周围的火灾不小心蔓延到宫廷的方式。

在宵禁之后,金吾卫把守着每一个路口,没有任何人可以在未经许可的情况下在路上行走。尤其是宽敞并且没有任何遮蔽物的官道。

新安城东西方向共有十四条大街，在所有重要的十字路口上，都有三十人一组的金吾卫把守，那些次要的路口则是五人一队。如果闭门鼓敲响以后，有人还在新安城的大路上行走，金吾卫会将其拦下，杖责三十。若是无视停下的命令，金吾卫有权将其先斩后奏。

宵禁的规矩是由朝堂定下的，新安城里两百万人口，若逢饥荒灾祸或是民情骚乱，一不小心就会严重影响大明宫的秩序和威严，所以，实行宵禁是最妥当的方式。新安城里用夯实的围墙分隔了不少街区，在街区内，入夜了也可以自由活动。否则那些酒馆和青楼，还有夜市里卖点宵夜、木柴、灯油或是菜油的小商贩就没法做生意了。在东西两大集市关闭以后才是他们的舞台。没有人可以完全限制一座城市，但可以尽量控制它，尽可能让它安全。

新安城垣差不多有四人高，每一个箭楼上都有上百名金吾卫看守，不分白天黑夜。敌楼上有二十名护卫。有三座高大的城门，分别开在东部、南部和西部。而北部则有六道城门，其中四道通往大明宫，另外两道城门通往皇帝狩猎的鹿场。

共有四条运河在新安城里交汇，为城里的人们提供饮用和生活用水，灌溉城市里达官贵人们的庭院——还开出了一个很大的湖泊。其中一条运河专门用来放漂木，源源不断地提供修建和修缮房屋所用的木材，还供运输煤炭和柴火的驳船通行。每条运河通往新安城的河口，还设有一百名金吾卫。

入夜之后还在运河上的人，统统要被杖责六十。如果是在白天，又没有官府的许可——有时候需要船工来转移下漂木，以免它们都堆在某段河里——会被杖责三十。不过有一种情况可以从宽处理，那些彻夜不归在酒肆里喝得烂醉的酒鬼，不小心掉进了运河里，显然这种人不会有什么险恶的目的。太祖是一名仁慈的君王，总会为他的臣民多加考虑。通常三十以内的杖责很少会把人打死，或者造成一些不可挽回的重伤。

当然，律法对某些人而言是没有用的。所谓刑不上大夫，达官贵人是不会在乎宵禁令的。还有皇家信差和紫荆宫的黑衣卫，他们随时可能出入城里，不分昼夜。

而新安城北里则集中了城里最好的青楼，那些达官贵人早就习惯在深夜造访。甚至有人直接从大明宫里而来：那些尽职尽责的御史台或是户部的大人们，在结束了一天的忙碌工作以后，终于可以自由自在地来青楼听点小曲，找个姑娘乐上一乐。

甚至有一些女子会在夜里幽会情人，乘着一顶遮蔽严实的小轿，在宽阔的街道上穿行。轿帘紧闭，旁边跟着的护卫全身也裹得严严实实，出面请金吾卫通融一下，还得偷偷摸摸地不能被家里的人发现。

一般情况，入夜以后还能在新安城的大街上行走的，不是达官贵人，就是宫中宿卫，或是嫌自己命太长的。

相国文周最喜欢骑着他那匹灰色的名马，在入夜时分穿行在宽敞的新安大道上。这让他身心愉悦，有种坐拥新安城的满足感。作为一位地位显赫、相貌英俊、穿着华贵的年轻公子，他星夜驰骋在大明宫南门通往自家府邸的道路上，当然，还有护卫跟在他身后，不过如果忽略掉他们，文周可以想象整个皇城里就只有他一个人。

先皇曾下令在外城边缘种下了许多松树和槐树，用来遮盖排水沟。灯火通明的关隘口种有大片大片的牡丹，在春天的夜里散发出馥郁的芬芳。星空下的新安城，显得格外的宏伟壮丽。

可是，在这个特殊的夜晚，相国文周找不到在星夜下驰骋的愉悦感。

在大明宫里欣赏他堂妹舞蹈的时候，文周只想赶紧离开，他内心一直有种焦虑和紧张（他绝不承认那是恐惧），而今晚几乎快抑制不住地表现出来了。他非常害怕自己不小心流露出异样的表情，被某些精明的有心人看在眼里。这样的后果简直无法想象，他早就不是那个刚步入官场的毛头小伙子了，居然还会有这种感觉。

他本来可以让沈柳跟他一起回来，沈柳肯定不会拒绝。但今晚，他不愿意自己手下的第一谋士跟在身边。他不想看到他那张光滑圆润、令人捉摸不透的脸。尤其是在无法保证自己能把真实情绪完全隐藏起来的时候。

他信任沈柳：沈柳的一切都是他文周给的，现在的命运也和文周绑在了一起。但这个跟信任无关。有时候，人们不会希望手下太了解自己，而沈柳总是表现出一副对人了如指掌的样子，而自己则显得高深莫测。

身为相国，文周自然还有其他的谋士，他还掌握了庞大的军队。文周曾经仔细调查过沈柳——还有他的家人——有些东西挺难捉摸，也有些东西挺有意思。

沈柳善于察言观色的天赋让他受益匪浅，他可以帮助相爷揣摩宫内和朝堂里人们的隐秘心思，但这也意味着此人极擅长见风使舵，朝秦暮楚。

文周在考虑今夜是让春雨单独陪他，还是找其他女人一起来。不安和焦虑会影响头脑，他又一次提醒自己不要想起和提起她在北里青楼所用的那个名字。毕竟给她改名的人是他。

文周环顾了下四周，离相国府不远了。

陛下赐给他的府邸位于新安城的第五十七区，就在官道中段的东面。这里集中了整座新安城里最奢华的豪宅。

其中有一座最新最奢华的府邸，皇帝陛下于今晚赐予给了帝国第七、第八、第九军节度使，被世人称为荣山的安禄。

那个文周又憎恨、又恐惧、巴不得他赶紧消失在这个世界上的人，那个臃肿肥胖、身患眼疾、出身卑微的爬虫。

想到这里，他的手不由自主紧勒缰绳，胯下的名马一惊，侧身挪了几步。文周轻而易举地驾驭住它，他的骑术相当精湛，还是一名出色的击鞠手，能够骑最快的马，也能驯服最烈的马。说老实话，骑马比在皇宫里鉴赏书法、绘画或是即兴赋诗什么的更让他感到愉快和刺激。至于舞蹈，他必须得承认，如果舞者是像他堂妹那样舞技精湛的人，那么也是种令人震撼的享受。

他的堂妹文芊可以说是以一人之力改变了整个帝国，他现在所拥有的一切，都是拜堂妹所赐。可她却坚决而任性地拒绝了和他一起对付那个长得像怪物的家伙——那个野心大得路人皆知的胖子。几个月前，她甚至还收养荣山当她的义子！这个女人到底在搞什么把戏！

那个肥胖的野蛮人比她大了快三十岁，就连他那个令人厌恶的儿子都比她大！

这种认亲实在是无聊透顶，文周只能揣测她这样做是为了讨好皇帝。但这位帝国相国可不觉得有趣，自从秦海死后，文周大权独揽，接替了相国这个一人之下，万人之上的官职。而安隶则是他心目中最为危险的政敌。

秦海一死，荣山就如放归山林的猛虎，嚣张到肆无忌惮的程度。可是为什么，为什么英明的帝王和他的宠妃都无法看透那野蛮滑稽的胖子如此明显的野心呢？

文周强迫自己冷静，稳稳地驾驭住胯下的名马。他抬头，看着残月繁星和变幻无常的阴云。他走过金吾卫驻守的路口，卫兵们纷纷朝他行礼致敬。他略微点头表示回礼，挺直背脊，留给卫兵们一个肩宽身长，平易近人的深刻印象。

突然一个想法跃入他脑海，破坏了好不容易平静下来的心情：如果他一直在考虑着怎么让荣山身败名裂，或者死于非命，那么对方对他是否也有类似的想法？

现在回想起来，他独自在夜里从皇宫骑行回府邸就显得有些莽撞了，以后可不能如此，这件事情必须认真加以权衡……

他指了指跟得最近的卫兵，示意他骑行在前。他们几乎快到家门口了，需要有人去叫门。

即使是在皇帝面前，荣山似乎也不懂什么叫做害怕和收敛，毫不克制自己——他那脑满肠肥的块头就是最好的证明。然而，他在秦海面前却总是诚惶诚恐的。如果他们同处一室，秦海跟荣山说话的时候，总会把荣山吓出一身冷汗。文周不止一次看在眼里。

这也没什么大不了的，毕竟在秦海面前还能面不改色的人实在是太少了。

文周接任相国一职之后，谣言四起——有人说贵妃用了某种见不得光的手段把那些足以跟文周竞争相国之位的人流放或是暗害，然后这份肥缺才落在她堂兄头上——事实上以文周的资历想担任相国确实不足。至少跟服侍了陛下大半辈子的秦海相比，差距太大。

这些消息是他那名聪明的谋士沈柳告诉他的，就在文周接替了被人私下称为"蜘蛛"的前相国的位置不久后。沈柳献计说，如果他想好好地坐稳相国的位置，有些人必须得处理下，清理掉一些，再提拔一些，培养一些自己的心腹。

文周年轻，又不是朝中老臣，可以预见他想要在朝堂里站稳脚跟必须得采用一些雷厉风行的手法。不管是国内的政敌，还是国外的探子，都会无所不用其极地刺探他的喜好和弱点。新官上任三把火，就挟年轻气盛之势给所有人一个下马威吧。

沈柳建议说，雷厉风行，干净利落，几乎总能解决这类的问题。

众所周知，他补充说，在这个复杂的年代，快刀斩乱麻才是当务之急。表面上看，奇台帝国或许富饶繁盛，但周围对它虎视眈眈的野蛮民族太多了，或许还有些暗藏祸心的朝中大臣。这样内忧外患的时候，更需要相国忠诚、敏锐和多疑。而在别的人击鞠、吟诗作对、欣赏异域舞蹈、品尝各地美食、游湖观景、焚香享乐的时候，帝国相国必须要保持冷静和警惕。

击鞠是文周最喜欢的运动，熏香是他认为最能彰显富贵的方式，他卧室墙上的香炉里从未断过。他的府邸背后开凿了一片人工湖，用玉石和象牙建成湖心小岛，极为奢华。当他在家会客和举行宴会的时候，就从北里请来花魁，穿着华服，打扮得就似从九天下凡的仙女一般。还有一次她们穿着翠鸟羽毛制成的羽衣，那种鸟儿极其珍贵，一件羽衣的价格着实不菲。

但新上任的相国接受了沈柳最重要的建议：大明宫和帝国的军队都需要相爷全权操控。尤其是军队。即使是秦海，初上任的时候也担心过帝国的世家贵胄唱反调拖后腿，后来秦海大肆提拔胡人担任帝国军官，尤其是提拔了好几个出身蛮族的节度使，这才让他站稳了脚跟——试想那些目不识丁的野蛮人，全靠着他的提拔才能手握大权，他们能翻得出秦海的手掌心么？但这样做也有隐患。尤其是近年来，陛下年事愈高，处理政务军务越来越力不从心，对胡人的震慑力也越来越弱。这么日复一日，年复一年，慢慢的，一切就有了变化。

众所周知，荣山曾经为太祖皇帝献上仙丹灵药。就在皇后被逐出大明宫，流放去道观，文芊被册封为珍妃，专享帝王宠爱没多久的时候。

文周真是非常非常后悔，为什么自己就想不到献药这一招呢？长生不老药。

虽然那是个很缥渺，也从未有人真正寻到的东西。人们都可以拿长生不老当笑话说，可是至少在今夜，文周一点也没觉得它好笑。皇上在今天晚上把已故相国秦海的府邸赐给了那位肥胖的野蛮人——又是一项慷慨的赐予！这座府邸在秦海死后的九个多月里，一直无人居住。

曾经的秦府虽然华丽宏伟，但跟它的主人一样是个让人恐惧的地方。有传闻说他在府邸的地下修建了刑讯的密室，用厚墙来阻隔惨叫声。而现在，这一切都被赐予了一名坐拥东北三镇的节度使？一个很少踏足新安城，几乎从来不使用这座府邸的肥猪？到底皇帝和文周那绣花枕头一般的堂妹在想什么？他们到底明白不明白这样的厚赐暗示了某种可怕的讯息？

或者，更可怕的是，陛下心知肚明，但仍然这样做了。

街区守卫认出了相国一行，城楼上传来开门的喊声。守卫们匆匆忙忙地打开街区城门放行。或许他们不算是最好的守卫，但至少在看到他出现的时候，积极地迎接——脸上还带着点恐惧，这就不错了。

或许他应该习惯别人对他的恐惧，不过，为什么一个久居上位，令人畏惧的人就得摆出秦海那种阴沉的模样呢？那些哲人和学者能回答这个问题吗？他仍然乐于享受美酒和美人，不是么？

文周在通过街区城墙的时候漫不经心地问了一句，宵禁过后有没有在街上看到可疑的人物，以及是否有人在宵禁过后来找过他。这也是他的习惯。

一名金吾卫回答了他的问题，给了他两个名字，两个都无法给文周带来愉悦感的名字，虽然原因各不相同。他继续骑行向前，听到身后的金吾卫呼喝着关闭街区城门，落下门闩的声音。

即使在街区里面，东西两侧的大道也有六十五步宽。城墙上遍插灯笼，其间还有世家贵胄绿树掩映着的府邸。那些豪府的大门华贵得都几乎能与皇宫媲美。文周骑行来到相国府，右侧是仆人出入的小道。而大门自然是坐北朝南。

他看到了某个人，适才金吾卫回答他第二个问题的时候提到过某人的名字，他正在相府门口，坐在轿子里等着文周。轿帘拉开，借着相府大门挂的灯笼，他的脸孔一览无遗。

今晚上文周不打算在自家府上看到他最重要的谋士，而他这位善于察言观色的谋士想来也明白。既然沈柳明知自己今晚不受欢迎，却仍来到了此地，这就意味着一定是发生了什么大事。比今晚上陛下把秦府赐予荣山更令人不安的大事。

而金吾卫提起过宵禁过后还进了这个街区的人就是荣山。毫无疑问，他是来入住他那奢华宏伟的新家：整座新安城里最大，也最彰显身份和荣耀的府邸。

或许，文周想着，他应该一会儿径直骑行去荣山的府邸，带点酒过去庆祝他获得陛下恩赐，或许还可以在酒里下点东西……

其实荣山现在已经很少喝酒了，他有严重的消渴症。文周真希望喝点酒就能让这个肥猪驾鹤西去。他突然很想知道这位节度使家养的大夫是谁，或许这是一个好的思路……

秦海的故宅离文周的府邸很近，骑马穿行两条街再转北就到。就算在这片世家贵胄聚集的街区，那座府邸也大得吓人：它一直延伸到街区北部的城墙，毗邻五十三号街区的南墙。有传闻说秦府地下有秘密通道可以直通五十三街区。

文周知道，秦府的仆役一直留在府邸里，由朝廷供养着，即使府邸之前一直无人居住。每个房间里的陈设、家具，还有庭院、花园、宴会厅、女眷居所等，都随时有人打扫安顿，与秦海生前无异。整座秦府一直保持着它原本尊贵的模样，等待着某天皇帝陛下心情好的时候把它赐予某位幸运儿！

如今全天下都知道这位幸运儿是谁了。

文周飞身下马，把缰绳扔给了随侍。相府大门敞开着，足以让一辆宽阔的马车长驱直入。进门的庭院灯火通明，欢迎着客人。文周的府邸堪称大气磅礴，只是……

看到相爷下了马，沈柳快步走出轿子。昨天晚上下过雨，地面泥泞不堪，文周的幕僚小心翼翼地挑选着下脚的方位，他是个注重整洁的人。文周觉得挺有趣，这位相国大人穿着马靴，又喜欢打击鞠和狩猎，完全不在乎脚下的污物和泥泞，他大踏步朝沈柳走去。

"就在你来之前他刚刚通过城区大门。"文周说，没必要提到那人的名字。

沈柳点点头:"我知道,我问过了。"

"我真想骑马过去恭喜他蒙皇上恩典,赐下了这么大一座府邸。带上毒酒。"

听到这话,沈柳的表情像是犯了胃病般无可奈何,这是文周为数不多的自我放松的方式之一。他的谋士忍住了想要四下张望,看看有没有仆人或者护卫听到这句话的冲动。文周倒是无所谓,就让那个肥胖的野蛮人知道奇台相国想要对他不利又如何?野蛮人那点隐藏不住的野心早就把他出卖了。

干吗遮遮掩掩的,说得像是荣山蠢得什么也不知道一样。

"你来这里有什么事?"文周问道,"我说了让你明天早上来的。"

"卑职听到了点消息,"沈柳低声说,"宫里传出来的。"

"我必须今晚就知道么?"

沈柳耸耸肩,显然是重要的事情他才会在这个时候出现在相府门口。

有时候他真是个令人恼火的人,让人感到不安,却又不可替代。文周转身跨过大门,走进庭院,马靴溅起了一地泥泞。穿过第一间会客厅,他走进了内室。婢女们赶紧上来伺候他脱下马靴,换上家居的便鞋,换下朝服,穿上丝袍。酒已温好了,沈柳在邻间的会客厅等候着。

一阵清脆的琵琶声隐约传来,那是春雨在另一个小院的亭子里奏乐。她总是用这样的方式等待他归来。文周清楚,此时的她应该身着镶金嵌玉的华服,如瀑般的金发盘成优美的发髻,精心装扮后,等待着他和他的宠幸。

她现在已经改名叫林嫦,那是文周把她接回家以后下令改过来的。这个名字更加适合相国侧室的身份。虽然他有时还不由自主地想起她在北里青楼里所用的名字,不过那没什么大不了的。

她已经完完整整属于他了,每天都在等待着他归来,这就是她生活的重心。虽然今夜他必须先把沈柳的事情解决了,才能顾得上她。突然,相国感觉到内心烦躁不安。他回到会客厅,仆人端上一杯温好的酒,他抿了一口,然后把杯子往地上一扔,它弹了起来,又咕噜咕噜滚到了墙角。

送酒的仆人吓得一边哭泣一边跪地求饶,颤抖地说着求相爷开恩的话,随即连滚带爬地跑到火盆边,又加上了几块炭,然后趴在地上捡起了杯子,他的双手不停地在颤抖,华贵的地毯染上了酒渍。

相国对晚间酒的温度有着极其严苛的规定,还跟早上和午后饮酒的温度有所不同。仆人们必须牢牢记住,否则后果不堪设想——有一名仆人就是因为搞错了酒温,被打成残废逐出相府,有人跟文周提起过,那名仆人现在还在相府背后的大街上乞讨度日。

窗外的琵琶声不绝于耳,滑门半开着,因为午夜微寒,窗户倒是关得严实。不过丝纸所糊的窗无论如何也阻隔不了那清脆的乐声。文周本想让她停下来,不过那琵琶实在是太优美了——而且能让他心情平静,尤其是一会儿他还得处理沈柳带来的消息。

他做了个手势,跪坐在几案边,沈柳坐到了他的对面。夜深,风寒,两个男人就这么静静地听着琵琶声。送酒的仆役端着酒,拜了三次,眼睛根本不敢离开地面,双手捧着酒送到他们面前。文周又抿了一口。

他没有点头表示满意,没这个必要,没有把杯子扔出去就足够了。仆人又为沈柳斟满酒,一路弯着腰退出了房间,连大气都不敢出一口。

不一会儿,酒冷了,文周看了看他的谋士,点头示意他可以说话了。

"大人想过会发生什么吗?"沈柳那张圆圆的脸上仍然冷静如常,"当我们开玩笑说要杀掉他的时候?"

文周没想到他的开场白是这样。"我们没开玩笑,"他冷冷地说,"我确实这么想。难道我不在场的时候你就当它是笑话了?"

沈柳摇头。

"我想也不会。至于后果,"文周继续说,他的表情变得更加阴冷,"至少让我自己愉悦了一把。"

"是的,大人。"沈柳说。

沈柳没有再说什么,他话中的未尽之意很明确:有些时候不是你想要愉悦一把就可以为所欲为的。

文周不能认同，如果他想要一个女人，或是一座府邸，那就一定会得到，除非他自己厌倦了，放弃了。同理，如果他想要一个人消失，就会派人去要他的命。身居高位就要呼风唤雨，可别忘了他的身份。

这就是手握大权的感觉，翻手为云，覆手为雨。

"你到底来这里干什么的？"他低吼，打了个手势，仆人赶紧端着新温好的酒小跑着上前伺候。

沈柳轻啜了一口酒，相爷很好奇，这位谋士喝醉了会是什么样，可惜这种情况从未出现过。

隐约的琵琶声停下来了。

想来是有人告诉她，相国大人正在会见一名重要的谋士，春雨——林嫦受过完美的训练，而且冰雪聪明。她知道不能打扰他们，文周很明白。

直到仆人全部退下后，沈柳才再次开口："今晚收到消息，来自西部的军区信使，从铁门关来的。"

"好吧，西边来的。"文周似乎被逗乐了，微微一笑。

沈柳没有笑，他说："您也知道我的……我的弟弟去了库拉诺湖吧？您问起过卑职家里人的情况，我有提及。"

文周确实记得自己曾经问过，那是在他出任帝国相国之前。这件事，这个人他都记得很清楚。他从来都不喜欢沈泰，也不了解他，不过那无关紧要。

相爷点了点头，小心地没有泄露更多情绪，他的情绪有了微妙的变化，不过不希望对方注意到。

"埋葬死者，"他冷淡地说，指尖轻轻一抖，"愚蠢的事情，为了表达对你们父亲的哀悼。那又怎么了？"

"他已经离开库拉诺湖了，正在赶回新安城的路上。第二军的人让他入了军职，可以减少孝期，允许他返乡。"

在座的两个男人也做过同样的事，就在沈皋死后不久，为了让沈柳尽早回到京城辅佐文芊贵妃的堂兄获得皇上的青睐，平步青云。

相爷沉默了片刻，仍然谨慎地开口："我不明白你说这个干嘛，这就是铁门关送来的消息?"

沈柳点点头:"他在铁门关待了一晚上。派了信使送信到大明宫,还有铁门关要塞将军的上疏。"

只停留了一晚上,证明他急着赶路。文周忍不住打了个呵欠。

"好吧,你弟弟的行踪对你而言是一件有趣的事情,可是那跟我,或者跟帝国有什么关系?"他想他讲得已经够明白了。

沈柳看上去挺狼狈,这种表情出现在他脸上可真少见。他挪了挪位置,像是坐在马鞍上太久感到不舒服。可真有意思,相爷饶有兴趣地盯着他。

"怎么了?"他又问道。

沈柳深深地吸了口气:"他……我弟弟首先报告了他在库拉诺湖的遭遇,有人派了一名刺客去杀他。"

"我明白了,"文周力图保持声音平静,"这是第一件事,可是这跟我们有什么关系?就目前为止我没看出来。还有什么?"

他的谋士清了清嗓子:"还有好像……好像……白玉公主,在日格尔的那位……程婉殿下,我们,我们的公主殿下……"

"我知道她是谁,沈柳。"

谋士又清了清嗓子,沈柳这种罕见的紧张表现只能让人感到更加不安。"她赠送给沈泰一份礼物,"他接着说,"为了褒奖他在库拉诺湖畔的义举,就是埋葬死者的事情。"

"你的弟弟肯定会欣喜若狂的,"文周慢吞吞地说,"可是我仍然没发现——"

"那是二百五十四匹汗血宝马。"

一句话如石破天惊。

文周突然觉得口干舌燥,他困难地吞了口唾沫:"你说……你的弟弟带着二百五十四匹天马,从边境回来了?"

那不可能,他想着。

如他所愿,沈柳摇了摇头:"不,他没有直接把天马带回来,而是让塔古人暂为保管。他声称自己必须亲自到边境去,才能取得这批宝马,也只有他有权决定它们的归属。他在信上写明,他正在赶往新安城的路上,要把这件事当面向陛下……和其他人,禀报。"

和其他人。

文周现在明白了为什么他必须立刻知道这个消息，突然间也明白了一些别的东西。他努力不让自己表现得太明显。

沈柳那个惹人厌烦的弟弟告诉了铁门关的士兵——还写了封信——提到有关刺客的事情。现在这件事有了特殊的意义，因为那批天马。几乎可以肯定，朝廷会介入调查刺客的事情，虽然看起来像是小题大做。

这就意味着……

意味着某些人必须被处理掉，就在今晚。事实上，得赶在沈泰回归和他所得礼物的消息——显然它会很快传遍整个大明宫和紫荆宫——传开之前，尤其是传到那个人耳朵里之前。

真是太不幸了，他本来觉得那个人还有用的。但他知道的东西太多，尤其是在现在的情况下，他必须得消失。

将来会有某种原因，导致沈泰不能回到新安城，可现在，沈泰的安全可谓牵一发而动全身。

"还有，你刚才说，他必须亲自去领取那批马？你看到他在信里是这么说的？"

"是的。"

相爷没有询问沈柳怎么看到那封信的。

沈柳继续说："如果他没有回去，那份礼物就会被取消。那是公主赐给他私人的礼物。还有……还有第三封信，是一名塔古军官写的，确认了这个问题。"

相国大人在心里用能想到的最恶毒肮脏的话咒骂着沈泰，他能感觉到脸上有汗水滴下来。

比他想象的情况还糟糕，如果沈泰死在路上，因为那些天马，这消息一定会在帝国掀起惊涛骇浪。

二百五十匹，真是一个荒谬而愚蠢的数字，这让沈泰像一名英雄般凯旋，朝廷会非常重视。这种情况很糟糕，所以有些人必须马上被处理掉，马上。

沉默的气氛显得很凝重，沈柳安静地等待着文周消化这个消息。表面上看这件事情似乎对他是有利的，毕竟沈泰是他的亲弟弟，这是家族的荣耀。不过，如果了解这两兄弟之间的关系——还有沈柳所做的某些事情——大家就不会抱有兄友弟恭的妄想了。

文周突然高声说："你的妹妹已经北出了长城，沈柳，他什么也做不了。"

沈柳没有跟他对视，这也是少见的，证明文周说的话击中了这名谋士脑中正在想的事情。他严厉地补充说："你是家里的长子，对不对？一家之主。这是你的权力，而且得到了我的允许，朝廷也同意了。这是属于你的荣誉，还有你们家族的荣誉。"

这也让沈柳欠他的更多了。

谋士点点头，虽然在文周看来，多了几分犹豫。

"还有什么我需要知道的消息么？"相爷问。沈家两兄弟之间错综复杂的关系不是什么大不了的问题。他必须赶紧把沈柳打发走，今夜他还想见另一个人。"这件事情还有谁知道？"

沈柳抬起眼："谁知道？每个人都会知道。今晚，或者明天白天。信使送来的是正式的奏疏，一式两份，一份送到中书省，一份送到军部。大明宫里没什么秘密可言。"

他深知沈柳的最后一句话，大明宫内没有什么秘密可言。

一个麻烦的家伙来了，带着数量庞大得超乎人想象的汗血宝马，作为他过去两年那崇高的、功德无量的事迹的嘉奖。天子将亲自召见他。

没有任何办法可以阻止。而沈泰的选择将造成巨大的影响，他即将成为这盘已经足够错综复杂的棋局中，横空杀出的搅局之子。

虽然，他会被刺杀，甚至很有可能现在已经死了，就在铁门关通往新安城的道路上。但由于那些马匹，他的死亡会有着截然不同的意义。朝廷会介入调查他的死因，毫无疑问。

偏偏文周文相爷恰好知道这一路上有多少鬼门关等着沈泰去闯。

这种事情本来无足轻重，仅仅出于微不足道的私人恩怨，只不过是在手握生杀大权之后的一时冲动而已。可是现在……如果由于他的一时冲动，因为这一点小小的私人恩怨令帝国失去二百五十匹汗血宝马……后果不堪设想。而若是有人口风不紧，不小心泄露了……

那个人必须死。他迅速做出决定，他不能冒任何风险，必须想办法保护自己。肯定会有什么风言风语的，说不准会传到大明宫里，说不准就在今晚，说不准就在此刻！

要不然——文相爷想到这里突然变得脸色煞白——他只能找到那位刚才还咒骂过的节度使，托庇于他门下，苟且偷生了。

哪怕只是在脑子里想一想，这种情形都太过可怕。

他把谋士打发回去了。

或许这么突兀地让一个聪明的谋士离开也不太妥当，但已经没有时间去想那些委婉的措辞了。而且他绝不会告诉沈柳自己做了什么，他得考虑到沈柳已经够心烦意乱了——因为他对妹妹所做的一切，而他的弟弟即将回来。

两人的烦恼竟然是因为同一个男人。文周苦涩地想着。一个从帝国境外回归的男人，一个或许很快能拥有足够的权力毁灭他俩的男人——他肯定迫切地想这么做。

他独自一人待在屋子里，除了那名惊魂未定、无足轻重的仆人。文周开始大声咒骂。那个被他咒骂的人——他并没有愚蠢到提及名字，就是太祖皇帝的第十七位女儿，那个恬静又美丽的白玉公主，程婉殿下。那个远在高原的日格尔城，却做了如此任性和不负责任的决定，连带改变了这么多人命运的女人。

他听到了琵琶声重新响起。

想来是有人告诉她沈柳已经离开了，她猜文周应该从一整天的忙碌和操劳中解脱出来了。可他没有，他们都没有。他现在还不能去找她，他还没有平息或是缓和内心的愤怒与恐惧，更别提将它们疏导出来。他必须立即处理某件事情，那就意味着他必须信任另一个人，得祈祷现在行动还来得及。

他知道自己该去找谁，很快那人被带到了他面前。至于信任的问题，事后他同样可以干掉这人。解决一件事情后往往会带出一大堆麻烦，文相爷想着，就像一块石头扔进平静的水面后会荡起一层层涟漪。

世事如此，多想无益！不管怎么说，他现在就像一名被诅咒的诗人。

文周举起酒杯,仆人赶紧上来斟满酒。他试着不去想象那种画面:就在今夜,有人急匆匆地骑马或者乘轿,从紫荆宫出发,穿过大半个新安城,在荣山的新居门口停下。然后,他被允许进入,然后,他告诉了那人一切……

侍卫带来了他要找的人。文周吩咐那名壮硕的男子进来,他名叫冯大,右脸颊上有一道疤痕。他在门口倒身跪拜。

文周挥手示意那名温酒的仆人退下,然后下达了命令,他的态度从容,措辞精确。冯大面无表情地再次跪拜,表示接受任务。

能居高位者,必定心狠手辣。这不算什么,要管理一个内忧外患的庞大帝国,优柔寡断、心慈手软是不行的。那种内心神圣的人只配活在自己臆想的世界中。

任何一个公正的史官都会赞同他处理这件事的方法。尤其在这么一个君主已经老去的时候,太祖皇帝再也不是当年那个果敢、狠辣、野心勃勃的人了,当年他杀掉兄弟保全皇位,创造奇台帝国辉煌的年代已经一去不复返。

前任相国秦海——那位在皇帝身边伺候了几十年的人——教会过朝堂,帝国所有阴暗的、肮脏的事情都该由相国大人一力承担,要不然相国府里怎么会有那些骇人的审讯密室,和玄而又玄的出入府邸的地下通道?不过这座府邸现在已属于那个最具有危险性的野蛮人。

如果作为一人之下,万人之上的相国,疲惫不堪地日夜操劳,为了皇帝陛下的宠信孜孜不倦地为帝国贡献所有心力,而结果却是受到一个只会在某个女人面前邀功争宠的野蛮人掣肘……好吧,没日没夜地为帝国劳心劳力到底有什么好处?就像今夜,他还得强撑着,不能安然入睡也不能跟自己的宠妾作乐,得等待刚刚派出去的人给他汇报任务执行的情况呢。

九重天阙上的神仙肯定会理解自己的。文周笃定地想。

她从未接受过文周把她从醉月楼赎身后给她起的新名字。

林嫱这个名字对她而言无足轻重,本来春雨这个名字也没什么意义,但身为名妓的她早就习惯了。至少青楼的妈妈还给了她三个名字任她挑选。

文周根本没这么做，他觉得没有必要。当然，她刚来到醉月楼的时候也觉得起个花名没什么必要。文周甚至都没告诉她新名字的来历，或者对他有什么意义之类的。这当然不是塞达人名，她也想不出来任何意义。他只是希望自己的小妾有个比青楼女子的花名更体面的称呼，仅此而已。

她当然也没必要因为这种事情记恨他，无关紧要的小事而已。这是她来奇台帝国以后学到的，明白什么事情才是最重要的，然后对不重要的事情漠不关心。否则人的精力有限，不可能面面俱到，哪能把精力浪费在琐事上？

一个女人，有时候就得学会妥协。

文周手握大权，对待仆役和女人也不算太严厉——当然不是按照新安城的标准，她是塞达人。他年轻，大部分时间也很风趣，容易相处。而且他对女色的需求也不强烈，他认为纵情声色会让人颓废不堪（男人总是有这样道貌岸然的说辞），至少对一名久居青楼的女人而言，他不算是个浪荡子。

如果说春雨憎恨文周的话——事实上她确实憎恨他，虽然不是因为这些原因。她对文周的憎恨和愤怒已经到达了极点。

他不该下令杀死情敌的。

沈泰甚至根本不配算他的情敌，不管从哪方面来看。因为要为父亲守孝的缘故，沈泰离开了春雨，离开了新安城。而他仅仅是一个还没通过科举的书生，怎么可能跟帝国相国，珍贵妃的堂兄相提并论？

从这一点上真的能看出男人是一种脆弱又善妒的生物，不管他有多么位高权重。也可以看出女人到底能对男人产生多么大的影响，当今天子不就是最好的例子么？

或许即使像文周那样位高权重的人，也不愿意想起那些回忆——不请自去醉月楼的晚上，总会发现春雨跟另外一名男人在一起，并且很愉悦的样子。这种记忆会让他非常不快。

但不快是一回事，让这种不快的感觉击破内心的底线，派出刺客去杀戮一个人，那又是另外一回事了。

春雨来到相国府以后，很快就轻易站稳了脚跟。

她已经让两名仆役对她言听计从，为她神魂颠倒。如果连这一点都做不到，她又凭什么让文周如此魂牵梦萦呢？从她一来到相府就开始搜集各种信息，没有任何目的，就如……本能的一部分。

而她又巧妙地掩饰了自己的目的，让所有人——不管高低贵贱——都以为她做这一切只是为了更好地服侍主子文周。她想方设法去刺探他的心情，捕捉他跟人谈话的只言片语，是为了更了解他，进而更好地伺候他，更体贴入微地拿捏他的需要。

从进府到现在，无论是在府里，还是乘着轿子带着护卫去集市购物，或陪同文周参加宴会和击鞠赛之类，她的一举一动都完美得无可挑剔。

也许除了文周的其他妾室，府里上上下下没有任何人不喜欢她。在跟文周的其他妾室相处时，她依然谨慎地自称春雨，以免别人说她摆架子。

而她真正的塞达名字，很早就不再使用了。从多年前跨过玉门关之后，那个名字就被搁置在遗忘的一角。甚至整个奇台帝国都没有人知道。

文周的正室无关紧要，她出身名门，虔诚地信奉佛教，跟她的丈夫过着完全不一样的生活。一名侍妾曾说过，如果正室稍有姿色，肯定就不会这么贤良淑德。这种想法显得小家子气了点，却也并非捕风捉影。

相爷的妻子经常去庙里求神拜佛，世人皆知她对寺庙和僧尼的慷慨大方，相国大人也鼓励她这么做。她也时常出入星相师府上，但通常都小心谨慎。太祖皇帝对司天监和星相师控制得极其严苛。

今晚，春雨知道文周的谋士沈柳来到了相府门口，看上去像是在为什么事情焦急不安。相府的管事按礼请沈大人入室等候，但沈柳拒绝了邀请，宁愿站在相府门口的灯笼下等文周回来。忠心于她的仆人何万——也是她消息的主要来源——向她报告了沈柳的焦急，让春雨觉得极不寻常。

沈柳并不知道自家弟弟和她之间的关系，春雨敢肯定这一点。关于沈柳的其他事情，她就不那么笃定了，需要等那位瞰林武士回来报告才能得知——沈柳是个谨慎的人，不能对他贸下结论。

他是否参与了刺杀亲弟弟的计划，还不能完全确定。

春雨精心打扮以后，一直坐在双亭阁里。如往常一样，她身上没有任何熏香的味道——方便她穿过黑暗的庭院，或是在门廊附近徘徊。香味会暴露人的踪迹。

只有她知晓文周要来她房里的时候，才会使用熏香。这种习惯已经成为她的标志，就如书法大家独特的笔触。这是她表现出一名小妾对夫君尊敬的方式。

对于一个有头脑的女人而言，玩点这些小伎俩太轻松了。尤其在男人根本没意识到的情况下。

她听到两名男子穿过小庭院走进客厅的时候，就开始弹奏起琵琶，好让文周知道她在这儿。而当她隐约听到他们开始谈话——只能听到模糊的声音，不可能听清——的时候，就停止了弹奏。她明白，文周会满意地认为她进退有度。

为了不弄脏丝履，春雨赤着脚穿过庭院，背着琵琶，这可以用来作掩护：如果有人看到她，会认为她是要去门廊上伺候着，如果文周和他的谋士想欣赏她的琵琶声，可以随时传唤。在这府邸里，她就是当之无愧的音乐大家。

滑门打开着，夜风微抚，丝纸糊的窗户无法隔音。她能清晰地听到他们在说什么。

她的心怦怦直跳，有兴奋，也有恐惧。但她轻易把情绪平息下来，早在此前她就下定决心。背叛么？现在还不算。如果把她做的事情暴露在光天化日之下，那才算是背叛。

但他派出了一名训练有素的刺客，伪装成瞰林，还安排了更多的手段，一副不置沈泰于死地不罢休的架势。春雨如果什么都不做，那才是对自己的背叛。

似乎沈泰并不在他父亲的庄园，哪怕现在正在守孝期。看样子文周知道他在哪里，而春雨不知道。这太令人恼火了。在这个城市，在这个帝国，在这片石墙围起来的府邸里，她就是孤零零一个人，一切都蒙上了一层迷雾。

她做了自己能做的事情，那个名叫何万的仆人早已被她迷得神魂颠倒，她通过何万安排了一名瞰林，这次可是一名真瞰林了，从地处码外的瞰林分馆赶来。那位女瞰林——她特意吩咐要找一名女人——在一个宁静的夜晚，翻过围墙跟她在花园里碰面。

春雨告诉何万自己不得不这么做，如果不私下找一名瞰林悄悄地去处理点事情，她可能会遭受一场杀身之祸。她付了瞰林的费用，让她去沈泰的老家，一切线索都得从这里开始。显然在那里才能打听到沈泰去了哪里，以及离开沈家庄园的原因。

而今夜，站在门廊的柱子那里，春雨终于偷听到了沈泰的行踪。他的遭遇简直像一场奇迹。

她快步回到双亭阁，让婢女为她洗干净双脚，又开始为那名还在等待手下回复消息的大人弹起了琵琶。春雨在考虑是否要任由那名侍卫——她知道他的名字叫冯大——成功地杀死辛伦。

她还记得辛伦：一个在醉月楼里举止有些轻佻的客人，喜欢唱歌和高谈阔论，出手也阔绰。不过这些都不重要，她考虑的事情是如果沈泰能够活着回到新安城，他希望看到的是活着的辛伦还是死了的。

她试图让自己的心情平静下来，没有时间给她许愿或者做梦了。虽然人很难控制自己的想法，但无论如何，她已经不再是他的人了。

他本不该离开她的，她曾经告诉过他可能会发生什么事。可那男人压根就没有在意。而这就是残酷的现实。

可是……他到底在库拉诺湖畔做了什么，到底做了什么！让他能获得二百五十匹来自她家乡的宝马作为赏赐。这种厚赐简直无法用言语形容，也没有任何音乐足以表达出那种震撼。沈泰的人生将因这批汗血宝马而剧变——可惜，跟她没什么关系了。

文周来到她房里的时候，已经很晚了。她十分笃定他会来，虽然情绪不会太好。当冯大回到相爷府的时候，何万和她的丫鬟们都早已睡着了。

当文周走进春雨的庭院时，脸上带着满意的神色。她想，她已经明白冯大呈报的结果。

他迫不及待地占有了她，先把她压在墙上，从背后来。然后又扳过她身子，让她平躺在床上，面对面地享用。她用他最喜欢的方式抚摸和撩拨他。

完事之后，她伺候他清洗，让婢女端上已经准备好的温酒。文周满意地啜饮了几口，春雨在对待酒温的问题上总是从不马虎。

她的脑子里一直在思考着，而表面上一如往常般平静。

辛伦死定了，文周为保全自己，免去东窗事发的风险，一定会下手的。她必须慎重地考虑这个问题。她的手在男人的身体上按摩着，先是轻轻地，然后加重力气，再重新转为轻柔。

她的猜测和结论可能会跟事实有出入，尽管她心细如发，观察入微，总是从那些蛛丝马迹中去推测和揣摩，可身为相爷的一名小妾，她能获取的消息少得可怜。一个被锁在内宅大院的女人，出入只能坐在盖着严实轿帘的轿子里，完全依赖被她迷得神魂颠倒的仆人提供点零碎消息，太闭塞了。

女人总会遭到诸多限制，这就是事实。并非所有男人都是愚蠢的，但愚蠢的男人确实太多。

今夜，春雨按摩着文周的身体，冲着他妩媚地微笑，仿佛做这样的事情是她和他之间隐秘的欢愉（他很满意她的行为），而春雨的心里一直在想，这位相爷大人会不会在事成后把那名叫做冯大的侍卫也灭口了。

她猜测，他会先把冯大外派离开京城再做手脚。先提拔和赏赐他，让他安心和放松警惕，最终冯大会死于一场意外。应该会在南方，文家在南方的权势滔天。

他还需要一个跟冯大长得很像的人留在新安城，如果有什么万一的情况发生，也足以掩人耳目。

差不多了，春雨想着，现在是为他弹琴唱歌的时候了。

渡远荆门外，来从楚国游。
山随平野尽，江入大荒流。
月下飞天镜，云生结海楼。
仍怜故乡水，万里送行舟。

这是一首诗仙司马子安早期脍炙人口的诗歌。通常只会在午夜过后唱响，让人心情平静，承载着美好的回忆。

第十三章

沈泰知道自己睡着了,在做梦,可是有时候,越是迫切地想从梦中醒来,就越无法挣脱梦魇。

经历了这么一波三折的夜晚,再加上知道了那么糟糕的消息,沈泰一个人睡在辰尧客栈的房间里,梦到自己躺在床上,被褥散落一地,一个面目模糊的女子骑在他身上,与他缠绵。在梦里他能听到女子那急促的呼吸和呻吟,感觉到自己的亢奋。他感觉到自己的手握着对方丰腴的臀部,控制着她在自己身上起起落落,他努力地想要睁大眼睛,在一片漆黑中想要看清女子的脸。可是他看不清,也不知道她是谁,虽然她让他的欲望燃烧到顶点。

他想到了狐妖,当然,是在梦中想到的,或许他还想到了别的女人,反正是做梦嘛。

他试图说出狐妖这个词,但发不出一个音节,就像他无论如何也看不清女人的脸一样。他只能不停地动作和抚摸,她的香味不是他熟悉的任何一种熏香,她的呼吸越来越急促,他自己的也是。

他想要伸手去摸女人的脸和她的头发,就像盲人那样。但在梦里,他的手也不受控制,只能放在她丰腴的臀部,感受那光滑的肌肤。

他感到自己被包裹起来,紧紧地收缩,就在这个模糊的、封闭的空间,像是蚕在茧里裹着一样。他有些害怕,却因为害怕更加容易被撩起情欲。兴奋的感觉一波接一波袭来,不希望结束,他不希望她离开。

突如其来的声音让他从梦里惊醒。

他独自一人,在房间里,躺在床上,当然,本应如此。

门缝里投出一抹来自庭院的微光,被褥确实散落了一地,或许他没睡踏实的时候把它们踢下床了。他很迷惑,也很困顿,一时间没意识到为什么会突然醒来。

门外又响起了那种声音,这一次他听得很清晰:那是剑刃相击的响声,从门廊传来。

沉重的撞击声响起,有什么东西撞到了墙壁。沈泰翻身跳下床,抓起下裳套上,没有费时间去系好每一个绳结,也没有穿好上衣和靴子,更别提束好头发之类。他抄起剑,猛地打开房门冲了出去。他注意到自己又没有闩门,虽然他记得本来是打算插上门闩的。

有一个男人躺在门槛上,右侧受了剑伤,已经死了。

打斗呼喝的声音从左边庭院的方向传来。他跨过尸体,提着剑,光着脚跑到楼下,长发在身后飞扬,睡意早就消失得无影无踪,在清晨的第一道曙光下,他跑到了门廊的尽头,一个翻身跃过栏杆,步伐丝毫不乱。

魏苏在庭院里,脚踩瞰林的小巧步伐,游击缠斗,一个人独自抵挡五名男子——本来至少该有六个,那一个还躺在沈泰房门口。魏苏打得凶狠,却一言不发。

沈泰狠狠地默默地咒骂了一句:她为什么不呼救!电光火石间他想到了原因,却非常不喜欢。

怒吼一声释放出压抑的愤怒,沈泰冲向敌人。他的愤怒压抑得太久了,自从白粲·奈斯珀在库拉诺湖畔递给他那个带来二百五十匹汗血宝马的卷轴开始,他的愤怒就一直压抑着。

处处受制,处处被动,一环扣一环地被人算计——够了,他受够了。他决不允许自己接受这样的命运。或许他可以从现在开始反抗,就用手中的双剑。

沈泰的怒吼吸引了一名包围魏苏的男子转头看向他,这一转头,生命就走到了终点。

魏苏的左手剑一瞬间刺进了他疏于防范的左肋,又干净利落地收回。剑入心脏三分,带走了一条人命。

她突然一个滚翻,成片的牡丹花被压在了身下。敌人纷纷朝她扑来,靠她最近的男人一剑朝她刺去,利刃破空的声音蕴含着浓浓的杀意。

沈泰已经加入了战团。

在他看来——别人并不一定这样想——瞰林武术训练的精髓，是把那些连续的、辛辣的招式动作，在千万次练习之后，变成身体的一种本能。不管手里有没有剑，有一把还是两把，都不影响直觉和下意识的动作。在战斗中根本不用思考该怎么杀敌，而是凭借身体的本能跟人战斗，训练有素的身体明白需要做什么，以及怎么做。

所以，依靠着训练形成的直觉，沈泰右手一翻，把手里的剑插在地面上，不管那把颤动的宝剑，一个飞跃和旋身——那是瞰林武学的招式，旋身出剑，左手剑扫出一片弧光，像是一把与地面平行的大镰刀，这一招直冲着面前那名正准备转身对付他的人而去。

他的剑深深地刺入了那人的大腿，就在膝盖上方，鲜血狂喷，在初升的阳光下划出一道血泉。

沈泰落地站稳（如果招式练得不够熟，有可能会在落地的时候割到自己的手），顺手一剑结果了那名伤员，一剑穿心，分毫不差。

还有三个敌人，三个人都朝他扑过来。

"走开！"魏苏尖叫。

对愤怒的沈泰而言，那绝不可能。

当两个人面对三个一字排开扑过来的敌人时，通常都会选择自己边上的那个——如果对手非得用一字排开这种蠢办法的话。

沈泰的左手剑迅速交到右手，扑向离魏苏最远的一名敌人：这是最有默契的选择了。他横剑一格，间不容发地挡开了对方的招式，一提气，凌空一翻，竟然径直出现在敌人的左侧。真是出人意料的轻功，他自己都很诧异居然还能做出来。你得小心，不要在翻身的时候被自己的剑割伤。他这才想起师父的指导。但是他成功了，就在落地的那一瞬间，他的剑刺中了对方。

那名敌人大叫一声，倒了下去。沈泰落到了花丛里，一个鲤鱼打挺，抢先起身，一剑结果了敌人。背后响起了金刃劈风的声音，他一个俯身躲开，然后疾退了几步。

危险解除，那名袭击沈泰的家伙迅速被魏苏解决掉。魏苏已经摸透了敌人的套路，双剑在她手里飞舞，就在那名敌人偷袭沈泰的时候，两柄剑都刺入了他的要害。她舞剑的姿态可谓轻盈优雅，却如此血腥。

最后一名敌人被吓破了胆，转身想要逃跑。

可惜他运气不济，衣衫凌乱、头发花白、身材高大的诗仙正站在他面前，拦住他的去路。司马子安那威风凛凛、怒容满脸的模样，就似天神下凡一般。

"你把我清晨的第一杯酒搅黄了，"他冷冷地说，"扔下剑，你还有希望活命，否则只有死路一条。"

那名匪徒犹豫了下，似乎在考虑所谓的"希望"是不是真的。他似乎喊出了一个什么名字，然后挥舞着手中的剑，朝诗仙扑了过去，沈泰一下子屏住了呼吸。

其实他没必要紧张的，毕竟诗仙的传说早就在整个奇台帝国遍传了。司马子安曾在雄江三峡的蛮荒地带闯荡多年，他手里那把剑和他的剑术一样，在江湖上都赫赫有名。他侧身躲过了匪徒的攻击，一脚踹出，踹了个正着，那名拼命逃命的匪徒跌了个狗吃屎。还没等他来得及起身，就发现司马大家的匕首已经指到了喉咙。

东方的朝阳升得更高了。

一名店小二从庭院的另一侧走进来，被吓得目瞪口呆，一动不动。

"把节度使的人叫来！"魏苏喊道，"就在前面！"她瞥了沈泰一眼，"他们就跟在玉凤楼一样没用。"她说着，走过来，把他方才插在地上的那把剑递给他。而她自己的双剑早已入鞘。

"他们从大门进来的？"

魏苏点点头。

诗人把匪徒的左胳膊拧在身后，沈泰觉得那人的胳膊肯定会脱臼。匕首仍然点在他的咽喉上。

"你们是来干什么的？"司马子安平静地说，"我想你们都明白徐提督的手段，回答我的问题，我会尽可能帮你。"

"你以为你谁啊！"男子粗声粗气地说，"敢在辰尧说这种话！"

"你会相信我的，他们很快就会来这里了。你听到那个女瞰林在叫他们的人。快说！"

"如果我说了你能给我个痛快的么？别把我交给他们……"

沈泰一颤，闭上了眼。

"可以，我发誓。"诗人从容地说，"你们来这儿干吗的？"

"他们昨晚捉了我大哥，有两个被抓的刺客供出了他的名字。"

"是你大哥雇人来杀沈泰的？"

"有人告诉他一个名叫沈泰的人可能从西边过来。如果能让他死在辰尧的话，他们会付一大笔钱。"

"这事是你大哥直接负责的？"

"是的，他接到一封信上指示的。我没见过那封信，是他告诉我的。"

"谁写的信？"

"我不知道。"

"既然是你大哥的任务，你们又来这里干什么？"

地上的匪徒发出一声痛苦的嘶吼："干什么？昨晚上他们把他的尸体抬回到大嫂家，就这么把大哥的尸体扔在家门口的大街上！他的仆人找我去收尸。他就这么赤身裸体地被扔在泥地里，他被阉了，那玩意就塞在他嘴里。眼睛被剜了出来，手也被切了。那是我大哥，是我大哥！你听到了吗？我来就是要宰了那个罪魁祸首——"

沈泰感觉脚下的地面都在发抖，在这么一个阳光明媚的清晨。

"罪魁祸首不在这儿，"司马子安严厉地说，好像这些回答都在他意料之中一样，"你必须弄明白，徐大人的工作就是维护城市的治安，避免暴力和谋杀的事情在城里发生。他为天子效力，为奇台效力，镇守一方，维护子民的安全。我们都是为奇台帝国效力。因为……因为世乱遭飘荡，生还偶然遂。"

最后那句是引用的一首诗，不过不是他自己的。

一阵嘈杂的声音传来，一个人指挥着五名士兵冲进了庭院。

司马子安咕哝了几句，沈泰没有听清。

诗人的匕首动了下，那名匪徒顷刻毙命，脸朝下，趴在鲜花和泥土里。等那群士兵赶到的时候，他早就落气了。免受他大哥昨天所遭的罪。

"你竟敢杀人灭口！"率先赶到的士兵怒喝道。

沈泰抢在诗人开口前走了出来，他举起一只手，司马子安出于礼节保持了沉默，但仍然气势汹汹，像是一条随时准备择人而噬的毒蛇。

"你们好大的胆子,竟然放刺客闯入客栈的庭院!"沈泰厉声喝道,"刺客都闯进了你们把守的地方!马上把你们的名字告诉我的瞰林。我要去找徐节度使讨个说法,我倒要看看他怎么做!"

那名卫兵像一条突然被抽干了水的鱼,一下子紧张得快窒息了。

徐毕海这人一看就是心狠手辣之辈,御下甚严,他绝不能容忍自己的手下在同样的问题上犯第二次错,这关系到他的名誉和声望。这些士兵很可能会没命,沈泰想着。他也不知道自己到底该不该同情他们。

他深呼吸了下:"真是抱歉,搅黄了您早晨的第一杯酒。"他对司马子安说。

诗人扭了扭肩膀和脖子,好让它们放松:"又不是你的错。况且我几乎没睡着。"

"一夜没睡?"

"嗯,可能打了个小盹吧。不过我正准备喝第一杯酒来着,跟我一起么?"

沈泰摇了摇头:"恐怕不行了,诗仙大人。我们想早点离开也不行,昨晚上我忘记了,我得跟刺史大人共进早餐。"

"啊哈!"诗人说,"那就意味着就算没这个小插曲我们也不能马上出发了。"

"您说的没错。"

沈泰转身看着魏苏,她的脸色煞白,像是受伤了。"你还好吗?"

"他们几乎没碰到过我。"她在逞强,沈泰看见她左侧划破的衣衫下血流不止。她的表情变了:"一个两年没跟人交过手的蠢货居然敢用那种危险的招数!最蠢的是你压根就不该出来的,你到底长没长脑子!"

沈泰盯着她,一个娇小而果敢的女瞰林,负了伤,却丝毫无损她的气势。他的怒火也在上升,为她那令人恼怒的问题:"我没长脑子?谁一个人对阵六个刺客还不呼救?"

她扭过头去,耸耸肩:"您应该了解瞰林会如何回答这种问题,我的大人。如果您认为我做错了,您的仆人会致以虔诚的道歉。"她躬身行礼。

他的脑子里浮现出一大篇尖锐刻薄的回答,却生生掐断。他靠近她:"你的手也受伤了。"

她瞥了他一眼,淡淡地回答:"翻滚的时候擦过了地上的碎石块。我会记下这些卫兵的名字,然后去找节度使。需要捎话么?"她意味深长地停了下,"给某些人?"

沈泰没理会那个问题:"昨晚上庭院里那两名男子如何了?"

"他们醒了,我跟他们说清楚情况,他们就沿河回去了。"

"你一直醒着?"

她点点头,犹豫了下,说:"所以我才能看到这群匪徒进了庭院。"

沈泰想到过这个问题。"魏苏,他们怎么会知道我的房间?"

"我想是这里的人告诉他们的——就是不清楚是否被胁迫。我们可以把这个问题留给徐大人来解决,除非你有别的想法。"

"好吧,"沈泰说,"我们很快就出发赶路,等我从刺史府回来。"

"等'我们'从刺史府回来!"魏苏说。她的目光迎上他的。沈泰能看到,女瞰林的唇角抿成坚决的线条,眼神也很倔犟,不屈不挠。

他看着她,她一个人刚刚跟六个刺客对战。就为了不惊动他,不让他参战,不让他陷入危险的境地,她竟然能一声不吭。

虽然现在不合适,他仍然想问问她:万一她被杀死了,而他压根不知情,还躺在床上呼呼大睡,然后手无寸铁地被闯进来的刺客结果了。那她独自与六名刺客默斗算不算是失职?

"您的仆人会护送您去刺史府,等着您,"魏苏低声说,"这样可以么,我的大人?"

她的目光低垂,整个人显得娇小、干练,还带着点致命的煞气。在那黑色的瞰林装束下,她恪守着自己的尊严和责任。

"好吧。"他叹了口气,"我同意。"

他还能说别的么?

"山代是我哥哥！"

沈礼眉的声音在寂静中回响，这片空旷的地方只有他们和这群狼。四周一片白茫茫的雾气，太阳刚刚升起，但她的心跳得很厉害："你刚才想说的是这个吗？你是在说他的名字对吗？沈泰，你认识沈泰？"

他转身看着她。天地间有了亮光，一片苍白中显得很平和，阳光带来的暖意让地面的雾气升腾，向四周扩散。她第一次清晰地看到了他的脸，也知道了他是谁。

沈泰曾经告诉过她——实际上是告诉他们的父亲，不过被她偷听到了——他所经历的一切。

这名四肢僵硬、走路蹒跚、双目无神的男子，肯定就是几年前被巫师施法诅咒的那个人。那个差一点死去，又重新站起来的人，虽然他变成了某种……不知道是人是鬼的生物。

沈泰那时候告诉父亲他也不清楚梅斯哈到底还算不算是个人，所以沈礼眉同样不明白。哪怕现在看到他本尊，她也说不清楚。但是她清楚地记得他的身份，还有他的名字——梅斯哈，胡洛克的长子——就像小时候她的母亲和姨娘买回来给她玩的拼图一般，很多事情都可以串在一起了。

沈礼眉本来以为自己会感到害怕，他应该是个很可怕的妖怪，像狼一样会吃人的妖怪。

而他没有，她也没觉得害怕。他从来没碰过她，他的狼群也没有。他……他是来救我的。这样的念头出现在沈礼眉脑中。他救的人是她，而不是真正的公主，皇帝陛下的亲生女儿，是因为——

"你来带我走，是因为沈泰的缘故么？"

他盯着她看了好久，在逐渐亮起来的天色中，迎上她的目光。他披散的头发被晨风吹起，不停地抽打在他脸上。过了好一会儿，他才后退了一步，点点头。

"是，"他开口，"山……沈代。"

沈礼眉控制不住地发抖，眼泪几乎夺眶而出，她讨厌自己的恐惧，可这是真的，这个半人半鬼的生物活生生站在她面前，还有他的狼群，这一切都告诉她，这是真的。

"你怎么知道我跟他们一起的？你怎么知道我们要来？"

她低声问着，她有一肚子的疑问，可突然间她害怕那个答案，或许昨晚上那些博古骑兵如此惧怕他，也是同样的原因。

巫术，无论是新安城的星相师，或是炼制长生不老药的博士，还是博古人那念着咒语，身上挂着镜子、铃铛和鼓的巫师……这一切都令人恐惧。

而几年前她哥哥所讲的故事，是她有生以来听过最恐怖的。

或许眼前的男人感觉到了她的恐惧，又或许出于不知名的原因，他只是摇了摇头，没有回答。他从腰间摘下一个盛水的皮囊递给她。他的胳膊怪异地向外弯曲。

她没有重复自己的问题，接过皮囊喝了口水，又倒了一些出来洗脸，虽然有点徒劳无益。她想知道他会不会生气她浪费水，但他什么也没说。

他的眼睛很吓人，如果她去细想为什么它们会变得如此无神，如此漆黑，她肯定会吓得发抖。他没有死，沈礼眉内心一直重复着，他没有死，仿佛这才是最重要的。

他说话了，非常僵硬，但仍然能听出是奇台语："不远处，山洞。你休息，我找马。"

她环顾着无边无际的草原，现在已经看不到湖了，应该在他们身后。这里遍地都是半人高的草，太阳照在上面，闪烁着柔和的光，薄雾很快散去。

"这里有山洞？"她疑惑地问，"这里怎么会有山洞？"

刹那间，她以为他笑了，他的嘴角抽搐了下，虽然只有一侧。他的眼里仍然没有任何色彩，就连光都被吞噬掉，那是一双已经死去的眼睛。

她把皮囊递给他，他拧好盖子，挂在肩膀上，转身继续前行。她跟在他后面。

山代。

沈礼眉突然感慨，世界之大，无奇不有。任何圣贤都不能保证完全懂得世上的一切。人们不得不赞叹，九重天阙上的神仙竟然能造就如此奇妙的天地。

他们很快就来到了山洞前。

眼前的景色让沈礼眉精神一振，前方是一片浅浅的山谷，谷内有另一片小湖泊。湖岸开满了野花，在湖的另一边，还有弧度更为明显的山坡。

他们沿着山谷往下走，太阳已经完全升起，空气中弥漫着温暖的气息。梅斯哈在湖边把盛水的皮囊灌满。沈礼眉终于可以好好地洗一把脸了，她甩了甩头，重新梳好头发，他面无表情地看着她。他还没有死，她又一次在心里对自己说。

领头的狼带着他们来到东侧边缘的山洞。山洞的入口隐没在高高的草丛中，她完全没有发现。没来过的人估计无法发现这么隐秘的地方。

这个男人和他的狼群肯定不是第一次在山洞里居住了，沈礼眉想着。梅斯哈比画了下，她跟着他，按捺住内心的恐惧，手脚并用爬进了狼窝。

进洞的路特别狭窄，像是分娩后的脐带，周围都是狼的味道，还有一些小骨头。沈礼眉爬行的时候不小心就能摸到。在黑暗中，她有些压抑不住恐惧的情绪，还好没多久就到了宽敞的地方。虽然她看不清楚，但能勉强辨认出洞里有粗糙的、石头围成的房间，还搭了天花板。她站起身，洞中依然黑暗，但峭壁顶端的裂缝透下来几丝光线，她的眼睛慢慢地适应了昏暗，能看清了。

一个完全陌生的世界。

梅斯哈也从隧道里钻了出来，狼群没有跟他们进来，莫非是在外面站岗？她不明白，也不可能明白。这是一个超出所有国家之外的世界，一个狼穴，她的命运……命运带她来到这里，面对这陌生的一切……

他递给她一个包裹和水囊："吃的，别走，等我。我的弟弟，追到我们，很快。"

我的弟弟。

他的弟弟是可汗的继承人。她的未婚夫。她是一名奇台公主，奉旨嫁入博古和亲的新娘。

她看着旁边的男人，发现他说的话已经流畅多了。死人也有学习的能力么？他不是死人，她又一次提醒自己。

"你去哪儿？"她问道，试图不让自己的声音泄露出担忧。毕竟她要独自一人待在山洞里，与狼为伴。

他看起来不太耐烦的样子，而这样类似正常人类的表情让她感到欣慰，如果不去看他眼睛的话。

"找马，我说过。"

他确实说过，她点了点头。试图在脑中拼凑起更多的线索，她可能说不出拼凑的过程，但很快得到了结果："你的弟弟，你跟他作对？为了我？为了……沈泰？我的哥哥？"

光线已经足够让她看清他的脸了，而她只能看到他死气沉沉的眼神，里面什么都没有。这让她感觉到眼神交流的重要性，从人的眼神里，她能知道——或者自以为知道——多少信息啊。

"是的。"最终他开口说。

他的回答隔了太久，沈礼眉有点怀疑这个答案的真实性。不过她的直觉也不一定准确，或许他只是在想要不要回答她吧，不过她仍然觉得……

"他是不是对你做了什么？我是说你弟弟。"

又是同样的凝视，又是同样的犹豫。

许久以后，他才开口："他要毁了我。从来没发现我。现在，他可能会。"

他说的不是杀死，而是毁掉。可能只是语言和文字上的差异，她努力思考着他的话。

"他可能会因为追踪我而找到你？"

他点点头，仅仅是脑袋上下晃动了一下。"是我们。还有狼。我让他看到的。"

"啊，以前你都没有暴露过么？"

"没离他这么近，还有巫师。不难，草原很大。"

他的脸上似乎露出了笑容，或是类似笑容的表情。

她低下了头，思索着。

过了好半晌，她才抬起头说："我很感激，你冒了……这么大的风险，来救我。"她捏着裙摆，恭恭敬敬地行了两次福礼，这是她第一次对他行符合她身份的礼节。人们可能会说公主不该这样行礼，但那又如何，她知道自己的身份。

梅斯哈——她认为自己应该称呼他的名字——只是看着她，她的福礼没有让他感到困惑。毕竟是可汗的继承人，明白这些东西，她想着。

她现在已经是无家可归的人了。

他静静地说："我也要毁了他。"

沈礼眉眨了眨眼，他盯着她，眼里仍然死寂一片。他的上半身赤裸着，头发披到了腰际，这是她完全不熟悉的一个人。微弱的光线从顶上的石缝投射下来，他俩就这么互相看着。

他说："那是他干的，我弟弟。"

就这样，尘封的事情就如一块一块图板，清晰地拼合在一起。

他还没有回来，现在应该是下午了吧，她想着，虽然在洞穴里很难判断出准确的时间。从石缝里透进来的光线越多，太阳应该就升得越高吧。她吃了点干粮，躺在石子和泥泞中，头枕着装粮食的包裹小憩了一会儿。她能够在这种地方睡下去，显然太不符合公主的作派了。

她没有睡沉，臆想出来的声音让她惊醒。沈礼眉重新梳好头发，又用一点点水洗干净手。

她遵照梅斯哈的话，没有到外面去，虽然从小到大她从来都不是个听话的孩子，不过也能审时度势。她不打算逃跑。

一来她不知道自己在哪，也不知道该往哪跑。二来，她敢肯定，名义上的未婚夫正在到处找她。她可不想被找到，也不想在这大草原上过一辈子。虽然她曾经打算自我行断，但目前而言，至少还有一线生机，就像萤火虫在夜间闪着微弱的光。

她不知道梅斯哈的打算，但他救她逃走，这是个不错的开始，不是么？或许她会死在路上，梅斯哈或许会占有她的身子，作为跟弟弟斗争的战利品，所以才会带她来这个偏僻的洞穴。不过事已至此，她又能做什么呢？

听上去或许荒谬，但她宁可回去伺候那名已经失宠、被流放出大明宫的皇后娘娘。而她最想做的事情，是在这个初夏的时节回家。

一旦开始幻想就止不住了，虽然她明知道空想没有任何意义。

她坐在地上，双手环抱着膝盖，在这个没人看到的地方，她允许自己哭上一小会儿，很快，她停了下来。

她无数次四下张望：低矮的隧道通往外面，凹凸不平的洞穴墙壁上有几道缝隙，阳光从那里透射进来。

地上全是泥泞和石块，到处散落着骨头，她忍不住打了个冷颤。狼需要吃东西，需要喂食幼崽。洞里还有另一条隧道，比他们进来的那条更大，通得更远。她第一次进来的时候就发现了。

她也说不清楚为什么突然想去探索一番，焦虑让她渴望做点什么来分散注意力，所以会做一些不可思议的决定。她从来都不是个特别有耐心的人，母亲曾经这样讲过。

她发现自己能够在第二条隧道里站直身子走路，里面的空气似乎还算清新——她也不太清楚分辨空气的方法。她的手一直扶着粗糙的洞壁，努力睁大眼睛，尽可能地借着越来越微弱的光去看前路。

事实上这条隧道并不深，就像是另一条脐带，她不明白为什么自己两次想到了这个。

通道尽头是另一个山洞，不那么大，也没那么高。比她待的地方冷一些，依稀能听到滴水的声音。

另外，这里没有狼的气味，她不知道为什么。难道那些狼群不会尽可能地扩充巢穴么？哪怕是为了保护幼崽？还是有什么东西让它们不能待在这里？是否意味着她也不该待在这儿？她不太清楚，她有生之年从未想过这一类的问题。

她的眼睛逐渐适应了微弱的光线，看清了这个小山洞里的东西。

她用双手捂着嘴，避免发出任何声音。仿佛喘气过重或是尖叫就会亵渎此地一般。她一下子明白了为什么那些动物不会来这里。肯定是——肯定是这个原因。

虽然周围很昏暗，但沈礼眉仍然能看出来，面前的墙壁上，画着许多马。

许许多多错杂在一起，奔驰在路上的骏马。有整个儿画出来的，也有只露了一半身子的，还有只露了头颈和鬃毛的。它们在奔驰着，众蹄扬尘，朝着同一个方向，用同样的姿态奔驰，在这洞穴墙壁的方寸之间，仿佛有雷鸣般的马蹄声响起。就在看到的一瞬间，它们似乎从墙上奔腾而出，气势宏伟地向她扑过来。

她转身，对面的墙上是另外一群骏马，往同一个方向驰骋，那万马奔腾的场景，蓬勃的生机，粗犷、野性而富有力量感的画面，厚重而生动，即使光线昏暗，她也能想象到那种马蹄踏地轰鸣阵阵的场景。这就是博古草原上的骏马。

但那应该是博古部落存在之前的马匹了，她笃定地想。这里的壁画没有人类，骏马也显得野性十足，自由自在，就如奔腾的长河一般滚滚东去，奔向——她现在可以借助微弱的光线看到了——更深处的第三条隧道。

有种笃定的直觉从心里升起，警告她不能过去。那不是她能去的地方，她不属于那里，那种感觉非常强烈。

在那条隧道的入口处，画着一匹目前为止沈礼眉看过最巨大的骏马：深红色的毛皮，红得近乎褐色。连它的雄性特征都画得如此明显。而在它身上——也只在它身上，沈礼眉看到了苍白色的人类手掌印，仿佛骏马身上的某种纹身或者烙印。

她不明白这是为什么。

或许在她有生之年，也不会明白。

但她能感觉到，这里弥漫着一股古老的、令人毛骨悚然的力量，它一直冲击着她的全身，似乎要占有她的灵魂。她能笃定，那些把手掌印在马王身体上的人，一定都曾经通过了那条隧道，不管时代有多久远。那些掌印是他们向这些骏马的致敬。

或许也是向那位画这些壁画的人，开辟这条通道的人致敬。

她不会跟着他们的脚步而去，她心里清楚自己不是那种人，而且在这个离家千万里的地方，她更没有胆量去对抗那种古老的力量。她能感到冥冥之中，这条通道的入口处有一种阻碍，她无法通过。她没有得到巫术的指引和认可，没有把自己的生命奉献到巫术的领域。她不喜欢这些神秘的东西，哪怕是朝廷认可的炼丹之类。她讨厌那些炼丹的道士和博士，他们总是煞有介事地抚着自己颔下的三缕长须，在丹炉周围绕着圈子，举着桃木剑，嘴里还念念有词。

她仍然静静地看着那些奔腾的骏马，欲罢不能。她的头已经有点晕眩了，那股恐怖力量带给灵魂的冲击让她有点不堪重负。这里的壁画像是有着令人害怕的力量，能震撼人的心灵，唤起敬畏和恐惧的感觉。

她有一种穿行在时空之中的错觉，时间往后回溯，不停地回溯。那不是她，沈礼眉，奇台帝国沈将军唯一的女儿能抓住，能掌控的东西。

突然之间，她很想知道，如果父亲还在世，此刻还能站在她身旁的话，会跟她说点什么。她苦笑了下，如果父亲还在世，她也不至于沦落到这个地方。

就在那一刻，她突然听到了外面有动静，畅想如潮水般退去，她一动不动地站在原地，沉默地倾听。水滴声？不是。她几乎可以肯定，她听到了马嘶声。

恐惧一下子攫住了她。

紧接着另外的声音响起：有人从第一条通道进入洞穴。这个声音让她觉得宽慰，梅斯哈取马回来了。他当然知道她在哪。原来她听到的马嘶声是来自洞外，是真正的马在嘶鸣，而不是这些壁画上宛如神驹的骏马。

她看到梅斯哈从隧道里钻了出来，站直身子。她正准备说话，他伸出手，竖起三根指头放在唇边。刚平缓下来的情绪又紧张起来，为什么不让她说话？谁在外面？

他做了个手势示意她跟上，她转头，最后看了一眼那幅马王的壁画，还有它身上白色的手印，就转身从第二条隧道往洞穴里走去。

来到洞穴里，光线比里面亮了一些，梅斯哈再次竖起手指示意她不要说话。现在他身上裹了一件深色的长袍，外面套了件皮坎肩。她想知道梅斯哈有没有给她找点衣服。于是她张嘴，准备低声问他（她想，说点悄悄话总没问题吧），但他立刻做了个手势让她噤声，如此坚决，不可违抗。透过石缝里的光线，她能看到他的眼里闪过一丝愤怒的微光。

她明白了，闭上了嘴，什么也没说，只深深地吸了一口气。

他再一次示意她跟上，转过身，背对着光线，朝来路走去。

231

她紧紧地跟在他身后，很快，他们就到了隧道边上，就在他弯腰准备走进隧道的一刹那，沈礼眉用藏在袖中的匕首，狠狠地刺穿了他的喉咙。

她用尽全身力气刺进去，又用尽全身力气把匕首拔出来，她知道，这是她唯一的机会！虽然她从不知道该怎么杀人，人身上有多少要害，但她一边忍着恐惧的眼泪，一边抽出匕首一次又一次刺了过去，无法抑制地，她开始抽泣。他从喉咙里发出一声含糊的咕哝，似乎一口气闷在了胸口。

轰的一声，他倒在了地上，就在通道的入口处。

沈礼眉仍然止不住流泪（她是个很少流泪的女人），她再次颤抖着举起匕首，往他背上扎去。铿锵一声，匕首刺中了金属，扭到了她的手。她被吓坏了，几乎被吓疯了，但他仍然倒在地上，一动不动，现在她才发现，地上已经血流成河。

她连滚带爬地倒向一边，手里还抓着已经扭坏的匕首。她的后背靠在洞壁上，眼睛一眨不眨地盯着他。如果他突然爬起身，或是有要动的迹象，她肯定会忍不住尖叫起来，无法停止。

还好，他没有动弹，就这么一动不动地趴在那里。她能听见自己那怦怦直响的心跳，还有大口大口的喘息声。洞穴里依然如故，从石缝透进来的光仍然照在之前的位置上。正是这光救了她的命，让她发现了破绽，如果她的判断没错的话。她的手仍然在颤抖，仿佛痉挛了一般无法控制。她把那把匕首放在身边，她竟然杀了人，她相当笃定，自己已经杀死了那个人。

那不是梅斯哈，不是他。她大声地对自己说，虽然颤抖得几乎语不成声。但那肯定不是梅斯哈，肯定不是。

不过她得自己去确定，必须亲自去看一看。她得到他的尸体身边，把它翻过来仔细查看。这需要勇气，而她表现出来的勇气超出了自己的想象。

她尽全力控制住自己，接着又爬了回去，扭曲的刀握在手上。地面的石头擦伤了她的膝盖，手腕也一阵一阵抽痛，匕首刺中了什么，反而扭伤了她？

她心里有答案，需要亲手去确认。

沈礼眉拉着那具尸体的大腿，把它从通道入口拖到了光线强一点的地方。她费力地把他翻转，脑海里不免闪过恐怖的画面：地上的男尸突然一跃而起，朝她扑过来……

他死了，他不会突然跳起来的。而且他也不是梅斯哈。

那是一名老头，脸颊瘦削，头发花白而稀薄。现在他的脸看起来半点都不像梅斯哈的样子。

但之前他不是长这样的，而是跟梅斯哈一模一样，除了某一点。而正是这小小的破绽让她识破了这人的伪装。嗯，他现在已经不算一个人了，她在心里纠正。他死了，她杀了他。

她用手里那把扭曲的匕首割开了他的长袍，从胸口到小腹，再用双手扯开，露出了里面的金属镜子，他的全身上下都绑着这个，反射着顶上透下来的光，四下闪烁。

人们总是在孜孜不倦地寻觅和探求道的真谛，穷尽一生，在历史的长河中浮沉。有先贤认为，道是一种秩序和规律，他们把这一思考的结果写成书经流传于世。帝王和贵胄们会利用先贤的学说来稳固自己的江山。还有那些传说、故事，关于战争或是王朝的兴衰，帝王们用各种学说和故事来掌控人民的思想。

而混沌、随机的东西，没有秩序和规律的感觉，那就是迷失。这世上最伟大的人、最强悍的人都会惧怕迷失。

在同一天清晨，相隔万里之外，前镇西左卫大将军的次子和唯一的女儿，不约而同地杀了一个人。后世的史学家肯定会留意到这一事件的。

沈皋的次子以前倒是杀过人，他的女儿可从来没有，也从来没想过自己会亲手杀死一个人。这其间的深刻内涵，似乎并非道学的秩序和规律可以解释清楚……

谁又能在九重天阙之下，细数天上如宝石般明亮的繁星？谁又敢说他知道每一颗星星闪烁的意义，能够指引天下万事万物运行之道，并保证从无半点差错？

沈礼眉终于想起她听到的马嘶声：她害怕那个假冒梅斯哈的人骑来的马一直停留在原地会暴露她和这个洞穴的所在。

应该不会,外面的狼群可能已经把它吃掉,或是赶走了。之前血腥的行动和身体的痉挛,终于让她感觉到一阵疲惫:那具尸体躺在不远的地方,地上的血已经积了一大摊。她似乎已经耗尽了所有的体力,现在连动一动手指的力气都没,只能静静地躺在那里等待着,洞穴里出现了一阵诡异的沉默。

沈礼眉瘫坐在地上,背靠着墙,双腿伸直,在这个地上满是石块兽骨的地方,在这个到处都弥漫着野狼味道,不时有飞鸟和蝙蝠扑腾的洞穴,她等待着,看即将到来的是什么。她不想做任何事情,也不知道该做什么。

离开这里?这毫无意义。她能去哪里呢?没有合适的衣服,没有食物,而且外面还有狼群。

所以她只能待在这个突然安静起来的地方,过了不知道多久,她听到进来的通道里有人的声音。沈礼眉抬头看去,没有试图站起来或是找地方躲藏。她把那柄扭曲的匕首握紧。

梅斯哈钻了进来,站直身子,四下张望。

她看得出来他在试图理解发生了什么,她直直地盯着他,好吧,这一次应该是真的,她想那种乔装打扮的伎俩不会一而再再而三地使用。

他蹲在那具尸体边,仔细查看,并且避开了地上的血。然后他站起身,看着她。她盯着他的眼睛。

"他是个巫师?"她问道,虽然心里已经有了答案。

梅斯哈点了下头。

"他假扮成你的样子,几乎一模一样,但是一直没有开口说话。他要带我去外面,所以我……"她没法说下去。

"怎么认出来的?"

她站起身,衣服上簌簌地掉下来岩石粉尘,还沾着血迹,她能看到,血迹不是那么容易消失的。

"他的眼睛,"她回答,"他的……你的眼睛没有这么亮。"她不知道这句话是否会刺伤到他,因为它揭露了一个残酷的事实。

不过,看上去他似乎笑了。她敢肯定那是一抹笑容,虽然转瞬即逝。他说:"我知道。我曾经在水里看过,眼睛。在……池塘?

是这个词吗？"

"是的，池塘。是……是在那件事情发生过后？"

这是个愚蠢的问题，但他只是点了点头："是的，那以后。我的眼睛死了。"

"不，没有死！"她突然激烈地反驳。他看上去很惊讶，她自己也觉得惊讶。"你的眼睛是黑色的，但它们没有……你也没有死！"

这次他没有笑。"没有。不死不活。"他说，"在山……沈代来之前，就那天。"

那天。

"是你的弟弟……"

"是的。"

"你知道？"

"我知道。"

"那这一次呢？"她指着那具尸体，"是他派来的么？"

出乎意料地，他摇了摇头。沈礼眉本来以为自己已经猜到真相了。"不是，来得太快。我想他只是看到我，去找马。或者之前，我们来。"

"他就趁机来抓我？"

"可能，或许为了领赏。他看到我，认出我，知道我是谁。看到狼群他就知道。然后，需要点时间，用巫术变化，样子。"

沈礼眉苦苦思索了半晌。

"可是你走了他可以直接来抓我的，不是吗？"

他想了想。"是，或许他要抓你，见他们。怕你自行了断，所以变样子。"

她清了清嗓子，她的手疼得难受。

"现在，必须走。"他说。

"那这个人怎么办？"

他很惊讶，朝着周围的骨头比画了下。"留给狼，都这样的。"

他顿了顿，看起来有点忸怩。过了半晌才说："很好，杀了他，非常……勇敢？是这个词吗？"

她叹气。"勇敢，是，我想没错。"

295

他又犹豫了下，抬起手，僵硬地指了指后面："你看到，那个洞穴了？"

"那些壁画么？我看到了。我没有走得更远。我害怕……我不勇敢。"

"不，"他摇头，"你做得对，不要去。那是巫师，魂灵。非常古老。但是，你看到那幅最大的画了？"

"我看到了。"

他看着她，似乎做了什么决定。"来吧，我们做件事，然后走。"

她没有力气去抵抗，就这么让他带着回到了画满骏马壁画的洞穴，她驻足继续看壁画，而梅斯哈则走进了最后那个她不能踏入的洞穴。出来的时候，他带着一个浅口泥钵，从身上背的另一个皮囊里倒出了点水，混了进去，用木棒搅拌。他的动作还是一如既往的僵硬，不管他做什么，看上去都跟优雅沾不上一点关系。她却出奇地笃定，曾经的他一定是一名优雅的男子。

他示意她靠近些，她顺从地走了过去。梅斯哈拉起她的右手——这是他第一次碰她——让她伸进碗里，放平手掌。碗里盛着像是白色的涂料。

突然间，她明白了要发生的事情。

他拉着她的手腕，引导着她，在通往第三个洞穴通道上面的墙壁上，那幅马王的壁画上，印下了手印，她的手印夹在许许多多手印之中，这就意味着她的出现和存在被记录了下来，或许那会在某种情况下，起到一些作用（她永远不会知道）。

这是难以捉摸的，无法预测的东西，但它确确实实存在。

他们离开了藏身的洞穴，回到了阳光之下，她眨了眨眼。

梅斯哈只找到一匹马，但那名巫师骑来的马匹仍然拴在那里。虽然它恐惧得口吐白沫，但还没被狼群吓破胆。所以他们仍然有两匹马可以乘骑。梅斯哈还带着充足的食物和衣服，天晓得他从哪里弄来的。

他扶着她骑上了那匹矮小一点的马，然后自己骑上巫师留下的那匹，他们沿着小路往斜谷东边驰骋，太阳在他们头顶，狼群在他们身边。

　　沈礼眉不知道自己身在何方，但她还活着，而且没有逆来顺受地接受那不可逆转的命运安排。

　　在苍天之下，有此时此刻，她觉得足矣。

第十四章

宁武杰，那名第一个看到沈泰骑着闪灵，在清晨的阳光中来到铁门关的士兵。

那天过后，他就知道，他的生活会被改变——或者说已经被改变了。因为那个人和他所乘骑的那匹马。

可能对那些毕生耕耘在田地间的农民和府兵而言，无法理解这种命中注定的变数。他们在田间日复一日、年复一年地耕耘，乞求风调雨顺，不遭洪水或者饥荒。然后过着结婚生子，老去，埋骨田间的生活。那种颠沛流离的生活是他们无法想象的，他们偶尔会在小酒馆里喝着酒，听一些传奇的故事。对府兵而言，也有可能被送去距离家乡非常遥远的地方，挖沟渠，打水井，修篱笆，在城墙上巡逻，剿匪或者帮当地的农民清除野兽，或许会偶感风寒，有个什么头疼脑热的，或许就这么命丧他乡。有的人被派到某个遥远的地方打仗，死在战场上，或是失去一只眼睛或者一条胳膊，生不如死。普通的士兵们哪管得了军国大事，只知道在一场又一场的战役中活下来。军队之间也流传一些小道消息，但大部分只是被当作茶余饭后的谈资，不管是即将开始的战役，或是某地方发生叛乱之类。

宁武杰并不是一个能理解命定变化的人，至少曾经的他不是。而这一次，他……正在经历着那种剧变。

至少，他不敢相信自己离新安城如此之近，生平第一次有机会靠近奇台帝国的帝都。大概再走上一两天就能到了，同伴们这样告诉他。

他们骑行出了辰尧以后，路上的景致一直有大幅变化。田里种着小麦和大麦，偶尔能看见成片的桑林（桑林背后，远离大道的一边通常有蚕房）。他们走过了一个又一个村庄，穿过了一个又一个城镇，城镇之间的距离逐渐缩短，几乎算是连成一片了，沿途所见的人也越来越多。寺庙的钟声在空旷之地萦绕，而混入嘈杂的人声中却几近难闻。小片小片的农场——种着土豆、蚕豆之类——夹在村庄之间，似点缀一般。

宁武杰看到了川流不息的小贩推着推车，或是赶着木质的四轮马车，夹在他们中间，让他们行进的速度不得不慢下来。这就是新安城最外围最偏僻的地方，有人这样告诉他。

他们离帝都越来越近了。

这简直是宁武杰做梦也想不到的事情。对他而言，帝都遥远得就如东海一般。而且说实话，虽然尽量控制着自己，但他现在已经被那些川流不息的人群吓得够呛。可能周围的伙伴都注意到了吧，有一个平时沉言寡语的士兵盯着他看了好久，他还以为自己没表现得太明显呢。他长长地舒了一口气，就连呼吸都带着点惶恐。

宁武杰一边走，一边想着，他很好奇其他士兵对即将抵达京城有何感想。现在他们一行有三十名骑兵，并非刚从铁门关出行之时那么寒碜，只有五个人护送沈大人。徐毕海节度使坚持将沈泰提拔为第二军的参将，带着重要的奏疏（更重要的是他骑的那匹马），在骑兵队的护送下前往京城。

在来自铁门关的士兵中流传着一个带点讽刺的笑话（虽然宁武杰没有看出什么地方好笑，不过他自知不是个太风趣的人），说就是因为徐大人的护卫疏忽大意，结果害得沈大人差点在辰尧被刺客杀死。这是那个总是夸夸其谈、满嘴酒气的士兵告诉他的，他说那晚上守在客栈外面的士兵肯定都没命了。

他说，徐节度使早已不再是一名风华正茂的青年，但他并不像是那种想要解甲归田，在家乡的果园或是池塘边颐养天年的老人。他腰缠万贯、地位显赫，能跟其他辖区的节度使分庭抗礼。其中，还有一位"特别大"的。说到这话的时候，他向在座的各位都使了个眼神，仿佛大家都能领会到他的意思。宁武杰不知道他说的是谁，不过那不重要。

要是沈泰被杀害——更可怕的是如果那匹马死了，宁武杰固执地认为——徐大人才是犯下了不可饶恕的大错。虽然宁武杰不太清楚，也没去仔细思考自己这种想法从何而来，但在离开辰尧的时候，他就尽可能地守护在沈大人和闪灵的身边。他尊敬沈泰,更喜爱那匹马。宁武杰认为,在这个世界上怎么会有人不爱这样的一匹马呢?

那个瞰林女子让他们心存畏惧,在晚间休息的时候,也有些人在提到她的时候顺带讲一些粗俗下流的玩笑话。不过她似乎对宁武杰印象不错,有几次他固执地试图留在沈大人和闪灵身边的笨拙举动让她不禁流露出好笑的情绪,但她差不多默许了宁武杰可以在赶路和休息的时候尽可能地和闪灵待在一起。

宁武杰不明白她的眼神和表情所传达的意思,也不觉得自己的行为有什么可笑的。但他已经学会明白这个事实:有些别人认为好笑的东西他理解不了,只好无动于衷。

现在他们手里有第二军节度使亲笔签署的批文,所以每天歇息的地方都是高档的客栈或是帝国军驿。吃的是美食,给马喂的也是上好的草料。

每天晚上歇息的时候,宁武杰总是被分派去照顾闪灵,他试图不让自己因此表现得那么自豪,可惜控制不住。他经常跟马儿说话,半夜醒来,从士兵们睡的客房径直走到马厩,带果子给闪灵吃。有时候他甚至直接睡在马厩里。

沈大人在骑行的时候很少跟卫兵们谈话,偶尔会跟瞰林护卫说几句,大多数时候他跟后来加入的诗人闲聊(那个诗人也是个谜一样的人物)。他老惦记着赶路的速度,卫兵们都不知道原因,就连那个号称百事通的同僚都不知道。

或许魏苏和那个诗人知道吧,不过他们从来没提及。那名诗人名叫司马子安,听其他人说,他可是位了不起的名人。甚至有人说他是天上的诗仙下凡。宁武杰对这些东西也是一无所知,他从不认为凡人界会出现神仙,或许奇台帝国的皇帝陛下除外吧。他唯一知道的是,沈泰大人非常迫切地想要尽快返回新安城。

宁武杰倒没有迫切的感觉,不过他的想法和意愿就如那昏暗中默默吐丝的蚕,没有任何人会在意。

离开辰尧的第五天,他们走过了沈泰曾经最喜欢的那座桥,然后转向右边的小道,沿着溪流前行。

他当然知道那是必经之路。

快马加鞭跑过那座横跨在宽阔水面的桥上时,他假装自己毫不在意,也小心地提醒自己路过岔路口的时候不要去看那条溪边的路。只是李树开出的繁花倒映在水中,他看得清清楚楚。

假装毫不在意,这可不容易,他对南方的那条路熟悉得就如青铜镜中看到的自己的脸一样。他清楚每一个转弯,上坡或是下坡,甚至清楚什么时候会骑行经过某个村庄或是小镇,还清楚沿路的农田、桑林和丝绸工坊。他还知道在哪里能找到真正能喝到好酒的酒肆,去哪里能找到最好的女人和舒适的客栈。他们正经过沈泰的故乡,他的母亲和姨娘,还有幼弟还在庄园里,还有父亲的陵墓。

而他不在,沈柳不在,沈礼眉也不在。

他们三人被卷入了烦嚣的尘世中,纠缠不清,身不由己地深陷俗世的繁华和喧嚷之中。在湖畔独居了两年,他不清楚自己对此作何感想。或许这也是尘嚣俗世的一部分吧,他想着:永远没有时间静下来思考。

沈礼眉的现状想必更糟糕,沈泰回忆起北方的风沙,那是真正的沙尘风暴,遮天蔽日,打在人身上生疼,而且危险,不是诗人想象中那样。每当想起妹妹,他就抑制不住怒火中烧。

当他们路过那条往南行的岔路时,他的心像是被撕扯了一下,疼得无法忍受。两年多未曾踏上那片土地了,未曾看到石墙上的大门,门边光滑的石狮子(用来镇宅,驱逐恶鬼),还有那总是打扫得干干净净的道路,那养着金鱼的池塘,那门廊、花园和小溪。

父亲的陵墓应该早就建成了吧,他想着。母亲总是有条不紊地打理家中的一切。只是沈泰还从未见过父亲的陵墓,也没有在坟前给父亲磕头。也不知道父亲的墓碑上会有什么样的题字,应该是一篇韵律优美的墓志铭吧。也不知道会是谁选的,用谁的书法写上去。

他心中也明白,这样拼命赶路毫无意义。只是一种姿态,或是情绪的宣泄,为了表明他为妹妹的事情十分焦急,必须尽快赶往新安城,其实赶到了又如何?无济于事。

司马子安曾提起,在离开京城的时候就听到沈礼眉已经离开的消息。早在可怜的周岩出发去沈家庄园的时候一切就成了定局,如果沈泰没有去这么遥远的地方，或许周岩还来得及把消息告诉他，或许还有足够的时间。

而现在说什么都迟了。那他为什么要所有人都赶在日出时分吃饭，直到太阳落山才歇息呢？夏日来临之时，白昼极其漫长。

没有人抱怨过，不管是透过言语，或是透过眼神。士兵们忠诚地执行军令，就连那个总是自以为是规劝沈泰行为的魏苏也没有半句怨言。还有年长又体胖的司马子安，吃的苦比他们更多，也没有不满的表示。诗人从未跟沈泰谈过拼命赶路的问题，或是这样的行为无济于事之类的话。

或许，阅人无数的诗仙早就看明白了，而沈泰却是在这几天的疾行赶路中逐渐想通——他这么近乎疯狂地骑着宝马拼命赶路，不是为了救他的妹妹。

而是为了找长兄算账。

明白这个事实，接受这个事实，却没有如预期中为他带来冷静和理智。仿佛每向前疾行一里路，每一个不眠之夜，或是在每一天结束赶路后的疲乏之中，他的愤怒都有了新的渠道发泄。

他从未跟诗人提及过这些，更不可能跟魏苏说，虽然他能感觉到他俩都隐隐约约明白自己的情绪。他不喜欢被人看得太透，尤其是新结识的、如谜一般的朋友，更不喜欢被一个仅仅充当护卫的女瞰林了如指掌。只是因为在铁门关内一时冲动，才雇佣了她，而现在，他有了三十名士兵护卫，解雇她也无妨。

但他没有，沈泰深刻地记得，在辰尧镇那天清晨，她是如何奋不顾身地为他浴血而战。

天色已晚，沈泰感觉后背和双腿酸疼不已。夕阳的光辉照耀在他们背后，夏日的微风轻抚着面庞。官道上挤满了川流不息的人群和马车，太拥挤，太吵闹，让他们没有余暇欣赏落日余晖和夕阳西下的美景。

离开那条可以通往沈泰家里的岔道已经三天了，离新安城还有两天的路程。如果他们够快的话，说不准明晚宵禁时分就可以赶到。他对这段路程非常熟悉，那些年不知道来来往往多少回了。

哪怕官道上有川流不息的人群，他们也骑行得非常迅速，因为他们走的是驿道，那是专门供士兵和骑兵赶路用的。还有一群驿使，赶路比他们还快，大声吆喝着人们让路，甚至撞翻了一些农车和扛着大包小包的路人。驿使的背包鼓鼓囊囊的，显然不止是送信这么简单。

"给珍妃娘娘送的荔枝！"当司马子安询问的时候，其中一人转过头来大声回答。

司马子安大笑出声，须臾后又敛住了笑容。

沈泰本想下马帮那些农民收拾散落的货物，不过他心里揣着更着急的事情。他一边赶路一边想着，那些农夫会互相帮忙的，回头看去，果然如此。这就是乡间农民的处世之道：如果士兵们停下来帮他们，估计反而会让他们感到恐惧不安吧。

他转头看着并肩而行的诗人，闪灵本来可以轻易地甩开所有人，不过那样太鲁莽也太愚蠢。不过现在情况特殊，沈泰想自己或许可以一个人仗着快马先行，赶在明晚宵禁城门紧闭之前悄悄地进入新安城。他迫切地想见到某人，天黑以后反而更方便。

他们目送着那群驿使消失在尘土飞扬的前方，诗人脸上的表情十分凝重，为珍妃娘娘送的荔枝，他看得出那些驿使属于军驿，他们所乘骑的马匹已经累得口吐白沫了。

"真是……劳民伤财……"司马子安轻声说，又住口了。

"太不合适了？"沈泰不假思索地问道。

司马子安四下张望，确认周围没有其他人后点点头："正是如此。乱世将临总是让人惶恐，不管是在九天之上，还是在苍天之下。"

这些言辞大逆不道，可能会为他招致飞来横祸，比如杖责，流放，甚至杀头。沈泰浑身一颤，为自己所说的话感到不安。诗人看出来了，微微一笑："抱歉，我不该谈论这些。我们不如来聊聊岑杜吧，我非常喜欢他的诗，现在可能他也在新安城里……我想，他是当世最伟大的诗人。"

沈泰清了清嗓子，跟上了他的话题："我想，当世最伟大的诗人正与我并驾齐驱。"

司马子安大笑出声，满不在乎地挥了挥手："我和岑杜是两种不同的人。不过我很高兴的是，他跟我一样爱喝酒。"他沉默了片刻，"他年轻的时候曾写过关于库拉诺湖的诗，就在令尊那一役之后。你知道么？"

沈泰点点头："我当然知道。"这些诗他都背诵过。

司马子安的眼睛一亮："是那些诗把你带去的么？带到库拉诺湖畔？"

沈泰想了想："也不是。是我父亲的哀伤把我带去的。不过有一首诗……或许触发了我的联想。"

司马子安沉吟片刻，开始念道：

君不见，青海头，
古来白骨无人收。
新鬼烦冤旧鬼哭，
天阴雨湿声啾啾。

"你认为这些都是诗人的想象么？那些鬼魂之类。"

沈泰点头："大概每个人都会这样认为吧，如果他们没去过那里的话。"

诗人又沉默了一会儿，才开口说："世子，我们到达新安城以后你打算怎么做？我要怎么帮你？"

沈泰赶着马往前骑行几步，然后简短地说："我不知道。我迫切地想听下您的建议，我应该怎么做呢？"

但司马子安只是把问题扔回给他："其实我也不知道。"

他们继续赶路，夕阳西下，落日余晖照耀着天地，白天即将宣告结束，风吹过脸颊，沈泰能感觉到自己的头发在风中飞扬。他伸手向前，轻轻拍了拍闪灵的鬃毛。他早就爱上这匹汗血宝马了，他想着，简直是一见钟情。

诗人开口："你说你想杀掉某人？"

沈泰还记得这句话，那是在玉凤楼里那天深夜说的："我是说过。虽然现在也很生气，但我不会这么莽撞。如果换做你是我的话，会怎么做呢?"

这一次的答案来得很快。"首先保住小命。你会威胁到很多人,而他们知道你回来了。"

他们当然会知道。他发了书信,铁门关的将军,还有徐毕海节度使也都写了文书,日夜兼程,快马加鞭。

不过沈泰领会到了这位睿智诗人的意思,他不该想着自己一个人骑行潜入新安城,那太不明智了,不管他迫切地想要做什么——何况他根本就还没有计划。

他意识到司马子安已经勒住了马,也让闪灵缓下来。沈泰往前面望去,路边有一条水沟,两旁都是浓密的草丛。他再次意识到,自己的想法确实是愚蠢至极,而如果把这一想法付诸行动,那就不只是愚蠢的问题了。

他勒住马,举手示意大家都停下来。魏苏骑行向前,来到他身边。在她身后一点,是一名缺了颗牙齿的士兵,沈泰记不起他的名字,不过知道每天晚上都是他照顾的闪灵。

"那是谁?"她轻声问。

"不是很明显了么?"诗人反问。

"我没觉得很明显!"女瞰林抢着说。

"看看那辆马车,"司马子安说,语气不免有些尖刻。夕阳的余晖照耀着官道、草丛,还有他盯着看的那辆马车。"上面还插着翠鸟的羽毛。"

"那不是皇帝!"魏苏说,"不要打哑谜了。我需要知道那是谁,好决定该怎么——"

"瞰林,看看那些士兵,"诗人说,"看看他们的军服。"

一阵沉默。

"明白了。"魏苏说着,不由自主地又重复了一次。"明白了。"

诗人看着沈泰。"你做好准备了么?"这还真是个问题,他那双明亮的眼睛里充满了威严。"恐怕你没有余暇去考虑了。那可是个急慢不得的人物,我的朋友。"

沈泰勉强挤出一抹笑容。"我做梦也没想过。"

他驾驭着闪灵前行几步,朝着那辆由四五十名精锐士兵护卫着的庞大而奢华的马车走去。那辆马车大得吓人,沈泰都怀疑它能不能顺利地通过河上小桥。他心里琢磨着,似乎在更远的东面有一座大桥?好像在哪条岔道?这无关紧要,他屏息凝神,他的脑子总是在某些重要关头冒出奇怪的想法。

身后传来马蹄声,沈泰回头,看来面对他们的不止他一个:那位总是衣衫不整的诗仙和瘦小的黑衣瞰林跟了上来。

他停住马,望着面前那条沟对面的马车,如诗人所说,它的顶上装饰着翠鸟的羽毛。按照礼法的严格规定,那只能皇亲国戚使用。不过某些陛下极其宠爱的重臣,也可以用它来炫耀自己的特殊荣耀。

他提醒自己,宫廷里的各方势力现在都希望尽可能地延揽自己,而不是一来就要他的命。

他骑着闪灵,走到了那辆马车的附近。车内的人掀开了车帘,他的声音出人意料的尖细,带着点异国口音,那人用一种惯于发号施令的口气径直说:"是沈泰么?我们得谈谈,就在这里吧,你赶紧过来。"

他深深地吸了一口气,又缓缓吐出来,拱手为礼。

他说:"在下能与将军一晤,实乃三生有幸。斗胆烦请将军移步东面的驿站小坐?在下的朋友和士兵赶路一整天,早已疲惫不堪了。"

"不行。"马车内的人说。

如此断然,没有丝毫转圜余地,沈泰骑着闪灵站在路边,无法看清车中人的面目。那人又说:"我不想让任何人知道。"

沈泰清了清嗓子。"大人,"他说,"想必在这条路上,敢说不认识大人马车的人恐怕寥寥。在下希望能在驿站的酒馆一睹大人的风采,不知是否有幸能与大人共进晚餐?那对在下而言真是莫大的荣幸。"

马车里的人从车窗探出头来,一张肥胖的、滚圆的脸,扎着黑色的头巾。

这位统率东北三镇的节度使、珍妃娘娘的干儿子、通常被人称为荣山的安隶断然重复说:"不行。要么你自己过来跟我谈,要么我杀光你的士兵,砍了你朋友的头,再把你抓进来。"

说来奇怪，本来喧闹拥挤的官道现在空旷了一大片，东西两侧都空了。沈泰往前看去，又回头望了望，荣山的士兵阻拦了道上的行人，一时间，一切都寂静得如山雨欲来。

事关紧要，他提醒自己，必须步步为营。

所以，他极其清晰地说："司马兄，我很抱歉，整个帝国也将为此而遗憾，你我的友谊或许标志着您那充满传奇的一生宣告终结，但我想你能理解其中的原因。"

"当然，"诗人毫不在意地说，"真朋友不光要一起喝酒，还得一起挨刀子。"

沈泰点点头，转头看向女瞰林。"魏苏，你最好回去，告诉徐大人的士兵，做好准备，眼前这位节度使的士兵会攻击我们。"他扫了一眼前方的士兵。"我不确定他们是第八军还是第九军的士兵，您能告诉我么，尊贵的安大人？"

马车中的人沉默着，没有回应。

他应该在艰难地权衡，沈泰刚才所说的两件事情他都得仔细斟酌。沈泰很满意自己的语气非常平静，就像在跟人拉家常一样。

"我想应该是第九军吧。"诗人说。

"遵命，我的大人。"话音刚落，魏苏立刻回应。

他看到她轻盈的身子驾着骏马往己方士兵的方向飞驰，他没有转头，只一直盯着那辆马车，看着那张圆如满月，沉默不语的脸。

他平静地说："大人，我很荣幸忝为第二军的骑兵校尉，这些士兵是徐毕海节度使亲自派发的。在下明白自己的身份，也必将做出跟自己身份相符的行为。我为朝廷带来了极其重要的消息，我想您也明白。您纡尊降贵来此，想必出自同一原因。在下无法遵从您的意思，贸然答应进入您的马车跟您密谈，在众目睽睽之下走进您那辆装饰有翠鸟羽毛的马车，这背后的寓意关系重大。我想您也会理解我的顾虑，同意我的看法。"

他很清楚，那个人不会。只是，但凡有一丝希望，他也必须遵照自己的意愿去行事，所以他必须——

安隶在马车里冷冷地说："你身边就是那个总是喝得醉醺醺的诗人？被称为诗仙的那位？"

沈泰微微点头："是的，伟大的诗仙，我很感谢这些天来他一直陪伴着我，给予我劝导。"

骑行在他身边的司马子安微微一笑，冲着安隶点头行礼。沈泰看到他笑得很愉快，似乎很满意那句"喝得醉醺醺的诗人"。

沉默持续了一会儿，突然，马车内的荣山爆出一大串粗俗下流的脏话，就连一向粗野的士兵听了都会瞠目结舌。

又一阵沉默之后，诗仙愉快地说："这是对我的欢迎辞么，大人？在我有生之年还是第一次听到呢，真新鲜。"

荣山来来回回瞪着他俩。他的眼睛深陷在脸上凸出的肥肉里，反而让人看不清眼神，无法猜测他的想法。沈泰琢磨着，这个样子的荣山看起来更加令人恐惧。

据说有一次，他在东北长城以外，打败了来犯帝国边境的朔奇部落叛军。他命令麾下士兵和博古盟军砍下了每一个俘虏的一只脚，然后带走了所有朔奇人的马，把他们流放在草原上自生自灭，那些朔奇人要么死在荒野上，要么拖着残废的身躯苟延残喘。

这些都是关于荣山的传说。

现在，他正用那尖细的、带着点异域口音的腔调说："不要自作聪明，诗人。我对那些弄嘴皮子的人没什么耐心。"

"我深感抱歉。"司马子安回应说。沈泰居然从他的语气中听出了一丝真诚。

"你出现在这里真是打乱了我的安排。"

"那我再次向您致以诚挚的歉意，大人，"诗人冷静地说，"如果真如您所说的话。"

荣山的头缩了回去，舒服地靠在马车的座椅上。他的脸隐没在车厢里，沈泰朝右看去，太阳很快就落山了，他眯着眼打量了一会儿。魏苏已经让士兵们布好防御的阵势，虽然他们还没有拔出武器。周围的行人也被阻隔，他明白，自己与荣山会面的消息很快就会传遍四方，在他还没有到达新安城之前，那消息一定会在城里传得沸沸扬扬。

这也是他必须表现得如此强势的原因。但这样很冒险，或许恼羞成怒的荣山会不顾一切地把他当场格杀，还有他手下的士兵。如果那位大名鼎鼎的诗人没有跟他在一起的话……

荣山的声音再次从马车里传出来:"沈皋之子,请接受我对你父亲的诚挚慰问。当然,我认识他。我特意赶了两天路来跟你见面,出于个人的原因,我不能跟你一起到驿站去——至于什么原因你就不用知道了。不过,如果你来我的马车里,如果你……肯赏光过来……我会告诉你那个你要找的人现在怎么了,还会给你看一封信。"

沈泰听出了他口气的软化。他小心谨慎地说:"请问那个人是?"

"辛伦。"

沈泰感觉自己的心脏猛地一跳。

"辛伦?"他重复着。

"是的,是他找刺客来杀你的。"

沈泰感觉到口中一阵干涩,艰难地吞了口唾沫。"您是怎么……知道的?"

"他自己告诉我的。"

"他什么时候……不,他发生了什么事?"

或许他不该这么问,如果那个人回答了,就代表他欠了荣山一个人情。

而他回答了:"数天前的晚上,他被杀死了。"

"啊!"沈泰说。

"就是你即将回到新安城的消息传来的同一天晚上,随之而来的消息还有白玉公主赏你的东西,那些汗血宝马。对了,顺便说一句,你这匹马可真棒,我想你舍不得卖掉它吧?"

"同一天晚上?"沈泰像是傻掉了一般重复着他的话。

那张满是肥肉的脸又出现在马车窗前,就像一轮明月从乌云中钻出来。"我说过了,他托人送来一封求救信,想要我保护他,他在信里说明了原因。我答应了,结果在他从大明宫去我那儿的路上,有人杀了他。"一根肥胖的手指伸了出来,指着沈泰,"沈公子,你应该清楚你的麻烦不是来自于我,而是相爷。明白这一点才能活命,想要你命的人是文周,而你需要的是朋友。"

沈泰忍不住浑身颤抖,辛伦死了,一名酒肉朋友,一名同窗——也是他想要除掉的人，为了替周岩报仇，为了让死者的英灵得到安息。

现在他发誓要除掉的人少了一个了，这是好事么？让他感到轻松了么？可惜不是。

荣山还说有一封信来着，或许会告诉他想要知道的消息——也是他害怕去了解的东西。

"进来吧。"荣山的口气里有不耐烦，但没有愤怒。

他又一次掀开了马车的帘子。

沈泰深吸了一口气，有时候一个人必须懂得顺势而为。他下了马。

他把闪灵的缰绳递给诗人，诗人一言不发地接了过去。沈泰一下跳进了那条沟里，一名第九军的士兵伸手拉他从另一边上去。

他走进了那辆马车，亲手放下了帘子，关上车门。

出于很现实的原因，官道边上的客栈里，马厩往往修得比客栈楼本身还大。

驿使和军队的驿率是客栈的常客，通常他们只是来换马，往往不投宿。简单地吃一顿饭，又重新回到马背上，继续沿着驿道疾驰前行，不会停下来享用一晚柔软的床垫，独自饮酒，或是找个姑娘陪睡。在疆域辽阔的帝国，一寸光阴一寸金。

对那一些来往于乡野的庄园之间的官吏，军人和世家贵胄，去各地上任、卸任回家抑或沿途察访的朝廷命官而言，好好地吃上一顿和住上一晚很有必要。

当然，离新安城很近的客栈酒肆就有所不同了。那儿的酒都是醇香佳酿，姑娘和乐师也都是一等一的。那是专门伺候那些高官的，他们出来寻欢作乐，不需要跑到远得需要换马的地方，就能享用到称心如意的佳酿与美人。这些地方通常很方便，能让出来享乐的高官们掐着点赶在宵禁之前回城。

距离新安城不远的桑林客栈，就是这条东西走向的官道旁最奢华、最宜人的去处之一。

客栈周围的桑林早已毫无踪影，还有与之相系的蚕坊。客栈的名字由来可以追溯到几百年前，那时候的新安城还远远不如现在繁华。在客栈的庭院里有一块石碑，上面题写着第五王朝的一首诗，描述了当年这间小酒肆周围那宁静恬美的田园风光。

　　想起来也很讽刺，日落时分沈泰一行来到了客栈，这里半点没有所谓的宁静恬美，喧闹嘈杂得跟外面的官道一样。幸好他们早派了两名士兵安排住宿，否则要在这里订下足够的房间都很困难。

　　夜幕逐渐降临，客栈的庭院里点起了灯笼火把，淡淡的月光从天空洒落，群星闪烁，星河隐约可见。可是在客栈的喧嚣和烟火之中，这些美景都被隐没。

　　沈泰的骑兵摆出一副警惕的防御姿态，把他护卫在中间。他想这或许是魏苏的命令，士兵们的纪律性可见一斑。他的瞰林武士能够代替他下达命令。虽然士兵们可能为此不喜欢她，但那个女人可不会在乎这些。魏苏从来都毫不在意那些士兵对她的看法。

　　沈泰一直心不在焉地想其他事情，刚来到客栈的时候压根没注意到士兵们反常的警惕和保护态度。事实上，他有点悲哀地想着，他好像已经不在意这个问题了。马车里发生的一切让他感到恐惧，直到现在仍然困扰着他。

　　派去的斥候向魏苏和队长汇报，他们为士兵们预订到三间房，每一间可以住上七八个人。还有一间房是沈泰和司马子安合住的，其余的士兵可以睡在马厩里，夜晚会安排人手轮流警卫。沈泰心不在焉地听着，丝毫没有介意这些命令都是以他的名义下的。或许他该在意这些细节，但他实在是没有余力了。

　　他对跟诗仙合住一间房没有任何意见。反正以前投宿客栈的时候也有过类似的事情，不过司马子安总是待在庭院的亭台楼阁里，喝上一整晚的酒。沈泰真是佩服这位传奇性的诗人，他的不可思议体现在各个方面。沈泰绝不可能像诗仙那样喝个通宵，况且司马子安还比他大上二十岁呢。

　　士兵们下马，卸下盔甲，解下佩剑，饥饿疲惫的马匹不停打着响鼻，各种声音混成一片嘈杂。客栈的小二们不停地穿梭来去。沈泰想着，在这里刺杀他或许不是难事。只需要一名心怀不轨的小二，或是袖着匕首的刺客，或是随便谁埋伏在房顶上抽冷子射上一箭就可以。他抬头往房顶上看去,庭院里的火把的浓烟遮蔽了视线,他感觉自己已经疲惫到了极点。

沈泰强迫自己别这么杯弓蛇影,想一想现在的情况:既然汗血宝马的消息已经传到了新安城,现在想要刺杀他,不管对谁而言,都是愚蠢的行为,无异于引火烧身。

不管是坐拥军权,统率东北三镇的安节度使,还是文相国。

他环顾四周,努力把自己的注意力集中到眼前,别去想过去的事情,也别想太遥远的以后。魏苏就站在他身边,还有那名缺了一颗门牙的铁门关士兵,自他下马以后就一直在他左右。

他摇了摇头,突然有点恼怒:"那个一直照顾着闪灵的士兵叫什么名字?"他指了指那名正牵着闪灵往马厩方向走的士兵,"我需要知道他的名字,现在。"

魏苏略微转头,惊讶地说:"来自铁门关那个?我不确定是不是铁门关来的,不过我知道他叫宁武杰。"她笑了,露出一口白牙,"不过你很快又会忘了。"

"我不会!"沈泰坚决地说,暗暗发誓自己绝不会忘掉。他默念了几遍这个名字,还联想到沈家庄里一名姓宁的铁匠。

他看着眼前的女子,门廊下的火把跳动,忽明忽暗的光映着她的脸。庭院里的火把也闪烁着,入夜之后小飞虫开始四下飞舞。沈泰拍走了一只停在胳膊上的小虫。"还有不到一天就能回到瞰林寺了,"他低声说,"你想回家么,瞰林?"

他捕捉到魏苏脸上闪过一丝惊讶的表情,真是奇怪,这不是个答案明摆着的问题吗?

"您想要解雇您的瞰林护卫么?沈大人?"

沈泰轻咳一声:"不是,我从不怀疑你的能力与忠诚。"

"我很感激您的信任。"她拿腔捏调地说。

司马子安从第一间庭院的右侧走了过来——果然不出所料,那是音乐传过来的方向。

"我安排了酒菜,"他兴高采烈地说,"我让他们把最好的佳酿温上了,这一天赶路真是让人疲惫不堪。"他冲着魏苏微笑,"我想你不介意破费吧?"

"我只是负责管账，"她低声说，"虽然我不赞成太过浪费，不过犒劳士兵们除外。"

"给大家都来点好酒。"沈泰说。

诗人挥了挥手，沈泰跟着他穿过人群，魏苏护卫在他身边，满脸警惕之色。那种时时刻刻精神紧绷的姿态让沈泰打心底感觉到疲惫。这真不是他想要过的日子。

不过又有多少人能过上自己希望的生活呢？

或许眼前就有一个吧，沈泰看着诗人急切地带着他往琵琶声传来的地方走去。

眼前这一位，或许，还有我的哥哥。

"你的哥哥，"当沈泰关上车门落座以后，荣山单刀直入地说，"这封信里没有提及他的名字。有人为我念过好几次这封信，"他补充说，"因为我不识字。"

世人皆知这位节度使大人目不识丁，这也成为那些自诩雅士和贵族圈子里的一大笑料。大家一致认为，那位心细如发、诡计多端的前任相国秦海大人，之所以允许荣山和那些野蛮人在边境拥有巨大权力，最重要的原因就是他们的无知。大字不识的人无法威胁到秦海在大明宫中所织的关系网，而那些手握兵权的贵胄子弟则很有可能。

兵权，是那些汲汲于考取功名的世家子弟趋之若鹜的东西，但却被牢牢掌控在那些目不识丁的蛮子手里，这不是很讽刺么？

在马车里坐定以后，沈泰立刻有一种落入对方掌控的感觉。他意识到或许这就是荣山提起他哥哥的原因。

"您为什么会这么想？难道我会怀疑自己的兄长也参与了暗杀计划么？"他故意放慢语速，试图掌握自己的节奏。

安隶往后靠去，舒服地躺在垫子上，目不转睛地看着他。从近处看，这位体肥如猪的节度使更加巨大，胖得吓人，就像志怪小说里的猪精。

在他还没有荣升三镇节度使之前，曾经率领着第七军的三支骑兵队，历经五日五夜的浴血奋战，力挽狂澜，大败来自高丽半岛的叛军。高丽人居住在遥远的东方,在他们那野心勃勃的国王率领下,试图挑衅奇台帝国的威严,在长城之外的地方建立属于高丽人的要塞。

他们的挑衅很快得到了回应,损兵折将,大败而归——这一切都是因为荣山。那是二十年多年前的事情了,沈泰的父亲曾经给他讲过这段故事。

他也告诉过沈柳,沈泰还记得。

安隶在靠垫上挪了挪:"你的哥哥是文相国的人,他已经选了自己的路。这封信——你可以读一下——提到文周不想让你出现在世人面前,尤其是某个美女的脑子里。或者也是不让你去干扰你哥哥的计划,文周在很多方面是挺依赖沈柳的,也正是这位相爷在朝堂上正式提出让你妹妹去和亲。这个你知道吗?"

沈泰摇了摇头,他不知道,但是有所猜测。

节度使叹了口气,摆了摆手,他的手指出奇的长。安隶身上熏着一种很好闻的花香,整个马车里都弥漫着那股味道。"春雨,那个迷人的妓女叫这个名字?真是的,我恐怕到死也想不通,男人怎么会为了女人做一些愚蠢的事情。"他顿了顿,意味深长地说,"不过话说回来,就连人中之龙也会为情所惑的。"

他说的一切都意有所指,沈泰提醒着自己。而最后那句话简直是大不敬,因为人中之龙只能是皇帝陛下。

沈泰开口,或许这句话不该说出口:"可能我也会为一个女人犯错。"

"是么?我还以为你跟别人不一样。那个林嫦——现在她叫这个名字了吧——就这么有魅力?我都有点好奇了。"

"我不知道这个名字,我们都叫她春雨。但我说的不是她,大人,您刚才提到过两个女人。"

荣山的眼睛眯起来,沈泰怀疑这样他到底能不能看清楚东西。节度使又在垫子上挪了挪身子,他在等待着。

沈泰又开口:"如果您能够赶在我妹妹嫁给博古人之前把她救下,带她回我身边。那么我会去接受那批汗血宝马,然后把它们全部献给您。"

他自己都不清楚为什么会突然冒出这句话。

安隶的手不自觉地抖了一下,沈泰意识到他说的话把这位节度使大人吓了一跳。荣山惊讶地说:"看来你比你哥哥直接得多啊,是不是?"

"我和他相同的地方不太多。"沈泰说。

"除了有一个共同的妹妹?"荣山咕哝着。

"还有一名与众不同的父亲,您刚才提及了他的名字。但是我们在光宗耀祖这方面选择了不同的道路。在下刚才的提议您怎么看,安大人?"

"就为了一个女孩,你就把汗血宝马给我,都给我?"

"为了我的妹妹。"

沈泰感觉马车外的声音又响起,行人们又开始赶路,车轮吱吱嘎嘎转动的声音,鼎沸的喧哗声,笑闹声,喊叫声彼此交错。他目不转睛地盯着眼前的节度使。

沉默了好久,荣山摇了摇头:"为了二百五十匹汗血宝马,我当然很乐意这么做。换了谁都会乐意。可是我刚才想了想具体要怎么救你妹妹,发现那是不可能的,根本做不到。我想你是在耍我。"

"我是认真的。"沈泰冷静地说。

对座的人又在垫子上挪了挪,伸开那双肥胖的腿,舒服地哼了一声。他说:"哪怕只给五匹汗血宝马,也是一份厚赐了。白玉公主程婉把你的日子搅和得乱七八糟,对吧?"

沈泰一言不发。

"我想是的,"节度使继续说,"就像天雷劈倒了大树一样,不,简直是连根拔起。现在你得做出抉择。除非你死了,否则必须做出选择。我也可以现在就杀了你。"

"除非您能做得天衣无缝,不让这个消息传回到大明宫,传到相爷耳朵里,这样谁也不知道您让帝国损失了二百五十匹天马。"

安隶的双眼眯起,死盯着他。

"你们都迫切地想要那批马。"沈泰说。

"不献给敌人就行,沈泰。"

沈泰注意到他的措辞,他说:"我刚提议把那批马献给您。"

"我听到了啊,但那不行,行不通。你的妹妹已经走了,这个时候早越过了长城,她都到博古人手里了。"

他咧嘴一笑,那是种恶意的笑容。跟他在朝廷里装扮小丑的时候,跟他允许那些宫女把自己包裹在襁褓里的时候完全不同。"就在我们说话的当口,说不准她都怀上可汗继承人的孩子了。至少她该知道那家伙有没有能力让她怀孕了吧。我可是听说过一些传闻,不知道你哥哥听说过没,在他决定把自己的妹妹弄去博古和亲之前。"

马车里的甜香味道突然让沈泰觉得恶心。"干吗说得这么粗野?"他忍不住脱口而出。

他快要抑制不住怒火,只能一直在心里提醒自己,眼前这位节度使所说的每一句话都有他的险恶用心。

荣山似乎觉得好笑。"粗野?我就是这样的人!我这辈子都是个打仗的大老粗,我的父亲也在博古人部落里面待过。沈泰,不止你一个人说话很直接。"

"让我看看那封信。"沈泰径直说。

荣山一言不发地递给他。沈泰飞快地读了一遍,信是用正楷抄录过的。如荣山所说,没有提到沈柳,但是……

沈泰说:"辛伦在信里明确地提及,他担心有人会来杀人灭口。为什么你不派人去保护他呢?"

节度使脸上的表情又一次让沈泰感觉到谈话脱离了自己的掌控。你想得太天真了,他的脸上明白无误地写着。

安隶耸耸肩,左右扭了下脖子。"本来是可以的,他向我乞求庇护,不是吗?我想你说得没错。"

"本来可以?"沈泰内心的挣扎从他的口气里泄露无疑。

节度使失去了耐心:"沈泰,你的父亲一定教过你,在打任何仗的时候,都要明确自己和敌人的筹码。你们管这个叫什么?知己知彼,百战不殆?"

"那跟这个有什么关系——"

"你还活着,带着宝马回来的消息一传到大明宫,文周就会知道。这就是为什么辛伦知道自己会很危险。相国大人必须杀人灭口,那个辛伦知道得太多了,也做了太多。文周是个蠢货,但是很危险。"

"是啊,那为什么你不派人保护辛伦?"

节度使悲哀地摇了摇头,似乎为他的无知感到泄气。

"这件事情发生在哪里,沈泰?那时候我们都在什么地方?"

"新安城,但是我不明白——"

"好好想想!我在这里没有军队,对任何一个节度使而言,想要在京城拥有军队是不可能的。我在敌人的地盘上,还手无寸铁。我要是去保护辛伦,那就意味着我正式向我们的文相爷宣战了。他在京城里有军队,我可没有!"

"可是您……您是珍妃娘娘和皇上宠信的人啊。"

"不,我俩都是他们宠信的人,我和文周。这就是平衡,我们伟大的陛下现在真是让人捉摸不透,他的心思完全不在朝政上。而文芊太年轻,又是个女人,那就更不可捉摸了。沈皋的儿子,你得明白,那种宠信是不可靠的。我不可能带着辛伦去我京城的府里,那样的话,我怕是不能活着离开新安了。"

沈泰默默地低头,再读了一遍那封信,争取时间让自己整理下思绪,现在他有点明白了。

"所以……你让辛伦相信你会庇护他,而这样他才会离开大明宫赶去你的府上。"

"没错,"安隶说,"看来你也不傻。你不会跟你哥哥一样危险吧?"

沈泰眨了眨眼:"或许对他来说我很危险。"

节度使笑了笑,又换了个姿势。"不错的回答,算是讨我欢心了。来,接着说,我那晚上做了什么?"

沈泰缓缓地开口:"您还是派了人的,对吧?但不是去救辛伦,而是去观察动静。"

"说得好,为什么?"

沈泰咽了口唾沫。"去看他什么时候被杀。"

安隶笑了:"嗯,不光是什么时候,还有被谁杀的。"

"那个杀人灭口的人被您的人看见了?"

"当然啊,不光是我的人,还有金吾卫。我的人只是去确认,我让金吾卫不要采取任何行动,但是要记下那天晚上发生的一切。"

沈泰盯着他,盯着他那双细长的眼睛和圆如满月的脸庞:"是文周的侍卫杀了辛伦么?"

"当然。"

事情就这么简单。

"可是,如果辛伦死了……"

"他是死是活,对我都一样有用,尤其是金吾卫也看到了事情经过。我需要的就是那封信,还有我的人亲眼看到写信的人被某个嫌犯杀人灭口。文相爷这次可是送了一份大礼啊。如果辛伦到了我家那才糟糕,搞不好我还会被连累。新安城可不是适合挑起战争的地方。"

他最后的一句话让沈泰的心如沉到了冰冷的湖底。

"您要……挑起战争?"

一阵沉默。沈泰突然不想知道这个问题的答案了。马车外的喧嚣声不断,人们赶路的声音,喊叫笑闹的声音……白天即将结束,夜晚很快降临。太阳很快就会落下,繁星即将出现在天际。

"告诉我,"对座之人终于开口,"你这两年是不是真的在库拉诺湖畔埋死人?"

"是的。"沈泰回答。

"与那些鬼魂住在一起?"

"是的。"

"好吧,那你胆子可真不小。作为一名军人,我向你致敬。本来考虑到你那批马足以改变形势,我打算杀了你的。"

"您现在觉得它们不能么?"

"肯定能。不过那不影响我的决定。我打算放了你。"他又在垫子上挪了挪身子。

"您可能会失去——"

"军衔,地位,管辖的大片土地。说不定还得搭上我这条命。好吧,沈泰,我这样算不算回答了你的问题?"

您要挑起战争?沈泰刚才这样问道。

沈泰清了清嗓子，勉强挤出一抹笑容："我很感激，看来您对那批马并不像其他人这么看重。"

一阵如死寂般的沉默。然后荣山大笑出声，整个马车都震了震，他一直笑个不停，最后以咳嗽告终。他说："你不明白，是吧？你离开得太久了。我已经被逼到绝路上了，要么被人毁掉，要么毁掉别人。文周是在赌博，他就是那种性格。可我不是，我不会在新安城里逗留太久，等着看皇帝到底要怎么做。或是文芊到底要选择她的堂兄，还是……她的干儿子。"

沈泰从来没见过一个人能笑得如此狰狞。

他浑身战栗，节度使能看出来，毫无疑问。他那双深陷在肥肉里的眼睛能看穿很多东西。荣山说："你可以留着那封信，可能对你有用。说不定对我也有用，如果你最终还记得是谁把它给你的话。"他摆动了下伸展开的腿。

最终……荣山所说的每一句话都饱含着深意。

突然间，沈泰了悟到，他的动作也是有原因的。眼前这位节度使大人正在饱受病痛的折磨，一旦留心到就很容易观察出来。

沈泰移开了目光，直觉让他隐瞒自己的情绪，他不能表现出察觉到什么的样子。虽然他不明白为什么自己会看出安隶的病，但他相信自己没有看错。而如果安隶知道他注意到这一点，肯定不会愉快。

"我……这些跟我没关系。"沈泰思考许久后才说。现在他怀疑马车里那股浓烈的香味也是刻意安排的，是在掩饰什么吗？

"可惜，我不这样觉得。如果有什么事情发生，每个人都脱不了干系，包括你。除非你回到库拉诺湖畔跟那些死人为伴，或许到了那里你也清净不了。我告诉过你的，日格尔的公主已经把你的生活弄得乱七八糟了。"他坐直身子，伸手比画了下，"我会对那批宝马多加留心的。你嘛，会发现你像站在悬崖边，后面还有一只老虎在追。我们东北人经常这样说。"他把一只手放在自己的大腿上，挥了挥另一只手，"你可以走了，沈世子。我也该上路了，在新安城里也要保持警惕。"

"您不回去么？"

节度使摇了摇头:"今年春天来朝廷真是个错误。我的长子早就警告过,还试图阻止过我。四天前我就把他打发回北边了,去了我的地盘。"他冷冷一笑,"我的儿子可是读过书的。他还会写诗,我可啥都不会。"

另一片拼图似乎也能合上了。她的妹妹小时候很喜欢玩拼图游戏。沈泰试图回忆自己对荣山儿子的印象。

"可是您亲自跑这么远的路——"

"我来见你,顺便看看你会不会把那批马献给文周。我很欣慰,你不会这么做。"

沈泰感觉到一股寒气从心底升起:"如果您得到的答案不是这个呢?"

"那这里就会发生一次小小的战斗。你的骑兵可能会被杀得一干二净,或许还有那名诗人。但是首先送命的肯定是你,我也没办法。"

"为什么?"

一个冒失的问题。但他没有得到答案,除了一张狰狞的笑脸。

这个时候,看到这种表情,一种前所未有的感觉向沈泰袭来。

在还没有小心翼翼地选择好措辞之前,他脱口而出:"尊贵的节度使,安大人,您没必要替令公子决定他的人生。而我和令公子一样,都有一名伟大的父亲,我想,我们都应该选择最合适的道路,做出自己应该做的选择。多年以来,您一直为帝国尽心尽力戍守边防,现在,难道您不能稍事休息么?为什么不能……安心地颐养天年,从而避免……沉重的负担?"

这话说得太过僭越,也太过直接。安隶只是盯着他看,那眼神是他见过最阴沉,最令人恐惧的。他想到了狼,感觉自己的咽喉正被一只狼咬在嘴里,狼爪还在撕扯他的皮肉。那种感觉让他非常恐惧。安隶没有开口回应,沈泰也一言不发。

节度使为他打开了马车门,然后侧了侧身——那是种礼貌的姿态,以他的身份,对座之人应该受宠若惊。沈泰冲他作揖,然后迈步走出了那辆马车。外面天色已晚,他有一种回到了尘世的感觉。

魏苏在房间的另一头，靠近门口的地方盯着他看，这让沈泰感觉到一阵烦躁。他和诗仙正坐在酒桌边，一杯接一杯地喝着酒。他俩喝得很快，房间里响着柔和的音乐。

桌上摆满了佳肴，可他压根没半点食欲。他只想喝个酩酊大醉，可惜在这里还不能这么做。他实在是不愿意想起脑子里装的任何事情。偶遇湍流河，不敢试水深。他的朋友曾写过这样的诗句。

不是什么名句，但此时这句诗一直在他脑子里浮现。

问题不在于河有多深，而在于那条河流得多急，河水有多冷，是否有瀑布和湍流，水里是否有危险的东西。

沈泰又干了一杯酒，环顾了下房间，他的瞰林站在不远处，正盯着他。他不喜欢看到她那副微微张着嘴，紧张戒备的样子。她的眼神里有着关切，还有不赞同。

是，我是喝酒了。他很想这么说，我怎么就不能喝酒了？她怎么从来不用那种眼神看着司马子安？诗人经常整晚整晚地喝酒，有时候白天也喝。

他突然想起，自己好像从来没见过魏苏穿别的衣服，除了那身瞰林的劲装。他也不想看她穿别的。曾经有一次她的头发披散着，那还是在铁门关，清晨的阳光下。那时候他还以为她是另一名刺客呢，而她不是。

是春雨派她来的。而春雨此时正躺在离他还有一天多路程的地方，在文周的府邸里，或许还在她床上。又或许是她在他的床上，在做点别的。

她曾经告诉过他会发生这样的事情。

他的瞰林那种尽职尽责的警惕目光再一次让他烦躁不已。是的，他的瞰林。这就是为什么她没有用那种目光看着诗人的原因。司马子安又没有雇佣她，他只是……喜欢她在这儿而已。

诗人是一个很容易相处的同伴，你喜欢的时候他能陪你高谈阔论，如果你想安静，他也会静静地陪坐在身边。沈泰摇了摇头，不小心又回想起适才跟荣山在马车里的会面，他赶紧把这些思绪甩开。

这就是他这么想喝醉的原因。

琵琶声停了下来，长笛声响起。沈泰看着坐在对面的诗仙，他发觉这是第一次看见司马子安没有放开喝酒。他的眼里没有那种评判性的光芒，也没有愉快的笑意，或许这就是他的评判吧。

沈泰不想说什么，也不愿意去想。今夜他不愿意思考任何问题。

他茫然地挥了挥手，一名身穿蓝色襦裙的姑娘走上前来为他斟酒。他隐约闻到一股熏香，或许是今年新安城里流行的味道，他想着。

他们几乎已经到了新安城。这个他离开了两年多的地方，已经近在咫尺。

"想要消愁解忧，女人比酒更合适。起码不会在第二天醒来的时候让你这么头疼。"司马子安温和地笑道。

沈泰盯着他。

诗人平静地补充说："鸟入深林，不鸣自音。你不必多言，不过我能听到。"

沈泰耸耸肩："我还在这儿，我们都还活着。那封信里没有提及我哥哥的名字。我得说这是一次愉快的会面。相互尊重，宾主尽欢。"

"是么？"

诗人那睿智而通达的目光，让他很快就放弃了内心的挣扎与抵抗。

鸟入深林……他的回答几乎毫无意义。没有告诉诗人什么，也没有说清会面的详情，更别提自己脑子里乱成一团的东西了。琵琶声起，和着长笛奏出悠扬的音乐，这里的乐师非常不错。

"我很抱歉，"沈泰低头片刻，又抬头，"早先你提到过有什么东西即将来临，你说是乱世。"

"我是这么说的没错。"

"我想你说对了，乱世几乎已成定局。"

"而你想做点什么？这就是让你烦恼的东西？沈泰，别忘了我们只是一介草民，别把自己当作什么救世主。"

沈泰终于忍不住说出了自己脑子里想（或是努力不去想的）的东西："我本来可以杀了他的，就在马车里。他不再年轻了，还一直饱受病痛折磨。我还带着剑呢。你明白么？我就在那里，而我听着他说的那些话，脑子里只有一个想法：我就该这么做！为了帝国，为了我们所有人。"他移开了视线，"我一生中从没有过这种感觉。"

"好吧，你在赶路的时候还说过要杀掉某人呢。"

他确实说过，他说的人是辛伦。"那是因为周岩的死，得为他复仇。那不一样。我感觉我必须得杀死荣山，然后跟他同归于尽……为了……为了所有人。那是我的宿命，可是……太迟了。"

他明白诗仙终于被他弄糊涂了。

"他想要做什么？"司马子安忍不住问。

"他要离开新安，回到东北。他已经打发自己儿子先去了。他很害怕留在京城里。他说文周在逼他。他手里有辛伦的信，证实了是相国大人想要我的命。"

"会有人信么？"

"我想会的。荣山的人还有金吾卫都看到文周的侍卫杀死了辛伦灭口。"

他从未见过诗仙脸上出现这么凝重的表情。"他回东北去要做什么？"

沈泰只是看着他，一言不发。

"我的天，你是在鬼门关走了一遭啊。"司马子安沉默半晌，最终说，"肯定的，你自己明白。"

"我当然明白！有时候你就得去直面命运，不是吗？那不是一种勇气？军人的荣誉感，难道不对么？可是，今天我觉得我像个懦夫。"

沈泰一口喝完了杯里的酒。

诗人摇摇头。"你不该这么想的，杀掉一个人，再赔上自己的命？在众目睽睽之下？你要明白，你不是神祇。"

"或许吧，否则我就不会这么怕死。这可能就是让我烦躁的原因吧。"

诗人盯着他半晌，然后念了一首诗：

　　　　暝色延山径，高斋次水门。
　　　　薄云岩际宿，孤月浪中翻。

鹳鹤追飞静，豺狼得食喧。

不眠忧战伐，无力正乾坤。

　　司马子安接着说："我曾告诉你我喜欢写这首诗的人。但是岑杜的诗太过沉重。他总是试图延揽所有责任，扛在自己肩上，这也太托大了。我只能说，尽人事，听天命。我们不能预知未来，我的朋友，虽然我们经常有这种错觉。万事万物都有它运行的规律，不为人力改变，总是如此，一直这样。"

　　沈泰盯着他半晌，又看向房间的另一边。

　　魏苏已经离开了，他不知道她什么时候走的。房间里乐声悠扬，极为动听。

第三部

第十五章

他梦到童年时候在溪水里捉鲑鱼,滑溜的鲑鱼从他的指缝间逃走。时值清晨,他从梦里醒来。

这次至少没有梦到狐仙之类的,也没有那种涉及情欲的东西。只是有一种渴望,一种失落,仿佛有什么人,或是什么东西,就这么悄然逝去,就如梦境本身。

按世事之道,会出现一力扭转乾坤的事情么?历史里不总是这样么?

无力正乾坤。

迷迷糊糊间,这句诗出现在他脑海里。岑杜的诗总是饱含着忧国忧民的悲壮,好像也在预示着乱世将至。有什么东西需要被修补,或是修改。这两个词的意思有些微差别,沈泰想着,虽然很相似,而在最优秀的诗人笔下,还是有所不同。

一阵敲门声惊破了他的胡思乱想。沈泰一下子明白过来,正是敲门的声音把他从梦中惊醒的,让他的梦境如月光下的小河般飘逝。

他瞥了一眼,诗仙的床上空无一人,跟以前一样。虽然昨晚上他俩谈过以后,司马子安的脸色一直很凝重,不过丝毫不影响他出去饮酒作乐。

在他回房睡觉的时候,魏苏和两名士兵还在庭院里。他们送沈泰到房门口,很显然,他们要留在门外守夜。现在守夜的士兵增加到三人,荣山曾经警告过他要多加小心。沈泰没有告诉魏苏,但她已经有意识地在调整了。而他什么话也没跟她说,哪怕是一句晚安。

敲门声又响起,不紧不慢的。沈泰清楚,门外绝不是他的瞰林。魏苏从不会用这种有分寸的方式敲门。

门外传来一个声音,纤细尖利,带着点矫揉造作:"尊敬的沈大人,很抱歉打扰到您,请您恕罪,小人有不得不这样做的理由。"

从措辞来看，显然门外这位颇知礼数。

沈泰赶紧坐了起来："你还没说那个不得不这样做的理由，请问是哪位？"

"小人这厢有礼了，尊贵的沈大人，恕我冒犯。小人名字太过卑微，不值齿及。小人忝为贵妃娘娘府上二总管。奉珍妃娘娘之命来请大人一晤。"

"她在这里？"

那位管家的声音带着一丝丝不悦，但仍然回答："不，没有。娘娘在码外，她派小的来请大人，请容许小人向大人致敬。"

沈泰飞快地开始穿衣服。

好戏开场了。或者说，当白粲•奈斯珀在库拉诺湖畔带给沈泰那封信的时候，又或者在辰尧镇，徐毕海节度使为了得到沈泰和他的马，甚至派出自己的女儿深夜前来的时候。无声无息地，这场大戏的帷幕拉开。

或者说，这场戏没有确切的开场，生活总是这样，或许自你来到世上开始呼吸第一口空气起，属于你的戏就上演了。

也可以说，好戏从现在开始登场。

那位最受宠的贵妃娘娘，就是太祖最心爱的女人，珍妃文芊。朝廷终究没有耐心等他回到新安城，有人接二连三地来了。

他掬起一捧水，匆匆洗了把脸，又急急忙忙地绑好头发，稍事打点，让自己显得着装整洁。然后他赶紧用青盐擦了牙齿，又用夜壶解决了排泄的需要，穿好靴子，挂好佩剑。

他走到门口，正准备打开门，突然脑子里闪过一个念头。

"魏苏在么？请回我一句。"

一阵沉默。沈泰深深地吸了一口气，他不喜欢大清早就跟人动武，但是……

"总管，我的瞰林护卫在哪？"

在门的另一边，总管清了清嗓子，他的声音仍然如丝一般光滑，但显然多了点别的。"珍妃娘娘对瞰林武士没有好感，尊贵的大人。"

"不是对所有人都这样。现在到底是什么情况？"

"您的护卫试图阻止我们敲您的门。"

"那是她的责任,因为我睡着了。我再问一次:她在哪里?"

管家犹豫了会儿,才回答:"她当然在这里。"

"那么她为什么不答复我?"

"小……小人不清楚。"

沈泰很清楚。"总管,除非你们放了魏苏,让她直接跟我说话,否则我不会开门。我毫不怀疑你们可以打破我的房门,但你的到来没有表现出你宣称的尊重和礼貌。我期待着你能表现出诚意。"

这显然不是最温和的方式,在这一天的清晨。他听到外面传来快速低沉的语音。他等待着。

"沈大人,"他终于等到了魏苏的声音,"我很惭愧,我无法阻止他们打扰您休息。"

他们肯定制服了她,而魏苏一定会拒绝开口,直到获得自由。

沈泰打开了房门。

他看到了眼前的场景。总管冲着他行拜礼,晨光洒在庭院里,里面有十几个士兵,其中两名身上带着伤:一人躺在地上,有人在照料他的伤口。而另一位还可以站着,只是手上一直在流血。

看上去两人都没有性命之忧。魏苏站在那群士兵中间,她的双剑都被人收缴,放在她身边的地上。她的头低垂着,显然,她为了他打伤了帝国的御林军。沈泰也看到了两名为自己守夜的护卫。他们跪在一边,毫发无损。

沈泰的士兵人数远远比前来的御林军多,但在这种情况下,人数多寡没有任何意义。这位总管代表的是至高无上的太祖皇帝,率领的是禁军,那是隶属于大明宫的精锐武士。谁也无法反抗他们,或是拒绝他们的任何要求,除非想把自己的脑袋挂在城门的长矛上。

沈泰看到诗人站在士兵中间。在这个清晨,司马子安没有表现出任何好奇或是诙谐,他警觉地注视着周围,虽然还是一如往常的不修边幅:披散着头发,腰带歪至一边。

除此以外,庭院外面还站着许多看热闹的人,好奇的人们一大清早就聚集在这里,看看到底发生了什么事情,能吸引御林军来这个地方——是来抓捕人,还是来召见谁的。

沈皋——曾经的镇西左卫大将军——的次子沈泰，平静地，一字一句地说："总管，这就是您所说的礼貌和尊重？"

总管优雅地直起身，仿佛这个动作做了千万遍一般。他的年龄比沈泰大，头发稀薄，胡子也修得很短，似乎是某种时尚。他没有佩剑，穿着代表朝廷官员的黑袍，系着红色的腰带，代表他享有军衔。腰带上挂着一串晃来晃去的钥匙。

总管再次冲着沈泰躬身，并抱拳行礼，以回应他的话。这种礼节太过正式，沈泰有些紧张地想着。

他的脑海里突兀地浮现出一幅画面，生动活泼得如大师笔下的山水。春天阳光下的库拉诺湖畔，群山屹立，连绵不绝。那里荒无人烟，只有天上飞的鸟儿，山坡上的羊群，还有宁静的湖面。

他不由自主地摇了摇头，看向左侧，有一顶轿子在等着他。他又眨了眨眼，突然有点晕眩。轿子在阳光下闪闪发光，恍惚看上去很像昨天晚上荣山的马车。

轿子四周是四根包裹金箔的支柱，抬轿的杠子和支架上都镶嵌着玛瑙或象牙。即使隔着这么远，他也敢断定，那顶轿子是用檀香木制成。厚重的丝质轿帘垂下，上面还刺绣着栩栩如生的凤凰——明黄色，只有皇家才能使用的颜色。翠鸟的羽毛装饰着整个轿身，在阳光下闪烁着耀眼的光芒。这太奢华了，令人炫目，翠鸟羽毛是从非常遥远的地方纳贡而来，价值连城。

他还看到在轿子的顶端和底部镶嵌着珍贵的玉石，白色、浅绿色和深绿色。这是一辆八抬大轿，而不是通常的四人或者六人抬的。八名轿夫站在旁边，面无表情，准备将他带往码外。

他曾经试图过在这种情况下掌控局面，却总是徒劳。就如昨天跟安隶在路边的会面一样。但他准备再次尝试一下。

"魏苏，收回你的双剑，安排人手给闪灵整备。"他瞥了总管一眼，"我更喜欢骑马过去。不过如果有您为我保驾护航，我会不胜感激。"

那位总管看上去相当镇定，他用正式的礼节表示了抱歉："很抱歉，沈大人，恐怕您的畋林不能再拿回武器了。她竟然对御林军动手，必须接受惩处。"

沈泰摇了摇头:"恕我无礼,她接受了我的命令,确保我不会被人打扰。我想您的主人想必也知道,已经有好几拨人来威胁了我的生命。如果我死了,帝国会蒙受巨大的损失。在下贱命一条,死不足惜,但我必须确保帝国的利益。"

一丝淡淡的不安浮现在管家脸上,他稍微整理了下情绪:"即便如此,大人,她仍然应该——"

"她是严格按照我的命令办事的,确保我的生命安全。我很好奇,总管,您的士兵是否有向她解释你们的目的?他们是否有请她代为敲门,并叫醒我呢?"

没有人回答。沈泰看向魏苏。

"魏苏,请回答我:他们有这么做么?"

她抬起了头:"我很遗憾,他们没有,大人。他们直接上了门廊,我要求他们停下,但他们毫不理会,也没有给我任何解释。而这位总管径直要去敲你的房门。"

"当然,你看到了他们穿着御林军的制服?"

"大人,制服可以伪装,这是刺客的常识。有很多人都死于这种小花招。这顶轿子一开始没有出现,是我跟士兵动手以后才抵达的。我很惭愧,也很抱歉给您添麻烦了。当然,如果是我的错,魏苏甘愿受罚。"

"这不是你的错。"沈泰直截了当地说,"总管,关于在下瞰林的事情,我会亲自向贵妃娘娘解释。但我必须先说清楚,如果她受到了任何伤害,或者离开了我身边,我都不会跟你去码外。"

"可是她打伤了御林军。"管家重复说。

"她也受伤了。"沈泰回答。

这是真的。他看到魏苏的肩膀上有血迹,衣服上还有一道口子。他想,她之所以这么惭愧,应该是被士兵们打败(十几个精锐的皇室禁军啊),瞰林的尊严比什么都重要。他的声音逐渐冷硬起来:"有没有谁能证明,我的瞰林所言属实?如果是这样的话,那我得说,她没有任何错,也不该受到任何惩处。我会把这些话在码外说清楚。"他提高了声调,"司马子安,您愿意帮我作证么?"

有时候把一个名人拉进来是很有用的,很快就能看到效果。在不同的时间和地点这一招都管用，这几乎让他忍不住笑出来。

总管浑身一颤，脚下跟跄了一下，仿佛被一阵风吹得摇摇欲坠。他转身看到了诗人，司马子安特意上前一步让大家看得清楚。总管迅速躬身拜了两次，但显然他的镇定已经荡然无存。

司马子安微微一笑："我很伤心，今年春天以来珍妃娘娘就不太喜欢我了。我很荣幸和感激，能有机会再次向她表达对她的尊崇和敬仰。"

沈泰还记得，他和司马子安第一次见面谈话时，他曾说过这是他离开新安城的原因之一。

"司马大家，"总管似乎有点语无伦次了，"真是……太意外了！在这里……见到您，嗯，看到您跟沈将军，哦不，沈大人在一起，真是让人欣慰。"

"诗人总是神出鬼没。今天早晨我在这里亲眼目睹了你的士兵拒绝跟瞰林护卫解释他们前来的目的。而我相信任何一个瞰林武士，根据瞰林守则，必然会对这种拒绝采取行动。第七王朝的大诗人韩钟曾经赋诗赞扬过这种宝贵的瞰林精神。先皇在世的时候特别喜欢这首诗，虽然现在先皇已经仙去，但我们可以相信，或许他老人家正在九天之上聆听这首他最爱的诗歌呢。"司马子安虔诚地举起一只手，"在这个充满了喧嚣和烦扰的尘世，我们只能作此希望了。"

看着被诗人三言两语堵得不知所措的管家，沈泰差点忍不住大笑出声。

他故作严肃地说："管家，司马大家和我的瞰林护卫一路伴随着我进京。我将跟他们一起赴珍妃娘娘的约，带着徐毕海节度使亲自分派给我的士兵。我很惭愧耽搁了这么多时间，既然娘娘让我立刻去码外，您能赏光带我们去觐见么？"

他故意说得很大声，希望周围的人都能听见。

在这一点上，他认为自己已经拿捏好了分寸，给够了台阶，也摆足了姿态。他明白在朝堂之上，某些东西是很重要的。想必文芊的总管更明白这个道理，可是那个人依然一副很尴尬的神情。他清了清嗓子，又不安地挪动着脚步。难堪的沉默一直持续着，他似乎在等待什么。而沈泰毫不知情。

271

"跟我一起骑行过去吧,"沈泰重复了一次,"虽然现在大家有点尴尬,但那并没有什么大不了的。我很乐意告诉娘娘,你非常尽心尽力地在为她办事。"

"沈大人,请再次原谅我的无礼,小人乞求您的宽宏大量。因为没有考虑到您会拒绝乘轿,所以……所以……据小人所知,您的马已经被带走了。我们只是希望能确保您和它的安全。清晨时分已经有士兵来过这里的马厩了,他们会在码外跟我们会合。当然,绝不会让您的马有半分损伤——"

"你们带走了我的马?"

沈泰感到太阳穴一阵抽动,察觉到底下庭院处的魏苏拾起了武器,帝国的士兵没有阻止她。司马子安大步上前走到她身边,诗人的表情极其冷酷,那双眼睛警惕地环顾四周。

沈泰对着魏苏说:"闪灵有人看管么?"

"当然,一直有人看管。"她回答。

总管又一次清了清嗓子,这个清晨所发生的事情已经超出了他的掌控,跟他想象的完全不一样。"有三名士兵看管着那匹马,其中两名没有反抗,我想他们大概认出了御林军的身份,所以让到一边了。"

"还有一个呢?"沈泰质问。

"第三个,小人很抱歉,大人,他……对御林军拔剑相向。"

"很好,保卫我的汗血宝马,那是来自程婉公主的赏赐!这是他应该做的。那么,管家,告诉我,他在哪?"

又一阵沉默。

"小人很抱歉这场误会导致有人丧生,大人。我为此向您致歉。希望一位无名小卒的死不会影响到——"

沈泰举手一挥,打断了他的话。那是一种强有力的、傲慢自负的手势。是上位者对待下人的姿态——通常是这样。他这样做的时候压根没考虑到自己面前这位总管的军阶是否在他之上。沈泰只是一名第二军的骑兵校尉,一个象征性的虚衔,不过他还有一个身份,前大将军的次子,现任相国大人身边最红谋士的弟弟。

但眼前这位总管,穿着官服,系着代表高官的红色腰带。只看这个装束，他的官阶应该比在场的所有人还高——不，事实并非如此。否则他不会一而再再而三地冲着沈泰作揖行礼。也没有对沈泰那种居高临下的姿态提出抗议，看来这位总管也是个明白人。

沈泰的官衔没什么意义，但他是帝国公主沈礼眉的哥哥，也就是说，按照沈礼眉出嫁时所受的皇室封赏来算，沈泰的地位远不是他的军衔能体现的。

在奇台帝国，太祖皇帝统治下的第九王朝，这是要紧的事情，非常要紧。这就是沈柳要送亲妹妹去和亲的原因，牺牲一个妹妹，换取整个沈氏家族的飞黄腾达。

这也是沈泰能够站在这里，盛气凌人地挥手迫使一名大明宫的官员闭嘴，还能让对方战战兢兢地不敢轻举妄动的原因。

尽管愤怒让他忍不住咬牙切齿，但他一直在内心提醒自己，愤怒解决不了任何问题，千万不能一时冲动铸下大错。他只是狠狠地说："那不是什么无名小卒，他的名字叫宁武杰！是戍守铁门关的一名士兵，隶属于第二军，徐节度使麾下！他被派做我的护卫，一路跟随我进京。他遵守我的命令，护卫这匹汗血宝马，他是一名尽职尽责的士兵。"

他一边说一边试图回想宁武杰的模样，回想他的音容笑貌。只是这位小兵几乎没有跟沈泰说过几句话。他总是默默地跟在他们身后，尽可能地跟闪灵待在一起。他的脸上总带着一点愁容，头发稀疏，额头宽阔，还缺了一枚牙齿。似乎有点佝偻着身子，又似乎没有……沈泰很庆幸他还记得这个名字，能够在这个庭院里，当着所有人的面大声说出来。

沈泰说："总管，关于杀死我士兵，盗窃我宝马的事情，我会一五一十向珍妃娘娘禀告的。"

用了"盗窃"这个严重的词，证明他气得够呛。司马子安瞥了他一眼，嘴唇紧抿，似乎在提醒他要出言谨慎。

就在这个时候，庭院里的人群突然一阵骚动。大家不约而同地站到一边，然后跪拜在地。仿佛这是一出排练好的戏剧。

一只纤纤素手从那顶奢华的轿子窗口伸了出来。

轿中人冲着那名总管招手，缓缓地摆动着洁白如玉的手指。

沈泰看见那只戴着玉指环的手指,指甲上还涂着鲜红的蔻丹。他的心猛地一跳,赶紧跪下磕头。庭院里的所有人都跪拜在地,除了轿子周围的护卫,和那名总管。

沈泰偷偷抬眼,看到总管惊慌失措地拜了三次,然后慢慢地穿过庭院朝轿子走去,仿佛走上断头台一样。

轿中人似乎吩咐了几句什么,总管面无表情地听着,一伏身再拜,然后退到一边。那只手又从轿窗里伸了出来,再一次招手,这次是冲着沈泰来的。

真出人意料,她竟然亲自出马。

沈泰站起身,像管家一样拜了三次。他静静地对司马子安和魏苏说:"待在我身边,不要惊慌。我会尽可能地保全所有人。"

"我们不会有危险的,"司马子安仍然跪在地上,"我们会在码外会合,一起去,或者分头去。"

"沈大人,"他的畎林悄声说,魏苏的表情很古怪,抬头盯着他,"你可得小心点,她比那狐仙还可怕呢。"

他知道她说的是谁。沈泰大步走过门廊,穿过庭院里跪成一片的人群,走到那顶奢华无比的轿子边。

他看着总管,还有他身边的卫队长,大声说:"我的护卫现在交给你们保护。如果我的马弄丢了,或者受了伤,再找你们一起算账。"队长点了点头,站得笔直,跟一根旗杆似的。总管的脸苍白如纸。

沈泰看着那顶轿子,他的嘴里一阵发干。卫队长示意他脱下靴子,拿掉佩剑,他照做了。总管为他拉开了轿帘,刚好容他一人进入。沈泰走进了轿子,丝绸轿帘轻轻垂下。他被一股柔和的光芒包围着,还有香甜的气味。轿子里似乎别有洞天,跟他所在的尘世完全不同。

当然不同,那根本是另一个世界。

他看着轿子里的女人,珍妃文芊。

沈泰曾经见过许多美丽的女人,最近也见得不少。那位前来刺杀他的假畎林就如库拉诺湖一样冷如冰雪,徐毕海的女儿们漂亮而优雅,尤其是长女,简直是勾魂夺魄;春雨艳丽无边,浑身像散发着金色的光芒。还有北里青楼里那些如鲜花般的姑娘，书生们争相为她们写诗，听她们唱歌，欣赏她们弹琴，痴痴地想要跟她们共度春宵。

而这些女子之中，没有任何一个可以跟眼前这位相提并论。沉鱼落雁，闭月羞花，眼前的女子配得上倾国倾城这个词。她的轻歌曼舞更是闻名于世，而她现在只是静静地坐在他面前。饶有兴趣地看着他，精心修剪的柳眉之下，蒻水双瞳盈盈欲语。

沈泰曾经远远地见过她一次，在长湖苑，一次节日庆典上。她在皇帝陛下身边，身后跟着朝中重臣，站在大明宫高高的露台上，仿佛置身于苍天之上，对那些升斗小民来说遥不可及。

而现在她就坐在他的对面，近在咫尺，轿子里只有他们两人。一只纤细小巧的玉足轻轻地挨着他的大腿，赤裸的脚尖微微一勾，像是完全不经意一样。

沈泰艰难地吞了口唾沫。文芊笑了，很随性，很悠然的样子。

一整个庭院的人，还有御林军都看着沈泰走进了文芊那顶奢华的轿子。跟陛下的宠妃独处一室是会被杀头的，除非那人是个太监，要不然就是个想要当太监或是不想要命的蠢货。

沈泰试图把目光投向一个不会僭越的地方。轻柔的晨光透过丝质的轿帘照耀进来。

文芊开口了："本宫很高兴。你是个英俊的男人。一个男人长得好看点，总是件赏心悦目的事情，你说是么？"

他低下头，什么也没说。他能说什么？她的脚尖动了动，碰着他的大腿，好像是漫不经心一般。她的脚趾蜷缩起来，沈泰能感觉到。内心的欲望升起，他竭尽全力抑制不该有的想法，低垂着头，不敢跟文芊对视。他看到她的脚趾甲上也涂有蔻丹，深红色，深得几近紫色。他的视线不管投向哪里都是越矩。而他每呼吸一口，都能闻到她身上的香味。

他迫使自己抬头。文芊的嘴唇饱满丰润，心形脸蛋，肌肤白皙柔嫩，毫无瑕疵。她穿着夏日的薄纱，明黄色，跟轿子的颜色一样。襟口开得很低，他能看到她那丰满的胸口，一枚象牙做的老虎坠饰挂在她的乳沟之间。

她只有二十一岁，出生于南方的一个名门望族。十六岁的时候来到新安城，被送进宫，准备嫁给陛下的第十八位皇子。

而奇台帝国伟大的太祖皇帝，她的公公，有一天夜里在宫内看到她正随着悠扬的长笛声翩翩起舞，而就在音乐声停的那一刹那，她的命运，还有皇帝陛下的命运，都被彻底地改变（这段佳话早就流传于天下了）。而那些卫道士则私下指责接下来的事情太伤风败俗，不成体统。

十八皇子被赐予了更大的府邸，另娶了一位妻子，还有许多美丽的嫔妃。于是这件事情圆满落幕，随着时间推移逐渐被人遗忘。宫里和码外从此有了不绝于耳的音乐，还有专门为皇帝表演的霓裳羽衣舞。诗人们也开始为这位荣列奇台帝国四大美人之一的女子写诗。

皇后依然保持她尊崇的地位，只是被流放出了大明宫和新安城，她的余生将在道观里修行度过。

沈泰的妹妹也随行去伺候皇后娘娘。他想念着勇敢而坚强的妹妹，强行把自己几乎迷醉于文芊美貌的思绪拉了回来。他想着，世间绝不会有如此醇厚的美酒，能够像眼前的珍妃娘娘一样让人迷醉。她的存在就是一阕优美的诗，他的脑子里已经浮现出那些脍炙人口的句子。

有人曾经为文芊写下绝世诗篇。

轿夫们抬起轿子，开始赶路。沈泰说："娘娘，微臣实在是受宠若惊。"

她笑出声来。"那是当然。你不会因为到本宫的轿子里就被砍头的，如果你顾虑这个的话。昨晚本宫就告诉了陛下，我会亲自来接你。你想吃颗荔枝么？本宫可以为你剥皮，我的沈大人。我们可以分享它。你知道怎样分享荔枝最让人愉快么？"

她往前倾身，仿佛要立刻给他示范一样。沈泰无言以对，他不知道该说什么，脑子里一片空白。

她又笑了，挑起眉毛看着他。半晌后，文芊点了点头，像是确认了某种想法："刚才你冲着总管挥手的时候，让我想起了你的哥哥沈柳。礼貌的背后暗藏着野心。"

沈泰看着她:"微臣和他不太一样,娘娘。您相信他有野心吗?"

"沈柳?当然有了。不过他小心地隐藏着。"文芊微笑着说,"你说你受宠若惊,但本宫看来你还在生气。你干吗生我的气呢,我的沈大人?"她故意这样称呼他,那只纤纤玉足又动了动,毫无疑问这也是故意的。

她善于利用自己的美貌,沈泰提醒着自己,就如一种天赋,一种武器,专门用来对付男人。

她那黄金的、镶嵌着珍珠的耳饰垂下来,几乎到了肩膀,衬得她的脖子更加修长。黄金反射柔和的光,让她的皮肤显得更加白皙无瑕。她的头发挽着髻,但从一侧垂泻而下,那是珍妃娘娘发明的著名发式,名叫"堕马髻",早就在整个帝国内流行。她的发簪上镶嵌着各种宝石,有好些是沈泰叫不出名字的。

文芊漫不经心地伸出一只手,似乎不经意地搭在他的膝盖上。他感觉自己呼吸一紧。她又笑了,他意识到,文芊在试探自己的反应。

"为什么这么生气呢?"她又一次问道。那种语气仿佛是一个做错事的孩子,害怕大人惩罚她。

他小心地措辞:"今天早上,微臣的一名士兵被杀死了。尊敬的娘娘,我想您有听到。一名帝国的士兵。我的瞰林护卫和您的两名士兵都受伤了。还有我的汗血宝马——"

"我知道了。在本宫眼皮子底下发生这样的暴行,真是太不像话。"她的手从他腿上挪开,"本宫已经命令总管,一到码外就自行了断。"

沈泰眨了眨眼,他不敢相信自己听到的话。

"您……让他……"

"今天早上的事情,"贵妃娘娘说,"不是本宫想看到的。让本宫很不高兴。"她的嘴唇往下一撇。

沈泰想着,这个女人真是会不经意地让人沉溺,无法自拔。难怪有传闻说皇帝陛下特别关注炼丹术和星相之学,现在一心只求长生不老。沈泰突然能明白其中的原因了。

277

"你果然,"文芊说,"不太像你的哥哥。"

"是的。"沈泰回答。

他明白她在转换话题,通过各种方式来试探他的反应。

"他现在是本宫堂兄的谋士。"她说。

"我听说过,尊贵的娘娘。"

"本宫不喜欢他。"她说。

沈泰无言以对。

"你呢?"她问道。

"他是我的长兄。"沈泰简短地回答。

"他那双眼睛总是在打量着什么,还有他几乎都不笑的。"文芊说,"本宫可不喜欢那样的人。你呢,你会经常笑么?"

他深深地吸了一口气,这个问题答不好可能招来大不敬的罪名。"自从我父亲去世后,自从我去了库拉诺湖以后,确实不怎么笑了。不过,在此之前,娘娘,微臣以前很喜欢笑。"

"在北里么?本宫曾经听说过不少你的事情。你和我堂兄好像喜欢上了同一个女人。"

话题越来越令人不安了,沈泰想着,她肯定是故意的。

"是的。"他回答。

"现在那个女人归他了。"

"是的。"

"你知道他花了多少钱给那女人赎身么?"

"我不知道,娘娘。"他怎么可能知道?

"很大一笔呢,比青楼的要价还高。他是在宣告自己的所有权。"

"我明白的。"

"本宫见过她,她是个……很迷人的女人。"

他在思考为什么她的话中途停顿了下。

他说:"在奇台帝国,或是整个苍天之下,都不会有另一种美酒,能够像珍妃娘娘一样让人迷醉。"

她的笑容似乎让他安心了不少。他能感觉到文芊很开心,女人总会为了这种夸张的溢美之词而开心。几乎总是这样。她说:"你还没回答关于你哥哥的问题呢,狡猾的人。你肯定能在朝堂上活得下来了。他们试图杀了你?"

他们,多么危险的措辞。

他点点头,不知道该说什么。

"两次?"

他又点点头。估计几天前这个消息就传到大明宫了。徐毕海的信里有写,铁门关将军送的信里面也有提及。大明宫里的消息她肯定也知道。

"据我所知,是有两次。"他说。

"是荣山干的么?"

单刀直入得让人心惊胆战。这不是一个可以用巧妙的措辞打发掉的女人。不过在她等待答复的时候,沈泰感觉到她在担心。他想,或许这才是她要单独跟自己会面的原因吧。至少是原因之一。

"不,"他说,"我能肯定不是他。"

"昨天他说服你了?"

毫无疑问,这是一次审讯。只是发生在丝质的轿帘遮挡之内,伴随着香甜的气息,还有一只赤裸的小脚撩拨着他。

他明白自己和安隶见面的消息会很快传到大明宫里,但传播的速度仍然让他瞠目结舌。计算一下距离,她要从码外赶到这里,恐怕大半夜就得启程。也就是说,她一听到这个消息就立刻赶过来了。

他不明白其中的原因,他从来都没有入朝为官,对宫里的那一套完全不懂。他在铁门关外与世隔绝了两年,刚刚才回到尘世间。

"他确实说服了我,娘娘。"

"你相信他的话?"

"是的。"

她轻叹了口气,沈泰理解不了其中的含义,或许是一种如释重负的感觉吧。

他不能说出来的是,早在荣山告诉他之前,他就知道了这件事情跟辛伦脱不了干系。春雨冒着生命危险让他明白了这一点。

他必须要见春雨一面。

文芊开口了:"安隶可是杀人不眨眼的。"

"对此微臣毫不怀疑,尊贵的娘娘。"他小心措辞地回答。

她微微一笑，双唇抿着，注意到了他的谨慎。"但他仍然说服了你。"

沈泰又一次点头。"是的，娘娘。"

他不清楚她是不是需要听进一步的解释。这种形式的审问让他无所适从，尤其提问的是皇帝的宠妃，皇帝想要长生不老永远相伴的人。沈泰脑子里突然冒出一个想法：或许这就是为什么第九王朝总是内忧外患不断的原因吧。难怪司马子安昨天说：恐怕乱世即将到来。

红颜祸水啊，尤其是眼前这位倾国倾城的美人。她的地位又如此微妙，相国文周是她的堂兄，她又宠幸着安隶这位节度使（那还是她的干儿子），而皇帝陛下还疯狂地迷恋着她，连追求长生不老的原因都是要跟她永世相伴。

或许，对奇台帝国影响最深的人，此刻正坐在沈泰面前。她那纤细柔弱的肩膀，竟然扛着整个帝国的平衡。

轿子稳稳地在官道上行进，沈泰的每一口呼吸都充斥着芬芳的香气。私密的空间隔绝了外界的嘈杂，他在等待着她的下一个问题。或许足以把他——还有所有人——都卷进连司马子安都恐惧的乱世。

如果不是荣山，那会是谁呢？她可能会这么问。

但她没有问。或许她已经知道答案了，或许她压根不想知道这个答案，至少不想听到沈泰大声说出来。有些事情彼此心照不宣就行了。她的手伸到了桌子上，从旁边的玉盘里拈起一颗荔枝，熟练地剥掉外皮。

她把剥皮的荔枝递给他。

"请享用吧。"文芊说。

沈泰从她手里接过光滑的果肉。那种味道让他回忆起南方，夏日，还有早已失去的甜美记忆。

他意识到，那些记忆才是他所在意的。而它们早已逝去，不留踪影。昨天和安隶的会面，还有今天和文芊的会面，看似毫不相关，其实本质上完全一样。他被卷入了权力之争，而几方都想要知道他的抉择和动向。他的汗血宝马，是所有参与这场争斗的人必须去争取的。

他从远离尘世的山间,那个父亲从未忘却的战场出发,迫不及待地赶回新安,到底……到底是来做什么的?

他根本没有时间去想明白这个问题,他赶得太急。

要杀人,为周岩报仇。这是他以前对诗人说的。可是辛伦已经死了,虽然沈泰没出半分力,可是,这算是为周岩报仇了么?辛伦只是被人利用的工具而已。

其他的呢?他这么千里迢迢地疾行赶路,径直赶往新安城,连路过可以回家的官道岔路都没有停一停。到底是为了什么?赶快把那批汗血宝马处理掉?那份性命攸关的厚礼?

性命攸关,这个词一直在沈泰脑子里徘徊不去。沈泰以前从来没经历过这一切,也没有过哪个敌人非得要他的命不可,他过往的生命里从未扮演过这类角色。但是文相爷想要他的命。或许只是一时兴起,就因为他手握重权。文周,那个靠堂妹裙带关系爬上一人之下,万人之上地位的人。

他看着对面的文芊,她又剥了一颗荔枝丢入口中。他正好看到她那口编贝玉齿轻轻地咬下荔枝。沈泰摇摇头,又笑了。他只能笑笑,很明显她在展示她那无敌的魅力。

"噢,太棒了!"她舔了舔嘴唇,果汁让她丰润的双唇闪闪发光,"你要是一直这么紧张,这段旅程就太无趣了。"

张弛有度,沈泰想着。难以回答的问题,甜美的水果,诱人的丰润双唇,还有脚或者手指有意无意地撩拨他。然后又该问那些难以回答的问题了。

就在那一瞬间,沈泰有了主意。太明显不过了,他终于想通了某些关键,大道至简,他只要明白结论就行了:他根本没有足够的精明和细致去对付这些东西。他没有时间去学习,也无法理清那些错综复杂的关系。可是他为什么总是要被别人牵着鼻子走?他不想在完全不属于自己的舞台上笨拙地演戏。

他根本没有那种七窍玲珑的心思,去揣摩他们知道的,或是不知道的东西。跟他们玩勾心斗角的文字游戏,领会他们的言下之意,言外之意。这些是属于朝堂和高官们的游戏,大明宫内外的明争暗斗,他丝毫不懂。

但他不小心被卷进来了，完全找不着调子，他也没时间去跟上那些人的节奏，所以干脆放弃尝试。他要另辟蹊径，就像那些遵循圣人之道的君子，从心所欲，做一个在山林中弹琴长啸的隐士。

沈泰深深地吸了一口气，然后开口："微臣昨天本来想把汗血宝马献给安大人的。"

听到这话，文芊一下子坐直身子，放下了刚拈起准备剥皮的荔枝。

"所有的宝马？"

他点头。"不过我有个条件，而他拒绝了。"

"安隶拒绝了二百五十匹汗血宝马？"

"微臣说如果他能把我的妹妹从博古人那里带回来，那批宝马就是他的了。可他说他做不到。尊贵的娘娘，如果您能帮我，微臣也会把那批宝马献给您。"

"所有的宝马？"

他又一次点头。沈泰看到文芊的身子有些颤抖，昨晚上的安隶也是如此。

"我真不明白……你的妹妹，是你的情人？"

他力图压下这种荒谬的问话带给他的侮辱感，在朝堂里，有这种龌龊想法的人估计不少。他摇了摇头："并非如此。微臣只是出于对父亲的尊重，就像我去库拉诺湖畔两年多一样。如果父亲还在世，绝不允许沈柳这样做。我们还在孝期，这种行为太过忤逆。"

她满眼困惑地瞪着他。虽然这个女人美艳无双，高贵优雅，但她的身份绝不仅仅是一名宠妃或者舞者。她是足以左右大明宫的女子，在这个微妙而危险的时候，她的身上维系着整个奇台帝国的平衡。

他现在才明白过来，昨天自己的想法是多么危险：带着佩剑在马车里行刺安隶。就在路边，众目睽睽之下。

"你是在说，把你妹妹送去博古和亲是一件错事了？"

他必须小心谨慎地回答这个问题。"天子是不会犯错的。"

"是的，他不会。"她的语气强调了这句话。

"这只是出自我个人的请求，尊贵的娘娘。仅此而已。"

"你该明白，"她克制着自己的语气，"作为库拉诺湖畔的英雄，还有和亲公主的兄长，这是一件多么荣耀的事情！陛下的慷慨绝不亚于日格尔的狮王，否则他无法对自己交代。他赏赐给你的东西，价值绝不会亚于二百五十匹汗血宝马！"

他从未想过这些，一点都没有。他从未想过沈礼眉的身份会带给他什么。他清楚地告诉珍妃。

文芊不耐烦地摇摇头，黄金耳饰发出清脆的叮铃声。"沈泰啊沈泰，你是在跟你哥哥赌气吧，还是在跟我堂兄为了一个女人争风吃醋？好吧，难道你就真的以为他们的地位固若金汤？难道你就没想过你的归来让他们感到恐惧？"

这下轮到沈泰困惑不已了。"请恕微臣鲁钝，完全无法理解这些东西。我没有经验，也没有人指导。或许只有司马子安曾经指点过一二。"

文芊扮了个鬼脸。"他可不是个称职的谋士，沈大人。他可从来没在朝堂里任职过，还有，司马子安还欠本宫一首诗呢，可得让他写得比上一首更漂亮。"

"或许今天晚些时候？"沈泰说，"如果您允许——"

"今天不行，本宫另有打算。码外会来不少人，这件事情很重要，不容打岔。"

"什么事啊？"

"你的事情啊，当然了！你是最重要的客人。要不然本宫会来这里？"

"因为……因为那些马么？"

对面的女人露出一抹倾国倾城的微笑，果然如那首名诗所言：回眸一笑百媚生。她那戴着玉指环的手指又一次不经意地抚上了沈泰的腿，他已经努力把它放到尽可能远离她的地方了。

"你这样想是你的自由，但考虑下刚才本宫说的话，如果你还是想得这么简单，这么缺乏远见，那本宫可是会失望的。"

她的手指在游移。他口干舌燥地说："尊贵的娘娘，难道您不想要那批马么？"

"十匹。"她立刻回答，"看在我这一路剥荔枝伺候你的分上，给本宫十匹当作回礼就够了。我想训练它们跳舞,有人说可以训练马来跳舞的。你给我这么多干什么?让本宫去打仗啊?"

"那么……那么陛下呢?我可以直接把汗血宝马献给陛下。"

"你还真是迫不及待地要摆脱它们啊?不要妄作决定,沈泰,仔细想想。尊贵的陛下不愿意欠他的臣子太多。陛下应该慷慨地赐予臣民一切,如果他接受你的馈赠,那必须给你更多更珍贵的东西作为回报。你掌控的天马是奇台帝国前所未有的东西,当你带着宝马回国的时候,天子就会嘉奖你,如果你再把这些马匹献给他……"

沈泰突然想着自己真该在那个岔路口直接南行,顺着那条熟悉的路骑行回家。不是所有人都适合混迹于尘嚣俗世,尤其是卷入宫廷的斗争,每走一步都得战战兢兢,瞻前顾后。

他闭上了眼,这可不是什么明智之举。文芊的脚立刻开始磨蹭着他,脚趾蜷曲着抵在他的大腿上,仿佛一直在等待着这种机会。要是她再往上移一点……沈泰一下子睁开了眼。

"你有没有在轿子里跟人欢爱过?"文芊故作天真地问。精致的柳眉下一双美丽的眼睛看着他。"你可以试试的。"她的脚又开始不安分地动起来。

沈泰忍不住发出一声呻吟。

不如单刀直入地说吧,他一瞬间做出了决定。

他说:"尊贵的娘娘,您让我心跳不已,口干舌燥,欲火中烧。我明白您只是在逗弄我,就像逗弄一只猫。而我只希望表达我对您和皇帝陛下的尊敬。"

那种倾国倾城的笑容又出现了。"你知道本宫……是在逗弄你?"

他飞快地点了点头。

"而你觉得,那是本宫唯一的目的?"

他盯着她,不知道怎么回答。

"可怜的人,口干舌燥……吃颗荔枝怎么样?"

沈泰一下忍不住笑了出来,她那模样像是恶作剧得逞了一般。片刻之前她还在为他剖析帝国和天下的大势,突然间又利用自己的美貌和魅力让他神魂颠倒。她不由分说地递给他一枚剥开的荔枝,压根没等他的回答。她递过来的手指碰到了他的。

她平静地说:"实话告诉你吧,皇上知道本宫在这里,知道你跟我在一起。等我们到了码外,他会询问本宫你这个人是否可靠,本宫会告诉他你是个君子,因为事实如此。这样说会不会让你感觉轻松点?"

除了点头和摇头,他不知道该说什么。于是他又点点头。

文芊又说:"对那位士兵的家属,本宫已经安排人送去抚恤金了。本宫告诉过那名总管,料理完这些事情,还有他自己的事情以后,就可以自行了断了。"

这些事情他早就忘了,沈泰清了清嗓子。"微臣可以再问一次么,尊敬的娘娘,您能开恩饶那名总管一命吗?为了保护我和我的马,我的士兵宁武杰,还有我的瞰林也有冒犯之处。"

文芊的眉又挑起:"你可以问,但本宫不乐意。今天上午他犯了太多错,让我很不愉快,陛下也会不高兴的。"她又拈起一枚荔枝。

"我们很快就会见到你的朋友还有你的马,你可以骑着它护送本宫去码外。我想那里也会有给我坐的马车,本宫喜欢这顶轿子,但真不能在里面待太久了。你喜欢么?"

他又点了点头:"尊贵的娘娘,只要是您在的地方,我都会喜欢的。"

她似乎露出了一抹从容不迫的微笑,看上去真的很愉悦(沈泰也不敢确定)。"真是油嘴滑舌啊,沈泰。本宫说过你会在朝廷里混得风生水起的。"

"那您愿意帮我么?"沈泰问。

他也不知道为什么会这么说。

文芊的表情一变,盯着他,缓缓地说:"本宫不知道。"

不一会儿,他们停了下来,掀开明黄色的丝质轿帘,沈泰看到前面果然有一辆马车等待着。同样装饰有翠鸟羽毛的马车。

官道已经往北面折去,他们现在沿着另一条大道前行。沈泰看到路边的司马子安、魏苏还有士兵们,他们都骑着马。在他们身边的，是闪灵那魁伟神气的身影，它显得有点烦躁不安。

他给了闪灵一枚荔枝，算是向它道歉，然后翻身上马。

他们出发了，速度并不快，因为护送着珍妃娘娘的马车。西风轻抚，鸟鸣声在日光之下此起彼伏。他们看到远处青翠欲滴的群山，那是他们的目的地。

那片长满了树木的山坡是新安城达官贵胄们最奢华的乡间庄园，通常被称为五陵区，靠近前朝皇帝和他的先祖埋骨之地。太祖皇帝为自己建的陵墓也在这附近——虽然这位伟大的皇帝一直梦想着长生不老。

他们穿过了这条路上最大的驿站，走到第一片山麓，然后来到绿树环绕的小湖边。那是夏日里的避暑庄园，里面还有温泉。湖的西侧有一片桑林和丝绸坊，还有一座瞰林寺，对面就是码外。

第十六章

沈礼眉已经记不清他们骑行了多久,差不多有五天五夜了吧?周围的景色丝毫没有任何改变。夏季的到来让芳草茂盛地生长,几乎无法分辨其间蜿蜒的小径或是窄道。在这里,连时间都变得模糊。她不喜欢这种感觉。一直以来她都能够确切地知道自己过着怎样的日子,知道明天会发生什么,知道她该去向何处。她可以决定自己该做什么,她一直都可以。

在这一点上她很像长兄沈柳,虽然她绝不承认。

她会骑马,幼年的时候父亲就教过她,他觉得即使是女孩子也有必要学习这个。但没日没夜地骑马赶路对她来说太艰难了,而梅斯哈看起来又很不愿意停下来休息。

每晚入睡的时候她觉得全身像散了架一样疼,第二天天不亮又得拖着疲惫的身躯继续骑行,夜晚很冷,又没有舒适的床休息,她根本睡不踏实。她希望这种疲惫的日子赶紧过去。

她从未抱怨,但他应该知道,她很肯定。她感觉到为了照顾她不适的身体,梅斯哈已经放慢了赶路的速度。她试图减少自己休息的时间,每次结束休息后都争取第一个站起来。但梅斯哈根本不理睬她的表态。他会等她休息好以后才动身出发,或是他判断她休息好了的时候。

但是在那个山洞里(她还在那里杀了人)他曾经说过,他的弟弟在追捕他们,还带着巫师,她也很清楚,虽然梅斯哈有狼群跟随,虽然他跟某种黑暗的神灵有着某种联系,但他绝不愿意被巫师追上。当然,或许他是顾虑着她,也或许是顾虑他自己。

他应该避开人群的,不是么?自从她哥哥救了梅斯哈(沈泰的行为应该算是救了他吧)以后,他就一直躲着人群,躲着自己的弟弟。但现在,为了她——为了一个名叫沈礼眉的奇台女子——他出现在人群面前，带走了她，还带着她躲避追捕。这些都只是从他嘴里听到的，而沈礼眉无法得知这是否是真相。这让她不安，甚至有些恼怒。她曾经问过他，既然他们赶路的速度不快，为什么追兵还没有追上他们。

"他们得先找到我们。"他说，"还有另一个公主，得护送她往北。他们不知道我们走哪条路，必须等到有巫师来。"

对他而言，这算是很长的答案了。

她大概知道他们的位置，他们往东骑行，已经到了朔奇人的土地上，但如果她没记错的话，天气转暖以后他们就折向北行了。

朔奇是博古的敌人，往北的方向有要塞和哨站，驻扎着奇台帝国的守军。当然，长城远在他们南边。她不清楚到底有多远，不过她知道长城蜿蜒起伏如一条长龙，直通东海。他们前方除了草原什么都没有，如果没遇上朔奇人的话。对放牧的博古人而言，这里太偏东面。而对高丽半岛的人而言，又太偏西了。

他把她带到了一个人迹罕至的地方。

已经整整两天没有见过任何人的踪迹了，哪怕是清晨湖边升起的炊烟也没有。梅斯哈决定不朝有炊烟升起的湖边走，虽然他们的水不多，不得不省着点喝。

他在傍晚的时候找到了一小片池塘，在那里驻扎下来，狼群守护着他们。这样好歹有点时间概念，她这样告诉自己。两个晚上之前他们待在了水塘边，而昨夜是在旷野露宿的。从那个山洞离开过后，她就一直在露宿。

他们晚上几乎都不生火，除了扶着她上马，他也从来不碰她。她曾经想过这个问题，想过很多次。本来，自从那晚上他把她从帐篷里带走之后，她就做好了失身的准备。孤男寡女单独相处，共同骑行在广袤无垠的天地，通常都会发生那样的事情。

然而，梅斯哈是个与众不同的人，虽然看得出来，他也有不安分的时候。但她不知道接下来会怎样。

她从未与男人欢爱过，虽然曾经跟宫女们相互戏耍，但只是私下笑闹，相互搂抱或抚摸一下。当然有一些宫女做过更大胆的事，互相狎玩，或是勾引大明宫里的皇子们——但沈礼眉从来没有。皇后娘娘是贞洁自持的人，在后宫的时候她严格约束宫女们，一定要循规蹈矩，表现出良好的教养，绝不能做那些有伤风化的丑事。

只有一次，皇帝陛下钦定的继承人，申祖太子（当然，那次情况特殊），在明光殿内欣赏歌舞的时候，曾经站到她身后，有过一些轻薄的行为。在音乐响起，表演正式开始的时候，她就感觉到一股温热甜腻的气息喷在她脖子上。然后申祖太子的手轻轻放在她腰后，顺着柔滑的丝绸往下抚摸，又往上，来来回回。在人们眼里，申祖一直是个纨绔子弟，成天醉生梦死，很难有清醒的时候。关于他还能当多久的太子，甚至皇帝陛下为什么会选择他作为继承人，有太多的谣传和猜测，莫衷一是。

她清楚地记得那一天，她全身僵硬地站在那里，直直地望着歌舞表演，一动都不敢动，大气都不敢出一口。他从后面抚摸她的时候，愤怒之余她也感觉到一阵兴奋，还有一股无力的感觉。

他没有再做什么，那次以后，直到沈礼眉跟随皇后离开大明宫，他都没有再跟她说过一次话。

只有那一次，在音乐遮掩下，他一边触碰她，一边低声说着什么（她甚至都没听清），音乐结束后，她看到申祖跟另一名嫔妃愉快地说着话，然后他笑了，手里拿着酒杯。沈礼眉无法描述出自己看到这一幕时心里五味杂陈的感觉。

她从来都不认为自己是那种可以依靠美貌颠倒众生的人，或是拥有能让男人臣服于石榴裙下的魅力。那年秋天在明光殿的那一幕，让她甚至觉得自己连让男人眼前一亮的魅力都没有。

若是父亲还在世，她现在无疑已经出嫁了，那她会更明白男女之间的那些事儿。出嫁之前的女孩都要学习这些。如果沈皋还活着，她的女儿不会在此刻跟着一个胡人单独骑行在北方的草原上，身边陪伴着一群狼。

梅斯哈在离她不远的地方休息，狼群像是哨兵一样站成一圈，明月渐亏，繁星一夜比一夜显得耀眼。她每晚都能看到牛郎织女星，出现在她头顶的天河两侧，在黎明之前，那两位无法厮守的爱人会隐没在苍穹深处。

狼群还是会让她紧张，她尽量不看它们，但她明白，因为梅斯哈的缘故,狼群不会伤害她。每天日出之前,浓雾弥漫的时候,男人会独自骑行离开,让她自己赶路。有狼群守护着她,给她领路。

这种时候她总是感到恐惧,人们很难在几天之内扭转形成已久的观念,不是吗?

不过每一次,梅斯哈都会在中午之前赶上来,跟她一起用餐。他独自一人去狩猎,甚至还会背着柴禾回来。他会小心地拔光一片草地,留出空地来烤肉,避免引燃周围的草丛。

他们通常吃的是剥皮的兔子和旱獭,用削尖的木棒穿起来烤熟。他还给她找来一种剥好皮的水果,她不知道那是什么,尝起来有点苦涩,但还是吃了下去。他还为她找来水,供她饮用和洗漱,对一个奇台的大家闺秀,沈皋将军的千金而言,那很重要。她总是抢在梅斯哈之前吃完东西,站直身子,伸展一下四肢。

然后他们继续骑行,阳光照在他们身上,时而有白云飘过。白天很温和,夜晚却非常寒冷。草原向着四面八方广袤无垠地伸展,她从未见过这样壮阔的场景。草长得十分茂密,几乎可以将他们连人带马一起隐没。狼群的身影在茂密的草间若隐若现,她几乎都忘了它们的存在。

她甚至想象,他们就这么永远地骑行下去,沉默地骑行在高高的草丛之中,狼群守护在他们身边。

但世上没有任何事可以永恒,自九重天外的战争改变了整个世界以后。

这天傍晚,夕阳西斜。沈礼眉感觉全身疲惫,她试图隐藏自己的虚弱。幸好梅斯哈一马当先,也很少回头张望。他的头狼会看护沈礼眉,保证她能跟上他。她一直不停地背诗,不是触景生情,只是为了让自己转移注意力,让自己忘记骑在马背上全身酸痛的感觉,直到他们停下来。

梅斯哈突然一勒缰绳,停了下来。她反应不及,差点撞上去。于是也迅速勒住缰绳,停在他身边。

他正抬头看着天空。

往北的方向飘着几缕白云,西面红色的晚霞映着金色的夕阳,没有下雨或者有风暴来袭的征兆。风很和缓，天象没有任何异常的地方。

她顺着梅斯哈视线的方向，看到了一只天鹅。他的脸色平静得如死水一般。不过是一只鸟儿而已，她差点脱口而出。但她跟他共处了好几天，已经比较了解他。如果那只是一只飞鸟，那他不会露出如此凝重的神色，更不会一直停在那里盯着它看。

梅斯哈从马鞍上摘下粗短的博古弓弩。

他第一次见到她的时候还没带着弓箭，这是他偷马的时候顺走的。沈礼眉策马挪开几步，给他让出空间。天鹅往南面飞行，正朝着他们的方向飞来。

时值春夏之交，就连沈礼眉也知道不该是天鹅南飞的季节，而且那是一只孤鸟，或许是从鸟群中失散，也或许是单飞寻找通往九重天阙的道路？她不这样认为，回头看了梅斯哈一眼，明白他也不会这样想。他飞快地搭箭上弦，举起弓弩。射程很远，她还有足够的时间思考。

她听到羽箭破空而出的声音，就如一阕灿烂恢宏的边塞诗，奇台帝国很多诗人都写过边塞诗，最早可以追溯到一千多年前，第一帝国刚刚建成的时候。

她发现梅斯哈的动作一点也不僵硬和别扭了，他都不需要调整弓弩或者仔细瞄准，直接扣箭上弦，然后射击。

天鹅从飘着白云的蓝色天际跌落，消失在草丛中。

她看到两只狼贪婪而迅速地往那个方向奔去。一切都如此寂静。

"为什么？"她忍不住开口询问。

他回头看向西边。仍然只有天空和草丛，他收好弓弩。

"他发现我了，"他说，"运气真不好。"

她犹豫了一下："你弟弟？"

他点点头。风吹拂着他的头发。

"那只⋯⋯天鹅是来搜寻我们的？"

他又点点头，有点心不在焉的。显然他在考虑该怎么应对。他审慎地说："现在，巫师召唤的时候没有回音了。他们知道每只鸟儿飞翔的方向，知道是我杀了它。"

她感到一阵恐惧,这里的一切都陌生得让她害怕。杀了一只天上飞的鸟儿,就跟杀了一只草丛中的兔子或是旱獭一样。可是,那意味着……

"难道他们不会认为是别人做的么?有人狩猎的时候把它打下来了。"

他盯着她,那双阒黑的眼睛里黯然无光。"博古人从不射杀天鹅。"

"啊。"她只能如此回答。

他仍然目不转睛地看着她,在她记忆中,他从未这么长时间的凝视自己。他的眼睛吞噬了一切光芒,深不可测。

他开口:"我弟弟会伤害你。"

她没想到他会说这句话。"伤害我?"

"他……就是这样的人。"

她想了会儿,有点明白他的意思。"有些男人就是这样,在奇台也是。"

他似乎沉思了一会儿,然后说:"当我还是……我不是那样的。"当我还是。当他还是个正常人的时候吗?她不愿意想太多,那个方向太过阴暗。

"他为什么要伤害我?一名奇台的公主,会给他带来荣耀,不是吗?"她纯粹是为了打破沉默,而不是真的需要知道答案。

他的肩膀动了下,像是一次笨拙的耸肩。"你问得真多,总是在提问。女人不该这样。"

她看向一边,然后又凝视着他。"这么说我得再次向你致谢,因为我现在没有落在他手里,对吧?他们会赶上来抓住我们么?我们到底要去哪里?你到底打算做什么?"

这一连串的问题是她的试探,也是反击,她就是这样的人。

她看到了他的表情,几乎算是一抹微笑了。

在这个世界上,有很多种方法可以消除恐惧、陌生、迷茫的感觉。

他们一路骑行,直到天色尽黑,然后坐在马鞍上吃了点剩下的烤肉和水果。残月渐渐升上天空，沈礼眉虽然感到全身不适，但仍然默不作声。追兵可能靠得很近，他在尽全力救她。这场逃亡之旅，跟以往春日里骑行在鹿苑欣赏小动物完全是两码事。

他又把她带到有水源的地方了，她很纳闷他是怎么做到的，在这么遥远、博古人也不熟悉的地方。或许是狼为他找到的，她想。

他告诉她，他们只能歇息片刻，她最好抓紧时间。他们会连夜赶路，接下来几乎每夜都会。不过，他忽然凝视她许久。在几近朦胧的夜色中，她看不清他的脸。然后，他命令她脸朝下趴在水池边的草地上。

她顺从了。终于要来了，她在心里默念着。她的心狂跳着，不听使唤。（一个人又如何能控制自己心跳呢？）

但她发现自己错了。在她趴下以后，他在她身边跪了下来，但并不是为了占有她的身子，或是发泄欲望。他只是用手按摩着她的背脊，缓和那些僵硬疼痛的肌肉。她紧张得几乎抽搐，他用手指轻轻拍打她，似乎在驯服一匹难以驾驭的马儿。她在想自己是不是被侵犯了，然后在他的手指按摩中放松下来。很快他们又要骑行赶路，已经没时间来照顾自尊什么的了。在这种情况下，男女之防算得了什么？他的动作有些僵硬，但力量很大。她忍不住叫唤过一次，然后道歉。但他什么都没说。

她突然开始胡思乱想起来，是否几年前那场剧变对他的身体有着致命的影响，所以在面对女人的时候如此冷漠？他是否对女人已经失去了欲望，或是失去了某方面的能力？

她对这类事情一窍不通，不过觉得很有可能。而且，这样也说得通……

突然，他的手游移到她的臀部，逐渐慢下来，越来越慢，不由自主地在那附近徘徊。她意识到他的呼吸有些急促，虽然她趴在草地上，什么都看不到。但她能感觉到，他是在抚摸她。

虽然沈礼眉是大家闺秀，从未与任何男子有过亲密接触，对男女欢爱更是一窍不通。但她本能地知道，这个男人对她并非毫无感觉。尤其是在黑暗之中，那种感觉更加明显。这就意味着，他并没有丧失对女人的欲望——

就在这一刹那,她明白了更多的东西。自从梅斯哈把她从营地里带走以后,她一直隐隐约约有某种感觉。沈礼眉闭上眼睛,缓缓地舒了一口气。

他,居然如此温柔体贴。她完全没料到。他们不都是一群野蛮人么?人们都说帝国以外的化外之民都是野蛮人。他们完全不懂什么叫做礼貌。

她聆听着他急促的呼吸,感觉到他隔着衣服的抚摸。在这天地之间,只有他们两个人。西面天边,牛郎织女星隔着银河孤独地闪烁。沈礼眉发现自己的心沉静下来,但某些新的东西悄悄开始萌芽。

她想通了一些东西,心情从容了。感觉一切都有所不同。

她想到他跟自己说的第一个词,山代。那是一个人的名字。

她温柔地轻声说:"谢谢你。我想我可以睡觉了,要赶路的时候你能叫醒我吗?"

她翻了个身,跪坐起来。梅斯哈站起身,她仰头,看着站在星空下的他。她看不到他的眼睛,狼也不见了,但她知道狼群不会离开他们太远。

她跪着,突然向他叩首,行了跪拜大礼。

她说:"感谢你,为了许许多多原因,梅斯哈。以我自己卑微的名义,也以我已逝的父亲的名义,还有那位你我都尊敬的兄长沈泰的名义……谢谢你,对我的保护。"她没有说下去。有些东西不需要说得太清楚,哪怕是在这样的黑夜。

夜风微寒,他没有回答,但她看到他点了点头。他默默地走到马儿旁边,没有隔得太远,但又为她留下属于自己的空间。沈礼眉再次躺了下来,闭上眼睛。她感觉到风的轻抚,听到草丛和水塘里动物的声音。这才意识到,她居然在哭泣,自从离开了那个洞穴以后,这还是她第一次落泪。

最终,她安心地睡了过去。

自多年前离开塞达后,春雨就再也没想起过母亲给她取的塞达名字。

春雨作为塞达献给奇台帝国歌舞姬中的一员被送往奇台帝国,

献给太祖。塞达人总是小心谨慎，每年都向奇台、塔古，甚至西域新崛起的强大国家纳贡献礼。这是一个小国的生存策略，尤其是作为一个土地肥沃，群山环绕的小国，不得不对周边的强大邻居低头献媚，大部分时候这样就可以确保自己的生存，但也只是大部分时候。

她不是奴隶，也不是被人绑架来的，但她也没有多少可供选择的余地。在她十五岁的那年，某天早上，刚一睁眼，乐坊的主人就告诉她可能得永远离开家乡了。那时她已在乐坊里崭露头角，年轻貌美，还拥有高超的歌艺和琵琶技艺。她能弹奏从奇台帝国传来的二十八弦琵琶，或许这就是她被选上的原因。

乐坊选了十二个人到新安城，最初的两年里，她们被安置在皇宫东面的教坊，这里有两万名歌姬和舞姬，都隶属于伟大的奇台天子。这里的教坊大得吓人，比塞达最大的城市还大。在那两年里，她们只被传召去表演过三次，两次是朝中大臣举行婚宴，还有一次是迎接南方来的使者。三次奇台天子都没有出场。

纵然仍是碧眼金发，貌美如花，身段婀娜，歌舞技艺也越来越纯熟，但那两年仍然可以说是虚掷光阴。在大明宫诸多艺人之间，她们只能算平凡得不能再平凡的一小伙人。

对朝堂的人而言，或许有所不同，但也不算特别令人瞩目。第二次出演的时候，春雨已经被人注意到了，那时候她十七岁，她想，在这个年龄，如果有机会，女人应该作出改变。

她被选入了官家的乐坊，在那里接受了更加高雅的训练。春雨留心观察，逐渐明白自己所接受的训练胜过绝大多数女孩。毕竟，在奇台帝国，金发碧眼的歌姬仍然是很特别的。后来，她贿赂了大明宫里掌管乐坊的太监，离开了那个地方。这就是她命运的转折点。

然后，春雨进了北里最好的青楼，成为了一名烟花女子，她对此并不抱任何不切实际的幻想。她在青楼里享受最高的待遇，出入朝中显贵和世家贵胄的宴会，表演歌艺和乐器，当然，宴会结束后，私下里也会有不少风月之事。

在没有受邀参加宴会的时候，她就在醉月楼里，跟那些进京游学的书生们厮混——那些总混迹在北里区青楼的书生，想来也不是一心赴考，但他们心中总有着学成文武艺货与帝王家的雄心壮志。

从心底说，春雨更喜欢那些书生，而不是朝中大臣，这不是一个聪明的女孩应有的偏好。但是他们的热情，梦想，还有说话的方式，跟那些在大明宫里傲慢奢侈的贵族有所不同，有时候会让她露出真心的笑容。

而那些达官贵人，往往会带给她更丰厚的馈赠。

这就是新安城的生活，至少是一个年轻的青楼女子的生活。比起她在家乡的日子优渥许多，但谁也说不清到底哪种日子更让人向往。新安城，奇台帝国天子所在，是世界的中心。她有时候会想，是否世界最中心、最繁华的城市，就是最好的地方？

她还能回想起来，多年前走过玉门关来到奇台帝国的场景。就在那时，她决定不再用她的塞达名字。那个名字将随着过往的记忆埋葬，她在心里暗暗决定。几乎可以肯定，她不会再回到家乡，再也看不到家乡的土地，无法眺望那北方的群山，高得可以直通天阙的群山。

东行的女孩，抛却了她的姓名，还有过往的回忆。

十五岁那一年，她不得不接受命运的安排，一路向前，以期生存下去。

虽然她早就不再用自己的塞达名字，那也不代表她就一定要接受文周给她选的那个，她感觉这就像是在市场上挑选布料一样随便。

在相府内，她不得不回应林嫱这个名字，还得面带微笑，高雅而亲切，但那只是表象，就如平静的湖面一样。

文周是看不出她的想法或感觉的，她在欺骗男人方面很有天赋，而且用了很长的时间来学习，有些技能女人是可以无师自通的：音乐、欢爱、善解人意、欲擒故纵，还有挑逗魅惑。

她应该感谢命运，她无数次这样告诉自己。不管是白天还是夜晚，独居或是跟文周在一起。她该感谢命运，感谢文周，她目前的生活是北里任何一位名妓做梦都想拥有的。

文周的权势在整个帝国都是一人之下，万人之上——整个帝国，甚至整个世界。她居住在美轮美奂的相府里，衣食无忧，还有众多仆役奴婢伺候着。她为他的客人弹奏音乐，或是跟他们妙语如珠地闲聊，看着相国在鹿苑击鞠，在数不清的夜晚里跟他同床共枕。她了解他的喜怒哀乐，还有他的忧虑和恐惧。她总是穿着华贵的丝绸衣服，戴着上好的金银珠宝，能够映衬出她那漂亮的绿色眼睛，还有闪闪发光的金色长发。

当然，他可以随时抛弃她，把她赶出相府，也许给她点钱财让她自谋生路，也可能分文不给，等小妾们到了再昂贵的胭脂水粉，再精心的化妆打扮，再华丽的绫罗绸缎，再别致的发式妆容都无法维持美貌的年龄，这些也算司空见惯的结局了。

她要生存下去，就得确保自己不会被遗弃。不光是为现在，还得为以后打算——直到她青春不再，从男人的眼里再也看不到迷恋光芒的时候。

即便如此，她也没有谨小慎微地行事，依然是悄悄地雇佣瞰林武士，又或者在廊柱偷听文周的秘密谈话。

那次过后的好几天，她一直有点心烦意乱，草木皆兵，生怕自己的行为被发现了。在相府里，除了文周还有其他人盯着她。他的结发妻子倒是从不跟妾室们争风吃醋，她一门心思扑在烧汞炼丹上，以图长生不老。但其他的妾室跟她可不是一团和气，还有那些忠心于她们的贴身丫鬟。

这种权贵之家的后院完全可以媲美战场，有许多诗人们经历过，还写了不少相关的诗词。

事情总是接踵而至。今天早上来了一名码外的使者，没过多久，文周和他的妻子乘马车出去了。匆匆忙忙的准备过程中，文周止不住骂骂咧咧，满脸通红，一副恼羞成怒的样子。

很显然是他的堂妹要求他们出席下午和晚上的宴会。既然现在一片四海升平，也没有特别紧急的军国大事，这样的邀请总是无法拒绝的，即使是相国大人。

毕竟，他是靠着堂妹的关系才能当上这个相国的。

当然，有个借口可以用，她也明白文周巴不得能找那个借口。现在确实有一个迫在眉睫的危机，但他和荣山之间越来越紧张的关系并不能摆到台面上来当做拒绝文芉的借口。除非他做好准备打算在皇帝陛下面前参上荣山一本。而春雨知道他不能，还不到时候。

这个世道处处危机，而他们必须得步步为营。

文周已经捎信给他的谋士，沈柳也会很快乘马车赶到码外——每次有可能面圣的时候，文周都希望沈柳能够在自己身边。

相爷现在越来越倚重沈柳，这是相府里每个人都知道的秘密。

尽管春雨尽了全力去查探，但仍然不清楚沈柳到底有没有参与对某人的刺杀。虽然那个某人已经化险为夷，从遥远的西域赶了回来。他摆脱了那些致命的危机，很有可能是因为她的帮助。

那或许是她做过最鲁莽的事情，如果被文周发现肯定会杀了她，她非常清楚。几天前，因为这件事情，新安城里至少有一个人已经被杀了：辛伦。就在沈泰回来的消息传来的时候。

辛伦被杀现在还是个秘密，如果沈泰要揭露它，文周的所作所为就会曝光。那样她就不用提心吊胆了。按理说她应该忠于文周，但他对沈泰下的暗杀令让她的忠诚消失无踪。一个女人——不管是男人还是女人——都有坚持自己正义感的权利。

其实，现在真正让她感到害怕的是她自己。

消息从辰尧镇快马送来，已经是几天前的事情了。以正常的骑行速度，最迟明天沈泰就能到达新安城，甚至就在今晚。如果消息里说的没错，沈泰还骑着一匹汗血宝马。那是一匹天马，来自她的家乡。

春雨一向善于掩饰和控制自己的情绪，所以这个消息对她的震撼性没有任何人能看得出来。她也不是一名感性的诗人，虽然许多青楼名妓都长于写诗。她有时候还会唱一些她们的作品。可是，这消息对她而言仍然太过震撼……汗血宝马？

还有，他还活着，离新安城越来越近。在分别两年之后。

早晨已经过去，她用过午膳，在房间里小憩了一会儿，然后走到花园的竹林里散了会儿步，时间真是过得飞快。她坐在湖畔的石凳上，头顶的檀香树叶洒下一片阴凉。她想着，如果文周下午被召去码外赴宴，估计今晚上都回不了家了。

就在这时候，第二名信使来了。管家来花园里找林姬。她觉得那位管家不喜欢她，不过他看上去也不喜欢任何一名相爷的妾室，倒也不是什么大事。

似乎有人从码外专门给她带了一条消息。这是前所未有的事情。她想着是不是召她去码外为他们演奏……不过应该不是,现在才来找歌姬已经太晚了。而且码外从不缺少能歌善舞的美人儿。

守卫护送着信使来到花园,管家在前面带路。之前已经通禀过了,所以她能够仪态端庄地坐在花园里的石凳上。在相府里就得注重各种礼节。

信使先冲她一拜,毕竟她是相爷最宠爱的妾室,对女人而言,男人的恩宠就是权势。然后递给她一个卷轴,她碾掉封蜡,展开。

这封信来自于珍妃娘娘文芊的,内容非常简短:

若非玉体违和,今夜切莫早眠。非是玉阶皆余怨。

第二句出自了司马子安所作的《玉阶怨》。文芊稍作改动。可以想象她口述或者撰写这封信时嘴角的微笑。

当然,那个女人总是让人捉摸不透。她太容易把自己撇清了,这也是让人感到危险的地方。

春雨感觉到自己的心跳因为这封信里的话而加速。虽然她故作严肃地让信使退下,并吩咐管家,在信使返回码外之前,一定要留在府里吃顿便饭。

首先,文芊怎么会知道她的存在?还有,她为什么会来帮助春雨安排这类事情?她有必要这么做么?如果这只是一个圈套或是试探,又该如何应对?

春雨觉得自己像个孩子,晕头转向地无法搞懂这些复杂的问题。

管家领着信使走过院里的槐树,她的婢女站在院子里,随时准备听候差遣。春雨独自看着文周让人修建起来的湖,还有湖中间特意修建的湖心岛。微风轻抚,树影婆娑,拂过她的头发和皮肤。

幼年时候,她很喜欢琥珀、杏子和音乐。后来喜欢骏马,但只是看过,没有乘骑,那些高大的马匹把她吓着了。她那双漂亮的眼睛总是那么引人注目,从她年幼的时候就是如此。

母亲给她起的名字叫萨瑞娜,那是多年前她曾用过的,最甜美的名字。

第十七章

"本宫想,"珍妃文芊说,"我们不如来找点乐子。堂兄,你愿意赋诗一首么?"

她的堂兄,相国大人微微一笑。他跟沈泰以前在北里,还有曾经在长湖苑偷瞥到的时候差不多。身材修长,相貌英俊,也因此而自豪。他总是穿着蓝色的丝袍,上面绣着银色的龙,左手戴着一枚天青石戒指。

傍晚的微风从敞开的窗户外吹进来,窗外的旗帜迎风招展。这里就是码外,几百年来以温泉闻名于世,还有那些有碍风化、五花八门的宫内轶事也是从这里传出去的。在码外北边不远的地方,就是第九王朝的皇陵。

曾经有诗人对这片毗邻皇陵之地大书特书,虽然这样做得冒极大的风险,还得字斟句酌,以免不小心惹上杀身之祸。

刚才沈泰就大意了,他明白这种大意太不明智。他现在就如箭在弦上,一触即发。文周和长兄沈柳都出现在此地,不过他们不知道沈泰就在房间里。

文芊,或许为了方便自己看戏(也或许并非如此简单),安排沈泰在客人到来之前进入房间。还让他坐在屏风后面的象牙凳上,大殿里的两扇屏风相当精致,上面画着仙鹤飞翔,有潺潺的河流,连绵的山峰,还有一个小小的钓叟戴着箬笠,穿着蓑衣,坐在船头垂钓。

他本来不想这么唯命是从,感觉太过被动,太过顺从。但从另一方面说,他也不太清楚自己来此的目的。既然已经来了,既然这是朝堂上的游戏,他也只能接受或者拒绝文芊的安排了。他有点讽刺地想着,已经够不错了,有人想要他的命,而他好歹活着回来了。

至少有一个人真的想要他的命。

他愿意暂时加入珍妃娘娘的阵营,至少这是一个不错的开始。当他们来到码外的时候,文芊的侍女伺候他梳洗——态度非常庄重自持,丝毫没有传闻中的轻佻和放荡。然后让他进入一间可以眺望湖畔的房间,为他穿上了有生以来最昂贵的丝绸袍子,那可是珍贵的天蚕丝所织,在诗人的笔下,它和普通丝绸的对比就如宏伟的瀑布对上快被太阳烤干的小泥潭。

他还记得那身衣服穿在自己身上的样子,湖绿色的丝袍闪着微光,仿佛阳光照耀在竹林上,不断变幻着色彩。丝履、腰带和头冠都是黑色,上面绣着奶白色的花纹。头冠上还镶嵌着祖母绿的玉石。

两名侍女恭恭敬敬地领着他前行,沉默安静,低垂的衣袖遮住了双手,目光低垂。他们走过大理石的走廊,穿过庭院,又穿过几条回廊,来到了文芊准备招待客人的大殿。

自他们到达码外以后,沈泰就没再见过文芊。在轿子里她曾告诉沈泰今天下午会有些安排。不过他对贵妃娘娘的安排毫不知情,更不知道自己在其中会充当什么样的角色。

在库拉诺湖畔的两年里,每个夜晚他透过窗外,眺望着月升星落,很清楚在即将到来的白天自己该做什么。在那个地方,他清楚自己的任务。而在这里,他只是一名站在戏台上,不小心被扯入一场大戏的小角儿,还是一名连伴奏旋律是什么都不清楚的无名小卒。

他真希望此时司马子安能在身边。今天下午他让魏苏好好休息,让她沿着长长的湖岸回到码外的瞰林寺。突然间,他想到自己已经平安到达了新安城,他和魏苏之间的雇佣关系也该宣告结束。而当她冲他施礼然后离开的时候,沈泰心里有一种很奇怪的感觉,像是自己从那一刻起失去了保护,暴露在危险中一样。

诗人应该就在码外的某个地方,他曾经来过这里。这一次他们一到码外就被各自带走,没有机会说话。不过,想来司马子安现在正在品尝美酒吧。沈泰突然在想,那些伺候诗仙的宫女是不是像伺候他的那样规规矩矩的。

两名宫女带着他走进了大殿,来到了一扇屏风后面,名家所绘的屏风背后有一张象牙矮凳。宫女们恭敬地请他坐下。看上去他可以拒绝,不过他很清楚自己最好还是坐下来。此时此刻最聪明的办法就是顺从文芊的安排，看看她到底要做什么，如果她是要玩一场游戏的话，最好先熟悉下游戏规则。

他坐下来才发现，屏风上有小孔，能够清楚地看见房间内的动静。而从外面看过来，则很难留意到，显然这让人藏身的屏风和观察用的小孔都不是意外巧合。他抬头看了看，天花板上镶嵌着金箔，上面还雕饰着莲花和仙鹤。两边的檀香木墙散发出好闻的味道，地面铺着大理石。

文芊在大内总管的陪同下走进了房间，还冲着他藏身的屏风微微一笑。总管不是早上见过那个——那位或许现在已经没命了。沈泰发现此时她的笑容和在轿子里的时候完全不同。

他曾经问过，就在即将下轿换马的时候，问过她是否愿意帮助他在朝堂上立足。

妾身也不知道。她是这样回答的。

所以，他想着，现在这样也算不上她是在帮自己吧？不过他觉得自己不该这样想。坐在这里让他觉得憋屈，他迫不及待地想跟文周和自己的长兄来个正面交锋。他脑子里都浮现出自己拔剑出鞘，闪电般刺入他们身体的景象了。沈柳不会功夫，毫无招架之力。但文周似乎是个不错的对手，或许比沈泰更擅长剑术。不过这是个不切实际的想法：凡是来此地的人都不得携带任何武器。来到码外的时候就被搜过身了。

透过屏风上的小孔望去，文芊看起来完全是另一个人：娴静而端庄。跟她躺在那个暗香袭人的轿子里，剥着荔枝，用光滑的脚趾撩拨着他大腿的时候判若两人。

她也穿着一身绿色的衣服，上面同样绣着奶白色的凤纹，那是贵妃专属的图案。那衣服的样式看上去跟他的很相似，他怀疑这其中有没有什么特别的暗示。她仍然梳着那被整个奇台帝国女人竞相模仿的堕马髻。这让她看起来更能吸引男人的目光。

他看到背后有一扇不起眼的门，他可以现在就起身，然后开门走出去——如果门没锁的话。不过他想答案是否定的。他还在猜想斜对角墙边的另一扇屏风背后是不是也有一道门。在这个春夏之交的下午，在风景宜人的码外，这两扇屏风为文芊和她的朋友提供了方便的空间。

他停止了胡思乱想,看到文芊走到屋子中间的主位上,接过总管递给她的酒杯,并示意他让客人进来。

大门打开了,一群男人走了进来,没有女人。整个屋子里,文芊是唯一的女人。就连伺候倒酒的仆役都是男的,也没有歌姬和乐师之类。

令人惊讶的是,司马子安居然也在其中。这次诗人好好梳洗打扮了一番,头发梳得整整齐齐,戴着黑色的头冠。他的表情一如既往的带着点机警和愉悦。沈泰没有注视他太久,他的目光很快被另一个人吸引了。不是文周,虽然相国大人也正好走进来。

在这个隐蔽的地方,带着点愤怒、恐惧、惊疑不定,沈泰仔细看着两年没见过的长兄。

沈柳又长胖了,从他的脸上就能看出来,但其他地方基本没变。他个子比沈泰矮,长相也更阴柔一些,穿着象征着朝廷要员的红色朝服,腰上还挂着象牙笏板。他一脸小心谨慎地走了进来,向珍妃娘娘行过大礼,然后退到文周身后。

沈泰死死地盯着他,他无法控制自己的眼神。有一点恐惧,更多的是愤怒。

他又认出了另一位进来的人:那是太子申祖。如果文芊打算讨论一些严肃的问题,那他的出现让沈泰感到惊讶。申祖贪图享乐、奢华纨绔的名声早就传遍了整个新安城,虽然人们很少在城里见到他,也从来没见过他出入北里的烟花之地。

太子想要的女人都是直接送到太子府,根本不用亲自出来。他看起来比文相国更加高大,留着一撮粗重的短须。沈泰看到他手里已经端了一杯酒,正站在一扇开着的窗前打量着屋里的其他人。太子冲着司马子安微微一笑,诗人朝他施礼,回以爽朗的笑容。

等到客人们的杯子里都斟满了酒,文芊才开口朝堂兄说了第一句话:邀请他赋诗一首,娱乐大家。

沈泰从屏风后面望去,看到文周露出一抹自信而慵懒的笑容:"吟诗作对那是诗人们的事情,我怎么敢造次?妹妹,我那点文采怎么入得了你的眼哪?"

"不过你总可以试试的吧？就算是为了让本宫开心下也不行么？"沈泰猜想文芊一定是带着狡黠的笑意说这番话的。

"下官真是爱莫能助，"文周说。有人适时地发出凑趣的笑声，"而且，不管怎么说，今天有一名大诗人在场呢。还是请他来赋诗一首让娘娘开心吧，难道这不是他来此的目的么？"

一个意味深长的问题：谁都知道这位诗人之所以被贬谪出了京城，就是因为他写的某首诗让珍妃娘娘不悦。这是诗仙司马子安传奇经历的一部分，尽人皆知。

文芊只是微微一笑。沈泰意识到她可能有许多种笑的方式，这一次她笑得有点像戏弄老鼠的猫，跟她在轿子里逗弄沈泰的时候很像。他明白，这不是真正愉悦的笑容。他在想文周是否明白这一点。

沈泰突然间打了个冷战，又说不清为什么。他想起小时候奶娘讲过的故事，如果有人突然莫名地打冷战，通常表示有人走过了以后你的埋骨之处。她还常常说，要是一个人从来没有这样莫名地战栗过，可能以后会死在水里，或者尸骨无存，连个埋骨的地方都没有。

他的哥哥也从奶娘口里听过同样的故事。从小，他跟沈柳一起长大，在同一个果园里摘过同样的果子，在同一条小溪里钓鱼和游泳，同在秋天看着夕阳西下，梧桐叶落，同在冬天结束的时候看候鸟归来。他和沈柳的启蒙先生也是同一个，小时候还住同一间房，在夏夜里一同倚窗听着惊雷滚滚。

"自那次在大明宫过后，本宫都不敢再让司马大家为我写诗了。"珍妃娘娘说，"免得又写出来些前朝贵妃和她心仪之人之类的东西。"她看着诗人，脸上毫无笑容。

"如果在下的诗曾经让贵妃娘娘，甚至陛下扫兴，那在下真是觉得痛不欲生了。"司马子安认真地说。

"其实，"相国大人微笑着说，"在下官看来，司马大家的很多诗读起来都不那么让人愉悦，恕我直言。"又有人发出一阵凑趣的笑声，可能是同一个人。

司马子安看着他，躬身。"有些痛苦，"他低声说，"是我们在生活中必须去承担的。"

这次轮到文芊大笑了,她拍了拍手。"堂兄啊,堂兄,"她高声说,"千万不要跟一名诗人玩文字游戏,难道你从来没听说过这句话么?"

文周的脸一下子红了。沈泰努力忍住不让自己笑出声来。

"我倒认为,那位连个一官半职都没有的放浪形骸的诗人,倒是有必要多加小心了。"相国大人冷冷地说。

沈泰本能地看向沈柳,童年时候他就喜欢研究沈柳的表情,想从他的脸上读懂他在想什么。沈柳照例一脸平静,不泄露任何情绪。但他的目光很快就从珍妃那移到了诗人身上。突然间,他又看向另一个人,一个谁也没想到他会开口打破僵局的人。

"先贤曾说过,勿以贵贱论高低。"太子申祖平静地说,"既然相国大人说起这个,小王倒是有点问题想请教一下文相爷,就怕扰了娘娘的雅兴。"

"今天,在这里,大家完全不必顾忌这些。"文芊优雅地说。

沈泰不明白他们葫芦里卖的什么药。也不明白太子殿下要说些什么,申祖依靠在窗边,一副慵懒随意的样子,随意地端着酒杯摇晃,几乎把酒都给弄洒了。他的声音比沈泰想象的更清亮,此前他从未听过太子殿下说话,只是听过不少有关这名纨绔子弟的传闻。

"尊贵的殿下开口,下官自然是知无不言,言无不尽。"文周冲太子躬身行礼。

这是他必须遵守的礼节,沈泰心想文相爷恐怕并不见乐。坐在这个隐蔽的角落,为了琢磨他们之间错综复杂的联系,以及在目前紧张的氛围下,尽量去看清楚每个人脸上的表情,他已经够筋疲力尽了,没力气再去深思那暗地里剑拔弩张对话背后的深层含义。

"真是感激不尽。"太子微笑着说。他抿了一口酒,示意侍从过来把酒杯斟满。当侍从退下的时候,满屋子的人都看着他,等着他开口。申祖太子舒适地靠在座椅上,一副轻松的样子,看着文周。

"你对安隶都做了些什么?"他径直问道。屏风后面的沈泰一下子紧张得大气都不敢出一口。

"殿下,您是要在这里讨论国事么?"文周刻意看了一眼诗人,又看了看其他几个人。

"如果你一定要这么说的话,没错,"太子从容地说,"不过话说回来,小王真没看出这个问题哪里就涉及到国家大事了?"

屋子里安静得一根针落在地上都能听见。即使身为太子殿下,他有这样的权力去责问一国之麽么?沈泰觉得恐怕没有。

"堂妹……"文周的目光转向文芊,"在这么一个春光大好的日子里聚会,显然不是……"

"事实上,"文芊温柔地打断了他,"本宫也很想知道答案,堂兄。关于安隶的事情,毕竟,"她露出一抹倾国倾城的笑容,"他可是我的义子呢!一位母亲总是会为儿子牵肠挂肚的,你也明白,母亲总是这样,无休无止的牵挂。"

这一次的沉默几乎让人窒息。文周回头看了一眼沈柳。沈泰的长兄倾身向前迈了一小步(真的只是极小的一步),他朝着珍妃娘娘鞠躬,然后朝太子行礼。

"太子殿下,珍妃娘娘,据我们所知,安大人已经离开了京城。"此话不假,就连沈泰都碰巧知道,但是这个回答等于什么也没说。

"确实如此,"太子马上回答,"三天前的傍晚离开的。"

"而在此之前,他的长子先行离开。"文芊补充说,她的脸上没有笑容,"安龙带着一小队士兵,骑着骏马往北走了。"

"而荣山是往西去的。"沈柳说。沈泰意识到哥哥在试图转移他们的注意力,从而缓和气氛。

但那并不成功。

"这些我们都知道,"申祖说,"他去了通往辰尧方向的官道,跟你弟弟见面。"

沈泰一下子屏住了呼吸。

"我的弟弟?"沈柳问道。他看上去颤抖了一下,而这不是故意为之。沈柳擅长的是隐藏情绪,而不是假装某种情绪。

"见了沈泰!"相国大人几乎同时说了出来,"为什么他要这样做?"

"小王想,应该是为了那些汗血宝马吧,"申祖太子漫不经心地说,"但是,小王想讨论的不是这个。"

"一定是这样的!"相国大人脱口而出,"荣山显然是要——"

"他显然是对那批宝马的处置感兴趣。作为帝国的一名节度使,他对这个感兴趣不是很正常么?那是他职责范围内的事情,是不是?"申祖坐直了身子。"而你,相国大人——还有你的谋士,当然,看上去他挺无所不知的。就劳驾你们告诉我,为什么你们这么迫切地要把他赶出京城,或者做了比赶出京城更出格的事情?"

沈泰强忍着慢慢地把憋久了的一口气缓缓吐出来,仔细地让自己的呼吸平缓而轻微。

"陛下确实邀请他前来京城,堂兄,我们都知道。"文芊摇了摇头,"就连本宫都亲自邀请过他。他每次来的时候都能逗得本宫非常开心。"

直到此时沈泰才恍然大悟,文芊和太子是在一唱一和,这绝非偶然。

"把他赶出京城?"文周重复他们的话,"下官怎么可能做得到?"

太子又喝了一口酒:"在大明宫里和朝堂上肆意散布安隶有不臣之心的谣言。而这个时候他又在新安城,将士都不在身边,他会感到无助不安。"

现在,整间屋子里的空气似乎都凝固了。

沈泰看到在场的人有几个开始坐立不安,偷偷往后靠,仿佛要从无形的战场中撤离一样。而司马子安那双明亮的眼睛一直在几个说话的人之间徘徊,热切地看着他们,像是在看好戏。

"有时候,"沈泰的长兄柔声说,"尊敬的太子殿下,还有娘娘,某些谣言也并非捕风捉影啊。"

申祖太子看着他。"或许如此。但对付安隶这样手握重兵的人,不能用这样的办法。不能让他觉得自己孤立无援,进退维谷,又或者让他感觉到自己会毁在相国大人手里。"

"毁在我手里?那不可能,"文周恢复了沉着冷静,"下官不过是陛下的一名臣子,帝国忠心的仆人,我所做的一切都是为了效忠伟大的万岁爷!"

"既然如此,"太子的声音如丝绸一般细腻圆润,"最明智的做法还是写一封奏疏,面呈睿智伟大的陛下,除此之外,还有其他更明智的方式么?这对你来说只是,"他顿了顿,又补充说,"一场危险的游戏,文周文相爷,这不是明摆着的么?"

"这可不是一场游戏,太子殿下!"文周说。

"很遗憾,小王的看法和你略有不同。"太子回答。

沈泰想,这时候的太子可看不出来半点纨绔子弟或者沉溺酒色的样子。这到底是在唱哪出呢?到底发生了什么事?他看到太子把酒杯放在了漆木桌上,又开口:"小王不得不很遗憾地说,这只是两个男人争权夺利的游戏。而不是为了效忠帝国,效忠咱们的万岁爷。"

"太子殿下如此说,下官很难过。"文周低声说。

"小王相信你难过,"太子同意道,"我想,父皇也是如此。"他平静地说。

"您……跟陛下说起过这事了?"文周的脸又涨红了。

"昨天早上说的,就在御花园里。"

"太子殿下,请恕我无礼,"沈泰的长兄插话了,"我们都很困惑,还请殿下指点一二。您刚才说对付荣山不能用这样的办法,这表明您也认为他是个强大的对手,想来相国大人和小人所做的事情让殿下失望了,那么恕小人斗胆,请问该用怎样的方式来对付这位给帝国和朝廷带来危险的安大都督呢?"

沈泰想着,这气氛,简直是太过、太过剑拔弩张了。

申祖太子的语气跟沈柳一样平静,"给他荣誉和权力,召唤他来到京城,给他更多的荣誉和权力——这就是珍妃娘娘和伟大的父皇一直在做的事情。不停地设宴,不管是在大明宫还是码外,让他享受,然后看他死于消渴症,他必然难逃一死。"

文周张大了嘴。

申祖太子举起一只手,"然后,在伟大的、曾为帝国立下汗马功劳的安隶节度使西去之后,给他举行一场奢华的葬礼。"

他顿了顿,整个房间的目光都聚集在他身上。"再然后,把他的长子也接到新安城里,封他一个有名无实的官衔,让他在京城的繁华里醉生梦死!然后对他的小儿子也这样做,让他们来京城享乐,供给他们奢侈的生活,新安城的任何一个女人,只要他们喜欢,都给他们。华府豪宅,锦衣玉食,美女长伴,夜夜笙歌,醉生梦死,流连忘返——直到三个新的节度使重新掌控东北三省为止。"

他盯着文周。"而你所做的,文相爷,根本不是在为帝国考虑,而是两个男人为争权相互倾轧排挤,结党营私。为私人,文周,如果你真的为帝国效忠,你该想得更长远。"

一片沉默,谁也不敢说话。

"任何一个女人?"还是文芊打破了沉默,一只手捂着丰满的胸口,"噢,天哪!真可怕。"

太子申祖大笑起来。

沈泰这才意识到自己又屏住呼吸好一阵了,他尽量悄悄地、徐缓地吸气和吐气。

"太子殿下,太子千岁,事情不会这么简单的!"文周高声说,"那个人是否真的病重还未可知,但他的野心已经是表露无遗了。"

"朝堂上的事情都不会很简单,"文芊抢在太子说话之前说,"堂兄,你的任务,是辅佐陛下治理好一个国家,而安隶则是为国家开疆拓土的。如果你们俩没日没夜地就这么互相倾轧,就像两只竖着毛的斗鸡一样,那帝国要怎么办?难不成我们就只能看着你们互相斗来斗去,还在一边下注买谁赢谁输么?"

在这个隐蔽的藏身角落,沈泰的心里突然冒出一个疑问:这时候皇帝陛下又在哪里?难道这种事情不是该他出面解决么?为了他的臣民,为了苍天之下的帝国。

突然间,他似乎明白了什么,而这种了悟让他感觉呼吸困难。

"竖着毛的斗鸡?"文周重复着她的话,抬起了头。

申祖点点头:"真是个不错的形容。谁又来做这场斗鸡的评判呢?你们是要不惜一切代价,非得把对方斗死么?文相爷,您在帝国一人之下万人之上,任重而道远,前任的相国,秦海秦大人也是如此。而他是一个强硬的、甚至令人恐惧的人。所以,你刚上任这一年,荣山肯定会想办法试探你,这有什么奇怪的?坐镇边境手握重兵的节度使试探一下新相国对他们的态度,这很合理嘛。而您,文周,文相爷,您看看您都做了什么。"

文周掷地有声地说:"荣山有不臣之心,微臣曾经多次提醒过陛下，也曾提醒过御史台、尚书省，还有六部的官员，还有我们尊敬的贵妃娘娘。如果您在今天之前表示过对这方面事务感兴趣，我也会提醒您，太子殿下！而您刚才所说的东西对我恐怕不太公正，娘娘，我可是跟你们都提到过荣山居心叵测。"

"不过，"文芊温柔地一笑，"他也跟我们提到过你心怀不轨啊。你想，英明的陛下应该相信谁呢，堂兄？"

"他……安隶也告过我的状？"

"难道你以为他是个傻瓜吗，堂兄？"

"当然不是。否则他不会这么危险。"

"那可不一定，"太子插话说，"有时候愚蠢也是一种危险。"

每多过一刻，每多说一句话，沈泰脑中对申祖的印象就多改变一分，他越来越感觉到世人对这位太子殿下根本不了解。

"堂兄，"文芊说，"直到最近为止，危险还只限于你们双方，没有波及到帝国。但是，如果因为你们俩对彼此的厌恶而导致奇台帝国陷入危机……"

她故意没有说下去。

"今年春天，你下令逮捕了安隶的两位谋士，因为他们偷偷去星相师府上。"太子的眉毛拧了起来。

沈泰的长兄赶紧说："审讯的结果一切属实，太子殿下。"

"就算结果属实，又有什么意义？"太子迅速地反诘，"或者这只是一种挑衅？你不妨为我解惑一下，聪明的谋士。"

文周的手略略举起，一个不易被人察觉的手势，示意沈柳不要回答。

文周先后朝太子和贵妃躬身行礼，然后很有尊严地说："或许是微臣做错了。身为皇帝陛下的臣子，我必须承认自己绝不会如英明伟大的陛下一样从不犯错。我只是尽我所能辅佐陛下，为帝国尽职尽责。我接受劝诫。"

"很好。"文芊说。

"确实，很好。"申祖附和道，"那好吧，在码外如此阳光明媚的下午，此事既往不咎。不过，在我们开始享乐之前，相国大人，您能否告诉小王，我在哪儿可以找到你的一名侍卫？我听说他的名字叫冯大。"

"哦?"文周说,"尊贵的……太子殿下竟然纡尊降贵齿及我近侍的贱名?"

"是啊,"太子和蔼可亲地说。他又端起了酒杯,示意侍从添酒,"小王派人到您的府上,想把他带到大明宫来。不过看样子他已经离开新安城了,那家伙去哪了?"

沈泰本能地又转头看他的长兄,沈柳的脸上明白无误地表现出困惑。看样子不管那个人是谁,他都不认识。

文周惊讶地说:"太子殿下,您想见我侍卫?"

"小王想自己已经说得够清楚了,"太子低声说,"小王说,他,似乎已经消失无踪。"

"并非如此,"文周说,"微臣只是派他去护送我家人回老家。家严家慈年老体衰,我总得派一名有经验的护卫保护他们,并且安排好照顾他们的仆役之类。"

"年老体衰,"太子重复道,"这么说,他已经回到你老家了?"

"应该在路上,他前几天才离开的。"

"事实上,他现在就在码外。"文芊突然说,她的声音听起来温柔极了。房间里所有人的目光都不由自主地转向她,"或许本宫该早点告诉您,堂兄,还有太子殿下。妾身正巧收到一些消息,就派人去跟踪并把他带回来了。"

"您知道他会离开京城?"太子殿下一脸崇拜地看着贵妃。

"他这么做也在情理之中。"

"你把我的人从半路上扣下来了?"文周的声音听起来很奇怪。

"尊敬的贵妃娘娘,请恕微臣斗胆,到底……您是收到了什么样的消息?"这次是沈柳发问了。

沈泰不知道对长兄的困惑是感到好笑还是觉得可怜。沈柳比沈泰更痛恨这种被动的谈话局面,完全不知情,摸不着头脑,不管是任何时候,在任何地方。

"我们收到了密报,"文芊还是那么温柔地说,"那个人在走之前犯下了命案。亲爱的堂兄,当然,你肯定毫不知情。"

显然文周不可能毫不知情。沈泰提醒自己:我只是个小角儿,连奏乐旋律是什么都不清楚的小角儿，跟众多名角儿站在同一个舞台上，被卷入了一场自己完全不明状况的大戏。

"当然毫不知情！"相国大人惊呼，"命案？是谁报的消息？"

"金吾卫提交了一份报告，他们说，在几天前的夜晚，一支金吾卫小队从头到尾完整地目击到一桩凶杀案。当时他们并没有立刻逮捕那名凶手。我想您也明白他们的顾忌：因为凶手是您的近侍。"

"微臣真是太震惊了！到底是谁给他们通风报信的？"

沈泰留意到，相国大人并没有询问是谁被杀了。

目前来看，文周的反应和举止有点不太寻常，沈泰思忖着，或许达官贵胄的派头就是这样，对别人的生死漠不关心。扎根南方的文家虽然不是整个王朝里最富有显赫的家族，但源远流长，血统尊贵。当然，这也是文芊为什么被选为帝子妃的原因，只是后来她更进了一步。

"谁给他们通风报信的？碰巧了，正是荣山。"申祖太子回答。

还是沈柳提问了："那他被指控杀害了什么人？"

"一个小官儿，"太子说，"据小王所知，他以前常常和你弟弟一起饮酒作乐。有人告诉我，他名叫辛伦。"

"您是说……安隶告诉金吾卫，他可能会被人暗杀……"沈柳有点语无伦次了。

"是啊，"文芊的口气听上去很遗憾，"这位朝廷命官，辛伦辛大人，似乎听到了从西边传到大明宫的什么风声，感到非常害怕，于是他写信给荣山乞求庇护。"

沈泰目不转睛地看着文相爷。文周的表现真实令人钦佩，脸上的神色丝毫不变。

"然后，安大人……"沈柳欲言又止地问道。

"……安大人通知了金吾卫，明智之举，可惜看上去他们还是晚了一步，无法阻止这场悲剧。真是，"文芊说，"一件不幸的事情。"

"太不幸了。"文周喃喃地说。

"本宫能想象这对你来说是多么大的打击，堂兄，你居然派了这么一个残忍的人去保护你的双亲，那可是本宫的伯父伯母。愿神灵庇佑他们！"文芊说，"当然，我们审讯了冯大以后就能知道事情的来龙去脉了。"

"这……还没有审问么?"文周的声音突然多了点紧张。沈泰发现这场戏真是越来越好看了。

可惜,他作壁上观的打算很快宣告结束。

"我们还得等沈泰大人,"文芊用一种理所当然的口气说,"得先听听他对这个故事还有什么要补充的没。今天早上本宫亲自问过他了。"

"您……娘娘,您问过我弟弟?"沈柳说。

"是啊,因为这件事情好像跟他也有关联。"文芊看着她的堂兄,没有笑容,"本宫很欣赏这位年轻人。所以本宫决定,在他发言之前,先听一下你们的说法。"

沈柳突然一下明白了。

他的目光在两扇屏风之间打转,脸上的表情高深莫测,看不出任何情绪。当然,如果你非常了解他,还是能捕捉到一些蛛丝马迹。文芊仿佛漫不经心地扫过沈泰藏身的地方。

沈泰想着,这或许是明确的信号,他这个小角儿该登场唱戏了。

他站起身,整了整衣服,然后,绕过屏风,沿着昂贵的檀香木墙走到了众人面前。他的出现引发了一片惊讶的哗然,沈泰想或许珍妃娘娘觉得这样很有趣,可他一点也不觉得。

他不清楚文芊这个时候让他出来要做什么,只能先朝太子和贵妃行礼。本来按照规矩,也该向相国和他哥哥行礼的,不过他没有。沈泰朝着司马子安露出一抹笑容,诗人笑嘻嘻地看着他,仿佛觉得戏演到这个时候特别有意思。

沈泰清了清嗓子,一屋子达官显贵都盯着他。"感谢您,尊敬的贵妃娘娘,"他说,"我承认隐藏在屏风后面不是件愉快的事情,但微臣想您的安排有着无比的智慧。"

文芊大笑:"啊,真是的,你说得本宫好像是个该作古的老家伙。智慧?本宫只是想看看你走出来的时候他们脸上的表情而已!"

他明白,这句话不是真的,在场的人都明白。但沈泰也明白,这就是文芊在这个台子上唱的戏词,她用自己的手腕把别人玩得团团转。这就是隐藏在华服和熏香之下的珍妃娘娘的过人之处,跟她在一起，很快就能发现这一点。

而现在他也是被她赶着上台的戏子之一，这是明白无误的事实。就连他身上的衣服都跟她如此相似，沈泰想着这是不是也是故意安排的，显然应该是。

他提醒自己早就想好的应对之辞。如果一个人不能理清一团乱麻，解开错综复杂的连环结，应付迂回曲折的唇枪舌剑，那么他就只能采用完全不同的策略。其实根本没有什么好选择的，不是吗？他无法控制任何事情，只是当一个傀儡，或是被湍急的江水冲走的一片浮木。

而在此时此地，他能做的也只有一件事情。

他转身看向文周："你是怎么知道我在库拉诺湖的？"

他本该先躬身行礼，再挑选礼貌恭敬的话，婉转地提问。可他没有心思去委婉了。

文周阴沉沉地盯着他，一言不发。

"二弟！"沈柳故意高声道，"欢迎你回到我们中间！你为我们的家族带来了巨大的荣耀。"沈柳冲他弯腰长揖，并不仅仅是为了礼貌性地致敬。

如果想要前行，那就没有别的路了，只能单刀直入。沈泰想着。

"而你则让父亲蒙羞，大哥！难道你从未想过，把礼眉送到北方的番邦和亲，父亲会有什么感受么？"

"哎呀，对啊！"太子高声说，"小王都忘了，我们皇家还新添了一名公主呐！多有意思！"

沈泰觉得他压根没有忘记，而沈柳也没有回答，不过这件事情可以稍后再说。沈泰又转头看着文周："你还没回答我呢，文相爷。"他必须单刀直入，否则他就会成为一片被激流冲走的浮木。

"放肆！"文周冷冷地说，"本官还从未见过有人敢用这样的口气和言辞逼问一名相国。这只怕在历朝历代里都从未有过吧？按律，以下犯上理当杖责。"

沈泰看到，司马子安连连给他使眼色，示意他要收敛一些。但他不打算照作，他九死一生回到京城，沈礼眉被送走，周岩也死在了库拉诺湖畔，还有他的父亲，他连父亲的墓碑都还没见过。

他说:"我明白了。荣山早说过你会回避这个问题。"

文周眨了眨眼:"你跟荣山谈过?"

这次轮到沈泰无视他的提问。"你刚才说杖责,是吧?杖责多少?我提醒您一句,相爷,杖责可是会打死人的,如果我死了,帝国就会白白损失二百五十匹汗血宝马。"

既然做了,那就按照自己的想法做到底吧,沈泰想着。有机会从藏身的地方走出来,跟这个男人对峙,真是痛快得酣畅淋漓。"你要杀我的时候,大概想着按律刑不上大夫吧?我再问一遍,你怎么知道我在库拉诺湖的?"

"杀害?你不是活得好好的么。难不成站在我面前的不是个人,是个鬼么,沈泰?"

看来这句话说到关键了。诗人不再给沈泰递眼色,太子也站直了身子,整间屋子里只有文芊看上去镇定自若,坐在所有人的中间。

沈泰说:"我确实还没死,但我的朋友周岩死了,死在刺客手上。被派去刺杀我的假瞰林杀掉了我的朋友。另外驻扎在辰尧的节度使,徐毕海徐提督,"他顿了顿,让大家都留意到节度使的名字,"抓到了两名刺杀未遂的刺客,他们对自己的罪行供认不讳。我的朋友司马子安也看到了他们,徐大人的女儿亲自来告诉我们刺客供出的接头人名字。所以这件事情也有其他人可以作证。另外,相爷,辛伦写的那封信,荣山给了我一份抄本。他说辛伦明白自己知道的东西太多,担心会被杀人灭口。"

"一封信的抄本?荣山给你的?他都不识字!"文周勉强挤出一声大笑,"就今天我们所听到的而言——躲在屏风后面鬼鬼祟祟偷听的也算——这全是荣山的诡计!你就没看出来那是他弄出来陷害我的伪证?陷害整个帝国唯一一个敢于公开站出来跟他作对的人。当然,你知道的东西太少——"

"那不是伪证,"沈泰说,"辛伦就在那一夜死了,正如他所担心的那样。还有金吾卫亲眼目睹。"

他的目光转向自己的哥哥,仿佛跟文周说这么多以后,可以无视这位相爷了。他看着沈柳,心开始狂跳。

"有人来库拉诺湖刺杀你?"沈柳平静地问。他在思索,或是在脑子里整合各种信息。

"是,还有在辰尧。"

"我明白了。好吧,我确实知道你在哪里。"沈柳说。

"你知道。"这样跟自己长兄对话是一种很奇怪的感觉,这样看着他,试图弄清他在想什么。沈泰提醒自己,在这种情况下,沈柳是非常善于伪装的。

"我还试图说服你不要去,记得吗?"

"你确实说过。"沈泰回答,"是你告诉相国大人我的去向?"

这是一个他离开库拉诺湖和周围的群山就想问的问题。

沈柳点了点头。"我想是的,在闲谈的时候提到过。"他就这么直截了当地回答,没有犹豫,不止沈泰一个人会单刀直入,别人也会,至少会假装很直接。"我得回去查一下我的记录,我把所有事情都记录下来了。"

"所有事情?"沈泰问。

"是的。"他的长兄回答。

这倒是很有可能。

沈柳那张脸,从孩提时候就学会自我控制,极少泄露真实的情绪,而在这间屋子里,在众目睽睽之下,沈泰不可能说自己真正想说的话。他这时候只想紧紧地抓着沈柳的脖子,面对面地瞪着他,大吼大叫:你看看你这个当大哥的对礼眉做了什么!真是让父亲之名蒙羞!

而此时此刻,时机不对,场合更不对。他在想或许永远也找不到合适的时间和地点,他还想到现在绝不是计较这些私人问题的时候,不能把这一场戏的目的缩小到那些刺杀未遂的小事情上,有更重要的问题亟待解决。

他的想法似乎被人看透了,有一位高明的角儿还在戏台上呢。"或许有些问题该让本宫堂兄的近侍来回答吧,"文芊开口了,"或许我们可以谈点别的?本宫想眼前这出戏真不如我想象的好看哪。"

这等于是在叫停了。

沈泰看着她,她的表情冷漠而专横。他深深地吸了口气:"尊贵的娘娘,请原谅微臣一时情不自禁。我最挚爱的朋友在遥远的异乡被人杀害,而他来是为了告诉我妹妹的消息,微臣一时情难自禁,请求娘娘宽恕。"

"好了,这事就这么过去了,"文芊立刻说,"你当然知道本宫不会降罪于你的,整个大明宫都不会,因为你给我们带来了这么一份珍贵的礼物!"

"那些汗血宝马!"申祖笑吟吟地朝着沈泰举杯,"好了,不管现在有什么烦恼或者问题,都不能让我们尊贵的娘娘不开心啊。否则父皇会怪罪我们的。"

一名侍从为沈泰端来了酒杯。他接了过来,啜饮一口。这可是精酿的宫廷御酒,醇厚非常。

"唉,本宫不过就要人写首诗,"文芊故意哀怨地说,"怕是得等上半辈子了!亲爱的堂兄拒绝我,伟大的诗仙也拒绝我。到底这里有没有人愿意赋诗一首让本宫开心一笑呢?"

司马子安上前一步。"尊贵又仁慈的娘娘,"他低声说,"您是这个时代最璀璨的光芒,您能允许在下提一个建议么?"

"当然,"文芊说,"如果你的建议提得好,本宫就饶恕你以前的冒犯了。"

"这是在下衷心所愿,"司马子安说,"我提议,可以行个酒令,让在场的一对兄弟,沈皋大将军的两个儿子分别为您赋诗。"

沈泰浑身一颤,文芊倒是开心地拍了拍手。"真是好主意!那就这样吧,还有谁能比诗仙司马大家更适合命题的呢?那就赶紧开始吧!你来作令官,司马大家,沈将军的两个儿子作诗助兴。本宫真是太期待了,大家都端上酒了么?"

沈泰清楚,他的长兄通过科举那年中的是探花,多年来他寒窗苦读就是为了一举成名。他的诗优雅工整,几近完美。沈柳一直是个多才多艺的人。

沈泰在库拉诺湖畔的两年里,每天晚上都待在小木屋里写一些诗句,他也想成为一名诗人,不过估计希望不大。

他只能告诉自己,这是为了娱乐,在码外明媚的午后让贵妃娘娘开心一下。并不是考试,也不是比赛,没有任何意义。他突然想咒骂诗人一顿,瞧瞧司马子安扔给他的烫手山芋!

他看到沈柳走上前，朝文芊鞠躬，沈柳的表情沉静，不苟言笑。沈泰想起文芊在轿子里说过，沈柳从来都面无笑容。沈泰也躬身行礼，露出一抹苦笑。看上去像是底气不足了，他想着。

司马子安说："诗眼就选新安城和今夜的月亮吧。体裁不限。"

太子笑了："司马大家，我不得不问您一个问题，为什么您的诗总是跟月亮脱不了关系？"

司马子安笑了笑，幽默地说："是啊，总脱不了关系，太子殿下。我这一生都在追着月亮跑哪，要是以后能死在美丽的月色中，我就心满意足了。"

太子殿下客客气气地说："我们衷心希望那是许多年以后的事情了。"

沈泰一直在纳闷，为什么这么多年人们一直都对太子殿下误解甚深？他琢磨着，或许，哪怕是身为太子，这么多年若是不小心流露出野心，也会招来致命的危险。而若是太子殿下展现出过人的才华和能力，总会被歪曲成野心的迹象。做一个成天饮酒作乐，纵情声色的纨绔子弟自然安全许多。

那么，另一个问题就是：太子今天是要干什么？

司马子安似乎有点醉醺醺地说："那您知道……哦不，您不可能知道，我没有告诉任何人……不过我有时候会觉得天上还有第二个月亮就好了，那不是一份最好的礼物么？"

"本宫倒是很想得到这么一份礼物呢。"珍妃娘娘静静地说。沈泰突然想起，她其实很年轻，比他的妹妹年龄还小。

文芊转头看了看他，又看了看沈柳："长兄当然得先来，在这个问题上就不用争论和礼让啦。"

文周退后一步，新的戏又登台开场了。他对此只是淡淡一笑。沈泰仿佛觉得自己的感觉敏锐起来了，留意到很多平时不会留意的东西，思索得也更多。或许这就是朝堂里的生活吧？总是在不同的戏台上唱戏。

沈柳的手一直笼在袖子里，他在准备写诗的时候总是这样，沈泰很清楚。新安城，今夜的月亮，他让自己的脑子里塞满了跟这两个词有关的画面。

沉吟一会儿，沈柳开口了，没有看任何人，曼声吟道：

> 新安城夜无人眠，流光叠翠上紫烟。
> 画楼迤逦夜更夜，长街熙攘年复年。
> 阊阖晓钟开万户，金銮帝王坐宫前。
> 海内同心歌盛世，繁华璀璨在此间。

沈泰的胸臆里突然涌上一阵疼痛，那是从小到大对长兄的记忆。这就是他的哥哥，站在这里，在众目睽睽之下，他能轻松地赋诗一首。

那么他自己能怎么写呢，他能这样轻而易举地写出来么？

屋子里的每个人似乎都在看着沈泰，一时间没有人回应沈柳这首工整的诗：就格律和对仗而言，无可挑剔。至于评判，那得等到大家都写完了才行。以前，在新安城北里区，他们经常这样斗诗行令。

沈泰啜饮一口酒，他现在非常清醒，真不可思议。他想到了周岩，想到了妹妹沈礼眉，他看了看对面的沈柳。

"平心而论，"他喃喃自语，"我喜欢这首诗。"

他长兄的嘴紧紧抿着，沈泰没指望他会回复自己。他也还没想好自己要写什么。这是在朝中权贵面前作诗，可不是和同窗好友在青楼里享乐。他又喝了一口酒，他意识到，自己只能给这间屋子里面名角儿带来一种与众不同的东西。

他看着司马子安，诗人的脸上浮现出关切的神色。沈泰想着，这就是诗人，诗歌，就是他的水源，他的空气，他的生命。

开头的句子突然冒了出来，很快他的脑子里开始浮现出诗句，跟他的长兄似乎截然不同。沈泰一边缓缓地踱步，一边思忖着，当一首诗在他的脑海里浮现完整之时，他似乎也沉浸入了那种景象里：

> 新安城南悬银钩，千门灯火明如昼。
> 曼舞笙歌频笑语，夜光杯满不知愁。
> 阳关西去无行路，冷月空照青海头。
> 风卷流沙袭孤冢，星冷冰芒入空楼。

寒烟衰草渺人迹,昆仑墟下有荒丘。
雄鹰飞去惊梦影,百鬼夜哭声啾啾。
孤魂游荡天地间,枯骨映月无人收。
忧思辗转坐复问,吾道此间何处求?

语毕,他看着沈柳,一片沉默中,只有和煦的微风从窗外吹入房间。在他的童年,曾经是如此渴望得到长兄的认可。沈柳本能地避开他的目光,又一下子把视线挪了回来,看着他的弟弟。沈泰想着,对沈柳而言,有这样的下意识行为也是很不容易的。

"精彩绝伦。"沈柳评论。

"不只是精彩了。"司马子安轻声说。

周围人发出一阵阵笑声。"真是太棒了,只用了这么一会儿就写出如此精彩的诗句,不是么?"文周有些刻薄地说,"刚从屏风背后走出来没多久,沈泰大人就开始提醒我们他在帝国的西边所干的丰功伟业了?"

沈泰盯着他,突然间明白了两件事情。首先,他发现上场唱戏也不是这么难,至少现在他算是摸到了一点门路。另外就是,原来屋子里还有比他更愤怒的人。

他一动不动地看着相国大人那张英俊的脸。就是他,抢走了春雨,还害死了周岩。

沈泰故意沉默了一会儿,他明白人们都在等他的回答。"我想,不用我提醒您吧,伟大的相爷,有十多万士兵埋骨在库拉诺,而其中一半,是我们的人。"

他看见长兄瑟缩了一下,沈泰明白自己这句话有多么强的震撼力——连沈柳都无法保持镇定。

"如果你们俩争吵起来,那就太扫兴了。"文芊开口解围,故意显得很生气的样子。沈泰看着她:她那艳红的双唇明显地往下撇。她又在逗弄他们,他想着,这次的目的很明显了。

他躬身行礼:"微臣罪该万死,尊贵的娘娘。微臣知道为了留在这里,我应该谨言慎行,即使别人没有如此。"

他看到文芊在控制自己别笑出来。"我们可没有让你离开的意思啊，沈泰。本宫想陛下很快就会亲自接见你的，你在新安城住哪儿啊？"

他还没来得及找呢，真是有趣。"我还没有落脚的地方，娘娘，我想我会找个客栈——"

这次她是真的惊讶了："找客栈？"

太子申祖走上前来。"你可真是让我们惊讶啊，沈泰。如果你真的去找客栈，那就是朝廷怠慢。在父皇和大臣们考虑好要给予你什么奖赏之前，不如先到小王在新安城的一座府邸里住上一阵子吧？"

"我没有……没有值得奖赏的，太子殿下。我在库拉诺湖畔仅仅是为了——"

"为了悼念你的父亲，小王明白。这是高尚光荣的行为，当然值得奖赏，不是吗？"申祖咧嘴一笑，喝干了杯里的酒，"还有那么多汗血宝马。小王手下的人会在今天傍晚找你，打点好一切事宜。"

汗血宝马，沈泰想着，这才是重点。他不得不再次怀疑，远在高原之城日格尔的白玉公主殿下在下旨赏赐他这么多汗血宝马的时候，到底有没有考虑到会带来怎样的后果。

而另一个女人又开始介入此事，弄得他的生活完全失控了，那个尊贵的女人完全清楚自己在做什么，而此时，她正宣布宴会结束。

客人们纷纷向她躬身行礼，太子申祖还留在房间里，沈泰看了看藏身的屏风，从屏风外面完全发现不了那个观察孔。他又看了看另一扇。

他是最后一个离开的。总管关上了门，娇小玲珑的宫女送他离开，模样端庄，双手规规矩矩地笼在袖子里。适才他看到文周和沈柳一起离去。他很想知道自己的长兄会不会停下来，找机会跟他说两句话。而他也不敢肯定有没有准备好跟沈柳私下交谈。

司马子安在等着他。

沈泰问："您能陪我待一会儿吗？"

"当然，非常荣幸。"诗人的态度很严肃，没有一丝讽刺的意思。

两名宫女带着他们沿着走廊往外走。夕阳西下，暮光透过染色的纱窗照了进来，每走过一扇窗口就有一束阳光照进来。他们就在光影中穿行，明暗相间，不断循环。

第十八章

殷红的夕阳低垂，空气中有一种阴郁的气息，天气开始转凉，风也吹得更猛烈。沈礼眉穿着博古样式的衬衫和上衣，外面套着一件驼毛背心。她不知道梅斯哈从哪里找来这些东西，这几天他们都在荒无人烟的地方骑行，连天上都看不到丝毫炊烟。

跨过辽阔的草原，巍峨的长城，宽阔湍急的河流，在遥远的西南方，就是以温泉闻名的码外，她的哥哥们会和奇台帝国的达官贵胄一起在那金碧辉煌的大厅里参加宴会，斗诗饮酒。他们喝着宫廷佳酿，享受着柔和的春风，还有那温暖甜美的阳光。

沈礼眉总是不停地回头眺望，自太阳升起，能看到远处的时候，她就一直这样，她很紧张。现在他们已经开始连夜赶路，在黯淡的月光星光之下，连狼群都看不太清楚。草原的夜晚总有停不住的嘈杂声，她在黑暗中听到小动物的哀鸣，估计是临死前最后的声音。

而梅斯哈从不回头，漫长的一天中，他只安排了两次短暂的休息。休息的时候他会告诉沈礼眉，他们今天不用担心被追上。"他们不得不停下来等待，弄明白我们的方向。现在他们明白，但起了风暴，他们得多花几天才能赶上来。"

"那我们呢？"

他摇摇头。"风暴？没这么可怕，只是风。"

只是风，还有无边无际的草原，天空离得比她想象的还远。这种辽阔的感觉是沈礼眉从未体验过的，天苍苍野茫茫，人显得如此渺小。是否在这里，九重天阙离凡人的距离更远呢？是否这里的祈愿与灵魂要飘上更长的距离，才能上达天庭？

在日落的时候，梅斯哈示意他们停下来休息。这是她预料之中的事情，他总是在日落时分进行另一次狩猎。她下了马，梅斯哈略微点头，用僵硬的动作策马向东，沿着他们一路前行的方向。

她也不明白为什么他会选择这个方向，昨天他曾说过博古人很少来这里，这里是朔奇人的领地，而后者是他们的敌人，也是一个不安分的民族，不甘于永远臣服于奇台帝国的统治。她对朔奇人了解得不多。她想起了一个关于安隶节度使镇压朔奇人叛乱的故事，讲述奇台英雄率兵大破朔奇叛军之类的。

　　他们还没见到任何朔奇人，真是谢天谢地。虽然这里是朔奇人的领地，不过草原辽阔得难以想象，不会这么轻易撞见。她认为这是天地对他们的庇护。

　　这一次他们宿营的地方没有水源。她真希望能有个池塘，能让她把自己弄干净点。她明白这是一个奇台女子的天性，全身脏污、披头散发、骑着博古马匹、穿着博古人的宽大衣服（上面还散发着一股动物的臭味），那不是沈礼眉想要的样子。

　　而每过一天，每多行出一里，那种大家闺秀的矜持就离她越来越远。她的想法已经随着命运而改变，人生也已经被颠覆——自从被封为公主，北上和亲的那一天开始。

　　若她真是个意志坚强的女人，那就得宣称：那个在淮河河畔长大的姑娘，在宫里和道观里伺候皇后的姑娘，已经死了。

　　她要把那些回忆都抛在脑后。

　　但那很难，比她想象的更难。或许本来就该如此，谁能够轻易地改变根深蒂固的习惯，忘记过往多年的生活，还有对世界、对人生的看法呢？

　　不过，还有更重要的东西，沈礼眉一边想着，一边伸展着酸痛的后背。她还活着，骑行往前，还有那么一丝微弱的希望，她希望事情能够有所改变。

　　梅斯哈，胡洛克的长子，不知道还能不能算是个完整的人——虽然听起来很可怕，可是他救了她，一直在帮助她，因为沈泰的原因。他那双死气沉沉的眼睛并没有影响他的技能和经验，他能一箭射下天鹅，况且还有狼群相助。

　　在天完全黑尽之前，他回到了她身边。

　　她正坐在高高的草丛里，望着西边。风已停，残月如钩。她又看到牛郎织女星在天河两岸遥遥相望。她想起了一首乐府，唱的是月亮如何充当信使,在天地之间飘荡,把一个女人的思念寄给她在远方的爱人。

梅斯哈的水囊里装满了水,马鞍上挂着个皮囊,内里满是红色和黄色的浆果。没有其他的,她拿过水囊,倒了一些水洗手和洗脸。本来还想问他有没有打到兔子或者其他小动物,但她没有问出口。

他蹲在她身边,把皮囊放在地上,抓出一把浆果,然后问道——仿佛她刚才已经大声问了问题一样:"你吃不吃生土拨鼠?"

沈礼眉盯着他。"生的……不,为什么?"

"不能点火,有朔奇人。更多的天鹅,或许在晚上。"

在搜寻他们。他曾说过她的问题太多,但她不想把这一部分天性也埋葬了。沈礼眉也抓出一把浆果。黄色的那种吃起来有点苦涩,她说:"那么……我能不能问一下,我们到底要去哪?"

他的嘴角抽搐了一下。"你已经问了。"他说。

她想笑,但是笑不出来。她在衣服下摆上擦了擦手,把头发梳好。她的父亲在思考问题的时候一向这么做。所以,两位兄长也有样学样。不过她记不清年幼的弟弟是不是也这样了。

她说:"我很害怕,我不喜欢这种感觉。"

"有时候害怕也是好事情,证明我们在做的事情很重要。"

她没料到一名博古人能有这样的想法。她说:"如果我知道要做什么,就会好一些。"

"谁又能知道呢?"

沈礼眉做了个鬼脸。他们俩终于有了一次真正意义上的交流。"我只是想知道我们的目的地,我们在往哪里前进。"

天色尽黑,已经很难看清他的脸了。她听到头狼在他们附近的草丛行走,她看着天空,在寻找有没有天鹅。

梅斯哈说:"奇台的守军离这里不远了。我们现在先睡会儿,晚上继续赶路。明天早晨就能看到他们。"

她都忘了这里还有奇台帝国的守军——在帝国边界以外的北方,或是西南方、或是往西沿着丝绸之路越过玉门关——都有奇台帝国的军队驻守。他们一直驻守在外,很少回到奇台。她知道其中有很多人是被帝国招募的化外之民,从自己的家乡来到遥远的地方,效忠奇台的皇帝陛下。不过那不是她现在该思考的东西。

她又开始摆弄头发。"但是我不能去守军那里！如果他们知道我的身份，就会把我押回到你弟弟那儿。你必须明白这一点。"她听到自己的声音抑制不住地高亢起来，赶紧控制住自己，"如果他们不把我送过去，皇上会杀他们的头。因为我……我是被送去博古和亲的，守关的将领看到我会被吓死！他会……他会抓住我，然后往朝廷送信，朝廷会让他把我送回你弟弟那里！这不是——"

她顿住了，因为他在黑暗中举起一只手。四周的夜晚突然变得寂静，只有风吹在草原上发出的沙沙声。

梅斯哈摇摇头。"奇台女人都是这么能说，而不听别人说话的？"

她咬了咬嘴唇，坚决地一言不发。

他平静地开口。"我说我们能看到守军，不是说要到那里去。我知道他们会把你送回去，也知道他们必须这么做。我们看到长城，然后转头向南，奇台守军会让我们不受朔奇人骚扰，他们不敢靠近。"

"哦。"沈礼眉说。

"我会带你……"他停顿了一下，摇摇头，"真是拗口的词。带你去长城，骑得快的话，三天就到。"

可是长城，她想着，长城的守军也会做同样的事情，如果看到他们前来的话。不过这一次她决定保持沉默，等待下文。

他继续说："我知道那里的人也会把你送回去。我们是要穿过长城，去奇台境内。"

"可是怎么去？"她终于忍不住问了。

她看到他耸了耸肩。"两个人很容易的，你看得到。不，你……会看到的。"

她继续保持沉默，然后，听到了一阵奇怪的声音。他竟然笑出声来。他说："看来你很努力，让自己少问问题。"

"没错！"沈礼眉说，"你不应该笑话我。"

他停下了，然后说："我会带你穿过长城，沈泰的妹妹。长城附近有一座山，你们叫，石鼓山？我们……我们要去那里。"

沈礼眉瞪大了眼："石鼓山。"她低声说。

他要把她带到瞰林武士那里去。

两名宫女在沈泰的房间门口躬身行礼，其中一人打开了大门。沈泰让司马子安先进去，宫女们在走廊里等候着。她们并没有低垂着眼睛，很明显，如果他发出邀请，她们肯定会一同进来。不过很明显，不管是他还是诗人都不会这么做。司马子安冲着那位个子矮一些，也更漂亮一些的宫女微笑。沈泰清了清嗓子："多谢二位。现在我和我的朋友必须得谈谈，如果有事情需要二位，请问该怎么传唤你们呢？"

她们看上去很困惑。还是司马子安开口："她们会在门外候着的，沈泰。在你离开码外之前，她们都会伺候你。"

"哦，原来如此。"沈泰赶紧挤出笑容。两名宫女也以微笑回应。他轻轻地关上门，两扇宽大的窗户都开着，窗帘也卷起，还有些许晚霞投射进来。他明白这个地方无所谓真正的私密，但想来也不会有人来监视他的。

房内的桌子上放着铜盆，里面温着上好的葡萄酒。沈泰看到桌上还放着金玉做的杯盘碗盏，感觉有些受宠若惊。司马子安坐到桌边，倒上两杯酒，递过一杯给沈泰，他把自己那杯酒一饮而尽，又倒上一杯。

"刚才到底怎么回事？"沈泰问。

他放下手里的杯子，都有点害怕喝酒了。刚刚那场宴会上的紧张对峙让他心跳加速，血流加快，刚才那一出，虽无刀光剑影，但实实在在是一场战争，沈泰心知肚明。

今天下午的宴会大厅就是战场，他是被埋伏起来的奇兵，最后冲出来单人作战，还不一定挑选对了时候来面对他真正的敌人。敌人，是这个词没错了。

司马子安挑起眉。"到底怎么回事？你写了一首非常精彩的诗，还有你的哥哥。我会把你们写的诗都抄下来。"

"不，我的意思是……"

"我明白你的意思，我能判断诗的好坏，却没法回答其他问题。"

司马子安站起来，踱步走向窗口，看着外面。从他站的地方，沈泰可以看到外面花团锦簇的庭院。这就是码外，码外就该是这样。再往北边一点就是第九王朝的皇陵。

沈泰说："我猜皇帝陛下就在另一扇屏风背后。"

"什么？"司马子安转身，"为什么？你怎么知道……"

"我不敢肯定，但猜是这样。因为有两扇屏风，而且贵妃娘娘和太子殿下的言行一直让我有种感觉，他们是在做给谁看的。而那个人不可能是我。"

"也不是完全不可能是你啊。"

"我可不这么认为。我从来没想到太子会这样说话，这么……嗯……"

他们都在琢磨着用什么词形容。

"这么强势？"

"是的。"

"我也没想到。"司马子安勉强承认。

"他正面向文周挑衅，如果他不知道——我想肯定不会的——他的父皇会看到的话，那么他不可能这样做。所以我觉得……"

"他可能是说给皇帝陛下听的？"

"是的。"

司马子安最后的话还在房间里回响，像是要绕梁三日不绝一般。从窗口吹入的微风带着些许温暖，还有馥郁的花香。

"你能看到我们吗？从你藏身的屏风背后？"

沈泰点点头。"她安排好的，所以到底这是怎么回事啊？我需要帮助。"

诗人叹了口气，再次斟满了酒杯，沈泰勉强喝完了自己那杯，司马子安为他也倒上酒，然后说："我的毕生精力都用在城镇和泉林、河流和大路之中。你明白的，在朝堂之上没有我的位置，我也从未去参加过科举。沈泰，我不是那个可以给你建议的人。"

"可是您在那间屋子里，听到了一切，也看到了一切啊。"

司马子安眼睛一亮，夕阳的光透进屋子，整个房间显得宽敞、明亮、温暖。一个很容易寻求安宁的地方，或许这也是码外的特色吧。诗人说："我想这只是在警告文相爷，而不会真正地动摇他的地位。"

"就算他真的派手下去杀人？"

司马子安摇了摇头："肯定的，就算你被他杀了，也不会动摇他的根基。怎么说呢，人们不常说嘛，大权在握若是不能随心所欲地排除异己，那要权力来又有何用？"

沈泰看着他，一言不发。

司马子安接着说："若是没有那些马，他们会笑呵呵地看着文周把你杀死。这个问题太明显不过了：不管他要除掉你的动机是为了一个女人，还是不让你威胁到他的谋士。如果你死在库拉诺湖畔，今天在场的人眼睛都不会眨一下。而汗血宝马则改变了一切。但我想今天讨论的主题仍然是荣山。你的存在只是为了警告文周。他在冒险。他们要告诉他的就是这个。"他又为自己满上一杯酒，再次笑了，"我非常喜欢那句'枯骨映月无人收。'"

"谢谢您。"沈泰说。

在奇台帝国第九王朝成千上万名诗人中，有两名是出类拔萃，位于巅峰的。眼前这名就是其中之一。在诗词上，若是得司马子安一赞，足可光宗耀祖，虽死无憾了。

沈泰说："不管怎么说，您刚才还是给了我不少启发。"

"你必须谨慎，"诗人说，"我从不以智者自居。"

"自称智者，常为愚人。"沈泰说，这是一句古话，诗人应该知道。

司马子安犹豫了下："沈泰，我不是个自谦的人，我很诚实。我时常会来到这种金玉满堂的地方，毫不讳言，它有吸引我的一面：奢华的檀香和象牙，艳冠群芳的美人儿，散发着芳香的气息，说话如银铃般动听。但我只是个过客，不会长期逗留。这不是家，我来了，也会走。而在朝堂里的人，是必须以这种地方为家的。"

沈泰张嘴想要回话，却发现自己不知道该说什么。

司马子安接着说："大明宫确实美轮美奂，还有码外，还有别的那些巧夺天工的亭台楼阁，宫殿花园。或许比我们所在的这里更漂亮，谁又能否认这里面的奇迹和荣耀呢？谁又能抵挡得住亲眼去见证这一切的诱惑呢？"

"谁又能承受失去这一切的恐惧呢？"

"那也是……某种担心吧，是的。有时候我真的很庆幸自己已经不再年轻。"司马子安放下他手中的杯子，"我已经期待太久啦，我的朋友。这里有两位歌姬答应我，在太阳落山以后来表演长笛，还会陪我喝酒。"

沈泰微笑。"任何一个男人都会如此期待的。"

"没错。你要来么？"

沈泰摇了摇头。"我得好好想一想……今晚在这里会有一场晚宴吧？我还不知道该如何是好呢。"

"因为文周也在？"

"是啊……不，其实是因为我哥哥在。"

诗人看着他。"他真的不该那样做的。"

沈泰耸耸肩。"他是家里的长子，他会觉得礼眉是给家族带来了荣耀，也给奇台帝国带来了和平。"

诗人又看了他一眼。"他这样想倒也无可厚非。"他的眼睛里闪过一丝凌厉的光，"不过，如果你为此杀了他，我也可以理解。我在这方面从来就不是个聪明人。"

沈泰说："我想我跟你一样，都不聪明。"

司马子安冷冷地笑了，那个笑容会让人想起他年轻的时候仗剑行走江湖的传说。"或许如此，但你现在必须得学聪明了，沈泰——在这一阵子，甚至更长的时间内。你现在可是举足轻重。"

"世事难料，福祸相倚，无法分辨仔细。"沈泰说着。

诗人的表情一变。"这句话还真不错，谁说的？"

"我哥哥。"沈泰平静地回答。

"啊哈，"司马子安说，"我明白了。"

此时此刻，沈泰回想起他们两兄弟一起在卧室窗口看夏日里电闪雷鸣的情形。

就在沈泰要送别诗人，走到房门口为他开门的时候，敲门声响起了，而且不是从正门的方向传来。

两人都愣住了，片刻之后，敲门声再次响起。沈泰转身，看着墙壁。华丽的卧榻就靠在墙边。

他们眼看着一块方形的墙板旋转着没入了黑暗，然后是第二块。隐蔽在墙上的双扇门打开了，但没有人出来，从沈泰站的地方看不到黑暗里面的动静。一条通道？还是一间密室？

沈泰和司马子安面面相觑。"这个时候我最好别待在这里。"司马子安冷静地说。然后，他凑到沈泰耳边，压低声音："你最好放聪明点，我的朋友。三思而后行，有些事情，欲速则不达。"

说完他打开了房间的大门，两位宫女仍然站在门外，一人靠着窗户，另一个站在她对面。走廊里已经点起了灯火，迎接即将到来的黄昏。

她们冲着两人微笑。司马子安走了出去，沈泰关好房门，转身回到房间里。

六名侍卫出现了，几乎是跑着出来的。他们分成三对，迅速地站在了两扇窗户和那扇大门边。他们从沈泰身边疾行而过，压根忽略了他的存在，侍卫们脸上都是一模一样的冷漠表情。戴着头盔，穿着皮甲，腰上挂着佩剑。站在窗户边的侍卫仔细地探头出去检查外面的情形，但没有关窗。这个时候从窗外透进来的光，大概是一天当中最漂亮的。

还有一名侍卫跪了下去，检查了床底。然后他站起身，朝着那条黑暗的甬道点点头。

很快，文芊走进了房间。

她也没有看沈泰，径直走到对面的窗口，然后转身，面对那扇墙上打开的门，表情非常冷静。她仍然穿着那一身绣着奶白色凤纹的湖绿色丝衣。

沈泰的心一阵狂跳，突然感到害怕起来。

那扇门里又走出来六名侍卫，抬着一顶明黄色的步辇，襜帷低垂着，遮住了里面的人影。然而，谁都知道，任何人一看就能知道，那是谁。

那顶轿子在屋子中间停了下来。

沈泰赶紧跪在地上，稽首行礼，双手平伸在身前，不敢抬头。

他闭上眼，尽量控制自己不要颤抖，一直保持着跪拜的姿势。

任何人见到乾纲独断、皇权天授的奇台帝国皇帝陛下，都必须行这样的跪拜大礼。不管皇帝身在何处，更别提陛下纡尊降贵来到自己的卧室，还是通过一条通道前来的。

"免礼，平身。"这是文芊的声音。

沈泰这才站起来，又躬身朝轿子行了三次礼，再朝窗边的女人躬身行礼两次。她微微点头示意，但没有露出笑容。抬轿的侍卫们沿着墙站成两排，高抬着头，眼睛平视前方。

襜帷的颜色鲜红，上面有明黄色的太阳纹饰。沈泰看着那绣的九个太阳，猜想背后也有九个，传说应该是这样。对凡人而言，太耀眼了，而这正彰显了天家的威严。

此前，他有幸见过三次太祖皇帝，都隔得很远。

那是三次重大的节日，皇帝陛下站在大明宫前的广场高台上，俯瞰着整个新安城。他站在离凡人太高太远的地方，以至于沈泰的一名同窗还开玩笑说，假如陛下和朝中重臣放一堆穿着他们衣服的傀儡在那，保证没人能看出破绽，而他们的真人则可以轻松地在鹿苑里狩猎作乐。

"圣上想要问你一个问题。"文芊低声说。

沈泰汗流浃背再次朝着步辇鞠躬。"蒙……蒙陛下垂询，微臣……微臣受宠若惊。"他结结巴巴地说。

从襜帷后面传来一个声音，比沈泰想象的更加有力。"你真的听过库拉诺湖畔死者的哀鸣么？"

扑通一声，沈泰又跪了下去，匍匐拜倒。

"圣上已经准你平身了。"文芊又说了一次。

沈泰站起来，他都不知道双手朝哪里放比较好，先是紧紧地握拳放在身前，又松开，让双手垂在腰侧，他的手心一直在冒汗。

"回陛下的话，微臣确实听到过。"他说。

"他们跟你说过话？"天子用很感兴趣的口气追问。

沈泰忍住要再次跪倒在地的感觉，他的全身还在发抖，但试图控制自己不要这么紧张。"仁慈的陛下，他们没有说话。微臣只是听到他们在夜里哭号，从太阳下山开始，到第二天太阳升起为止。"

"哭号。那你说说,沈泰,他们的哭号是愤怒呢,还是悲伤?"

沈泰低头看着地面。"回陛下,两者都有。当……当……当某位鬼魂的白骨入土为安的时候,它就不会再哭号了。"

一阵沉默。他瞥了一眼站在窗户边的文芊,夕阳最后一抹余晖照在她的秀发上。

"朕很欣慰,"皇帝陛下说,"沈皋之子,忠孝节义,美行加人,当受封赏。"

沈泰又一次跪倒在地:"望陛下明察,微臣……惶恐不安,当不起如此厚赞。"

从轿帘背后传来一声轻笑。"你的意思是,朕的话说错了?"

沈泰吓得赶紧叩首在地,不敢抬头,连话都说不出来。他听到了文芊的笑声,然后贵妃娘娘说:"亲爱的万岁爷,您也真是的,故意把人吓成这样。"

亲爱的万岁爷。

太祖皇帝没有说什么,大笑了几声。"吓着一个跟死者作伴两年的人?朕不认为他这么经不起吓。"

沈泰不敢动,也不敢说话。

"都说了,陛下赐你平身说话。"文芊再一次地说,这次她可有点恼了。

沈泰站起身。

他听到了襟帷的沙沙声——不过那不是面朝他这一面的,是步辇背后——片刻之后,又是一阵。

皇帝说:"一切安排妥当以后,朕会在皇宫正式召见你。这一次朕和贵妃前来,只是私下会晤。朕希望大明宫里能多一些勇敢的人,你来了,很好。"

"谢陛下,微臣感激不尽。"沈泰低声说,他现在全身都在冒汗。

沉吟了片刻,皇上用平静的声音说:"朕之所以赏你,一则为你的克己守礼,二则为你的精忠报国,三则为你的虔心尽孝。现在,你可以跪安了。"

沈泰也顾不上贵妃娘娘已经三次告诉他可以平身了。他又一次跪倒叩首,恭送陛下和贵妃。他听到侍卫们的脚步声,步辇抬动时的吱嘎声，还有侍卫们抬着步辇通过暗门时的声音。

他在想陛下最后的那几句话，仔细回想，品味陛下的金口玉言背后的意思。不过，一切似乎都很荒唐。他的脑子里按捺不住冒出这样的想法：这位一直没有现身的皇帝陛下，据说抢夺了幼子的嫔妃作为自己的贵妃，不理国事，痴迷于长生不老的炼丹术，还为自己修建了比先皇更宏大的陵墓。而他居然跟自己说什么克己守礼，精忠报国，虔心尽孝？

这个想法太危险了，他突然不寒而栗。

他听到其他侍卫的脚步声，他们几乎是跑着穿过房间。屋子里现在安静下来，过了许久，沈泰抬起头。

文芊独自一人站在墙上暗门的旁边，微笑看着他。

"干得还不错，"她说，"当然，我承认，在本宫看来，克己守礼什么的有点过誉了。你有意见么，沈泰？"

真是够了，他这一天承担了太多太多的震撼。沈泰只是看着她，不知道要说些什么。

很明显，她从他脸上读出了他的情绪。文芊笑了，不是那种高不可攀的笑容。"你不能出席本宫今晚的宴会了。"她说。

他的脸涨得通红。"因为我冒犯您了，娘娘？"

她摇摇头。"当然不是。这是本宫赏赐给你的礼物。这里留下的东西是陛下赏你的，可不是我。本宫赏你的就是今晚的自由。那位小瞰林这么迫切地想要为你服务，就在外面等着呢，同来的还有其他九位瞰林武士。今晚，你去新安城的路上需要护卫。"

"我要去新安城？"

"最好赶快动身。要不然在路上天就完全黑了。"

"我……我去干什么……"

"本宫的堂兄，"文芊带着一抹让男人四肢发软的娇笑，轻声说，"会留在这里，整晚。明天早上他也不会走，得跟其他人讨论荣山的事情。"

"我明白。"沈泰说着，虽然他不太明白。

"她已经知道你回来了。"文芊说。

沈泰咽下一口唾沫，发现自己无话可说。

"这就是本宫赏你的礼物,你的小瞰林清楚你的马拴在哪儿。对了,你还会有个管家,陛下在新安城里赏赐了你一座府邸,你需要一个管家。"

"管家?"沈泰傻乎乎地重复。

"今天早上还是我的总管。本宫重新考虑了那个决定,算你救了他一命吧。我想他会把你伺候好的。"

她的笑容更加灿烂了,沈泰想着,这世界上绝不可能有另一个女人能像这位贵妃那样倾国倾城。

但他此时想到的是另外一名女人,在新安城里,拥有一头金色长发,曾经为了救他几乎豁出一条性命,还不止一次地提醒过他,如果他离开了,总会发生点什么。

她也曾告诫他,若是有那么一丝希望想在朝廷立足,就得学得更精明一些。

"陛下召见你的时候,会派人送信的。"文芊说,"当然,应该会很快。你还得赶回西部去领取那些汗血宝马呢。"

"是的,娘娘。"

"你可是答应过送本宫十匹的。"文芊提醒他。

"是的,"沈泰说,"为了训练它们跳舞?"

"是啊,没错。"文芊说,"这是本宫送你的另一件礼物。"她转身把什么东西放到了床榻上,然后走进了墙上的暗门。很快,侍卫们把暗门的门板装了回来,这里又变成了一间普通的屋子。此时,窗外还有些许微弱的暮色。

床榻上有一把沉重的钥匙,钥匙旁边是一枚扳指,上面镶嵌着一块巨大的翡翠,沈泰从来没有见过这么大的。

他也看到了第三件礼物。

一枚荔枝,没有剥皮的。

他拿起那枚水果,还有钥匙——肯定是新安城里府邸的钥匙,把它们放到了袖袋里。又拿起扳指,戴到了左手上。他仔细端详了一会儿,想起了自己的父亲和母亲,然后把它除下来,也放进了袖袋。

他深深地吸了一口气,平复紧张的情绪,又吐了出来。不知道为什么,他摘下了头冠。

然后，他走到大门边，打开了房门。

"很高兴看到你在。"他对魏苏说。她就在门外，笔挺，瘦小，脸上没有丝毫笑容，看上去像是一只草原上的狼。

她的表情动了动，仍旧什么也没说。她微微侧了下头，示意沈泰看过去。她的身后，就如文芊所说，站着一排瞰林武士，都穿着黑衣。

魏苏旁边还有一个人跪在地上，就是早上来客栈的那名总管。本来文芊命令他到了码外就自行了断的，后来她说：我重新考虑了那个决定。

"请起吧。"沈泰说。那名管家忙不迭地站起来，脸上挂着难堪的泪水。沈泰假装没有看见，他拿出袖袋里的钥匙。"我想你应该知道这间房子在新安城的位置吧？"

"是的，仁慈的大人，"管家回话，"在五十七区，最好的地方。也是最漂亮的宅子，甚至还挨着相国大人的府邸呢！"说到这话的时候，他看起来满脸自豪。

沈泰眨了眨眼，他几乎能听到文芊的大笑。

他说："我希望你赶紧去那里打点好一切，骑马去也好，乘马车去也好，你看怎么方便。宅子里有仆役么？"

"当然！本来那间府邸是隶属于万岁爷的。仆役们都在等着您，大人。他们也会……也会……跟小人一样，为能侍奉您而倍感荣幸。"

沈泰皱眉。"那好，"他说，"那么新安城再见。"

管家接过那把沉重的钥匙，躬身行礼，然后转身匆匆地走下门廊。在他以为自己必死无疑的时候，突然绝处逢生，不禁有点喜不自胜。

"他的名字叫叶络，"魏苏说，"你忘了问啦。"

他看着她，干练娇小的身材，一身黑衣，面无表情。她为他拼命战斗，今天早上又为他受了伤。

"叶络，我知道了，谢谢你。你想让他送命么？"

她并不这样想，所以魏苏摇了摇头。

"不是。"她犹豫了下，"这是不一样的世界。"她说。沈泰意识到，她并不如表面上看起来那么平静。

他点点头："是的，看来，乱世将至。"

她抬头看了看他，脸上露出一抹笑容。"您要是穿着天蚕丝的衣服骑马，会把大腿磨破的，沈大人。你有适合骑马的便装么？"

他看了看窗口和墙边，两名宫女还站在那儿，看上去有点害怕，又有点骄傲。

"有为我准备便装么？"他问道。

她们婀娜的身姿迅速地走进了房间，他听到开箱子的声音，还有取出衣服的沙沙声，和银铃般的笑声。

片刻之后他也走进了房间，宫女们拿出了便装，他穿着十分合身，那双马靴也擦得铮亮。她们伺候他换衣服，丝毫没有回避的意思。

他收好了那枚扳指，不知道为什么，也带上了那颗荔枝。然后，在魏苏和瞰林武士的带领下，他来到了马厩，闪灵和其他人的马匹都准备停当，在白天即将结束的时候，他们骑行离开了码外，朝着繁华喧嚣，有着两百万人口的新安城奔去。那里的灯火会在他们到达的时候闪亮，并且持续通宵。

新安城夜无人眠。他想起了沈柳适才写的诗句。

而且春雨已经知道他回来了。

第十九章

在相国府的后墙附近,有一座紫檀木做的亭台,坐落在一片果树和花丛之中,一条蜿蜒的小径从亭台通往人工开凿的池塘,还有里面的湖心岛。池塘边上还有一片用来招待客人的草地,毗邻着竹林,绕过竹林里曲折的窄道,就是文周的侍卫用来练习剑法和箭术的武场。

这里是春雨最喜欢的地方之一,有各种原因。紫檀木并不因它的颜色得名,而由于是它散发出清幽的檀香,这是春雨非常喜欢的味道。木材本身几近黑色,上面有各种暗纹,在日光下能够分辨得出来。

紫檀木产自遥远的南方,历经漫长的陆路运输,再由大运河直接运到新安城,光是运输的费用就昂贵得难以想象了。

在这片远离相府房屋的花园里,偶尔有夜莺鸣唱的声音。墙外的街道在夜晚非常安静,因为这一片区域是达官贵胄的府邸所在。夏日的夜晚正是夜莺清唱之时,而今夜,已经可以算是初夏了。

她带着琵琶在小径上徘徊,在暮色中,偶尔拨弄几声,更显清寂。她已经留意到,当她手里有乐器的时候,府里的人们跟她没有这么亲近,仿佛她在某种程度上不再是一个任人观察、品评的女人。

天色已经尽黑,她让那位被她迷得神魂颠倒的仆人何万在亭台里挂上灯笼,然后打发他离开。她不想让自己看起来偷偷摸摸:大家都能瞧见,这里还点着灯呢。虽然得走过蜿蜒曲折的小径,透过树丛才能看到。之前的下午,她还指示何万去相府外一趟,为她办了另一桩事情。她能做的已经做了,只剩下安静的等待。

春雨禁不住弹拨了几个音符,那是一首老歌的开头,写的是明月替相隔异地的恋人传递相思。但她很快就停住了,今天晚上不该弹这首歌。

她独自一人待在这里,她确信是这样,她把侍女们打发走了。其中一个还留在卧室对面的婢女房里随时等着伺候归来的女主人,之前有好几次,春雨也是因为在亭台里弹琵琶而晚归。在她的巧妙安排下,这已经算司空见惯。

文周从不暗中监视自己的女人,他不屑去做这种事情。春雨相信,他压根就没想过自己的女人会对他不忠。进了相府,做了相爷的妾室,还有比这更好的归宿么?答案不言而喻。文周害怕的东西不在这儿,而在相府之外。

他和发妻已经走了一整天,毫无准备地就被召去了码外。他很不喜欢这种突发的情况。可是话说回来,贵妃娘娘要召见的时候,谁又敢说不去呢?萤火虫在树丛里飞舞,春雨看了它们好一会儿。飞蛾在灯笼的附近徘徊。

整个相府十分安静,自从大清早文周离开,或者,至少是从她收到来自码外的第二条消息开始。那是专门给她送的信。非是玉阶皆余怨。

这里没有玉阶,不管是真的玉阶还是诗中的意境。她坐在紫檀木亭台里的长凳上,琵琶就在手边。亭台虽有顶棚,但四面都敞开着。

紫檀木的香气在空气中飘荡,时近夏季。没有玉阶,也没有闺怨,没有泪水,虽然她明白自己想要哭泣很容易,但她不会这么做。她一直在琢磨着。

大都是关于文芉的。

孤隐深山无人知。

沈泰觉得很滑稽,当他骑行到离新安城很近的地方时,脑子里突然冒出的竟是这么一句关于孤独和出世的诗句。

如果周岩还在,他肯定会对此大发感慨。还有辛伦,他肯定也会。这两个人,一个风趣温和,一个聪明内敛,他俩都死了。他回忆起两年多前的一切。

还有对某个女人的思念,如此强烈,如此闪亮,就如那枚扳指上的翡翠(那枚扳指他没有戴在手上),那个女人,就是他今晚疾驰去新安城要见的那位。

他也不知道自己为什么没有戴上扳指,或许是他想让自己尽量低调一些吧,他不愿这样去炫耀财富和荣耀,也不想春雨看到自己一副招摇过市的样子,虽然说不清楚为什么,照理说春雨早就该习惯相国家的奢华了。哪怕是以前在醉月楼,也有风流富贵的世家子弟为她一掷千金,可惜从未打动过她。她跟他们这些书生在一起的时候更开心——至少看起来更开心。她唱歌给他们听,和他们一起闲谈玩笑,在酒醉的深夜聆听他们畅快地一吐平生的鸿鹄之志,和对未来的期望。

当然,这些表现都是一位名妓应该有的:让每一个人都觉得她是自己的红颜知己,能够在她面前畅所欲言,倾诉衷肠。但是沈泰深深地明白,仅仅把春雨看做这样的人,那就太肤浅了,虽然大多名妓都是如此。

他们正飞驰过一座桥,前方,新安城的城墙隐约可见。桥上有明亮的灯火,还有守卫的士兵。

两年以前,春雨就告诉他——毋宁说是警告过他,贵妃娘娘的堂兄,家世显赫的文周文大人,可能会为她赎身,纳她为妾。

他们见过许多被赎身的青楼女子,大多数情况下,这是一件好事,是许多混迹于风尘的妓女心中的梦想。一扇通往全新生活的大门。

而那时,投身于学业和友谊之中,试图在科举的考场上找到自己人生价值的沈泰,则痛苦地意识到,她说的一切都可能会发生。而身为一名还没有参加过科举的书生,一名已经退役将军的次子,他无论做什么都无法阻止一名家世显赫的贵人独占北里青楼的花魁。

后来,他的父亲过世了。

他们已经来到了城墙脚下,他深深地思念着春雨那绿色的眼睛、金色的长发。沈泰抬头望着高耸的城墙塔楼,灯火让夜空的繁星隐没。毫无疑问,城门紧锁着,现在早就过了宵禁时分。不过这对他们而言不会造成阻碍:文芊早就安排妥当了。

瞰林护卫的头领——不是魏苏,是另一名资历更老的瞰林——把一枚令牌递进了城门的小滑窗。片刻之后,金吾卫大声地命令守卫打开城门，放他们通行。

而当他和瞰林护卫骑行通过城门的时候，所有的守卫——不管是在地面的还是城墙塔楼上的——都冲着沈泰躬身行礼。

他完全没想到会这样，转头看与他并肩同行的魏苏。她没有理会他的目光，抬头望着前面，目光里充满了警觉。今天早上她才受了伤，但现在看不出一点迹象。

城门在他们身后关闭，他在马鞍上转头看了看，茫然地拍了拍闪灵。沈泰很惊讶，自己居然没有觉得筋疲力尽。他们这一整天都在奔波，还在码外停留了一下午，经历了一场能让他生命为之改变的聚会。

他又一次回到了新安城。世界的中心。

他仍然不明白文芊为什么要这么做，只能猜测出这是为了宫廷斗争中的平衡，而且只是极其微小的一部分。宫廷里、朝堂上有各种微妙的平衡：文周和荣山之间，各位居心难测的朝臣之间，诸位皇子之间，其他节度使之间，还有宦官，外戚……

而现在又多了一个人，从西方归来的人。他的长兄是相爷的心腹，他的妹妹是帝国新封的送去和亲的公主。而他手上还掌握着数量庞大得让人难以想象的汗血宝马。

站在文芊的角度上，理所当然得拉拢这个人，得向他施恩。所以，她这样做了，查出了他和北里花魁之间的关系，那个女人甚至是她的堂兄之所以派人刺杀沈泰的原因……

好吧，在这等错综复杂的情况下，如何让各方都满意，对一个聪明的，惯于处理千丝万缕的朝堂关系的女人而言，该怎么做自然是不言而喻的。年迈的皇帝早就厌烦跟周边的蛮夷不停地打仗、谈判、会面，只迷恋于年轻美貌的贵妃，梦想着跟她一起长生不老，与此同时又修建了比先皇更奢华宏大的陵墓，若是长生不老的梦想触怒了天神，至少还能有个最风光的厚葬之地。

沈泰的到来让城门大开，这不是诗句里的修辞手法，而是真实发生的事情。在火把和灯笼的照耀下，洞开的城门如若一个张着巨口的庞然大物。

他还从来没做过这种事情：在宵禁过后进入城市。

对普通人而言，若是在傍晚抵达新安城，只能在城外找一家小客栈投宿，或是在村里的农家借宿（有些求学的书生囊中羞涩，不肯花钱住客栈），在城外听着那长长的闭门鼓。得等到次日清晨，跟着接踵摩肩的人群一起混入那有着两百万人口的京城。

而现在，因为沈泰，城门开了。甚至还有四名金吾卫跟他们一起，以免他们沿途都得出示通行令牌，增加不必要的麻烦。

城内的街道一片寂静。沈泰明白，街区里的巷弄或许会暗中上演一些喧哗甚至暴力的剧码，现在也不会例外，但在城内的主干道上不会有什么行人出没。一进城门他们就转向东行，一路穿过巍峨宏伟的宫殿建筑，然后转南行上了新安大道，这是世界上最宽敞的大道，从新安城的南城门直通到大明宫的南门。

她曾经把手指竖在他的嘴唇上，在他们相聚的最后一夜，让他别这么自作聪明。沈泰回想起这一幕，他曾经因为自己的聪明机智而自豪。他忆起了她的味道和抚过他脸颊的纤纤玉手。他还记得自己亲吻她掌心时的感觉。

他望了望周围的人，有生以来第一次在入夜以后骑马飞驰在新安大道上。他不喜欢走在这么宽敞的路中间，这让他感觉自己太过招摇。他更喜欢待在醉月楼里喝酒，如果还能有她陪伴的话。

"让瞰林们靠拢点，劳驾，"他平静地对魏苏说，"我们占了太宽的路。"

她飞快地瞥了他一眼，他们正靠近街区附近的城楼，上面还有灯火闪烁。那一瞬间，他似乎在魏苏的眼里看到了关切，刹那之后，他们又骑行到背光的地方，他看不清她的表情了。魏苏抖了抖缰绳，打马前行，跟领头的瞰林说了几句。很快，瞰林们的队形拉长了，留出了一半的道路，几乎全部集中到大道的一侧。

宵禁以后，街上几乎就没什么人，远处似乎有一队人马，虽然数量远不如他们这么庞大。位于西侧很远的地方，几乎看不清楚。每隔一段距离就有卫兵守夜，十字路口上也有，沿途不断。沈泰分辨出有一顶肩舆朝北面而去，轿夫停下来等候他们先行通过。一只手拉开了帷帘，窥探外面的动静。他勉强看出来是张女人的脸。

他们继续前行，十名瞰林护卫，四名金吾卫，簇拥着沈皋将军的次子，在新安城的夜空之下疾驰，繁星在他们头上闪烁。所有的旅途都有一个终点，或早或迟。他们已经到了五十七区的街口。

他出生在雄江以南，在那片老虎和猿猴出没的地方。他家世代务农，历经了多少代人，已经数不清了。而他——裴钦，是家中七个孩子里最小的一个，自幼聪明伶俐。

在他六岁那年，他的父亲就把他送到文府的一名管家那里。文氏家族的三脉人马掌控着这里几乎所有的土地、粮食和食盐，需要许多从小就开始训练的家仆。裴钦就这样被管家挑中，留在了文家。算来已经是三十七年前的事情了。

他一直是名忠诚可靠又沉默寡言的家仆。四年前，文家的长子看到年轻的堂妹在朝堂里备受皇帝宠幸，于是决定去新安城谋取荣华富贵。他挑了几名家仆同行，裴钦就是其中之一。

文周去了新安城以后，另行挑了不少仆役进府邸里伺候，由带来的家仆训练和管教。裴钦一丝不苟、毫不张扬地尽到了本分。他从小就是个沉默寡言的孩子，长大了也没变。

他从未娶妻，一直是负责文周生活起居的三名家仆之一，打点主人的衣物鞋帽，打扫房间，为主人温酒沏茶。不管谁问起他，他都会说自己已经非常满足于现在优渥的生活了，在家的兄弟姐妹们还在为吃饱穿暖而发愁呢。

可是，就在某天傍晚——可怕的一天，因为天神降罪于他了——为了庆贺文府新建好了景色秀美的人工湖，文周决定举行一场盛宴，于是命人从青楼里带回来十二名女子助兴。

听着她们那娇媚放荡的笑声，裴钦脑子里抑制不住地各种胡思乱想。于是，把主人的酒给温得热了点。

看样子，那酒把文周的舌头烫着了。

三十五年任劳任怨的伺候毁于一旦，事后，裴钦悲哀地想着，为文家操劳数十年，最后竟落得这个下场。

他被狠狠地打了一顿，这种事情本来也挺寻常，做下人的难免挨打受罚的，裴钦以前也打过新入府的仆役，这个世界本来就是很残酷，如果你曾见过自己的兄弟被老虎活活撕裂，你也会这样想。

而在新安城里，不用待多久你就会明白，有的人跟老虎一样危险，虽然他们不像老虎那样有着鲜亮华丽的毛皮、足以撕裂人的利爪，也不能在天黑之后悄然无声地穿行在森林和原野中。

事实上，文周下令狠狠地打了他足足六十大板。他的舌头肯定被烫得很厉害，事后另一名仆人怨恨地说。或者正好撞上那天有什么事情让主人心烦。不管怎么说，六十大板，足以把一个人活活打死。

那是两年半以前的事情了，就在寒食节前几天。裴钦还活着，不过跟死了也差不多。

他在府上第三庭院里，当着所有仆役的面被打，这样才有杀鸡儆猴的效果，提醒所有的仆人，要小心翼翼地伺候大人，千万不能出一点纰漏。文府的管家还算好心，把他安置在一间小屋里，给他请了两个大夫，日夜轮番照顾他。他活下来了，但再也没法正常走路。他的右手抬不起来了，半边身子也扭曲着，就像雄江边上那些长歪了的、拼命从贫瘠的土地里吸取养分的树木。

当然，他被赶出了文府，这些达官贵人的家里是绝不会养闲人的。其他的仆役说好会照顾他，这倒是出乎他意料，几乎没人会这样做。像他这样被打成残废的家仆，通常都会想办法去两个大的集市乞讨。如果他会唱个小曲儿、讲点故事，或是会做点抄写文书的工作之类，可能处境会好一些。可他不会唱曲儿，从小又是个害羞、沉默寡言的人，他倒是能写字——文周父亲的管家曾经教过他——可他写字的右手也被打断了。

他被赶出文府以后，其他仆役把他安置在文府背后的一条小巷里，他真的不止一次想过不如死了算了。这不是繁华的大道，不是乞讨的好去处，但那些仆役说他们会照顾他的，而且他们确实说到做到。

夏天的时候，裴钦就倚靠着拐杖，躲在街上背阴的一面。到了天寒地冻的冬季，或是下雨天，他就蜷缩在墙角的小凹洞里。他几乎乞讨不到什么东西，但每天早上和大多数晚上，文府里都有人给他送来食物，有时候还有点米酒。如果他的衣服破烂得太厉害，也会有人在送饭的时候给他捎来新的。他们还在冬天给了他一件能裹住全身的袍子，甚至还有靴子。他现在已经能非常熟练地用拐杖赶走那些盯着他的野狗和老鼠了。

去年秋天，他的日子变了，变得更好，裴钦压根做梦都没想到。

那是一个寒冷而干燥的早晨，四名文府的家仆来到了宅子背后的墙边，裴钦通常都待在那里。他们扛着木头，还带着各种工具，为他在栎树和石墙中间搭起了一间小小的能够遮风挡雨的陋棚，这个地方很隐秘，在街上是看不到的，不会有人来过问。

他问过他们，文府的仆人告诉他，这是相国大人新纳的如夫人林嫦从其他侍妾口里听说了他的事情以后，下令给他搭的。他不仅有了足以遮风挡雨的容身之所，自那以后，每天给他送的饭也更加丰盛了。看样子林嫦从自己院子里仆役的用度里面省了一些出来养活他。

他从未见过这位好心的如夫人。人们告诉他林姬美若天仙，他曾经有五次——裴钦记得清清楚楚——听到过她在后花园弹奏琵琶。他知道一定是她在弹，甚至早在别人告诉他，就弹琴和唱曲而言，相府里首屈一指的就是林姬之前他就笃定是她。他们还说，这位如夫人喜欢独自一人来亭台里弹琴。裴钦觉得她的琴是为他而弹。

自那以后，他就想着为她赴汤蹈火在所不辞，哪怕要豁出命去也要报答这位好心的如夫人。那名经常给他送饭送衣服的仆人何万显然也有同样的感觉。何万告诉他，林姬是文周从青楼里买回来的，以前的名字叫春雨。他还说为了显示相爷的阔绰，文周可是花了大钱为她赎身。虽然裴钦也认同那是一大笔钱，但觉得这样的天仙美人应该是无价的。

在刚刚开春的时候，何万告诉他，有一名瞰林武士要私下会见林姬。

何万——是那名如夫人的心腹，他明白——让裴钦告诉那名瞰林，怎么利用他的棚子翻过文府的院墙，并指引瞰林亭台的方位。

对裴钦那饱受摧残折磨的身体和心灵而言，林姬竟然如此信任他，给了他一个为她效劳的机会，他简直欣喜若狂，为之肝脑涂地也在所不惜。他央求何万转告林姬这句话，并且在她面前代磕三个头。

那天晚上，瞰林来了，裴钦没想到竟然是个女子，不过那无关紧要。她趁着夜色前来，裴钦那棚子太隐秘了，若不是他早知道会有瞰林来，一直在观察着，她都没法看到他。裴钦现身叫住了瞰林，指引她从棚子顶上翻过围墙，告诉她那间紫檀木的亭台在哪个地方。他还记得那天晚上很冷，那女人轻盈地一跃，就这么翻过了相国府高高的围墙，这种轻功裴钦别说见过，连想都没有想过。可是瞰林武士本来就以武学天资极高著称，并且经过了严格的苦练。

裴钦本来是个聪明而谨慎的人，可就因为一杯温得太热的酒，沦落到如此境地。或许世事无常，没有什么公平可言，生命中总充满了无法预料的变数。他满怀感激地进入文家做家仆，他爱上了一名连面都没见过的女子，他决定尽可能地活久一点，活到可以庆祝文周死期的那天。

他看着女瞰林在墙上消失，过了一会儿又原路返回。她赏给裴钦一点碎银子，出手可够大方的。他没有把银子花掉，在他出生的南方，荔枝现在已经成熟了。说不定已经快马加鞭送到了朝堂，新安城的市集上很快也能买到了。裴钦很想请谁帮他买一篮子回来，当作童年的纪念。

其实，去年夏天他自己去过一次东市，想再看一眼家乡的水果。真是个鲁莽的、不计后果的行为，光是走到东市就花了他差不多一整天，拄着拐杖，一瘸一拐地慢慢走，还有顽劣的小孩不停地取笑。他摔倒了好几次，在白天快要结束的时候几乎真的大祸临头——他差一点没赶在闭门鼓响起之前回到自己的街区，如果被金吾卫抓到了，还会被打一顿板子。

他在盘算着找谁帮忙买一篮子荔枝，文府里有好几个仆人都值得信任，他也会慷慨地跟对方分享，毕竟他们救了他的命，还一直照顾他。蝼蚁尚且偷生，每个人的命都是珍贵的。

今天早上，何万又跑出来找他，仔细地叮嘱裴钦，晚上会有人来，让裴钦给他指路，告诉他亭台的位置。

"是林姬吩咐的么？"裴钦问。

"当然是。"何万回答。

"那请代我向林姬磕头，就说全天下最卑微最忠诚的仆人向她保证定不负所托。"

那天晚上真的有一个男人来了，带着五名瞰林。裴钦认出了其中一个就是上一次来的女人。他明白不用他多费唇舌，他们径直来到他栖身的地方，有那个女人带路，根本不用他再指引。那个男人看了看窝在黑暗中的裴钦——他们没有带火把。他也看到那顶为他遮风挡雨的棚子。

男人赏了裴钦一锭元宝，就在翻墙进去之前。三名瞰林跟他一起进去，其余两人仍然站在外面守卫。

裴钦很想告诉他们，他可以替他们盯着街上的动静，不过他很聪明地没有开口。他们可是瞰林武士，背上都背着双剑的，穿着瞰林式样的黑衣，似乎融入了夜晚的黑暗中。过了一会儿，他完全看不到他们在哪里，但他明白，他们肯定没有走远。

她站在亭台里，倚着其中的一根紫檀木柱，琵琶就放在齐腰高的栏杆上。夜深风寒，但她只穿了一件单薄的罗衫，绿得如春天的嫩叶，上面绣着金线，罩在襦裙上，襦裙也是绿色绣有金色饰纹的。这身衣服并不是最上乘的丝绸所织，如果文周不在家的时候她把自己打扮得花枝招展，会招来不必要的关注。

她没有熏香，也是出于同样的原因。

突然她似乎听到什么声音，一下子站起身来，望着花园的东面——那里有一棵高大的栎树，轻功好的人可以从那棵树爬进相府后院。

树丛掩映，孤灯斜照，亭台看起来像是黑暗森林里的一座小屋，她想着，像是一间小小的避风港，让倦游的浪子和旅人可以休憩疲惫的身心。可惜，它不是，她想着，这世上没有避风港。

脚步声轻轻地响起，他来了。

她刚转过头，他一下就拜倒在地，低下了头，她甚至都来不及看清他的脸。她从未想到他竟然会行这样的大礼，当然她也从未去猜测他会做什么。玉阶不再空怨，她提醒自己，也没有倚窗落下的眼泪。

他抬头。还是春雨记忆中的那张脸，在她看来几乎没什么变化，但此处光线昏暗，看不太真切。不过仅仅两年的离别并不会让一个人变得面目全非。她低声说："妾身不值得您行此大礼，沈大人。"

他说："那照这么说，我也不值得你为我做的一切了，春雨。"

这是她记忆中的声音，如此鲜活。为什么，这个声音，这个男人，总能让她感到来自灵魂深处的震动？就像一把乐器引起的共鸣？为什么只有这个男人，而不是其他人，任何一个都不行？她没有足够的智慧来回答这种问题。她想或许世上没有人能回答。

"沈大人，"她正色道，"快请起来吧。您能来，妾身已经觉得非常荣幸了。"

他没有站起身，只是仰头看着她，灯笼的柔光映照着他上仰的脸，让那震撼来得更加彻底。她努力把那些记忆挥开，说："你是一个人来的么，大人？"

他摇摇头："三名瞰林跟我一起进来，负责把风，还有两个在街上。我现在已经不能独自一人行动了，春雨。"

她略加思索就明白了这句话。她说："那位妾身派去的……"

"魏苏也来了，没错。她非常能干。"

春雨微微一笑，沈泰被她的笑容吸引。她说："妾身料想她也应该在。不过她……不过你到底怎么死里逃生的？"

他犹豫了下，她看出来了，明白他也有所改变，他在权衡自己的措辞。"你知道我这两年去了哪儿么？"

她点点头，庆幸身后还有一根柱子，可以倚靠在上面，支撑住身体。"开始我并不知情，于是不得不让她去你家里打听，从头开始找。我之前甚至不知道你父亲的老家在哪里。"

"对不起。"他说，非常简短的话。

她假装没有听见。"妾身知道文周指示辛伦找了个假瞰林来刺杀你。"

"跟周岩一起去的。"

"是的。周岩没事吧？"

"他死了，春雨。那个假瞰林杀了他。我能活下来是……因为那些鬼魂救了我。还有两名塔古骑兵，他们看到有人过来了。"

那些鬼魂救了我。她不打算再问下去，也不想知道这些。周岩死了,让人难以接受。一个讨人喜欢的男人。"

"对不起。"她说。

他沉默了片刻,凝视着她。她早已习惯男人们的目光,但这是不同的,这个男人跟别人不一样。

最后,他开口:"我想,在那个假瞰林成为他护卫的那一刻,就已经注定了他的死亡。"

她真希望这里能有点酒,她应该带一点来的。"所以,妾身一事无成?"她问道。

他摇摇头:"在辰尧还有第二次刺杀。魏苏一个人独斗好几个刺客,就在我的房间外面。"

"这么说她真是个技艺精湛的瞰林。"她不知道为什么会说这句话。

沈泰点点头。"我也这样认为。"他犹豫了下,她能看出来并非因为尴尬,而只是在想该说什么,这一点跟以前不同了。"春雨,如果这件事情暴露的话,你会没命的。"

这不是提问,而是笃定的话。

"妾身自有分寸。"她说。在灯笼的柔光下,他一动不动,她也是。她能看到他身后的萤火虫,听到花园里的蟋蟀声。她没有看到任何瞰林武士,或是其他人存在的迹象。除了一片寂静,什么都没有。

"我那时候不得不离开。"他终于说到这个了。她想,对他而言,开这个口真的很难。

"妾身明白,"她说,"令尊去世了。"

"他是……他是什么时候,把你带到这里的?"

她微笑地看着他,她的笑容一向是最犀利的武器。"在他当上相国以后没多久。"

"就如你曾经试图告诉我的那样。"

"就如我曾经告诉过你的那样,阿泰。"

她并不想这么迅速地回答,或是脱口而出叫他的名字。她似乎看到他苦笑了下。沈泰靠近了几步。她几乎要闭上眼睛了,也只是几乎。

他说:"你没有薰香?我还记得两年前你身上的香味。"

"你真的记得么,大人?"她反问,这种谈话的方式更像是以前在醉月楼里。

他低头看着她,柔和的灯火洒在她的脸庞上,映着那头金色的长发,她仍然一动不动,几乎把全身的重量都倚靠在那根紫檀木柱子上。自他出现以后,她就一直站在那里。

他说:"我明白了,你现在只为他一个人熏香打扮,而他现在不在。"

她试图控制自己的口气。"你这样的想法真让妾身不知道说什么是好。"

他微微一笑,没有回话。

"没有薰香,我四下走动会方便点。"她还是说出口了,不安地意识到他很快就能领悟到这句话的含义。

"那很重要吗?"他其实问的是别的,她明白。

她的肩膀微微抬起,又放松下来。

"他对你……好么?"他问。她能听出他语气里的些微变化。她太了解这个男人了,非常了解。

"很好,挺好的。"她说。

一阵沉默。他离她非常近了。"我可以吻你么?"他问。

终于来了,她抬头,看着他的眼睛。

"不能,永远不能。"她说。

她看到了他眼中的痛苦,没有愤怒,没有恋恋不舍。只是痛苦,她想,或许这就是沈泰之所以能够让她灵魂震撼的原因吧。

"永远都不能?"他问道。

他没有再靠近,这个时候有的男人会用强,但她知道,沈泰永远不会。

玉阶不再余怨。她告诉自己。

"你是在问妾身对于时光永恒和生命短暂的看法么?"她清晰地说,"我们是不是又得回头讨论圣贤之道这种问题了?"

他沉默着。她记忆中的沈泰,思维敏捷,一定会立刻用连珠妙语滔滔不绝地反驳她,堵住她的嘴,或是在这个问题上跟她进行更深入的交流,虽然她只是在开玩笑。

慢慢地,她说:"两年了,你变了。"

"因为我在那里待过。"他说。

仅此而已,他没有再试图触碰她。

她抬起一只手,抚摸他的脸颊。她本来没想要这样做的,她明白自己现在该做什么,得让他清楚,她不再属于他。

他抓住她的手,亲吻了她的掌心。他吸了一口气,似乎在分别了这么久以后试图把过去的感觉重新找回来。

她闭上了眼睛。

她还是没变。沈泰想着,自己曾经的想象——她被囚禁在深宅大院、弱不禁风地等待他来拯救——是多么幼稚。

他终于明白,春雨和他妹妹的命运完全不同。这是一个难以接受的真相,他这么拼命地驱驰往东,是不是把她们俩的形象搞混了?

说真的,事实上,对一名在醉月楼卖唱的青楼女子而言,还有比目前更好的生活么?还能去伺候比相爷更位高权重的男人么?还能有比在这金碧辉煌的府邸里,伺候一个她能够了解和掌控的男人更合适的命运么?以后她年龄大了,相府也是个再合适不过的安身之地。这种命运足以让北里所有的姑娘羡慕。

他感到一阵悲哀,还有自责。

就在这时候,她伸手抚摸他的脸颊。她闭上了眼睛。

他倾身,吻住了她的樱唇。他吻得很轻,似乎在确认这一切并非梦幻,离开两年之后他已经回来了。她的嘴唇柔软,微微张开。他也闭上了眼。

他稍微退后了一步,然后说:"春雨,我这一生当中,从未有任何一个女子让我如此刻骨铭心。"

她睁开了眼,亭台里只有一盏灯笼,不太容易看清她双眼的绿意,但他记得,他能回想得起来。曾经有过那么一些瞬间——非常艰难的时刻——他怀疑自己此生还有没有机会再见到这双翡翠般的眼。

他突然明白过来,这才是他今夜一路疾驰前来的原因。

她说:"我很抱歉,大人,但又很欣喜,两者兼有,可以吗?"
"当然。"他说。

她似乎很快就能进入以前在醉月楼里那种拘礼又带着亲昵的状态,他试图让自己也这样做,可惜不能。

他说:"你今夜为何出来?"

她摇了摇头,突然间似乎有点不耐烦。沈泰一下子想通了其中原因。"你这个问题真糟糕,泰。你想听到那个令人羞耻的答案么?"

他凝视着她:"不,对不起。"

她生气了,现在他能感觉出来。"是因为珍妃娘娘送了一封信,让我今天不要早睡。她还引用了玉阶怨这样的话。"

"我明白,"他思索了片刻,"娘娘说你知道我会来。她把文周羁留在码外,还给我的护卫夜间出入新安城的通行令牌。"

"所以我们都被她牵着鼻子走了?"他能听出这句玩笑话背后的辛酸,"我们俩真够配合的。"

他笑了。"春雨,我得说,你的唇,你的气息,令我魂牵梦萦。"

她抬头,目不转睛地看着他,许久后才把目光移向黑暗。终于,她开口:"我不能成为你的情人,泰。那样不行。这不是我派瞰林去救你的原因。"

"我明白。"他说。

在这寂静的夜里,悲哀的感觉逐渐蔓延。这个女人直白到让人惊讶:高傲而诱人,比他精明多了。他想,在这个地方生存,必须精明一点。

"我本可以指控文周意图谋杀我,"他说,"今天在码外几乎就这么做了,不过不是为了我。他杀了周岩,还有辛伦。还可能会让你——"

"你指控帝国的相国大人?指控他杀了一介书生,和一个人微言轻的小官儿?这有什么用啊,泰?谁在乎这个?你又怎么证明?"

"有人替我证明了。文芊抓住了杀辛伦灭口的人。"

"什么?你说冯大?"

他看到她很吃惊。"冯大在南行回文周老家的路上被抓到的,

351

她当着所有人的面说她抓到了。屋子里还有重要的人，包括太子申祖。"

他没有提到可能皇帝也在。那不是这种场合该提的事情。他说："我认为……我们认为……娘娘只是想给她堂兄一点警告。文周也有麻烦，春雨，主要是因为荣山。"

她走到长凳边坐下，抬头看着他，若有所思。飞蛾在灯火附近不停飞舞，空气冰凉。他想起了以前看到她这个样子的时候，通常都是在心里在琢磨什么大事情。

"我们？你说的'我们'指的谁？"她开口，问了一个他没有想到的问题。

"我在路上交的朋友，司马子安一直跟我在一起，从辰尧出发以后。"

她睁大眼睛看着他，差点跳了起来，忍不住倾身向前。"诗仙？噢，天哪。他可是所有青楼卖唱的平凡小女人心目中最伟大、最了不起的男人！"

沈泰温柔地笑了。"你可不是个平凡的小女人，不管怎么说，另外，你也不再屈身于北里青楼了。你本身在某方面就比他更伟大。"他笑了笑，"我还能帮你什么？"

他看到她也冲着他嫣然一笑，"妾身以为，你可以再吻我一次。不过那是不对的，是不是？"

他踏前一步，又一次吻住了她。她的唇迎合着，任他攫取。

这一次是春雨退后一步结束了这个吻。"这样不好，"她说，"原谅我。"

他在她身边坐下来。他明白她之所以来到这个亭台，也是方便彼此。

"春雨，你的生活已经变了。可我还一直愚蠢地做着梦。"

"每个人做梦的时候都很愚蠢。"她说，仍然没有看他，"只要我们别把愚蠢带到梦境之外就行了。"

"春雨，听我说，如果我没猜错的话，要是文芊把有人暗助我的事情泄露给她堂兄……那会危及到你吗？"

她想了想。"我想不会，这件事情只有一个仆人知道，他是不会泄密的。可如果你在这里被人看到,估计我就活不长了。"她实事求是地说,"但是,文周现在担心的人是荣山,不是你。几天前安隶就离开了这座城市,还有他的长子。"

"我知道,"沈泰说,"我在来新安城的路上跟他见面谈过。"

他知道自己再次让她震撼。他还很年轻,所以在那一瞬间油然升起一抹骄傲;但他也不再年轻了,所以明白为此而骄傲是没有必要的。

她说:"泰,这一切到底怎么回事?你现在像是被卷入了漩涡之中。"

"是的,"他说,"因为那些天马,仅此而已。"

"还有那些鬼魂。"她说,"你为它们做的一切。"

"天马就是因为这个而来的,没什么区别。"

她沉默了许久,似乎在思索着什么,最终叹了口气说:"汗血宝马。"

"来自塞达的第二种改变我生活的生物。"

她笑了。"我可没有改变你的生活。"

"你当然有,"他说,"春雨,我们不可能预知后事,但司马子安认为天下隐有大乱的势头。"

他看着她,她低头沉思。

他说:"现在我在新安城有一座宅子,就在这个街区。如果你有信要送给我,可以派个信得过的人来么?"

"我有信要送?或者我想要送信给你?"她转头看着他。

这一次笑的人是沈泰。他们旧日里说话的方式回来了,像是彼此配合出演一场对手戏。而这种感觉让他有点不安。

他说:"你有着非凡的判断力,所以如果你遇到危险,或者有事情要告诉我的话,你总会知道时机的。"

她拉着他的手,看着他们十指交缠。"哪怕以前我在某些地方比你强一些,但现在我已经不如你了,泰。"

"你比我精明得多,曾经如此,现在也如此。而你还冒着生命危险救我。而我能为你做些什么呢?"

他不知道有多少男人在深夜之时曾经对这个女人表露过爱意,

也不知道文周是否向她说过爱慕的话。

她的头依然低垂着,仿佛在痴痴地看着他俩交握的手指。她没有熏香,他终于明白了其中的原因,但她身上仍然有股幽香,在和她靠得如此近,亲昵了这么久以后,它唤醒了沈泰心中的遐思,撩拨着他的欲望。

她说:"我会派人打听你的府邸在哪。如果我需要送信,也能找到人。外面墙根下那个乞丐是自己人,可以捎话给他,我会知道的。这里值得信任的仆人只有一个,叫何万,其他的都不行。"她沉默了一会儿,仍然握着他的手,而她的声音在这些许片刻发生了变化,"我想……泰,你必须得走了,否则我将无法自拔。我以为我能控制自己,事实上,比想象的更难。"

他深深地吸了一口气:"我很抱歉,春雨,但又很欣喜,两者兼有,可以吗?"

她用力捏了下他的手,手上的指环刺痛了他的皮肤。她就是想要弄伤他,沈泰明白,因为他就这么原封不动地引用了刚才她的话。"真是油嘴滑舌,"她说,"你们这些读书人,就是这样。"

她松开了沈泰的手,自己双手交握着放在腿上。她的目光依然低垂,一副顺从恭敬的样子,而他知道她绝不是个顺从恭敬的人。他发现自己根本不想离开。

就在此时,树上传来一阵沙沙声,黑暗中有声音传来:"如夫人,沈大人,有人正从湖边走过。我们可以干掉他,但那样会打草惊蛇。"

这是瞰林首领的声音。"魏苏在哪里?"沈泰急忙问道。

"守在庭院另一边,等候指示。"

"这位瞰林先生,请问那人手上端着酒杯么?"春雨问道。

"是的,如夫人。"

她站起身。"那是我的仆人何万,不要伤害他。泰,我想……我想……你该走了。"

他犹豫了下,然后在长凳上放下了什么,他动作很快,连春雨和瞰林也没看清楚。然后他站起身,在灯笼底下仔细打量着她的脸。

她的双手相叠放在腰间,正式地行了福礼。"大人,非常感谢您前来探望妾身。"

"我……还能再看到你么?"他发现说话都有点困难。

"妾身也希望如此,但是谁又能看清以后的路呢?正如你所说,我的大人。不过,今晚不是……不是我想要的重逢。"

她仍然太了解他,一句话就可以让他的心怦怦直跳。

"也不是我想要的。"他说。

"妾身很高兴听到你这么说。"春雨说,她的眼又低垂下来。

"快走吧,大人!"瞰林催促着他。

沈泰转身,离她而去。

她目送他走下了亭台,很快没入了一片阴影中。她甚至都没有看到瞰林的身影,只听到他说了几句话。她看着靠在栏杆上的琵琶,还有仍然在灯笼边飞舞的飞蛾。

突然,他们刚才所坐的长凳上有一样东西,吸引了她的注意力。她拿起它,在灯光下仔细看,她的手开始颤抖。

她忍不住咒骂出声,若是那些以前在醉月楼为她倾倒的男人们听到优雅温柔的春雨竟然会这样骂人,一定会大吃一惊。

她抬头。刚才那名瞰林曾经说过……

她大叫出声:"魏苏?你还在吗?"

过了片刻,四周仍然一片沉默,也没有人突然从黑暗里冒头出来。然后,突然间,一个声音响起:"我还在,林姬。您需要我效劳么?"

"请过来。"

女瞰林无声无息地出现在庭院里。正是她曾经雇佣去西域的那位。她冲着春雨一拜。

"您那位仆人很快就会过来了。"女瞰林说。

"我知道,他以前见过你的。"

"是的。"

春雨看着她,个头娇小,容颜隐藏在纱帽之下。她递过沈泰留给她的东西。"把这个拿去,还给沈大人。告诉他我不能接受这个东西,我不可能戴它,也不可能把它卖掉,更不可能破坏它一分一毫，否则那可是杀头大罪。这枚指环上刻着字呢！是陛下赏给他的，对不对？"

"我从未见过这个，"魏苏说，"他骑马过来的时候没有戴它。"她的声音听起来很奇怪，但春雨没有时间去思考其中的原因。"我想陛下或许是……"

"事实上，这枚指环代表着陛下，或是奉命为陛下办事的人。告诉沈泰，他必须把指环留着，小心看管，出入正式场合还得戴着它。这些东西都是他必须学的，他不能把这等关系重大的赏赐随意送给别人。拿着。"

即使是昏暗的灯光下，这枚扳指也美得令人惊叹。翡翠的颜色跟春雨的眼睛非常像。她猜想——事实上，她肯定——这是沈泰把它留给她的原因。至少是一部分原因。

女瞰林犹豫了下，又是一拜，接过指环。"对不起，我没有完成您的嘱托。"她说，"我没有到库拉诺湖，而且我——"

"沈大人告诉我了，"春雨轻快地打断了她，"他还说如果没有你拼了命地保护他，他肯定活不下来。我可以多付一些钱，继续雇佣你么？"

这位比春雨印象中更瘦小的女瞰林站直了身子。"不。"她说，"不用了。"

"为什么？"春雨问。

"文贵妃雇佣了我们，一共十个人，保护沈大人。"

"她都做了？我明白，事情已经不是我能掌控的了。"春雨说，她也不明白自己为什么要说这个。她更仔细地打量着眼前的女瞰林，但灯光昏暗，瞰林又戴着纱帽。

魏苏似乎想说什么，但欲言又止。她沿着刚才沈泰他们离开的路走出了亭台。

只剩下春雨，不过她也清楚自己不会独自待太久。她拿起琵琶，拨弦调音，正在这时候，何万谦卑合宜的禀告声响起了。

然后他走进了紫檀木亭台，手里托着一个托盘，上面的小火盆温着酒，还有一只杯子。

"你怎么来了？"她冷冷地问。

何万停下来,她的口气让他一颤。他躬身,递过托盘。"林姬,现在天冷了。我想你可能需要——"

"我告诉过你我想一个人待着,不是么,何万?"她知道他为什么来这里。她需要他的忠诚,但决不允许他胡乱揣度她的心思。拿捏分寸也是种平衡之道,他得知道自己的位置,不能僭越。

"林姬!"他大惊失色地说,"原谅小人吧,小人只是想着您可能——"

"需要喝点酒,是吧?很好,酒放下,你可以走了。放心,你不会受到惩罚。但是你要明白,相爷可是说了,如果仆人不听话,就得挨板子。我们都得守规矩。"

她清楚,这不是他期待的结局。那就行了,她想。何万再次拜礼,托盘微微晃动着。

"把它放下,你走吧。"春雨又说了一遍,声音稍微软了一些,"我明白你忠心耿耿,何万。去告诉我的侍女,我会晚点回去。我想要个火盆暖暖身子。"

"遵命,林姬,"他说完,转身,"您……您穿过花园回去的时候,需要人护送么?"

"不用,"她说,"我想我说得够清楚了,何万。"

"是的……是的,夫人。"

她嫣然一笑,确信他能看到,因为她正好在灯笼下面。"不要告诉任何人。我知道你一向忠心耿耿。"

"遵命。"他拜了两次,然后离开。

如何驾驭好不同阶层、不同身份的男人,明白他们的需求和欲望……是所有出身北里青楼的女子——尤其是像春雨这样出类拔萃的——必须学习的技巧。

事实上,她确实很想喝点酒。她打开酒壶的盖子,给自己斟上。青楼女子都善于给别人斟酒,这是她们的另一样长处。

最终,她似乎还是哭了。

她啜饮了几口温酒,放下杯子。拿起琵琶开始弹奏,为自己而奏琴,但她知道还有另外的人会听,她欠了他一次。

那枚翡翠扳指,她想着,是皇帝赏赐的,说不定还是亲手交给他的。沈泰居然闭口不提。

真是用心良苦。

天下之事,总是很奇妙的,她想着。也不知道为什么,她想起了远在西域的故乡。

裴钦看到那个男人和他的瞰林护卫又从墙内翻了出来,这么高的墙很不容易进出,需要极好的轻功,没有几年的时间是练不出来的。最后出现的是一名女瞰林,裴钦看到她轻而易举地就从墙上跳下来。

那名男子有点魂不守舍,仿佛连路都找不到了,瞰林们给他指路,带上那两名守在街上的武士一起离开。这个家伙——显然是一名大人物,虽然穿得不太像——又赏了裴钦一锭银元宝,这样总共有两锭了。比他这几年在这里乞讨得来的钱加起来都多。

他看到最后出来的女瞰林赶上了那男人,把他拉到一边。他看到他俩说了些话,女瞰林把手里的某件小东西给了他。然后他们继续往前行,很快就消失在昏暗的大街上。

这个男人赏给他银子的时候,裴钦挣扎着站起来躬身行礼,不过他想那家伙压根就不在意。他又坐了下来,看着那两锭银子。那可是银元宝!一阵微风吹过,带起一片尘埃。他想起了荔枝,想着它们什么时候会出现在市集上。忽然间,他的思绪被拉了回来。

在墙内的庭院里面,悠扬的琵琶声响起。那声音隐隐约约传到他的耳朵里,他正待在他的小窝里,那是她命人给他修的庇护所。

她是在为他弹琴,裴钦就是知道。这阵琵琶声比那两锭银元宝更珍贵。他听到了一阕缓慢的、忧伤而又带着点甜蜜的曲子。这是一位多么善解人意的女人啊,在她那锦衣玉食、充满了权力与奢华的生活中,竟然还可以怜悯体贴他曾经遭受过的痛苦,在春夜为他弹奏这一曲惆怅婉转的小调。

裴钦聆听着,沉浸在无声的关爱中。他想象着就算新安城夜空里的繁星也在聆听着她的仙乐。最终,音乐停了下来,夜晚的街上很寂静。远远地,传来几声犬吠。

第二十章

正如他所说，他们在日出之前看到了奇台帝国的要塞。

对沈礼眉而言，这也是让她不安的因素之一：看到苍天之下伫立着她的同胞修建的东西，这个高大的、方正的要塞在广袤的草原上，如鹤立鸡群。巍峨的要塞，厚重的高墙，挺立在天地之间，似乎在诉说历史的苍茫和人们的渺小。人的心态决定了所观察的事物是什么样子。它究竟意味着什么，宣称着什么？她突然冒出个想法：如果要塞不存在，究竟是会更好还是更糟？

她觉得这个地方就像一方官印留在天地之间，仿佛天阙上某位神仙在批阅完巨大的公文以后盖下的烙印，方方正正的，成为广袤无垠的草原上一处标志。

如此的格格不入，如此的陌生，这座矗立在草原上的要塞让她总觉得有什么不同寻常的地方。

梅斯哈没有她这样的感觉。他在她身边小声嘀咕了几句，用的是博古话。然后，他用奇台语清晰地说："要塞里没人。"

她回头望了他一眼："你怎么知道？"

"没有火把，城墙上没人巡逻。马场也空的，本来应该有骑兵巡逻的马。看样子出什么事了。"他盯着前方一片缓坡，要塞在缓坡背后的浅谷里。

梅斯哈叱马向前。"来吧，"他对她说，"我必须去看看。"

她跟了上去。恐惧的表情不由自主地浮现在脸上，她讨厌自己这样。

要塞比她想象的更大，距离也比她想象的更远。等他们走到要塞跟前，天都蒙蒙亮了。沈礼眉左右看了看，现在她能看清楚旁边的狼群。

靠近以后，她才明白适才感觉到不同寻常的地方，而梅斯哈之前就意识到了这里空无一人。城墙上没有士兵巡逻,四角的瞭望塔上也没有人值守。这是一座毫无生气的建筑,一片死寂,她感到不寒而栗。

梅斯哈下了马,向着面前有围栏的马场走去,马场的门虚掩着,在风中吱嘎作响,左右摇动。微弱的声音传来,她看到梅斯哈似乎蹲下来查看什么东西,然后往南边走了几步,又蹲下来一次。他站起身,朝前方看去。

看了一会儿,他转身走向要塞的正门,太远了,她只能隐隐约约看见他在黑暗中的模糊身影。她端坐在马背上,狼群在身边,耳边吹过的风似乎都带着恐惧。

过了很久,她看见他回来了,仍然是那种蹒跚而僵硬的走路方式。很快,他爬上了马背,因为脸上没什么表情,通常很难猜到他在想什么。但她第一次发觉,他似乎在琢磨着什么。

"他们什么时候离开的?"她问道。她明白他一直在考虑这个问题。

"就在两天前,"他回答,"朝着长城的方向而去。我不知道为什么,我们得抓紧时间赶路了。"

他们策马驰骋,但就在太阳即将升起,他们沿着南面的山脊快要穿过浅谷的时候,遭到了袭击。

黎明时分是草原上最适合偷袭的时候,虽然沈礼眉完全不懂这其中的道理。黑夜的偷袭难免会变得很混乱,分不清敌我,容易误伤己方。而白昼时分,在平坦的草原上很难达到偷袭的效果。黄昏和黎明则是最合适的时机。

事后沈礼眉才明白过来,她刚刚经历了一场如闪电般迅速的偷袭,惊心动魄,危险非常。

她还没反应过来就倒在了地上,她意识到是梅斯哈把她推下马的。她趴在草丛中抬眼望去,不由得捂住了嘴。三个,不,现在是四个偷袭者在靠近他们之前就倒下了。

梅斯哈的动作跟他射死天鹅那天一样敏捷,而这一次他射击的对象是人。瞄准,放箭,迅速地又是另一箭。他的马在胯下灵活地移动着。袭击者也有弓箭——这就是他把她先推下马的原因。

敌人至少有十来个，或许更多。就在她观察的时候，又倒下一个，其他人迅速地靠拢，尖叫着，但奇怪的是他们的马，拼命地原地打转，甚至后退，想要挣脱缰绳。

她趴在草丛里，他们能看见她的马，但看不见她的人。她也不知道来袭的是何方人马，是朔奇人么？或者是捉拿他们的博古人？她很快提醒自己现在正在战斗，以后有的是时间想这些。战场，是他父亲宿命所在之地，男子汉当战场杀敌，马革裹尸。而女人上战场则是跑错了地方。

两名骑手死命打马朝她疾驰而来，她能感到大地都在颤动。他们靠近了，她开始尖叫。他们不是博古人，头发比博古人短，两边剃得精光，中间留长，脸上还涂着黄色的染料。他们的距离已经近到她能看清他们脸上的图案，或许那是她在人间能看到的最后一样东西。

狼群突然腾跃而起。

在人们赶着牛羊来到草原之前，狼就是草原之王。自从人类在草原扎根以后，虽然徒劳，但狼群一直试图驱赶他们，并推翻那如烙印一般印在草原上的要塞。

狼群从藏身的草丛底下扑了出来，她才发现它们的数量比这几天她一路前行时看到的还要多。她只看到最靠近他们的那些狼——头狼带着一小撮狼群。而现在扑上去的至少有五十只以上，像是从草丛中并射出的一道道灰色锋芒。原来它们一直潜伏在深长的草丛里，现在才扑出来发动雷霆一击。

它们径直扑向朔奇人的马，吓得它们嘶鸣阵阵，乱踢乱跑。战马对着狼群又踢又撞，但无济于事，只剩下不到十个骑兵了，而狼群数量是他们的五倍，再加上一名博古人（如果梅斯哈可以算人的话）还在不停地冲着他们射击，箭术精妙。

沈礼眉看到一名脸上涂着黄色染料的朔奇人跌落到离她很近的地上。他发出了一声惨叫，声音因恐惧而走调。四匹狼扑到了他身上。她赶紧低头，把脸埋下去，不一会儿，尖叫声停止了，但她仍然不敢抬头看发生了什么。

哀鸣和咆哮，还有另一种她永远忘不了的：撕裂骨肉的声音。

没有比狼群更可怕的东西了。

可如果没有它们,她会死在这里,或者被抓走。

人世就是如此不可思议,甚至让人连试图去理解都做不到。她还是趴在地上,身体不住地颤抖。然后,骑兵们发出可怕的、此起彼伏的尖叫和哀号声,没过一会儿,一切又归于寂静。

天色已明,黎明时候的微风吹来,令人惊讶的是,沈礼眉竟然听到了鸟叫声。

她努力地坐了起来,然后发现她宁可继续趴着。

身边死去的朔奇人被狼群疯狂地啃噬着,成了一团模糊的血肉,狼群咬断他们骨头发出嘎吱声,相互之间还不时因争夺猎物而咆哮。

她几乎快忍不住呕吐出来了,跪在草丛间,全身止不住地颤抖着。

一片阴影笼罩住了她,她飞快地抬头。

梅斯哈递过一个水囊,她坐起身,接了过来,打开。她喝了口水,忍不住呕吐,又喝一口,还是吐了。奇台女子的优雅或者教养被抛到脑后,她大口大口地吞咽着清水,总算遏制了呕吐。她把水倒在手上,洗了把脸,接着挑衅似地又做了一次。不是一切都因为环境而改变了,她暗中告诉自己,只要你能坚持,总会有不变的东西。

"来吧,"梅斯哈对她说,"我们又多了四匹马,可以换着骑,这样走得更快。"

"还会……还会有人来吗?"

"朔奇人?可能会。要塞士兵走了,朔奇人来调查原因。"

"我们知道原因么?"

他摇了摇头。

"走吧。"他再一次说,伸出一只手。她把水囊递给他,他接过系在腰间。但马上又一次把手伸向她,她明白,他是想拉她起来。

他给每人挑了两匹马,朔奇马被狼群吓得四散而逃,但总算训练有素,没跑多远。她等着他牵马,看着他。他先是回收自己的箭,靠近了一匹朔奇马,检查了下,放弃了,又去检查另一匹。她不知道他是怎么挑选马的。

可怕的是,在她周围,狼群还在大快朵颐。

她记起了很久以前的回忆,沈泰曾告诉父亲(那一次她是躲在树上偷听的)博古人把死者扔在荒无人烟的草原上,让他们在苍天之下被狼群和野兽吞食,然后他们的灵魂就可以回归上天。

今天,天空湛蓝,微风送暖。

他留给她一个水囊,这一次她只喝了一点点,除掉嘴里刚呕吐完的酸味。

她看到他骑行回来,有四匹马一匹接一匹地拴在马背后。看样子他不打算再说什么,但突然间,狼群跳开了,又消失在草丛中。

沈礼眉捉起缰绳,不太熟练地翻身上马,她努力学习在没有他帮助的情况下上下马的技术。当一个人赖以自豪的地方全面崩溃,是否就得在其他地方找回自信呢?她说:"你不让我也牵两匹空马在背后替换么?"

"不方便。我们得赶路。"

"等等,请你等下!"

他停下来等她,阳光照耀着整片草原,他的眼睛仍然是那么漆黑,光陷入到他的眼窝里,被直直吞没。

"抱歉,"她说,"我曾经告诉过你,我对未知的事情会很恐惧。因此最好是能够知道事情真相。"

他什么也没说。

她继续说:"你能……我是说,你会控制狼群么?它们……它们是跟着你的吗?"

他转头,看着北面——他们来的方向,沉默了很久,久到她都以为他不会回答这个问题了,但他没有动身。她又听到了鸟叫声,不由自主地抬头看去,是一只天鹅。

他终于开口:"不是所有。只有这一群。这一匹。"

头狼靠近他们,一直跟在沈礼眉身边。她看着它,一种新的恐惧升起,跟旧有的恐惧开始作战。

她回头看着梅斯哈那双毫无生气的黑色眼睛。连狼的眼睛都比他明亮得多。梅斯哈在等着她。

而她只说了一句话:"谢谢你。"

他抖了抖缰绳,她也跟着抖了两下,他们继续往南疾驰,把鸟叫声、死尸都留在身后,还有那湛蓝的天空。

是夜,繁星满天。他们已经疾驰了一整天,中途有过两次短暂的休息。仍然没有生火,他们只能吃野果,不过他们在一个水塘边停了下来。沈礼眉脱掉衣服,在夜色中洗了个澡:她得把那些血肉模糊的景象从脑子里除掉。

穿好衣服,她问他:"为什么你能控制这些狼啊?因为你以前经历的事情么?"

在夜晚的黑暗中问这种问题比较容易。

他一直蹲在草地里,给马喂了水。她看到他转了转头,她说:"对不起,你可以不必回答——"

他开口了:"那个北方巫师想把我弄成狼魂。被他控制,听他命令。很可怕的巫术,很糟糕。没有……能完成。狼是一种图腾,他召唤狼,但那时候你哥哥杀了他。我也就……我就一直介于两者之间。"

"介于两者之间?"

她听到水塘里有青蛙的叫声。他说:"人和狼之间。这个身体,和另一具之间。"

另一具。她不由自主地转头看去。头狼灰色的身影蹲伏在草丛里,她曾在白天看到它撕裂敌人的样子,下巴上鲜血淋漓。

头狼也转头看着她。她只能勉强看清它的轮廓,但它的眼睛不像梅斯哈那样,而是闪着光。有种可怕的感觉从沈礼眉的脑子里冒出来,她意识到自己犯了错,不该把他逼得这么紧,不该问这么深入的问题。

她低下头,头发仍然湿漉漉的,还在滴水,但夜晚已经不冷了。

她说:"我很抱歉。或许如果沈泰没有救你还好一些——"

"不!"他激烈地反驳。她吓了一跳,急忙抬头。他站了起来,高大的身影矗立在地平线和星空之间。"这样至少比被弄成那个样子好。我……我至少可以选择,如果那个巫师控制了我,我只能服从他，然后死去。山代救了我。"

她仰着头看他。

他说："我选择来救你。要报答山……沈代所做的。"

"然后呢？在此之后呢？"她刚刚还决定不要再问更多问题的。

他一边肩膀耸了耸。

她又转头看着那只头狼，似乎从阴影中看到了更多东西。有一个问题，她不能问。

"现在出发吗？"

他确实在向她征求意见。

"谢谢你。"她说。

沈礼眉起身，走向她的马，自己爬上了马背。每次休息过后他们就换马骑行。就在日出之前，他又打下了第二只天鹅，但还有第三只，跟在他们背后，在西方的高空上盘旋。

有人以狼为图腾，她想着，那么肯定有人以天鹅为图腾。

听说人们可以在马背上睡觉，但绝不是在疾驰的马背上。沈礼眉全身酸疼得要命，梅斯哈决定停下歇息的时间又不规律。自从他打下第二只天鹅以后，她明白为什么他赶得这么急了，但她的身心都疲惫到几乎无法坚持。

她现在躺在低矮一些的草地上，头晕目眩，意识都有些模糊了。她梦到了家乡，她在家中花园里荡秋千，春暖花开，阳光明媚，秋千荡得很高。她不知道推她的人是谁，在梦里她一直没有回头，但她一点也不害怕。

真的有人在推她肩膀，是梅斯哈。

她睁开眼，天色蒙蒙亮，已经到早晨了。他递给她水囊，朝她身边的袋子做了个手势。那里面装着新鲜的水果。要是再这么天天只吃水果，估计过不了几天，沈礼眉真会考虑生吃兔子肉。然而，她想起了狼群和朔奇人，还有那些血淋淋的画面。

她喝了点水，又掬了点水洗干净脸和手。抓起一大把水果吃掉，又抓了一把。她把那些没熟的果子挑出来扔了，不管怎么说，她也是一名奇台帝国的公主，不是么？

她太累了，都没有为自己的风趣笑上一笑。

沈礼眉站起身，她的腿和背上都疼得要命。梅斯哈已经骑上了马背，正在观察着逐渐明亮的天空。她也抬头看了看，什么东西都没有。又是阳光灿烂的一天，白云在高高的天上飘荡。梅斯哈已经把缰绳解了下来，她忍着僵硬和疼痛，走到了马的旁边，爬上了马鞍。她想自己上马的姿势比前几天好看多了。

她看着他。

"很快就会变了。"他说。

"你说什么？"

"风景。你会看到的，我们快离开草原了。你们的长城离这里不远了。"

即使疲惫成这样，她的心仍然因为这句话怦怦直跳。长城就意味着奇台帝国，意味着流亡在外的公主回到了她的故国。如果他们可以去到长城的另一边，他曾说过可以的。

我们快离开草原了。

她在马鞍上回头，初升的朝阳下，草原往天际无限延伸，从黄绿色到深绿色，浓密茂盛的草丛在微风下摇曳，发出沙沙的声音。自从她前往草原和亲，那种声音一直都在她耳边萦绕，即使是在轿子里也能听到。那是草原的声音。

放眼往北方望去，无边无垠全是草原，她想象着草原能延伸到多远的地方。或许这是世上最美的清晨，虽然奇台人可不会这样想。

他们继续往南行，沈礼眉左右张望，看到头狼在他们身边。其他的狼不再跟着他们了，她知道。但这一只，会一直陪着他们。

到了中午，平坦的大地开始上升，草垫变得越来越稀疏，模样也开始不一样了，颜色更深一些，不时夹杂着银色和绿色的灌木丛。有些地方还有光秃秃的石头。当她看到一排白杨树的时候，几乎是惊呆了。她的疲惫一下子消失得无影无踪。

他们穿过一条小溪，梅斯哈决定休息一下，让马喝点水。他重新灌满了水囊，沈礼眉也下了马，伸展着酸痛的双腿。她一直抬头看着天空。

今天风挺大的，白云开始往东飘散。偶尔遮住了阳光，投下一片阴影，又很快飘过。

她问："你知道那些追兵离我们有多远吗？"

他放下水囊，拎着拴住四匹马的绳子，准备给他们挑选替换的坐骑。梅斯哈摇晃着站起身，沈礼眉也如此。

他说："差不多有一天的路程。我想我们跑得挺快的。"

她不敢问他是怎么知道的，不过很快她自己也想出了答案：不是所有的狼都跟着他们在前进。

"谢谢。"她说。

歇息了会儿，他们又开始赶往南方。在高远的天空之下，他们的身影偶尔被白云的阴影遮掩。在午后他们又休息了一次，再次换了马。

接近傍晚的时候，他们又看到一只天鹅，飞得很高，超出射程。然后他们沿着徐缓的长斜坡爬到了坡顶，前方出现一片往下的斜坡。

在远处，横贯东西的，就是万里长城。晚霞斜照，显得雄奇无比。

他把她带回家了。

塔泽·克拉德对草原上的各部落都一视同仁，不管他们彼此之间如何敌对。他正在眺望着远处朔奇人的土地，从城墙的塔楼往东二百里的地方。

在他看来，不管是博古人还是朔奇人都是群温顺的、邋里邋遢、拖着鼻涕的牧羊人。不管白天黑夜，女人们都住在帐篷里。他的同僚齐斯理还开玩笑说这就是男人们通常跟羊群过夜的原因。他们只会夸耀自己的长毛马，跟草原狼对抗，狩猎瞪羚，但是在齐斯理看来，这些事情有什么意义？他和族人从小就在沙漠里长大，那里的人为了半杯水就能拔刀相向，还有人会痛饮刚死去的人的鲜血。在沙漠里，你得有力气拽倒你的骆驼，靠在它背后躲风沙，得完全把自己的脸包裹起来，才能在恶劣的沙暴里面生存下来。

在沙漠里只有适者生存，草原则是滋养万物。这样谁都能猜得出来，到底哪里能够养育出更优秀的人。

塔泽绝不承认自己是个可怜虫，虽然每次谈到独自一人带领着五十名士兵戍守长城北部的城楼的时候，除了自怜自伤也没有别的想法。一队人顶什么用呢？至少得要两百人才行，现在的话。

诚然，自从他十五岁过后，奇台帝国就供他吃饱穿暖，还有女人和马奶酒（偶尔还有葡萄酒），对戍边的将士们而言已经足够了。诚然，他是家里最强的一个男人，他的父亲和两个兄弟都死在了沙漠里。

为奇台帝国的皇帝效忠是一种生存之道，并且他活得还不错。可是每个野心勃勃的男人都会想着建功立业，平步青云，更进一步靠近权力的中心。只有那种已经登上权力巅峰的人才会故作姿态地说什么"淡泊名利，已经足够了，高处不胜寒"。

不管怎么说，塔泽·克拉德不是这样的人。

从记录上来看，他一直毫无怨言地接受各种调动安排，事实上，每一年草原上的戍边人员就得调动三次。他想那些长官不是把他给遗忘了，就是玩忽职守，压根没明白这里有个迫切想要建功立业的小队长。

这倒也算不上什么可怜。问题的一部分在于，这些日子里，牧民们实在是太安静了。

博古人已经成为皇帝的属臣，每年春天都会聚集在河套地区，贩售他们的骏马，要求奇台帝国派兵介入他们内部的氏族之争，只是那些内战从来没有让优秀的奇台将士建立起足以扬名立万的功勋。

朔奇人就比较桀骜不驯，在那些位于朔奇人领地内的哨站里——士兵们通常把它们叫做近站和远站——不时就能看到小规模的战斗。还有些朔奇人试图乘虚而入攻打城墙。那可错得离谱了，他们会为此付出代价。但是他们进攻的都是隶属荣山麾下第七军的守备区域，所以在那些战斗里建立的战功也轮不到塔泽·克拉德和第六军的同僚们分享。

第六军的士兵们通常只负责监督河套地区的马匹交易，听取某些全身酸臭味的蛮子抱怨自己的族群被敌对部落杀了个片甲不留，或是让长发的博古骑手带着毛皮和琥珀，通过哨站和要塞，运往新安城和延陵城的市集。

一切都按部就班,安全,但沉闷得无法形容。

直到四天前,小队校尉塔泽•克拉德收到了紧急命令,于是带着他的五十人小队进驻南面的近站,占领哨站和塔楼。

有其他小队跟着他们,有些去得更早,还有一些要去更远的东边,一团团人影在他们自己的哨所之间往来,一路上不时传来的命令让一些小队改了行军计划,场面混乱不堪。而所有的命令都要求他们尽快行动。

最新的战报表示,驻守长城的第七军士兵已经全部撤回,所有人,撤得一干二净。城门和塔楼完全虚不设防。

这完全让人无法想象。

没有人告诉他们为什么。第六军的高级将领谁也不会纡尊降贵地把事实告诉一名统领五十人的小队校尉。也没有人会解释为什么就在两天前,第七军和第八军驻守在近站和远站的士兵全部急速回撤,经过塔泽驻守的长城路段时,千人队跟着千人队,好不壮观。

他们往南边而行,消失在扬起的沙尘之中,留下一片空旷和令人感到毛骨悚然的沉默。

在大军通过的时候,士兵们窃窃私语地讨论过到底发生了什么事,但一无所获,从来都是如此。

尽管军旅生活总是会处在这么一个无知的状态,时间长了就习惯了,但有时候这样的突然换防的命令会在士兵和校尉之间造成恐慌,即使在那些流着沙漠子民好战之血的人身上也是如此。

眼看着第七军和第八军镇卫戍部队穿过他驻守的大门,并消失在南方,塔泽•克拉德感到了不安。

他望着北方,感觉自己孤立无援。他驻守的地方是一个重要但陌生的关隘,而且人手不足,又在朔奇人的领地上。奇台帝国的将士肯定愿意跟野蛮人干上一场,立点军功,但如果有游牧族强盗在这个时候突袭,哪怕只是几支小队来打秋风,他的手下能不能守得住,都是个大问题。

两个前哨站都空了,这对朔奇人来说是一个好机会,至少他们会来看看到底发生了什么事。塔泽都懒得去想朔奇人会对那两个哨站做什么,这不是他该考虑的问题,除非有人让他去处理。

黄昏时分，他站在木质的城楼上看着日落，看着夕阳之下那横亘东西、连绵起伏的奇台长城，一直眺望到它在天际消失的位置。他们在草原上用木材搭建了城墙的框架，然后用夯土和北方运来的砾石修建了墙体。有人曾告诉他，在那些群山之间修建长城的时候，用的全是坚固的岩石。

这是一项空前绝后的伟业，超出了人们的想象。据说长城延绵了六千里，在修建和重建长城期间，共有六十万人丧生。长城的存在可以追溯到好几百年前。塔泽只相信最后一句话。

他讨厌长城，可他在这里驻守了十二年，用生命去捍卫它。

他手下的士兵指着北方说了几句什么，塔泽顺着他指的方向看去。

两名骑手在往这个方向骑行，现在还离得很远，一串马匹跟在他们身后。在这里，在朔奇人的土地上，这可是稀罕事。往来于河套地区的博古人倒是经常这样，在春季的时候赶着成千上万匹骏马前来，供应南方的奇台军无底洞般的需求。

朔奇人的交易则零星得多，他们倒也交易马匹——通常是从博古人那里偷来的。所以如果这是两名朔奇偷马贼，塔泽可一点也不觉得意外。他俩走近了，塔泽能看清楚他们身后有四匹替换的马。从理论上来讲，他可以下令拿下这两名很可能是偷马贼的家伙，交给他们的部落公正审判（当然，这几乎从来没有发生过），并缴获这几匹马作为奇台士兵的战利品。

而事实上，他们往往让这些人径直通过。这就是这些年来的军队策略：马匹太重要了，你必须让游牧民源源不断地供应过来。如果他们被抓了，那就会停止马匹供应，通常守关的奇台校尉会接受一点贿赂，然后睁一只眼闭一只眼任凭这些赃物流入奇台帝国。

他等着那两个偷马贼靠近，他还有问题要问。比起这些马和他们可能会给的一点点贿赂，他更在意的是消息。他看到俩人的坐骑都累得口吐白沫了，即使是他们身后那些替换的马匹也疲惫不堪。看来他们跑得很急，基本上可以确定他们是偷马贼了。因为疲惫的马卖不了高价，如果是自己的马匹肯定不会这么糟践。

塔泽冷冷地看着越来越近的骑手，他可不是个盲目乐观的人。

两人来到了城门之下，停了下来。

他们竟然不是朔奇人，第一眼看过去他就感到惊讶。

"请求通关售卖马匹。"个头高大的那个开口说道。他是个博古人，他的头发，他说奇台语的口音都跟博古人一样。个头较小的那个蒙着脸。有时候博古人会这样做，可能是害怕奇台帝国的士兵。很好，害怕就对了，不是么？

看样子是父子俩，塔泽暗暗下了判断。不过在这么遥远的东方看到博古人真是稀奇，尤其是一对父子。不过这不是他要考虑的问题，他想问别的。

"你们在北方看到了什么，博古偷马贼？"他问道。

"您指的什么？"塔泽注意到他没有对这个侮辱性的称呼表示抗议。

"戍边的部队！"

"要塞整个都空了，"大个子博古人回答。袒胸露背，低垂着头看着地面，这倒是个合适的姿势，毕竟跟这个野蛮人谈话的可是奇台帝国第六军的校尉。"追着马和人的足迹来到这里。他们没来么？"大个子博古人补充说。

这关他什么事儿？

"其他的要塞呢？"

"我们没去这么远。许多士兵走这条路，不止一个要塞的。有两天了，或许？"他没有抬头，这也是很合宜的。游牧民族可以通过被践踏的草地来辨认人们通过的时间。

"发生了什么事？"

"发生？"

"你们看到朔奇人没？"

"没有。"大个子说。

"你最好说老实话！"塔泽咆哮道。

"真的没有，大人。"那人诚惶诚恐地说，如果不是这个时候，听上去还有点滑稽。

"那些吃屎的杂种没有走这条路么？你们没有看见他们？"

"没有朔奇人，但我们身后有博古人。"

"为什么？"

"我们……我们被部落赶出来了，大人。"

这就是这两人出现在如此东边的原因吧，塔泽有点好奇他们为什么会被人追赶，不过还没好奇到出口发问的地步。部落有自己的律法，如果他们留在长城以北，没有干扰到驻军，就跟奇台帝国没有关系，跟第六军的塔泽·克拉德也没关系。

然而，如果博古人出现了，一切就变得复杂，如果他就这么眼睁睁看着俩人通过关隘的话。不过他们有马，马是现在最重要的事情。塔泽看向北方，空无一人。

他冲着手下的士兵点点头："给他们开门。"

他低头看着两名骑手："你们要把马带到哪里？"

"这些马是瞰林要的。"大个子男人说。

令人惊讶。"你们打算带着这些马一路走到石鼓山？"

"他们是这样要求的，还有三匹个头小一些的马，有些瞰林是女的。"

好吧，神仙们用沙尘暴迷了这些蠢货的眼！就像塔泽不知道那些穿着黑衣的瞰林有女人似的。而那些女瞰林能够跟男瞰林一样轻松地把你脑袋摘下来！

"好吧，现在还有一个问题，这位赤身裸体的朋友。石鼓山离这里大概有六天的路程吧？我可不能让博古偷马贼跑到奇台帝国这么远的地方。"

"只需要四天，大人。您太谨慎了，不过您说得没错，我们会护送它们。"

这个声音从背后传来，说着无可挑剔的奇台语。

塔泽迅速转身，看到三名瞰林武士，骑着马出现在城门里面。

这种事情倒也不是第一次发生了，瞰林武士神出鬼没，会突然出现在人面前，或是人群之中，甚至完全没有意识到的时候，他们就出现在身边了。他看到两名男子，一名女子。夕阳照在他们戴着纱帽的脸上，背上都背着双剑，马鞍上挂着弓弩。

塔泽盯着下面，如果他之前还有什么不快的话，现在也烟消云散了。

"你们怎么知道他们会来？"他问道。

领头的瞰林笑了笑，似乎觉得很有趣。"当然是安排好的，"他说，"站在城墙上，要看到有人骑行过来很容易。"

去他妈的，塔泽很想骂脏话。"你们知道那些戍边士兵的事么？那些从这里经过的。"

"第七军和第八军的士兵。"瞰林很快回答，"他们都朝南方行军。你们有足够的人马来防御这一段长城么？"

"当然有！"塔泽猛地说。仿佛要在黑衣瞰林面前证明什么。

"那好，"那位瞰林平静地说，"劳烦大人放我们的马通行可以吗？我们这里还有一些好酒，犒劳您和您的士兵，一点小意思，不成敬意。或许比您这里的酒更好呢。"

或许？肯定会更好的，因为那些该死的第七军士兵，在南行的时候把这里所有的酒和大部分补给都卷走了。

他们一到这里，塔泽就申请调派粮食过来。他期待着物资明天就能从西部送过来。不过话说回来，太阳都快落山了，漫漫长夜总不能这么干耗着度过吧？

他冲着那三名黑衣瞰林点点头，然后示意了下身边的士兵，大声喊出了开门的命令。

沉重的城门徐徐地往内打开。博古人父子等着城门大开以后，赶着马穿行过去。塔泽确实看到有三匹马个头比较小。

他仍然不明白瞰林怎么越过长城，把需求马的消息送给两名流亡的博古人，不过这个问题没有任何意义。他琢磨了一会儿，最后觉得这个问题无关紧要，那不是他该考虑的事情。

他低头看去，三名瞰林已经下了马，从包袱里拿出酒瓶递给一脸渴望的士兵。

"等我下来再开酒！"他大喊。

他得算好，然后估算下怎么分配。好歹有酒，至少这算得上是今天发生的一件好事情，或许是唯一的好事。

他正转身准备下楼，眼角的余光捕捉到一个灰色的影子飞快地通过了城门。

"那他妈的是什么东西？"塔泽吼道。

"我想那是一匹狼。"瞰林头子抬起头来说。

"它刚刚跑进了我的城门！"塔泽大叫。

瞰林耸耸肩："这些野兽一直这么横冲直闯。如果我们看到它了会替您消灭的。今年春天有什么悬赏么？"

悬赏肯定是有的，取决于野兽的数量。塔泽刚刚来到这里，他手上缺人，缺食物，缺水和劳军的酒，而且他还不知道第七军和第八军到底葫芦里卖的什么药。

"没有悬赏。"他酸酸地说，很可能是有的，不过他不想告诉这些人。"不管怎么说，看到了还是帮忙杀一下吧。"

瞰林点点头，转身。五个人骑着那个袒胸露背的博古人带来的马匹走了。

塔泽满脸不高兴地看着他们远去。这里面有点蹊跷，有什么疑点一直在他脑子里盘旋。然后，他想到了那些酒，赶紧下楼去，再也没有多余的精力琢磨其他的了。

第二天，果然有一群博古人朝这边赶来。塔泽命令手下的士兵，一旦他们进入弓箭射程就立刻攻击。他的人手不足，他不想这些游牧民靠近发现这件事。

显然他们是来追赶那两个偷马贼的，好吧，既然他已经决定让那两个人通过城门，也该顺理成章地帮他们阻挡追兵。奇台的军人不必对野蛮人解释什么，对自己手下的士兵也是。那样是不可能扬名立万的，你的士兵会觉得你不值得信任。他们可能会怨恨你，还会担心你是否有决断的能力。

他看着博古人退到弓箭射程之外，停在那儿，彼此之间激烈争论着。

他们还带着猎犬，他完全听不清楚他们在说什么，不过那不重要。他就这么静静地看着，手下的士兵一丝不苟地执行着他的命令，过了一会，那群博古人转身离开了。

两只天鹅出现在天际，往长城方向飞去。塔泽让自己的手下朝它们射箭，有一只被击落。另一只躲开了箭矢，在高空中盘旋一圈，掉头回转向草原。

她又一次回到了奇台,夜幕降临的时候,这群沉默寡言、进退有礼的瞰林把他们带到了一家小客栈。沈礼眉看到了火把和灯笼,听到了丝竹之音。谦卑的侍从把她带到了有墙有床的房间。洗了一个舒舒服服的热水澡,侍女们伺候她沐浴,她们为她洗头发的时候,她不禁泣不成声。

她的手一直在颤抖,侍女们看到她的指甲和手指时,不由自主发出了怜悯的叹息,其中一名侍女花费了很长时间为她修理指甲,尽可能地让它恢复原状。在这期间,沈礼眉一直哭泣。

她们温和地说话逗她,想让她笑出来。她们说,如果她坚持这么哭下去,就没办法给她描眉化妆了。她摇摇头,于是侍女们没有给她上妆。她听见窗外的风声,有种强烈的被庇护的感觉涌上心头,不用再餐风宿露了,温暖踏实的感觉就像一壶温好的老酒。

她不施粉黛地走下楼去,穿着干净的长袍和便鞋,在大厅里跟瞰林武士们坐在一起。他们优雅而礼貌地交谈着,其中一人还提到了她的名字。

他们知道她是谁。

恐惧突然攫住了她,又突然退去。她很快就想明白了,如果他们要揭穿她的身份,白天在守关校尉那里就可以了。

"你们要带我去石鼓山么?"她问道。

领头的年长瞰林点了点头。"是带你们两位,"他说,"公主殿下。"

"你们怎么会知道我是谁?"

他犹豫了一下,然后说:"有人告诉我们的。"

"你们也知道跟我一起来的那个人是谁了?"

他又点了一下头。"同样有人希望在石鼓山上见到他。"

沈礼眉这才意识到她的面前摆着一杯酒。她细细啜饮了一口,已经很久没有喝过酒了。"为什么?"她问。

瞰林们交换了下眼神。那名女瞰林很漂亮,沈礼眉想着。她头上的银色发簪在夜色中闪过一丝光亮。

年长的瞰林男子说:"等到了石鼓山一切答案都会揭晓。不过你也知道,你的哥哥曾经在石鼓山上训练过。"

沈泰确实是,她想着,又是沈泰,哪怕离着这么远,他都能影响到她。冥冥之中的命运很是神奇,一个哥哥推着她出嫁塞外,而另一个哥哥又无形中把她给拉回来了。

"他以前告诉过我们,他离开石鼓山的时候,有些人……有些人好像……不是很……"

"有些人不太高兴,没错。"瞰林头领接了下去,微微一笑。

"不是每个来山上训练的人都得成为瞰林武士。"女瞰林说。她连喝了三杯酒,把酒瓶冲着沈礼眉示意了下,后者摇了摇头。

"梅斯哈在哪里?"她问道。

毫无疑问,他肯定在外面。木头墙壁,木头屋顶,满屋子的人,还都是奇台人。他肯定是在自己熟悉的野外过夜了,哪怕这片土地对他来说如此陌生。突然一个念头闪过她的脑海。

"你们不能杀掉那只狼。"她说。

"我们知道,"领头的瞰林说,"那只狼正是他们要他上石鼓山的原因。"

她看着他,慢慢地想到了什么。"是那只狼把我们要来的消息通知给你们的么?而不是你们在城墙上看到的?"这听上去很不可思议,她这么说的时候自己都觉得荒谬。

但他点了点头。"你看起来真的很像令兄。"

她的眼泪又忍不住夺眶而出。"您认识他?"

"我教导过沈泰一阵,当他离开的时候我挺难过的。所以我主动要求来接他的妹妹。"

她可不是一名只会哭泣的小女孩,他们耐心地等待着,甚至面带宽容的微笑。她用袖子擦了擦眼睛。

她看着领头的瞰林:"到底发生了什么事?军队都从驻军的地方离开了,离开了长城。到底怎么了?"

两名瞰林又彼此交换了下目光。领头的说:"我想我们还是到了石鼓山上再谈这个吧。"

"另有隐情?"

他点了点头。

她没有再问什么,而是跟他们一起享用美食,还有一名歌姬演唱助兴（唱得稀松平常，不过在偏远的地方算是不错了），然后沈礼眉回房，躺在床上踏实地睡了一觉，她梦到了狼群。

他们还得赶上四天三夜的路才能赶到石鼓山，梅斯哈应该会跟他们同行，不过她不确定。他总是一个人独自行动，晚上也在外面睡觉。她在城门那里看到狼的身影，但此后再也没见到它。

第二天白天，她第一次看到石鼓山，屹立在高原之上，辉煌而孤寂，绿色的山峰在阳光照射下如翡翠般夺目，那是奇台帝国五座圣山之一。

而直到第四天的下午，他们才来到石鼓山脚。瞰林们领着他们沿着小路上山，穿行在树木丛生的山林间，最后来到平坦的山顶。山顶的形状像一面石制的鼓，石鼓山也因此得名。瞰林寺庙就修建在此处，瞰林们礼数周全地欢迎了她，可能一部分是因为她二哥的原因。那天傍晚，瞰林们告诉她到底发生了什么事——不只是长城沿线，还有全国各地——对他们的生活和对整个帝国而言，那是一场注定会被载入史册的变故。

后世的史学家在重新修建后的史馆里大书特书了这期间发生的事情，至少有三名史学家持这样的观点：如果在那年春天，有人能够截住安隶节度使那辆装饰着翠鸟羽毛的奢华马车，不让这位节度使和他麾下的军队回到北方，那么数以千万的人民可以避免饥饿、战争、流离失所和死亡。

史学家也同意，那些让荣山的马车通过关隘的士兵不可能这么做。谁也不能未卜先知，所以没法去谴责那些放任荣山和他的军队在官道上穿行的士兵或者军官。他们只是观察到了某个事情，而不明白到底发生了什么。史学家如此写到。

而本朝后期的史学家则持不同意见。史料记载的东西总有不确定性，没有人可以预言时间长河中的水花是如何流动或者消逝，有一些事情是孤立的，也有很多事情彼此关联，牵一发而动全身。所以人们无法操控历史走向和进展。

苍天之下的万事万物都有注定之理，那些史学家们写道，因为人的生命只有一次，不能重来，不能逆转时光重做选择，而未来就如绢扇遮面的美人一样，只能看到朦胧的轮廓。历史如滚滚长江东逝水，如一阕壮阔的沧澜曲，每当音乐奏响的时候，它会奔腾而去，绝不稍作停留，更不会回头重来。

既然明白了这一点，既然认为这种悲壮的事情是不可避免的历史，于是史学家们都接受了安隶叛乱带来的严重后果——四十五万人丧生，血流漂橹，民不聊生。

第二十一章

安涛,安隶节度使的次子,这三年来一直在大明宫里享乐。奢华的宫廷生活是一名伟大的父亲给儿子带来的乐趣和荣誉。

他正式的官衔是飞龙军千骑校尉,不过跟那些挂了飞龙军军衔的世家子弟一样,每天都把光阴耗费在鹿苑或是更远的猎场里狩猎,还有击鞠,要不然就是跟那些世家贵胄、达官显贵们一起骑马出游。

而夜晚他则流连于北里区各色青楼找乐子,或是受邀参加京城里显赫人家的宴会,通常会有衣着美艳、体态轻盈的歌姬舞姬助兴,用她们的歌舞和身段吸引着那些贵人。

大明宫里传来了消息,安涛的父亲荣山在东北叛变,自封为奇台帝国第十王朝的开国皇帝,就在这一天,安涛在大明宫的御花园里被砍了头。文周文相国亲自挥动一把注定会被载入史册的长剑行刑,高大的相国大人精于剑术,不过此举却是有些莽撞了。

哪怕就是在当时,朝中大臣也觉得杀掉安涛是一个致命的错误。留他活口更有用,可以作为跟安隶谈判的筹码,至少可以当作人质。而死了的安涛就没什么价值了,事实比这更糟糕,他的父亲要为他复仇。

而安隶传檄天下,声称自己是被文周逼反的:奇台帝国不需要一个鲁莽、无能的相国,而皇帝陛下竟然昏庸无能到重用和宠信这样的人,显然已经失了天命,不配为天子。

这封檄文是由瞰林送到大明宫的,瞰林们总是在这种乱世发挥重要作用:不管对哪一方而言,是不是他们都是可信的。

不管安隶向文周发难的理由借口,文周亲自动手杀了他的儿子,而且是在大庭广众之下,这件事本身就让人不禁摇头叹息,担忧不已。

在荣山叛乱的消息传到大明宫的第一天,宫里的反应绝对跟冷静和有序不沾边。事实上,朝廷上下乱作一团,恐慌的情绪一直在蔓延。

朝廷试图把叛乱的消息封锁起来,但显然失败了。新安城可不是个藏得住消息的地方,而流言就如插上了翅膀一样四下纷飞。

有人说好几天前就看到一颗红色的火球出现在北方的天空,这个消息已经送到了司天监。不管谣言如何,北方开始出现一支庞大的军队,似乎在向南行军,直指帝国第二大的城市延陵,显然那是他们要征服的目标。延陵城位于新安城的东方,靠近大运河,在藤关的外侧。荣山兵临城下,让这座城市里近百万天子的臣民饱受生命威胁。

他们很可能会投降。

看上去金水河以北的很多城市都投降了。有消息说荣山对投降的各地刺史礼貌有加,所以许多人都倒向了他。不过很难说是真还是假。

距离太远,消息传递受阻,于是流言漫天。

不管怎么说,最明显的事实就是:能够抵挡荣山的南方、西方和西北军都不可能及时赶到延陵。他们最好的策略——也是他们收到的军令——就是守卫藤关。

朝廷上下一致同意这个决定,相国大人自负地表示,各地的节度使都会遵守朝廷调遣出兵平反,他坚信安隶很快就会战败身亡,反贼的领地不会安稳的,这种动荡就足以让他失败。

他宣称,奇台帝国绝不会尊一个目不识丁的人为皇帝。很快帝国的子民就能意识到这个问题,并会起来反抗荣山的统治。

第六军从金水河畔撤回,沿着长城往东,意图破坏荣山军队的补给线,把战火点燃到东北地区,迫使叛军的士兵回撤。第二、第三和第五军则接到火速赶赴藤关的军令。新安城里也派出了五千飞龙禁卫军前往藤关,这些士兵的作战能力令人质疑,不过藤关是出了名的一夫当关,万夫莫开之地,只要坚守不出就可跟荣山的军队对峙一段时间。如果守军将士英勇顽强的话,甚至只需要很少的人就能守住。这样的战役在奇台帝国历史中发生过多次。

延陵城得到的命令是坚守,现在拖延下去,争取时间才是最重要的事情。

而第一军和第四军则不敢轻易出动,他们仍然留在西部至西北沿线的国界上。如果奇台帝国失去了丝绸之路的要塞和控制权,后果不堪设想。抽调用来对抗塔古人的军队去支援,那不是什么明智之举。

有三支军队从南面赶来,但是路途遥远,需要等一段时间才能赶到。

而文周打算速战速决。

其他人可没这么信心十足,荣山是第七、第八和第九军的指挥官,联合了这三支部队直扑藤关。这些士兵身经百战,而且安隶节度使一直管辖着东北三军,没有被调派到其他地方——本来不停地调换节度使管辖区域是奇台帝国抑制节度使不让其坐大的手段——手下的士兵忠心耿耿,为荣山冲锋陷阵,渡过了金水河,欲围攻延陵城。

而且多年以来,荣山一直担任掌管天下军马的监牧使,把每年在河套地区接收的博古人最好的军马优先分配给自己手下的骑兵。现在回想起来,或许这是陛下最不该让他担任的官职了。

这些情况虽然已经让朝廷上下慌了手脚,但更糟糕的事情还在后面。第九王朝统治下,东北地区一直处在很微妙的形势中。当地的少数民族很多都把第九王朝的汉人看作闯入东北的虎狼之徒。不少原住民对新安城为了保障农民利益而推行的赋税制度、土地制度在东北地区颇有微辞。东北当地还有根深叶茂的五大家族,他们对荣山叛乱持什么态度也很难说。很有可能他们会支持那个肥胖如猪,大字不识的节度使,因为这样的人必须更多地倚仗他们,也更容易被操纵。乱世到来的时候,聪明人总是善于把握形势的。

毕竟,不管是着手推行那些措施的前相国秦海,还是现任相国文周,都出身于南方的派系,这也是东北的世家考虑支持荣山的一个因素。

还有一件事非常重要,太子殿下在大明宫里已经指出,帝国幅员辽阔,战线绵长,这个情况必须想办法处理。各地之间的军令传递，消息往来，速度是第一要务，于是，二百五十匹汗血宝马突然变得比以前更重要了。

沈皋将军的次子于是被召进宫。

沈泰焦灼不安地等了十来天，才被传唤进宫，而那之后，叛乱的消息开始在新安城里传得沸沸扬扬。

沈泰曾听说过，诸如进宫面圣和议事之类的规矩，大明宫里的效率就如缓慢的牛车一样，有诸多繁文缛节。新安城里有十四万官吏，官分九等，效率从来都不是朝堂上的长项。

他以前从来没有处于这么重要的地位，能有机会进宫面圣。他从来没想过自己会有这等经历，也不知道是期待还是烦恼。

但是世事无常，他现在还戴着皇帝御赐的扳指。他不想戴着，甚至都不想留着，本来觉得春雨拿着它会更有用——算是对她的一种秘密的报偿吧，因为她曾经在……某件事情中帮助过他。他当时是不是失心疯了，居然想着她如果手里头没钱了可以找一家店把那枚扳指当掉？在相国的府邸里？作为相爷的妾室？他沮丧地想着，在这样的地方，她到底是怎么样避开人耳目雇佣到一名瞰林武士的？

他本来可以去问魏苏，不过可以预见的是，她会不屑地瞥他一眼。然后像瞰林遇上这种问题的普遍反应一样，沉默以对。

她并不是那个让他戴上扳指的人，虽然十来天以前是她把这枚扳指带回来给他的。自那以后，沈泰再也没见到过春雨，也没怎么见其他人，大明宫也一直没传唤他。

瞰林告诫他不能再去北里了，他们说天黑以后出入小巷弄太危险。虽然他对那些小巷非常熟悉。

"现在不会有人再来刺杀我了！"沈泰曾愤怒地说，"那些马就是我的护身符，还记得吗？"

"明枪易躲，暗箭难防。"名叫陆梛的瞰林队长不慌不忙地回答，"如果一个无名小卒刺杀了你，然后逃掉了，根本没办法追究到谁身上。"

"这么说你们是要软禁我了？"沈泰质问道。

那天晚上魏苏也在，就站在瞰林队长的背后，低着头，头发梳得很整齐，双手笼在长袍的袖子里。他突然想起第一次见到她的时候，刚刚从睡梦中惊醒的她穿过铁门关的庭院，披头散发。他突然想到这是不久之前才发生的事情，而现在他已经很了解她了，看着她的样子就能猜出她的情绪。作为一名瞰林，她没能把自己的情绪掩饰得很好。她在生气，他能看出来。

"我们不能软禁您，沈大人，"陆郴平静地说，"但我们受珍妃娘娘和太子殿下所托，要保护大人。新安城不是个太平之地，您也明白，如果您受到了伤害，我们都会没命的。"

魏苏的头一下子抬了起来，沈泰能看到她眼里的愤怒。

"这……这太过分了吧。"沈泰说。

陆郴眨了眨眼，仿佛是在观察什么，但没有立刻下结论。

所以沈泰没去北里，甚至也没有试图去看他哥哥，虽然好几次这个想法闪过他脑海，他真想直接去沈柳的家里，跟他面对面谈一谈。

他也知道这些日子以来，沈柳大部分夜里都在大明宫的紫荆宫里，和其他的朝廷命官一起。不过想要摸清他的行踪太容易不过了。他现在有的是仆人，还有一个挺会办事的、忠心耿耿的管家。他在新安城里还有一栋豪宅。他可以骑行，或是坐轿子出去，去找沈柳面谈。

这真是虚伪的、冠冕堂皇的话。面谈？该说什么？指责沈柳对妹妹做的那些事儿，问他以后有什么脸面去见父亲？在码外的时候他已经说过了。而沈柳觉得他这样做没什么不对的。而令人悲哀的事实是，大部分达官贵胄——不管男人还是女人——都会赞同相爷手下第一红人沈柳的做法，而不是那个名不见经传的弟弟。

让妹妹被天家收为公主怎么可能是种错误？这难道不是一件光宗耀祖的喜事么？对这样的安排表示不满，那简直是对皇权的一种侮辱。

另一方面说，沈泰可以指责沈柳试图刺杀他。这件事他倒是可以去质问，但能得到怎样的回答几乎都可以预见了。不过，他也不太肯定这件事情的真相。如果他有确切的证据，那恐怕两兄弟就得拼个你死我活了。沈泰真的不愿意这样做。

某天深夜,他思索着写一首诗,就在看着窗外的朗月疏星时,他突然意识到自己并不是真想跟沈柳拼个你死我活,他也从来没打算这么做。肯定有人觉得他软弱了。

文周刻意避开他,那很容易做到,相国大人本来就深居简出。

司马子安倒是经常前来拜访,跟他一起饮酒作乐,还讲一些有点粗俗的笑话。他对等待大明宫的召见表现得非常耐心,有时压根就是漫不经心,取决于他自己的情绪。

沈泰在府邸里为诗人安排了一间房,备有上好的纸墨笔砚,温好的美酒和其他能想到的一切。司马子安来过几次,又走了,偶尔跟沈泰彻夜长谈,大部分时间在外面。毕竟他可没有被禁止去北里。

沈泰常去的地方就只有长湖苑了,这片绿树成荫的地方没有任何禁制,很多人都喜欢来这里。他时常骑着闪灵绕湖而行,从一棵棵绽放着梨花的树下穿过。

这里仿佛埋着许多过往的记忆。三年前,他和朋友在这里聚会,还有春雨和其他女孩——她们每个月有三天假期,可以离开醉月楼出来游玩,节假日也可以。沈泰甚至还能记起那时候的辛伦,还有其他同窗好友的模样,大家一起憧憬着未来。那时候的辛伦是名幽默风趣、才华横溢的书生,大家都说他是这一群人中最有可能金榜题名,飞黄腾达的一位,以后很有可能当上大官。

结果,世事难料,谁也预测不准。沈泰一边骑马一边想着。

魏苏骑行在他身边,还有另外四名瞰林。所有人都神色自如,但暗中警惕,在荣山叛变的消息传到新安城,引起轩然大波之前就一直如此。

周围总有许多人回头看着他,都在猜测这个不苟言笑的男人到底是谁,骑着一匹如此神俊的汗血宝马,还有黑衣瞰林护卫。谁这么大的排场?

他从来没进过皇宫,以前顶多是在节日祭祀的时候混在人群里,远远地看一眼高高在上的皇帝。辛伦讲过好几次那个笑话:你怎么知道站在那么远那么高的地方的人,是奇台帝国的太祖皇帝,还是一个身着龙袍的傀儡?三十万人挤在大明宫前的宽阔的广场上,接踵摩肩，仿佛一不小心就会挤垮大明宫的宫墙。事实上还出过人命：人们彼此踩踏、拥挤，有时候争吵到拔刀相向。有人被一刀刺死，连尸体倒地的空间都没有。而凶手自己也别想挤出去。手指灵活的小偷可以在这里赚得盆满钵满，多偷这么几次都足以金盆洗手，过上衣食无忧的生活。辛伦也经常讲这个笑话。

而今天早上，沈泰带着瞰林来到皇宫的时候，广场上空无一人。大队的金吾卫在维持秩序，任何人都不准在皇宫附近逗留。尤其是在乱世期间。

沈泰看到街上的秩序还是一如往常，像是什么事情都没发生一样，至少假装如此。表面上风平浪静，背地里暗潮汹涌。

他的管家坚持他着装的每一个细节都必须尽善尽美，在这个问题上他固执得简直不可理喻。沈泰穿着蓝色的天蚕丝衣，两层里衬，腰上系的黑色腰带，穿着黑色的马靴，戴着黑色头冠，头冠的金色插针是管家亲自别上去的，上面还有象牙雕饰。沈泰根本不知道他怎么还会有这么华贵的东西。

他戴着皇帝御赐的扳指。

当他被引入房间的时候，他看到自己的扳指引起了所有人的注目。在宫中宿卫的护送下，他穿过了五个巨大的庭院，然后下马，把闪灵交给只能在此等候的瞰林，然后登上了一个足有五十级台阶的宽阔平台，穿过了两个大殿，才来到了这里。巨大的大理石廊柱支撑着穹顶。

十二名男子盘膝坐着，幕僚站在他们的身后，房间的角落里有仆役伺候着。

最前面坐着的是文周。

沈泰进去的时候，刻意迎上文周的视线，看到了他的神情。正殿大得有些夸张，走过去得花点时间，还得穿过一个拱形的大理石桥，桥栏杆上还镶嵌着珍珠。因为他一直盯着文周的脸，所以注意到当文周看到那枚翡翠扳指的时候，本来面无表情的脸上出现一丝惊惶。

司马子安早预言过他会这样。推测起来太简单不过了，昨天晚上他在喝了当季的葡萄酒以后如此说。沈泰没有正式进宫面圣过，一个新入朝的人是不可能见到皇帝的,宫里有诸多的繁文缛节。没有人知道半个月前在码外的某个房间,皇上曾经秘密接见过沈泰。

那枚扳指是一种象征,众所周知它代表着皇帝陛下。而明天,一个新人,甚至是都没有通过科举,没有任何军职的布衣,戴着皇帝御赐的扳指,就要进入大明宫了。

诗人说真希望能亲眼看到这一幕。

沈泰的目光从相国脸上移到了站在文周身后的沈柳身上,生平以来第一次,他看到沈柳的脸有了焦灼不安的表情,正盯着他。

宫中宿卫把他带到了最前面,坐在文周的对面,显然那是专门给他留的位置。他躬身行礼,每次都稍稍转向,以示对所有人的尊重。

他看到了太子申祖,坐在另一侧的中间。他手里拿着一杯酒——房间里唯一一个拿着酒的。他冲着沈泰微笑。太子是否注意到了那枚扳指,又是否大吃一惊,从他脸上看不出半点端倪。

沈泰脑子里突然闪过一个疑问,文芊会在这里么?不过这个想法太不着边际。女人永远是在幕后行动,而不需要在朝中大臣们商议如何平定叛乱的时候出场。

他隐约猜到,皇帝陛下并不在场。上一次他可能会在,而这一次就难说了。伟大的陛下在议事结束以后会收到一本奏折,或是好多本,如果时机恰当的话。虽然⋯⋯

沈泰试图装作漫不经心地环顾四周。文周背后有一扇高大的屏风,如果有人躲在后面,是不会被人轻易发觉的。或许会有内臣能看到他,但这个问题可以忽略不计。

"就座吧,沈泰。"文周漫不经心地说,"我们一直在讨论第六军的动向。这跟你无关。之所以让你来这里,是因为太子殿下有些小问题需要你来解决。"

沈泰点点头,再次冲太子躬身行礼。然后撩起长袍,落座在文相国的对面。看来现在的局势非常清楚,申祖就坐在他们中间,沈泰的右侧。

文周接着说:"我们认为没有理由拒绝太子殿下想要传唤你来宫里的要求,这只是件小事情。"

我们。沈泰想着,他不太确定这个词指代的是谁。

他低头:"能够列席诸位尊贵的大人之间,在下实在是感激不尽,定当尽己所能,以效微薄之力。"

"嗯,"文周轻描淡写地说,"本相明白殿下一直在考虑的事情。事实上,此事已经尽在掌握之中了。"

"是么?愿闻其详,还请文相赐教。"申祖太子开口了,虽然手里仍然举着酒杯,一副懒散闲适的模样,但他的口气可一点也不懒散。出于本能,沈泰又扫了一眼他的哥哥:沈柳的表情明显透露着不快。

沈泰突然感到一阵不安,又把目光移向文周。相国做了个简洁有力的手势,继续说:"当然就是来自西域的马,太子殿下。否则这家伙还能有什么作用?因此,昨天本相已经派了二十个人去找塔古人领取这份礼物。我相信太子殿下一定会满意的。"

沈泰站了起来。

这样做太失礼了,他明白,尤其是在这样的场合。他甚至可能会因为殿前失仪而掉脑袋。在大明宫里,官阶不到一定品级的人是不能随随便便说话的。但是他才不在乎这个。

突然间他很惊讶自己竟然变得如此冷静。他想着,或许是太过在乎才会患得患失。他径直开口,没有加任何尊称:"在你做这个决定之前,你有问过你的谋士,我的大哥么?难道沈柳真会让你去做这么愚蠢的事情?"

一阵令人恐惧的沉默,文周的脸僵硬起来。

"注意自己的身份,沈泰!你来这里仅仅是因为——"

"他来这里是接受小王的邀请,相国大人。你刚才也提及到这一点。沈大人,您戴着我那令人尊敬的父皇的翡翠扳指,真是莫大的荣耀啊。您是想说什么?"

这么说他还是注意到了。太子申祖放下了手里的酒杯。

沈泰不由自主地扫了一眼屏风,完全看不出来是否有人藏在背后。

他躬身行礼,然后回答:"我只是提了一个问题,太子殿下。或许可以请我的大哥来回答一下,如果相国大人不愿启齿的话?"

"谋臣的话不能代表本相!"文周愤然说。

申祖一脸轻松地点头:"此话有理,如果真这么做,相国大人的面子就更挂不住了。那么请告诉我们,您是和谋士商量以后做的决定吗?"

更挂不住了。这句话会被人记住的。

"本相跟不跟谋士商量和本次的议事无关,而做决定自然是要先充分考虑权衡利弊,任何一位处理过政务的大臣都该明白。"

文周对这位风流太子还以颜色。

"也许如此吧,"申祖太子继续说,"不过小王可以告诉您,如果我的谋士给出这个提议,我会直接把他赶出去。"

"这么说,太子殿下是准备追究本相手下的谋士是否无能的问题了?"

"这个话题对在场的诸位大人而言也太无趣了点。"申祖微微一笑。

文周可没笑。"太子殿下,皇帝陛下还没有召见此人,而在陛下召见他之前,他不可以离开新安城。诚如您所说,这批马关系重大,所以本相派人去取回它们。那么太子殿下,您认为我是哪里做得不妥当呢?还望赐教。"

这话听起来倒是无可挑剔,可事实并非如此。沈泰正要开口,但申祖抢先说话了。

"小王只想告诉相国大人,您的人马昨晚上在官道上被拦住了,就在出城后的第一个驿站。"

这次愤然起身的是文周。

看来礼仪这东西在今天这个场合已经完全被无视了,沈泰想着。他的心跳加速起来。

"没有人胆敢这样做!"文周怒喝。

"我们之中或许有一部分人认为有必要这样做,但敢这样做的也只有一位。所以您这句话只说对了一大半,文相爷。您派出的人被第二军的士兵拦住了,正巧他们在护送沈大人回京以后,仍然留在码外。"

"这是什么意思?这样我们怎么能对抗荣山,如果没有——"

"如果没有认真读塔古人的公文！上面写得清清楚楚，一旦不能满足领取马匹的条件，这份厚赐就会直接被取消！沈大人必须亲自去领取汗血宝马，它们是他的！"

文周摇了摇头，他绷紧的脸上满是愤怒之色："那些汗血宝马只是陛下心爱的女儿送给奇台帝国的礼物。塔古人怎么可能做这种食言而肥的事情？因为一个小小的交接方面的问题而拒绝给予——"

"恕我失礼！"沈泰大声打断了文周的话，所有人都看着他。"相国大人，请允许您的谋臣说句话吧。以他自己的名义，而不是代表您。大哥，你到底有没有提议让相国这么做？"

所有人的目光又转向沈柳，他尴尬地清了清嗓子。他讲话一直有种煽动人心的魅力，不管是音量、语速还是情绪方面。在他还没有长出胡子的年轻岁月，沈柳就开始刻意在这方面训练自己了。

而现在他明显有些不安，他的目光从文周身上移向太子，避重就轻地说："相国大人指出，考虑到帝国现在的状况，为了前线和京城之间传递消息的便利，我们比以前更迫切地需要这批汗血宝马。这点无疑是正确的。"

"这就是为什么小王会邀请你弟弟在今天出席，"申祖说，"这些宝马是赐予他的，如果真的派二十名士兵径直到达边境，要求把汗血宝马带回来，完全无视他们提出的条件。那塔古人才会觉得丢了颜面，这样做简直是在公开侮辱他们！"

"到底谁拦住了我的人？"文周根本不理睬太子的话，只是如此质问。他的口气咄咄逼人，像是一只困兽，沈泰想着，或许现在的文周本来就是一只困兽了。沈泰明白，想必文周自己也心知肚明。

"您的堂妹，珍妃娘娘文芊下的命令。"太子申祖平静地说，"娘娘说过，如果您问起来，小王可以这样答复。"

也只可能是她，沈泰想着。她一直派人监视着自己的堂兄，完全可以做到。帝国现在正面临公然的反叛，而处在风口浪尖相互对决的两个位高权重的人物，却都是她所宠幸、并且希望能够互相制衡。而这两个人，一个站在房间里，另一个正率兵大举攻来。

太子顿了顿，用更加柔和的口气说："还有，娘娘让我转告您，她已经跟那个人谈过了。您的手下，半个月前在回南方的路上被抓起来了的那位。"

也是杀死辛伦的那位。

"非常感谢她能知会我这一消息。"文周用一种异乎寻常的平静口气说,"但是,这里讨论的是更重要的事!"

"尊敬的相国大人,"沈泰开口了,他第一次用敬语称呼文周,"太子殿下说得没错,您差一点让帝国失去了二百五十匹汗血宝马,这是份来自白玉公主、跟在下所做的微不足道的事情相比慷慨得多的厚赐。而为了谨慎起见,在下和塔古人约好了这样的取马方式。我亲自写信说清楚了,还有塔古人和铁门关要塞的将军也知道。"

"你是有多么庸俗和虚荣,才会觉得自己拥有这么一个至关重要的身份,沈泰?另外,你听好了:所谓的厚赐,应该专指来自陛下的赏赐,那些化外之民,乞求我国公主下嫁的野蛮人,也配用这个词?真是大逆不道啊。"

沈泰很清楚他该怎么做了。虽然随着时间的推移,他越来越明白这不是他的本性。大明宫不是让他流连忘返的地方,或许永远不会让他向往。但是,此时此刻,他仍然可以站在这个戏台上唱两句。

他举起那只带着扳指的手:"我非常清楚陛下的慷慨,连我这么一个微不足道的小人物,做了一点微不足道的事情,都能得到陛下的厚赐,愿陛下万岁万岁万万岁。"

全场短暂地沉默了一会儿。

"或许这就是天意吧。"太子说道。文周则一言不发。

沈泰转身看着太子。"太子殿下,您能允许微臣带一队人马去西域领取那些汗血宝马吗?我愿为朝廷尽绵薄之力。那些天马就在边境附近的熙思县。"

"小王知道。"

"微臣可以立刻出发。"

太子摇了摇头,文周仍然站在那里,沈泰面对着他,就在这间宽敞得有些吓人的大殿里。如果文周拿到了那批汗血宝马,沈泰想着,那就没有任何人能阻止他杀掉一个已故将军的次子了。任何人都不能。

太子开口："适才，相国大人至少有一句话是说对了，你在接受陛下召见之前是不能离开新安城的。下一拨朝廷命官的名单里很有可能会出现你的名字。"

沈泰看着他："我愿效忠陛下，做点实实在在的事情，而不是汲汲于列位朝堂之上。"

太子申祖笑了，他身上有一种天然的亲和力，或许这是他能够活到现在的原因之一。除此之外，还有他广为人知的纨绔性子，从来都对国事漠不关心的态度——而现在这种印象正在被颠覆。

太子又摇了摇头："九天之下，国有国法，家有家规，沈大人。没有规矩，不成方圆。朝廷也有朝廷的法规，如果罔顾的话，帝国将会陷入混乱之中。先贤卓夫子曾说：不虑外患，只恐内忧。父皇会亲自召见你，你也会获得比日格尔的桑格拉玛狮王给予的更丰厚的赏赐。这是奇台帝国的惯例。然后，如果陛下允许，你就可以去取你的宝马了。"

"太子殿下，我们得抓紧时间啊。"

"这就是我派人去取马的原因！"文周突然插话。

"是吗？"申祖一边漫不经心地说着，一边看着沈泰，"抓紧时间是很重要，但秩序、正确的想法和做法更重要。那才是我们的道。"

沈泰低下了头，这时候他才感到有些不安，在众目睽睽之下这么站着。"我明白了，殿下。不过如果一定得这样，那微臣来这里有何意义呢？您说您传唤我来是因为……"

太子申祖的眼里闪过一丝笑意，沈泰突然强烈地感觉，眼前这位殿下不愧是曾经以智勇双全闻名天下的皇帝之子。若是以后陛下因为年迈无力打理朝政（这种话可不能宣之于口），帝国仍然有一位英明的继承人。

太子开口："小王听说有士兵被派去取马的时候，就打算邀请你出席了。那些人去边境肯定空手而回，我们都明白这一点，或者说早就该明白这一点。你必须出现在边境，陛下才能拥有那些天马。当然，前提是你愿意把它们献给朝廷以助平乱。因此小王邀请你今天来这里，请相国大人帮一个忙，我们都要仰仗他呢。"

沈泰眨了眨眼，看着文周。

事实上，除了太子以外所有人都看着文周。申祖道："文相国，为了父皇和奇台，小王愿意不惜一切代价保护这位沈大人。只可惜世事险恶，人心难测，我的能力实在有限。所以，只能请求您在朝中大臣们的见证下，答应我们，以您的地位和性命为我们确保沈泰的安全。在这个动乱的时候，唯有您这样足智多谋、位高权重的人才能保护好他。我们都知道荣山也觊觎这批宝马呢。"

文周脸上的表情可真是太精彩了。毫无疑问，在这一场对决里，他一败涂地，但在这背后，沈泰看出来一些达官显贵特有的讽刺的东西。对那些深谙朝廷之道的人来说，这只是一场击鞠比赛而已，文周也只是不小心被对手打进了一个球而已。

毫无意外地，他一口应承下来。

当晚，司马子安一边痛饮着鲑河酒，一边说文周这是别无选择，不可能不答应。

天上的明月开始由圆转缺，沈泰府上的后花园里，灯笼的火光照着弯曲的石凳，上面坐着司马子安和沈泰。这个小花园不管从面积还是精巧程度上，都无法和文周的相府相提并论，但里面也有小池塘、竹林、曲径和果树园。馥郁的花香弥漫在四周。

"太子殿下，"沈泰说，"真是判若两人啊。"

司马子安思索了下。"他只是让大家看到了他的本性而已。"

"他一直在隐藏本性？"

司马子安点点头。

"为什么现在突然变了？"

"也许时机到了。"

这次轮到沈泰思索了下。"如果他一直如此表现，会有危险吗？"

"申祖？"

"是啊。"

诗人一口饮尽，仆人上前给他斟酒，又退了下来。"也许吧，但不会有什么特别的危险。有二十五万士兵正赶往延陵城。"他看着沈泰，然后起身，漫吟道：

> 明月出天山，苍茫云海间。
> 长风几万里，吹度玉门关。
> 汉下白登道，胡窥青海湾。
> 由来征战地，不见有人还。
> 戍客望边色，思归多苦颜。
> 高楼当此夜，叹息未应闲。

这首《关山月》是他在与塔古人打最后一仗的时候写下的，沈泰的父亲指挥了那场战役。

沈泰沉默了一会儿，然后说："文相似乎认为战争很快就会结束。东北人不会任凭荣山的野心摆布，会在他的大后方聚众起义。第六军也会攻破他的补给线。"

司马子安那双犀利的眼盯着沈泰。"我们只能希望，"他喃喃地说，"文相的想法是对的。"

那天晚上，沈泰梦到自己又回到了北方。在那片越过草原的遥远之地，如宝石般的蓝色湖泊边，他看到冲天的火光燃烧着小木屋，吞噬着里面的生命。这不是会经常出现在他梦里的场景，但并没有从他的脑海中消失。

烟雾浓密，那些凶残的博古人的脸在其中若隐若现，他们挥舞着刚砍下来的人的四肢，像是骄傲地举着战利品，飘忽来去。鲜血四溅，小木屋熊熊燃烧，发出噼啪的声音。沈泰感到无比的恐怖，还有如排山倒海而来的悲痛。他声嘶力竭地大喊大叫，那声音不只是回荡在梦里，也回荡在新安城。

半朦胧半清醒，仿佛一切都陷入了迷雾之中。他感觉到有人在床边轻柔地安抚他，他试图睁开眼去看，想找到那头金色的长发。一只手似乎抚过了他的额头。在这个死一般寂静的夜晚，就在他拉着帘子，挂着蚊帐的床边，有人站在那里。他挣扎着想要清醒过来，但很快屈服于睡意——然后他踏踏实实地睡了一觉，没有再做什么噩梦。

第二天清晨，他醒来了，对于昨晚的这件事情只字未提，别人也未曾提起。

九天以后，已故的沈将军次子被传唤到大明宫明光殿，太祖皇帝亲自召见他，同时在场的还有各位朝中大臣，甚至连珍妃娘娘也在。

沈泰穿着管家为他准备的朝服，走到皇帝御座之下，稽首再拜。陛下赐他平身之后，他遵礼站到了群臣之中，低着头，不敢轻瞻圣颜。

他的名字被陛下亲口提及，整个奇台帝国都会感激他所作的巨大贡献。皇上亲赐他一栋坐落在明真山的庄园，位于新安城的背面，通常是世家子弟狩猎和骑马的地方。还有南方的一座庄园和雄江沿岸的一大片土地。那曾经属于某位户部的大臣，贪墨败度所购。这位贪赃枉法的大臣已经被处死，财产也被没收。现在，它属于那位曾经勇敢地在库拉诺湖畔埋葬死者，让鬼魂安息的勇士。

天子还赏赐了令人瞠目结舌的大笔金银财宝、古董、玉石、珊瑚、珍珠、象牙和宝石，还有两把装饰用的剑，曾经属于第五王朝的某位皇帝。

他没有说什么（在陛下面前不能随便开口的），沈泰在一名太监的手势指示下，再次稽首，然后慢慢地躬身退开。

从皇宫出来以后，头有点晕眩，但是他现在可以在阳光明媚的庭院里，呼吸着新鲜空气。他现在全身心地期待着赶紧让他去西域带汗血宝马回来的旨意。

可惜世事难料，突然又有变故发生。

当天下午，延陵城那边传来消息，这座位于藤关东侧的帝国第二大的城市，已经宣布向荣山投降。他把延陵城定为奇台帝国第十王朝的京城。

据说荣山的士兵对老百姓基本上秋毫无犯，但对那些想要逃跑的官吏和守关的将士，则大肆屠杀，一个也不留。

又会有更多的鬼魂了，不散的灵魂。沈泰想着。

第二十二章

一切都显得那么不同,沈礼眉从来没上过山,就连她家附近的小山丘都没爬过。女人通常是不上山的。她记得自己梦到了大海,这跟日有所思夜有所梦完全没有关系。

她刚到这里的那些日子里,终于不再颠沛流离,不必在黑暗中骑马赶路,她在这里自由自在的,拥有如此多的属于自己的时间。她就不时在宽敞平坦的山顶和下面绿色的梯田里散步。在这里没有任何人护送她,没有必要。

石鼓山是奇台帝国五座圣山之一,屹立在周围一片平原之中,显得格外挺拔。站在山上登高望远,令人心旷神怡。山顶的平台看上去像是山峰被哪位神仙一剑劈开所形成,不管朝哪个方向眺望,视野都很开阔。有时候沈礼眉甚至觉得自己能看到长城,虽然她知道这只是种错觉。

她在石鼓山不受任何约束,可以自由自在地到处走。她穿着瞰林侍僧的袍子,但并不是他们中的一员。她看着他们训练、射击,或者徒手格斗,瞰林打斗的姿态非常优雅,看上去更像是在舞蹈,而不是在搏杀。她看着瞰林们飞檐走壁练习轻功,在高矮不一的墙壁上跃高伏低。

她听着瞰林寺祷告的钟声,也混在那些身着黑色和灰色瞰林袍的人之中,在绿荫成片的山林里念经祷告。

礼眉喜欢这里悠扬的钟声,她站在寺庙的背后,看着瞰林们每天的修行,高高的香烛燃烧着,朗朗的诵经声不绝于耳,她从未感到心情如此时这般平静。

她也特别喜欢黄昏时分,在瞰林寺里找到了一个不起眼的角落,可以安静地待在那里欣赏日落,直到繁星满天。

但她心里仍然有点愧疚感,在这个时候只顾着独善其身无疑是自私的,甚至有点可耻。现在他们已经知道了长城守军撤退的原因,也知道了荣山的军队去到了哪里,正在赶往何处。

即便如此——或者更诚实地说,正因为如此——沈礼眉来到石鼓山的第三天,就决定了在山上度过余生。她想接受训练,成为一名瞰林,或者就待在山上伺候瞰林们。

而接下来的那个白天,她面见了瞰林三大长老,却得知她不可能留在石鼓山。事实上,她立刻就得动身离开。他们看上去不像是那种轻易改变主意的人,站在他们面前的时候,她能感觉得出来。三位长老神情严肃,其中两位个子很高,另一位则只剩下一条胳膊,他们都穿着最朴素的瞰林黑袍,跟普通瞰林没有任何差别。三位长老坐在一个小亭子里,微风从四面吹来,亭子里有一张桌子,凳子上还放着蒲团。太阳正冉冉升起。

她有问题要问。

沈礼眉跪了下来,不知道这样做是否合适,但她直觉应该如此。她一个接一个地看着三位长老:"我就这么不适合当一名瞰林么?"

出乎意料的,站在最中间的长老,就是那位断了一臂的,忽然放声大笑,那是豪迈而又欢快的笑声。原来他也并非她想象中那么不食人间烟火。其他两位也一样,他们都露出了微笑。

"不适合?是完全不可能!"中间那位长老笑得前仰后合了,"跟你哥哥一模一样!"

她瞪大眼睛:"您认识我哥哥?"

"我教过他!我们尽力了,他也尽力了。"他终于笑完了,用袖子擦拭着眼睛,像是若有所思般望着她,"他的内心不是可以融入到一个大集体,接受共同信仰的那种。你也一样,沈皋的女儿。"他的声音听起来很亲切,"这是人的性格,没什么不好的。"

"可是我觉得这是一种缺陷。"她说。

"并非如此。只是你的哥哥内心太执着于自我。你也一样,这是性格,不是什么缺陷。"

"我不想离开这里。"她觉得自己这句话听起来太孩子气了。

"你喜欢石鼓山,因为你刚从危险中走出来,这里有着和平和安定，所以让你流连忘返。"

"我不能留在这里吗？哪怕只是留下来伺候瞰林们。"

一位高个子的长老挪动了下，她看到他仍然一副乐呵呵的表情。他轻声说："别忘了，您仍然是奇台帝国的公主，殿下。天下正逢乱世，几乎可以肯定您不会被送回到北方了。您不能留在这里伺候人，那会让大明宫蒙羞，我们也承受不起。太多的人知道你的身份。"

"又不是我想当这个公主的。"

这一次，他们三个人都大笑出声，不过长老们脸上的表情仍然很温和。

"谁又能选择自己的命运呢？"这次是第三名长老开口了，也是个子最高的一位，"谁又能选择出生在哪个年代呢？"

"是啊，谁又会任凭命运摆布呢？"她脱口而出。

长老们沉默了会儿。"我没听过这一段，"中间那位开口，"是圣人卓夫子说的么？"

她没有控制住自己声音里的骄傲："不是，是沈皋大将军说的。家父跟我们所有人都说过这句话。"她还记得父亲单独跟她说过，不止一次。除此之外，父亲还说过许多有道理的话。

三位长老互相看了看，最高的那位微微颔首："真是种富有挑战精神的想法，让听到它的人铭记于心。不过，我不得不说，这更加证明了你不适合当一名瞰林。我们遵循的是道法自然，淡泊无欲。我们的道是寻找与天地共鸣，融于自然，融于集体。你明白这一点。"

她试图争辩一番，却发现很难找到合适的言辞。"我哥哥也不行吗？"

"比他去从军更不合适。"右边的长老说，"看来你的父亲成功地塑造了孩子们的独立性。"

"瞰林不能有独立性么？"

"当然可以！"这次是中间那名矮个子长老说话，"但是，只能在适度的范围内，在明确身着瞰林长袍就等于要维系整个瞰林寺的荣誉之后，瞰林的责任永远凌驾于自我意志之上。"

她感觉自己太年轻，也太愚蠢。这些道理他们或许以为她早就明白了。她问道："那你们为什么要帮助我呢？"

这个问题让他们挺惊讶的。中间那名长老——看上去他说话是最有分量的，摆了摆他的独臂，回答说："当然是因为你哥哥的缘故。"

"因为他曾经在这里待过？"

他们又笑了，左边的高个子长老说："不，当然不是。因为他在库拉诺湖畔待过，公主殿下。"

自从沈泰在孝期内离开家之后，她一直不知道他到底做了什么。于是沈礼眉开始刨根问底。

瞰林长老在这个遥远的山头上告诉了她一切，沈泰在库拉诺湖做的事情，还有那些把他的人生颠覆了的汗血宝马。包括一个假瞰林对他的刺杀——那个假装瞰林的女人也在石鼓山上受过训，不过半途而废，虽然她仍然穿着瞰林的黑袍，但那是骗人的。最高的那位长老感慨地说，他们为此觉得愧疚，感觉瞰林寺也该负一部分责任。

一下子听到这么多东西，她觉得有点难以接受。

自从离开了新安城，北行远嫁到博古地区之后，沈礼眉一直觉得过往的记忆早就被抛诸脑后了，而长老们的话一下子把它又拉回到她的脑海里。

"为什么有人会去刺杀他？"她首先想到这个问题。

他们摇了摇头，没有回答，不愿意回答。

"他还好吧？"

"据我们所知他在新安城，有瞰林护卫跟着他，这是理所当然的。他拥有的汗血宝马在这个时节更加重要了。这是对他安全的一个有力保障。"个子最高的长老回答。她看到他们的脸又严肃起来，没了笑容。

有力保障？她摇了摇头。

这一切听起来那么陌生，陌生得足以改变她的印象，似乎她的二哥做了一些惊天动地的事情。而且，即使离得如此遥远，他似乎一直和她在一起，也在保护着她。毕竟，不管是来自石鼓山的帮助，还是之前，在草原上，都是因为他——

"梅斯哈呢？"她突然问道，"就是那个带我来的人。你们允许他留在这里么？你们能帮帮他吗？你们知道他身上到底发生了什么事么？"

这次是左边的长老回答："我们的道法和我们所学的知识都跟北方的巫师不同，实在是爱莫能助。"

她盯着他半晌，诚然，他们挺和善的，不过她不喜欢听假话。也许长老们是对的：她不适合做一个瞰林。毕竟他们都是长辈，充满智慧，应当予以尊重。

她开口："很抱歉，但我想事实不一定是这样的吧？在这里有人能够明白狼传递的消息。否则怎么会有三名瞰林到长城那里来接我们？"她想这个问题已经好多天了。

"奇台人不喜欢狼。"中间那名曾经是沈泰老师的长老说。

这不是一个答案。

她又问："他跟那匹狼联系在一起了，是不是？我说的是梅斯哈，这就是在他身上发生的事情？如果那匹狼死了，他也会死吗？"她同样想过这个问题。

"也许如此，"右边的长老说，"但是任何人也不能保证瞰林寺能解决这个问题。"

任何人，那就是说她了。她明白这一次他说的是真话。到底在那个遥远的北方湖边发生了什么？

"你们不想让他留下来。"她并非在提问。

"是他不想留下来。"中间的长老温和地纠正她的话。

自从那天晚上他们到了石鼓山，她就再也没见过梅斯哈，也没见过那匹狼。当然，她想着，如果他要走了，肯定会来和她告别的。但这并不是一件可以保证的事情，她……也不敢笃定。

她努力说服自己他会不会不辞而别并不重要。在你面前的命运就如一块未经雕琢的原石，而你所做的一切就是努力把它琢磨成自己想要的模样。她曾经在皇宫里看到一幅壁画，海浪冲刷着岩石的棱角，把它们都磨得圆润光滑。而如果一个人也被命运这样打磨，那就失去了他的骄傲。

不过，正如那名长老所说，谁又能选择自己的命运呢？她的父亲说得没错，长老说得也没错。两者之间并没有本质上的矛盾。她站了起来，道了万福："你们要送我去哪里呢，长老？"

那位个子矮一些的长老看上去很和善，她想着。他的和善隐藏在凶恶的外表下——脸上的伤疤，光头，还有一身瞰林的黑袍——尽管如此，他的神色很亲切，声音也很温和。

他代表他们三人向她解释接下来的事情。她听的时候，感觉到一阵恐惧闪过，就如火光闪烁，但她尽力把那种情绪压了下去。

毕竟，她仍然是奇台帝国的公主，也是她父亲的女儿。而现在，她清楚地明白过来，自己若是留在山上过那种虚假的出世的日子，装作什么都没有发生，那只是在逃避现实。

她跟三名长老谈完了以后，就去找梅斯哈和他的狼。

如果他不愿意被找到，那她也不抱什么希望了。但她仍然肯定，他不会这么不声不响地离开，连道别也不说。

傍晚时分，她沿着蜿蜒的小路走到山间的梯田，这里没有其他人，周围的松树散发着一股清新的香味，让她想起了那个山洞，她没有勇气进入最后一个洞穴，而他抓着她的手，把手印印在洞穴里的马王壁画上。

他去过那里面，梅斯哈去过。

她看着夕阳逐渐落下。

那天深夜，她躺在窄小的床上，瞰林们生活简朴，她所住的客房里陈设简单，窄床，取暖的火盆，一张小小的桌子，上面放着洗脸盆，床边有个用来放随身包袱的柜子，再无其他。

而就在这个时候，他来了。

轻轻的敲门声响起，顿了片刻，又响起一阵。那声音很轻，沈礼眉几乎以为是自己幻听了。

"等一下。"她说。她还没有入睡，赶紧起身，披上灰色的瞰林袍去开门。夜深清寒，明月高悬，她打着赤脚跨出了门槛，他正站在门外。

她一点也不意外地看到了那匹狼，就蹲在不远的地方，金色的眼睛闪着光。石鼓山顶上寂静得只能听见微风的声音。没有人前来，在夜里也没有钟声响起。微风吹拂，除了天空的繁星仍在闪烁，明月的光芒几乎让一切黯然失色。

"谢谢你。"她说。

月光照着他的轮廓，那双眼睛黯淡无光，跟普通人不一样。他仍然穿着在旅行中的绑腿和靴子。

狼坐了下来，看起来它神色警惕，但也不失冷静。不过她不懂狼，完全有可能看错。

他开口了："你之前在找我？"

他的奇台话说得更流利了，她想着。或许是这几天都跟瞰林们说话的原因吧。放眼望去，广阔的夜空透着一股深邃和幽远，整个瞰林寺沐浴在银色的月光下，如仙境一般超脱凡尘。

"我害怕你不辞而别了。"

"害怕？可是你现在已经安全了。"

她就知道他会这么说。能够猜对他的想法，她觉得挺高兴的，虽然只是小事，她仍然感到一阵心安，不再迷失。

"现在天下大乱，安禄叛变了。很难说谁能真正安全。"

"他们不会送你回去，他们告诉我了。"

"他们不会，但有人会，我不知道。"

她听见了风声，狼一下子站了起来，警觉地看着四周，又坐了下去。梅斯哈一动不动地站着："我不这样认为。现在形势有变，奇台人和博古人都变了。但是，如果……如果他们这样对你，我会收到消息，然后再赶来救你。"

听到这句话，她忍不住又哭了。

她看到那匹狼又站了起来，然后坐下，她没有哭出声，只有泪水滑下脸颊。梅斯哈仍然没有动。她讨厌哭泣——她这样告诉自己——讨厌这么软弱的自己。于是，她踏前一大步，伸出双手，环着他的脖子，亲吻了他。这是她第一次做这样的事情，除了在梦里。

这里美得就像梦境，寂静的山上，银色的月光。她的眼睛睁得大大的，直到看到他那双黯然无神的黑色眼睛闭上了，她才闭上自己的。她明白他并没有完全变成一个怪物，没有丧失男人的需要。

他的嘴唇出乎人意料的柔软，但他的手臂没有搂着她。吻了许久，她才退后一步，头有点晕眩，脚步虚浮，她的心怦怦直跳。然后，他严肃地开口："我从我弟弟手里把你救出来不是为了占有你。"

"我知道！"她说着，声音特别大，"我当然知道。"

他的脸上抽动了下，她觉得那是一个笑容。"你就这么肯定？"

她感到自己脸红了，什么话也说不出来。

他低声说："如果我现在得到你，那一切就失去意义了。"

"我明白。"

一片沉默中，只有微风轻拂。她突然意识到那只狼已经走了。隔了好久，他才轻轻地开口说："如果有来世……"剩下的话他没有说出口。

"我明白。"她又重复一次，然后问道，"你要离开了吗？"

"是的。"

她又猜到了这个答案。眼泪止不住地往下滴落。但她尽力露出一抹微笑："我有问题要问。"

她听到他的回答里带着笑意："总是这么多问题。"

右边传来一阵响动，那匹狼回来了，轻声地咆哮。梅斯哈用博古语说了几句，然后回头看着她。最后一次僵硬地点点头，他举起一只手，抚过她的脸颊——那动作很僵硬，没有半点优雅可言，但却充满情人之间的亲昵。

然后他走了，跟在那匹狼的后面。

她知道，他的马一定会在不远处等着他，或许有两三匹，博古人要长途跋涉的时候很少只骑一匹马。

她想走到外面去，走到能够俯瞰他们北去行踪的山坡上，她或许能目送他们离去。可是天气太冷了，而且，真的没必要。

沈礼眉就这么站在月光下，独自一人。她用长袍的袖子擦干了脸颊上的眼泪。世事无常，莫过于此。她想着。

两天以后，她也离开了石鼓山，一大群瞰林护送她回南方。她穿着黑色的瞰林袍，戴着面纱，打扮成一名瞰林的模样。他们朝着藤关驶去。长老们考虑和讨论了许久，做了这个决定。那里肯定需要瞰林。瞰林驰援藤关的事情并非第一次，他们只是在重复历史，重复自己的使命。

战争中，有激烈疯狂的交战，战士们血流成河；也有胶着停滞，似乎陷入死寂的对峙。

叛军以迅雷不及掩耳之势强夺延陵城。安隶那些骑着骏马、训练有素的骑兵怒吼着从北方冲下来，涉水渡过金水河，在延陵城守军还没有及时作出反应之前就直扑这座帝国第二大的城市。

大明宫早就预料到了这种情况，紫荆宫里的高官们早就断言延陵城是守不住了。伤亡惨烈，令人惋惜。怎么能没有伤亡呢？这可是武装叛乱，而且谁都知道安隶是个心狠手辣的人。

藤关成了新安城最后一道屏障，守军在这里安营扎寨。如果荣山率领部队马不停蹄地自延陵城乘胜追击，在那些身经百战的部队还没有赶来之前，他很有可能挟余勇再次势攻破藤关，但藤关一直是个易守难攻的地方，不管是南边高耸的群山，或是北部的金水河，地势复杂，不利于骑兵冲击。数百年来，这里埋葬了许许多多前来进犯的军队。藤关就是奇台帝国京都最后也是最坚固的保障。

战争就像戏台上的对手戏一样，知己知彼，百战不殆。

安隶自封为奇台帝国第十王朝的开国皇帝，定都于延陵，大肆杀戮以稳固自己的统治。叛军控制了大运河的港口，等待步兵平定了北方以后跟他们会合。

不过平定北方可没这么容易，尤其是帝国第六军一直在攻击叛军的补给线，让北部形势更加混乱。安隶被迫安排人手撤回东北，以防自己的老窝被攻破，甚至直接敞开城门投降第九王朝的军队。

荣山和他手下的将领曾经希望东北的五大家族能够加入叛军一方，因为他们一直不满于新安城颁布的各种税收和涉及土地所有权的某些律法，至少算是中立。而在这次叛乱事件中，尽管那些在当地显赫的家族有过讨论，但事情并没有如荣山期待那样进展。

相反，几乎从荣山叛乱一开始，在第十王朝所谓的中心地带就不断有起义军出现。

或许那些当地的望族并不喜欢现在的天家，觉得他们放肆、注重血统，汲汲营营于在新安城里勾心斗角，争权夺利……但一个野蛮人带着他的儿子和手下的将军当皇帝？好吧，这两者之间该如何抉择显而易见，不是吗？而且荣山在东北担任了这么多年的节度使，没有人敢说他是个可以任人搓圆捏扁的人。

除此之外，五大家族的族长们对东北地区的历史和地理状况比任何人都清楚。他们在庄园里聚会品酒赏花享乐，彼此之间讨论和交换着消息，然后一致认为荣山错过了一个最大的机会：他不该待在延陵城里准备登基加冕，建立王朝，而该充分发挥骑兵灵活和攻击力强的优势，继续西进。

这倒也可以理解，他急于坐上龙椅，穿上龙袍，尝下当皇帝的滋味。他自以为是奇台人的英雄，要讨伐无能的相国，并取代那个如朽木般衰老、无心国是、沉溺于长生和爱情的皇帝。

这是荣山想要写进史书里的东西，但让军队在外面长期作战，背井离乡，总会有诸多隐患。夏季很快到来，秋季也不太远了，如果没来得及收割田里的庄稼，那就是诸多隐患之中最致命的。

固若金汤的藤关护卫着新安城，皇帝的军队可以从四面八方慢慢聚集，休息整顿好以后，再以摧枯拉朽之势包围荣山的叛军，就像捏破一串葡萄。事实上，大部分当世的史官都以为这场叛乱基本上就是如此的结局。

尽管从未想过要入朝为官，也从未担任过一官半职，司马子安一直对天下大事非常关注，他也从一开始就预料到了这场叛乱的发生。

那首脍炙人口的《长恨歌》并非司马子安所写，那是出自多年以后一名年轻诗人笔下。不过这位诗仙在那年夏天的某天傍晚，跟沈泰一起在京城府邸的花园里喝酒的时候，就预言过会有人写出这么一篇巨著。

第二军的徐毕海节度使亲率大军前往藤关，驻守于此。两军爆发过一些小规模的遭遇战，但没有大的战役。叛军和奇台帝国的守军都在全国范围内大幅调动，就如群蝗过境。"黄河九曲今归汉，塞外纵横战血流。"曾有诗人如此描写过以前的某次战争。

这种情况着实让人担忧不已。司马子安在那个夜晚，伴着萤火虫说："乱世总是让人惊惶。大明宫里也乱成一团，出了很多差错。"

沈泰记得自己抬头四下张望，即使是自己家里的花园，也可能有人会安插探子进来。还好四下里没人，除了他们就只有两名畋林，总是形影不离地守护着他。他已经不会再因此而觉得不高兴了。

司马子安总是喝得醉醺醺的，谈论着自己预测的将来如何。他引用了两首古诗，还有一段圣人卓夫子的话。

沈泰聆听着他的话，两盏灯笼照着司马子安的脸。"我大哥就不会允许这样的事情发生，他是不会出错的。"

他还记得司马子安听了以后大乐，那种豪迈不羁的笑容是如此的接近人的天性。他总是个能够给人带来欢乐的人。

"不会允许？"诗仙笑完了以后说，"你觉得你大哥还能跟以前一样，是文周的心腹谋臣？"

"难道不是？"沈泰放下了酒杯，"为什么？"

"因为你回到新安城了！沈柳让相爷想起了你。你还是多想想吧！"

"我该想什么呢？"

"想想文周派二十个人去取你的马，你认为你的哥哥会允许这种事情发生？"

沈泰清楚地知道这个问题的答案，那天他看到过沈柳的表情。

"不会，"他说，"他明白这个决定愚蠢又疯狂。"

"非常愚蠢，没错！但文周还是这样去做了，不是吗？你以为沈柳在他面前还这么受宠啊？"

"是很让人怀疑。"

"你总算明白了吗？我代表圣人敬你一杯！来，朋友，再来点。"他等着自己的杯子被斟满，然后轻声地说，"我们总是跟在那些蠢货后面，他们把一切都破坏得乱七八糟。不过有一些破坏本身就是一种美。"

沈泰会记得这句话的。

她总是能明白男人什么时候会感到不安。这是一名训练有素的青楼女子应该做到的——同样也是她的天赋。看透一个人的情绪是混迹北里的关键，每一名青楼女子都该学会这个。

文周的表现方式跟其他人有所不同，每当情绪不佳时，很重要的一个信号是他无心欢爱。当他感到不安的时候，总是心不在焉地把她按在床上或者靠在墙上欢爱，但明显没有投入状态。若是他很安逸地躺在她房里，让她弹奏几曲的话，就证明他的心情很愉快。

最能判断出文周情绪的是跟他说话时他怎么回答，或者有没有回答。在某些夜晚，春雨几乎能够读出他心里想的每一句话，并且很清楚他和她在一起时在想什么。虽然文周从不轻易表现出自己情绪，哪怕是跟她欢爱的时候，也很少表现出内心的恐惧——若是她敢提到这个，一定会激怒他。虽然能让文周恐惧的事情并不多。

可他确实在害怕。已经持续了好几个晚上了，当他从大明宫回家，并且来到她房里以后，她能感觉到他的不安和恐惧，而今晚，尤其强烈。

虽然她不清楚到底发生了什么，但她注意到了那个文周最信赖的谋臣沈柳，已经好多天没有出现在相国府了。她想，他们一定是在大明宫里商量什么事。

至少有一点，让她一直对北里念念不忘：在那里，来自各种渠道的信息如百川归海一样汇集过来。你需要判断到底哪些消息是真实的（至少有一定真实性）。但你在醉月楼里听到的事情，让人感觉跟这个世界联系得如此紧密。

讽刺的是，在相国府，奇台帝国最位高权重的相国家里，春雨反而断了消息来源。其他的女人在这方面毫无用处，而那些仆人不是对这种事情漠不关心，就是太过轻信各种不可思议的消息。

她知道叛军已经攻破延陵城，正跟帝国守军在藤关对峙。现在正值夏天，还适合打仗，等到秋冬季，那些战场上的叛军就会陷入粮草不济的困境。守军也会有一些困扰，毕竟大运河的物资运输会被中断，但西部地区仍然在帝国掌控之下。荣山拿下了整个东北地区，宣布定都延陵。

可是文周仍然一副心神不安的样子，所以一定有什么事情是她所不知道的。她把琵琶放到一边，大着胆子说："今天您为何郁郁寡欢，大人？"

他没有回答。

过了一会儿，她又拿起琵琶开始弹奏。夜已深了，文周在她的房间。房门敞开着，房间里充满了夏夜的气息。

凝视着外面，他静静地开口了，仿佛没有听到她的问话。"春雨，我可曾亏待于你？"

她被吓了一大跳，尽量隐藏起情绪。"大人，妾身明白，这府邸里的所有人都明白，您对我们是多么慷慨仁慈！"

他的表情有些古怪："但我可有表现得很残忍？对你而言？"

春雨露出最完美的微笑。"当然不。我的大人，从未有过，也永远不会有。"

他盯着她看了许久，然后站起身，喝光了杯里的酒，把酒杯倒扣在桌子上。"谢谢你。"他说完，走了出去。

她听到他命令管家安排好护卫和马，他要回皇宫。在这个时候？

还有……他叫她春雨。那是她在北里的名字。他从来不这样叫她的。居然还跟她说了谢谢？这太令人不安了。

第二天中午，她支开了所有的丫鬟仆役，说自己昨晚上伺候相爷太过劳累，需要好好休息。然后用一个不起眼的包袱收拾起那些最昂贵的珠宝首饰。

之后，她跟往常一样独自散步——这是她精心塑造给别人看的习惯。她朝着花园的方向走去，在离紫檀木亭台不太远的地方，把那一包珠宝埋在了一棵樱桃树下。

树上的花开过又谢了，最美的景色总是昙花一现，不可恒久。

在大明宫里，以及在她曾经心向往之的码外，有一个女人，为奇台帝国的皇帝跳了一出霓裳羽衣舞。

第四部

第二十三章

在奇台帝国历史上，叛乱并不鲜见。从最早的帝国建立之初，就开始有内战和叛乱。每一次王朝更替都是一场腥风血雨。

在那些闻名青史的叛乱战役中，第六王朝全军覆没算是其中之一了。逆贼假传圣旨给军队将领，欺骗了整个大军。自那时起，虎符制度就应运而生。传令官必须手持一半虎符，统帅大将军也必须验过虎符才能接受军令，保证皇帝陛下的意旨能够准确传达到战场。

虎符的烧制非常严格，必须在严密监管下，由帝国专用的官窑烧制。通常是老虎的造型，上面有龙纹雕饰。老虎的背上还有编号，对应序列。

出征之前，统率三军的大将军得到紫荆宫领取虎符。这是一件非常荣耀的事情。准确地说，出征前他们会领取一定数量的虎符，但都只有一半。而从朝廷发出的命令，则由传令官手持另一半虎符，飞骑带往战场，将军把传令官的一半和自己手里的合在一起，成为一个完整的虎符，才能接受命令，否则违抗军令不仅是砍头大罪，还会被株连九族，毫不姑息。

那些传令官通常都是瞰林武士，好几百年来一直如此。历朝历代，瞰林的尊严为他们赢得了各方面的信任。

夏日的清晨，帝国和叛军的统帅在藤关东侧会面了。一个人骑在马背上，笔挺着身子，俨然一派大将风范，只是他下马的时候需要人帮忙，走路还得拄着拐杖，拖着一条僵硬的腿。

而另一个从藤关东面开阔的平原而来，坐着由八位高大壮实的士兵抬着的巨型轿子。对他而言，已经很精简了，通常给他抬轿的有十二个人。

另外，还有两名士兵抬着一项西部样式的椅子，很宽敞，带着垫子，上面铺着明黄色的布。靠近以后可以看出那是一把龙椅，至少是龙椅式样，那颜色也是帝王专属的。

士兵们把龙椅放在离藤关不远的地上，那顶轿子也停了下来。轿帘掀开，在侍从的搀扶下，一个巨大得吓人的身影从轿子里出现，坐到了龙椅里面。

另一名男人拄着拐杖等着，他的腰间挂着一柄长剑——并非华而不实的装饰品，而是实战用的长剑。他的脸上带着淡然的笑容，饶有兴趣地看着对面。鸟儿在他们的头顶盘旋，下面没有一丝风。天气炎热，虽然在藤关遮荫的地方能稍微凉快一点。

他们两人都各自带了五名护卫——不计算抬轿和抬龙椅的轿夫，还有为将军牵马的小兵。除了将军本人都没有携带武器。其实将军佩剑已经算破坏规矩了，就跟那把龙椅和那顶装饰有翠鸟羽毛的轿子一样。

此外，还有五十名瞰林武士在藤关，监督和见证这次谈判——数百年来，这也一直是瞰林的权利。其中五位盘膝而坐，在纸上记录谈话的内容。他们赶在其他人之前就已经到来。这些记录准确、全面，还得相互对照，这个清晨所发生的一切都会被如实记录下来。其中两份抄本会送给谈判的双方，另外三份则保留在瞰林寺里，如果双方有签订什么协议，可以作为证据存留。

不过，今天，在藤关，没有人期盼会达成什么协议。

其余的黑袍瞰林在藤关内散开，男男女女都佩着利器。二十几个人手持弓箭站在藤关山坡的两侧。他们监视着谈判——或者说保护谈判的双方，有瞰林作保证，两方都会觉得安心。

瞰林武士们，包括准备记录的文书，都戴着纱帽。他们的身份在此时此地毫无意义，只是执行自己的使命，作为历史的象征。不多不少，不偏不倚。

帝国方面出现的是指挥藤关守军的徐毕海节度使，他耐心地等着对面的人落座在龙椅上，这可费了点时间。徐毕海淡然的微笑纹丝不动，但双眼一片冰寒。

在这种谈判中，通常有人会说两句开场白，主要是正式提醒记录的瞰林可以开始了。而这一次，没有。

相反，徐毕海径直开口："我个人有个建议，安隶。"他没有称呼安隶的头衔，这是理所当然的。

"那就说，我想听得要命！"安隶说。

第一次听到他说话的人都会觉得他的声音出奇的高亢，即使过了这么多年，他仍然带着点蛮夷的口音。

"不如我们俩来场一对一对决，把矛盾都解决了，效仿古时候的将军阵前对垒？"徐毕海说。

所有人的目光都聚集在这里，连阳光都无法穿透，空气似乎静止了，连呼吸也变得很难。荣山盯着徐毕海，那双深陷在脸上肥肉里的小眼睛瞪大了，然后他开始大笑，笑得连那大得吓人的肚子、肩膀、脸和下巴上堆积的肉不停颤动。他几乎笑得喘不过气，高亢的笑声在狭窄的藤关回荡。吓飞了天上的鸟儿。

徐毕海的目光依旧冷硬，而笑容则更加明显。一个人讲了笑话总是希望对方能够有反应的，不管讽刺的意味有多重。

喘着气，颤抖着，荣山举起了手，看上去像是在乞求怜悯。终于，他控制住了自己，用丝绸长袍的袖子抹了抹小眼睛边笑出来的泪水。咳嗽一声，他又擦了擦脸，然后说："决斗是诗人才会干的事情！你那条独腿一脚就能把我踢死，我要往你身上一坐，你也没命！"

"这样说也没错，"徐毕海点头。他的身材高瘦，脸上轮廓分明，十分冷峻，似乎他俩是被一个喜欢开玩笑的神仙凑到一起了，对比如此鲜明。他脸上的笑容消失了。"那我可以跟你的儿子决斗吗？"安隶的儿子粗壮魁梧，就站在父亲的龙椅旁边。

坐在龙椅上的人停止了大笑。那双几乎淹没在脸上肥肉里的眼睛，一下子变得跟徐毕海一样冰冷。

"他会杀了你的。"他说，"你也知道。大明宫不会允许你这样做，更不会奖励你。我们又不是小孩儿了，现在也不是古时候。是你让我出来谈判的，瞰林还在旁边盯着呢。你最好赶快说你要干什么，然后赶紧从我眼前滚开。"

他的话直接、尖锐、粗俗。而这一切都是故意的。

这次轮到站着的徐提督被逗乐了,或者他是假装觉得好笑。"好吧,我看该滚的人是你吧?自从我来藤关以后,你怎么不进攻呢,荣山?还是你喜欢在这么炎热的天露营在那边的平原?它能让你的病好点?"

"我控制了大运河。"安隶冷冷地说。

"你只是控制了它的北港。难道你没听说么?西南方风调雨顺,今年秋天一定会丰收。还有,当我们在这里享受美好的清晨时,第十二军已经赶到了。五大家族在你的背后不停地搞小动作,至少据我们所知是这样的。"

荣山笑了:"是啊,五大家族,你们知道曹清和他的家族的事情吧?……在我背后,就如你所说。或者这些消息还没传到大明宫?那你是第一个知道的!他的庄园已经被烧得一干二净,他的那些老婆和女儿被送到军营里当营妓,还有他的孙女儿们,我想是的。男人嘛那就分情况了。曹清被吊死了,赤裸裸地挂在他家废墟外的柱子上,那话儿也被割了,他的肉都喂了秃鹫。"

全场一片死寂,没有一丝风,空气都变得越来越沉重。显然,每个人都能看出来徐毕海真不知道这个消息,而且他相信荣山的话。

"那可是个如雷贯耳的名字,"他轻声说,"你真是给自己蒙羞。"

荣山耸了耸肥胖的肩膀。"他是第十王朝的第一个叛徒,这些事情很快就会传遍几大家族,他们大摆宴席互相拜访的时候,最好端着酒杯好好想想,该走哪条路,该支持哪边。东北的局势可能不像你想的那样糟糕。"

徐毕海盯着他。"这场仗可不是一时半会儿能打完的,等到了冬天,你还能喂饱你的军队?还能让他们军心安稳?你现在是骑虎难下,被困在这里了,你自己也知道。或许你觉得可以撤回延陵城?好吧,我喜欢亲自率兵攻城。如果今年秋天东部没有一个好收成,你就完蛋了,荣山。"

鸟叫声突兀地响起,藤关里安静得连一丝风都没有。

"我要告诉你件事儿,"坐在龙椅上的男人说,"我不喜欢你,从来都不喜欢。我会享受杀你的过程,我要先砍掉你那条瘸腿,把砍下来的腿拿你面前看看,再把腿上的血灌到你自己嘴里。"

即使在这样的情况下,这等野蛮凶狠的话似乎还是把所有人都给镇住了。

"真可怕,我吓得发抖呢,"最终,徐毕海开口了,"在我像小孩子一样被吓得说不出话来之前,听听皇上是怎么说的吧。你现在的作为倒行逆施,人神共愤,天下人尽可讨伐。你的生命很快即将宣告终结,还有你的子女们——"

"他杀了我的儿子。"安隶说。

"你其中一个儿子。他本来就是人质,这是你咎由自取。正是你自己起兵叛乱才葬送了你儿子的性命,你还有什么好委屈的?说啊!"

在这个高瘦、留着短须、挂着拐杖站在那里的将军身上,突然迸发出一股凛然不可侵犯的气势。

"他不是什么人质!不要以为有瞰林在记录就可以胡说八道。他是飞龙军的一名校尉,一个朝廷命官。有个蠢货因为害怕就把他给杀了!你要假装很赞同他的行为吗?"

"那时候我还在辰尧。"徐毕海说。

这算是变相的承认吧。

"这算什么回答!好了,我晓得你的意思。不管你多恨我,徐节度使,我敢拿自己儿子的命和你女儿的命打赌,你同样瞧不起文周!"

徐毕海没有回答。

荣山继续道,声音铮铮如铁。"一直以来,你就是不想跟他硬碰硬!所以才待在西边,让一个只会玩马球的纨绔子弟把奇台帝国搅得一团乱,那家伙有啥了不起的?他能够当上相国,还不是因为自己堂妹睡在太祖的床上。而那个太祖皇帝还成天只梦想着炼丹服药,长生不老!"

他怒视着徐毕海:"至于你,徐大节度使,你有为国家的安定尽力吗?你有点责任感么?你是真心认同那个把你派到这里来跟我打仗的蠢货?我要文周跪在我脚下,瞎了双眼,求我让他痛快地死!"

"为什么？你又不是第一个在权力斗争中失败的人。"

"他算个屁！"

"那你连个屁都不算！你滥杀无辜，弄得生灵涂炭，就为了这个？"

"那又怎样？"安隶说。

这句话冷酷而坦率，就似悬挂在空中一般，沉甸甸的。

"那么你就不能怪文周。是你起兵叛乱，你的儿子才会死，这个结局你早该预料到的。还有每一天都死去的无数的别人的儿子。"

"是啊，"荣山说，"还有女儿。"

徐毕海摇了摇头，神情严肃地说："相国之职有许多人都担任过，来来去去，留下的只有回忆，就像尘沙上的脚印。皇帝的宝座比陛下本人，比朝廷里的所有人都重要，不管他们是好是坏，是聪明还是愚蠢。对相国大人我有我的看法，而我没必要把自己的想法说给一个倒行逆施的叛贼听。"

"如果我夺了天下，那就不是叛贼了。"荣山说。

"你永远是个叛贼。现在是，身死以后也会是。这个名称将永生永世跟随着你，不管你是死是活，都将遗臭万年。"徐毕海咳嗽了下，顿了顿，然后说，"听听我的提议吧。"

"我在听呢。"安隶说。

"你和你的长子不能幸免，陛下开恩允许你们自裁，留个全尸，并且会命人安葬你们，虽然不能给你们立碑。还有你手下的五位将军也必须死。至于你军队里的其他人，不管在这里、在东北或是在延陵城，都将承太祖陛下洪恩大赦。瞰林会记录下这一切，我也会用名誉保证。"

他的声音变得平静起来。"你活不久了，你也知道。所有人都能看出来。你的一条命，再加上另外六个人，就可以换取所有跟随你的士兵活命，还有奇台的士兵。"

他讲完了。除了五名瞰林记录时发出的沙沙声，整个藤关一片死寂。

"我干吗要这么做？"荣山说，听起来真的很迷惑，他伸出手抓了抓另一只的手背，"是他逼的。文周逼得我只能这样，他在皇帝耳边讲我的坏话，还把我要留给儿子的一切都抹杀掉。对一个要点脸面的男人而言，还能做什么？"

"就为了这个？"徐毕海说，"传承？"

"你当然不理解，"荣山淡淡地说，"你只有女儿。"

他在龙椅上挪动了下身躯。"如果这就是你要说的，那我们就浪费了一个上午。不过我还是提醒你，我认识你的女儿，我也会找到她们，然后，我会让你非常，非常的后悔。你可得相信我能做到。"

高瘦的徐大人神色不动。"那我谢谢你了。"他说，"你把摧毁一切看作是享受，真是少见又微妙的丧心病狂。"

微妙，这个词似乎在空中停留了很久，瞰林的毛笔在绢纸上沙沙地迅速移动着——微妙，确实很微妙。

明黄色的龙椅被抬走了，荣山走进了那顶装饰有翠鸟羽毛的轿子里。轿帘很快放了下来。或许从他自封为帝开始，就更加注重这些礼节了。

终于，三名纱帽蒙面的瞰林走了过来，两名护卫护送着第三个手里捧着记录卷轴的人。那名瞰林把卷轴递了过去，轿子里伸出一只手，接过了它。

轿夫们抬起轿子，走到了炎炎夏日之中。

沈礼眉感到深深的不安，诸事头绪繁多，错综复杂。其中之一就是刚刚在藤关看到的紧张场面，那些野蛮而血腥的话，让人有种山雨欲来的感觉。事实上，或许风暴很快就会到来了。

而另一个原因则有点琐碎，并且有点可耻，她几乎不愿承认。安隶轿子里散发出的那股浓烈甜腻的香味仍然让她想起来就觉得很不舒服。那时候她正好站在那一排瞰林之中，人们示意她和另外一名走上前，护卫那名做记录的瞰林。

那股浓重的香味，有点粘腻的感觉，像是什么东西腐烂了一般，现在回想起来她还觉得恶心。藤关的空气又太过凝重，她连大口呼吸都做不到。藤关之外肯定非常炎热，那里的叛军还驻扎在阳光之下。

那时候她脑子里闪过的念头让她到现在都心悸不已:她走到了荣山身边,就站在离他很近的地方,看着瞰林把卷轴打开向他示意。她的剑法和刀法都很差劲,但这是一个千载难逢的机会,她带着武器——因为她今天扮作一名瞰林。她很有可能一剑刺死荣山,结束这一切。

但是,同样也会结束瞰林的传统,违背瞰林的信条,破坏瞰林被人尊重的基础。数百年积累下来的口碑,就这么被沈礼眉毁于一旦——而他们善良地在石鼓山收留了她,给予她庇护和指引,甚至在乱世之中为她指出了一条回家的路。

所以这种念头她想都不该想,或者,只能想想,决不能付诸行动。

不管怎么说,荣山已经大限将至——那就是她闻到的味道。那位高瘦的徐大人（她记得这人,曾经听父亲提起过）口气生硬的话里也暗示了这个意思。她在浏览记录的时候看得很清楚。

她想着,反正杀了荣山也不能结束这场叛乱。他还有儿子——还活着的就有三个,其中一个就站在这里,除此之外,他手下还有统兵大将,徐毕海也说过他手下还有五名将军必须处死。所以,就算她刺杀了安隶,他们也会将这场叛乱继续下去的。

叛乱这种事情不会完全受一个人的意志和生命控制。或许他能够在特定的时间和地点点燃叛乱的火焰,但无法控制事情的发展。踏出这一步,或许就无法回头。现在,也是这样的情况么?

她很想问问别人,但又做不到。她伪装成一名瞰林,没有人知道她是谁,而一名瞰林武士是不会问任何人这种问题的。

他们让她背着双剑骑行前往南方,这样就不会显得特别突兀,也不会被当成新手,可以跟他们一起行动。瞰林双剑刚背上的时候特别沉重,剑鞘摩擦着她的后背,非常疼。而现在她已经习惯了。

一个女人往往比想象中为更吃苦耐劳。虽然她不敢肯定这算不算是一种美德,也不知道能够习惯到底是好是坏,未来总是不确定的,她像是一叶小舟在波涛中沉浮,无法回到从前。

她一边这样想着,一边觉得自己不该在这种时候还琢磨这些,沈礼眉看到三名来自藤关西侧的骑兵,快马加鞭地朝他们赶来。

领头的一个扛着一面龙旗，上面有着代表皇帝的标志。他们是从宫里派来的传令官，她以前陪伴皇后娘娘的时候曾经见过许多次。第二名骑手是位瞰林，在马还没有停下来的时候就已经翻身下马。他走到徐节度使身边，躬身行礼，浑身热得冒汗，黑色的长袍都被汗水浸透了。他递过一个小东西，沈礼眉认出那是半边虎符，她知道这意味着什么，虽然她之前从未见过。传令官递给徐毕海一个卷轴。

徐提督把虎符和军令都接了过来，把虎符递给手下的一名军官。那名男子将手伸进一个皮囊里，拿出了半块虎符，比对了下，又放了回去，翻出另外半块。没有一个人说话，那名军官拿起两半虎符，把它们合在一起。仔细检查过后，点了点头。

直到这个时候，徐毕海才打开了军令卷轴。

在沈礼眉眼里，这位将军似乎一下子苍老了许多。他倚靠在拐杖上，呆了一会儿，然后站直身子。"是什么时候得到军令的？"他问那名传令官，声音很轻，很细。但沈礼眉听到的时候，突然有种害怕的感觉。

传令官显然已经疲惫不堪，他先朝徐毕海躬身行礼，然后说："三天之前，节度使。我们半夜就出发了。"

"是谁下的命令？"

"相爷亲自下的。他亲手把半块虎符和军令递给在下的。"

所有人都看得清清楚楚，愤怒的神色出现在徐毕海的脸上。他深深地吸了一口气，缓缓吐出来。

他清晰地、一字一句地说："他害怕了。他害怕我们在这里对峙得越久，我们把他交给安隶的可能性就越大。"

整个藤关鸦雀无声。沈礼眉突然想起了今天早上另一个人在藤关外说的那句话：我要文周跪在我脚下，瞎了双眼，求我让他痛快地死！

过了好一会儿，徐毕海才开口。他的口气淡然中透着一股苍凉，似乎在对着寂静的空气说话，而不是对身边的人。"如果这里不是我，如果对面不是荣山，我早就这么做了。"

站得如此之近，沈礼眉听到这句话以后，心里泛起的是恐惧。

就如风中飘落的树叶,她似乎听到了命运的声音。或许,有更可怕的事情,将在这里发生。

不久以后,八名瞰林骑马从西边出了藤关,穿过第二军和第三军的联合部队。大军已整装待发,命令已经下达。

八名瞰林飞快地骑行通过峡谷,右边是宽阔的河流,左边是险峻的群山,这就是藤关之所以一夫当关,万夫莫开的原因。对奇台帝国而言,此处乃兵家必争之地。

其中两骑前往码外的瞰林寺,带着三份今天早上谈判的记录。到了码外,其中两份记录会被送往其他的瞰林寺保存,以防万一。

另外两人直接骑行前往新安城,把卷轴送到大明宫里,还添了一些新的东西:徐毕海适才所说的那些话。这份记录将直接面呈皇帝陛下和珍妃娘娘,而不是交给相国。

还有三名瞰林遵守着石鼓山的承诺,护送最后一人前往更远的西南方。在去新安城的途中他们会和其他人分道扬镳。而最后那一位仍然陷在怀疑和恐惧的情绪里的人,则是已故的沈皋将军的女儿:沈礼眉。

从第一王朝开始,奇台帝国就战乱不断,有关战争的记载数不胜数。

战略和战术的不同分支琳琅满目,这不是什么稀奇的事情。就连科举的时候,都有题目让考生论述两三部经典兵书,并表达自己对其的取舍,分析和论证其中的理由。

战场上的胜败可以归结为不同的因素,有些兵家更重视数量上的优势,在其他条件相差无多的情况下,数量决定了成败。所以审慎的将军在部队数量占优的情况下才会发动决战,否则就耐心等待机会。

当然也有人指出,很少会有其他条件相差无多,只凭数量对决的情况出现。例如武器装备就可能出现巨大差异。一个被经常引用的例子是从前的东北远征军入侵高丽半岛,结果被一场突如其来的暴雨浸湿了所有的弓箭,弓弦松弛,无法拉开,导致弓箭手在关键的战役中无法发挥作用，大军饮恨败北。

在论述战前准备重要性的著作中也常引用这个例子，远征军的将领们没有预料到气候的影响，也是这场大败的重要原因。所有幸存下来的将领全部被杀头，或者被勒令自裁。

还有一些兵家把论述重点放在地形、军势等方面，地势较高的地区，可以利用天然优势保护自己的部队，并对敌人造成打击。所谓"高陵勿向，背丘勿逆"，有经验的将军总会尽可能占据有利地形的。

补给也是重中之重，食物、衣物、马匹，甚至行军的靴子，都有可能决定战争成败。还有步兵和骑兵的比例，军马的品质、经验什么的。身经百战的老兵总是比新兵强上许多。

还有就是奇袭，用兵当行险着，在敌人意想不到的情况下——夜晚、气候恶劣等情况下突然进攻，或是采用让人意想不到的战术，都可以有所作为。类似的战例太多了，也让许多将军因此成名。

此外，还有士气也被认为是重要因素，这取决于统帅的能力。曾经有一个极其经典的故事，有位英雄盖世的将军，率领他的部队，破釜沉舟，背水一战，完全悖逆了兵法，自陷死地。

他手下的士兵已经无路可退。

因为没有退路，所以他们以少胜多，大败敌军。这叫置之死地而后生。求生的欲望能够让士兵们爆发出更强大的气势和力量。

这也是哀兵必胜的道理，无路可退，若不拼尽全力作战就必死无疑的部队，往往能够逆转战局，书写奇迹。

而最后这一点，也是后世史官们一致认为安隶的叛军在实力悬殊的情况下对阵藤关守军还能取胜的重要原因。

守军的数量远胜于叛军，而他们确实让叛军惊讶了一次——徐毕海提督亲率大军出关，直扑烈日炎炎的战场。

一开始，守军的进攻让叛军一阵恐慌。徐节度使显然是把夜里赶到的部队集中起来，一起出战，所以叛军一醒来就看到无数的敌人直扑而来，不得不仓促应战。

可是很快这种恐慌就过去了，出现了生机，甚至是惊喜。本来守军如果坚守不出的话，藤关固若金汤，叛军根本无法攻破。秋天的收成未定，等到冬天，他们几乎注定要从这里撤军。届时军心不稳，粮草后继艰难，甚至可能动摇整个荣山的伪朝。而到了明年春天，帝国也能集结更多部队，以压倒性优势决战。

而现在帝国守军竟然放弃如此明显的优势，倾巢而出，在这个时候跟荣山的部队决战，那真的不是什么惊恐，而是一份意料之外的惊喜。

这份惊喜，让本来注定该失败的叛军有了转机。

当天双方都各有伤亡，但帝国军队的损失更大，待到伤亡数量上升至一定比例的时候（对任何军队而言都无法承受的比例），徐毕海的士兵开始溃败，然后撤退。

溃败的士兵拼命撤往藤关，甚至冲破了出来接应他们的守军阵型。乘胜追击的叛军骑兵衔尾追了进来，就这么通过了固若金汤的藤关，从藤关东侧一路打到西侧。

那一天结束的时候，超过半数的第二军和第三军士兵都在藤关丧生，或是在战场上被俘虏。

其余愤怒的士兵不得不仓皇逃生，让同僚们用鲜血和生命承担朝廷那荒谬的命令所付出的代价。他们被迫离开了安全之所，打了一场毫无必要的战斗，并且一败涂地。

徐毕海节度使也逃离了战场，他和他的侍卫快马加鞭赶往新安，现在，整个新安城在荣山面前完全敞开，再没有任何可以设防的关隘了。

有人看到徐节度使骑行的时候老泪纵横，虽然很难说清他的眼泪是愤怒或是悲哀。

对奇台帝国而言，这是一场灾难性的战斗，它带来的混乱将持续很长一段时间，最终这一场噩梦会结束（那时候一切都已经结束了），但在那之前，帝国和整个世界都将经历一场大乱。

轻歌曼舞的年代早已远去，平静的生活已告终结。就连最美好的年代，想要持续四海升平都不是容易的事情，更别提天下大乱之时了。

三天之后，夜深人静之时，这个消息传到了大明宫。

伟大的太祖皇帝从梦中被惊醒,听取了此事的报告。满朝文武将不惜一切代价保护天子的安全,赶在新安城沦陷之前,皇上必须移驾。京都就算被叛军攻下,也会有重新夺回来的一天,但如果皇帝陨落,王朝必然覆灭。

没什么时间犹豫了,荣山的叛军正在步步逼近毫不设防的新安城。而到第二天清晨,这个消息肯定会在城里造成极度恐慌。赶在日出之前,皇帝陛下和他的近亲,在残存的第二军护卫下,秘密地从皇宫北门出发,到了鹿苑,然后越过了新安城的城墙。朝着码外飞驰。

星空之下,风起云涌。

第二十四章

深夜,魏苏把他叫醒了。

在新安城里,瞰林们从来不让沈泰把房门拴好,从两侧的推拉门就可以径直自门廊进入他的房间。瞰林们在门外守卫,如果有需要他们会直接进来,比如有什么事情要告诉他。他曾经想开个关于卧室内需要的玩笑,但从来没有说出口。

他睡得很沉,连梦都没有做。所以她叫了他好几声,还推了推他的肩膀才把他叫醒。她就站在床边,手里拿着蜡烛,头发没有束起。沈泰意识到她也是睡梦中被叫醒的。

"怎么了?"

"宫里传唤,护卫在等着大人您。"

"现在?"

她点点头。

"发生了什么事?"他还赤身裸体地睡着呢。

"东边出大事了,我想的话。"

东边,那就是指叛军。不应该有什么麻烦了啊,两大军区的士兵都在藤关跟荣山对峙。

"谁传唤我的?"

"我不知道。"

她递过来一个卷轴。本来她应该第一时间给他的,他想。她老是这么越俎代庖。

他拿过卷轴,坐起来:"上面写什么,你知道吗?"

她点点头:"一个瞰林送过来的,要不然我们不会允许你去。"

允许,什么话!他该让她明白自己本分的,不过现在不是说这个的时候。如果他出了任何意外,这些瞰林都会没命。

他打开卷轴，借着蜡烛的光看了看。里面也没多说什么：仅仅是简单地命令他赶紧出发，拿着通行证明，赶紧到大明宫。通行证明是由朝廷的高官签署的，他不熟悉那个名字。

"给我准备好闪灵。"

"已经准备好了。"

他看着她，有时候真的会很惊讶，一个像她那样强悍的人，竟然如此娇小。

"去绑好你的头发，让我穿衣服。"

她看上去有点窘迫，沈泰突然意识到这种突如其来的午夜传唤也会让她跟他一样紧张。现在是战乱时期，变数颇多。她把蜡烛放在他的桌子上，朝门口走去。

突然想到了什么，他脱口而出："司马大家也在这里吗？"

他从来不清楚诗人是在这里过夜还是跑去别的什么地方了。

她在门口转过身，点点头。

"请把他也叫起来，魏苏。就说我想他跟我一起去。"他说了请，还叫了她的名字，算是变相的缓和气氛。

在庭院里的时候，另一种想法又冒了出来。沈泰犹豫着，他是不是太小题大做了？可是东部的麻烦，还有突如其来的传唤，事情并非如此简单，是吗？

他看到了诗人，仍然一副不修边幅的样子，但他行动敏捷，神情警觉地走进庭院。司马子安背着自己的剑，看到他，沈泰有种如释重负的感觉。

他冲着瞰林头领陆梆招手，请他安排两名瞰林去送个信。他叫人准备好笔墨纸砚，在火把照耀下刷刷写好一张纸条，然后让那两名瞰林把它送到相国文周的府邸背后，找一名瘸腿的乞丐，让他转交给春雨。

那一夜他跟春雨会面的时候，这两名瞰林也在，他们应该知道如何找到那个乞丐。他指示他们对那名乞丐要以礼相待，请他帮忙，然后留在那里等候答复。如果他们看到了林姬（那是春雨现在用的名字），就留在她身边保护她，就如保护沈泰自己一样。

他可以下这种命令，他可以安排他们做点事情。没时间来想个更周全的计划了。时局或有变，提防危险，他匆匆忙忙地写着，措辞一点也不雅致，千万要小心。两名瞰林在花园后的街上等待你答复。

他没有署名，为了不给她惹麻烦。不过如果有人看到瞰林这个词，也能猜出个七七八八。但现在已经顾不上这么多了，他脑子里没能理出一个清晰的思路。

他骑着闪灵跨出了大门，每一次骑这匹马的时候都有一种微微晕眩的自豪感，这可是匹汗血宝马，深红色的，来自西域的天马。

他在星空之下的街上飞驰，通过了街区的城门，然后沿着新安大道一路朝着大明宫北行。沈泰看见金吾卫们还在自己的岗位上巡逻，还有一小撮人在宽阔的大道另一边骑行，除了马蹄踏在地上的声音以外，街上一片寂静。

那名前来传唤的瞰林跟他们一起，在大明宫门口还有一名瞰林等候着。宫门打开了，等他们骑行通过以后又关上。沉重的关门声传到了沈泰的耳朵里。

他们继续北行，穿过宽阔的、千宫百院的皇宫。这里的路都是弯弯曲曲的，传说中的鬼怪只能走直线，这样就能避免天子在宫里被那些鬼怪之类惊扰。

不过据沈泰所知，现在皇上并不在大明宫，而是在前往西北的路上。

他和诗人交换了下眼色。

他们来到了皇宫的北墙，通过另一道门进入了鹿苑，继续北上，终于到达了河边的石墙。然后他们在瞰林的护卫之下转向西边。魏苏就在他身边，沈泰看见她束好了头发，身负双剑。

他们一路向西，路过了道路右边的竹林、空地和果园，然后沿着西边的城门骑行而出。到了宽阔的郊外，开始打马飞奔。

没过多久，皇帝一行的旗帜就出现在前面的道路上，火把在月光之下，格外耀眼。

沈泰一行赶上他们的时候，恐惧和陌生的感觉袭遍全身。他看到太子申祖跟一小撮人马骑行在队伍的后面。真是一小撮，小到令人吃惊：就两驾马车，几名宫里的骑兵，还有二三十名第二军的骑兵作为护卫，就这么些人。

通常，就是陛下去一趟码外，都有二三十辆马车护卫的，前面还有一支五百人的军队和宫人一起开道，另外有超过五百名士兵保驾护航。

太子听到了他们的动静，回头一看，发现瞰林的时候，放慢了马速。他跟沈泰打了个招呼，对方在马鞍上躬身行礼。太子语气轻快地告诉了他们东边发生的灾难性事件，口气里没有沉重或者警戒的意思。

或者说，藤关陷落只是灾难的开始，接下来还会有更可怕的事情。

沈泰觉得口里一阵发干，艰难地吞了口唾沫。这个世道怎么会急转直下到如此地步？太子告诉他们，皇帝的马车就在前面，上面没有翠鸟羽毛装饰。文芊跟他同乘一车，而相国大人则骑马赶在他们前头。

"你能来这里挺好的。"太子说。他的坐骑也是一匹宝马，不过几乎比闪灵小了整整一圈。

"我不明白，"沈泰说，"我能做什么？"他感到很迷茫，骑行在星空之下，仿佛整个世界已经不是他所熟悉的那个了。

"我们需要你的马，沈泰，比任何时候都迫切。需要它作为骑兵或者是传令官的坐骑，他们需要更快的速度，缩短长途奔波的时间。当我们到达前方驿站后，会北上到戍泉。第五军的主力部队驻扎在那里，我们还可以随时召集在西部的第一军。我想，等到其他节度使从南边赶来护驾的时候，我们就可以把荣山困在新安城了。我们……我们可以做到的，是不是？"

是不是？为什么太子会问他这样的问题？他是否在等待自己回答？或者否认？沈泰到底该怎么说才合适？

很显然，太子殿下内心很忐忑。这是必然的，半夜逃亡，逃离皇宫，逃离新安城，就这么二三十人护卫着他，而叛军在身后步步紧逼，很快就能占据帝都。是否天命就是如此？这天下，一夜之间，彻底颠覆。

"我要跟殿下一起到戍泉吗？"沈泰困惑地问道。

太子摇了摇头。

"你最好赶紧去西南边境，必须取回你的宝马，沈泰。然后尽快把它送到我们所在的地方。"

沈泰深深地吸了一口气。最好有这种明确的指示，至少让他不必费神去思考要做什么。"太子殿下，那批马可不是个小数目。"

"我知道有多少！"太子高声说。天上悬挂着残月，但很难看清太子的眼睛。

另一个声音响起了："太子殿下，让瞰林跟他一起去吧。沈大人，您可以从前面的瞰林寺里带走五十名瞰林。"说话的人是一直骑行在他身边的魏苏（后来他才醒悟过来，自那一晚以后，她一直都在他身边）。

她说的话挺有道理。

"瞰林寺里的人手足够吗？他们愿意让这么多瞰林跟我一起走？"沈泰飞速地计算，"如果他们驯马有方的话，至少也需要六十名瞰林才够，每位骑手带五匹马，另外十名作为我们的护卫。"

"人手不是问题，"魏苏说，"他们都是驯马的好手。"

太子点了点头。"那就交给你处理了，瞰林。"

"这就是您派人传唤我的原因么，太子殿下？"沈泰仍然觉得有种奇怪的感觉，像是被蒙在鼓里，他试图去弄明白到底发生了什么事。

"我并没有派人传唤你。"太子说。

过了一会儿，他们抬头看着前方，看向最靠近的那辆马车。

肯定不会是陛下，曾经，或许，在他年轻、富有活力、野心勃勃的时候，可能会有这样缜密的思维。但不是现在的他。

那就没有别人了。

沈泰意识到，竟然是文芊派人传唤的他。可以想象她也是在半夜被惊醒，一片恐慌之中准备逃难，而她竟然想到了这一点。

突然有个问题冒了出来，沈泰想，他本来早就该问这个问题的。"太子殿下，请原谅我放肆，但微臣真的不明白，藤关的战斗怎么回事呢？徐节度使不是镇守着关隘吗？他不可能——"

"有人命令他出击。"申祖太子直截了当地说。

然后，他刻意地往前方看了一眼，看向其中一名英俊潇洒的身影，那人骑行在小队的最前面。

"我的天哪！"司马子安惊呼，"他不可能这样做吧，他怎么能这样！"

"但是他确实这样做了，"太子阴郁地一笑，"瞧瞧我们现在在哪？诗仙大人。"

他似乎还想说什么，但没有说出口。太子只是抖了抖缰绳，赶上了他父皇的车队。然后他们看到他在士兵的护卫下，继续往前骑行。

就在夏日的清晨，太阳刚刚升起的时候，他们抵达了码外湖边的驿站。

沈泰收到了消息，在夜幕降临的时候，怨气已经在士兵之间弥漫了。

陆梆是一名精明而身经百战的瞰林，他在护卫骑兵之间待了一阵。然后回到沈泰身边，他和司马子安、魏苏一起，始终骑行在队伍的最后。

陆梆先是对魏苏说了几句，然后骑着他的博古骏马来到闪灵旁边。"大人，"他说，"我不敢肯定到底怎么回事，但士兵们似乎知道了一些他们不该知道的事情。"

"你指的是？"

"有人跟他们谈起藤关的战役，赶路的时候流言四起。关于守卫藤关的第二军是如何全军覆没的，大人。现在那些士兵是悲愤交加。"

司马子安靠近了，魏苏打马给他让出一个位置。道路很宽阔，他们四人并驾齐驱在夜空下。

"他们知道了谁下令徐毕海出击的？"诗人问道。

"我想是这样的，大人。"陆梆的声音总是这么彬彬有礼，不疾不徐。

"你认为有人故意散播了这个消息吗？让士兵们知道这件事？"司马子安的声音很严峻。沈泰飞快地抬头看了他一眼。

"我不清楚,大人。但我想在驿站的时候,最好能够多加警惕。"他瞟了一眼沈泰,"沈大人,我已经确定,您的兄长在另一辆马车里。我想您可能想知道他的消息。"

沈柳从来都不太擅长骑马,他自己倒是无所谓,不过这却是父亲的遗憾。哪怕是现在他也不行。然而他不仅是个极端聪明的人,同样也能吃苦耐劳、胸怀大志、目光长远并且律己甚严。

他是绝对不会让文周向藤关发送出击命令的。

沈泰非常明白,就如他明白沈柳可以眼睛都不眨一下就把亲妹妹送去野蛮人的地方和亲一样,他也知道他不可能眼睁睁看着文周逼迫徐毕海出关战斗。

他的瞰林们紧紧地跟在他身边,看来是有人明确指示了保护他的安全。

他望了望离他们最近的马车,奇台帝国的皇帝陛下就在那里面,彻夜而行,仓皇逃离。天下大乱,这样荒谬的事情也能发生?

而沈泰明白确实如此,此前也有过先例。他熟读奇台帝国一千多年的历史,否则怎么能准备参加科举呢?他知道先贤们留下的智慧遗产,就如在黑暗中闪烁发光的宝石。他知道内乱、宫廷暗斗、战场上的杀戮、全城屠戮和焚烧一切的大火……但他从来没想过会亲身经历这些。

他突然后知后觉地想起,那些被陛下抛弃的皇室成员和朝廷命官——他的儿子、孙子、大臣和嫔妃们,该怎么办呢?运气好的可能自行逃亡,剩下的就只能任由荣山处置了。

还有新安城里的两百万平民,没有任何人能保护他们。

他的心一阵抽搐。*千万要小心。*他在给春雨的信上这样写着。希望能有用吧。她会怎么做呢?她能平安吗?她能不能顺利地从那名残废的乞丐手里收到他的消息?

他留下了两名瞰林护卫她,至少他做了力所能及的安排。

沈泰的嘴里又一阵发干,朝着尘土飞扬的路边吐了口唾沫。司马子安递给他一个酒瓶。沈泰默默地接过,灌了一口。只能喝一口,他现在需要头脑清醒,那是当务之急。

他望向前方,文周仍然在那儿。火把照耀下,他的身影格外清晰。他骑着一匹黑色的骏马，英姿勃勃，令人羡慕。有人曾说他一出生就会骑马。

随着他们的行进，天色逐渐亮了起来，繁星渐次隐去，很快连最亮的星星都消失了。树林的轮廓也在右边的道路旁慢慢显现，另一边是成熟的稻田，很快，人们熄灭了火把。

长夜已过，黎明的晨光柔和而清爽。沈泰回头，东边有着淡淡的云层，在曙光中显现出浅淡的金红色。他的目光捕捉到蓝色的闪光，在树林之间闪过，那是湖水的反光，就在他们的右前方。

他们来到了一条岔路，前方就通往码外奢侈温泉，那里的温泉池镶金嵌玉，还有精美的瓷器、丝绸之路运送而来的象牙做装饰。室内有大理石的地板和廊柱，檀香木做的墙壁，四面的墙壁上都有精美的壁画，从很远的地方就能看见桌上摆满了精致的菜肴点心，四周都飘着柔和的乐声。

但是今天他们不走这边，而是沿路直行，绕过通常沿着湖畔拐弯的岔路，不久之后，他们来到了驿站。

骑兵们疾驰向前，他们一直在等候命令。驿站的官员和仆役都集中在庭院里，有的躬身行礼，有的已经在尘土中跪拜下去，显然都被皇帝突如其来的莅临吓得不知所措。

一阵阵车轮声、马嘶声夹杂着呼喝的声音响起，当这一切平息下来的时候，有种奇怪的寂静。鸟儿在鸣叫，沈泰想起了，这是一个夏日的清晨。

皇帝的车驾在驿站大门停下来，驿站的装饰很华丽，位于码外，靠近新安城，也靠近温泉和皇室及高官的避暑山庄，还有皇陵。

马车门打开了，皇帝陛下走了出来。伟大的陛下仍然穿着一身龙袍，腰间系着黑色的腰带，戴着黑色的头冠。

随后，一个窈窕的身影出现了，穿着闪闪发光的湖蓝色行装，镶嵌着金色的花边，是文芊。

皇帝和贵妃走到了驿站门口，看见皇帝步行让人有种不安的感觉，平时他总是乘轿子的。陛下的双足极少沾地，连在宫里都是如此，更别提让上驿站里一所客栈庭院里的灰尘了。沈泰环顾下四周，发现自己不是唯一一个感到不安的人。魏苏下意识地咬着嘴唇。

129

一夜之间，天地巨变。这天下仿佛已不是昨日的天下，他想着，大梦初醒就天翻地覆。

皇帝陛下走近门廊的时候，突然转了个身——沈泰没想到他会这样，天子表情沉重地看了看庭院里的人，举起一只手，然后又转过身去。他的身板挺得笔直，沈泰看到他拒绝了任何人的搀扶。陛下看上去完全不像一个仓皇出逃、有失天命的人。

文芊跟在他身后，然后是相国和太子，他们把坐骑的缰绳交给旁边的仆役，迅速跟了上去。两人都回避着对方的视线。另外一辆马车的门打开了，沈泰看到长兄从马车里出来，走进了驿站，另外三名朝廷命官紧随其后。

驿站的大门关闭了。

庭院里出现了一场令人不安的小插曲。

似乎没人知道该做什么，沈泰把闪灵的缰绳递给一个看上去稳重老实的仆役，命令他给马匹准备好粮食和水，顺便洗刷一下。他迟疑地走上了门廊，站在一边。司马子安走到他身旁，还有魏苏和另外五名瞰林，靠得很近。

魏苏背着她的弓，腰间挂着箭囊。其他五名瞰林同样如此。

沈泰看到庭院的西边站着一队士兵，约莫有五十人，跟他以前指挥过的小队一样。他们似乎刚刚抵达。

他们的着装和旗帜表明了隶属于第二军。那是一支混编的小队：包括四十名弓箭手，以及十名作为护卫的骑兵。这支小队出现在这里也算寻常，官道拥堵的时候，军队经常会往这里转移。这里的驿站通常用来给帝国的士兵们换马、用餐、休息，或是接受新的任务。这些人可能是来自西部，被分配到京城，甚至可能是一路向藤关而行，要增援那里的同僚。

现在倒也不必了。沈泰想着。

他看到一部分护卫他们的士兵从客栈的庭院里跟另外的士兵交谈。他们都是第二军的人，彼此交流和分享最新的信息。

"事情不太对劲啊。"司马子安悄悄地说。

两边的士兵混在一起，似乎在激烈地说着什么。沈泰在他们之中寻找着校尉，想着他是否能控制下局面。不过看样子完全没有这个趋势。

"小队校尉刚拔剑了。"魏苏说。

沈泰也看见了,他转头看着魏苏。

"我派了两个人去瞰林寺调拨六十名人手,"陆梛说,"今天之内他们不可能回来了。"他的口气似乎在道歉。

"是的,今天肯定不行了。"沈泰说。

"所以他们无法及时来增援,"陆梛说。他站在沈泰和诗人面前,握着他的弓。他们站在门廊的一边,离大门挺远。

"我们又不是他们发泄怒火的目标。"沈泰说。

"不是这个问题,"司马子安低声说,"情绪失控的话,谁都可能被迁怒。"

这话倒没错,沈泰想起了很久以前在遥远的北方,那间小木屋周围发生的事情。怒火一旦失控,情况就会变得无法想象了。他摇了摇头,仿佛要甩开脑中的记忆。

他说:"大家最好一直聚在一起,别轻举妄动。那边有超过七十个人,不要跟他们发生冲突。陛下还在这里呢。"

陛下还在这里。他当时确实这么说的,后来回忆起这件事情的时候,当时他以为陛下的存在就像一道护身符,一枚定海神针。或许曾经如此,但在那个清晨,一切都变了。

一支箭自晨光中飞出。

它径直飞向驿站的一道房门,钉在门板上面,发出嗡嗡的颤声。沈泰瑟缩了一下,仿佛自己被射中了一般。那支箭射入木头的闷声似乎引爆了某种剑拔弩张的气氛。

紧接着又飞来三支箭,然后是十支。第二军的弓箭手向来以箭术精湛广为人所知,他们只朝着那一扇大门射箭,距离也不太远。这是一支小队集体的行动,没有人会让同僚独自承担这一后果。沈泰只盼着小队的校尉能够理智一点,希望他能阻止这一切。

可惜他的幻想完全落空。那校尉并非年轻人,留着花白短须,眼里充满了冷冷的火焰,大踏步走到门廊之下,喊道:"相国住在哪里?我们要审问文周!"

我们要审问文周,这是命令式的口吻。审问!

沈泰知道自己不该轻举妄动,也知道这些人正处于群情激愤的状态——因为想到他们在藤关的同僚——但他仍然大步踏上前去。

"不要!"他听到魏苏的低语,她的声音非常紧张。

他觉得自己别无选择。

"校尉,"他尽力用平静的口气说,"这样太不体面了,请听我说一句。我名叫沈泰,是已故大将军沈皋的次子,先父在军队里享有不小的名声,您也许听说过他。"

"我知道你是谁。"那人简单地回应,不过他冲沈泰躬身行礼。"我也知道你在辰尧的时候受到节度使大人的照应,你也是我们第二军的同僚。"

"是的,我们都是同僚。"沈泰说。

"这么说,"校尉说道,"你应该站在我们这边。你听说过发生什么事了么?"

"我知道,"沈泰说,"否则我为什么会在这里?伟大的皇帝陛下,还有他的谋臣与太子都在这里。我们都效忠于奇台帝国,当帝国有令,我们随时准备赴汤蹈火!"

"不,"那名校尉说,"至少在文周出来当面跟我们说清楚之前,不完全如此。站到一边去,沈皋的儿子,不要强自出头。我们不打算与库拉诺湖畔的英雄起冲突,但你也不能干涉我们的事情。"

如果这是个年轻人,沈泰后来想到,可能结果会不一样。可是那名校尉,尽管他只是一名小队指挥官,军衔很低,但在军队里服役过很长时间。他肯定有朋友和兄弟什么的在藤关,当他知道究竟发生了什么事之后,会有什么反应简直在意料之中。

小队校尉朝着大门做了个手势。

更多的箭一齐飞出,声势浩大。沈泰觉得听起来就像是一记闷锤敲在门上。那是天下大乱的一锤。此时此刻,他最担心的是文芊的安危,比担心其他人,甚至皇帝本人还甚。

"文周,给我们出来,否则我们就破门而入了!"校尉高喊着,"文周文相国,奇台军队的指挥官,你的士兵都在等你回话!你必须接受我们的审问!"

必须。一名指挥五十人的小校尉,竟敢这样质问奇台帝国的相国大人。沈泰简直不知道今天太阳是从哪边升起的，鸟儿是怎么如往常一样鸣叫的。

大门打开了。

文周，那个沈泰厌恶的人，走了出来。

多年以后，当这场叛乱已经成为过去，成为一场毁灭性的历史灾难后，史官们重新审视历史记录（在那些断续的故纸堆里翻阅），争相塑造了那个腐朽的节度使的形象。从他最早的童年开始，到他野蛮的行为、冷血的背叛，那位被称为荣山的男人，在史官笔下的形象竟是如此统一：野蛮、残暴、邪恶。几乎无一例外，数百年来，荣山就被写成了这么一个肥胖、贪得无厌，无能又野心勃勃的脓包。

在这些记载里，史官们一致认为，当时只有英勇明智的相国，文周大人，识破了荣山卑鄙的内心，几乎从一开始就不遗余力地阻止他。

当然也有一部分故事讲得有所出入，主要是关于伟大的太祖皇帝方面。直到后世的朝代，才把荣山反叛的关键原因归到皇帝陛下身上。

因此，当时最普遍的说法，是安隶叛乱开始后，守卫藤关——还有藤关背后的新安城——的将士无能又怯懦。徐毕海被写成了一个无关紧要的小人物，体弱多病，性格懦弱。

这样才能说得过去，效力于朝廷的史官不能暗示天子或者国家重臣有什么失误，否则他们会被革去功名，甚至会惹来杀头大罪。连暗示都不是明智之举，更别提直接写出来了。把矛头指向士兵会安全得多。

相貌英俊、身份高贵、聪明睿智的相国大人于是被塑造成了一个传奇的悲剧人物，老百姓和文人墨客大都接受了这个说法，官方的记载显然起到了很大的作用。

当朝廷的意愿和老百姓的故事被文人墨客所传唱的时候，又当如何去从中寻找真正历史的真相呢？

而此刻，相国大人面色如常，站在门廊前面，离庭院只有三步远。

沈泰想，这样的位置能够让他居高临下地看着校尉和他手下的士兵。文周除了走出来别无选择，但该怎么说怎么做，需要小心谨慎地斟酌，当然，首先要考虑的，是如何消除自己和下面士兵之间那比雄江更宽的鸿沟。

清晨的阳光照在文周身上，更衬得他的身形高大挺拔。他没有着官袍，而是穿了一身用舒适的布料和皮革做成的骑装，脚上穿着靴子，没有戴头冠。他经常不屑戴头冠，沈泰还记得以前在长湖苑远远地望见他时也是如此。

那时候比现在距离远多了。

文周挥了挥手，伸出一根手指点了点面前的士兵，客栈的庭院里慢慢安静下来。

他用一种专横跋扈的口气说："你们这些人胆敢犯上作乱？统统杀头，这名带头闹事的校尉第一个！"

"不要，"司马子安低声说，声音轻得一如呼吸，"不该用这样的方式。"

文周继续说道："但我们伟大的陛下是仁慈的，明察秋毫，念及此时正是国难当头，你们这些小卒很难理解朝廷的意图，所以决定网开一面。现在，收起你们的武器，排好队，本相可以保证你们所有人都会没事。站在外面等我的命令，奇台帝国现在还需要你们去守卫。"

令人惊讶的是，他说完这些话以后立刻转身往回走，根本没等着看这些士兵的反应，就仿佛这件事情已经盖棺定论，不会有其他意外发生。

"站住！"小队校尉猛喝道。

沈泰可以看出他鼓起了极大的勇气才说出这个字眼。虽然清晨的阳光还很柔和，但那名校尉仍然大汗淋漓。

文周转过身。"你说什么？"他质问道。沈泰觉得他这时候的口气和动作似乎可以把其他人的灵魂都冻僵。

"我想你听到我说的话了，"校尉说。有两名士兵出列，站到他身边，一名弓箭手，另一名是他手下的伍长。

"难道你们想谋逆？"文周说。

"胡说八道，"弓箭手说，"我们刚刚倒是听到了谋逆的消息！"

"为什么下令让军队出藤关作战？"留着花白胡须的校尉大喊。沈泰听出了他声音里的痛苦。

"什么？"文周猛地说，"今天是要乱套了吗？太阳要掉下来了？一个小卒子居然敢这么质问圣旨了？"

"他们没有必要去打这场仗！"那名校尉大吼，"每个人都知道！"

"而你从新安城逃出来，把京都拱手让给荣山！"那名个头矮小的弓箭手高叫着，气势汹汹，"为什么要让他们出击？"

"有人说是你直接下的命令！"伍长开口补充道。

文周的脸上第一次出现了惊疑不定的表情。沈泰猜想现在文周的嘴里一定发干。但他仍然一动不动地站在原地，他也只能这样。

文周尽力挺直身子。"谁告诉你们的？"

"跟你们一起来的骑兵们说的！"弓箭手大叫，"你自己的卫兵在来这里的途中听说的！"

沈泰转头看着司马子安，诗人的脸上一片沮丧。沈泰觉得自己的脸色肯定也跟他一样难看。

"到此为止，士兵！把这三个人抓起来。这个小队校尉得撤掉了！把他们绑起来！等我们出来的时候就砍掉他们的脑袋！再这样放肆下去，奇台帝国就真的完了！第二军的士兵，立刻服从命令！"

庭院里没有一个士兵行动。

一阵风吹起了地上的尘沙。鸟鸣声突然又一次响起。

"不，你必须给我们一个交代。"弓箭手说，他的语气已经变了。沈泰听到身后的魏苏倒抽了一口凉气。文周用一种高傲而不屑的眼光瞥了他一眼，然后转过身，要走回屋里。

一支箭从他身后飞来，一击毙命。

诗仙司马子安，是那个年代的首屈一指的诗人，那天也身在码外的客栈，但对那天早上的发生的事情从未写过只言片语。

几百年来，无数的诗人都以安隶叛乱为主题写过诗歌，以文周之死开头。诗人和史官一样，有诸多顾忌，用各种春秋的笔法来修饰事情的真相。而通常他们并不知道这个真相。

在相国倒地之前,有五支箭插在了他身上。

第二军的弓箭手们不会让同袍独自承担此事的后果。有福同享,有难同当。

后来,有位蹩脚诗人曾经用华丽的辞藻大书特书文周倒在门廊的那一幕,血流成河,共有二十五支带着黑色羽毛的箭穿透了相国的背部。诗人极尽哀婉和强烈的措辞,浑然不觉自己夸张得太过了。

沈泰踏前一步,他的剑还未出鞘,他的手在颤抖。

"不要!"魏苏叫道,"沈泰,求你,不要!"

"别动!"台阶下的小队校尉同样喝到,他盯着沈泰,脸上露出害怕的神色。惊恐中的人是危险的。

沈泰看到他的手也在颤抖。校尉现在独自一人站在队伍外面,站在尘土飞扬的庭院里。他的弓箭手和伍长都不在他身边。他们已经撤回到人群中,和同伴们站在一起。沈泰肯定自己能认出那个射出第一箭的弓箭手。

庭院里的弓箭手全都拉弓扣弦,他回头一瞥,魏苏和其他瞰林们也拉开了弓。他们走上前,用身体护卫着他,如果沈泰要死的话,瞰林们肯定会死在前面。

"住手,统统住手!"沈泰声嘶力竭地大叫。

他推开瞰林往前走,走过了魏苏身边,低头看着校尉。"你明白的,所以你该知道,到此为止了。"

"你知道他干了什么好事,"校尉的声音很紧张,听起来有点刺耳,"他把所有的部队都派出去了,派出去送死!让新安城敞开大门迎接毁灭,西南地区也将被战火荼毒。仅仅因为他担心藤关的将军会把这场叛乱的起因算到他头上!"

"我们不能断定!"沈泰叫道,感到一阵厌倦和恶心,还有害怕。又一个人死在他面前,而且皇帝还在里面。

"我们的部队没有任何理由离开藤关出击!那个混蛋半夜送来的密令,还有半边虎符。他是咎由自取!不信问问你身边的护卫。"

"你们怎么知道的?"沈泰叫道,"你们怎么会知道这些事?"

这位年长的校尉开口了,平静地低声说道:"你可以去问太子殿下。"

听到这句话,沈泰闭上了眼。他突然觉得整个世界天塌地陷。一切都能解释清楚了,虽然真相过于可怕,让他感到一阵刺痛。太子已经做好准备,要接管这个天下了。荣山叛乱,他的父皇又如此羸弱。更何况相国大人还是这场突如其来的噩梦的罪魁祸首……

在路上,他们曾亲眼看到申祖骑行在第二军的护卫队中,跟他们交谈。

有时候,一个人的行为会带来意想不到的后果,或许会反噬到自身,哪怕是奇台帝国的太子。或许正因为如此,他的举动所带来的后果更加严重。

沈泰睁开眼,发现自己现在无言以对。而就在这时候,在码外那明亮清澈的晨光和湛蓝的温泉边上,在那群士兵之中,有人突然提高嗓门说。"还有一个人必须死,否则我们都会死。"

沈泰并不是第一个明白过来的人,他想到的是你们的所作所为本来就把自己逼上了绝路,不管是什么情况。

他没有说出口,他还在震惊之中。就在离他很近的地方,文周的血慢慢地从他的身下漫延过了门廊。

"不要,求你们了,不要。"司马子安的声音轻得就像呼吸,"不要是她。"

事后,沈泰才醒悟过来,诗人第一个明白了即将发生的事情。

他转头看着诗人,然后又转回来,看着庭院里的士兵。

那记忆中无法释怀的悲伤,让沈泰在今后的日子里一直对这件事情记忆犹新。就像在遥远的北方湖畔发生的惨剧一样。沈泰看到士兵们站了出来,步伐整齐划一,显示他们平时训练有素。然后他听到刚才说话的人——混在七十个人之中,沈泰一直没有看清楚他的脸——又开口了,声音清晰有力。"他为什么当上奇台的相国,原因众所周知!所以我们肯定会被报复——被她报复。乱世必有妖孽,她就是!媚惑了陛下,把她的堂兄弄到了相国的位置上,才让奇台遭受这样的惨祸!她必须出来给我们一个交代,否则这事完不了!"

他说的,是那位霓裳羽衣舞的舞者,回眸一笑百媚生的贵妃,就如明媚的晨光,如雨后青翠欲滴的绿叶,或是夜空里天上的织女星一般的,文芊。

第二十五章

"你们不能这样!"沈泰说。

他这句话说得尽可能铿锵有力。他感到有种无形的力量在推着他,让他感到无能为力。

汗水一滴滴地从他脸上落下。恐惧的感觉攫住了他的心。他说:"她已经尽力在控制堂兄了,我在库拉诺湖的时候,文周甚至想杀了我。她知道了这方面的消息以后,尽力在阻止他!"

把这些事情告诉士兵让他觉得有点羞愧,但现在不是感到羞愧,或是计较个人隐私的时候。

混在众人之中,那名弓箭手(他对那人的声音印象深刻)喊道:"这一家人已经毁了奇台,造成了内乱!只要她还活着,她就会对我们下毒手!"

沈泰分神想着,这人挺聪明。片刻之前那些射杀了文周的人还在担心自己的安全,而现在问题的焦点集中在另一件事上了。

"把她交出来!"小队校尉高叫道。

沈泰很想咒骂他,但他忍住了,这不是发泄愤怒的时候。他开口,力图保持从容。"我不会让你们再杀人的。校尉,控制下你士兵的情绪。"

校尉摇了摇头,"我会的,不过那得等文家的毒瘤被彻底拔出以后。我们的同伴被派出藤关送死。你觉得他们两个人的命能和这么多士兵的相提并论?你也当过士兵,你知道有多少人死在战场上。大明宫里手握重权的人犯下了如此滔天大罪,难道就不会付出代价吗?"

"可她只是一个女人!"沈泰绝望了,虽然他尽力去掩饰。

"女人难道就从来没有祸国殃民?"

沈泰张开嘴，又闭上了。他盯着下面的人，校尉的嘴角扭曲着。"我参加了两次科举，"他说，"寒窗苦读八年，最后才接受名落孙山的命运。我对朝廷的事情还是略知一二的，大人。"

事后沈泰也思考了很久，事情怎么会变成这样？如果那天的校尉是另一个人，他带领的五十名士兵直接沿着官道北上，那又会如何？

命运总是不会重来，没有如果。

"我绝不会允许你们这么做。"沈泰又说了一遍，口气冰冷到极限。

小队校尉看着他，眼里没有自得，也没有愤怒。他只是用一种近乎遗憾的口气说："你……有八个人？我们这里有七十多个。为什么要派你的瞰林来送死，还搭上自己一条命？难道在战乱之中，你的肩上没有重任吗？"

沈泰摇了摇头，把愤怒的情绪甩出脑海，他尽力保持平静。那名男子只是说出了实话。虽然沈泰可以因为他们的所作所为马上拔剑厮杀。"我现在最重要的责任就是让你们到此为止。如果你们打算冲进去，那么就得踏过我和我护卫的尸体。并让奇台帝国丧失二百五十匹汗血宝马。"

他不得不亮出底牌了。

全场沉默了一会儿。

"如果有必要，"小队校尉说，"再多死八个人也无所谓，不管我们之中有多少人给你们陪葬，甚至包括我自己。我只是个小校尉，我也非常清楚这一点。还有，那些汗血宝马是你的责任，不是我们的。站到一边去，沈大人，我最后一次警告你。"

"沈泰，"司马子安碰了碰他的手肘，"他们不会顾忌你而停下来。"

"我也不会。"沈泰说，"有的时候，若你退后一步，那将后悔终生。"

"说得好，沈大人。"

一个女人的声音响起，如此清脆，如此曼妙。从后面打开的大门内，她款款而出。

沈泰转身看着她，他们的目光在空气中相遇。他跪了下来，跪在被她堂兄的血泊染红的门廊上。然后，他震惊地看到，不仅自己的瞰林和诗人跪了下来，庭院里的士兵们同样如此。

过了片刻，士兵们站了起来。沈泰看见弓箭手们仍然拉弓扣弦。直到这时候，他才意识到，某些事情注定会发生，而他无力去阻止。

有很大一部分原因是他在她的眼里看到了坚决。

"诗仙大人，"她用那种让人记忆深刻的微笑看着司马子安，"你为本宫写的最后一首诗竟然是讽刺我的，太让本宫伤心了。"

"我比您更伤心，尊贵的娘娘。"司马子安仍然跪在地上说着，脸上已经有了泪水，"您是这个时代最耀眼的星星。"

她的笑容更加明显，看上去容光焕发，更显得青春妩媚。

沈泰站了起来，他说："皇帝陛下不出来么？他能够阻止这件事情，肯定能的。"

她凝视着他，似乎过了很久很久。所有在庭院里的人都一动不动，在这一刻，码外驿站的庭院对沈泰而言就像是帝国的中心，整个天下的中心。一切，所有的人的命运，都将因此而发生转变，而他们却浑然不知。

"这是我的选择，"她说，"我告诉他他不能来。"她犹豫了下，仍然凝视着沈泰，"他已经……退位了，毕竟。他把皇位传给了太子。这是……这是对的。帝国将面临一场苦战，而我心爱的人已经不再年轻。"

"您还年轻，娘娘，"沈泰说，"这样结束的话太快了。请不要让您耀眼的光芒黯淡下去。"

"会有后来人的，而且总有人会铭记住我的闪耀。"她轻轻地抬手，像是在跳一阕霓裳羽衣舞，"沈泰，本宫会记得在这条路上跟你分享过荔枝，感谢你给我留下的美好印象。还有……现在你的挺身而出。"

她穿着蓝色的丝衣，上面绣着皇室专属的金色牡丹。她的发摇是用天青石做的，手上戴着的两枚指环也是。他看到她没有戴耳饰。脚下踏着镶嵌着黄金和珍珠的丝履。他离她很近，可以肯定地说，即使是仓皇逃出大明宫，她也没有忘了给自己熏香。

而她也没忘了帝国边境的二百五十匹汗血宝马,还派人给那位唯一可以为奇台帝国带来天马的人送信。

"你必须得让我去。"文芊轻声说,"你们都得如此。"

于是他让开了。后来他总是梦到这一幕,印象如此深刻,难以忘怀。

他看着她往前走,泰然自若,不疾不徐,轻轻地跨过带来了这一切不幸的堂兄,独自走下台阶。她用手提着裙子的两侧,以免它们沾上灰尘。她走到了庭院里,在阳光的照耀下,她站在了那些曾经高喊着让她出来受死的士兵面前。这里像是一个战场,那身丝衣显得格格不入。

他们又跪了下来,又跪倒在她面前。

她还年轻啊,沈泰想着。在那间她刚走出来的屋子里,还有一名年迈的老皇帝和年轻的新皇帝,他们一直没有出现。沈泰怀疑他们是不是躲在一边偷看这一幕,如果他们能看到的话。

略带吃惊地,他看到魏苏脸上也有泪珠,她正愤怒地擦掉它们。他以为她从来都不信任也不喜欢文芊。

或许,有一些人注定不在乎别人是否喜欢她。这位霓裳羽衣曲的舞者,就似夏日天空的繁星。人们不能去喜欢某一颗特定的星星。

他走上前去,站在台阶的顶部。他不知道自己在做什么,情绪一直沉浸在悲伤中不可自拔。

文芊开口了,她的声音清脆响亮,有如钟声在平原上回荡。"我有一个请求,军爷。"

校尉仍然跪在地上,听到这话一下子抬头,然后又低下头。"请讲吧。"他说。

"我不想死得跟堂兄一样难看,不想让那些弓箭穿透身体,或是破坏我的容颜。你们有没有人是习惯当刽子手的,能够让我死得体面点吗?要不然,用……用刀子,怎么样?"

这是她出来以后第一次流露出犹豫和慌乱。

校尉又抬头,但是没有看她。"娘娘,那样的话,那个人就太危险了,我不会轻易叫出我这小队人的名字,那样不合适。"

文芊似乎考虑了一下。"那就算了,"她说,"我明白了,真是抱歉，提出这种要求。我真是……太天真。那就按照你的想法来吧，军爷。"

太天真。就在此时，沈泰听到身后响起了脚步声，然后，一个声音在他身边响起。

"那就让我来吧。"那声音说，"我反正也是将死之人了。"

平静、坚决。这一次的声音不如文芊那么清脆，但是坚定果断，没有丝毫的犹豫和迟疑。

沈泰转头，看着自己的长兄。

沈柳盯着那名站在庭院里的校尉，他的动作和表情流露出一股气魄，一种不必提高音量就能慑到别人的气魄。他穿着朝服，戴着头冠，腰上还挂着一串钥匙，腰带上的颜色标识着他的身份。这位谋士一直效力于正躺在血泊之中的文周。

他说的也是显而易见的事实。文周已死，陛下退位，奇台帝国现在已经由太子接管了。而沈柳则是文周最为倚重的谋臣，这么说……这么说他确实难逃一死，沈泰想着。所谓一朝天子一朝臣。

小队校尉木然地点了点头，似乎是被眼前的人震住了。当然他不可能因此改变主意，也不会动摇军心——士兵们不会答应的。但此时此刻的一幕，是如此沉重。

沈柳习惯性地举起一只手。"校尉，请稍等一会儿。我会跟您一起去的。"他的后一句话是对转过身的文芊说的。文芊正看着他们两兄弟。"尊贵的娘娘，我会跟您一起去的。"他向文芊躬身行礼。

然后他转头看着沈泰。"这是必然的，"他冷静而直接地说，"我是文相国的人。失败就得付出代价，总该有人出来负责。"

"你跟发往藤关的那个命令有关系吗？"沈泰问着。

沈柳用一种高高在上的目光瞥了他一眼，沈泰很熟悉那种眼神。"难道我在你眼里就是这么个蠢货？"

"他也从未提及过？"

"二弟，自从你回到新安城以后，他就再没有找我商议过任何事情。"沈柳的脸上挂着淡淡的自负的笑容。"可以说，你回到新安城才是这一切的起因。"

"你是说我应该死在库拉诺湖畔？"

"或者辰尧。如果我没记错的话。"

沈泰眨了眨眼,又瞪大了眼睛,愤怒的情绪突然消失了。

沈柳的笑容也消失了。沈皋将军的两名儿子互相对视着。"你不会真的以为我跟这些事情有关吧?"

这种感觉真是非常奇怪,像是如释重负,紧接着又是悲哀。

"我怀疑过,"沈泰说,"我只知道是文周下令来杀我。"

沈柳摇了摇头。"这就说不通了。我很清楚,在礼眉的事情上,你鞭长莫及。就算你愚蠢得想去阻止她和亲,也无能为力。所以我为什么要置你于死地?"

"那为什么他会?"沈泰低头看着脚边的死尸。

"这就是他为什么从未跟我提起此事的原因之一。只是源于他的气焰,因为一个女人,他位高权重,要杀你太容易了。"

"那藤关的事情呢?"

"他害怕徐毕海,害怕节度使会把荣山叛乱的原因归结到他身上,把他交出去作为跟荣山谈判的筹码。我想他害怕所有的士兵。"他轻轻一笑,"所以今天早上的事情非常有趣,不是吗?"

沈泰说:"我不赞同你这句话。"

沈柳轻描淡写地摇了摇手指,"你,"他说,"真是太无趣了。现在,仔细听好。"他等着沈泰点头,像是一名教书先生面对他的学生一样。

沈柳说:"那些汗血宝马会保住你的命。就让那些瞰林传出消息说,我确实参与了对你的刺杀。瞰林是不会说谎的,你必须让他们相信这一点。"

"为什么?为什么我必须——"

沈柳的脸上流露出沈泰熟悉的不耐烦的神情。"因为申祖皇帝比我们所想的都精明,而且如果他认为你和我之间有什么牵连——"

"我们之间本来就有牵连,大哥!"

沈柳的表情更不耐烦了。"你动动脑子好不好?在帝王之家,兄弟之间往往意味着憎恨、勾心斗角和彼此厮杀。申祖会理解的。沈泰,现在摆在你面前的是一条通往权力的金光大道,不仅是你,还我们的家族。他现在已经很看重你了,以后他更需要有自己的心腹，自己的人，所以你这个人的价值超过了你带来的马。"

沈泰无话可说，沈柳也没打算给他机会说话。

"另外，给你的那块封地，就在雄江边上，很不错的地方，但在这段时间内不算安全。我也不清楚荣山会往哪边进军，但他有可能会南下。等到他们完全占据了新安城，并且大肆屠戮以后。"

"他会在城里大肆屠戮么？"

沈柳无可奈何地一笑，仿佛对有人竟然连这一点都看不明白表示不可理喻。"他当然会。文周杀了他的儿子，叛军又是一群冷血的家伙，其中超过一半都是野蛮人。大部分皇室成员还留在城里，基本上可以确定他们都会没命。新安城将变成一片死地，人们会像惊弓之鸟一样纷纷逃离，估计，就从今天开始了。"他说得又快又轻，周围的人都没法听清。周围的士兵，还有文芹，都在等待着。

沈柳似乎也明白过来了。"好了，我没时间再教你更多的了，"他说，"我们自家的庄园应该还算安全，母亲和姨娘不太可能有什么危险，不过你还是得多照应着，不管你在哪里。跟申祖保持密切的关系，尽可能地亲近他。如果这次叛乱会持续很久的话——我想这个很有可能。还有，在庄园附近的杭度镇上有一个名叫老庞的人，他只有一条腿，在市集上很容易找到。这些年来他一直在为我、为我们的家族购买粮食，并囤积到我以前建的一个隐秘的谷仓里。记得每个月中旬都要给他三千贯钱，不管你手头有多宽裕，在战乱时期粮食总是最重要的。尽量保证囤积的粮食充足。以后这些事情都由你来安排照顾了。明白了吗，二弟？"

沈泰艰难地吞了口唾沫。"我记住了，"他说，"在杭度的市集上，找老庞。"

沈柳神色平静地看着他，没有流露出感情，也没有恐惧，他那张柔和光洁的脸上读不出任何情绪。

沈泰说："对不起，大哥，我很抱歉。我……我很高兴你没有派人来刺杀我。"

沈柳耸耸肩。"我也许会，如果觉得这样做是明智之举的话。"

"我不觉得你会这样做，大哥。"

沈柳的脸上露出一抹高深莫测的沉着笑容，让人永难忘怀。

"你直到现在才这么想的。"

"我知道,我错怪你了。请你原谅,大哥。"

他的长兄转头看了眼别处,又耸耸肩。"我原谅你了。为了我们家,礼眉变成了一名公主,如果重来一次我还会这么做。沈泰,这对家族而言是莫大的荣耀。"

沈泰没有说什么,他的长兄看了他最后一眼,往庭院走去。

"还有,你在库拉诺湖畔做的事情,也是同样。"沈柳突然轻声地加上了这么一句。

沈泰不知道该说什么才好。

"可我……我从来没想过这个。"

"我知道你不会去想这些,"沈柳说,"如果你能办到的话,把我的尸骨带回去,埋葬在父亲旁边。"他又露出了一抹很浅的笑容。"听说,你很擅长让鬼魂安息,对不对?"

一边说着,他一边走到了阳光明媚的庭院里,从朝服袖口里抽出一把镶嵌着华丽珠宝的匕首。

沈泰看见他走到文芊面前,深深一拜。本来只有小队校尉站在他们身边,现在他也后退了十来步,仿佛是不由自主要躲开一样。

沈泰看到自己的长兄跟文芊说了几句什么,声音很轻很快,以防其他人听见。文芊笑了,似乎听到沈柳的话又惊又喜。她也低声对沈柳说了几句话,沈柳再次拜倒。

然后他又说了几句,文芊一动不动地呆了一会儿,才点点头。她轻盈地旋了个身,像是一名舞者在向戏台下的观众鞠躬谢幕一般。

她背对着沈柳,背对着驿站。面朝南方(她是从南方来的),看着路边那一排排柏树,还有远处沐浴在阳光下的田野。沈泰的长兄用左手扶着她的纤腰,右手的匕首干净利落地从肋下刺入,深深地从背后插入了她的心脏。

文芊死了,沈柳拔出匕首,温柔而小心翼翼地扶着她,让她慢慢地在满是灰尘的庭院里躺下,这是他能为她做的最后一件事。

他跪在她身边,为她整理好衣服。她的步摇有点松了,沈柳帮她仔细地插好。然后,他把匕首放在身边,站起身,走开了几步,面对着第二军的弓箭手。他停了下来。

"动手吧。"他用命令式的口吻说着。他站得笔直,六支箭穿过了他的身体。

沈泰不知道他的哥哥在去世的时候眼睛是闭上的还是睁开的。他也没留意到,司马子安一直站在他身边,一言不发,就这么静静地站着。

他看着外面的庭院,沈柳倒在地上,还有文芊,那湖蓝色的身影,躺在灿烂的阳光下,看起来对比如此强烈。沈泰觉得今天的阳光太过刺眼了,这一幕将永远铭记在他的心里,永不褪色。

这个明媚的清晨,鸟儿在空中盘旋,它们在唱歌。

沈泰终于开口问诗人:"这种时候该有鸟叫的声音吗?"

司马子安说:"不该,也该。我们做我们的事情,它们做它们的。冥冥之中一切都有注定。此时此刻说不定在某个地方正好有小孩出生,他的父母正沉浸在喜悦之中,万万体会不到我们这里的悲哀。"

"我明白,"沈泰静静地说,"可在这里呢?这里就该如此阳光明媚么?"

"不,"司马子安顿了顿,又说,"不该在这里。"

"沈大人?"魏苏的声音响起,沈泰转头。他从未看见过她像现在这么激动。"沈大人,我们请求您的许可,"她说,"我们希望今后能杀了那两个人。那个校尉和第一个射箭的弓箭手,那个小个子。我们绝不会滥杀,但他俩必须死!"她抹去了脸颊上的泪水。

"我没意见。"司马子安说,凝望着庭院里的士兵们。

"我也没意见。"沈泰说。

> 六军不发无奈何,宛转蛾眉马前死。
> 花钿委地无人收,翠翘金雀玉搔头。

后来,奇台帝国一名年轻的诗人,写下了那篇脍炙人口的《长恨歌》,码外那个永远不会被人忘却的清晨里,倾国倾城的美人,就如此香消玉殒。

驿站的门廊处，阴影之下，有两名男子终于走了出来，站在士兵面前。

年老的那位双手颤抖，几乎没有办法站直身子。年轻的那个搀扶着他，那是他的儿子，皇位的继承人，这一次出现在众人面前，则是以奇台帝国申祖皇帝的身份。

所有的士兵，还有驿站的官吏、门廊上的瞰林、沈泰、诗仙司马子安，都跪了下来，在庭院的尘土或门廊的木板上礼拜三次。这是第一批向奇台帝国第九王朝申祖皇帝跪拜的臣子，就在安隶反叛的第一年，新安城即将沦陷的时候。

新皇帝即位后的颁布的旨意清晰而明确，公正而恰当。

文芊被安葬在附近的皇陵，在与沈泰协商以后，沈柳的尸体交给了瞰林，让他们把它带回南方的沈园安葬。至于前相国文周的尸体，则在瞰林寺里焚化，瞰林们为他做了法事，但他不能按朝廷高官的规格下葬。显然这是一种安抚士兵的手段，很巧妙地打消了参与射杀文周的士兵心中的恐惧。

而太上皇太祖在一天之内受到了如此打击，现在看上去非常憔悴，在众目睽睽之下都无法抑制住悲痛。皇帝陛下派人把太上皇护送到遥远的西南，跨过雄江，去到一个安全的地方。

人们都希望在适当的时候，他能够恢复自己的力量和意志。能够带着太上皇的尊严返回他的儿子重新收复的新安城。

申祖皇帝本人则决定北上，去往金水河边的戍泉，那里是朝廷的大后方，士兵们将在戍泉重整旗鼓。新安城虽然保不住，但可以重新被收复。

新皇没有一丝懦弱或者退让的迹象，决不向叛军屈服。这场叛乱的源头来自于文周，而他和他的谋士今天早上因此而死去，就在驿站的庭院里。

唯一让人感到遗憾的，是那名躺在尘土之中，倾国倾城的贵妃。但是任何一个头脑清醒的人都无法否认，她和她的家人的确是这场浩劫的根源。文芊毕竟是文家的人，一荣俱荣，一损俱损。

还有一场小小的插曲，没有几个人留意到。就在太上皇被小心翼翼地搀扶着进了轿子，准备离开码外的时候，一名瘦小的道士从第二顶轿子里走了出来，显然他全程目睹了早上的惨剧。他走到太祖身边，手里托着据说能够让太祖长生不老的仙丹。

太上皇挥了挥手，让他退下。

不久之后，新皇帝传唤了沈泰。他跪在皇帝面前，接受了陛下赏赐的一枚白玉指环——这是申祖皇帝登基以后赏出的第一件礼物。现在，沈泰也算得上举足轻重的大人物了。

沈泰奉命跟太上皇一起离开此地，沿着官道去往辰尧。从瞰林寺而来的六十名瞰林会在前方的驿站跟他们会合，到了辰尧以后，他们得以最快的速度前往熙思县，在奇台和塔古帝国的边境上交接那些汗血宝马，并把它们安全地送到戎泉。皇帝正式下旨希望沈泰能够把这批汗血宝马献给帝国。沈泰也正式地接受了陛下的旨意，并表示能够为奇台帝国效力是他最大的荣幸。

新安城即将成为天底下最可怕的地方之一，沈泰在骑行离开码外的时候突然意识到，而他的哥哥沈柳临死前也跟他说过类似的话。要知道，他的长兄一直是个对朝廷、军队、天下大势都了如指掌的人。

如果沈柳判断得没错，如果血腥的暴力即将从东方蔓延，从行进的军队、奔腾的马蹄和飞扬的尘土之间逼近，那么，新安城里有一个女子，必须得离开。

尤其她曾经是荣山最痛恨的那个人的侍妾。复仇的怒火可以滋生出让人无法想象的后果，恐惧也是。

今天早上，一位年轻高贵的绝代佳人香消玉殒。沈泰绝不希望因为文周的缘故再死一个。

他一直知道，人们无法预测自己行为的后果，更别提其他人的了，不管地位如何。但有些事情是精心安排的，帝国的继承人在路上向第二军的士兵透露了消息，于是带来了这么严重的后果。

文周死了，文芊也死了，还有沈泰的哥哥。皇帝也在那一天把皇位传给了太子。沈泰跪在那位温和而高贵的申祖陛下跟前，接受他的旨意。这位新登基的天子早已预料到了这样的结果，或者，这一切都是他精心安排的。

而沈泰现在已经不想把这件事情弄明白了。

他会尽到自己的责任,奇台帝国正处于水深火热的内战之中。但无论如何,今天夜里之前,瞰林寺的人都不可能赶到前面的驿站。所以他还有一点时间,不过必须得赶快行动,或许要耗上一整夜了,看他能不能在新安城里找到什么。

遵照申祖皇帝的旨意,他们从驿站出发了。沈泰带着自己的瞰林,跟着护送太上皇的宫廷侍卫一起离开了客栈。

另外五十名第二军士兵则跟着皇帝陛下北上,那是莫大的荣誉。小队校尉让他们纹丝不动、井然有序地站在院子里,等待出发的命令。

沈泰看到魏苏在仔细地观察这些人,他想起了她之前的请求。不过沈泰什么也没说,有时候,糊涂一些比较好,尤其是他现在肩负重任,还有自己的事情得处理。

走出码外一段路以后,他勒住了闪灵,在路中间告诉了司马子安、魏苏和陆梆他的计划。他并没有打算跟他们商量。

他们都跟他一起去了,让其他的瞰林跟着太上皇和士兵们。

沈泰带着三名同伴穿过田野,沿着官道南面的小路出发。从早上一直赶路到午后,夏日的午后,天上飘着白云,和暖的风从西边吹来。

这是个令人心旷神怡的日子,但他却在想着死亡。在他们的身后,还有藤关,可以预见还会有更多的人死亡。在骑行的路上想到这些,他激灵灵打了个寒噤。

新安城附近的官道齐整而宽阔,所以一般很少有人会骑行在农田和竹林之间。他们找到了一条通往东边的小路,跟南方的官道几乎平行。他们穿过一个又一个村庄,有些艰难地辨认着前行的方向。

村民们走出家门,停下手里的活计看着他们。骑行得如此急,还真不寻常,这件事情会被村民们议论很久。这两天连续赶路,闪灵没有露出半点疲态,其他三人已经在驿站内换过马了,但仍然赶不上闪灵的速度。沈泰几乎想要一骑当先赶过去,但还是抑制住了内心的冲动,没有他们帮忙,他就算进了新安城也没用。

他没有进到城里,根本没有机会这么做。

还没靠近新安城就听到轰鸣般的嘈杂声,像是暴雨或是瀑布落下,他们站在城外官道附近的小山坡上,看到了那一片混乱的场景。

恐慌的平民一股脑地往城外逃窜,他的心猛地一疼,只见官道上挤满了新安城的难民,水泄不通,似一条长龙朝着西边慢慢地蠕动。

人们背着包袱,或是推着小车——车上堆着家当,老人和小孩坐在上面——疯狂地推搡着、拥挤着。那种嘈杂的声音简直是一种折磨,有时候会冒起一声尖叫或者哭泣,有人被推入了水渠,或是跌倒在地上,被后面的人活生生踩死。人群的长龙动得非常迟缓,沈泰往东边望去,望不到人流的尽头。

他甚至连新安城的大门都看不见,太遥远了。但他能想象得到城门处的情形。所有的城门都差不多。灾难即将到来的消息早就传遍全城。看来新安城的平民们不愿意等待荣山的到来。

"他们出城之后会饿死的。"司马子安轻声说,"这还只是今天早上的难民,仅仅是个开始。"

"有些人会留下来,"陆梛说,"总会有人留下来的,为了家里人。他们会忍气吞声,希望流血早日过去。"

"最终会过去的,"沈泰说,"荣山毕竟要统治这里,不是吗?"

"没错,最终,"陆梛同意,"但这个最终要等很久,久到几近永恒。"

"难道这场战争会一直打下去?"魏苏问道,沈泰看了看她,她正咬着下唇,用复杂的眼神凝望着川流不息蠕动的人群。

"不会,"他轻声回答,"但这是一场浩劫,一次颠覆。"

"一切吗?"她看着他问道。

"很多,"他回答,"但不是一切。"

"沈泰,我们进不了城,"司马子安说,"我们只能指望她已经收到了你的警告,尽快行动了。但我们没有办法在人群里逆流而行。"

沈泰看着他,心中一阵无助和凄凉,突然间,一个想法闪过脑海,他兴奋地说:"对了,逆流而行,我们可以游进去!真是个好主意，从运河进新安城！"

这确实是个好主意，可惜无济于事。

他们又花了一整个下午的时间穿梭在田间小路中，径直往东行去。就连一些小路上都挤满了西行逃难的人群。他们骑行得非常艰难，人们都咒骂这四个骑着马，跟众人反方向行进的家伙。如果不是那些平民一贯尊重瞰林，又害怕惹怒瞰林的结果自己承受不起，他们恐怕早就被人攻击了。沈泰极力抑制住内心的怒火和恐惧，意识到时间越来越紧迫。

他们终于从混乱的人群中冲出去，登上了周围一座小山的山脊，在这里可以俯瞰新安城的城墙。沈泰听到一声咒骂，然后才意识过来那是从他自己嘴里发出的。

在落日余晖中，新安城，这座苍天之下的中心，在他们下面铺展开。这座城市现在就像蜂房一般拥挤，里面的虫子拼了命地想飞出去，他们挤在每一道城门、每一条大道上，像无可抵挡的洪流。在城墙以内，能看到有烟雾升起。

荣山还有几天才来呢，新安城已经被烧了。

"看看，大明宫。"司马子安说。

起火的建筑正好是大明宫。

"有人洗劫皇宫？"沈泰问道。

"那些御林军哪里去了？"魏苏叫嚷着。

"正在洗劫皇宫呢。"沈泰疲惫地说。

司马子安低声说："他们已经知道了皇帝仓皇出逃。明白这意味着什么吗？意味着新安城已经被遗弃了，他们也被遗弃了。"

"他离开新安城是为了重整旗鼓，召集士兵反击！帝国会跟叛军战斗到底！"魏苏的口气里有着极度的愤慨。

"我们知道，"诗人平静地回答，"可是对下面那些人而言有什么意义？安隶马上就要打过来了。"

沈泰看着运河，平缓的河流穿过城墙的拱桥，流入城内。在平常的日子里，运河每天都把大量的柴火、原木、石料、各种物资和粮食送到新安城内。如果有人出现在运河里，会受到严厉的责罚。侍卫们知道这是城市防御的薄弱点。

而今天，沈泰看到有成千上万的人冒着被责罚的风险挤在运河里。推推搡搡，为了争个靠前的位置还大打出手。他们把包袱顶在头上，背着自己的孩子。也有人双手空空，除了满脸的恐惧和想要逃离的渴望，什么也没带。

这些人会淹死在河里的，他担心着。

陆梆举手指了指，沈泰顺着他手指的方向看去，大明宫里又有一股火光冲天。

他身边的其他人一言不发地骑在马背上。沈泰明白，他们理解他的痛苦。今天的行动毫无意义，只能无功而返，但这个命令得让他自己说出来。

他们跟着他而来，一直守护在他身边。

骑在闪灵背上，他看着眼前这一场如噩梦般的混乱——或者这只是噩梦的开始。夕阳渐落，余晖洒在新安城的城墙上，仿佛给城墙镀上了一层金色。这让他想起了春雨，那一头金光灿烂的长发，一双碧绿如翡翠的眼睛。在他沉浸书本寒窗苦读，苦苦思索先贤的哲理和揣摩诗歌的格律韵脚的时候，他认为春雨比自己聪明睿智得多。

他想起了那些过往的场景：她为他歌唱，她的手穿行在他的发间，他们俩在点着蜡烛的房间里，躺在床上分享彼此。

千百年来，描写青楼女子的诗歌数不胜数。那些风华正茂，或是年华逝去的女子，倚在窗前，站在玉阶之上，在黄昏或者月色中，期盼着情郎早日归来。夜幕降临，繁星满天，孤灯照长街，夜莺在花园里歌唱。而她们期盼的马蹄声，却迟迟未能在窗下响起……

"我们无能为力，"沈泰说，"还是回去吧，我很抱歉，让大家受累了。"

在这个夏日的黄昏，他确实感到了诸多遗憾。他们掉转马头，朝西而去，将大明宫的浓烟和大火抛在了身后。

几乎花了一整夜的时间，他们才赶到官道上的客栈——暮春的那天清晨，正是在这家客栈的庭院里，他被吵醒了，为了履行保护他的职责，魏苏跟一群御林军打斗，受伤被擒。也就在这里，珍妃娘娘文芊在轿子里等着他一起前去码外。

虽然他们人困马乏，还避开了最好走的官道，绕路从田间骑行，仍然很快把那群逃出新安城的难民甩在了身后。接着他们重新回到了官道，在月色之下，平整宽阔的大路在他们眼前延伸，静谧中透着一股平和的美丽。

六十名从附近的皺林寺里被征召而来的皺林，如约在这家客栈等着他们。他们报告说太上皇早已入睡。

沈泰让客栈的杂役牵走闪灵，吩咐他们给它喂食喂水，洗刷一番。他知道他们都需要好好休息，但他自己无法入睡。他全身酸痛，内心的悲伤也无法排解。

魏苏和陆梆跟其他皺林一起出去了，他本来想跟魏苏单独待一会儿，他能看出女皺林一直在抑制着悲痛。不过他觉得自己也没法宽慰她，让她跟其他皺林待在一起应该更好点。

或许也不是，他自己都不清楚。这一晚上沈泰的脑子极度混乱。码外发生的事情，曾经在这里发生的事情，新安城的大火，春雨还在城墙内，又或许混在出城逃难的数十万平民之间。这些想法交织在一起，无法平息。

他起身走到了客栈大厅里，那些惊魂未定的难民三三两两聚在一起，脸上一片迷茫。他们朝着沈泰躬身行礼。他穿过大厅，走到了庭院里。

不一会儿，司马子安出来找他了。沈泰正坐在桑树下的石凳上。

诗人带着一壶酒，还有两个杯子。他坐在沈泰对面，给他满上一杯。沈泰抓过杯子一饮而尽，司马子安又给他倒上，沈泰拿起第二杯酒，仍然一口喝干。

诗人的脸上平静如水，让人一看就能感到宽慰。可今晚，享受任何宽慰和愉快都像是一种罪。不管是友情、星光还是晚风。

司马子安开口了："你需要好好休息。"

"我知道。"

"明天一大早就动身？"

"在日出之前，我们最好赶在那些从新安城里出来的大批难民之前。"沈泰看着诗人和他的影子，树上的叶子挡住了月光。"你跟我们一起走吗？"

诗人沉默了一会儿，然后摇了摇头。"虽然这样说自大了点，不过我觉得我最好还是跟皇上……不，太上皇待在一起，会更有用。"

"太上皇跟不上我们的。"

"那是当然。可他也会很痛苦，而他身边就只有那个愚蠢的道士，还有侍卫。他还得走很长一段路，途中又很艰辛，天子的腰都弯得像一把弓了。或许一个年老的诗人可以给他带来宽慰。"

"您并不老。"

"今晚上，我觉得我老了。"

庭院里沉默了半晌，然后沈泰听到诗人曼声吟诵了一首诗，算是送给他的礼物：

> 弃我去者，昨日之日不可留。
> 乱我心者，今日之日多烦忧！
> 长风万里送秋雁，对此可以酣高楼。
> 蓬莱文章建安骨，中间小谢又清发。
> 俱怀逸兴壮思飞，欲上青天揽明月。
> 抽刀断水水更流，举杯消愁愁更愁。
> 人生在世不称意，明朝散发弄扁舟。

许久许久，沈泰什么都没说。他被感动了，疲惫的感觉也随之袭来。美酒和诗歌总是让人放松。"我们会再见吗？"

"如果苍天有眼的话，我希望会。我们会在另一个花园里痛饮美酒，倾听琵琶的清音。"

沈泰深深地呼吸了一口。"我也希望如此。到那时候，你会……你会在哪呢？"

"我不知道，你呢，沈泰，你又会在哪？"

"我……我也不知道。"

第二十六章

叶络以前担任过珍妃娘娘的管家，后来效力于那位备受世人敬仰的沈泰大人（已故大将军沈皋的次子）。这就意味着，在新安城历经如此动荡的时候，他理所当然肩负着为沈泰的府邸看家护院的重责。而管理一座府邸，最主要的就是确保它平安度过这场动乱。

叶络从未经历过这样大型的叛乱，从未见过这么多愤怒的士兵在城市里和皇宫里横冲直撞。本以为这样的故事只会发生在传说中，而现在却活生生地出现眼前，愿九天之上的神仙保佑吧。

而事实上，神仙并非总是护佑着人间的。

一直尽职尽责地担任管家，叶络也引以为傲，从不让自己的害怕或者心慌流露出来——身为管家，在主人不在的时候就是整个府邸的主心骨，不能让手下的仆役看到他惊慌失措的时候。直到安隶的军队确确实实地打了进来——那是在皇帝和极少数高官逃离新安城七天以后。

那一天，成千上万的叛军涌入新安城，那些骇人听闻的消息陆续传到了沈大人的府上，叶络这才允许自己稍稍流露出些许不安。豺狼横行于世，潜龙蛰伏于野。

新安城敞开大门等待荣山的军队：在没有士兵卫戍的情况下，只有傻子才会把城门紧闭，招来更多的动乱。可惜这种示好的举动似乎并没有让荣山的军队有所收敛。

可以预料，叛军的到来对城市而言是一场浩劫，士兵们总是用洗劫和烧毁等方式来宣泄自己的欲望，甚至杀戮，虽然那完全没有必要。

最明智的做法无疑是把女人藏起来，希望青楼里那些可怜的风尘女子能够平息那些喝得醉醺醺的官兵的欲望。

如果传闻没有错的话，大约有五十万人在叛军到来之前逃离了新安城，他们朝着四面八方涌去，在匆忙之中互相践踏，酿成了不少惨剧。有些人甚至往东方逃亡，正迎着叛军前来的方向。或许他们是打算躲在乡下，等动乱稍微平息一些以后再往北或者南行。

大部分难民逃向了西方或者南方，还有一些往北去了，听说太子已经登基，申祖皇帝（这个称号突然之间让人很难接受）准备在北方招兵买马，意图收复新安城。

在叶络看来，大部分逃亡的人都犯了个巨大的错误。

除非他们在其他地方能落脚，有个确切的目的地，否则一旦逃出新安城就要面临挨饥受饿的窘境。事实上，这么多人都在逃难，很难想象他们怎么找到落脚和吃饭的地方，即使在乡下有亲戚也不例外。

留在城里的人则想着安隶和他的儿子们会在大明宫安顿下来，建立第十王朝，所以城里的动乱不会持续太久。刚开始肯定会有一场浩劫，但最终会被控制下来，新安城里的秩序会慢慢地恢复。

叶络基本上认同这样的想法，所以当他得知皇宫里的大屠杀一直持续到现在还没有停息的迹象时，深感震惊。

在大明宫的广场上有很多人被当众处决。据说第九王朝那些皇亲国戚连全尸都保不住，统统被挖出了心，为安隶死去的儿子祭奠。听说还有些人连脑门都被铁爪撕碎了。

死尸就在广场上堆放着，禁止任何人来认领和安葬。巨大的火堆焚烧着堆积成山的尸体，发出令人作呕的恶臭。在叶络看来，这样的做法简直是野蛮之极。

所有的朝廷官吏，哪怕是刚入朝的小官儿，都被押到紫荆宫处死。当然，那些有先见之明的官吏，要么逃出了新安城，要么脱掉官服隐姓埋名，试图逃过一劫。

还有消息说宫里的女人惨遭蹂躏，太祖的诸多嫔妃和乐师都被押上马车，作为女奴拉到了延陵城和后方留守的叛军之中。荣山精于统兵之道，深谙营妓在军中的重要性。

许多平民的私宅也没能逃过一劫，有些喝得醉醺醺的士兵随随便便就砸开一家房门，肆意屠戮、抢劫和奸淫。并非所有新安城的人都能把家中的妻女——还有年轻的男孩——藏得天衣无缝。

叛军刚入城的那些日子里,新安城里到处烟火肆虐。

有的人冒着生命危险走上街寻找食物,东西集市都被关闭了。城里尸横遍野,一片狼藉,到处冒着滚滚浓烟,还有呛人的恶臭。

叛军已经放出话来,若有人能给新王朝提供太祖子孙的下落——曾经地位显赫的太祖皇帝被叛军丑化成一个懦弱无能、辜负上天眷顾的蠢货——或者有关的线索,将会得到新王朝的重赏和庇护。

接下来的事情就非常丑恶了,许多知情人纷纷向叛军出首了太祖后代们的藏身之处,他们的伪装被揭露。这些无助也无辜的皇子公主,每一个都被带到大明宫前的广场上处死,尸体被付之一炬。

叶管家对这种行径简直深恶痛绝到了极点。就这个人,安隶,竟然敢自称皇帝?还想继承奇台帝国延续了九代王朝的辉煌?这些叛军,叶络冷冷地想着,堪比豺狼虎豹,甚至禽兽不如。

他整天竖着耳朵,尽可能地打听各路消息,并且确保沈大人的府邸里一切都安排得井井有条。最初几天有些家丁逃跑了,但大部分人都无处可逃,留在了府邸里,成天提心吊胆。

沈宅里右边第二进的庭院里有一口隐秘的水井,非常要紧,是整个宅子安居乐业的保障。叶络安排仆役们把家里所有的桶都盛满水,以防外面随处可见的火灾波及到家里。他还让人每天都用水浸泡棉被和床单,随时准备灭火。

粮食问题比较棘手,不过倒没让人完全绝望。十天之后,荣山就下令重开东西集市,人们冒着危险走出家门,买卖粮食。

然后,犹豫半晌的农民开始小心翼翼地带着鸡蛋、牛奶、蔬菜、家禽、小米和大麦来市场贩卖。他们得穿过遍街被焚烧的尸体、哭喊着的孤儿和仍然在冒烟的废墟。

粮食的价格自然是高得吓人,堪称天价。可在这种情况下,叶络预计还会继续攀升。

突然间,叶络想起一件事情,他的主人,沈泰沈大人,好像曾经在官道上跟荣山见过一次面?就在沈泰从西边赶回新安城的路上,如果他没记错的话,那是他本人(还有他以前的主人珍妃娘娘)在驿站的客栈里见到沈泰的前一天。

他对沈泰和荣山的谈话细节一无所知,也曾询问过宅子里的人,可惜没人知道。但他做了一件有些冲动的事情——出于管家的本能,他大致能勾勒出主人的性格和行事风格,叶络字斟句酌地写了一封简短的信,交给一名他觉得整个府邸里最无关紧要(也就是说牺牲了没多大关系)的仆役,让他送到大明宫里。那时候刚好荣山下令停止在宫里的屠戮,因为他占领了皇宫,意识到自己也需要人手打理一切。

听说皇宫里的陛下的龙椅被砸得粉碎,皇亲国戚逃离新安城之前,把上面的价值连城的宝石都撬下来带走了,不让那个其肥如猪的蛮子逆贼亵渎皇室的尊严。

叶络私以为然。

他不知道自己送的信有没有用,大明宫里没有任何回复。不过他在信里也只是简单地向大明宫里那些效忠于第十王朝伟大英武、高贵威严的安隶陛下的臣子提了提,这座府邸的所有人是谁。

几天过去了,十几天过去了,随着时间的推移,叶络允许自己有些小小的自得。至少没有任何一名士兵来砸他们的大门,没有任何人到他们的府邸里来撒野。

光是听说他们在前相国的府邸里所做的一切就让人心惊胆战,深感不安。而前相国的府邸离他们家很近,就在同一个街区。

就好像文周所犯的错得由府里的可怜男女来承担一样。文相爷已经死了,变成了孤魂野鬼,连个隆重的葬礼都没有。为什么还有人一定要采用这样残酷、血淋淋的手段,来报复他家里的仆役、妻妾和管家呢?

叶络对此非常愤怒,他向来以训练有素、冷静自持自居,能气成这样也很不寻常。

他尽自己最大的努力打理好府里的一切事务,时值夏日,在这个干燥炎热的季节,光是防止走水就让他费尽了心神。随着日子一天天过去,城市的秩序也慢慢恢复。死尸从街上消失了,城里也不再这么风声鹤唳的。宵禁制度又恢复了,大部分的叛军离开了新安城奔赴了北部和南部的战场。看来申祖皇帝已经召集了第九王朝的部队跟荣山对抗。

在新安城里，杀戮和打劫逐渐少了，虽然不会完全消失。叶络明白，还有很多浑水摸鱼的窃贼在这场混乱中大发了一笔横财。不时仍有第九王朝的皇亲国戚被人从藏身之地找出来，然后被处死。

叶络一直在等待着上面的指示，尽管心里没底。他甚至不知道沈大人是否还活着。他知道沈泰已经离开新安城了——那天深夜他亲眼看见沈泰骑着马走的。他乐观地想着，没有消息就是最好的消息。虽然是个动荡的时代，但沈大人如果有什么意外，肯定也会有消息传来的。就像相国文周和珍妃娘娘文芊的死讯很快就传到城里一样。

这个消息是在皇帝逃难之后而荣山的叛军还没到新安城之前传来的。这对叶络而言是一次沉痛的打击，原因有多方面。

随着时间的推移，他逐渐也听说了有人写有关文芊之死的诗词。凡间的美人香消玉殒，天上冉冉升起一颗新星，叶络记不清具体的诗句，大致是这个意思。

叶络从不是个会欣赏诗词的人，不过，在他漫长的余生里，他讲述了不少有关文芊的故事。坐在冬天的火炉边，望着周围一双双好奇而期待的眼，他慢慢地讲着自己是怎么服侍贵妃娘娘的，是怎么样为她那沉鱼落雁的魅力所倾倒，成为她裙下拜臣之一的。

那时候，她早已成为了一个传说。

后来，他才慢慢地明白，在叛军打入新安城的那年夏天，他的任务是如此简单：尽己所能地庇护沈家府邸里的所有人，让这一方小世界在混乱的大环境中安然无恙。

那时候他没空去想这么多，每天都绞尽脑汁地思考该怎么才能平安地度过这场浩劫。而到了秋天，他才突然发现，沈家府邸里的男男女女对他都信任有加，完完全全地信任和依赖着他，对他唯命是从，那不是因为他的地位或者职权有多高。

而是因为他让他们活了下来。

这些夜里春雨总是被一些细微的声音惊醒，杞人忧天地害怕会发生什么。不管是在路边的小客栈，还是像现在这样在城市里的大客栈里。

她不喜欢自己像只惊弓之鸟一样，更不喜欢这种提心吊胆的感觉，但时局如此混乱，非常可怕，她明白不止她一个人这么想。

她敏锐地意识到，现在她之所以还能活着感受恐惧，完全托福于那一封半夜三更送来的信，还有那两名对她忠诚得超乎意料的仆人。

当然，还有那两名瞰林。

或许还得加上她自己的当机立断，不过现在回头想来，她并没有觉得自己有什么果断可言。她只是凭着直觉，一种让她有些不寒而栗的恐惧，冲动地做了这一切。

世事难料，有些看似微不足道的小事，往往能导致天渊之别：活着或是死去。比如她若是稍有犹豫，或是那封信送丢了，要不就是等到第二天早晨才送到——那时候她想逃离相府已经不可能了，有可能早就死在新安城了。这种想法足以让人做上一整晚的噩梦。

他们现在辰尧，新安城以西的城市，刚刚才知道他们从新安城离开以后发生的事情。

那两名瞰林仍然跟在她身边，就算是在战乱时候，各处驿站的马匹都被军队征用，他们仍然能打听到各路消息。这种时候，任何消息都是一笔宝贵的财富。尤其是当他们得知了叛军攻入新安城后，已故相国文周府上发生了多么惨绝人寰的事情之后。

哪怕她时不时在夜里被惊醒，甚至整夜整夜辗转反侧，那也不算什么。至少她还活着，没有沦落到那个地步。

相府里所有人都死了，还遭受了残酷的折磨。她记得那些名字，记得某些人的脸。不可避免地，她想到如果那时候她还待在相府里，作为文周最宠爱的小妾，将会面临怎样可怕的命运。那些令人作呕的事情，甚至比奇台帝国边境之外野蛮人的所作所为还要可怕。

她本来就不是奇台人，塞达是一个被列强环伺的小国，总是战乱不断。即使如此，春雨也从未听过这样残酷而恶心的事情，那些发生在新安城里文相国府上的事情。

而她之所以有幸逃过一劫，只因为沈泰那封在半夜送到的信。她明白他那时候肯定是被瞰林传唤去了皇宫。因为文周也是这样。

那一夜文周正在她房里流连,瞰林送来了宫里的消息,他坐在床上迅速地就着烛火读完,然后烧掉那张纸条。春雨敏锐地察觉到这次来自大明宫的传唤非比寻常,否则不会让文周显得如此慌乱。

他匆匆忙忙换好衣服,立刻跟着瞰林离开,什么也没跟她说,什么都没说。那张条子已经被他烧了,否则她一定会好好推敲一下,看有什么蛛丝马迹没有。

没过多久——那一晚的时间流逝总有一种不真实的感觉,何万带了另一张纸条,一封匆忙中写给她的信。

他本来可以等到第二天早上的,那样的话结果就会大不一样。或者那封信压根就可能送不到她手上。

是裴钦,那名残废的乞丐亲自送过来的。

她明白,也很感动,裴钦不敢相信任何人,只能自己把那封信送来。他给了一个路过的醉汉一点钱,让人把他从相府后门背到了大门口。裴钦还忍着腿疼,站在那里用力拍门,大喊大叫,直到门房困顿而恼怒地出来。

他大声地叫着让何万出来,气势汹汹,毫无商量余地,斩钉截铁地要求何万出来,除了何万谁也不行。

令人惊讶的是,门房竟然没有把他打出去(每当想到这里的时候,春雨都忍不住心里一阵抽紧,幸运得太不可思议)。正巧何万因为主人的离开已经醒了,出来看看到底是谁在大吵大闹的。

的确是大吵大闹。

于是何万拿到了那封信,把它转交给了她。他没有等到第二天清晨,而是立刻就交给她了。或许他知道她没有睡,或许他也在害怕。她从未问过,即使他一直追随着她逃离新安城,一直到辰尧。

同行而来的还有裴钦。

她也不明白为什么自己要带着这两个人,但似乎这是她必须做的事情,似乎是……必要的。当她读到沈泰的纸条时,那种焦灼的感觉压在她的心里。

时局或有变,提防危险。千万要小心。他这样写道。

千万要小心,她想起了文周离开时的表情,他读了来自大明宫的条子,把它烧掉,然后立刻就走。没有说再见,没有道晚安。

或许世人对文周有诸多不满,但没有人会认为他是一名懦夫,而那天晚上他确确实实害怕了。至于春雨早就有一种山雨欲来风满楼的危机感,否则也不会把珠宝藏起来。

这就足以让她决定立刻行动了——在这个夏末的午夜,在辰尧,她又回想起这一切。所有线索汇集到一起,剩下的只需要依靠直觉(她可能是从自己母亲那里继承来了这种敏锐的直觉),果断地行动。

果断,她只有这么一次机会。就像一个赌徒孤注一掷那样,输赢就在一念之间。

她一直对何万有点冷酷无情,只是在利用他对自己的爱慕之心,方便自己行事。可从另一方面来说,她也算救了何万的命。

她的指示非常精确,比她感觉到的还要确定。内心深处,她一直在害怕。何万奉命独自走出大门,在街区里雇了一顶轿子——哪怕是深夜时分,仍然有办法雇到轿子的,总有人会需要被送去哪里,或者送回家。

她还指示他让裴钦坐到轿子里去,在相府后院的街上等着。

何万的眼睛都瞪大了,她还记得。

当时她冷冷地说,他最好立刻按照她的话去做,否则最好永远也不要出现在她面前。如果他照办了,她当时站在灯笼的火光底下,穿着亵衣,直直地看着他的眼睛这么说,那他就是她最信赖和亲近的人了。

于是他按照她的吩咐行事。

她迅速地站起身,自己穿好衣服,没有惊动侍女,她飞快地下了决定,不做他想。只有九天之上的神灵才知道后来会发生的事情,但如果她走错了一步,显然压根活不过第二天。

她把柜子里的珠宝抓了出来,留在这里已经没有任何意义。她独自穿过迂回曲折的廊道,走到花园里,穿过开凿的小湖泊,还有湖心岛,以及停泊在那里的小船,还有那片小竹林和文周与其他朝廷官员饮酒作乐的草地。小径的周围种满了鲜花,她闻到了那股芬芳。

她来到了亭台,找到了那棵埋藏珠宝的大树,丝毫不顾及自己的手会被弄脏,把那一包珠宝挖了出来,然后顺着花园最东边的榆树爬了上去，翻上了围墙。

当她还是一名塞达姑娘的时候就学会了如何爬树，比大多数男人还厉害，她的左边膝盖上还有爬树留下的伤疤呢。在北里或是在相府里，这项本事当然没有用武之地，但学会的本领不会这么轻易被遗忘。

当她从围墙上跳到街上的时候，发现两名瞰林从暗处走了出来。她丝毫不怀疑他们怎么会出现的。

"我现在必须得走，"她说，"因为你们带来的消息。你们是要跟我一起么？"

从那时候起，他们就一直跟随着她。

不仅如此，他们一路护送她往西行。至少如果没有瞰林的话，他们晚上连街区都出不去。金吾卫不会阻拦瞰林，否则他们一行人至少会吃点苦头。众所周知，这些身披黑袍的人如果在大晚上要出城，肯定是有什么紧急任务，他们护送的人同样也是。这已经成了守卫们的共识。

正因为如此，他们才能顺利地一路西行，在宵禁还没结束之前就到了西城门边上。他们在那里等待开门鼓的时候，春雨让何万安排马车，给每位瞰林准备两匹好马。

天刚亮，他们就出了新安城，迎面而来的是满载货物去西集市的小贩。他们买了干粮、酒、米糕、肉脯和水果。何万带了不少现银，她也没问他是从哪里弄来的。

她的珠宝在路上没什么用，直到进入城镇。总不能用黄金琥珀一类的首饰去换茶叶蛋或者米糕吧。

她后来才知道，他们之所以能够顺利离开新安，完全是因为他们行动迅速，一大清早就出了城门，那时候藤关沦陷的消息还没传开，还有皇帝连夜出逃的消息也是。

就在那天晚些时候，京城、码外都得知了这些消息，一时间恐慌在城里爆发，每扇城门都被堵得水泄不通，每条街上都是惊慌失措飞奔逃难的人。

那时候春雨一行人已经在官道上飞驰了。她决定不在官道沿途那些知名的驿站客栈投宿，害怕被别人认出来。通常这里是朝廷命官出行和归来的落脚点,或许就会撞见以前去过醉月楼的恩客。

他们找了一条小路去往西边,不间歇地赶了一整天的路。直到晚上才投宿在路边一家靠近丝绸坊的小客栈里。

春雨从不知道,也不可能有人知道,如果他们沿着帝国大道前行,当天晚上投宿在驿站的客栈里,那么,她自己的命运,还有其他人的命运可能都会因此而剧变,一切似乎都是命中注定。

这就是人们有时候会觉得自己在整个苍天之下极为渺小的原因,身如风中叶,随风而落,前途未卜。若是春雨他们没有走小路——本来这个决定就是一时冲动——而是投宿到了官道边上驿站里的客栈,若是她大晚上无法入睡,起来在花园里走走,那么她就能看到两名男子,坐在桑树下的石凳上,畅谈着⋯⋯

两名瞰林也催促他们抓紧时间赶路,就沿着小路一直走。他们每一天都要换马,直到找不到马替换为止。某天晚上,两名瞰林中年长的那位——他名叫苏檀——有礼地来询问她,想要知道她打算继续西行,还是去南方,或者北方。这个问题问得真是挺好。

这就意味着她必须决定他们该去哪。

那个晚上她选择了辰尧,她说辰尧就是他们的目的地。那是个离新安城不太远的城镇,可以让他们变卖一些珠宝。而且辰尧四通八达,早已对各方往来的客人见惯不惊,哪怕是金发碧眼的西域女人。

每个在辰尧的人都有属于自己的故事,而且无需对别人提起。

他们来到辰尧后,何万跟人商谈租下了一所宅子,还有人负责打理。他显然很擅长谈这种生意,但春雨也明白,两名站在他身边的瞰林也起了很大作用。没有人愿意轻易得罪这些身披黑袍的人,而雇得起两名瞰林作为贴身护卫的人也不是随随便便可以招惹的。

当他们来到辰尧寻找房子的时候,春雨明显感觉到自己的精神和意志到极限了。她明白,自己提心吊胆了这么多天,晚上一直都无法安然入睡。

她完全不清楚下一步该怎么做,其他人也是这样——辰尧现在也挤满了来自新安城和其他地方的难民。不断有来自西部和西北的士兵路过这里,骑着马或者步行,面色凝重,在春雨看来,有些脸孔还相当稚嫩。

整个夏天,奇台帝国的军队都不停地来来往往。

他们到处打探消息,或是流言。裴钦大清早就到集市里去乞讨,虽然没这个必要,不过他发现人们总是愿意跟一个残废的乞丐多说几句。他得到的消息几乎跟瞰林从他们特殊的渠道得来的一样多。

春雨从未问过瞰林是怎么传递消息的,她非常感激他们的存在,不愿意做冒犯他们的事情。而到了晚上,他们会把搜集的消息报告给她。

他们知道了大明宫经历了一次惨无人道的大屠杀,新安城里差不多也是。不过现在城市里的腥风血雨已经平息,但那已经是一座陌生的、气氛紧张的被叛军攻陷的城市。有人说,对新安城而言,灾难还远未过去,这只是暴风雨之前的平静而已。

他们知道了太祖现在已经退位,据说正在被送往西南方,越过雄江。太子申祖登基为帝,统御天下——因为延陵城和新安城还落在叛军的手里,所以究竟谁才是奇台之主,严格说来还有待争议。在西北边,离长城不远的地方打了一场仗,结果众说纷纭,有说叛军获胜的,也有说奇台帝国获胜的。

他们也知道了就在他们旅途经过的地方附近,文周死了,还有文芊也死了。

街上传来了一阵动物的叫声,春雨又被惊醒了。她在想着战争,想着那名士兵稚嫩的脸,想着奇台帝国,想着这片土地,她多年前还是个小女孩的时候就来到这里,金发碧眼,带着她的琵琶。

在夏夜的星空下,站在朝南的窗口前,她做了个决定——或者说是顺从了内心的渴望。她对要走的前路仍然有未知的恐惧,有悲哀,有不安或者苦恼,也有宽慰和放松,有一种解脱的感觉。人应当接受命运,顺从己心,不是吗?

这一切似乎在她脑子里慢慢成形,有了一个明确的轮廓,她做了决定和选择,有了计划,一个接一个。而那四个跟着她的男人没必要承担她应该承担的命运。这是她自己的决定,理应独自去面对,她这样想着。

然后，她睡着了。

第二天清晨，那几个男人都出去活动了，在市场上购置家用，或是打听消息，她让仆人叫来一顶轿子，独自一人乘着轿子去了一家金市。

几乎可以肯定金市的老板在给一条翡翠项链和一枚黄金胸针估价的时候很不老实地骗了她，但她想那名老板还不算太过黑心，或许是被她的仪态震住了，或许是她随口提到家里有两名瞰林吓住了。

她又去了另外一家店，谈妥了另一笔生意，然后赶在其他人回来之前回到了宅子里。

那天傍晚，她在自己的房间里，让人送来了笔墨纸砚，借着蜡烛的火光，她给每个人都写了一封信。

她给何万建议说辰尧是个不错的地方，适合定居。他和裴钦会得到一笔钱（那是早上她变卖珠宝所得），可以买下这所宅子，再囤积一些粮食，好好过活……如果战争不会持续太久的话。

至于瞰林，他们不会接受她的财物，他们是被文芊雇佣的。这对春雨来说感觉挺奇怪，他们两个人在这个动乱之际对她而言如此重要，几乎算是救了她的命，而她不仅觉得应该感激沈泰（是沈泰送信让春雨离开），还应该感激已经逝去的珍妃娘娘。

她满怀感激地写下他们的名字：苏檀，还有那名年轻一些的，钟莫。她请他们接受自己最诚挚的谢意，并转达给瞰林寺。同时，她还拜托他们，如果有机会的话，希望他们能够代她向沈泰沈大人表示同样的谢意。

心内一阵悲伤，她没法一挥而就地写完这几封信。但哪个女子在这一生中没有经历过憧憬和悲哀呢？至少她的生命没有浪费在玉阶上，沐浴着月光苦苦等待，直到红颜老去。

在他回乡为父亲奔丧的时候，曾经请她不要等待。当他从库拉诺湖畔回来的时候，她已经结束了等待，进入了相府。不，她想着，她真正结束等待的，是此时此地。

她把写好的信放到一边，轻轻地吹着，直到墨汁干掉。然后她把信叠好，站起身，在桌上留下了今天变卖珠宝所得的大部分钱财。

他们都会没事的,她想着,如果战争不会持续太久的话。

她望着窗外的繁星,是时候了。她一直没有换上亵衣,她知道自己不会入睡。她需要安安静静地待一会儿,但她雇的轿子已经到了门外,而这里的人早就习惯她的坐立不安。一切都会顺利的。

她拿上了留给自己的那部分银两,和一小袋珠宝,在漫长的旅程中她会用到的。她即将踏上漫长的旅程,漫长,而且充满艰辛。她雇佣了两名护卫,付给他们三分之一的订金,随后加入了一个规模相当大的商队,天亮时候就出发。那两名护卫是留在家里作为护院的,她尽己所能地安排好了一切。

来往辰尧的商队总是络绎不绝,这个商队的头领似乎经验丰富,早先就给她留下不错的印象。当然,一切不可能绝对安全,尤其是现在这个世道,尤其是对于一个女人而言,但天下没有绝对安全的地方。在这心烦意乱的时候,她真希望自己还带着心爱的琵琶。

或许她可以在路上再买一把。是时候该出发了,她悄悄地打开房门,来到了黑暗的走廊。她提醒自己一会儿下楼的时候记得不要踩到第三步台阶,它会吱吱作响,早上她就试过了。

事实上,那步台阶响不响完全没有任何影响。

四个人站在走廊里。何万,裴钦,还有两名瞰林。

他们都一副整装待发的样子。

"啊哈,真巧,"苏檀说,"我们正打算叫醒你呢,轿子在外面等了好一阵了。我们得赶紧走,如果打算赶上那支日出时分出发的商队的话。"

她张大嘴,何万一只手举着蜡烛,另一只手护着烛光,她能清楚地看到他们的脸,令人惊讶的是,每个人脸上都带着笑容。

春雨说话了:"你们不能……我不能让你们跟我一起走!"

"你又没让我们去,"裴钦说着,当他靠在墙壁上的时候可以站上好一阵,"我们自己决定要去的。"

"你们不能!"她又说,"你们知道我要去哪里?"

"我们当然知道,"苏檀说,"我们以为你早就决定要去,我们讨论过。"

"你们……你们谈到了我的决定?"她觉得很生气。

何万平静地说："我们谈的是今后该怎么办,夫人。一旦您做出了决定以后。"

年轻的瞰林钟莫什么都没说,他的眼睛一刻也没有离开过她,仍然面带微笑。

"可是我要去塞达!"她大叫。

"你是要回故乡。"苏檀说。

"但那不是你们的故乡。"

"确实不是,"他同意,"但我和钟莫受命保护您,如果让您就这么溜走,那我们也太失职了。"

"我离开奇台以后你们就没有责任了!"她说着,忍不住哭了起来,这让她的气势一下子弱不少。

"不是的。"钟莫平静地说。

苏檀笑了。"您可以在路上慢慢跟我们争辩瞰林的职责问题,我想我们会有许多时间。"

"我们要穿过塔坎沙漠,"春雨绝望地叫道,"那里会死人的!"

"所以我们更要跟您一起去了,"何万说,他顿了顿,又说道,"今天早上我们在集市里给您买了一把琵琶,让您带上路。"

他们用了超过半年的时间穿越丝绸之路,途经大沙漠,然后沿着窄道爬过高山,通过狭窄的关隘,最终来到了塞达。所有人都活了下来,不过春雨敢肯定,如果没有他们,自己早就死了。而人们发现,残疾的裴钦骑骆驼骑得挺好。

他们遭受了两次袭击,敌人都被打退了,他们还经历了沙尘暴,第二次沙尘暴弄伤了苏檀的右眼,随行的大夫(商队的头领经验丰富,会带上大夫上路的)为他涂抹了药膏,用纱布缠好伤口,这才让苏檀活了过来。从那以后,他的右眼就戴着眼罩,春雨告诉他,这样看上去很像古时候的山贼。

当他们走过瞰苏狭道第三支同时也是最后一支护卫队身边的时候,他和钟莫都脱下了瞰林的黑袍。从那时候开始,他们真的把奇台帝国抛到了脑后。

也是在那个时候,她又做了另一个决定。

"我的塞达名字叫萨瑞娜。"她告诉他们。

这个名字从她的樱唇里吐出来的时候,有种春天的甜蜜味道。于是所有人都这么称呼她了,非常合宜。

漫漫长路终于走到了尽头,他们被晒得皮开肉绽,身体也困顿不堪,最后终于越过了戈壁和沙漠,来到了群山环绕的牧场。当她第一次看到那些传说中的汗血宝马的时候(它们的高大让她有些害怕),她知道自己回到家乡了。

已经过去了九年,不过她的父母都还健在,兄弟姐妹们也都过得好好的。

家里虽然不再是金碧辉煌的地方,但甚少有尘嚣和喧闹。来来往往的商人穿梭于东西方之间,塞达更往西的地方又有了新的国家崛起。随着时间的推移,她慢慢地变卖自己的珠宝。她开始明白奇台的工艺品在这里奇货可居。天空湛蓝,山里的空气跟她在新安城里呼吸的完全不同,那里刮着黄色的风,还有两百万灵魂。

慢慢的,家里又添了小孩,令人惊喜。这里也有音乐,她力图说服自己不再害怕骏马,最终她学会了骑马,那一刻,她永难忘怀。依然有着伤感,有着回忆。

裴钦留了下来,先是在她父母家中,后来接到她自己的家里来。何万也留下来了,她已经富有到需要一个管家来打理的地步了。

钟莫回去了,他还很年轻,为自己这一趟西域之行而自豪,同样也为自己瞰林的身份自豪。她写了一封信让他带回奇台,这一次她写了很久。有着伤感,有着回忆。

苏檀留了下来,她嫁给了他。他们的其中一名孩子有着绿色眼睛,头发的颜色比母亲深一些,在学习音乐方面表现出无与伦比的天赋。在十二岁之前就能完全掌握二十八弦的琵琶。

苍天有眼,萨瑞娜想着,从而给人带来令人惊讶的赐福。

第二十七章

白粲·奈斯珀在库拉诺湖畔戍守的日子过得真不开心,不过实话实说,这次成功地运用"迂回策略"从那里离开,也没有让他的生活改善什么。

他处理天马的方式已经得到了批准,他被提拔了,现在人们都以为他能够直接跟日格尔的宫里有所接触。显然这是有用的筹码,他现在戍守的要塞比库拉诺湖畔的那个要大得多。

可就另一方面而言,他在这里压根没有指挥权,这很尴尬,他也不喜欢。他的军衔倒是比其他人都高,但他来这里只是为了等一个人,或者等他的消息,从国境之外传来的消息。

他在这里无聊地度过每一个早晨和每一个漫漫长夜,他明白,自己的父亲知道这一切。

主要的原因在于,他的父亲是多斯玛要塞的将军,而白粲就被任命到多斯玛要塞,等待一个奇台人的消息,那个奇台人,被赐予了二百五十匹天马,这个数量真是荒谬之极。

而当白粲提出那个聪明的建议之时,他压根不知道多斯玛要塞的将军是谁,这就是长期待在荒凉、与世隔绝地方的不幸之一。

真是一次令人不愉快的惊喜。

他的父亲毫无保留、旗帜鲜明地反对皇室赠送这么荒唐的礼物给奇台人,他觉得这简直是愚昧至极。但是在塔古帝国,谁也不敢把这话说出来,即使是一名大将军也不行。于是奈斯珀将军只能把怒火发泄在正巧送上门来的儿子身上,显然正是这个家伙自作聪明的提议把这份礼物更彻底地送了出去。

汗血宝马现在正在多斯玛,在要塞外面的大围场里。多斯玛的士兵们要给它们喂食喂水,还要不时遛马,让它们保持健康。如果把患病的汗血宝马送出去，塔古国可就面子扫地了。奈斯珀将军非常明白这一点，而且对即将退伍的他而言，也将会是一大污点。

一小队随天马而来的部队也留在了要塞，照顾汗血宝马，这无形中加重了将军的负担，他索性让自己的儿子来管理他们。虽然跟白粲的军阶相比未免大材小用，不过既然这些汗血宝马是儿子晋升的唯一原因，那小子就有必要保证它们吃饱喝足，马蹄和马毛都得刷得干干净净，就算马儿们喜欢在泥泞里打滚，也不能让它们身上沾一点马粪和泥巴。如果白粲不放心，那就亲自己去打扫马场，谁管他呢？事实上，奈斯珀将军更乐于看到这样。他跟白粲也是这么说的。

对奈斯珀将军而言，把这件事情迁怒到儿子头上是有理由的：就是白粲出的馊主意才让这些汗血宝马留在多斯玛。

就玛格·奈斯珀将军看来，这是附加在一份愚蠢的礼物之外的愚蠢主意。照他的看法，如果非得给那个人二百五十匹汗血宝马的话，那赶紧送到库拉诺去吧，让他自己去头疼怎么把天马给带回去。如果马被人偷了，或是跑了，或是生病了，中途死了，那对塔古帝国而言不是更好吗？奈斯珀将军就是这样想的。

谁又想要给曾经的敌人、未来潜在的敌人这么多天马，让他们组建一支精锐骑兵？谁都不会这么做。而且他不会去听任何人，尤其是那个不争气的儿子，讲什么在库拉诺签的和平协议，或是对奇台公主的尊敬什么的。那些奇台人永远不值得信任。

事实上，奈斯珀将军在初夏的一个晚上跟儿子说，那个公主和这些天马，很可能是奇台帝国错综复杂的阴谋的一部分。

白粲压根就不认同父亲的说法，不过他也知道，就算父亲说现在是大中午，太阳正在湛蓝的天上普照大地呢，他也无法扭转父亲的想法。他说："要持续二十年的阴谋？那也太长了吧。我想您恐怕是太害怕奇台人了。"

于是奈斯珀将军把自己儿子直接扔出了房间。

他经常这样做，把白粲扔出来。然后第二天晚上又会叫他回来，如果他气得太厉害，那就再等上一天。因为……因为白粲毕竟是他儿子，不是吗？还有他儿子说的每句话不一定都是蠢话嘛。

请不要忘记，对一个固执的塔古老人而言，很难接受天下发生的变化，更不喜欢去接受它。

所以，那年夏末，当两名骑着马的信使，举着和平的旗帜从奇台帝国边境而来，送信说那个有权收取这批天马的人很快就要到来之时，奈斯珀将军的心情变得很复杂——这至少证明了自己聪明的儿子所说的话是对的。

他们见面了，两边都带着六名护卫，在靠近榆树林的一片空地上。这片空地位于多斯玛要塞和熙思县中间，是奇台境内和塔古高原之间相对宽阔的地带。

他高兴地看到了沈泰朝着自己这边骑行而来，身边有瞰林武士保驾护航。这让白粲有点吃惊。

奈斯珀将军本想让儿子穿上盔甲，他对于塔古帝国的盔甲样式相当自豪，比奇台的好多了。可是白粲不同意，夏日炎炎，气候闷热，他们又不是去打仗，而且如果奇台人看出他是因为想炫耀才穿盔甲，那就太丢人了。

沈泰首先下了马，从闪灵背上一跃而下。再次看到自己的坐骑，而且看出它被照顾得挺好，白粲觉得很感动。

奇台人向前走来，停步，作揖，双手抱拳。白粲想起了沈泰以前行礼的样子。他也从马鞍上下来，行了同样的礼，根本不在乎自己这边的士兵有什么想法。沈泰能先这么做，他为什么不能？再说他俩还在小屋里共同度过了一个晚上，周围还都是鬼魂。

他笑嘻嘻地用奇台话说："怎么，你还没受够瞰林啊？"

沈泰也微微一笑。"那一个是假瞰林，这些可是真的。我很高兴再次见到你。"

"我也很高兴看到你还活着。"

"谢谢你。"

他们一起走着，避开了护卫。天色有点阴郁，或许会下雨，很有可能。

沈泰说："闪灵真是太了不起了，你想要回它么？"

如果换作是个奇台人，或是某一些塔古人，可能会把送出去的礼物要回来。但白粲摇了摇头。"那是我送给你的礼物,我很荣幸你喜欢它。"

"你从我的马里面选出了三匹没有?"

白粲当然选了,一点也没有不好意思。

他笑着说:"恐怕我选了最好的三匹。"

沈泰也笑了,尽管他的笑容看起来很奇怪,有点勉强的感觉。白粲仔细地打量着他,揣测着。

沈泰察觉了他的目光。他做了个鬼脸,可惜太过刻意。"挺好啊,塔古人是怎么相马的?"

白粲宽和地笑了笑,但他已经注意到了,即使作为一个善于掩饰情绪的奇台人,沈泰给他的感觉仍然是改变了很多,自他从湖畔离开以后。

当然,他肯定会变的。

"你弄明白了谁要杀你没?"白粲问。

他看到沈泰脸色一僵,犹豫了下。

"当时你也在,"沈泰过于轻快地说,"那个假瞰林要杀我。"

这是变相拒绝。白粲觉得自己满脸通红,他感觉到一阵耻辱,转过身去,掩饰尴尬。

沈泰话一出口就后悔了,他又迟疑了下,真是很难。那个人是塔古人,而奇台帝国正在叛乱之中。

他深深地吸了一口气,自那一天在库拉诺湖畔以后,他不是就决定相信这个塔古人了么?他开口:"原谅我。我的回答很混帐。但我从来没跟任何人谈起过这事。"

"那你不要勉强自己——"

"是文周,奇台的相国,派来了那个刺客。而且不出你所料,我回新安城的路上还遇上了其他的。"

他看到那个结实健壮,被夏天的太阳晒得黝黑的塔古人转头,不可置信地看着他。还好周围没有其他人,沈泰似乎听到了远处传来隐隐的雷声,很快会下雨了。

"奇台的相国这么恨你?"

"是啊,他就是这么恨我。"沈泰说。

"那后来他不恨你了?"

"他已经死了。"

如果这句话意味着告诉塔古人一些他们不知道的事情,那就告诉他们吧。反正迟早他们也会知道,还不如……好吧,还不如让他的朋友先把消息传出去。

白粲盯着他。"日格尔可能知道这件事情,但我不敢肯定。"

"东北三军叛乱了,"沈泰说,"文周就是导致他们叛乱的源头。"

说到这里就足够了,他想。

"所以他被杀了?"

沈泰点点头。

"所以……你没有危险了吧?"

"如果说有的话,那也跟这个乱世里所有人一样。"

"但是……你们的皇帝应该有嘉奖你吧?为了你带回去的无价之宝。"

"是啊,而我感谢你让它成为了现实。"

这句话没错,当然。沈泰现在拥有大量的财富,若是他想,随时可以平步青云。虽然赐给他这些的陛下已经往西南而去,或许现在早就越过雄江了吧,而他不再是奇台帝国的统治者了。

有时候你不必讲出所有的真话,尤其是关于军队的。

"那你呢?"他问道,"你也没在库拉诺的要塞了吧?这里如何?"

"大部分时间,我在多斯玛,显然。不过我的父亲……父亲是这里的将军。"

沈泰看着他。"那你事先知道还是……"

"我有那么傻吗?他是刚刚调过来的。"

"这样……不是挺好的吗"

白粲·奈斯珀沮丧地摇了摇头。沈泰大笑。

"对不起,"他说,"不过父与子……"

"都怪你。"塔古人苦笑着说。突然间,他们似乎回到了在库拉诺湖畔待的最后一夜。

"我可是你的朋友。"沈泰故作严肃地说,"既然是朋友,那你怪我我也只能接受了。"

他在开玩笑,但白粲没有笑。

过了一会儿,沈泰又说:"我知道这也会改变你的人生。"

白粲点点头。"谢谢你。"他说,抬头看了看云。"我可以今天晚些时候把马带过来,或者,最好是明天早上,天气更合适。"

"那就明天。我带了六十名瞰林来,他们带着武器,这是瞰林的规矩。不过他们只是在这里照顾和看管马匹。请告诉你们的人不要惊慌。"

"为什么瞰林会让塔古的士兵惊慌?"

沈泰笑了。

白粲回以微笑。"不过我会告诉他们的。"塔古人犹豫了下,又问,"你拿这些马去干什么呢?"

鉴于他们共同的经历,问这个问题也不算太过无礼。沈泰耸耸肩。"做唯一有意义的事情,最终……我还是把马献给了皇上。"

他没有必要说出是哪个皇上,他想着。但他脑中突然冒出一个念头,也许十来天后,白粲明白了真相,会觉得沈泰……

"你们该知道了吧,"沈泰突然说,"太祖皇帝已经传位儿子了。"

他们不可能知道,在这里,绝不可能。

白粲的嘴张得大大的,露出缺了一枚的牙齿。"哪个儿子?"他静静地问道。

"第三个儿子,他的太子。奇台帝国第九王朝现在由申祖皇帝统治,吾皇万岁万岁万万岁。"

"这个……这个消息已经送到日格尔了吗?"

"我不知道,如果你动作快的话,你可能是最早送去的一个。毕竟这里近,我来得也快。"

白粲又一次死死地盯着他。"这是你送我的一份礼物。"

"一份小小的礼物,如果有用的话。"

"不是什么小礼物。这可是国家大事,事关天下大变啊。"

"也许，"沈泰说，"如果是这样，我很高兴助你一臂之力。"

白粲仍然盯着他。"那你喜欢这样的变化吗？"

这次的问题直击要害。"站在我的位置上，或者你的……我们谁又能说自己喜欢或者不喜欢皇宫里发生的事情？"沈泰突然想喝上一杯。

"但是我们有自己的看法，"白粲·奈斯珀说，"我们对天下的变化都会有看法的。"

"或许最终，会喜欢吧。"沈泰说。

白粲看向了别处。"那么，你将把汗血宝马献给新皇帝？通过献马来向他效忠？"

就在这一刻，在奇台和塔古边境的草场上，响起了隆隆的雷声。就在沈泰张口想要回答的时候，他突然意识到了什么。

这种意识让他的心脏突然狂跳，如此激烈。

"不，"他平静地说，又重复了一次，"不会。我不会。"

白粲转回头看他，等待着。

沈泰说："我要回家乡。"

然后他又说了几句别的，那是他心里埋藏深处的念头，他自己都不知道，直到听到自己说出口来。

塔古人仔细听着，目光一直凝视着沈泰。过了好一会儿，他点点头，悄悄地说了几句同样出乎意料的话。

他们又冲着彼此躬身行礼，然后分开。按照他们谈妥的，第二天早上，从西域而来的汗血宝马，白玉公主所赠送的礼物，会在两国边境被交付给奇台。

回首往事，沈泰会把那一天当作另一个改变自己命运的日子。人生道路总有不同的抉择，有时候，人是能自主选择该走哪条路的，他想。

跟白粲碰面回来以后，他骑着闪灵，心中又一次坚定了自己的想法，他只需要承认这一点，把它说出来，让它成为现实。于是在骑行的路上，他内心平静，沈泰意识到，自从离开了库拉诺湖畔，他还是第一次有这种感觉。

他现在所想的一切，就是回家里去，陪伴他的母亲、姨娘和年幼的弟弟，回到父亲的坟前——现在还加上了沈柳的。虽然还有很多问题在等着他。

那天下午，暴风雨来临。

几近凝固的空气，鸟儿的沉默都预示着它的来临。而当雷鸣打破天地间的寂静，闪电划破阴沉的天际，像是神灵的愤怒降下劫难之时，他们已经幸福地躲在熙思县和边境之间的集市小客栈屋檐下了。

在这二十年来的和平期间，塔古人和奇台人就在这里往来交易。

雷声轰鸣，暴雨骤降的时候，沈泰正一杯接一杯地喝着淡酒，力所能及地抵挡着女瞰林犀利的言辞攻击。

魏苏简直快被他气炸了，甚至把陆郴也拉来一起骂沈泰——那名年长而经验丰富的瞰林头子虽然礼貌地保持了对沈泰的尊重，但也不赞同他的做法。

魏苏对沈泰可就没那么尊重了，她骂他傻瓜。他似乎做了一件错事，告诉他们两人自己要回家，让瞰林们直接把汗血宝马送给皇上就行。

"沈泰，你不能这么做！过后，当然，过后可以。但是你必须亲自把汗血宝马送到皇上面前！他要看着你当面这么做！"

她叫他的名字了，这挺稀罕的。

还有一点表明她是真生气了，他把一杯酒递给她，但她无动于衷。她只是恶狠狠地看着他，非常气愤。

"我很感动，瞰林武士竟然对雇主的决定如此在意。"他试图用和缓的语气说话。

她咒骂了一句，这是魏苏从未做过的事情，连陆郴都惊讶地看着她。

"你早就不是我的雇主了！"她猛地说，"我们是被文芊雇佣的，难道你忘了？"

窗外又响起一记雷鸣，这次是在他们北边了，看来暴风雨就快过去。"她已经死了，"沈泰有点感慨地说，微微带着醉意，"他们在码外杀了她。"

他看着坐在桌子对面的两位瞰林，客栈里就他们，没有别人，粗糙的长凳，粗糙的桌子。他们已经吃过饭了，这个时候太阳应该落山了吧，可惜暴风雨中看不到。窗外的雨声似乎小了一些，沈泰对那些瞰林感到抱歉，因为他们正在赶去熙思县叫同伴的路上，明天早上会带着这些天马北上。

六十名瞰林带着天马，但沈泰不会同行。

他要回家，越过淮河上最后一座桥。

他静静地想了好一阵。"好吧，如果你们是被文芊雇佣的，也没人付你们钱了啊。你们也不欠我什么……"

他的声音越来越弱，因为魏苏这个时候的模样像是突然要吃人般危险。陆梆摊了摊手，表示自己爱莫能助。

他朝着陆梆点点头，瞰林头领突然说："其实您说错了，大人。娘娘给了瞰林寺一笔钱，雇佣了十名瞰林，要保护您十年。"

"什么？这简直太荒唐了！"他感到浑身一颤。

"什么时候宫里的女人做事不荒唐了？"魏苏冷冷地说，"难道她们的奢侈还会让你惊讶？我以为你早就习惯了！"

看来她真是心烦意乱了，真是出言不逊，不过沈泰决定原谅她。

"再喝点酒吧。"他说。

"我不要喝酒！"她猛地叫起来，"我只是希望你能理智点！你不是朝堂上的人！必须得小心行事！"

"我压根就不想当朝堂里的人，这才是……这才是关键啊！"

"我知道！"她大叫，"但你先得把马给皇帝送过去！在他面前山呼万岁，接受他的赞许和嘉奖。然后婉言谢绝当官，说你觉得作为一名儿子应当回去照顾母亲，因为父亲和长子都已经不在世了。然后他会对你的决定表示尊重，他必须尊重。甚至还能封你个小县官造福一方什么的！"

"他其实什么也不用做。"沈泰说。这句话没错，她也知道。

"但他会的！"

"为什么？为什么会？"

虽然魏苏的表情带着狂怒和恐惧，但沈泰仍然在她眼里看到了一丝笑意。

魏苏摇了摇头。"因为你在战争中一点用都没有,沈泰,除了你带回来的马。"

她又叫了他的名字,讲得非常直白,还径直盯着他。陆栩假装对木头桌子上的酒渍很感兴趣。

沈泰先是生气,然后懊恼,懊恼中掺杂了其他说不清道不明的情绪。最终,他举起双手表示投降,然后大笑起来。可能大部分是酒的缘故,不过有时候喝酒也会让你狂怒。窗外又是一声雷鸣。

魏苏并没有对他的行为发笑,她愤怒地盯着他。"你好好想想吧,"她说,"大人,请好好想想。"突然间她又回到了以往跟他说话的口气。

她继续说:"皇帝陛下知道你的哥哥是文周的谋士,这会让你备受猜忌。"

"他也知道文周试图杀了我。"

"那个无关紧要。跟文周没关系,是你的兄长,他死的时候你很难过,还有文芊。他也知道文芊付钱雇佣了我们保护你。"

沈泰看着她。

魏苏说:"他也会记得你跟他一起从新安城里骑行出来。当时他跟第二军的士兵谈起藤关的事情,你在场,还有码外的事情,你也在场。"

"我们不知道是他做的!"沈泰说道。

他环顾了下四周,确信周围没有其他人。

"事实上,我们都知道,"陆栩轻声说,"而我们也知道那无疑是快刀斩乱麻,在当时极有必要。"

"司马子安也这样想的!"魏苏说,"如果他在这里他也会这样说,而你会听他的!申祖想要杀死文周,而且预见了文芊的结局,甚至他父亲对文芊死的反应。帝国需要一名年轻的皇帝来对抗荣山,谁能否定这一点?"

"我不愿去相信这一切都是他计划好的。"沈泰紧紧地握着酒杯。

而问题在于,真正的问题在于,他明白这非常有可能。在那可怕的一天里他一直在思索这个,自那天以后,这个想法就扎根在他的脑海了。

他看着两名瞰林,默默地深吸了一口气,轻声说:"你们是对的。但这也是我不想北行的原因之一。我想你们说得都对,我理解这些事情对为君者而言是理所当然的,尤其是在战乱时期……但是,我不能接受自己也去过这种生活。"

"我明白,"魏苏轻轻地说,"但是如果你要抽身离开这一切,要保全自己,不被怀疑和猜忌,那么你就得先把这些马带给他,让他看到你在他脚下跪拜,戴着他给你的指环。皇帝陛下要看到你心无芥蒂,没有回避他,亲耳听到你要求离开,这样才会相信你。"

"她说得没错,大人。"陆梛说。

"司马大家如果在,也会同意我的话。"魏苏重复了一遍。

沈泰看了她一眼:"司马大家可从来没有在朝廷担任一官半职——"

"我知道,"她打断他的话,虽然口气很温和,"但他仍然会同意我的话。沈泰,带着那些马北上,然后请求皇上让你回家务农以作嘉奖。"

"可如果他拒绝呢?"

她又咬住了嘴唇,突然看上去显得非常稚气。

"我不知道,但我知道我说的是对的。"她有点赌气地说。

他让客栈的人在他的房间里准备好书桌和笔墨纸砚。

他坐在朝南的窗前,看着暴风雨渐渐平息,这意味着好运。他的房间是客栈里最好的一间,在长长的走廊尽头。沈泰推开窗,雨后的空气清新中带点甜蜜,夏日的炎热已被雨水冲走,屋檐下还有滴水声。当他准备写那封信的时候,太阳已经快落山了。

这封信可不好写,他搜肠刮肚、绞尽脑汁,把为了应付科举而学的知识尽可能都用上了。毕竟这是一封写给新登基皇帝的信,他得向皇上告罪,并解释自己为什么没有亲自带着汗血宝马回去。他的小瞰林护卫绝不是唯一一个反对的人。

沈泰用上了自己能想到的所有对天子的敬称,写出了最恭敬工整的字体。这封信牵涉到他的命运。

正因为如此,他甚至提到了礼眉,感谢第九王朝的皇室赐予他家唯一的女儿莫大的荣耀。当然,感恩是一方面,另一方面是委婉地提醒陛下,沈家和皇室关系密切,沈家人的忠诚也是毋庸置疑的。

他压根没提到自己的大哥,虽然沈柳死得很光荣,也很勇敢,但不提及任何跟文家有关的东西才是明智之举。不过他暗示了自己的母亲和姨娘已经孀居在家很长时间,只有一名年幼的儿子相伴,他希望能回家略尽孝道。

他也提到,自己甚至都没有能亲眼看到父亲的坟墓和碑文,也还没跪在父亲坟前礼拜添土,洒酒祭奠。

为祭奠亡父他才去了库拉诺湖,帝国之所以能有这一批汗血宝马也源于此,当申祖陛下读到这封信的时候,这批马应该早送到他所在的地方了。

所有的汗血宝马都将献给至高无上的申祖陛下,但他请求能够自行保留十匹,以赠送给他尊敬的人,以及在拿到汗血宝马过程中对他有过帮助的朋友。希望伟大而慷慨的陛下能够允许。永远效忠于申祖陛下的草民沈泰,已故大将军沈皋的儿子,能够以这种方式为奇台帝国贡献自己的绵薄之力,感到非常自豪和荣耀。在此处,他提及了父亲所有的头衔。

他还反复提到了自己对第九王朝和皇帝陛下的无尽感激之情,回顾了申祖陛下曾经对自己慷慨的帮助。陛下在码外的时候屈尊为自己仗义执言,还有在宫里的那一次。申祖陛下高瞻远瞩地识破了某人试图谋杀自己的阴谋诡计,而那个令人羞耻的名字沈泰觉得写出来都是污了陛下的眼睛。

他仔细推敲了这一段很长时间,直到窗外天色尽黑,但显然把想要杀死他的罪名全加诸到文周身上是正确的想法。

他抿了口酒,又仔细读了下整封信,字斟句酌地选择措辞。他提到了太上皇和陛下赐给他的两枚指环。陛下上承天命,下御宇内,九天之上的神灵们均护佑着真命天子,而沈泰只是个一介草民,竟然有幸得到了两代天子亲手赐予的指环,真是恨不得肝脑涂地以报陛下知遇之恩。

他看着这一段,犹豫着是不是要删掉,这样写好像显得他觉得应该由太上皇坐在帝位上,而不是申祖皇帝。

181

这时候,他听到门开的声音,但没有转身,依然坐在书桌前,凝望着窗外。

微风徐徐,繁星点点,但三盏灯照耀的房间太过明亮,让窗外的星光变得模糊。

"如果我是来杀你的,你早就死了。"来人说。

沈泰放下毛笔。"第一次在铁门关见你的时候,你也说过这句话。"

"我也记得,"她说,"你怎么知道是我?"

他不耐烦地摇摇头,仍然看着窗外。"除了你,还会有谁?"

"真的不会?也许是塔古派来的刺客?试图在天马离境之前做最后的疯狂挽回?"

"我有瞰林护卫,"沈泰说,"塔古刺客不可能靠近我的房间。魏苏,现在我听得出你的脚步声了,我能听出来。"

"哦?"她说道。

"我想这次我闩了门的。"

"你闩了的,不过这是家老客栈,木头松动,门和墙壁之间有太大的缝隙,很容易用剑把门闩挑开的。"

他依然看着窗外。"可是我怎么一点动静都没听到?"

"受过训练的刺客能够无声无息地做到,这就是为什么你需要瞰林护卫的原因。"她说。

他很疲惫,但也被她逗乐了。"真的吗?可是为什么一个刺客会来打扰我?显然在战乱的时候我这人半点用处都没。"

她沉默了半晌。"我那时候太生气了。我不是那个意思。"

"可是你说的是事实,一旦我把天马送给陛下以后。"

"我……我不是真的这样想的,我只是想说服你而已。"

脚步声响起,沈泰听到她走进了房间。

片刻之后,一盏灯被吹熄了。那是最靠近他的那盏,就在书桌上。她靠近了,他能闻到她身上的香味,她本来从不熏香的。

他转过身来。

魏苏已经走到了第二盏灯跟前,弯下腰,吹灭了它。现在,只剩下床边的一盏灯还亮着。她转身,面对着他。

"直到这时候，我仍然想说服你。"魏苏说着，她的长袍从肩膀上滑落，径直滑落到地上。

沈泰猛地站起来，扭头回避，然后又不由自主地转过头来，看着她匀称的身子。她的肋骨上有一道长而浅的伤疤，他很清楚这是怎么来的。

"原谅我，灯太亮的话，我会害羞。"她低声说。

"害羞？"沈泰总算能够发出声来。

她身边的灯火映出她柔和的曲线，还有她的侧脸。慢慢地，她抬起手，开始抽出发簪。

"魏苏，如果……如果你只是要说服我北上，你没有必要——"

"不完全是，"她举起手，完全在他面前展露自己的身体。"要说服你……也不是完全的真心话。只是这样说起来比较……冠冕堂皇。我不像青楼里的女人那么会说话，那里的人都很聪明的，我明白。而且很漂亮。"

她把手里的发簪放到床边的桌子上，然后又慢慢地取另外一根。"这是……告别，"她说，"既然你不会北上，我们或许无法再见面了。"

沈泰被她的动作迷住了。她曾经为他浴血奋战，他在辰尧客栈的庭院里亲眼见过。而现在，她赤着脚，赤裸着上半身，只穿着单薄的瞰林长裤，站在他面前。

最后一根发簪滑了下来，她把长发甩到身后。

"告别？"沈泰说，"你被雇佣保护我十年！在那之前你都是我的人！"他试着让口气强硬点。

"那也得我们都还活着才行，"她说着，扭过头，他看到她咬了咬嘴唇。

"我想做你的女人。"她说。

"你说什么？"

她又回头看着他，没有回答。但那双大大的眼睛盯着他，神情坚定。他又一次想着，这个女人是多么有勇气。

而在那一天，沈泰第二次意识到自己内心深处发生的变化，也许变化早就萌芽了，而他在这个暴风雨后的夏日，一盏微弱的灯光旁,才明白过来。他疑惑地甩了甩头。

"我也可以现在就离开,"魏苏说,"在天亮前就出发,去收取那些天马。"

"不,我必须在场的,记得吗?"沈泰说,他深深地吸了一口气,"我不希望你离开,魏苏。"

她看起来是如此年轻,娇小,赤裸的身体又是如此迷人。

他又说了一次,声音有些粗暴。"我永远都不想你离开。"

她突然又转过头,这次他看到她深吸了一口气,然后慢慢地吐了出来。她说:"你什么意思?是因为我一直……还是因为我这样引诱你?"

"以前我也见过没穿衣服的女人,魏苏。"

她抬起头来。"我知道。我也知道我太瘦小,身上有伤疤,腿上还有另外的伤,我也知道我对你不太尊重,而且——"

她站得并不远,于是沈泰上前一步,轻轻地用一只手捂住了她的嘴。

然后,他挪开手,温柔地亲吻了她,那是他们第一次接吻。他又吻了一次,这次不再温柔。

在那盏跳跃的灯火下,他低头看着她。她也看着他,轻声开口:"我……我没什么经验的。"

过了许久。他们躺在床上,她的腿压在他身上,头靠在他左侧肩膀,长发散开。那盏灯早就熄了,屋檐下的滴水声也停止了。窗外的月光洒了进来,夜莺在歌唱。

沈泰开口了:"没什么经验?"

他感觉到她的笑容。"有人告诉我,男人都喜欢听女人这么说,这让他们有种满足感。"

"你相信这个?"

"反正我是这么听说的,"她的手在他的胸膛上游走,慢慢地往下,到了他的腹部,然后又移上来。"你也在石鼓山上待过,泰。应该还记得那里的晚上会发生什么。难道从来就没有女人……"

"我想我不会回答这个问题。"

"或许有吧,我想。"她低声说。

月光在房间的地板上映出柔和的色彩。

"你好像总是自作主张地进我房间。"沈泰说。

"是啊,有一次我从一个狐狸精手里把你救了出来,还记得吗?"

"她不是个狐狸精。"

"她只是一个诱饵,美得出奇。"

"是啊,美得出奇。"他同意。

她哼了一声。"就算她不是狐狸精,司马子安和我也一致认为,那天夜里你根本抵挡不住她的诱惑,如果你真的跟节度使的女儿上了床,处境会非常尴尬的。"

"我明白,"沈泰小心翼翼地说,"你和诗仙都这样认为?"

"是啊。他们就希望你陷入这样的窘境。徐毕海想要那批马。"

"你不认为她只是纯粹地爱上我了?"

"我猜,或许可能吧。"魏苏说。她的口气可绝不是这个意思。

"她真的非常漂亮。"

魏苏什么也没说。

"你也是。"他说。

"是么?你说这话真是让我开心。"她又笑了。"不过如果你在路上想进我的房间,我会教训你的。"

"这个我相信。"

"但现在我不会了。"她说着,假装很懊恼。

这次轮到他笑了。"我很高兴听到这话。"过了一阵,他又说,"魏苏,在铁门关度过的第一天晚上,我就想要你了。"

"我知道。"她说,他感到她耸了耸肩。他能明白她的情绪。"我可没觉得有什么受宠若惊的。你自己一个人待了两年,母猪都能赛过貂蝉……"

"不。只是因为你。我想那天在庭院里看到你的样子就让我心动了。"

"那次我没有束好头发,"她说,"男人都是一个样。"

"是吗?我也是?"

她沉默了一会儿。"你不太一样。"

他们听着外面的鸟叫。

"我决定北上了。"他说。

她猛地摇摇头。"不要,你已经做了决定了,泰。如果不顺从己心的话会招来厄运。把你的信写完,然后我们会把它带去。事实上,我们一致认为,你妹妹的地位和文周想要杀你的事情足以保护你平安。还有那些马。"

"你们一致认为?"

"是的,我和陆梆。"

"那么,如果我决定——"

"泰,你已经决定了,这是个令人钦佩的选择。我只是有点担心。"

"现在轮到我担心你了。正值乱世,你们还得走这么遥远的路。"

她轻声笑道:"我是一名瞰林武士,我们同行的有六十人呢。你完全没必要担心我的安全。"

"那我该担心什么?"

她的手不再滑动,停在他的胸口。

"然后呢?"他问道,"当你们见过皇帝以后?"

她犹豫了下。"我还得做一件事。"

他想起了她曾说的:我希望杀掉那两个人,他们必须死。他用力捏了她的胳膊。"魏苏,如果你亲自出手杀了那两个人,而有人又知道了你和我的关系——"

"我知道,"她低声说,"不会的。或许那两个第二军的士兵已经死了。他们侮辱了瞰林,瞰林寺不容许这样。我觉得皇上也明白这一点,他不会不高兴。我不是指的这个。"

"那你是说……"

"我要向瞰林寺请求脱下瞰林黑袍。我必须上石鼓山一趟。"

一时间他什么话也说不出来,他被深深地感动了。

她误解了他的沉默。"我没有要求你什么,泰。如果只是今晚,我——"

他又用手捂住了她的嘴。"你一定得回来,苏。我需要你为我展开另一种生活。"

"我只会当瞰林。"他的手一挪开她就说。

"也许我们可以互相学习？"

他感到她点了点头。"我不相信这个世道会让你永远待在小溪边的庄园里度日。"

"也许不会，但我不希望迷失在尘嚣之中。成为像沈柳那样的人，在大明宫里争权夺利。"

"那也得他们先夺回大明宫才行。"

"是啊。"

"你……你认为他们会夺回来么？"

沈泰在黑暗中平躺着，仔细思索。

"是的。可能需要一些时间，但新皇帝比荣山明智多了，而且我觉得荣山不会活太久了，第九王朝气数还没到尽头呢。"

"但总会有一些变化。"

他用手抚摸着她的头发。他觉得自己能这样做简直是一份上天意想不到的赐福。"这就是变化啊，苏。"

"我明白，你比较喜欢我这样？温顺又听话？"她的手又开始移动。

"温顺听话？就像之前说的，没什么经验？"

"我要学的还多呢。"她低声说，"我知道。"她把头从他的肩膀抬起，顺着她手的方向往下滑去。

过了会儿，沈泰努力喘着气说："难道在石鼓山上也教这个？"

"不啊。"她在床的另一边回答。突然，她换了种口气说："我不会成为你的妾，泰。"

"那肯定的。"他喃喃地说。

他感到她的头抬了起来。"什么意思？你觉得我没有她们做得好？"

"你完全可以比她们做得更好。"他明智地说，"只要花足够的时间和精力……"

他突然倒抽了一口凉气，惊叫一声。

"我没有听到最后一句话。"她温柔地低声说。

他努力让自己恢复平静。"噢，魏苏，我能娶你为妻吗？"

487

"如果你以后说话能够多长长脑子的话。"她说着,听上去像是在沉思,"我觉得没什么不可以。但我不会当你的小妾,沈泰。"

"我说过我知道了,"他抗议道,"在你咬我之前。"

他清了清嗓子。他对自己很有把握,对这个世界,至少这一小部分很有把握。

他开口:"魏苏小姐,如果在你北上送马之前,能够屈尊告诉我您双亲的名字和他们的住址,以便让家母准备妥当上门提亲的话,那我真是感到莫大的荣幸。"

她停了下来。他有一种感觉,她正咬着嘴唇。

她说:"小女子会很高兴,如果令堂同意这门亲事的话。"

这种对话,以她当时的姿势,还有一边说一边在做的事情而言,真是不可思议。

他伸出手,把她拉了起来,把她娇小的身躯放倒在床上,然后翻身压住她。很快她发出了低声的喘息,越来越急促。过了一会儿,一切平息下来,窗外的夜莺仍在歌唱。她带着娇喘的气息说:"你是在北里学会这些的吗?"

"是的。"他回答。

"很好,"她说,"我喜欢。"

她翻身,骑到了他身上。就像那天在辰尧他看到她打斗那样轻盈而优雅。她的唇紧紧地堵着他的,唇舌交缠之间,他突然意识到,从辰尧回来的那些路上,他梦到的根本就不是什么狐狸精,而是她,一直是她。

苍天之下,世事如此神奇。

他的心里有一种喜悦感在萌芽,如此鲜活,像是冰天雪地里绽开的一抹鲜花。这一切让他有一种受宠若惊的感觉,他竟然能拥有如此美好的赐福。

当然,即使是在此刻,沈泰也不会忘记——他永远也不能允许自己忘记——那个让他痛苦了很久的人:金发碧眼,抱着琵琶,那位勇敢而果断的美人。

她所做的事情理所当然让他永难忘怀,沈泰想着,如果真的忘记了,那才叫狼心狗肺。

生命总有诸多抉择，四季更替，日升月落。生活有时候甜蜜，有时候悲伤。但对一个幸运儿来说，真正的情谊总是长存的。哪怕是战火纷飞的岁月，一个人也能尽己所能，追寻内心的平静，直到生命的尽头。每个人都有自己的人生，或是辉煌灿烂，青史留名，或是淡然度日，平凡到老。唯有时间和感情，万古长存。

尾声

就在已故沈将军次子跨过淮河上的大桥，回到家乡的同一天，安隶死在了离新安城不远的码外。

世人皆知荣山身患重病，但他没有死于消渴症，而是被手下的仆役刺杀的，当时他正从那据说可以治愈疾病的温泉里出来。那名仆役受人指使，暗藏匕首走到荣山身边。指使他的人正是安隶的长子。安龙跟父亲政见不合，又按捺不住自己的野心。

那名暗杀安隶的仆人被处决了，有的人愿意富贵险中求，但显然险中不一定总是能求到富贵的。

也是在同一天，黎明之前最黑暗的时候，在更遥远的北方，博古可汗的继承人塔多克，被一匹狼咬死在他的帐篷内。

警卫的猎犬没有吠叫，也没有示警，塔多克和他的一些心腹被狼的尖牙利爪撕碎了咽喉。在临死之前，可汗的继承人发出了一声尖叫。狼在薄雾升起的清晨中逃离的时候至少中了两箭。

但没有一只猎犬去追赶它。

这种相距如此之远，却碰巧在同一天发生的事情，像是冥冥之中的天意。而这个时候没有任何人能把它们串联起来，后世的史官翻阅故纸堆的时候发现了这令人惊奇的巧合，并揣测其中的关联。或许这种发现能给人一些启示。

虽然巧合没有任何意义，它不能改变历史的进程，也不能向后人证明什么，更无法决定这些事件的影响。

史官们普遍认为，除非能够证明这些事情彼此之间有所关联，或是源自同一个原因，再不然就是有人能未卜先知地明白遥远的地方会发生什么，否则去研究这些巧合为什么发生，纯粹是浪费时间。

也有人提出不同看法，他们认为解读过去的历史犹如展开一卷壮丽的画卷，能够让人从中揣摩出时间、命运和九天之上神灵高深莫测的安排。冥冥之中上有天定，而天命总是遵循一定规律的。

不过大部分史官都认为，大将军沈皋的次子沈泰在那个动乱的时代中不算什么举足轻重的大人物，他只是做了任何人都能做到的事情，算是那场乱世大洪流中一朵小浪花而已。

只有那些说书人和戏子，热衷于编造一些宫廷或是市井传说的人，才会把这种巧合当成一件值得大书特书的大事。而这些不入流的人更是无关紧要了，对此，史官们也没有任何异议。

沈泰甚至连科举都没有通过！他也没有正式的官职，事实就是如此。虽然任何公正的史官都对他在库拉诺湖畔所作的义举大加赞赏，他带回来的汗血宝马还为奇台帝国立下了大功。

沈泰回去的时候，母亲和姨娘正在杭度镇上，她们安排了马车去购买物资。这是管家告诉他的。管家在跟他说话的时候不停地作揖和微笑，看样子是喜出望外，沈泰想着。

没错，管家说，小少爷沈超护送她们前去的，还有几名膀大腰圆的仆役带着棍棒同去。

不，她们从来都没有在镇上遇到过麻烦，不过小心谨慎总是好的，二少爷，不是吗？

确实如此，沈泰也同意。

管家和府里的仆役们听说二少爷回来了，蜂拥而至，挤在庭院里迎接他。他们的神情无比激动。沈泰自己也是激动万分，若不是极力抑制自己情绪的话，连开门的吱嘎声都让他想哭出声来。

路边的梧桐树仍然足以遮风挡雨，秋天还没有完全到来。管家向他汇报，桃树和李树的果子已经采摘完毕。这一年来仆役们都尽忠职守，任劳任怨。夫人和二夫人指挥仆役们好好保管果园里的果实，以应付冬天可能会出现的各种短缺。

沈泰提醒自己，他也得去杭度镇一趟，去找一个叫老庞的，瘸了一条腿的人。每个月给他三千贯钱，让他继续收购和储存粮食。这是沈柳让他去做的，而沈柳现在早已入土为安了。

他穿过庭院，来到了花园里，手里端着玛瑙做的酒杯。他走过了那片跟父亲一起待过的池塘。他曾经在这里看着沈皋撕碎手里的馒头，用来喂鱼。那些鱼个头很大，游得也很悠闲。曾经的石凳还在那里，一点也没有变。

这些东西不会因为一个人离家两年就发生很大变化的。两年算什么？

对世人而言，两年时间可能会颠覆整个天下。而对石头而言，对春天绿叶、秋天黄叶的树木而言，两年又算得了什么？就像在池塘里投了枚石子，荡起一圈涟漪，水面很快平息了，什么也没留下。

而有些人、有些东西，虽然逝去了，却仍然流芳千古。

沈泰穿过果园，来到父亲坟墓所在的高地，附近有一条小溪，一路向南流往淮河。

又有一座新坟了，那是沈柳的。现在坟墓上还没有任何标记，没有石碑，也没有碑文。按照习俗，得等死者逝去一年之后才给修葺坟墓。一年对草木而言算是转瞬即逝，但对苍天之下的人们而言，谁又知道一年内可以发生多少事情呢？

至少沈泰不知道，他没有任何未卜先知的能力。他也不是……不是一名巫师。他突然想到这个词，不由得瑟缩了一下，不知道怎么突然冒出这个想法。

他站在父亲的坟前，这里一切都如此安宁。溪流潺潺，鸟鸣啾啾，风吹树叶发出沙沙的声音。树荫之下，长眠着他的亲人，等到他百年以后，也会躺在这里。

他放下手里的酒杯，跪在坟前的绿草中，叩首。礼毕之后，他站起身，举起酒杯，把酒倒在地上，祭奠自己的父亲。

这时候他才看到母亲——或者是三弟，现在他已经不再是个小孩子了——为父亲选的碑文。

世上没有如此多的巧合。他们没有选择司马子安的诗，在沈泰看来，诗仙是这个时代最卓越的诗词大家，理所当然应该选他的诗才对。不过……

他读着那首诗：

> 挽弓当挽强，用箭当用长。
> 射人先射马，擒贼先擒王。
> 杀人亦有限，列国自有疆。

苟能制侵陵，岂在多杀伤？

有时候，沈泰想，突然间你的内心会涌出诸多感慨，甚至都无法理清那些感触从何而来，仿佛泉涌一般，这么一刹那间填满了整个思绪。

"这首诗选得很好，对不对？"有人在他身后说。

他的心几乎在那一瞬间跳出了身体。

他猛地转过身来。

"是沈超选的，我为他感到骄傲。"他妹妹说。

溢满胸腔的情感宣泄而出，像是春天的河流。看到她，听到记忆中的声音，沈泰忍不住热泪盈眶。

沈礼眉走上前去。"二哥，别这样，要不然我也会哭了！"

他看到她已经泪流满面。说不出任何话，他一把把妹妹搂入怀中。沈礼眉穿着瞰林长袍，他不明白为什么，更百思不得其解的是她怎么会出现在这里，不过那不用急着问。

他的妹妹把头靠在他胸前，用双手紧紧地抱着他，就在父亲的坟前。

为了安全，她在家里和旅途中都也穿着瞰林的黑衣。现在还不能让她抛头露面，家里的亲人和仆役们知道她的存在，但村子里的人只知道一群瞰林从东边来到了沈家庄园，送沈家长子沈柳的遗体回乡安葬。而其中一名女瞰林留在沈家当作护卫。

现在又有了三名瞰林，是跟沈泰一起从边境回来的。

"你救了我的命，二哥。"沈礼眉说。

当他们移坐到花园里的石凳上——沈皋将军以前最喜欢待的地方——之时，这是沈礼眉开口对沈泰说的第一句话。

她把自己犹如传奇一般的经历告诉了沈泰，感慨着天下之事因果循环竟是如此神奇，令人震撼。

"他让我把手印印在山洞里的一幅壁画上，那是一匹马王的壁画。"她告诉二哥，顿了顿，又续道，"二哥，我杀了一个人。

"梅斯哈现在是介于半人半狼之间的生物，但他因为对你的感激而尽一切努力把我救了出来。"

但他们都不知道,就在这一天的早上,他已经不再是半狼了。

最后,她还说道:"我想留在石鼓山,但他们不接受我。他们说,拒绝我的理由和拒绝你一样。"

"我没有被拒绝,我是自己离开的!"

她笑出了声。在她的笑声中,在这个家中,一切伤口都能够很快地愈合。

他说:"礼眉,我决定跟一个女子结婚了。"

"什么?你说什么?她在哪儿?"

"正在把汗血宝马带给皇帝的路上。"

"我不是问这个——"

"她是一名瞰林。她和另外六十名瞰林一起护送那批天马北行。"

"北行?在这个时候?你竟然放心她这么去?"

沈泰沮丧地摇摇头。"事实上根本不是这么回事。当你见到她你就明白了。礼眉,她……她跟你不相上下。"

他的妹妹不屑一顾地哼了一声,他很清楚她的意思。然后沈礼眉笑了。"那她跟你相配么?"

"当然,"他说,"来,听好,现在轮到我给你讲故事了。"

他从库拉诺湖畔开始讲,一直讲着,太阳滑过天空,在白云背后穿梭嬉戏。一名仆人走上前来,满脸欢喜地禀报说两位夫人和三少爷从杭度回来了。沈泰站起身,跟他们一起走到前院去,跪在地上迎接母亲,当他站起身的时候,家里人都热烈地欢迎他回家。

沈礼眉站在一边看着沈泰和家人重聚,因为她已经和二哥单独相处过了,也用自己的方式欢迎过他。不过她仍然懊恼地发现,自己又忍不住哭了。

沈泰已经告诉过她,他打算留在家里,不去为新皇帝效力。她理解他的想法,这是很正常的。奇台帝国有着很古老的传统,可以追溯到圣人卓夫子的年代,提倡人们应该入世,宣扬大道,"士不可以不弘毅,任重而道远"。但也有人想法正好与之相反,宁可出世,隐居山水之间,享受恬淡的生活,"吾宁游戏污渎之中自快,无为有国者所羁，终身不仕，以快吾志焉"。

这些道理她都知道，但她更明白，沈泰有这样的想法，大部分是因为沈柳。

但自从她回到家里后，她就一直有种感觉，她自己会走另一条路。奇台帝国如此广阔，比起来，小溪边上的沈家庄园实在是太小了。她甚至还越过了帝国的边界，所以她如饥似渴地想要更多地了解天下之事，哪怕是冒险。

等待时机，沈礼眉告诉自己，她不用着急。

一切都应该计划妥当，考虑好可能会面对的困难，做好万全的准备。但是有个人，曾经在大明宫里一边观看舞蹈一边用手抚摸她背脊的人，现在已经登上了那个至高无上的位置，成为了天地之间最尊贵的申祖陛下。她想知道是否他还记得自己，自己能否让他回想起来。

她环顾四周，仆人们有的在哭，有的在笑，她意外地想起了另一场舞蹈：那时候她还是个小女孩，准备了很久，在庭院里的台子上为父亲跳舞，却因为起风摔倒在一堆落叶之中。

沈泰曾经把她摔倒的责任推给了风。而沈柳……沈柳则告诉她即使出了错也不能停下来，坚持下去，就像从来没有失败过，就像从来没想过会失败。

她还没有为自己的大哥洒过奠酒，她也不知道自己会不会祭奠他。

多年以后，她终于为沈柳洒上了祭奠的酒，而曾经发生的一切都成为了遥远的记忆。时间的流逝会让人改变，而这就是人生。时间同样地流逝，不同的人却书写了不同的故事。

秋天来临，一夜之间，梧桐叶落，清早醒来的时候满地金黄。他们会让那些落叶静静地在地上躺一整天，这是沈家的传统，直到第二天早上才会打扫干净。

到了冬天，从戍泉的行宫送来了申祖皇帝的圣旨。

至高无上的皇帝陛下表示接到了忠实臣民沈泰的来信，也确认了那二百五十匹汗血宝马已经送到了戍泉，他接受了永远忠诚于奇台帝国的臣民献上的这份礼物。

仁慈的皇帝表示理解他在遥远的西边独居两年后，迫切地思念家乡和亲人的心情，恩准了他回乡的请求，希望他能守礼尽孝，为母亲和姨娘颐养天年，并料理好家中的事务。

不过沈泰也该明白，在当前纷乱的形势下，奇台帝国需要忠诚能干的臣子，皇帝陛下表示，朝堂大门随时为他开放，希望他能够在适当的时候入朝为官。

为了表彰他所立下的汗马功劳，皇上扩大了先皇赐予沈泰的土地，往东和南方延伸了一大片，相关的许可文书随着圣旨一起送到。仁慈的陛下还慷慨地答应了沈泰的要求，让他自行保留十匹汗血宝马。皇帝亲切而愉快地告诉他，在现在的情况下，这个数量还是很合宜的。那些天马很快就会护送到沈家庄园，希望神灵庇佑一切顺利。

在聆听圣旨的时候，沈泰深呼吸了好几次，后来他又重新读了一遍。看来，他成功了。

赐予的那片土地还不完全属于申祖皇帝，他想着。东部有着太多的不确定，尽管如此，文书已经送到了，正在沈泰手里，或许奇台帝国第九王朝会在今后时来运转。最重要的是，他被允许从朝堂退下，至少看上去是这样的。

有七匹汗血宝马会被送到沈家庄园，这个数目并不难理解：他答应过送给文芊十匹马让她训练它们跳舞。他已经留给白桨三匹了，还剩下七匹。两匹留给自己，其他的送给别人。

他的幼弟和妹妹，铁门关的林峰将军，还有诗仙司马子安，如果他还能见到他的话。最后一匹送给他深爱的那名女子，作为聘礼。

如果他也能再见到她的话。

不久以后，马果然送到了，由二十名第五军的士兵护送而来。这些新来的士兵在杭度镇驻扎下来，被重新分配到第十四军，常驻此地，但直接受沈泰管辖。他们带着任命沈泰为十四军偏将的文书，负责维护杭度镇和周边乡村的安全和秩序，直接受命于第十四军节度使。

附带的信上还提示他尽快去拜访节度使和当地刺史。

他已经请求母亲写信给魏苏的父母,当他知道魏苏父亲的身份时,着实震惊了一整天。最后,为了表示对那人的尊重,他在小溪边大笑了好久。回想过去的种种,倒是很合情合理。他告诉沈礼眉,试图让她也乐上一乐,不过她没有笑,只是沉思着看着他。

给他母亲的回信也收到了,魏苏的父亲表示对沈家次子的求婚没有任何反对的意见。

他在信中表达了对已故大将军沈皋的敬意,但也指出女瞰林有权选择终身效忠于瞰林寺,独身不嫁。魏苏的父亲表示自己会向女儿提及沈家的婚事,但完全尊重女儿的意思。

整个冬天,战火并没有蔓延到杭度地区,但也有其他隐患存在,沈泰一直忙着维护杭度周边的安全和秩序,虽然免受战乱之苦,但逃亡的难民大量涌入,也带来了一些麻烦。流寇成患,不管是为了温饱还是借着国难大发一笔横财,治安问题开始严峻起来,十四军的士兵成天忙着剿匪。

沈泰毫不犹豫地做了一个决定,从沈柳保留下来的隐秘粮仓里开仓放粮。他让自己的弟弟沈超来负责这件事情,并安排在杭度的老庞协助他。

沈家如今也算是富裕人家了,虽然沈柳的财产大部分在新安城,在他被文周牵连而死后,早已充公,事出突然,也没办法转移。但沈泰本身也拥有大量的财富,还有沈礼眉被封为公主的时候,大明宫曾经赐下大量的珍宝,这些东西都被送到了沈家庄园,因为谁都以为她不会再回到奇台帝国了。

沈泰为她和沈超每人留下了一匹汗血宝马。

晚上,在他不必和骑兵们一起出去巡逻的时候,沈泰就在庄园里喝酒,写诗,读书。

某天下午,他收到了一封来自西南的信:司马子安向他最亲爱的朋友致以诚挚的问候,他说自己仍然待在太上皇身边。这里有老虎,也有长臂猿。诗人已经游览过了壮丽的雄江,去过了三峡,他坚称天底下没有任何地方可以与之媲美。随信还附上了三首新作的绝句。

有消息传来,安隶死了。

本来有一线希望叛乱会就此停止,但很快破灭了。叛军仍然继续坚持自己才是正统,这不是发起叛乱的始作俑者死去就能停止的事情。

冬雨绵绵,道路泥泞,一如往年。

一直到了第二年春天,他才收到魏苏的消息。

在这个万物复苏的季节,果园里的桃树和杏树都开满了花,还有木兰花也正值盛放,青翠的新叶冒出头来,梧桐树再次遮蔽了小径。终于,沈泰收到了佳人的来信。

沈泰读着她的信,计算着距离和时间。还有六天就是满月,他得第二天一早就出门,带上两名瞰林和十名士兵。他要骑闪灵去,而他们带着另一匹汗血宝马,是送来的七匹马里个头最小的一匹。

沿着河边的路北行,这是一条他走了无数次的路,他知道沿途的每一间客栈,每一片桑林和丝绸坊。有一次,在路边还看到一只狐狸。

队伍在路上还遇上一伙强盗,但看到他们全副武装的样子,强盗吓破了胆,四散逃窜进了树林。沈泰记下了位置,事后会发兵来这附近清剿。这些强盗会威胁到附近村民的生命。或许他们只是生活所迫,不得已落草为寇,但不能纵容。

到了第五天,他们来到了通往官道的路口。西边是一座村庄,而东边就是他和安隶会面的地方。他坐在那辆装饰有翠鸟羽毛的马车里,跟那位给奇台帝国带来毁灭性灾难的节度使交谈着。尽管安隶已经死去,他给奇台留下的这场浩劫还远未结束。

过了此地,沿着官道往新安城方向,就是那个他跟文芊会面的客栈了。一名来自铁门关的士兵——他的名字叫宁武杰——死在了那里,为了保护闪灵。

魏苏也受了伤,为了保护他。

而这一次他们不用走这么远,只要到该到的地方就行了。今晚上就是满月,他等待着,两名瞰林和一队士兵陪伴着他。他们在路边吃着军粮。沈泰又读了一遍魏苏的来信。

我从父亲那里知道他已经同意我们的婚事。瞰林寺的长老也允许我脱下黑袍，退出瞰林，仪式已经完成。我会尽快赶到令尊的庄园，整个秋天和冬天我都守候在窗前，比任何时候都能体会到那些相思的诗句里蕴含的滋味。有时候我挺恨你，让我有了这么难熬的思念。而更多的时候我想念着你，希望能和你白头偕老，生能同衾，死能同椁。未来的夫君，如果你能在你们那条小溪的桥上，也就是与官道交汇的地方来迎接我，我将欣喜万分。我会在春季的第二个满月时分抵达那里。或许你愿意陪我一起从福飒桥骑行回家？

当他眺望着东边的道路时，月亮升起来了。

正是在满月时分，她出现了，有十来个人随行。他没能一下子认出她，因为她不再穿着那身瞰林的黑袍。他从未见过她穿其他衣服。

魏苏穿着棕色的皮质马裤，浅绿色的上衣，外面套着暗绿色的罩衣。虽然已到春天，空气中仍有丝丝凉意。

他看到她的头发梳成了精美的发髻。

他下了马，朝前走去。

他看到她跟同行的护卫说了几句，也下了马朝他走过来，就这样，他们两人终于重逢了，没有任何人打扰地站在那座拱桥上。

"谢谢你能来接我，沈大人。"她说着，福了一福。

他躬身行礼。"长相思兮长相忆，短相思兮无穷极，"他引用了司马子安的诗，"没有你的冬日太过漫长。我把你的汗血宝马带来了。"

魏苏笑了。"我会喜欢它的。"

他问道："你怎么知道这座桥的旧名？"

"福飒桥？"她又笑了，"我问到的。瞰林寺里的长老可都博闻广识。"

"我明白。"他说。

"我……我很高兴见到你，未来的夫君。"

"希望我向你表达我是如何欣喜若狂吗？"他问道。

她居然脸红了，然后摇摇头。"我们还没成亲呢，沈泰，其他人还在看着我们，我希望能够得体地出现在令堂面前。"

"还有我妹妹，"他说，"她也在等你。"

魏苏的眼睛一下子瞪大了。"什么？怎么会……"

"我们得骑行好几天，我会告诉你这个故事。"

她犹豫了下，然后咬了咬嘴唇。"我这样子，你……喜欢吗？没有穿着瞰林的黑袍，总觉得很奇怪，像是……像是失去了保护一样。"

一股清风出来，水面起了涟漪。沈泰在夜色中看着她，那睁大的眼睛和咬住的嘴唇，娇小的个子，轻盈而窈窕。他知道她的举手投足有多么优雅，也知道她的内心是多么勇敢和坚强。

他说："我们同样可以在回去的路上讨论这个问题。我会让你明白，在我眼里你是多么娇美动人。"

"真的吗？"她问道。

他点点头。"我想永远和你厮守在一起。"

她走过来，站到他身边——准确地说，是依偎在他身边，靠在拱桥的栏杆上，然后说："你不给我看看汗血宝马，然后带我回家吗？"

他们在月色中并辔而行，从福飒桥沿着小溪往南去。

有时候，生命中的满足感就是如此简单。

故事总有许多枝节，有的微不足道，有的事关生死。不管多么微不足道的小角色，都忠实地演绎着属于自己的剧情。

同在那年春天，在奇台帝国到处都是战乱和饥荒的动荡时候，一名年轻的瞰林从遥远的塞达跋涉归来，满腹传奇的经历和故事，还没来得及和别人分享，他身上还带着一个塞达女人写给一个奇台男人的信。

他侥幸穿过了大沙漠，活着回到了奇台帝国。却在通过了玉门关，沿着西南方往辰尧骑行的路途中，被觊觎他的坐骑、佩的宝剑和马背上行囊的土匪伏击了，死在了路上。

他的行囊被土匪们洗劫一空，身上但凡有一点价值的东西都被他们瓜分了。为了他那两把华贵锋利的瞰林宝剑，土匪们甚至内讧起来，还为了卖掉那匹马或是杀来吃掉吵了一架，最终，他们把那匹马吃了。

那封信被丢弃到路边，被风沙埋葬，最终消失不见。

人们总想着，安隶死后，叛乱就该结束了，这种想法很美好，但事实却并非如此。

安隶的长子，安龙，也想过上一把皇帝瘾。他继承了第十王朝的意志，统治着东北和东部，并野心勃勃地要一统天下。

他继承了其父的勇气和贪婪，在性子上也跟野蛮的安隶差不多。但他没有父亲多年混迹朝堂的经验，也不知道如何控制好自己手下的官员和军队。

他太年轻，又是用某种不可告人的方式继位，不懂这些也算是情有可原。但他没能及时地补救这些缺陷，安龙也没有掌控叛军将领的能力，让他们臣服于他。

这些本该为叛军的失败埋下伏笔的，本该让奇台帝国重归和平，可是在动乱的年代中，一切只会更加混乱。安隶的叛乱让其他有野心的人看到了希望。

在西部和北部的大小节度使、地方官还有土匪强盗之流，纷纷揭竿而起，他们认为乱世出英雄的时代已经到来，不用再臣服于奇台皇帝的统御之下，而是自立为王，诸侯割据。

听说在雄江边上，太祖太上皇每天诵经度日，沉浸在悲哀之中。他的儿子则在北方统兵打仗，召集边境要塞里的士兵，跟各方势力谈判着结盟，还有马匹的问题。

潜龙在野，虎狼横行。虎狼横行就意味着饥荒随之而来。多年的各方叛乱导致了奇台帝国大部分地区都陷入饥荒之中，其灾难程度在奇台历史上也是罕见的。

整个帝国境内都开始强制征兵，从垂髫小童到白发老叟，都被强行征入官军或是各路诸侯的军队之中。农田荒芜，没有壮年劳动力来种植和收割庄稼。

疾病也肆虐起来，再怎么尽力压榨，也几乎无法从任何产业或是田地里征上税来。有些地方战乱不断，不停地沦陷或是收复，那里的人们可就倒了霉了，要给两路或是三路军阀缴纳赋税。还有军队需要给养，否则那些士兵会哗变，而那些留在家里的女人和小孩还有什么余粮可压榨？

如果还有所谓的家的话，如果那些小孩还能活下来的话。在那个年代，人们把小孩卖掉换食物，甚至干脆易子而食。人心变得冷硬、残酷，带着无尽的伤痛。

经历过那个动乱的年代，有一名伟大的诗人写下了令人怆然涕下的《兵车行》，描述了那个黑暗的年代中征夫劫掠的事情。那是在他第三次也是最后一次从朝中退隐，回归田园的时候写下的。

他并不是奇台帝国第九王朝期间最伟大的那名诗人，但他的诗歌仍然流芳百世。众所周知他也是诗仙司马子安的至交好友，他就是被世人尊为"诗圣"的岑杜。他写道：

> 纵有健妇把锄犁，禾生陇亩无东西。
> 况复秦兵耐苦战，被驱不异犬与鸡。
> 长者虽有问，役夫敢申恨？
> 且如今年冬，未休关西卒。
> 县官急索租，租税从何出？
> 信知生男恶，反是生女好。
> 生女犹得嫁比邻，生男埋没随百草。

最终，叛乱结束了。就如史官们所说的那样，这场叛乱总会结束的。

这句轻描淡写的话，无法描述出动乱期间死去的无数冤魂的怨恨与愤怒，奇台帝国满目疮痍，田地荒芜，元气大伤。

申祖皇帝御驾亲征，两度夺回了新安城，最终顽强地守住了帝国的京都。徐毕海节度使率军重新夺回了藤关，并驻守于此。大明宫也重新修建了，虽然跟原貌有所不同。

太上皇驾崩以后,被葬在码外的皇陵里,珍妃娘娘,那名叫做文芊的女子,已经在坟冢里等待他多时,还有他的皇后也在。

人们开始从各地返回京城,返回周边的村庄和田地,或是去到新的地方,因为死去的人太多,好多农田都成了无主之地。

商贸也在逐渐恢复,虽然丝绸之路已经荒废。现在沿着丝绸之路西行太过危险,因为玉门关以外的要塞全都不再有士兵驻守了。于是,再也没有来自西域的消息,塞达的歌姬和舞姬,也不再出现在奇台帝国了。

同样消失的还有从南方运来的荔枝,不再有快马沿着官道飞驰,把南方的荔枝送到新安城了。在这个年代,此景不会再现。

不算出人意料,安龙自己也被手下的两名将领刺杀,两名将领把东北地区一分为二,各取其一,并没有想要一统天下的野心。

第十王朝就此终结,消失,就像从来没存在过一样。

在那以后很长一段时间,十个数字在奇台帝国意味着厄运,随着时间推移,后世的人根本不知道其中的原因。

而申祖皇帝特赦了那两名刺杀安龙的叛军将领之一,他归顺了第九王朝帝国军,转头对付那名曾经的同僚。在离石鼓山不远的长城脚下,打了一场大胜仗。在那场战役里,两百名骑着汗血宝马的轻骑兵,分为四队,对敌人发起了毁灭性的打击。他们灵活地出没于整个战场,忽而出现在左翼,忽而移动到右翼,忽而急袭敌军背后。其机动速度和攻击性是敌人完全无法对抗的。

有三名老人在石鼓山平台的北侧观看了这场战役。其中两名个子很高,第三人只有一只手臂。

大部分时间他们都面无表情,只是偶尔抬手指点一下飞驰中的汗血宝马,他们时而微笑,时而惊讶地大笑出声。

"我倒也想要一匹这样的马。"那名独臂的老人说。

"你早就不骑马了。"最高的那位说。

"我就想看看它,我就乐意看着它奔跑,光这样我就很满足了。"

"他凭什么要给你一匹汗血宝马啊?"另外那名高个子老人问道。

独臂的老人冲着他咧嘴一笑。"因为他娶了我的女儿啊,不是吗?"

"我就知道你会这么说。不过那丫头真聪明啊,虽然在我看来有点不守本分。她还是离我们远点比较好。"

"或许吧,我想那家伙肯定会送我一匹马的,你们觉得呢?"

"你可以找他要啊,想必他很难拒绝你。"

独臂老人在他的两位同伴之间看来看去,遗憾地摇了摇头。"太难拒绝了,所以我不跟他要。"他又低头看着下面的战场。

"结束了,"他说,"早在一开始就能预料这个结果。"

"你认为天下能够太平了?"

"这里应该能,但不是整个帝国境内。可能我们有生之年都无法看到奇台帝国重归和平了。"

"你无法预知一切。"最高的老人提醒他说。

"至少我很高兴,"第三个老人说,"我可以活着看到半人半狼的问题解决了,他竟然会给我们送信,真是令人敬佩。"

"你是不是认为一旦狼死了,他本人也会死?"

"是啊。不过现在他还能送信给我们,显然我们想错了。人要保持谦逊。"

独臂老人抬头看着他大笑。"那证明了你也会犯错。"他说。

另外两名老人也大笑起来,瞰林的信条让他们学会笑着面对一切。

他们转身,离开了观看战役的平台。

归顺于申祖皇帝的那名叛军将领,朝廷有理由认为他随时可能再次叛变,甚至已经在酝酿着另一次叛乱了。但由于帝国经历了如此多的劫难,所以新皇帝和他的大臣们不仅宽宏大量地既往不咎,还让他们继续担任戍守奇台的重任。

长城沿线、西部和南部的边关都急需士兵戍守,以防化外蛮夷蠢蠢欲动,趁机入侵。

疲惫有时候是结束战乱的最主要原因。

据说这也是新皇帝最宠爱的娘娘所说的话,后世的史官们都认为这名女子精明得可怕,而且对皇帝有着很大的影响力。就是她一手促成了跟各方势力协议的签订,以保奇台帝国平安。

第一个和奇台谈妥并签订和平协议的是塔古国。

第二个是跟博古人，他们的新可汗，胡洛克的继承人，被他的人民称为"孤狼"，奇台人完全无法理解这些化外蛮夷名字的意义，更无法理解他们那些奇怪的习俗了。

有传闻说，那位申祖皇帝最宠爱的娘娘对博古人的事情几乎了如指掌，比她应该知道的多了太多。但有关这些事情的详细记载——那对后世的史官而言是非常重要的——却全部都丢失了。

有人认为是故意的，但在那个战乱四起的年代，城市和集市经常被焚烧，部队四处讨伐，百姓居无定所，盗匪出没、群雄割据、疾病和死亡肆虐。完全没办法考证这些资料是不是故意被毁掉了。

于是，回溯历史，去探寻真相，就变成了一件几乎不可能的事情。

季节轮回变换，人也有生老病死，王朝的统治也是不断更替。有许许多多的人被历史铭记，或是曲解，因为各种各样的原因。

每一个故事都跟其他故事有着关联，或是可以循着蛛丝马迹还原历史，或是完全忽略字里行间的一切。每一个人的命运也会有不同的方向，每一次抉择都决定了故事该如何继续。

既然沧海都能随着时间变成桑田，那帝国的王朝又如何能万古长存呢？那些诗人和他们的诗篇在历史的长河中犹如大浪淘沙，绝大部分会湮没在尘埃中，而经历千百年留下来的，都是佳作，或是神作。

在库拉诺湖，随着日升星落，四季仍然一如既往地更替，月光仍然在每一个夜晚照耀着青翠的草地，白雪皑皑的群山，以及如宝石般璀璨的湖面。

那些值得载入史册的事情已经过去多年，而每一年的春天，总会有两个人在这里会面，一起住在湖畔的小木屋里，一起劳动，一起埋葬那些还未掩埋的尸骨。

鸟儿在每个清晨鸣叫着，盘旋在湖面上。鬼魂的哭号在夜里从不间断，有时候会有其中一两个声音沉默下来，而两个来这里埋葬死者的人都明白其中的原因。

后来的某一年春天，来到湖畔的人只剩下一个，他独自一人在这个季节继续劳作，第二年，第三年，都仍然只有他一个人，第四年以后，再也没有人前来了。

　　鬼魂犹在，在凄冷的黑夜，沐浴着月光或星光，永不停息地哭号着。春夏秋冬，一如既往。

　　岁月如白驹过隙，匆匆流逝。

　　最终，即使是死去的人，也不可能永远哭号下去。这里终将被遗忘，在一个月色如水的夜里，库拉诺湖畔彻底地安静下来。没有人在湖畔的小屋里聆听鬼魂的最后一声哭号。它只能飘散于夜空之中，在群山之间回荡，在湖面上盘旋，然后，消隐……